鲁迅著译编年全集

王世家
止庵 编

人民出版社

鲁迅著译编年全集

玖

目　　录

一九二八

一月

二月

三月

四月

一九二八

一月

一日

日记　星期。昙。无事。

二日

日记　晴。上午得淑卿信，十二月二十四日发。得刘肖愚信，夜复。

三日

日记　昙。上午得陈学昭信。得谢玉生信。午后寄淑卿信。李小酩来，未见。陶璇卿自杭州来，赠梅花一束。下午得小峰信及《语丝》，《北新》，即复。晚衣萍，曙天来。得易鹿山信并泉六十。

四日

日记　晴。午后有麟来。同广平往佐藤牙医寓。下午在商务印书馆买《泰绮思》一本，二元二角。

五日

日记　晴。上午得立峨信，旧十二月三日兴宁发。晚往内山书店买『英文学史』一本，『美術を尋ねて』一本，共泉七元五角。

六日

日记　晴。上午得绍原信。得季市信。午后同广平往佐藤医寓。阅日本堂书店，殊无多书。夜林和清招饮于中有天，同席约二十人余。得颜衡卿信,十二月二十七日安海发。得翟永坤信并稿,同日北京发。

七日

日记 晴。午后朱辉煌来,交谢玉生信,假去泉十五。下午公侠来。

八日

日记 星期。雨。上午得马珏信,十二月卅日发。下午往内山书店。晚立峨来,即同三弟往旅馆,迎其友人来寓。

九日

日记 昙。上午得淑卿信并照相一枚。午后同广平往佐藤医士寓。

十日

日记 昙。午后寄淑卿信。复易寅邮信并还薪水六十。夜风。

十一日

日记 昙,冷。上午得方仁信,即复。下午璇卿来。寄绍原信。寄马珏信。

十二日

日记 昙。午后得杜力信。寄小峰信。下午得小峰信并《语丝》十六本。

十三日

日记 晴。午后同广平往佐藤医士寓。晚钦文来并赠干果两包,茗两合。得小峰信并《唐宋传奇集》十本,泉百,即复。得有麟信。夜雨。

十四日

日记 雨。上午寄小峰信。得吴敬夫信。晚明之来,即同往东亚食堂夜餐。

十五日

日记 星期。晴。上午季市来。午后同三弟至仁济里访小峰,未遇。访商务印书馆,买英文《苏俄之表里》及《世界文学谈》各一本,共泉二十二元也。买雪茄一合,嘉香肉一筐,共二元。

十六日

日记 晴。下午寿山来,假以泉百。钦文来。晚往内山书店买『童話及童謡之研究』,『レーニンのゴリキーへの手紙』各一本,共泉一元一角。广平同衣萍,小峰到内山书店来,即同往东亚食堂夜餐。夜得绍原信。

十七日

日记 昙。上午收淑卿所寄『タイース』一本。收商务印书馆版税四十三元五角二分,又稿费八元。午后林和清来。夜小雨。

十八日

日记 晴。下午寄小峰信。

十九日

日记 晴。上午得季野信附房曼弦信三纸并诗。午陈望道招饮于东亚食堂，与三弟同往，阖席八人。午后同三弟及广平游市，在商务印书分馆买 *The Outline of Art* 一部二本，二十元。下午得肖愚信。得有麟信。夜往内山书店买『神話学概論』一本，二元五角。

二十日

日记 晴。上午得钦文信。得黎锦明信。下午马巽伯来。晚同蕴如，晔儿，三弟及广平往明星戏院观电影《海鹰》。夜小雨。

二十一日

日记 昙。上午得陈解信。晚观电影，同去六人。夜雨。

《某报剪注》按语[*]

鲁迅案：我到上海后，所惊异的事情之一是新闻记事的章回小说化。无论怎样惨事，都要说得有趣——海式的有趣。只要是失势或遭殃的，便总要受奚落——赏玩的奚落。天南遁叟式的迂腐的“之乎者也”之外，又加了吴趼人李伯元式的冷眼旁观调，而又加了些新添的东西。这一段报章是从重庆寄来的，没有说明什么报，但我真吃惊于中国的精神之相同，虽然地域有吴蜀之别。至多，是一个他所谓“密司”者做了妓女——中国古已有之的妓女罢了；或者他的朋友去嫖了一回，不甚得法罢了，而偏要说到漆某，说到主义，还要连漆某的名字都调侃，还要说什么“羞恶之心”，还要引《诗经》，还要发“感慨”。然而从漆某笑到“男女学生”的投稿负责者却是无可查考的“笑男女士”，而传这消息的倒是“革新通信社”。其实是，这岂但奚落了“则其十之八九，确为共产分子无疑”的漆树芬而已呢，就是中国，也够受奚落了。丁卯季冬 X 日。

原载 1928 年 1 月 21 日《语丝》周刊第 4 卷第 6 期。

初未收集。

二十二日

日记 星期。雨。下午往市买药及水果。下午得小峰信。得方仁信。旧历除夕也,夜同三弟及广平往民[明]星戏院观电影《疯人院》。

《"行路难"》按语

鲁迅案:从去年以来,相类的事情我听得还很多;一位广东朋友还对我说道:"你的《略谈香港》之类真应该发表发表;但这于英国人是丝毫无损的。"我深信他的话的真实。今年到上海,在一所大桥上也被搜过一次了,但不及香港似的严厉。听说内地有几处比租界还要严,在旅馆里,巡警也会半夜进来的,倘若写东西,便都要研究。我的一个同乡在旅馆里写一张节略,想保他在被通缉的哥哥,节略还未写完,自己倒被捉去了。至于报纸,何尝不检查,删去的处所有几处还不准留空白,因为一留空白便可以看出他们的压制来。香港还留空白,我不能不说英国人有时还不及同胞的细密。所以要别人承认是人,总须在自己本国里先争得人格。否则此后是洋人和军阀联合的吸吮,各处将都和香港一样,或更甚的。

旧历除夕,于上海远近爆竹声中书。

原载 1928 年 1 月 28 日《语丝》周刊第 4 卷第 7 期。

初未收集。

《禁止标点符号》按语

编者按:这虽只一点记事,但于我是觉得有意义的:中国此后,将以英语来禁用白话及标点符号,但这便是"保存国粹"。在有一部分同胞的心中,虽疾白话如仇,而"国粹"和"英文"的界限却已经没有了。除夕,楮冠附记。

原载 1928 年 1 月 28 日《语丝》周刊第 4 卷第 7 期。署名楮冠。

初未收集。

二十三日

日记 旧历元旦。昙,午后小雨。

二十四日

日记 昙。下午小峰,梓年,和清来。肖愚来。

二十五日

日记 雨,下午晴。寿山来。林和清及杨君来。

二十六日

日记 晴。林玉堂及其夫人招饮,午前与三弟及广平同往,席中有章雪山,雪村,林和清。晚往内山书店,无所得。

二十七日

日记 雨。上午蒋抑卮来,未见。

二十八日

日记 晴,午后昙。马巽伯来。夜雨雪。

拟 预 言*
一九二九年出现的琐事

有公民某甲上书,请每县各设大学一所,添设监狱两所。被斥。

有公民某乙上书,请将共产主义者之产业作为公产,女眷作为公妻,以惩一儆百。半年不批。某乙忿而反革命,被好友告发,逃入租界。

有大批名人学者及文艺家,从外洋回国,于外洋一切政俗学术文艺,皆已比本国者更为深通,受有学位。但其尤为高超者未入学校。

科学,文艺,军事,经济的连合战线告成。

正月初一,上海有许多新的期刊出版,本子最长大者,为——

文艺又复兴。文艺真正老复兴。宇宙。其大无外。至高无上。太太阳。光明之极。白热以上。新新生命。新新新生命。同情。正义。义旗。刹那。飞狮。地震。阿呀。真真美善。……等等。

同日,美国富豪们联名电贺北京检煤渣老婆子等,称为"同志",无从投递,次日退回。

正月初三,哲学与小说同时灭亡。

有提倡"一我主义"者,几被查禁。后来查得议论并不新异,着无庸议,听其自然。

有公民某丙著论,谓当"以党治国",即被批评家们痛驳,谓"久已如此,而还要多说,实属不明大势,昏愦胡涂"。

谣传有男女青年四万一千九百二十六人失踪。

蒙古亲近赤俄,公决革出五族,以侨华白俄补缺,仍为"五族共和",各界提灯庆祝。

《小说月报》出"列入世界文学两周年纪念"号,定购全年者,各送优待券一张,购书照定价八五折。

《古今史疑大全》出版,有名人学者往来信札函件批语颂辞共二千五百余封,编者自传二百五十余叶,广告登在《艺术界》,谓所费邮票,即已不赀,其价值可想。

美国开演《玉堂春》影片,白璧德教授评为决非卢梭所及。

有中国的法斯德挑同情一担,访郭沫若,见郭穷极,失望而去。

有在朝者数人下野;有在野者多人下坑。

绑票公司股票涨至三倍半。

女界恐乳大或有被割之险,仍旧束胸,家长多被罚洋五十元,国帑更裕。

有博士讲"经济学精义",只用两句,云:"铜板换角子,角子换大洋。"全世界敬服。

有革命文学家将马克思学说推翻,这只用一句,云:"什么马克斯牛克斯。"全世界敬服,犹太人大惭。

新诗"雇人哭丧假哼哼体"流行。

茶店,浴堂,麻花摊,皆寄售《现代评论》。

赤贼完全消灭,安那其主义将于四百九十八年后实行。

　　　原载 1928 年 1 月 28 日《语丝》周刊第 4 卷第 7 期。署
名楮冠。
　　　初收 1928 年 10 月上海北新书局版《而已集》。列"一九
二七年"项下。

二十九日

日记 星期。晴。午后寄有麟信。寄小峰信。下午得淑卿所寄

『饑ㄥ』一本,二十日发。得玉生信,五日耒阳发。得霁野信,十六日发。

三十日

日记 昙。无事。

三十一日

日记 晴。上午得肖愚信。下午收大学院泉三百,本月分薪水。吴敬夫来,假以泉十五。晚得小峰信并泉百,《曼殊年谱》及《迷羊》各一本。

致 李霁野

霁野兄:

十六日来信,昨天收到了。《小约翰》未到。《莽原》第21 22期,至今没有收到。现在邮政容易失落,我想此后以挂号为妥。

《小约翰》的装订,我想可以在北京就近随便办理,能怎样便怎样,不必再和我商量,因为相隔太远,结果也无非多费几回周折,多延一点时光,于实际没有用的。

《朝华夕拾》上的插图,我在上海无处觅,我想就用已经制好的那一个罢,不必换了。但书面我想不再请人画。琉璃厂淳菁阁(?)似乎有陈师曾画的信笺,望便中给我买几张(要花样不同的)寄来。我想选一张,自己写一个书名,就作为书面。

此地下雪,无火炉,颇冷。

迅 一,卅一。

二月

一日

日记　晴。午后寄谢玉生信。寄李霁野信。寄淑卿信。往内山书店买『世界美術全集』一本,『階級意識トハ何ゾヤ』一本,『ストリンベルク全集』三本,共泉十元三角。下午璇卿来。

二日

日记　昙。上午得陈绍宋信片。得淑卿信,一月二十二日发。收未名社所寄《小约翰》二十本。下午曙天,衣萍,小峰来。得赖贵富信。林和清来。

三日

日记　晴。下午刘,施两君来。得冬芬信。得小峰信及《语丝》。

四日

日记　晴。上午季市来。午同广平往中有天午饭,小峰所邀,同席十人,饭后往明星戏院观电影。夜得霁野信,一月廿四日发。

五日

日记　星期。雨。上午得有麟信,下午复并寄杂志。寄回大学院收条。寄霁野信。往内山书店买『空想カラ科学へ』,『通論考古学』各一本,五元五角。

致 李霁野

霁野兄：

一月廿四日信已到，《小约翰》两包，也已经收到了。

有一样事情不大好，记得我曾函托，于第一页后面，须加"孙福熙作书面"字样，而今没有，是对不起作者的，难以送给他。现在可否将其中的一部分（四五百部）的第一张另印，加上这一行，以图补救？

望即将现在所订那样的（即去年底寄给我的）《小约翰》，再寄给我十多本。如第一页另印本成功时，再将另印本寄给我十本，就够了。

司徒乔在上海，昨天见过了。

由北京分送的《小约翰》，另纸开上。

迅　二，五。

六日

日记　雨。上午达夫来并见借 K. Hamsun's *Hunger*。下午有麟来。夜风。

季廉来信按语

我们叨在上海，什么"考试情节"，"法立然后知恩"之类，在报上倒不大见的。不过偶然有些传说，如"嫌疑情节"，"大学招考，凡做白话文者皆不取"等等。然而真假却不得而知，所以连我四周是"漆黑"还是雪白"，也无从奉告了。近来声说这里有"革命文学家"因为"语丝派"中人,在北京醉生梦死,不出来"革命",恨不用大炮打掉北京。那么,这里大约是好得很罢?要不然,他们为什么这样威武呢?

旅沪一记者。新春。

原载 1928 年 3 月 19 日《语丝》周刊第 4 卷第 12 期。署名旅沪一记者。

初未收集。

七日

日记 昙,午后微雪。往内山书店买书三本,共泉二元。得郑泗水信。

八日

日记 晴,冷。上午得马珏信。得丛芜信。午后王毅伯来。下午璇卿来。

九日

日记 昙。上午得周伯超信。晚同三弟往都益处夜饭,同席十五人。夜小雨。

十日

日记 雨。上午得肖愚信。北京有电报来问安否,无署名,下午复一电至家。寄有麟信。寄淑卿信。寄蔼覃象五十枚往未名社。往内山书店买『ロシア劳働党史』一本,九角。得静农信,三日发。

十一日

日记 昙。夜译《近代美术史潮论》初稿讫。濯足。

以"民族底色彩"为主的
近代美术史潮论

[日本]板垣鹰穗

序　言

　　将从法兰西大革命起,直到现代的欧洲近世的美术史潮,作为全体,总括底地处理起来,是历史学上的极有深趣——但同时也极其困难——的题目。在这短短的时期内,有着眩眼的繁复而迅速的思潮的变迁。加以关涉于这样的创造之业的国民的种类,也繁多得很。说是欧洲的几乎全土,全都参与了这醒目的共同事业,也可以的。于是各民族的地方色彩和时代精神的各种相,也就各各随意地,鲜明地染出那绚烂的众色来,所以从历史的见地,加以处理,便觉到深的感兴。但有许多困难,随伴着这时代的处理法,大约也就为了这缘故罢。

　　在总括底地处理着这时代的现象的向来的美术史中,几乎在任何尝试上,都可以窥见的共通的倾向,是那把握的方法,只计及于便宜本位。这不消说,从中也有关于整理史料的办法等,有着许多可以感谢的功绩的工作,然而根据了一种根本概念或原理,统一底地叙述下去的,却几于绝无。但在最近,自从德奥的学界,通行了以"艺术意欲"为基础的美术史上的考察以来,近代美术的处理法,也采用着新的方法了。如勘密特的著书《现代的美术》,便是其一的显著的示例。

　　这书出来的时候,我于勘密特的处理法之新,感到了兴味。对于这书的内容，虽然怀着许多不满和异议，但也起了试将这加以绍介的心思。将本书的论旨，抄译下来，作为那时计画才成的《岩波美术丛书》的一编，便出于这意思。但是，有如在那本译书的序文上已经批评着一样，勘密特的办法，在将艺术意欲论，来适用于近代美术史潮的方法上，固然是巧妙的，然而对于计量各个作家的伟大和意义，我以为犯着颇大的错误。太只尊重那伏流于美术思潮的底下的意欲，是一般艺术意欲论者的通弊，这一点，勘密特也一样的。

抱着竭力补正这样的勘密特的著作的缺点，就用这题目，照了自己的意见，试来做过一回的希望（？）的我，二三年来，便在讲义之际，也时时试选些关于这问题的题目。这时，适值有一个美术杂志来托做一年的连载文字了，我便想，总之，且试来写写如上的问题的一部分罢。然而那时的我的心情，要对于每月的连载，送去一定分量的文稿，是不容易的。于是回绝了杂志那一面，而单就自己的兴之所向，写起稿来。这一本寡陋的书的成就，大概就由于那样的事情。

这不待言，不过是一个肄习。是割舍了许多材料，只检取若干显著的史实，一面加以整顿的尝试。将无论从那一方面看，无不在极其复杂的关系上的这时代的丰富的史料，运用得十分精熟，在现今的我，是不可能的。

本书的出版，是正值困于一般经济界的销沉和预约书的续出的出版界混乱时代。然而出版所大镫阁，却将我的任性而奢侈的计画，什么都欣然答应了。这一节，是尤应该深谢经理田中氏的尽力的。此外，关于插图的选择，则感谢友人富永总一君的援助。

还有，当本书刊行之际，想到的事还多。觉得从先辈诸氏和友人诸君常常所受的援助，殊为不少。从中，尤所难忘者，是当滞留巴黎时，儿岛喜久雄氏所给与的恳切的指导。在这里再一表我的谢意。

昭和二年秋,著者记于上落合。

一 民族与艺术意欲

一

"艺术意欲"(Kunstwollen)这句话,在近时,成为美术史论上的流行语了。首先将一定的意义,给与这 Kunstwollen 而用之于历史学上的特殊的概念者,大抵是维纳系统的美术史家们。但是,在这一派学者们所给了概念的内容上,却并无什么一致和统一。单是简单地用了"艺术意欲"这句话所标示的意义内容,即各各不同。既有以此指示据文化史而划分的一时代的创造形式的人,也有用为一民族所固有的表现样式的意义的学者。维纳系统的学者们所崇仰为他们的祖师的理克勒(Alois Riegl),在那可尊敬的研究《后期罗马的美术工艺》(*Spätrömische Kunst-Industrie*)上,为说明一般美术史上的当时固有的历史底使命计,曾用了艺术意欲这一个概念,来阐明后期罗马时代所特有的造形底形式观。又,现代的流行儿渥令该尔(Wilhelm Worringer),则在他的主著《戈谛克形式论》(*Formproblem der Gotik*)中,将上面的话,用作"与造形上的创造相关的各民族的特异性"一类的意思。还有,尤其喜欢理论的游戏的若干美学者们,则将原是美术史上的概念的这句话,和哲学上的议论相联结,造成了对于历史上的事实的考察,毫无用处的空虚的概念。载在迪梭亚尔的美学杂志上的巴诺夫斯奇(Panofsky)的《艺术意欲的概念》(*Der Begriff des Kunstwollens*)便是一个适例。但是,总而言之,倘说,在脱离了美学者所玩弄的"为议论的议论",将这一句话看作美术史上的特殊的概念,而推崇"艺术意欲",作为历史底考察的主要标准的人们,那共通的信念,根据是在竭力要从公平的立脚点,来懂得古来的艺术底作品这一种努力上，是可以的。他们的设计，是在根本底地脱出历来的艺术史家们所容易陷入的缺点——即用了"永远地妥当"的唯一的尺度，来一律地测定，估计历代的艺术这一种独断——这一节。倘要懂得"时代之所产"的艺术，原是无论如何，有用了产生这艺术的时代所通用的尺度来测定的必要的。进了产出这样的艺术底作品的民族和时代之中，看起来，这才如实地懂得那特质和意义。要公平地估计一件作品时，倘不站在产出这作品的地盘上，包在催促创造的时代的空气里，是不行的——他们是这样想。在上文所说的理克勒的主著中，对于世人一般所指为"没有生气的时代的产物"，评为"硬化了的作品"的后期罗马时代的美术，也大加辩护，想承认其特殊的意义和价值。想从一个基本底的前提——在艺术史底发展的过程上，是常有着连续底的发达，常行着新的东西的创造的——出发，以发见那加于沉闷的后期罗马时代艺术上的历史底使命。想将在过去的大有光荣的古典美术中所未见，等到后来的盛大的基督教美术，这才开花的紧要的萌芽，从这沉闷的时代的产物里拾取起来。想在大家以为已经枯死了的时代中，看出有生气的生产力。理克勒的炯眼在这里所成就的显赫的结果，其给与于维纳派学徒们的影响，非常之大。而他的后继者之一的渥令该尔，为阐明戈谛克美术的特质起见，又述说了北欧民族固有的历史底使命，极为欧洲大战以后的，尤其是民族底自觉正在觉醒的——与其这样说，倒不如说是爱国热过于旺盛的——现代德国的社会所欢迎。

　　从推崇"艺术意欲"的这些历史论思索起来，首先疑及的，是当评量艺术上的价值之际，迄今用惯了的"规准"的权威。是超越了时代精神，超越了民族性的绝对永久的"尺度"的存在。历史学上的这新学说——在外形上——是和物理学上的相对性原理相像的。在物理学上，关于物体运动的绝对底的观测，已经无望，一切测定，都成了以一个一定的观点为本的"相对底"的事了，美术史上的考察也如此,也逐渐疑心到绝对不变的地位和妥当的尺度的存在。于是推崇"艺术意欲"的人们,便排除这样的绝对底尺度的使用,而别求相对底尺度,要将各时代各民族的艺术,就各各用了那时代,那民族的尺度来测定它。对于向来所常用的那样,以希腊美术的尺度来量埃及美术,或从文艺复兴美术的地位来考察中世美术似的"无谋"的尝试,开手加以根本底的批评了。他们首先,来寻求在测定上必要的"相对底尺度"。要知道现所试行考察的美术,在那创造之际的时代和民族的艺术底要求。要懂得那时代,那民族所固有的艺术意欲。

这新的考察法,可以适应到什么地步呢?又,他们所主张的尝试,成功到什么地步了呢?这大概是美术史方法论上极有兴味的问题罢。还有,这对于以德国系美术史论上有正系的代表者之称的威勒夫林(Heinrich Wölflin)的"视底形式"(Sehform)为本的学说,站在怎样的交涉上呢,倘使加以考察,想来也可以成为历史哲学上的有趣的题目。关于这些历史方法论上,历史哲学上的问题,我虽有拟于不远的时宜,陈述卑见的意向,但现在在这里没有思索这事的余闲,也并无这必要。在此所能下断语者,惟自从这样的学说,惹了一般学界的注意以来,美术史家的眼界更广大,理解力也分明进步了。在先前只以为或一盛世的余光的地方,看出了新的历史底使命。当作仅是颓废期的现象,收拾去了的东西,却作为新样式的发现,而被注目了。不但这些。无论何事,都从极端之处开头的这一种时行的心理,驱遣了批评家,使它便是对于野蛮人的艺术,也尊敬起来。于是黑人的雕刻,则被含着兴味而考察,于东洋的美术,则呈以有如目下的褒辞。希腊和意太利文艺复兴的美术,占着研究题目的大部分的时代已经过去,关于戈谛克,巴洛克的著述多起来了。历史家应该竭力是公平的观察者,同时也应该竭力是温暖的同情者,而且更应该竭力是锐利的洞察者——这几句说旧了的言语,现在又渐渐地使美术史界觉醒起来了。

但是,我在这里搬出长的史论上的——在许多的读者,则是极其闷气的——说话来,自然并非因为从此还要继续麻烦的议论。也不是装起了这样的议论的家伙,要给我的不工的叙述,以一个"确当的理由"。无非因为选作本稿的题目的近世欧洲的美术史潮——作为说明的手段——是要求这一种前提的。时代文化的特性和民族底的色彩,无论在那一个时期,在那里的美术,无不显现,自不待言,但在近代欧洲的美术史潮间,则尤其显现于浓厚而鲜明,而又深醰,复杂的姿态上。而且为对于这一期间的美术史潮的全景,画了路线,理解下去起见,也有必须将这宗美术史上的基础现象,加以注意的必要的。

二

凡文化的诸相,大抵被装着它的称为"社会"这器皿的样式拘束着。形成文化史上的基调的一般社会的形态,则将那时所营的文化底创造物的大体的型模,加以统一。纵有程度上之差,但无论是哲学,是艺术,这却一样的。这些文化的各各部门——不消说得——固然照着那文化的特异性,各各自律底地,遂行着内面底的展开。但在别一面,也因了外面底的事情,常受着或一程度的支配。而况在美术那样,在一般艺术中,和向外的社会生活关系特深的东西,即尤其如此。在这里,靠着本身的必然性,而内面底地,发现出自己来的力量,是有的。但同时,被统御着一般社会的大势的基调——与其这样说,倒不如说是更表面底的社会上的权威——所支配着的情形,却较之别的文化为更甚。美术家常常必需促其制作的保护者。而那保护者,则多少总立在和社会上的权威相密接的关系上。不但如此,许多时候,这保护者本身,便是在当时社会上的最高的权威。使斐提亚斯和伊克谛努斯做到派第诺神祠的庄严者,是雅典的政治家贝理克来斯;使密开朗改罗完成息斯丁礼堂的大作者,是英迈的教皇求理阿二世,就像这样,美术底创造之业的背后,是往往埋伏着保护者的。至少,到十九世纪的初头为止,有这样的事。

但从十九世纪的初头——正确地说，则从发生于一七八九年的法兰西大革命前后的时候起，欧洲文化的型模，突然变化起来了。从历来总括底地支配着一般社会的权力，得了解放的文化的诸部门，都照着本身的必然性，开始自由地来营那创造之业。因为一般文化的展开，是自律底的，美术也就从外界的权威解放出来，得行其自由的发展。正如支配中世的文化者，是基督教会，支配文艺复兴的文化者，是商业都市一样，对于十七世纪的文化，加以指导，催进的支配者，是各国的宫廷。而尤是称为"太阳王"的路易十四世的宫廷。现在且仅以美术史的现象为限，试来一想这样的史上历代的事实。中世纪的美术。在兰斯和夏勒图尔的伽蓝就可见，是偏注于寺院建筑的。养活文艺复兴的美术家们者，就像在斐连垂的美提希氏一样，大抵是商业都市国家的富裕的豪门。十七世纪的美术家，则从环绕着西班牙，法兰西的宫廷的贵族中，寻得他们的保护者。在路易十四世的拘束而特尚仪式的宫廷里，则生出大举的历史画和浓厚的装饰画来。作为从其次的摄政期起，以至路易十五世在位中，所行的极意的放纵的官能生活的产物，则留下了美艳而轻妙的罗珂珂的艺术。大革命是即起于其直后的。绕着布尔蓬王朝的贵族们，算是最后，从外面支配着美术界的权力，骤然消失了。以查柯宾党员，挥其铁腕的大辟特，则封闭了原是宫廷艺术的代表底产物的亚克特美。这一着，乃是最后的一击，断绝了从来的文化的呼吸之音的。

那么，在大革命后的时代，所当从新经营的美术底创造之业，凭什么来指导呢？从他律底的威力，解放了出来的美术家们，以什么为目标而开步呢？当美术底创造，得了自由的展开之际，则新来就指导者的位置的，乃是时代思想。时代思想即成为各作家的艺术底信念，支配了创造之业了。这在统法兰西大革命前后的时期中，首先是古典主义的艺术论。于是罗曼谛克的思想，写实主义，印象主义，便相继而就了指导者的位置。仰绥珊，戈庚，望呵霍，蒙克，呵特赉,玛来斯为开祖的最近的时代思潮,要一句便能够代表的适宜的话,是没有的,但恐怕用"理想主义"这一语,也可以概括了罢。属于这一时代的作家的主导倾向,在一方面,是极端地观念主义底,而同时在他方面,则是极端地形式主义底的。

然而在这里,有难于忽视的一种极重要的特性,现于近世欧洲的美术史潮上。就是——欧洲的几乎全土,同时都参与着这新的经营了。法兰西,德意志,英吉利三国,是原有的,而又来了西班牙,意太利,荷兰那样睡在过去的光荣里的诸邦,还要加些瑞士,瑙威,俄罗斯似的新脚色。于是就生出下面那样兴味很深的现象来——领导全欧文化的时代思想,虽然只有一个,但因了各个国度,而产物的彩色,即有不同。美术底创造的川流,都被种种的地方色,鲜明地染着色彩。时代思想的纬,和民族性的经,织出了美术史潮的华丽的文锦来。时代文化的艺术意欲,和民族固有的艺术意欲,两相交叉。因此,凡欲考察近世的美术史潮者,即使并非维纳派的学徒,而对于以深固的艺术意欲为本据的两种基础现象,却也不能不加以重视了。

三

但在大体上,形成近世欧洲美术史潮的基调者,是法兰西。从十八世纪以来,一向支配着欧洲美术界的大势的国民,是法兰西人。而这国民所禀赋的民族性底天分,则是纯造形底地来看事物的坚强的力。便是路易十三世时,为走避首都的繁华的活动,而永居罗马的普珊,他的画风虽是浓重的古典主义底色彩,但已以正视事物的写实底的态度,为画家先该努力的第一义务了。逍遥于宾谛阿丘上,向了围绕着他的弟子们所说的艺术的奥义,就是"写实"。域多的画,是绚烂如喜剧的舞台面的,而他的领会了风景的美丽的装饰底效果者,是往卢森堡宫苑中写生之赐。表情丰富的拉图尔的肖像,穆然沉着的夏尔檀的静物,大辟特所喜欢的革命底的罗马战士,安格尔的人体的柔软的肌肤,陀拉克罗亚的强烈的色彩,即都出于正视事物的坚强之力的。卢棱,果尔培,穆纳,顺次使写实主义愈加彻底,更不消说了。便是那成了新的形式主义的祖师的绥珊,也就在凝视着物体的面的时候,开拓了他独特的境地。

委实不错,法兰西的画家们,是不大离开造形的问题的。为解释"美术"这一个纯造形上的问题计,他们常不抛弃造形的地位。纵使时代思潮怎样迫胁地逞着威力,他们也忠实地守着自己的地盘。纵有怎样地富于魅力的思想,也不能诱惑他们,使之忘却了本来的使命。经历了几乎三世纪之久的时期——至少,到二十世纪的初头为止——法兰西的美术界,所以接续掌握着连绵的一系的统治权者,就因为这国民的性向,长于造形底文化之业的缘故。

然则法兰西以外的国民怎样呢?尤其是常将灿烂的勋绩,留在各种文化底创造的历史上的德意志民族,是怎样呢?承法兰西的启蒙运动之后,形成了十八世纪末叶以来思想界的中心底潮流的,是德意志。在艺术的分野,则巴赫以来的音乐史,也几乎就是德意志的音乐史。南方的诸国中,虽然也间或可见划分时代的作家,但和光怪陆离的德意志的音乐界,到底不能比并。——和这相反,在造形底的文化上,事情是全两样的。音乐和美术,也许带着性格上相反的倾向的这两种的艺术,对于涉及创造之业的国民,也站在显然互异的关系上的罢。从北方民族中,也叠出了美术史上的伟人。望蔼克兄弟,调垒尔,望莱因——只要举这几个氏名,大约也就够作十分的说明了。……

远的过去的事且放下。为使问题简单起见,现在且将考察的范围,只限于近代。在这里,也从北方民族里,有时产出足以划分时代的作家。而这些作家,还发挥着南方美术界中所决难遇见的独自性。那里面,且有康斯台不勒似的,做了法兰西风景画界的指导者的人。但是,无论如何,那些作家所有的位置,是各个底。往往被作为欧洲美术界的基调的法兰西所牵引。北欧的美术界所站的地盘,常常是不安定的。一遇时代的潮流的强的力,便每易于摇动。(照样的关系,翻历史也知道。在十六世纪后半的德意志,十七世纪末的荷兰等,南方的影响,是常阻害北方固有的发达的。)

就大概而言,北欧的民族,在造形上的创造,对于时代思潮的力,也易于感到。那性格的强率,并不像法兰西国民一样,在实际上和造形上的"工作"上出现,却动辄以泼剌的思想上和观念上的"意志"照样,留遗下来。这里是所以区分法德两国民在美术界的一般的得失的机因。北欧民族——特是德意志民族,作为美术家,似乎太是"思想家"了。现在将问题仅限于美术一事的范围而言——则法兰西人在大体上,是好的现实主义者。北欧的人们却反是,时常是不好的理想主义者。为理想家的北欧人,是常常忠实于自己的信念的。然而往往太过于忠实。他们屡次忘却了自己是美术家,容易成为作画的哲学者。崇奉高远的古典主义的凯思典斯,是全没有做过写生的事的。不用模特儿,只在头里面作画。陶醉于罗曼谛克思想的拿撒勒派的人们,则使美术当了宗教的奴婢。吃厌了洛思庚的思想的拉斐罗前派,怪异的诗人画家勃来克,宣讲浓腻的自然神教的勃克林。——还有在一时期间,支配了德意志画界的许多历史哲学者们的队伙!

自然,生在法兰西的作家之中,也有许多是时代的牺牲者。有如养在"中庸"的空气中的若干俗恶的时行作家,以及将印象派的技巧,做成一个教义,将自己驱入绝地的彩点画家等,是从法兰西精神所直接引导出来的恶果。同时,在北欧的人们里,也有几个将他们特有的观念主义,和造形上的问题巧妙地联结起来的作家。望呵霍的热烈的自然赞美,蒙克的阴郁的人生观不俟言,玛来斯的高超的造形上的理想主义,勋温特的可爱的童话,莱台勒的深刻的历史画,也无非都是只许北欧系统的画家所独具的才能的发露。正如谛卡诺的色彩和拉斐罗的构图,满是意太利风一样,仑勃兰德和调坌尔的宗教底色彩,也无处不是北欧风。北欧的人们自从作了戈谛克的雕刻以来，是禀着他们固有的长处的。但他们的特性，却往往容易现为他们的短处。如近时，在时代思想之力的压迫底的时代，则这样的特性作为短处而出现的时候即更其多。他们的坚强的观念主义，动辄使画家忘却了本来的使命。就只有思想底的内容，总想破掉了造形上的形，膨张出来。但在幸运的时候，则思想和造形也保住适宜的调和，而发现惟北欧人才有的长处。

二 法兰西大革命直前的美术界

以法兰西大革命为界，展布开来的近世美术史潮的最初的发现，不消说，是古典主义。在批评家有温开勒曼①，在革命家有大辟特，在陶醉家生了凯思典斯的古典主义的滔滔的威力，风靡了美术界的情状，且待后来再谈。当本稿的开初，我所要先行一瞥的，是这样的古典主义全盛时代的发生以前的状态。盛于十七世纪的，以中央集权制为基础的绚烂的宫廷文化的背后，是逐渐凝结着令人豫感十八世纪末叶的巨变的启蒙思想的。这启蒙主义的思潮，出现于美术界的姿态，凡有两样。就是古典主义和道德主义。

启蒙思想和古典主义之间，是原有着深的关系的。讨论改良社会的人们，就过去的历史中，搜求他们所理想的社会的实例时，那被其选取的，大抵是古典希腊和古典罗马。在十八世纪的启蒙期，往昔的古典文化的时代也步步还童，成了社会改良的目标和模范。于是美术上的古典样式，即势必至成为社会一般的趣味了。画家则于古典时代的事迹中寻题材，建筑家则又来从新述说古典样式的理

---

① Johann Joachim Winckelmann (1717—1768)。主要著述如下：——
Gedanken über die Nachahmung der griechischen Werkenin der Malerei und Bildhauerkunst(1755).
Geschichte der Kunst des Altertums (1764).

论。而这时候,恰又出了一件于古典主义的艺术运动,极为有力的偶然的事件。朋卑,赫苦拉尼谟的组织底的发掘事业就是。埋在维苏斐阿的喷烟之下的古典时代的都市生活,从刚才出炉的面包起,直到家犬,从酒店妓寮起,直到富豪的邸宅,具备一切世相照样的情状,都被发掘出来了。举世都睁起了好奇的眼睛。朋卑式的室内装饰流行起来,以废址作点缀的风景画大被赏玩。往意太利的旅客骤然加增,讲述古典时代的书籍也为人们所争读了。即此,也就不难想见那憎厌了巴洛克趣味的浓重,疲劳于罗珂珂的绚烂的人心,是怎样热烈地迎取了古典趣味了罢。温开勒曼的艺术论之风靡一世,曼格司(Raffael Mengs)和凯诺伐(Antonio Canova)的婉顺的似是而非古典样式之为世所尊,即全是这样的事情之赐。在德国美术家们之间,这倾向所以特为显著者,是不难从北欧民族的特性,推察而得的。

这时候,好个法兰西的作家们,居然并没有忘了他们的正当的使命。以巴黎集灵殿的建设者蜚声的司拂罗(Jacques Germain Souf-flot),以参透了服尔德性格的胸像驰誉的乌敦(Antoine Houdon),以妩媚的自画像传名的维齐路勃兰(Vigée-Lebrun),虽说都是属于似而非古典主义时代的作家,但决不如北欧的美术家们一般,具有陶醉底的婉顺。个个都带着"时代思想的绣像"以上的健实的。这是当然的事,仰端庄而纯正的古典主义的作家普珊,为近世美术之祖的法兰西人的国民性,要无端为时代思想所醉倒,是太禀着造形上的天分了。

话虽如此,对于古典主义的思想,未曾忘了本分的法兰西国民,对于启蒙思想的别一面——道德主义,却也不能守己了。愤怒于布尔蓬王朝特有的过度的官能生活所养成的蒲先(Francois Boucher)所画的放浪的裸女的娇态和弗拉戈那尔(Honoré Fragonard)所写的淫靡的戏事,而生了极端地道德底的迪兑罗(Denis Diderot)的艺术观。想以画廊来做国民的修身教育所的他,便奖励那劝善惩恶的绘画。成于格莱士(J. Baptiste Greuze)之笔的天真烂漫的村女和各种讽刺底家庭风俗画,便是这样的艺术论的产物。而从中,如画着父子之争之作,也不过是小学校底训话的插画。在弗拉戈那尔的从钥孔窥见房中的密事似的绘画之后,有格莱士的道德画,在蒲先的女子的玫瑰色的柔肌之后,有村女的晚祷,这是势所必至的。

还有,启蒙期所特有的这样的现象,也见于英吉利[①]。将劝善惩恶底的故事,画成一副连作的荷概斯(William Hogarth),是那代表者。史家是往往称荷概斯为民众艺术之祖的。但是,有一个和典型底的北欧人的这英吉利人,成为有趣的对象的作家。带着典型底的南欧人之血的西班牙的戈雅(F. J. de Goya)就是。作为一种罗珂珂画家,遗留着肖像画的戈雅,在别方面,也是豪放的热情的画家。对于在决斗和斗牛的描写上,挖出西班牙的世态来的他,自然并无启蒙思想之类的影响。他但以南方风的单刀直入的率直,将浮世的争竞,尽量摊在画面之上罢了。

然而也有虽然生在这样眩目的时代,却以像个对于社会的艺术家似的无关心,而诚实地,养成了自己的个性的法兰西作家。这就是反映着摄政期的风雅的趣味的域多(Antoin Watteau),路易十五世时代的代表底肖像画家拉图尔(La Tour)和呼吸那平民社会的质朴的空气的夏尔檀(J. S. Chardin)。

域多的画,引起人仿佛听着摩札德的室内乐一般的心情。在风雅而愉快的爽朗中,有轻轻的一缕哀愁流衍。那美,就正如反复着可怜的旋律的横笛的声音。知道将那时贵族社会的放纵的挑情的盛会在最好的意义上,加以美化的他,是高尚的"爱的诗人"。手卷似的《船渡》之图和极小幅的《羽纱》和《兰迪斐朗》——惟这些,正是

---

① 启蒙文化无论在美术上,在文学上,英国都是中心。将在文学史上已经公认了的关系,类推到美术史上去,以为这些处所,英吉利也将影响给了法兰西,恐怕没有什么不当罢。因为那时的英吉利,在欧洲的美术界,是占着极重要的位置的。

布尔蓬王朝之梦的最美的纪念。

拉图尔是能将易于消逝的表情,捉在小幅的亚笔画上的画家。当时一般的肖像画,一律是深通变丑女为美人的法术的幻术师,独有他一个,却描了照样的表情。无论在什么容颜上,都写出可识的活活泼泼的个性的闪烁来。虽然也出入于显者之间,但未尝堕落在廷臣根性的阿谀里。虽在以纤手揽了宫廷的实权,势焰可坠飞鸟的朋波陀尔夫人之前,也随便地自行其奇特的举动。虽然夹在只有成衣匠一般根性的当时肖像画家之间,而惟有拉图尔,是画着真的肖像。

为外科医生画了招牌,遂成出世之作的夏尔檀,是送了和当时贵族社会并无交涉的生涯的。生活在巴黎的质朴的平民之间的他,即从平民的日常生活中,发见好题目。有如迭出于十七世纪的泥兑兰的优秀的画家们一般,谨慎平和的日常生活的风俗画和穆然沉着的静物画,是他的得意的境地。相传眼识高明的一个亚克特美会员,曾经称赞他的静物画,以为是拂兰特尔画家的作品。夏尔檀的画风,是如此其泥兑兰式的。一面呼吸着万事都尚奢华的空气,而追随在荣盛于一世纪前的邻国的作家们之后,独自静静地凝视着碟子,鱼,果物的他,恰在一世纪后,又发见一个伟大的后继者了。这人便是绥珊。

这时的情况,大体就是这样。在这里,大概可以这样地说罢。大革命以前的时候,指导着一般社会的思潮,是启蒙主义的思想。以法兰西为中心而兴起的这思潮,在法兰西的美术界,自然也留下浓厚的痕迹的。和将起的大革命一同,这样的倾向便更加彻底,一时也获得画家的支配权。但是,另外还有几个作家,却并不为启蒙主义的思想底风潮所扰,而静静地走着艺术的本路。普珊,域多,夏尔檀——在这里,虽然隐约,却有着十七世纪以来,直至大革命止,统御着法兰西画界的强的力。

三　古典主义的主导作家

如上文所述,和改良社会的呼声一同,渐次增加其密度的美术上的古典运动,是在一七八九年的法兰西大革命前后的时候,入了全盛期。以古典罗马的共和政治为模范的革命政府的方针,是照式照样地反映着当时的美术界的。和革命政府的要人罗拔士比合着步调的美术家,是大辟特。这发挥敏腕于查柯宾党政府的大辟特,其支配当时的美术界,是彻头彻尾查柯宾风。一七九三年所决行的美术亚克特美的封闭,也有置路易十六世于断头台的革命党员的盛气。以对于一切有力者的马拉式的憎恶,厌恶着亚克特美的专横的大辟特,为雪多年的怨恨计,所敢行的首先的工作,是葬送亚克特美。

因为是这样的始末,所以和法兰西大革命相关连的古典主义的美术运动,一面在法兰西的美术界留下最浓厚的痕迹,是不消说得的。然而在别一面,则古典主义的艺术运动中,还有属于思想方面的更纯粹的半面。还有无所容心于社会上的问题和事件,只是神往于古典文化的时代与其美术样式,作为艺术上的理想世界的思潮。还有想在实行上,将以模仿古典美术为现代美术家的真职务的温开勒曼式的艺术论,加以具体化的美术家们。较为正确地说起来,也就是想做这样的尝试的一种气运,支配着信奉古典主义的一切作家的创作的半面。但是,这样的理想主义底的古典主义的流行,较之在无不实际底的法兰西国民之间,却是北方民族间浓厚得远。如凯思典斯的绘画,梭尔跋勒特生的雕刻,洵开勒的建筑,即都是这浓厚的理想主义的产物。

兴起于法兰西的艺术上的新运动,那动机是如此其社会运动底,实际底,而和这相对,在北欧民族之间的运动,却极端地思想底,非实际底的,从这事实来推察,一看便可以觉得要招致如下的结果来。就是，在法兰西的艺术上的新运动，以造形上的问题而言，大概要比北欧诸国的这运动更不纯，惟在北欧诸国，才能展开纯艺术底的机运罢。但事实却正相反。无处不实际底的法兰西人，对于美术上的制作，也是无处不实际底的。纵使制作上的动机或有不纯，但一拿画笔在手，即总不失自己是一个画家的自觉。但北欧的作家们，则因为那制作的动机过于纯粹之故，他们忘却了自己是美术家了。仅仅拘执于作为动机的思想底背景，而全不管实际上造形上的问题了。在这里，就自然而然地分出两民族在美术史上的特性来。而且从这些特性，必然底地发生出来的作为美术家的两民族的得失，也愈加明白。将这两民族的特质，代表得最好的作家，是法兰西的大辟特和什列斯威的凯思典斯，所以将这两个作家的运命一比照，大概也就可以推见两民族的美术史上的情况了。

a 大辟特的生涯与其事业

革命画家大辟特(Jacques Louis David)的生涯是由布尔蓬王朝的宠儿蒲先的提携而展开的，布尔蓬王家在美术的世界里，也于不识不知之中，培植了灭亡自己的萌芽，真可以说是兴味很深的嘲弄。在卢佛尔美术馆，收藏大辟特的大作的一室里，和《加冕式》和《荷拉调斯》相杂，挂着一张令人疑为从十八世纪的一室里错弄进来的小幅的人物。然而这是毫无疑义的大辟特的画。是他还做维安的学生，正想往罗马留学时候，画成了的画。这题为《玛尔斯和密纳尔跋之争》的画，是因为想得罗马奖，在一七七一年陈列于亚克特美的赛会的作品。色彩样式，都是罗珂柯风，可以使随便看去的人，误为蒲先所作的这画，不过挣得了一个二等奖。然而作为纪念那支配着布尔蓬王家颓废期的画界的蒲先和在查柯宾党全盛期大显威猛的大辟特的奇缘之作，却是无比的重要的史料，描着这样太平的画的青年，要成为那么可怕的大人物，恐怕是谁也不能豫料的罢。在禀有铁一般坚强的意志的大辟特自己，要征服当时画界的一点盛气，也许是原来就有的，然而变化不常的时代史潮，却将他的运命，一直推荡下去了。古典主义的新人，启蒙思想的时行作家，革命政府的头领，拿破仑一世的首座宫廷画师——而最后，是勃吕舍勒的流谪生活。

世称古典主义的门户，由维安(J. M. Vien)所指示，借大辟特而开开。当罗珂珂的代表画家蒲先，将年青的大辟特托付维安时，是抱着许多不安的，但这老画家的不安，却和大辟特的罗马留学一同成为事实而出现了。对于在维安工作场中，进步迅速的大辟特，要达到留学罗马的夙望，那道路是意外地艰难。赛会的罗马奖，极不容易给与他。自尊心很强的大辟特，受不住两次的屈辱，竟至于决心要自杀。虽然借着朋友们的雄辩，恢复了勇气，但对于亚克特美的深的怨恨，在他的心里是没有一时消散的。一七九三年的封闭亚克特美，便是对于这难忘的深恨的大胆的报复。

在一七七四年的赛会上，总算挣得罗马奖的《司德拉忒尼克》，也依然是十八世纪趣味之作；但旅居罗马，知道了曼格司和温开勒曼的艺术论，又游朋卑，目睹了罗马人的日常生活以来，全然成为古典主义的画家了。古典主义的外衣，便立刻做了为征服社会之用的武器。画了在毕占德都门乞食的盲目的老将《培里萨留斯》，以讽刺王者的忘恩之后，又作代表罗马人的公德的《荷拉调斯的家族》以赞美古昔的共和政治的他，已经是不可动摇的第一个时行画家了。

《荷拉调斯的家族》是出品于第一七八五年的展览会的。接着，在八五年，出品了《服毒的苏格拉第》。而在八九年——在那大革命发生的一七八九年——则罗马共和政治的代表者《勃鲁图斯》现。对于大辟特陈列的作品，因那时的趣味，一向是盛行议论着考古学上的正确之度的，但《勃鲁图斯》的所能唤起于世人的心中者，却只有共和政治的赞颂。当制作这画的时候，大辟特也并未怠慢于仔细的考古学上的准备，然而人们对于这样的问题，已经没有兴趣了。

没有这样的余裕了。除了作为目下的大问题，赞颂共和政治的之外，都不愿意入耳。那哭着的勃鲁图斯的女儿的鬈发纷乱的头，是用罗马时代的作品巴刚忒的头，作为模特儿的——这样的事，已经成为并无关系的探索了。最要紧的，只是勃鲁图斯的牺牲了私情的德行。但是，总之，投合时机的大辟特的巧妙的计算，是居然奏了功。而临末，他便将自己投入革命家的一伙里去了。

作为查柯宾党员的大辟特的活动，是很可观的。身为支配革命政府的大人物之一人，他的努力也向了美术界的事业。因为对于亚克特美的难忘的怨恨，终至于将这封闭起来，也就是这时代的举动。这时代，还举行了若干尝试，将他那艺术上的武器的古典主义，展向只是凑趣的空虚。但在别一面，足以辩护他是真像法兰西的美术家的几种作品，却也成于这时候。如描着在维尔赛的第三阶级的《宣誓式》的庞大的底稿，被杀在浴室中的《马拉》的极意的写实底的画像，就都是纪念革命家的大辟特的作品，而同时也是保证他之为美术家的资格的史料。和空虚的古典主义远隔，而造端于稳固的写实的他的性格，从这些作品上，可以看得最分明。说到后来的制作《加冕式》时，大概还有叙述的机会罢，但虽在极其大举的许多人集合着的构图中，也还要试行各个人物的裸体素描的那准备的绵密，以当时的事情而论，却是很少有的。想要历史底地，纪念革命事业，因而经营起来的这些作品，加了或一程度的理想化，那自然是不消说，然而虽然如此，稳固的他的性格，要离开写实底的坚实，是不肯的。

和罗拔士比一同失脚的他，几乎送了性命。从暂时的牢狱生活得了解放后，他便遁出了政治上的混乱的生活，成为消日月于安静的工作场里的人了。在这时候，所描的大作，是《萨毗尼的女人》。当收了大效的这作品特别展览时，在分给看客的解说中，有下面那样的句子：——

"对于我，已经加上的，以及此后大抵未必绝迹的驳难，是在说画中的英雄乃是裸体。然而将神明们，英雄们，和别的人物们，以裸体来表现，是容许古代美术家们的常习。画哲人，那模样是裸体的。搭布于肩，给以显示性格的附属品。画战士，那模样是裸体的。战士是头戴胄，肩负剑，腕持盾，足穿靴。……一言以蔽之，则试作此画的我的意向，是在以希腊人罗马人来临观我的画，也觉得和他们的习惯相符的正确，来描画古代的风习。"

作为古典主义的画论，大辟特所怀的意向，实际上是并不出于这解说以上的。这样的简单的想法，颇招了后世的嘲笑。"大辟特所画的裸体的人物，所以是罗马人者，不过是仗着戴胄这一点，这才知道的。"——由这样的嘲笑，遂给了古典主义一个绰号，称为"救火夫"。大约因为罗马人和救火夫，都戴着胄的缘故罢。然而正因为大辟特的教义，极其简单，所以也无须怕将他的制作，从造形的问题拉开，而扯往思想底背景这方面去。招了后世的嘲笑的他的教义的简单，同时也是救助了做画家的他的力量。

作为革命家的活动既经完结，作为宫廷画师的生活就开始了。画了《度越圣培那之嶮的拿破仑》，以取悦于名誉心强的伟大的科尔细加人的大辟特，是留下了一幅《加冕式》，以作纪念拿破仑一世的首座宫廷画师时代的巨制。

因为要纪念一八〇四年，在我后寺所举行的皇帝拿破仑一世和皇后约瑟芬的有名的加冕式，首座宫廷画师大辟特，便从皇帝受了制作的命令。成就了的作品，即刻送往卢佛尔，放在美术馆的大厅中，以待一八〇八年的展览会的开会。画幅是大得可观，构图是非常复杂。画的中央，站着身被红绒悬衣的皇帝，举着手，正要将冕加于跪在前面的皇后的头上。有荣誉的两个贵女——罗悉福珂伯爵夫人和拉巴列忒夫人——执着皇后的悬衣的衣裾。皇帝的背后，则坐着教皇彪思七世，在右侧，是教皇特派大使加普拉拉和加兑那尔的勃拉思基以及格来细亚的一个僧正。而环绕着这些中心人物的，是从巴黎的大僧正起,列着拿破仑的近亲,外国的使臣,将军等。

然而这大举的仪式画,其实却是规模极大的肖像画。对于画在上面的许多人物的各个,是一一都做过绵密的准备的。有一些人,还不得不特地往大辟特的工作场里去写照。在大辟特的一生中,旋转于他的周围的社会之声的喧嚣的叫唤之间,他也并没有昏眩了那冷静的"写实眼"。他当这毕生的大作的制作之际,是没有忘却画家的真本分的。惟这大举的仪式画,是和《宣誓式》,《马拉》,以及莱凯密埃夫人的素衣的肖像画一同,可以满足地辩护大辟特之为画家的作品。即使有投机底的凑趣主义和空虚的古典主义的危险的诱惑,然而为真正的画家,所以赠贻于后世者甚大的他的面目,是在这巨制上最能窥见的。

命令于首座宫廷画师的他的制作,另外还有《军旗授与式》《即位式》和《在市厅的受任式》等。然而已告成功的,却只有成绩较逊的《军旗授与式》。此外的计划,都和拿破仑的没落同时消灭,成为荣华之梦了。

百日天下之际,对布尔蓬王家明示了反抗之意的大辟特,到路易十八世一复位,便被放逐于国外了。寓居罗马是不准的,他便选了勃吕舍勒。恰如凯旋将军一样,为勃吕舍勒的市民们所迎接的他,就在这地方优游俯仰,送了安静的余生。对于画家们,勃吕舍勒是成为新的巡礼之地了,但在往访大辟特的人们之中,就有年青的借里珂在内。惟这在一八一二年的展览会里,才为这画界的霸者所知的借里珂,乃是对于古典主义首揭叛旗的热情的画家。

蕴在大辟特胸中的强固的良心,将他救助了。使他没有终于成为"时代的插画"者,实在即由于他的尊重写实的性格。就因为有这紧要的一面,他的作品所以能将深的影响,给与法兰西的画界的。大辟特工作场中所养成的直传弟子格罗,即继承着他的宫廷画师那一面,以古今独步的战争画家,仰为罗曼谛克绘画的鼻祖。照抄了大辟特的性格似的安格尔(J. G. Ingres)①，则使古典主义底倾向至于彻底，成了统法兰西画界的肉体描写的典谟。然而这两个伟大的后继者，却都以写实底表现，为他们艺术的生命的。从拿破仑的军队往意太利，详细地观察了战争实状的格罗，和虽然崇奉古典主义——以他自己的心情而言——却非常憎厌"理想化底表现的"安格尔②——都于此可以窥见和其师共通的法兰西精神。只要有谁在

---

① 安格尔在一切法兰西所出的美术家中，是最为法兰西底的美术家之一。荣盛于十九世纪初头的古典主义，怎地逐渐受了纯化的呢？要考察这一个问题的时候，是特要注目的作家。但我在本书，将关于他的考察颇加省略者，因为他的地位，是纯粹只关于法兰西美术史的内部，而和他可以比较的作家，在别国的美术家中是全然难以觅得的缘故。在这样的试以"比较"为主的本书里，对于他可惜没有详细叙述的机会了。

② 安格尔自以为自己的艺术是"纯粹地写实底的东西"的意见的情形——正因为他的性格很固执——几乎是孩子似的。关于这事，Leon Rosenthal 在他的著作 *La Peinture Romantique* 中，所举的史料如下：——

一，安格尔的言语。

"Il est aussi impossible de se former l'idée d'une beauté à part，d'une beauté supérieure à celle qu'offre la nature……"

"Il nous est impossible d'élever nos idées audelà des beautés des ouvrages de la nature……""Croyez vous que je vous（对学生说）envoie au Louvre pour y trouver ce qu'on est convenud'appeler le beau idéal，quelque chose d'autreque ce qui est dans la nature? ……"

二，逸话。

或时，对于安格尔之作"阿迪普斯"照例称赞的人和安格尔曾有如下的会话。

Je reconnais ton modéle.

Ah! n'est—ce pas，c'est bien lui.

Oui，mais tu l'as ferment embelli! `

Comment embelli? Mais je l'ai copié，copié servilement.

Tant que tu voudras，mai il n'était pas si beauque cela.

Aussi，comme il s'emportait!

Mais vois donc，puisque tu te le rappelles，c'estson portrait……

Idealisé……

Enfin! penses-en ce que tu voudras; mol j'ai laprétention de copier mon modéle，d'en être letrés humble serviteur et je n'idéalise pas.

左拉的小说《制作》里，看见了虽是极嫌恶安格尔的亚克特美主义的绥珊，而在那坚实的肉体描写上，却很受了牵引的那事实(?)，则对于这一面的事情，便能够十分肯定了罢。十九世纪开初的法兰西风的古典主义运动，是怎样性质的事，算是由代表者大辟特的考察上，推察而知大概了，那么，这一样的古典主义的思想，又怎地感动了北欧的作家呢？以下，且以凯思典斯为中心，来试行这方面的考察罢。

b 凯思典斯的生涯及其历史底使命

一七五四年，雅各亚谟司凯思典斯(Jakob Armus Carstens)生在北海之滨的什列斯威的圣克佑干的一间磨粉厂里了。是农夫的儿子，在附属于什列斯威的寺院的学校里通学的，但当休暇的时间，便总看着寺院的祭坛画。虽然做了箍桶店的徒弟，终日挥着铁槌，而一到所余的夜的时间，即去练习素描，或则阅读艺术上的书籍。尤其爱看惠勃的《绘画美论》，而神往于身居北地者所难于想像的古典时代的艺术。一七七六年，他终于决计弃去工人生活，委身于画术了，但不喜欢规则的修习，到一七七九年，这才进了珂本哈干的亚克特美。然而这也不过因为想得留学罗马的奖金。在他那神往于斐提亚斯和拉斐罗的心中，则超越了一切的计算，几乎盲目底地只望着理想的实现。因此，在珂本哈干，也并不看那些陈列在画廊中的绘画，却只亲近着亚克特美所藏的古代雕刻的模造品。然而在凯思典斯的性格上，是有一种奇异的特征的，便是这些模造品，他也并不摹写。但追寻着留在心中的印象，在想像中作画，是他的通常的习惯。在远离原作的他，那未见的庄严的世界，是只准在空想里生发的。南欧的作家们，要从原作——或较为完全的模造品——来取着实的素描，固然是做得到的，然而生在北国的凯思典斯，却只能靠了不完的石膏像，在心中描出古典艺术的影象。不肯写生，喜欢空想的他的性格，那由来就在生于北国的画家所遭逢的这样的境遇，尤在偏好亲近理想和想像的世界的北方民族的国民性。所以，美术史上所有的凯思典斯的特殊的意义，单在他的艺术底才能里面，也是看不出来的。倒不如说，却在一面为新的艺术上的信念所领导，一面则开拓着自己的路的他那艺术的意欲这东西里面罢。换了话说，也就是所以使凯思典斯的名声不朽者，乃是远远地隐在造形底表现的背后的那理想这东西。

在珂本哈干的亚克特美里，他的才能是很受赏识的，但因为攻击了关于给与罗马奖的当局的办法，便被斥于亚克特美，只好积一点肖像画的润笔，以作罗马巡礼的旅费。一七八三年，他终于和一个至亲，徒步越过了亚勒宾。然而当寓居曼杜亚，正在热心地临摹着求理阿罗马诺的时候，竟失掉了有限的旅费，于是只得连向来所神往的罗马也不再瞻仰，回到德国去。五年之后，以寒饿无依之身，住在柏林；幸而得了那时的大臣哈湼支男爵的后援，这才不忧生活，并且和那地方的美术界往来，终于能够往罗马留学。到一七九二年，凯思典斯平生的愿望达到了。他伴着结为朋友的建筑家该内黎，登程向他所倾慕的罗马去了。

然而恩惠来得太迟。在凯思典斯，已经没有够使这新的幸运发展起来的力量了。他将工作的范围，只以略施阴影的轮廓的素描为限。修习彩画的机会，有是有的，但他并不设法。在他，对于色彩这东西的感觉，是欠缺的。不但这样。擅长于肖像画的他，观察的才能虽然确有充足的天禀，但他住惯在空想的世界里了，常恐将蕴蓄在自己构想中的幻想破坏，就虽在各个的 Akt 的练习上，也不想用模特儿。古典时代的仿造品——但其中的许多，乃只是正在使游览跋第凯诺的现在的旅人们失望的拙劣的"工艺品"——和密开朗改罗和拉斐罗，不过单使他的心感激罢了。当一七九五年，在罗马举行那企图素描的个人展览会时，因为分明的技巧上的缺陷，颇招了法兰西亚克特美人员的嘲笑。凯思典斯寓居罗马时最大之作，恐怕是取题材于呵美罗斯的人和诗的各种作品罢。但在这些只求大铺排的效果，而将人体的正确的模样，反很付之等闲的素描上，也不过可以窥见他的太执一了的性格。虽经哈涅支男爵的劝告,而不能离开"永远之都"的凯思典斯,遂终为保护者所弃,一任运命的播弄。因为过度的努力的结果,成了肺病的他,于是缔造着称为《黄金时代》这一幅爽朗的画的构想,化为异乡之土了。

北方风的太理想主义底的古典主义,以怎样的姿态出现,怎样地引导了北方的美术家呢?这些事情,在上文所述的凯思典斯的生涯中,就很可以窥见。凯思典斯所寻求的世界,并非"造形这东西的世界"。在他,造形这东西的世界,无非所以把握理想的世界的不过一种手段罢了。以肉体作理想的象征,以比喻为最上的题材的凯思典斯的意向,即都从这里出发的。寻求肉体这东西的美,并非他所经营。他所期望的,是描出以肉体为象征的理想。他并不为描写那充满画幅的现实的姿态这东西计,选取题材。他所寻求的,是表现于画面的姿态,象征着什么的理想。爱用比喻的凯思典斯的意向,即从这里出发的。轻视着造形这东西的意义的他,作为画家,原是不会成功的。然而那纯粹的——太纯粹的——艺术上的信念,却共鸣于北方美术家们的理想主义底的性向。法兰西的画家们,虽然蔑视他的技术的拙劣,而北方的美术家们,受他的影响却多。专描写些素描和画稿,便已自足的许多德意志美术家们,便是凯思典斯正系的作家。而从中,丹麦的雕刻家巴绥勒梭尔跋勒特生(Barthel Thorwaldsen),尤为他的最优的后继者。正如凯思典斯的喜欢轮廓的素描似的,梭尔跋勒特生所最得意者,是镂刻摹古的浮雕;他又如凯思典斯一样,取比喻来作材料。刻了披着古式的妥喀的冷的——然而非常有名的——基督之像者,是梭尔跋勒特生。在无力地展着两手的基督的姿态上,那行礼于祭坛前面的祭司一般的静穆,是有的罢。但并无济度众生的救世主的爱的深。——在这里,即存着古典主义时代的雕刻所共通的宿命底的性质。由北方的美术家标榜起来的古典主义的思潮,于是成为空想底的理想主义,而且必然底地,成为空虚的形式主义,驯致了置纯造形上的问题于不顾的结果了。

四 罗曼谛克思潮和绘画

较之古典主义的思潮,精神尤为高迈的罗曼谛克的时代精神,将怎样的交涉,赍给美术界了呢? 古典主义的思想,是在明白的理智之下,只幻想着理想的世界的,在这之后,以人间底感情的自由的高翔和对于超现实底的事物的热烈的神往为生命的罗曼谛克的精神,便觉醒了。这新的思潮,将怎样的影像,投在造形底文化的镜面上了呢? 而且以法兰西和德意志为中心的两种性格不同的民族的各个,既然受了这新的思潮,又显出怎样不同的态度呢? 代表这两民族的美术家们,各以怎样的方法,进这新时代去的呢? ——在这里,就发见近世美术史上的兴味最深的问题之一。但是,要将近世美术史上最为复杂的时代的当时美术界的状态,亘全体探究起来,恐怕是不容易的。所以现在只将范围限于极少数的作家,暂来试行考察罢。

a 藉里珂和陀拉克罗亚

"假如在法兰西,也见有可以称为罗曼谛克的思潮的东西……"或者是"在维克多零俄也得称为罗曼谛克的范围内……"加上这样的条件,以论法兰西的罗曼谛克者,是德国美术史家的常习。这样的思路,实在是将对于罗曼谛克思潮的法德两国的关系,说得非常简明的。为什么呢? 就因为从以极端地超现实底的神往为根柢的德意志罗曼谛克思潮看来,法兰西的这个,是太过于现实底的了。

在法兰西的罗曼谛克的美术运动,是从那里发生的呢? 以什么为发端,而达了那绚烂的发展的呢? ——要以全体来回答这问题,并不是容易事。非有涉及极沉闷而广泛的范围的探索,大概到底不能给一个满足的解答的罢。然而,至少,成为在法兰西美术史上,招致这新时代的最大原因之一者，实在是格罗（Jean Gros）的战争画。随着拿破仑的意太利远征——虽是一个非战斗员——在眼前经验了战乱的实况的他，便成了当时最杰出的战争画家了。在他，首先有大得称誉的《茄法的黑疫病人》，及《埃罗之战》和《亚蒲吉尔之战》等的大作。而这些战争画，则违反了以古典主义的后继者自任的格罗的豫期——与其这样说，倒不如说是逆了他的主意——竟使他成了罗曼谛克画派的始祖。因为描写在他的战争画上的伤病兵的苦痛的表情，勇猛的军马的热情，新式的绚烂的色彩，东方土民的风俗——在这里，是法兰西罗曼谛克的画题的一切，无不准备齐全了。

反抗古典主义的传统而起的第一个画家，是绥阿陀尔藉里珂（Th. Géricault）。从格罗的画上，学得色彩底地观看事物，且为战士和军马的画法所刺激的他，从拿破仑的好运将终的时候起，渐惹识者的注意了。终在一八一九年的展览会里，陈列出《美杜萨之筏》来，为新时代吐了万丈的气焰。这幅画，是可怕的新闻记事的庄严化。描写出载着触礁的兵舰美杜萨的一部分舰员的筏，经过长久的漂泛之后，载了残存的少数的人们，在怒涛中流荡的模样的。还未失尽生气的几个舰员，望见了远处的船影，嘶声求着救助。呼吸已绝的尸骸，则横陈着裸露的肢体，一半浸在水中。如果除去了带青的褐色的基调和肉体描写的几分雕刻底的坚强，已经是无可游移的罗曼谛克期的作品了。况且那构想之大胆，则又何如。在由"战神"拿破仑的赞赏，仅将现实的世界收入画题的当时的美术界里，这画的构想，委实是前代未闻的大胆的。

然而更有趣的，是藉里珂为了这绘画，所做的准备的绵密。他不但亲往病院，细看发作的痛楚和临终的苦恼；或将死尸画成略图；或留存肉体的一部分，直到腐烂，以观察其经过而已。还托乘筏生还的船匠，使作木筏的模型；又请了正患黄疸的朋友，作为模特儿；并且往亚勃尔，以研究海洋和天空；也详细访问遭难船舶的阅历。后文也要叙及，和藉里珂的这样的制作法相对，则当时德国画家们所住的空想的世界,是多么安闲呵!——然而藉里珂可惜竟为运命所弃了。太爱驰马的他,终于因为先前坠马之际所受的伤而夭死了。

但他有非常出色的——竟是胜过几倍的——后继者。在圭兰的工作场里认识的陀拉克罗亚(Eugéne Delacroix)就是。称为"罗曼谛克的狮子"的他的笔力,正如左拉的评语一样,实在是很出色的。"怎样的腕力呵。如果一任他,就会用颜料涂遍了全巴黎的墙壁的罢。他的调色版,是沸腾着的⋯⋯。"

在儿童时候,就遭了好几回几乎失掉性命的事的他,是为了制作欲,辛苦着赢弱的身体,工作了一生世。也不想教养学生,也不起统御流派的兴味,就是独自一个,埋头于制作,将生涯在激烈的争斗里度尽了。和罗曼谛克的文学思想共鸣颇深的他的性格,在画题的采取和表现的方法上,都浓厚地反映着。不但这样,直到他的态度为止——陀拉克罗亚的一切,实在是"罗曼谛克的狮子"似的。寻求着伟大的,热情底的,英雄底的东西,以涵养大排场的构想的陀拉克罗亚,是常喜欢大规模的事业的。先从慢慢地安排构想起,于是屡次试行绵密的练习。而最后,则以猛烈之势,径向画布上。在极少的夜餐和因热中而不安的睡眠之后,每日反复着这样的努力。到疲乏不堪的时候,画就成功了。只要一听那大作《希阿的屠杀》画成只费四天的话,则制作的猛烈之度,也就可以窥见了罢。

世称这"罗曼谛克的狮子",为卢本斯的再生。具有多方面底的才能的他,即以一个人,肩着法兰西罗曼谛克的画派。色彩的强调,热情的表现,东洋风物的描写,叙事诗的造形化——他以一人之力,将法兰西罗曼谛克美术的要求,全部填满了。相传陀拉克罗亚的经营构图,是先只从安排色彩开手的,到后来,便日见其增强了色彩的威力。凡有在他旅行亚尔藉利亚时所得的最美的作品《亚尔藉利亚的女人》之前,虽是盘桓过极少时间的人,怕也毕生忘不了这画的色彩的魅力罢。"暂时经过了暗淡的廊下,才进妇女室。在绸缎和黄金的交错中,出现的妇孺的新鲜的颜色和活泼泼的光,觉得眼睛为之昏眩……"这是陀拉克罗亚自己在书简中所说的,但《亚尔藉里亚的女人》,大概可以说,是将这秘密境的蛊惑底的魅力,描得最美的了。

从陈列于一八二二年的展览会的出世之作《在地狱中的但丁和维尔吉勒》起——虽然色彩是暗的——已经明示着陀拉克罗亚的性格。在浓重的,郁闷的,呼吸艰难的氛围气里,那地狱的海,漾着不吉的波。罪人们的赤裸的身躯,在其间宛转,痉挛,展伸。也有因苦而喘,因怒而狂,一面咬住船边的妄者……。是具有和藉里珂的后继者相当的风格的画。这才在《美杜萨之筏》的写实味上,加添了像个罗曼谛克的超现实底的深刻了。穷苦的陀拉克罗亚,是将这画嵌了一个简质的木匡去陈列的,看透了他的异常的才能的格罗,便用自费给换了像样的匡子。

其次的大作,是威压了一八二四年的展览会,而成为对于古典派的挑战书的《希阿的屠杀》。支配着当时全欧的人心的近东问题,是挚爱希腊的热情诗人裴伦的参战,成为直接的刺戟,而将这画的构想,给与陀拉克罗亚的。是使人觉得土耳其兵的残虐和希腊民族的悲惨的情形,都迫于眉睫之前的画。将系年青妇女的头发于马上,牵曳着走的土耳其兵,和一半失神,而委身于异教徒的暴虐的希腊的人们,大大地画作前景;将屠杀和放火的混乱的情形,隐约地画作背景的这画,连对他素有好意的格罗,也因而忿忿了。"这是绘画的屠杀呵"(C'est le massacre de lapeinture)。虽是那战争画的始祖,也这样叫了起来。这画给与法兰西画界的刺戟,就有这样大。因为这一年的展览会里,还陈列着古典派的名人安格尔所画的,极意亚克特美式的——全然拉斐罗式的——《路易十三世的诉愿》,所以陀拉克罗亚在《希阿的屠杀》上所尝试的意向的大胆,便显得更分明。使法兰西的画界,都卷入剧烈的争斗里去的古典派和罗曼谛克派的对抗的情形,竟具体化在陈列于二四年展览会的两派的骁将的作品上,也是兴味很深的事。惟这画,实在便是罗曼谛克派对于安格尔一派古典主义者的哀的美敦书。

因为这画买到卢森堡去的结果,陀拉克罗亚也能够往访倾慕的国度英吉利了。于是才开手从司各得,沙士比亚,裴伦这些人的文学里,来寻觅题材。其中的最显著的,是从裴伦的诗而想起的——然而画了和诗的内容两样的情节的——《萨达那波勒》。亚述王萨达那波勒,当巴比伦陷落之际,积起柴薪来,上置美丽的床,躺着。而且吩咐奴隶们,将他生前所宠爱的一切的东西——从女人们起,直到乘马和爱犬——都在眼前刺杀。画是极其卢本斯式的,然而不免有几分混沌之感,色彩的用法,也到处总觉得有些稀薄。而这画之后,是那杰出的《一八三〇年七月二八日》出现了。是描写七月革命的巷战之作。手挥三色旗的半裸体的肉感底的女人站在前面。这是"自由"的女神。拿着手枪,戴着便帽的孩子,和戴了绢帽,捏着剑枪的男人,跟在那后面。这是用日常的服装,来描当时的事件最初的画。这画之后,接着是上文说过的——恐怕是他手笔中最美的——《亚尔藉利亚的女人》;接着是东方的风俗画和许多狩猎画;最后,就接着极出色的《十字军人康士坦丁堡》。描在这画的前景里的裸体女人的背上的色彩,曾经刺戟了印象派的作家,是有名的话。从格罗以来的以东方风物作藻饰的战争画,到这一幅,遂达了纯化已极的终局的完成。带青色的那色调的强有力,恐怕未必会有从观者的记忆上消掉的时候罢。

能如陀拉克罗亚的画那样,造形上的形式和含蓄于内的构想底内容,都个性底地统一着,并且互相映发着的时会——尤其在罗曼谛克期——是很少的。许多罗曼谛克画家——虽在法兰西那样尊重造形底表现的国民中,也所不免——都陷于所谓"文学底表现"的邪道,以徒欲单是着重于题材底的要素的结果,势必至于在绘画上,大抵闲却了造形底的要素了,对于他们,惟有陀拉克罗亚,却是彻头彻尾,正经的"画家"。不束缚于教义,不标榜着流派的他,是只使那

泉涌一般丰饶的罗曼谛克底热情，仅发露于纯粹地造形底的东西的
形式上的。以禀着那样的文学底笔力和丰富的趣味的他，而不谈教
义，也不耽趣味，但一任画家模样的本能之力，来统御自己的事，在罗
曼谛克的时代，是极为稀有的现象。但是，罗曼谛克的绘画——倘要
走造形美术的正道——是不可不以这样的稀有的大作家为指导者
的。虽在法兰西，陀拉克罗亚也还是孤独的画家。因为如布朗藉那
样，以画家而论，并无价值，然而在文学者之间，却是有名的作家，以
及大受俗众赏识的陀拉罗修等辈，都正在时髦的缘故。但在德国，
则这文学偏重和思想偏重之弊，可更甚了。

b　德意志罗曼谛克和珂内留斯

德意志罗曼谛克的美术运动，那出发点，是也站在纯粹地"造形
艺术底"的正路上的。神往于古典主义的，即遥远的——而且民族
不同的——异乡的心，现今是要反省自己的历史了。对于惟独确为
自己们的民族所有的可以怀念的过去，那新的追忆，觉醒起来了。
于是洁于真实和信仰的 gute, alte Zeit——可念的往昔——的记忆，
便充满了人们的心。从古典主义的理性底启蒙，向罗曼谛克的感情
底灵感——在这里，被发见了可以指导新时代的艺术的机因。

罗曼谛克思潮的先导者，是文学者和批评家。域干罗达（Wack-
enroder）和悌克（Tieck），首先发觉了对于古典文化的时代，祖国的往
昔也应给同等地估价。不复因为没有希腊那样的神祠，来骂祖国的
中世纪，却在中世纪的美术里，也看见了和在希腊的一样，尊严的神
的发现了。而且还要从艺术上，去寻求精神之美，真实之深，信仰之
高。以艺术的观照，比较祈祷，而终至于惟独崇拜了真是基督教底
的艺术。

他们两人，同作德意志的国内巡游，很为戈谛克的寺院和调垒
尔的绘画所感动。域干罗达之作《爱艺术的修士抒怀录》
（*Herzensergiessungen eines kunstliebenden Kloster-bruders*），便是这

一时代的好记念。继他们之后者，有勖莱该勒兄弟（Friedrich Schlegel, August Wilhelm Schlegel）。莆里特力勖莱该勒寓居巴黎，考察了聚在那里的历代的大作，而将成果登在报章《欧罗巴》上。奥古斯忒威廉则在那讲义上，和古典主义的形式主义战斗。

这些文学批评家的言论，很给了年青美术家不少的影响。他们要从古典模仿的传统脱离，以虔敬的心，更来熟视自然的姿态了。凯思巴尔莆里特力（Kaspar Friedrich）和菲立普渥多仑该（Philipp Otto Runge），便是那代表者……。然而不多久，从发心纯粹的动机中，竟强暴地萌生了浓厚的教义，初兴的新鲜的艺术运动，顷刻间变为沉闷的尚古主义了。而这全然硬化了的罗曼谛克的代表作家，是彼得珂内留斯。

彼得珂内留斯（Peter Cornelius）是生于狄赛陀夫的画师的家里的，年十三，便已进了那地方的亚克特美。从年青时候起，就有取古来的大家，加以折衷模仿的嗜好了。使德国的美术界，好容易这才萌发出来的泼剌的自然观的萌芽，尽归枯槁者，其实便是珂内留斯。他不但模仿德意志国粹的大作家调垒尔而已，还从十五世纪意太利的美术家起，到拉斐罗，密开朗改罗——不但这些，其实是——古典美术止，一切样式，都想收纳。分明地可以看取这种倾向之作，是在调垒尔心醉时代所试作的，题为《瞿提的法司德》的素描的一套。人物的服饰，都是调垒尔式的循规蹈矩。本来拙于素描的他，就用古风来描出弯弯曲曲的线，人物的样子，也故意拟古，画得颇细长。在这里，可以窥见德意志的古画以及意太利文艺复兴初期的画风的消化未尽的模仿。

一八一一年，珂内留斯赴罗马。这地方，是已经有阿跛尔勃克（Overbeck）及其他拿撒勒派（Nazarener）的画家们，聚在圣伊希特罗寺，度着修士似的生活的。当这时，在宾谛阿丘上的巴多尔兑氏，便为这一派的画家们开放邸第，使他们作壁画。乐得描写生地壁画的机会的他们，便从约瑟的生涯里选取题材，试行合作。这画现今保存在柏林的国民美术馆，但是熟悉于意太利的壁画的人们，和这幼稚的壁画相对，怕要很吃一惊的罢。将童话的插图照样扩大而作壁画一般的笔法和生涩的拙劣的彩色！委实是乡下人似的笨相。然而好事的罗马人，却将便宜地成功的壁画，视同至宝了。穆希密氏也招致他们，使在苑亭的三室里，描写生地壁画。他们即从意太利的大诗人但丁，亚理阿斯多，达梭等选定题材，安排在三室里。勖诺尔（Schnorr）从亚理阿斯多的《罗兰特》，阿跋尔勃克和斐力锡（Führich）从达梭的《得了自由的耶路撒冷》里，采取题材。珂内留斯是从但丁的《神曲》中取了画题，开手制作了的，但自从他离开罗马以后，便由范德（Veit）续作，最后，是珂霍（Koch）将这完成了。

　　一八二一年以来，应普鲁士政府之招，做着狄赛陀夫的亚克特美长官的珂内留斯，属望于巴伦的名王路特惠锡所治的绵兴市了。他为了这美术之都，所做的最初的制作，是在收藏古典美术的石刻馆的天井上，绘画希腊的神话和英雄谭。然而嘱咐给他的题目，较之装饰底，却是重在哲学底的。要排列普罗美调斯和爱罗斯；时间和空间，四季，朝夕的象征；天界，水界，冥界及其他英雄们。必须以赫拉克来斯表人德，阿尔弗阿斯表爱，亚理恩表神惠。而且还有托罗亚之战……。因为嘱托的主旨，并非求装饰的效果，而在深刻的意义的象征，所以珂内留斯用了本色的——德意志风的——坚定，也就能够办妥了。

　　暂时在国内的各处，经营制作之后，他便离了狄赛陀夫的教职，定居绵兴市。这时得了装饰绘画馆的长廊的委托，然而他的抱负，是在胜过拉斐罗的画廊（教皇宫内）。但决不是在那成绩上——因为他以为仅作此想，也便是渎神之罪的——。倒是想以思想上的结构来取胜。是用思想的深邃，来克服描写的技巧的——诚然像个德意志人的手段。然而那结果，却不过表示了装饰法的拙劣和色彩的缺陷罢了。

其次的工作，是路特惠锡寺的生地壁画。在《审判》图上，珂内留斯的计画，是在"订正"那息斯丁礼堂的密开朗改罗。将密开朗改罗的粗暴，柔以拉斐罗的优美，将密开朗改罗的壮伟的人物，改成调垒尔和希缛莱黎那样的枯瘠的风姿——这些是他的主意。单是企图素描，是巧妙地成功了。然而也不顾技巧之拙，居然描画了的生地壁画，却虽在已经褪色的现在，也还是不堪。

一八四一年，珂内留斯因为拙于设色，为路特惠锡二世所厌，于是到了柏林。在这地方，他的"蛮勇"，还是使人们咋舌，但是给呵罕卓伦氏墓上所计画的构想，却恢复了他已玷的名声。描写和他的性情最为相宜的"观念画"的机会，终于来到了。在这里，神学，哲学，演剧，美术，都保持着调和。"死是罪孽的报应，然而神的惠赐，是永远的生"那几句，是这所画的说教的题目。在这画的非常的大铺排，而且烦琐的构想之中，最夺目，也最有名的，是《默示录的骑士》。虽然也使人记起调垒尔所作的题目相同的木版画来，而这珂内留斯之作，却阴森而强烈得远。使人类灭亡的四物——战争，瘟疫，饥馑，死亡——在震慑的人们之上，暴风雨一般地驰驱。凡有在柏林的国民美术馆的阶梯的壁上，看见和德国最大的历史画家莱台勒的素描并揭着的这画的庞大的素描者，恐怕就非将对于珂内留斯的酷评取消不可罢。将墓上的壁画，中止实施的时候，珂内留斯的失望是很大的。但是，惟这不幸，于他却反而是天惠。为什么呢？因为幸而在未然之前，将曝露彩色上的缺陷，使辛勤的构想也因而前功尽弃的危险，豫先防止了。惟在这里，他可以永远保存无玷的荣誉。这勤勉而长久的一生中的最后的大作——且是和他的天分最为相宜的大作——，以最为有利的状态——只是画稿——，遗留下来的事，大约是谁也不能因此没有几分感慨的罢。仿佛神也哀怜了这没有运气的忠仆似的。

陀拉克罗亚和珂内留斯——这是怎样神奇的对照呵。将蓄积在法兰西文化的传统中的一切优秀的技巧,加以驱使,而创造了纯粹造形底的,那出色的宇宙——在那里面,是永远旋转着美而有力的色彩和一切人间底的热情——的陀拉克罗亚,和北欧的乡下人一般的无骨力,全然缺着做画家的天分,却只蛰居于隐在想错了的构想之中的哲学底的观念世界里的珂内留斯。我们试一想象这在最大限度上,倾向不同的两个大人物,在南北两方,同时——而且被同一的思潮引导着——盛行活动的模样,实在是兴味很深的。陀拉克罗亚虽于大规模的壁画,也宁可牺牲了装饰底效果,描作油画风。珂内留斯则便是描在画布上的油画,也总想显出生地壁画之感。陀拉克罗亚的沉潜于作为画家的技巧,珂内留斯的梦想着理想的实现,是竟至于如此之甚的。倘将他们两,从"伟大"这一点上比较起来,那无须说,陀拉克罗亚要高到不能比拟。(不独以作为画家而论,只要一读他所遗留下来的日记和评论,便知道虽在一般底教养上,也是一个杰出的人物。)然而,虽然如此,这两个作家,在比较法德两国罗曼谛克思想的造形底表现时,是可以用作最适当的材料的罢。

c 异乡情调和故事

但是,为使法德两国对于罗曼谛克的关系较为分明起见,我还要关于两个可爱的作家,来费去一些话。这便是受了陀拉克罗亚的影响的襄绶里阿和珂内留斯的弟子勖温特。

绶阿陀尔襄绶里阿(Théodore Chaseriau)者,在那血液中,就已经禀着怀慕异乡的心情的。当初,是安格尔的大弟子,曾受很大的属望和信赖,然而襄绶里阿的心,却渐渐和这古典主义的收功者离开了。而且又恰与带着正反对的倾向的,——在安格尔,是最大仇敌的——陀拉克罗亚相接近。生来就已继承着的异乡土底的性格,渐次支配了他的艺术了。戈恬评为"印度女子似的"的《蔼司台尔》,诚然是有着东洋底的肉体的女人。由印象深的——在襄绶里阿画里所独有的——大的眼睛而生色的那面貌,和微瘦,但却极有魅力的肉体,都秾郁地腾着十分洗练的异乡情调的香。是象牙一般皮肤的女人所特有的,神奇地蛊惑底的印象。法兰西画家的异乡趣味,是始于格罗和罗培尔(Léopold Robert),通俗化于陀康(Decamps),白热化于陀拉克罗亚,而陈腐于莆罗曼坦(Fromentin)的。这,罗曼谛克美术的显著的倾向之一,由受了陀拉克罗亚的感化的襄绥里阿来完成,正是很自然的事。

摩理支望勖温特(Moritz von Schwind)是绵兴时代的珂内留斯引导出来的。然而师弟的性格完全两样。和尊大而沉闷的珂内留斯相反,勖温特是又飘逸,又澄明。带着北方气的——然而用维纳的空气来洗练过了的——高雅的诙谐和快活的开朗的勖温特,令人记起格林的童话,乌兰特的俗歌,亚罕陀夫的故事和摩札德的歌剧来。凡有在绵兴的雪克画馆所藏的许多小匡上,看见德意志风的传说的世界的人,大概总感到雪夜在炉边听讲童话一般的想念罢。《被捕的王女》,《三个隐者》,《妖精的舞蹈》,《魔王》,《神奇的角笛》,《林中的礼拜堂》……好像是得了美装的童话本子的孩子,开手来翻之际的的心情。从描着"七匹乌鸦"的一套水彩画起,至饰着瓦尔特堡城内的歌厅的壁画《竞唱》止——不但这一些,至于平常的风俗画《新婚旅行》和《早晨的室内》,也无不沁着幽婉的德意志罗曼谛克的空气的。在珂内留斯以骇人的喧嚷的大声说教的旁边,有一个低声喁喁地给听故事的勖温特,在德意志的画界,确是可贵的慰藉。(关于勖温特的朋友力锡泰尔,后来也许要讲起的。)襄绥里阿和勖温特——在这里,也可以窥见法德两国趣味的不同。

五 历史底兴味和艺术

a 历史画家

法兰西的历史画的始祖,是赞诵"现代的英雄"的格罗。自己随着拿破仑的军队，实验了战争的情形，在格罗，是极其有益的事。然而，自从画了《在亚尔科的拿破仑》，为这伟大的"名心的化身"所赏的他，要而言之，终究不脱御用画家的运命。尤其是，因为拿破仑自己的主意，是在经画家之手，将本身的风采加以英雄化，借此来作维持人望的手段的，故格罗制作中，也势必至于堕落到廷臣的阿谀里面去。其实，如"耶罗之战"，原是拿破仑先自定了赞美自己的德行的主旨，即以这为题目，来开赛会的。自从以《茄法的黑疫病人》为峻绝的格罗的制作以来，逐年失去活泼的生气，终至在"路易十八世的神化"那些上，暴露了可笑的空虚；而自沉于赛因河的支流的他，说起来，也是时代的可怜的牺牲者。但是，以御用画家终身的他的才能的别一面，却有出色的历史画家的要素的。如一八一二年所画的《法兰卓一世和查理五世的圣安敦寺访问》，便是可以代表那见弃的他的半面的作品。

承格罗之后，成了历史画家的，是和陀拉克罗亚同时的保罗陀拉罗修（Paul Delaroche）。然而陀拉罗修也竟以皮相底的社会生活的宠儿没世。呼吸着中庸的软弱的空气，只要能惹俗人的便宜的感兴，就满足了。一面在《以利沙白的临终》和《基士公的杀害》上，显示着相当出色的才能，而又画出听到刺客的临近，互相拥抱的可怜的《爱德华四世的两王子》那样，喜欢弄一点惨然的演剧心绪的他，是欠缺着画界的大人物的强有力的素质的。在这时代的法兰西，其实除了唯一的陀拉克罗亚，则描写像样的历史画的人，一个也没有。

然则德意志人怎样呢？在思想底的深，动辄成为造形上的浅，而发露出来的他们，历史画——作为理想画的一种——应该是最相宜的题目。惟在历史画，应该充足地发挥出他们的个性来。果然，德意志是，在历史画家里面，发见了作为这国民的光彩的一个作家了。生在和凯尔大帝因缘很深的亚罕的亚勒弗来特莱台勒（Alfred Rethel）就是。

是早熟的少年，早就和狄赛陀夫的画界相接触了的莱台勒，有着和当时的年青美术家们不同的一种特性。这便是他虽在从历史和叙事诗的大铺排的场面中，采取题材之际，也有识别那适宜于造形上的表现与否的锐敏的能力。惟这能力，在历史画家是必要的条件，而历来的德国画家，却没有一个曾经有过的。惟有他，实在是天生的历史画家。在狄赛陀夫时代，引起他许多注意的古来的作家，是调垒尔和别的德意志文艺复兴时代的画家们的事，也必须切记的。

对于他的历史画，作为最重要的基础的，是强有力的写实底坚实和高超的理想化底表现的优良的结合。立在这坚实的地盘上，莱台勒所作的历史画的数目，非常之多。而其中的最惹兴味者，大概是叙班尼拔尔越亚勒普山的一套木版画的画稿和装饰着亚罕的议事堂的《凯尔大帝的生涯》罢。此外还有一种——这虽然并非历史画——可以称为荷勒巴因的复生的，象征着"死"的一套木版画。

当在亚罕的议事堂里，描写毕生的大作之前，为确实地学得生地壁画的技术起见，曾经特往意太利旅行，从教皇宫的拉斐罗尤其得到感印。然而莱台勒所发见的拉斐罗的魅力，并非——像平常的人们所感到的那样——那"稳当"和"柔和"。却是强有力的"伟大"。从十五世纪以来的作家们都故意不看的这莱台勒的真意，是不难窥测的。大概就因为做历史画家的本能极锐的他，觉得惟有十六世纪初头的伟岸底的样式，能给他做好的导引的缘故罢。

在一八四〇年的赛会上，以全场一致，举为第一的莱台勒的心，充满了幸福的期待。然而开手作工是一八四六年，还是经过种种的顿挫之后，靠着莆里特力威廉四世的敕令的。他亲自所能完功的壁画，是《在凯尔大帝墓中的渥多三世》，《伊尔明柱的坠落》，《和萨拉闪在科尔陀跋之战》，《波比亚的略取》这四面。开了凯尔大帝坟的渥多三世，和拿着火把的从者同下墓室，跪在活着一般高居宝座的伟大的先进者的面前。是将使人毛竖的阴惨，和使人自然俯首的神严，神异地交错调和着的惊人的构想。不是莱台勒，还有谁来捉住这样的神奇的设想呢。德意志画家的对于观念底的东西，可惊异底东西的独特的把握力，恰与题材相调和，能够幸运如此画者，恐怕另外也未必有罢。惟独在戏剧作家有海培耳，歌剧作家有跋格那的国民，也能于画家有莱台勒。为发生伟岸底的效果计，则制驭色彩，为增强性格计，则将轮廓的描线加刚——在这里，即有着他的技术的巧妙。

但在这大作里，也就隐伏着冷酷的征兆，来夺去他的幸运了。贪得看客的微资的当局，使容许他们入场，一任在正值工作的莱台勒的身边，低语着任意的评论。因此始终烦恼着莱台勒的易感的心。有的还不禁猛烈的愤怒。临末，则重病袭来，将制作从他的手里抢去了。承他之后，继续工作的弟子开伦之作，是拙稚到不能比较。而且这是怎么一回事呢？心爱开伦之作的柔媚的当局，竟想连莱台勒之作，也教他改画。但因为弟子的谦让，总算好容易将这不能挽救的冒渎防止了。

《死的舞蹈》是其后的作品。画出显着骸骨模样的荷勒巴因式的"死"来。"死"煽动市民，使起暴动；成为霍乱，在巴黎的化装跳舞场上出现。在化装未卸的死尸和拿着乐器正在逃走的乐师们之间，"死"拉着胡琴。然而"死"也现为好朋友，来访寺里的高峻的钟楼，使年老的守者，休息在平安的长眠里。在夕阳的平稳的光的照入之中，靠着椅子，守者静静地死去了，为替他做完晚工起见，"死"在旁边拉了绳索，撞着钟。——但"死"竟也就开始伸手到作者的运命上去了。娶了新妻，一时仿佛见得收回了幸福似的莱台勒，心为妻的发病所苦，又失了健康。病后，夫妻同赴意太利，但不久，他便发狂，送回来了。将吉陀莱尼的明朗的《曙神》，另画作又硬又粗的素描的，便是出于他的不自由之手的最后的作品。失了明朗的莱台勒的精神，还得在颠狂院中，度过六年的暗淡的长日月。"作为朋友的死"，来访得他太晚了。

b 艺术上的新机运和雕刻

雕刻史上的罗曼谛克时代的新运动，无非是要从硬化了的不通血气的古典主义的束缚中，来竭力解放自己的努力。凡雕刻，在那造形底特质上，古典样式的模仿的事，原是较之绘画，更为压迫底地掣肘着作家的表现的，所以要从梭尔跋勒特生的传统，全然脱离，决不是容易事。因此，在这一时代所制作的作品上——即使是极为进取底的——总不免有些地方显出中涂半道的生硬之感。假如，要设计一个有战绩的将军的纪念像时，倘只是穿着制服的形状，从当时的人想来，是总觉得似乎有些欠缺轮廓——以及影像——的明晰之度的。于是大抵在制服上，被以外套，而这外套上，则加上古代的妥喀一般的皱襞——因为先是这样的拘执的情形，所以没有发生在绘画上那样的自由奔放的新样式。然而在和当时的历史底兴味有着密切的关系的制作中，却也有若干可以注目的作品。而且在当时盛行活动的作家里面，也看出两三个具有特质的人物来。其中的最为显著的，恐怕是要算法兰西的柳特和德意志的劳孚了罢。

法兰卓柳特（François Rude）是拿破仑的崇拜者。也曾和百日天下之际的纷纭相关，一时逃到勃吕舍勒去；也曾和同好之士协力，作了称为《拿破仑的复生》这奇异的石碑。他的长于罗曼谛克似的热情的表现，就是到这样。有名的《马尔赛斯》的群像和《南伊将军》的纪念碑等，在柳特，都是最为得心应手的题材。

装饰着霞勒格兰所设计的拿破仑凯旋门（I'Arc del'Etoire）的一部的《马尔赛斯》的群像，是显示着为大声呼号的自由女神所带领，老少各样的义勇兵们执兵前进的情形的。和陀拉克罗亚所画的《一八三〇年》，正好是一对的作品。主宰着古典派的雕刻界的大辟特檀藉尔批评这制作道："自由的女神当这样严肃的时候，装着苦脸，是怎么一回事呢"云。——古典主义和罗曼谛克之争，无论什么时候，一定从这些科白开场的。然而这制作，所不能饶放的，是义勇兵们的相貌和服装。他们还依然是罗马的战士。

在《南伊将军》的纪念像上，却没有一切古典主义底的传统了。穿了简素的制服，高挥长剑，一面叱咤着全军的将军的风姿，是逼真的写实。将指导着弟子们，柳特嘴里所常说的——"教给诸君的，是身样，不是思想"这几句——话，和这制作比照着观察起来，则柳特的努力向着那里的事，就能够容易推见的罢。

基力斯谛安劳孚（Christian Rauch）是供奉普鲁士的王妃路易斯的；这聪明的王妃识拔劳孚之才，使他赴罗马去了。劳孚为酬王妃的恩惠计，便来镂刻那复盖夭亡的路易斯的棺枢的卧像，在罗马置办了白石。刻在这像上的王妃的容貌，是将古典雕刻的严肃和路易斯的静稳的肖像，显示着神奇的调和。在日常出入于这宫廷中的劳孚，要写实底地描写路易斯的相貌，自然是极容易的。但在不能不用古典样式的面纱，笼罩着那卧像的他，是潜藏着虽要除去而未能尽去的传统之力的罢。柳特之造凯威涅克的墓标，要刻了全然写实底的尸骸的像的，但要作那么大胆的仿效——即使有这意思——却到底为劳孚所不敢的罢。还有，和这一样，劳孚之于勃吕海尔将军的纪念像，似乎也没有如柳特之试行于《南伊将军》的那样，给以热情底的表现的意思。勃吕海尔身缠和他的制服不相称的古典风的外套，头上也不戴帽。那轮廓，总有些地方使人记起古代罗马的有名的兑穆思退纳斯的像来。

最尽心于遁出梭尔跋勒特生的传统者，是劳孚。然而无论到那里，古典主义底的形式观总和他纠结住。如上所述，在《路易斯》和《勃吕海尔》上，也可以分明地看取这情形，而于弗里特力大王的纪念像——正惟其以全体论的构想，是极其写实底的——却更觉得这样束缚的窘促。载着大王的乘马像的三层台座的中层，是为将军们的群像所围绕的，然而凡有乘马者，徒步者，无论谁，都只是制服而无帽。倘依德意志的美术史家的谐谑的形容，则恰如大王给他们命令，喊过什么"脱帽——祷告！"之类似的。虽在炮烟弹雨之中，并且在厚的外套缠身的极寒之候,而将军们却都不能戴鍪兜,也不能戴皮帽。

法兰西的雕刻家,颇容易地从古典主义的传统脱离了,但在德意志人,这却决不是容易的事。

c 历史趣味和建筑

将十八世纪末以来的古典主义全盛时期的建筑上的样式,比较起来,也可以看出法德两国民性的相异的。

霞勒格兰的凯旋门和兰格蒿斯的勃兰罩堡门,还有韦秾的马特伦寺和克伦支的显英馆——只要比较对照这两组的建筑,也就已经很够了罢。

皇帝拿破仑为记念自己的战功起见,命霞勒格兰(Jean François Chalgrin)计画伟大的凯旋门的营造。在襄绥里什的大路斜上而横断平冈之处,耸立着高五十密达,广四十五密达的凯旋门。现存于世的一切凯旋门,规模都没有这样大。现在还剩在罗马的孚罗的几多凯旋门,自然一定也涵养了熟悉古典建筑的霞勒格兰的构想的。然而巴黎凯旋门,却并非单是古典凯旋门的模仿。是对于主体的效果,极度地瞄准了的独创底的尝试。较之古典时代的建造物,结构是很简单的,但设计者所瞄准之处,也因此确切地实现着。

兰格蒿斯(Gotthard Langhans)的杰作勃兰罩堡门,就是菩提树下街的进口的门。是模仿雅典的卫城的正门的尝试罢。虽然并非照样的仿造,然而没有什么独创底的力量,不过令人起一种"模型"似的薄弱之感。规模既小,感兴又冷。最不幸的,是并没有那可以说一切建筑,惟此是真生命的那确实的"坚"。总觉得好像博览会的进口一般,有些空泛,只是此时此地为限的建造物似的。倘有曾经泛览古典希腊的建筑,而于其庄重,受了强有力的感印的人,大概会深切地感到这宗所谓古典主义建筑之薄弱和柔顺的罢。

德意志古典主义建筑家中之最著异彩者,怕是供奉巴伦王家的莱阿望克伦支（Leo von Klenze）了。区匿街是清净的绵兴市的中心，点缀这街的正门和石刻馆，大约要算北欧人能力所及的最优秀的作品。对于从这些建造物所感到的一种仪表，自然是愿意十分致敬的。然而虽是他，在显英馆和荣名厅的设计上，却令人觉得也仍然是一个德意志风的古典主义者。将日光明朗的南欧的空气所长育的风姿，照样移向北方的这些建造物，在黯淡的天空下，总显着瑟缩的神情。恰如用石膏范印出来的模造品一样，虽然能令醉心于古典时代的美术的学生们佩服，然而要是活活泼泼的有生命的作品，却不能够的。

但是，即使想到了显英馆和荣名厅的这样的失败，而即刻联想起来的，是生在法兰西的马特伦寺的生气洋溢的美。

马特伦寺是在一七六四年，由比尔恭丹迪勃黎的设计而开工，遭大革命的勃发，因而中止的寺院。但拿破仑一世却要将这建筑作为一个纪念堂，遂另救巴尔绥勒密韦秾（Barthélemy Vignon），采用神祠建筑的样式了。然而自从成了路易十八世的治世，便再改为奉祀圣马特伦的寺院，将堂内的改造，还是托了韦秾。韦秾于是毫不改变这建造物的外观，单是改易了内部，使像寺院模样。在奥堂里加添一个半圆堂，在两旁的壁面增设礼拜堂的行列，在天井上添上三个平坦的穹窿，竟能一面有着古典风的结构，而又给人以寺院似的印象了。堂内的感印，是爽朗而沉着的，外观也大规模地遒劲而坚实，在这地方，可以窥见那较之单是古典崇拜，还远在其上的独创底的才能的发露来。

但是，以罗曼谛克时代为中心的历史趣味的倾向，其及于当时的建筑界的影响——正因为那动机不如古典主义之单纯——是发现为极其复杂的形态的。只要一看点缀着现今欧洲的主都的当时的建筑，在构想上非常驳杂的事，则那时的情况，也就可以想见了罢。巴洛克趣味的巴黎的歌剧馆（设计者 Charles Garnier），戈谛克派的伦敦的议事堂（设计者 Charles Barry），意太利文艺复兴风的特来式

甸的绘画馆(设计者 Gottfried Semper),模拟初期基督教寺院的绵兴的
波尼发鸠斯会堂(设计者 Friedrich Ziebland),将古典罗马气息的样式,
浑然结合起来的勃吕舍勒的法院(设计者 Joseph Poelaert)……即使单
举出易惹匆忙的旅行者的眼的东西,也就没有限量。倘要从中寻求
那在建筑史上特有重要关系的作家,则从法兰西选出惠阿莱卢调
克,从德意志选出洌开勒,恐怕是当然的事罢。

在法兰西,本来早就发生了排斥古典样式的偏颇的模仿,而复
兴戈谛克风,作为国粹样式的运动的,但一遇罗曼谛克思潮的新机
运,便成为对于古典主义的分明的反抗运动了。罗曼谛克的文人
们,使戈谛克艺术的特质广知于世,自然不待言。于是开伦人基力
斯谛安皋(Christian Gou)便取纯然的戈谛克样式,用于巴黎的圣克
罗台特寺的设计;拉修(J. S. Lassus)则与古典和文艺复兴的两样式
为仇,而并力拥护戈谛克。而惠阿莱卢调克(Viollet-le-Duc)便在建
设底实施和学问底研究两方面,都成为当代建筑界的模范底人物
了。他的主要著作《法兰西建筑辞书》(*Dictionnaire raisonne de l'*
Architecture française)和恢复的规范底事业的那比尔丰馆的重修,
就都是很能代表他的学识和技术的作品。

在德意志,则从莆里特力吉黎(Friedrich Gilly)以来,凡是怀着
高远的憧憬的建筑家,就已经梦想着他们的理想的实现。由吉黎的
计画而成的莆里特力大王的坟墓,即明示着这特性的了。置人面狮
和方尖碑于前,而在硕大的平顶坟上,载着灵殿那样的奇异的构想,
很令人记起凯思典斯的渺茫的憧憬来。但为吉黎的感化所长育的
凯尔莆里特力洌开勒(Karl Friedrich Schinkel)的构想,却以将古典
样式和戈谛克样式加以调和统一这一种极艰难的——从两不相容
的两个样式的性格想起来,必然底地不可能的——尝试,为他的努
力的焦点了。

本来,洌开勒与其是建筑家,倒是画家,是诗人。可以记念这域
干罗达一流而罗曼谛克的他的憧憬的,有极为相宜的一幅石版画。

是林中立着戈谛克风的寺院，耸着钟楼，罗曼谛克的故事的插图似的石版画。细书在画的下边的话里，有云："抒写听到寺里的钟声的时候，充满了心中的，神往的幽婉的哀愁之情。"就照着这样的心绪，游历了意太利的他，是既见集灵宫和圣彼得寺，便越加怀念高塔屹立的北欧的寺院，对于古典风的建筑，只感到废弃的并无血气的僵硬罢了。

洵开勒的戈谛克热，是很难脱体了的，然而从古典崇拜的传统脱离，也做不到。于是竭力想在古典样式的基调上，稍加中世气息。但是，倘值不可能的时候——当然常是不可能的——便仅用古典样式来统一全体。终至于最喜欢亚谛加风的端正了，而对于趣味上的这样的变迁，则他自己曾加哲学气味的辩护道："古典希腊的样式，是不容外界的影响的。这里就保存着纯净的性格。因此这又导人心于调和，涵养人生的素朴和纯净。——"云。

这样子，洵开勒是从对于古德意志的憧憬的热情，向了古典希腊的理性底的洞察了。但是，虽然如此，向来不肯直捷地接受先前的样式的他，在许多设计上，又屡次试行了不合理的，而且无意义的改作。波忒达谟的尼古拉寺不俟言，虽在柏林的皇宫剧场，也不免有此感。而且对于罗曼谛克的样式，他也竟至于想插入自己的意见去了。他看见罗曼谛克的文人喻戈谛克寺院的堂内为森林，便发意牺牲了戈谛克样式的特征，而将植物形象，应用于天井和柱子上。其实，他是连戈谛克样式的正确的智识也没有的；更坏的是因为他以戈谛克建筑的后继者自命，所以更不堪。将怀着这样空想的他，来和法兰西的惠阿莱卢调克一比较，是怎样地不同呵。惠阿莱卢调克是将自己的工作，只限于正确的恢复的。而况在洵开勒作工最多的普鲁士，又并无可以兴修很侈奢的建筑的款项。因为总是照着减缩的豫算来办理的工作，所以虽在设计戈谛克风的寺院的时候，也势必至于杂入工程简单的古典风。要在古典式的规范上，适用戈谛克风的构成法的他的努力，大部分终于成了时代的牺牲，原是不得已的。受了希腊国王的委托,在雅典的卫城上建造王城的计画,后来竟没有实现。倘使实现,也许能够成为给古典主义一吐万丈的气焰的作品的罢。然而在较之古典主义,更远爱古典时代的遗物这东西的我们,却对于这样"暴力"的未曾实现,不得不深为庆幸的。

六 从罗曼谛克到印象派的风景画

风景画——这题目,在美术上占得一个独立的位置,是并不很早的。这到了十九世纪前半期的中涂——具体底地说,则自从起于一八三〇年前后的风景画家的新运动以来——骤然占领了美术界的重要的分野了。宛然有继承了宗教画在十九世纪以前的画界上所占的位置之观。这是什么缘故呢? 一方面,是从隐然支配着向来美术界的社会上的权威——基督教会,教皇,商会,银行家,佣兵的长官,诸侯,宫廷,贵族,皇帝——的保护和束缚得了解放的美术家们,都渐渐自己直接站在社会的表面,为自己的要求所敦促,为时代思潮所引导,而从事于制作了。于是一切人们俱能感受的自然的风姿,即势必成为占领画题的一大部分的结果。(在十七世纪的荷兰,因为没有这样的外面底的权威的支配,风景画早经发达了。这些就是那很好的例证罢。)而同时,在别方面,则和人们大家的自然观的发达——自然美的感受性的发达——有着重大的关系。如那开始赞美山岳之美的沛忒拉尔加,大概便是在宗教底自然观的浓厚的烟霞的深处,首先看见了辉煌着的自然的姿态之美的第一人罢。其次,大概便是自从大胆地喊出了"到处含美"这一句在今已经陈腐之至的话的时代起,逐渐生出近代风的自然观来的事罢。(当十九世纪初,理论家是分风景画为两种等级,即理想画〔le style heroique,le style ideal〕和平民画〔le style champetre,le style pastrale〕的,但也有将风景画的使命,仅限于作为"背景"的人们。)

因此,所谓风景画的发达者,是美术史上兴味极深的一个研究的题目。而一面由风景画的样式的变迁下去的种种相,以反而追想时代思潮的变迁,大约也可以成为兴味颇深的题目的罢。但在本书,却只有叙述一点极粗的梗概的余裕而已。

久远的希腊的往昔,不得而知,若现存的风景画的最古的遗品,大约要算教皇宫内博物馆所保存的"阿迭修斯风景画"了。这是取呵美罗斯的诗歌"阿迭修斯"为题材,意在表见英雄阿迭修斯的漂泊故事的。此外,以大概属于同时代的作品而言,则朋卑还有许多的壁画。那波里的国民博物馆所保存的这一类的壁画之中,也颇有惹人兴味的,但因为描画的目的,本来多在应室内装饰的要求,所以能否作为随处可以推测当时作家的技术的因缘,也还是一个疑问。

例如,几何学底远近法,仿佛是已经知道了的,而视点的统一,却全然没有。这是当模仿希腊时代的流行制作之际,罗马的工人们所弄错的所谓"走样"呢,还是那时的艺术家,委实未曾进步到对于远近法能够画得统一视点呢,都无从明白。总而言之,要靠古典时代的遗品,来估计那时的画术,是不很够的。

自从进了中世纪,暂时没有近乎风景画的东西,但到十三世纪以来,总算靠了觉多,渐有几分仿佛风景似的绘画出现了。觉多当表显圣传和圣人的德行时,已迫于描写极其单纯的风景画,作为背景的必要。尤其是在亚希希的圣芳济寺的壁画上,虽然古拙,却可以看出意太利文艺复兴时风景画的开端。

一到绚烂的十五世纪,则不消说,出现了各种风景画,作为无穷的圣传和神话的背景了。表出含着水蒸汽的氛围气,可见空气远近法的开初的威罗吉阿;将牧歌气息的情调,画以澄明的心绪的沛尔什诺;力求装饰底的效果的乌吉尔罗等,要历举起来,是无限量的。况且那时正值发明了几何学远近法的时代,所以应用极为流行,集注着画家们的兴味了。

然而在风景画的兴味如此盛大时中,将真的意义上的风景画,遗留下来的作家，却除了莱阿那尔陀达文希之外，几乎没有了。莱阿那尔陀在那有名的画论里，也论着风景画的问题，但遗品中的最可注意的，是左写着 1473 年这几字的钢笔素描的风景画。见于西洋绘画史上的纯粹的风景画，这——大约——是最古的遗品。还有，属于略同时代的北方画家调垒尔的写生中，有施用彩色的几叶风景画存在的事，也该记得的。此外，还须声明，在十六世纪初头的威内契亚派作家之内，也有画了和很纯粹的风景相近的美的背景（?）的作家。以那代表底作家而论，就只举一个若耳治纳的名罢。

那么，究竟什么时候起，才有纯粹的风景画出现呢？虽到文艺复兴期，"自然和人"已被发见，而还不能出于背景以上的风景画，从什么时候起，才走了独特的路呢？

开始画出真的意义上的风景画的画家们，是十七世纪的荷兰人。新教国的荷兰，仪式一流的宗教画，是不发达的，而产生了许多描写田园风景的作品。和静穆的室内画家，诙谐底的农民画家一起，也辈出了多数的风景画家。将映着以家畜作点缀的田园和乔木的影的水边的，笼雾，摇风，浴月的情景，他们亲密地描写了。称为"风景画"和"静物画"的新题目，开辟了绘画的独立的分野，是从这时候起首的。

但虽是荣盛至此的风景画，在这荷兰仍不能发见相承的作家。出了首先是仑勃兰德，还有路意勖陀和呵贝玛的盛世，顷即告终，他们所觅得的后继者，是盛极于邻邦拂兰陀尔的卢本斯的秾郁的风景画以及法兰西的域多。法兰西是从十七世纪的初头起，就有着普珊和罗兰。成于这些作家之笔的高超的所谓"叙事诗底风景画"，是以英雄和圣者作点景，配合着大厦和废墟的理想画。但一到路易十五世摄政时代，情绪全然不同的艳丽的域多的风景画出现了。域多的风景，是具有和布尔蓬王家的奢侈相称的美的。在梨园的台面一般的庭中，装饰优雅的男女的宴集，便入了画。但惟有在卢森堡苑中画了树木的域多，他的风景画，是显示着和饰以当时趣味的贵族的庭园,有一目了然的共通点的。

然而这美的梦做得并不久。大革命的可怕的豫感,将时代的趣味,拉回寂寥的古典主义去,除了杂着古代废墟的罗培尔的装饰画,风景画几乎没有了。直到热情如沸,色彩如燃的罗曼谛克时代的终结为止,人们都失了亲近风景画的余裕。于是就展开一八三○年代的意义深长的运动来。

a 风景画的理想化

一八二四年的展览会——这从各种意义上看,在法兰西的画界是大可记念的展览会——里所陈列的约翰康斯台不勒(John Constable)的风景画,曾给年青的巴黎的画家们以多大的感动,已经说过了。在祖国埋没了才能的他,到海峡的彼岸却大得尊敬。但在英国,是另外还有可以注目的两个风景画家的。理查波宁敦(Richard Parkes Bonington)和威廉泰那(William Turner)就是。波宁敦将他那短促的生涯,大部分消磨在法兰西,和法兰西的风景画家们往来,留给法兰西的风景画家们许多贡献。而泰那,则他那大胆的浓雾的描写,颇有影响于克罗特穆纳的后期作品的。这样子,出于英吉利的三个风景画家们,便谁都成了法兰西人们的好的指导者了。

以一八三○年代为中心的法兰西风景画家们,是以若耳治密开勒(Georges Michel),保罗于蔼(Paul Huet)为先驱者,凯密由珂罗(Camille Corot),绥阿陀尔卢梭(Théodore Rousseau)为中坚,而加以动物画家的康士坦丁托罗蔼庸(Constantin Troyon),农民画家的约翰密莱(Jean François Millet),及其他陀辟尼(Daubigny),提亚斯(Diaz),调不垒(Dupré)等。但在这些作家里,现在所尤要注目的,是珂罗和卢梭这两个人。

在珂罗的制作中,起先就有两种的倾向。因为尊崇着克罗特罗兰,所以一方面是带着理想底风景画的趣味的,但同时在别一方面,也还是质直的写生画家。相传临终时,说了"多么美呀,从来没有见过这么好看的景色!"的话的珂罗,是画了许多幅林妖们欣然曼舞的沼边的风景画。在善于用那优美的牧歌一般的调子,表出黎明的爽朗,白昼的沉郁,黄昏的幽静来的他的质地里,大概原有着对于理想画的挚爱的罢。但是,在别一面,他也是和那纯朴的性格相称的质直的写生画家。从相传毕生不离手,作为回忆之资的纯罗马的《珂里绥阿》和带着相同的倾向的夏勒图尔的《大寺》起,以至远在后期所作的——全然印象派之作似的——《陶韦之街》等,恐怕便是这半面的代表作品。大约在初到他热爱一如故乡的意太利,快活地唱着歌,巡行于罗马近郊的时候,这两种不相类似的倾向,便并无什么不调和地同时长育了。倘用粗略的话来总括,就是极其保守底的一面和极其进取底的一面,他是同时具备的。到了罗曼谛克的时代告终以后,也还是依然爱着林妖们的一面和彻底地写生,至于直接接着印象派作品的一面——然而在这里面,却没有什么不调和,也没有什么破绽。无论那一幅画,都像他自己一样,又纯粹,又分明。

假如珂罗可以称为叙情诗人,那么,卢梭大概就可以称为叙事诗人了。珂罗是爱那饰以细瘦的枝条和透明的绿叶的树木的;和他相对,卢梭则赞赏那有着筃节的顽强如石的干子和又黑又厚的叶子的乔木。为要将树木的感力,画得较强,用逆光线是他的常习。从他看来,树木乃是英雄。用了古典主义的作家们赞美罗马人的德行时候一样的心情,卢梭来赞美树木的雄武。在他,树木是美如精力弥满的肉体一般的。恰如古典主义的作家们感到了肉体的魅力和弹力似的,卢梭感到了树木的美。珂罗和卢梭——两人的趣味和性格,是如此之不同。然而在这里,也有正如法兰西人的共通点。珂罗的澄明,卢梭的强固,是两者都出于对于自然的质直的不加修饰的感受性的。两人的风景画,都是一种理想画罢。但到处都加上法兰西模样的理想化了。那么,同是风景的描写,在德意志,又用什么方法来加了理想化呢?

出于德意志的风景画家之中,试行了理想化底表现的——并且珂罗一般大家知道的——代表者——年代虽然较珂罗们迟得不少——大概是生在瑞士的亚诺德勃克林（Arnold Bäcklin）了罢。曾经大受称赞而且在到了动心于神秘气味的年纪的青年，一定曾经爱看的勃克林，并不是法兰西画家一般的诗人。是将自然神教，讲得容易明白的宗教家。将鲜艳到浓厚而烦腻的色彩，和阴惨骇人的地祇和水妖，和不相称的意太利风的自然，打成一团的，是他的艺术。他所画的春的神女，并不可爱，不明朗，也不清轻。仅是沉重异常的浓艳。他所神往的至福之境，毫没有一点爽朗和逍遥。仅是郁郁地岑寂。有些阴森的"水嬉"和绝无慰安的"死岛"等，恐怕就是和他的性格最为相宜的题材罢。在文学上，有着亚玛调斯霍夫曼的《立嗣》和绥阿陀尔勖弎伦的《骑白马人》的民族中，会有勃克林的"水嬉"，大约正是自然之势。以为北方民族所特有的晦暗的自然观，就在这里反映着，想来也未必不当罢。为什么呢？因为虽是欣欣然要在纯白的心中，赞美自然的罗曼谛克期的风景画家苇里特力，也还是非画一个站在夕阳所照的山上的十字架的样子不可的。

b　穆纳和印象派

将一八三〇年代的作家们所遗留而去的新使命——写实主义——搁在肩上而站出来的巨人，是被称为"写实主义的赫拉克来斯柱"的乔斯泰夫果尔培（Gustave Courbet）。一八三〇年代的风景画家，每当安排他的构图，是处置树木也如人物，任意更动其位置的。总之，也还是以向来的"凑成的风景画"的方法为常习。然而自从出了冷淡于构图法的果尔培以来，那"切下来的自然的一角"，却被照字面地描写了。技巧底地安排构图的事，是没有了。而且果尔培的坚强的风景画，又因了他的后继者爱德华玛纳（Édouard Manet）而更增其明朗，在印象派的大人物玛纳的锐敏的观察之下，使那写实主义至于彻底了。

一八三〇年代的作家们，是喜欢芳丁勃罗的野生的森林，至于在那里面作风景画的,但在屋外所作的写生,却不过聊以供一点准备之用。至于安排全体的落成,是总不出工作场去的。这事情,在果尔培也如此。但印象派的画家们,则以在室外描写一切,为必要条件了。于是他们也就不至于疏忽了变化不息的自然的微妙的表情。先前的作家们所未曾觉察的色彩的区别和日光所生的效果,便渐渐成了自然观察的主要的对象。在他们,自然的形骸这东西,早不惹一点兴味了。但是,给这形骸以生命,使这形骸有表情的要素——色和光的效果——却大受非常锐利的观察。要而言之,写实主义和印象主义的不同,是表现上的不同,而同时也是对象这东西的不同。他们所要描写的,已不是树木的“模范”,也不是水的“代表”了。而且又不是一定的树木,一定的水这东西。倒是在或一偶然之间,选取了的树木或水的在或一瞬间的情形。是使这树木或水之所以有生气的色和光的效果。

在风景画的发达史上,划出一个新时期来的外光派的代表作家,是克罗特穆纳(Claude Monet)。正如培尔德摩理生——以闺秀作家似的口吻——评为“一看穆纳的画,就知道阳伞应向那一面好”一样,再没有一个作家,能像穆纳的善于绘画“天候”了。他的雪,是真冷的。他的太阳,是真暖的。用轻微的笔触,细细地描出错综的枯枝,便成笼罩河边的黄霭;很厚地排上成堆的单色,便成熊熊发闪白昼的太阳。写晴天,则堆起颜料来;写阴天,则用平坦的笔触。

要将“天候”的表现无处不彻底的穆纳,终于开始做那称为连作(Série)的——非常费力的——一种工作了。是竭力想要单将变幻不息的光的效果,羁留于同一的画因之下的。夏末的一晚,觉得偶然的感兴,开手试画的“草堆”,是那最初的作品。从秋到冬,朝日所照,雨所濡,雪所掩的十余幅的“草堆”成功了。草堆之后,画的是卢安的大寺的前门。其次,更画了赛因的白杨,泰姆士川的雾,威尼斯的运河,池中的睡莲——无穷的许多的连作。其中最惹兴味的,是卢安的前门。这是以数十幅为一套的极其大布置的连作,借寓于寺的对面的穆纳,是日日从窗户间,专一凝视着刻露的复杂万状的石骨的。将那在石骨的复杂的表面上,明灭着的光的作用,没有虚假地描下来,并不是平常的努力。

凡曾在卢佛尔美术馆,见过凯蒙特的品物集成的人,该记得挂在那里的四幅 Cathédrale de Rouen 的罢。而尤其是,对于画着负了朝暾,美丽地发闪的正门的两幅作品中的,金色的阳面和钴蓝的阴影的温柔的色彩的调和,大约未必会忘记。将这些分散在世界中的许多连作,聚于一堂,可以观赏的希望,现在是没有了,但即使单是想像,也就觉得非常的兴味。这里有着一串极真挚的努力的结晶。有着离开了一切外部底的,他律底的刺戟而极其"专门底"的艺术底研究所可称赞的成果。恰如看见总是反复着麻烦的实验的自然科学家的劳作时候,发生出来的一种感佩,会充满了看这一组 Série 的人们的心中的罢。十九世纪后半期的画界的——想使写实彻底至极的——努力的极顶,就在这处所。认穆纳为当时的最为代表底的作家,恐怕是未必不当的。但是,临末,有不可误解的事,是他的尝试,虽然极意是分析底,实验底,而始终坚守着彻头彻尾纯艺术底——造形美术底——的态度。在这里,就有着穆纳之为艺术家的强和深。在完全没有感到跨出纯造形底的境地的诱惑之处,可以窥见他之为艺术家的力。虽然那么绵密的努力,而穆纳的画,是于观者的眼里,给以无余之感的,但在美术家,如果没有十分强大的力量,就不能如此。(穆纳在后期的连作——《威尼斯和睡莲》——上,似乎越加拉进色调之美里去了。)

起于法兰西的写实主义的运动,其所以导风景画的展开,先就是这样子。但在德意志,则"愚直派时代"(Biedermeirzeit)的蠢笨地精细,而毫无什么趣致的风景画——勃律罕(Blechen)和瓦勒特缪莱尔(Waldmüller)的画——之后,出了色彩欠鲜,只用又粗又大的笔触涂抹上去的马克斯里培尔曼(Max Liebermann)的风景画。后文要说起的,由纯朴的赉不勒——德吕勃纳尔恐怕也可以加进去——德意志是有了很出色的写实主义的代表作家了,至于印象派气味的尝试,却似乎不妨说,终于全然失败。要简单地归结起来,大概是用了法兰西印象派所试行的方法,来挤掉写实主义,原是和德意志人的性格不合的罢。也只能说,因为虽然这样,却竟依着当时的流行,模仿了法兰西风,所以招了这样的失败了。正如十六世纪的德意志画家,输入了多量的意太利风,终至自灭一样,置民族的性质于不顾的模仿,岂非就是德意志印象派画家的失败的原因么?

七 写实主义与平民趣味

a 果尔培和赍不勒

生于阿耳难的,那粗笨的乡下人乔斯泰夫果尔培(Gustave Courbet)决计到巴黎作画的时候,指导他,启发他者,无论怎么说,总是卢佛尔美术馆内的诸大家。其中尤其使他爱好的,是荷兰的画家们。十七世纪的荷兰画家,都忠实地描写着"他们所生活着的时代"这一端,更是惹了果尔培的兴味。他的对于应为新时代负担重要使命的明了的豫感,看来是此时已经觉醒了。一八七四年所企图的荷兰旅行,便是确证他这样的心情的事实。

一八四八年的政变以来,官僚的空气显然减少了的法国美术界,便毫无为难之处,承认了他的艺术。但他于巴黎活动之暇,往往滞留在故乡阿耳难,和这地方的素朴的自然相亲近,并且画着风景,狩猎和农民。他将家里的仓库改成工作场样,就在那里面作画,而这样的嗜好,却护持了他的艺术的纯朴了。不为风靡着当时法兰西画界的沉滞了的皮相底的空气所毒,他的画的清新,大概也是果尔培的趣味之所致的罢。在四九年的展览会上,得了佳评的《阿耳难的午后》和他一生中的代表作《阿耳难的下葬》,便是这样地画出来的。和当时盛行提倡的平民主义的社会思潮相平行的——即使并无直接的关系——新的农民画家所共通的倾向，在这里可以窥见。农民的同情者的密莱——他的作品的美术底评价，作为别一问题——和后文要讲的德意志的赉不勒和果尔培这三个人，都是当时的最为代表底的农民画家，而他们自己的生活，也都是亲近田园，为农民的好友的。（先前的"田园画"〔Paysage pastrale〕是谐谑底地描写农民的"风俗"以娱都会人的好奇之目的，从这传统得了解放，而农民的地位，在美术的题材上也显然增高者，可以说，是和由四八年代的社会运动所致的平民阶级的社会底向上相符合的现象。）

《阿耳难的下葬》是将数十个人物，画作等身大，拂里斯的浮雕似的，横长地排着的构图。下葬的处所是广漠的野边，远处为平冈相连的单调的自然所围绕。送葬的人们——除了牧师和童子——都穿黑色衣服。只除死者的至亲似的人们以外，他们都漠不相关地站立着。牧师的脸上，毫无什么表情。似乎只为做完自己的公事，翻开着圣典。单调的自然，倦怠的仪式，无关心的表情，暗淡的色彩——由这些表现所生的坚硬之感，都统一于果尔培所特有的确固的强。在很随便，然而生气横溢的这画上，有一种强有力的紧张。凡果尔培的画所通有的这种力，在《阿耳难的下葬》上更其特别强烈地感得。相传画在那上面的人们，是都到果尔培的工作场里，给他来做模特儿的。果尔培所标榜的写实主义，可以说，在这幅画上，是表示了那最有光辉的具体底显现了。在大辟特的《加冕式》，格罗的《黑疫病人》，陀拉克罗亚的《一八三〇年》……等常是代表新时代的——而且都是写实的——大作之中，《阿耳难的下葬》似乎也可以加进去的。

和《阿耳难的下葬》一同，代表着果尔培的还有两幅画。那就是《石匠》和《工作场》。《石匠》是描写在阿耳难路旁作工的两个劳动者的。果尔培每日总遇见他们俩，这就是所以画了这画的机因。《工作场》上，加有 Allégorie réele 的旁注。在刚作风景画的果尔培自己的身旁，立一个裸体的模特儿女子；右边，有和他的艺术关系很密的诗人波特莱尔和社会思想家布鲁东；左边是曾经给他的图画做过模特儿的牧师和农民们。——从这两幅画的共通的倾向，可以推知果尔培和当时的社会运动之间的直接的关系。在事实上，果尔培对于帝政派原是常怀反感的，且又和同乡人布鲁东相亲。然而他始终是一个画家。《石匠》和《工作场》，决不是为宣传社会运动起见，故意经营的制作。在他自己，只是试行平民生活的写实底表现罢了。其实，在这里，和社会思潮的关系，恐怕——在暗地里——可以看出来罢。但这是果尔培自己所没有意识到的。他的作画，仅出于标榜他的写实主义的艺术底意识。

一八五五年，在巴黎开设万国博览会之际，也举行美术展览会。其时果尔培所提出的许多作品中，重要的几乎全被拒绝了，而且那审查的结果，是不满之处还很多。于是他要想些方法，和他们对抗，便在展览会场的左近，租了房屋，开起挂着 REALISME 的招牌的个人展览会来。说到个人展览会，现在是成了谁也举行的普通习惯了，但当时，实在还是希罕的事件。在这展览会的目录上，就说明着以"活的艺术"为目的的事，以及应该表示现代的风俗和思想的事。这展览会颇惹了世人的注目，自然不待言。就如见于陀拉克罗亚的日记的一节中那样，虽是那"罗曼谛克的狮子"，也赞扬着这新的画界的后继者。

从一八五八年的弗兰克孚德的展览会以来，果尔培便和外国——特是德国——生了密切的关系，在六九年举行于绵兴的万国博览会之际，则得了很大的名声。当时以艺术上的保护者出名的路特惠锡二世，既给他特异的光荣；德意志的美术家们也表示了亲密和尊崇，加以款待。这时候，他的名望，在法兰西国内，也到了那极顶了，千八七〇年授 Legion d'Honour 勋章，但身为布鲁东党员的他，却拒绝了这推荐。普法战争时，因为和师丹陷后勃发起来的恐怖时代执政团体之乱有关，由拿破仑党员的固执的敌意，遂被告发；又由官僚画家末梭尼而被挤出美术界，终至放逐国外，亡命瑞士，就这样子在失意中死掉了。拿破仑党的巨匠大辟特所曾经陷入的同一的运命，为社会党员的他就来重演了一回。代表十九世纪前半期初头的美术界的大辟特和后半期初头的代表作家——在思想底的一方面，是各从正相反对的立脚点的——都代表着那时代的思潮，而同得了牺牲底的最后，实在是兴味很深的事。但在这里，有不可忘却者，是他们两人都常不失其为美术家的自觉。虽有时代思潮的强有力的诱惑，而能守住他们的本能的"护符"，实在是法兰西人传来的写实眼。

正如法兰西人的果尔培，被欢迎于德意志一样，德意志人的赉不勒，也在法兰西得了赞赏。他们两人，是都有粗豪的野人气质的。加以在画风上，两人也非常类似。凡描写质朴的农民画，那趣味和样式都全然相同。从那么性格相异的法德两国民之中，看见了这么相像的作家，这是极其希罕的现象。

威廉赉不勒（Wilhelm Leibl）是一八六九年往巴黎的。和果尔培，曾在绵兴相见，也会面于巴黎。两人的交情——因为果尔培不懂德国话，赉不勒也不懂法国话——也许未必怎么深罢，然而在艺术上，却不消说，赉不勒是受着果尔培的感化。只要知道那时所作的赉不勒的"科谷德"，是怎样地果尔培一流的作品的人，大概就不至于否定这样的推测的。不但这一点，当赉不勒寓居巴黎时，还受了玛纳的轻快而明朗的画风的影响。但不多久，普法战争开始了。战争之后，在巴黎——恐怕较之在德国——是可以占得幸福的社会底地位的，但他不愿意这样。于是自一八七三年以来，便躲在上巴伦地方的乡村里。格外喜欢野人生活的他，不耐在都会里过活。散策，狩猎，骑马等类的愉快而健康的生活，使他的艺术到处坚实地长发起来。连和女性的关系，几乎也不大有。因为他的异常的羞耻心，相传便是女人的 Akt 素描也不写的。

他就在日常围绕着他的农民的生活里，探求题材。赉不勒不像密莱那样，来讲农民的伦理，也不同绥庚谛尼那样，用诗意来粉饰农民。他但如果尔培一般,将平凡的农民实写出照样的平凡的姿态。许多的猎人,酒店,寺中,肖像等,便是这样地制作的。待到法兰西人的影响逐渐稀薄下去的时候,他的画风即也逐渐现出北欧人似的强固来了。十五世纪的泥兑兰人和十六世纪的德意志人——尤其是荷勒巴因——以来的坚实,渐次形成了他的个性了。古典主义以来的许多德意志画家们所希求的描写大规模的生地壁画那样的事,他已经全不在意。只要在较小的扁额画上,描些日常的环境,他便满足了。但在这里,也具有生成的底力和深邃和伟大。而且那伟大,是和十六世纪的大作家所具的伟大相像的。

b 都人所画的风俗画和村人所画的风俗画

生于十六世纪的德意志的滑稽的风俗画,入十七世纪的荷兰,至十八世纪以来,遂广布了欧洲的全土。英吉利的荷概斯,西班牙的戈雅,法兰西的弗拉戈那尔,就是那代表者。在十九世纪以来的法兰西,则经流行了古典主义的壮大的表现和罗曼谛克的大排场的舞台之后,这才到了一八四八年以来的平民画流行期,而这一种卑近的风俗画,也还不过在画界的一隅,扮演一点小小的脚色。作为那代表作家,是可以举出陀密埃,吉伊,陀该,罗忒列克这四个人的罢。如果要从中再求更惹兴味的作家,那么,这恐怕要算陀密埃和罗忒列克了。

阿诺来陀密埃(Honoré Daumier)于石版画殊有名。以巴黎为舞台,开手先描赛因河边的浣妇和街市的事件的他,将三等客车的情形以及娱乐场裁判所等,画成滑稽,是得意之笔。在巧妙地运用了飘逸,但却非常有力的大胆的描写,写下那确是适切的性格描写的他的画面上,是具有法兰西风的诙谐的轻快的。他在油画上,也有显出和石版一样的效果的手段。将比陀拉克罗亚和卢本斯的用笔更其单纯化了的粗大的笔触,蜿蜒着,一面施以效果强大的简单的色彩,来作多半是小幅的,大胆的画。将戏园里舞台上的台面灯光的特别趣味之类，开始应用于绘画者，恐怕就是陀密埃了。

安理兑图路士罗忒列克（Henri de Toulouse-Lautrec）的出身是颇好的，但因为少年时候挫折了两足，足的发达便停顿，脊骨也弯曲了。和身子不相称的大头的畸形的身体，使他的心成了冷嘲。虽曾尊敬陀该，受其感化，但没有陀该那样冷静的性格。身入巴黎的黑暗面的最下层去，将那里的生活的黑暗，照实感一模一样，分明地抉剔出来。而且那绘画的表现法，品气又非常之坏。不知道是故意呢还是嗜好，连那色彩的用法，也无不无聊而且卑猥。有如正在作下等的跳舞的妓女的画之类，那表现的不净，是可以使人转过脸去的。所以美术史家中，竟有不喜欢将他列入历史底人物里面去的人。陀密埃的表现，是轻快的诙谐，和这相对，罗忒列克的表现却太实感，太深刻。但倾向虽有这样地不同，而两人究竟都像法兰西人样。凡有如表见于法兰西的自然主义时代的文学上完全相同的倾向，从这两人的作品上，也一样可以感到的。

但在德意志——和在文学上一样——却不能寻出这样的绘画来。对于这，就有和法兰西的卑俗的风俗画相平行似的一种风俗画。但不像法兰西的作家那样，以都会人的嘲讽的心情，将现实的丑，加以曝露而有所夸张，但是乡下人一般的质朴的心情，以长闲的现实为乐的。并无法兰西人那样干练的灵敏的手段的德意志画家们，是用了孩子似的"拙"，来表示他们的纯朴。真如诚笃的外行人，勤勤恳恳地描成了的画一般——令人要这样想。

这种德意志画家的代表者，是力锡泰尔和斯辟支惠锡。勖温特的好友路特惠锡力锡泰尔（Ludwig Richter），是虽在意太利旅行之际，还是怀念着故乡的风光的"德意志"人。即使写生了罗马的郊外，而描好的画，却到处都成了德意志气了。如果并不留心画题，而误以南国的景色，为北国的风光，也决不是观者的不名誉。因此，力锡泰尔是仿佛只为要增长爱乡之情起见，所以漫游了意太利似的。

"我愿全然以单纯的孩子的心情,把捉自然;而且一样地表以天真烂漫的形式。"曾经这样说着的力锡泰尔,于童话的插画家,是最为相称的。(他的朋友勖温特也如此。)然而他并不学木版术的进步的技巧,也不想写实的彻底。至于性格描写之类,是完全没有兴味的。除了妥贴的琐细的生活以外,一无所求的他,是深于信仰而慈于儿孙的和善的老翁。在称为《祷告》《基督教徒的喜悦》之类的他的木版画上,有着基督降诞节夜似的幽静的亲密。

关于"愚直派"的代表作家凯尔斯辟支惠锡(Karl Spitzweg),是无须多讲的。他就只用了像个"愚直派"的素朴,来描写都会和乡村的小景。也时时夹杂些轻松的诙谐和嘲讽,但没有一种不是极平凡,极平稳的。爱护花盆的老人,令人发笑的牧师,年青的子夜歌的歌者,是屡次描写的他所爱好的题材。

c 凯尔波和绵尼

倘不表示一点感激,也不说一句称赞的话,而要来讲凯尔波,恐怕是不可能的罢。十九世纪的法兰西,于陀拉克罗亚得了最大的画家,于凯尔波有了最大的雕刻家。正如十七世纪有普珊,十八世纪有域多一样,在十九世纪,则有陀拉克罗亚和凯尔波。在构想力之深和意志之固这一端,又在巴洛克艺术的复兴这一端,陀拉克罗亚和凯尔波,实在是好一对的巨匠。

约翰巴普谛司德凯尔波(Jean Baptiste Carpeaux)是柳特的学生。《特贝的渔夫之子》,较之柳特所作的《弄龟的那波里渔夫之子》,那成绩是有出蓝之誉的。在太过于写实底的凄惨的《乌俄里诺》群像上,则可见密开朗改罗的模仿。当表现苦于饥饿的这不幸的父子的闷死的情形时,他曾求构想的模范于《劳恭群像》,自然不待言。但当这些令人想起先进者的感化的明朗的制作之后,却续出了许多发露着他的才能的作品。饰着卢佛尔宫两花神殿的花神的风姿,饰着喀尔涅所建的歌剧馆正门的《舞蹈》,守着巴黎天文台的泉的《世界的四部》，还有许多清朗的肖像——。

从这时候起的凯尔波的作品上，就显出巴洛克特有的技巧来。凯尔波者，原是构想力非常之强，而绘画底才能也很好的。（他的素描，就全如画家的素描一样。他所作的油画，卢佛尔博物馆也在保存着。）卢本斯描写丰丽的肉体美时，所驱使的强烈的笔触，和培尔涅尼要将极其充实的生命，赋与冰冷的大理石时，所运用的巧妙的刀法，这二者，就养育了凯尔波的艺术。使像面极端紧张，将阴影描得极强，极浓，极深，是他的雕刻上所特有的技巧。只要一看"花神"的蹲着的丰满的肉体，和围绕着她的童子们的肥大的身躯，就总要想起卢本斯来。所不同者，只在将卢本斯的野人底的粗，代以凯尔波的雅致的细。在《世界的四部》，则负了地球仪站着的四个女子——这是用代表四大民族的状态来表现的——的裸体的肌肉，结构都极佳。《舞蹈》群像是在手持小鼓的少年的周围，裸体的女子们绕着携手游戏的情景。将青春的欢喜，描写得如此美而艳，是从来所没有的。能如这从喀尔涅所建的歌剧馆的巴洛克风的华美的正门石级的中涂，俯视着热闹的广场的群像，示其和环境善相调和的成绩者，实在不多见。和装饰凯旋门的柳特的《马尔赛斯》，确是出类拔萃的好一对的作品罢。因为这像的成绩好，《舞蹈》便酿了纷纭的物议了，总爱多说废话的道学者们，很责难这裸体女子们的放肆的态度。但女子们却显着若无其事的无关心的笑容，依然舞蹈着。现在站在这像的前面的人，即使要想像半世纪前，这群像所受的不当的非难，也是不容易的。

在卢佛尔美术馆冷静的下面的一室里，看见凯尔波的作品的一群的时候，凡有观者，大约心中无不感到异样的爽朗的罢。在这里，可以看见和大作的石膏模特儿以及草稿之类相杂的许多美丽的肖像。也有歌剧馆的作者霞勒喀尔涅的胸像，和泼刺的夫人的石膏像等。恰如搜集着拉图尔的亚笔画的一室一样，这里也洋溢着爽朗的热闹的风情。卢森堡的美术馆中，有一幅描写凯尔波的大幅的象征画。许多裸体的人物，装着出于凯尔波所作的若干群像的风姿，围绕着在工作场中惝恍于构想的他，幻影一般舞蹈着。那幅画本身的价值，是不足道的，但作为藻饰这荣光烂然的凯尔波一生的纪念而观，兴味却不浅。柳特和凯尔波和罗丹——三个伟大的雕刻家，相继而出的法兰西美术界，是多幸的。

至于别的国度——尤其是北欧的诸国——里，却没有出怎样出色的作家。然而只有一个人，惟独比利时的绵尼是例外。用煤矿区域的筋肉劳动者们为模特儿，制作了许多整雕和浮雕的他，是恰如使密莱做了雕刻家的作者。自然，在技巧方面，他的优于密莱，是无须说得的。说起倾向来，则在全然写实底的绵尼的美术上，有一种幽静的深、奥。而在这里，可以看出和密莱的显然的共通点来。例如在那对于"满额流汗以求面包者"的同情之心，自然洋溢着的那沉着的青铜的浮雕上，也就令人觉得十九世纪中叶的社会思想，谨慎地反映着。

凯尔波和绵尼——这两人，都确是写实派全盛时代的子息。然而倾向又何其如此之不同呢？将女性，表以欢乐的丰姿，青春的荣耀和肉体美的朗润的凯尔波，和画以被虐于生活的苦役，污于煤烟和汗水的姿态的绵尼——然而，同时这也就是两种巨大的目标，为写实主义艺术之所常在追寻的。

八　理想主义与形式主义

a　罗丹的巴尔札克和克林该尔的贝多芬

奥古斯德罗丹（Auguste Rodin）从写实主义，取了他的悠久而多作的生涯的出发点。一八七七年所作的《黄铜时代》，是极其写实底的作品，至于受了是否从模特儿直接取得型范的嫌疑。罗丹为解脱这嫌疑起见，只好特地另外取了直接的活人的模型，要求观者来和他的作品相比较。在继《黄铜时代》而出的大作《约翰》(一八八一年)上,那深刻的写实底表现也没有变,但自从作了有名的《接吻》的时候起,却大见作风上的转换了。渐次倾于绘画底表现的他的手法,是使轮廓划然融解,而求像面的光的效果,以代立体底的体积。尤其显著的是《春》等,从一块石,"掘出"单是必要的范围的整雕来,这表现法,也就从这时候开始的。但是,在自由自在地驱使了这样绘画底手法,而满志地显示着手段之高强的他,似乎还有别一种要求存在。这就是见于一八七五年以来所开手的《地狱之门》;一八九五年所作的《加莱的市民》,以及一八八六年以来的《威克多零俄》之类的特殊的思想底表现。《地狱之门》是从但丁的神曲得到设想,类似吉培尔提的《天国之门》的作品;从他的若干大作品——《亚当和夏娃》,《接吻》,《保罗和法兰希斯加》,《乌俄里诺》,《三个影》,《思想的人》等——和大铺排的浮雕所合成的大规模的构想,计画起来的。《加黎的市民》是一个一个离立着的五个人物的群像,以象征恐怖,绝望,决意,爱国心的出于演剧底的作品。《威克多零俄》则显示着这大诗人在海边的石上,听着灵感之声的情形。罗丹于单是写实底或印象底表现以外,还想将一种思想底的另外的领域,收进他的艺术中去的事,只要看了上述的诸作品,也就可以推知了。他的作品中,也有将这观念描写,过于表出,至于使人生厌之作,在他的趣味里,也可以看出以法兰西的作家而论,是颇为少有的倾向来。

　　然而罗丹也究竟像个法兰西人。他的观念描写,决不离开他的技巧。当施行极大胆的象征底表现之际,一定更是随伴着绘画底的技巧的高强。有时还令人觉得有炫其技巧之高强,弄其奇想之大胆之感。但从中,也有将形成罗丹的艺术的这两种要素,非常精妙地组合着的作品。《巴尔札克》恐怕便是表示这最幸运的成就,他一生中最为优秀的作品了。为纪念那以中夜而兴,从事创作为常习的文豪巴尔札克的风采计,罗丹便作了穿着寝衣模样的巴尔札克。乱发的头,运思的眼——这里所表现的神奇地强烈深刻的大诗人的风采,和被着从肩到足的长寝衣的身躯一同,成为浑然的一个巨大的幻像。在那理想化了的增强了的深刻的性格描写上,结构虽然大胆,却很感得纪念品底的效果。然而,这样大胆的尝试,却收得如此成功的缘故,究竟在那里呢?——这不消说,是在绘画底手法上的他的技巧的高强。只要单取巴尔札克的脸面来一想,便明白他的技巧的优秀,是怎样有益于这诗人的性格描写了。恰如用了着力的又粗又少的笔触,描成大体的油画的肖像一般的大胆,使巴尔札克的性格,强而深地显现出来。虽说已经增强了观念描写,但将生命给与作品者,也纯粹地还是造形底的表现。凡有知道他在杰作《行步的人》上所表示的优于纯造形底的他的才能者,该也会承认罗丹到底是一个"雕刻家"的罢。而且在同时,大约连对于哲学者似的那趣味的半面,也不很措意了。

我还想从北欧的人们里,再寻出一个——外观上似乎相像的——雕刻家来,看一看两人之间的相异。这时候,我大约毫不踌蹰,选出克林该尔的罢。而且特地将他毕生的大作《贝多芬》,来比较罗丹的《巴尔札克》的罢。

马克斯克林该尔(Max Klinger)是擅长于版画,壁画和雕刻的美术家。作为版画家,从西班牙的戈雅受了暗示的他,是很喜欢将各种的幻象,排成一组空想底的版画的。《手套的发见》似的,做成空想底的故事者;《爱与心》似的,应用神话者;《死》似的,带着人生观的气味者;《勃赍谟思的幻乐》似的,描写音乐所提醒的感觉者,其数非常之多。作为版画家的他,则有《巴黎斯的判断》,《在阿灵普斯的基督》,《基督的磔刑》等。而作为壁画家的他,则有利俾瑟大学的《诗歌和哲学》以及装饰侃涅支议事堂的《劳动,幸福,美》的极其大规模的壁画。

从题材即约略可以推察,克林该尔的绘画的办法——不问其什么种类——是几乎都带着一种理想画底,象征底倾向的。但他又毫不避忌极端地写实底的描写。极端地观念底的一面,和极端地写实底的一面,奇怪地交错着。然而这在他的艺术上,决非有益的现象。在他的画上所觉到的德意志气味的令人生厌的烦腻的印象,便从这里发生。装饰着利俾瑟大学讲堂的大壁画,计有二十密达以上之广,六密达以上之高,制作的意向,是在凌驾那饰着巴黎的梭尔蓬大学的沙樊的壁画的,然而克林该尔的腻味,终不及沙樊的端正和清新。倘在他的象征主义上,没有那故意的露骨的写实底表现,也许更能收得像个理想画的沉静的效果的罢。将沙樊的壁画,作为模样化了的轮廓化了的装饰画,有着非常的效果的事实,和这比较起来一想,是可作画家的好教训的。

　　然则作为雕刻家的克林该尔又怎样呢?例如,无论那阴气森森的《沙乐美》和《克珊特拉》,或是《力斯德像》,也还是带着克林该尔一流的讨厌和腻味。但在他的代表作"贝多芬"上,却不这样了。凡有在利俾瑟美术馆,看这大作的人——恐怕无论那一个,在最初的时候——大约总豫料着从这像也得到克林该尔式的腻味的。然而待到实在站在像前面一看,却吃惊于这像所给的印象,是预料以外的佳良:其一,固然也因为大受优待的这像的陈列法,是摆设得极占便宜罢。但在这像上,克林该尔独具的癖恰恰在幸福的状态上展开着,却也不能否定的。

　　德国的一个批评家曾述关于《贝多芬》的印象,说,"和此像相对,即受着宛如跨进了庄严的寺院的内部之感。"我实在不知道另外的话,能比这更其适切地表明《贝多芬》的印象的了。于音乐有特殊的趣味,工作场里常放着钢琴的克林该尔以十六年间,埋头于这像的制作的,也仍然是大作。因为像的全体,不能一览而尽,所以想以一个全雕的雕刻,有整然的印象,是做不到的,于是在此又可以窥见别种的,纪念碑气味的大铺排的效果。乐圣的姿态,是仅在裸体的膝上搭一件衣。交着两足,手便停在膝头,端坐在高大的玉座上,凝视着前面。离足边稍远,前面蹲有一匹大鹫,瞻仰着天神一般的巨人。壮丽的大玉座的靠手，发黄金光；在靠背上，则饰以几个天使的脸和写出许多人物的浮雕。至于造成这巨像的各种的材料——玉座是青铜的精巧的铸品，靠手上加以镀金。天使的脸面是象牙，这一部分的质地是青绿色的猫眼石，台座的石块是有斑的淡紫色大理石，鹫是带青的黑色的毕来纳大理石，夹着白脉的，贝多芬的衣是赭色的大理石。而雕作乐圣的肉体的带黄的白色大理石，则是从希腊的息拉岛运来的东西。自从希腊的大雕刻家斐提亚斯刻了处女神亚典纳和诸神之王的宙斯的巨大的尊像的时候以来，即没有凑合多种材料，以制作大规模的雕刻的实例。前瞻这像，是即使怎样对于克林该尔的艺术怀着反感的人，也不能没有多少感激的。在这里，委实有着戈谛克的寺院的内部一般的一种神严。这神严，或者并不从克林该尔的制作而来，倒是出于对贝多芬的人格的尊崇之念，自然也说不定。然而克林该尔的艺术里，自有一种深邃之处，足以仿佛贝多芬的伟大的风采，却也不能不承认的。成为克林该尔的艺术的特征的那一种气息和腻味，在这里，总算幸而对于表现深味，有了用处了。

罗丹的《巴尔札克》和克林该尔的《贝多芬》——法德两国的杰出的美术家，各将足为本国光荣的大艺术家的纪念像，各照着和本国的艺术意欲相称的表现法，制作起来的情形，能够在这里相比较，是确有很深的兴味的。凡有知道饰着罗马市意太利公集场的域德都阿蔼马努罗的巨大的纪念像和立在利俾瑟郊外的高大的联军纪念碑者，就会觉得区分两者的这强固的国民性的之不同的罢。和这相等的国民性的不同，也就分为陀拉克罗亚和珂内留斯，分为罗丹和克林该尔了。

b　沙樊和玛来斯

普维斯兑沙樊（Puvis de Chavannes）是十九世纪中最伟大的装

饰画家之一人。生于里昂的富室的他,是禀着不愁生计的品性的。当年少时,旅行意太利,兼为病后的静养以来,便定下要做画家的决心了。他的一生中,似乎是意太利文艺复兴的作家,尤其是沛鲁吉诺的端正的画风,总留着难消的追忆。归了巴黎以后,所受的感化,早先的是从普珊,新的是从陀拉克罗亚和襄绥里阿。刚脱摸索之域的他的最初的制作,大约就是提出于一八六一年展览会上的《战争》和《平和》。因为这两幅作品,他得了名,并且以这作品来装饰亚弥安的美术馆的时候,沙樊便用自费寄赠了《工作》和《休息》(都是一八六三年展览会的出品),以供装饰。于是陈列于一八六五年展览会的"毕加尔提亚",也就作为装饰亚弥安美术馆之用了。

他的作为装饰画家的生涯,从此就开头。一八六七年在马尔赛的美术馆,一八七二年在波提埃的市政厅,一八七七年在巴黎的集灵宫,一八八三年在里昂的美术馆,一八八四年在巴黎的梭尔蓬,一八八九年至九三年在巴黎的市政厅,一八九〇年至九二年在卢安的美术馆,一八九五年则远在海的那边的波士顿图书馆,一八九八年又在巴黎的集灵宫——度着壁画家的不息的生活了。

这些之中,在重行制作的巴黎集灵宫里,是画着都会的守护者圣坚奴威勃的传说的。色彩淡白,描线分明,而略有强硬之感的这些画,对于司荪罗的爽朗的建筑,实在很调和。那夹着白色的色调的轻淡和稍加图案化的样式,是因为要和建筑能够调和起见,本是首先所计及的。只要和装饰同一堂内的别人的制作,令人觉得很不调和地腻味的样子一比较,沙樊的计画大概便自明白了。

装饰梭尔蓬大学的讲堂的横长的大壁画,称为《圣林》,是象征学艺的。那颜色,较之集灵宫的壁画,是暗而浓。而且那沉静的色调,和带着雅洁之感的这讲堂,委实十分调和着。此外,于观察他的特质,更为相宜的作品,是饰着市政厅的《夏》和马尔赛的《马尔赛港》。前者以翁郁的树林为背景,画着碧色的草原和流过其前的河边,而配以沐浴的女子。诚然是有清素之感的作品。但和这相对,

《马尔赛港》却是油漆的船和海水的蓝色等，极其触目，几乎没有像个壁画的沉着。然而这两种作品的得失，是明示着他的作风的长处和界限的。惟在通过了时代的面幕，透过了象征的轻纱的表现上，才能显出沙樊的画的长处来，但对于现实底的题材，却完全无力。可以说，出于他的手笔的运用现实底的题材的作品——如《贫穷的渔夫》——实在也必须移在无言的静穆的世界里，这才能够成立的。

　　全然以装饰画家出世，始终有着装饰画家的自觉，而不怠于这事的准备的他的技巧，是彻头彻尾，装饰画底的。他的画，是澄明而简素，没有动作，也没有言语。既无空气，也无阴影，只有谨慎的色调。无论是风景，是人物，都经了单纯化，图案化，理想化，平面化。独有描线的静穆的动弹，而无体态和明暗。当制作之际，沙樊是先在划有魁斗形的线的纸上，画好小幅的素描，又将这放大而成壁画。那素描，不只是简单的构想图，乃是作为严密的写生，使用模特儿的。待到真画壁画的时候，却毫无什么辛苦。只要机械底地，以并不费力的心情，将小幅的原图，放为大幅就好了。于是在小幅的原图上，原是写生底的一切东西，便都受了形式化，图案化而被扩大。

　　倘将沙樊和那躲在象牙之塔里，专画着浮在自己构想上的梦幻世界的神奇的象征画家乔斯泰夫穆罗（Gustave Moreau）看作同类，那是错误的。穆罗的技巧之绚烂而复杂无限的藻饰，和沙樊的技巧之简单，就已经不同。穆罗的构想的恶梦一般的沉重，和沙樊的世界的透明的静穆，也分明两样。而且以将迷想底的观念加以象征化为目的的穆罗的理想画，和将象征看作单是画因的沙樊的装饰画，那目的即全然正相反。但是——虽然倾向有这样地不一样——在到底是像个法兰西人之处，也还是可以看出他们的确凿的共通之点来的。

　　翰斯望玛来斯（Hans von Marées）是贵族的出身。最初，他也随着十九世纪中期的流行，画着色彩本位的写实底的画。柏林的国民美术馆所保存的《休息的骑士》和在绵兴国立美术馆里的肖像画《伦白赫和玛来斯》等，便是这时代的代表作。但到一八六四年，去过罗马以后，他的画风就显然变化起来。因为和批评家康拉特斐特拉尔（Konrad Fidler）及雕刻家亚陀勒夫希勒兑勃兰特（Adolf Hildebrand）的深交，而他的艺术上的信念成熟了。抛弃了仅仅计及瞬间底的现象的写实的旧态的玛来斯，便进向新的目标，要表现造形艺术上的永远的理法。将斐特拉尔在他的批评论里所说，希勒兑勃兰特在那端正的雕刻上所示，美学论"形式的问题"里所叙的相似的艺术上的信念，玛来斯则想从绘画上表现出来。以作家而论，是太过于研究底的，但幸有无限的努力的他的生涯，即从此发展。他有一种习惯，是爱描三部作，将中幅和两翼，祭坛画似的统一起来。往往是使主要人物的轮廓，从背后的暗中，鲜明地浮出。这些人物，是都在较狭的额缘里，韵律底地交换着影象的，而色彩的设施，也顺应着这韵律。因此画面全体，就给与一种庄重的，纪念物底的，而同时又极分明的印象，使人感到宛如和丁圭建多的绘画（十六世纪初头盛行于意太利的绘画）相对之际，品格超逸的一种的感铭。

这绘画渐次成就的时代的欧洲，是正为写实主义的思潮所支配。但这画之于时代思潮，是全不见有什么反映的。只有超越了瞬间底的一切现象的理想底形态的，造形底秩序。那肉体各部的描写，倘使写实底地来一想，也未必一定正确。（例如《海伦那三部作》中所画海伦那的足部，较之身段，过于太长。）但在专致意于造形底的理法的表现的玛来斯，恐怕这是全不关紧要的罢。题材的运用法也一样。在同上的三部作的中幅《巴黎斯的判断》里，三女神也并不特别站在巴黎斯之前，就只是三个人，毫无什么动作，不过是纯形式上，造成着韵律底的结构罢了。

他的努力，从单纯的写实底描写发端，而渐渐转向纯化了的造形底形式的表现去。从色调的问题出发，而归结于一个计画，即要将雕刻底的东西，空间底的东西，再现于平面里了。于是凡所描写的东西,就已经不是单是偶然的事实。是造形底的东西的永远地得以妥当的理法了。这样子,玛来斯便既是画家,而同时也是理法的研究者。是开陈自己的艺术论,不用言语叙述,而描在画上以表示出来的艺术哲学家。

沙樊和玛来斯——在这里,也可以发见代表法德两国的造形底艺术意欲的一对作者。将小幅的写生画,省力地放大,而"谦虚"地寻求着装饰底效果的沙樊,和将一生的努力,都耗在造形底理法的具体底表现的玛来斯——在寻求纪念品底的,造形底效果这一点上,两人都是形式主义的作家。独在沙樊到处是实际底的,玛来斯到处是理想主义底的之处,有着他们的根本底的不同。而这不同,同时也就是法德两国民的艺术意欲的不同。更其有趣的,是恰恰和这平行的很相类似的现象,也发见于雕刻界,代表底的作家迈约尔和希勒兑勃兰特——在这两个雕刻家之间,也看出那最好的示例来。

c 迈约尔和希勒兑勃兰特

亚理士谛特迈约尔(Aristide Maillol)是和绥珊及卢诺亚尔一样,生于南法兰西的。而绥珊及卢诺亚尔之表现于绘画者,在迈约尔,则以雕刻之形来表现了。肉体的体积的描写便是这。他动心于纪元前六世纪时代的希腊雕刻,以及埃及雕刻的从石块剜出一般的肉体的体积之感,特为强烈的样式,就爱刻肢体成为一团的有着影象的整雕。因此他也就不喜欢那热情洋溢的表现。而喜欢到处都是静穆的幽寂的风姿。那肢体的相互的关系,也要严密地静学底的。竭力避去力学底的张力。于是他和罗丹之所求于雕刻者,可以说,正是一个相反的要求。而迈约尔,同时也拒绝了从凯尔波传给罗丹的印象派底=绘画底手法。见于绥珊和卢诺亚尔画上的体积的表现,是必需立体底的面的效果和肉体的静学底匀整的。像罗丹那样,在像面上求光的效果,求活泼的笔触的运动的手法,是有碍于把握立体底的面的。在迈约尔，则凡一切肉体，到处都是三次元底的曲折和起伏。

迈约尔只凝视着肉体的体积。只依着他的艺术底本能，只使那敏感的眼睛动作，凝视着肉体，以作雕刻。在这里毫无什么先入之见，也无前提，教义和哲学。但是，有一个德国人，是取了和他恰恰相反的出发点，示着和他恰恰相反的态度，而同为形式上的古典主义者，同具着一致之点的。这便是亚陀勒夫希勒兑勃兰特（Adolf Hildebrand）。正如迈约尔是丰于艺术底本能的像个南法兰西人的作家一样，希勒兑勃兰特是像个思索底的德意志人的作家。

所以使希勒兑勃兰特的名不朽者，与其说是在他所制作的许多雕刻底作品，倒不如归功于他的手笔的一本小书。名为《造形美术上的形式问题》（Das Problem der Form in der bildenden Kunst）的他的著作，是叙述一个美学说，曾给德国的艺术研究者以很大的影响的。作为现代的美术史界的权威，从学界得到最高的尊敬和感谢的美术史家威勒夫林，曾为这希勒兑勃兰特的小书所刺戟，所暗示的事，在这里已经无须多赘。①（在威勒夫林的论说 Wie man Skulpturen auf nehmen soll 和那代表底著述 Die Klassische Kunst 的序文上可见）。以一个艺术家，论述其自己之所信的著书，而对于专门家的美学者和美术史家——而且是威勒夫林那样的大家——给以学说上的影响，这现象是极为稀有，极为特别的。

当使用石材，制作雕像的时候，也常是从石块的表面，逐渐向内方雕刻进去的希勒兑勃兰特，是对于一个像，求出一个视点来，规定了一个"正面"的。他以为整雕的雕刻，决不当环行着它的周围，且行且看，应该站在一定的视点上来看它。于是整雕雕刻的空间底的

① 希勒兑勃兰特和威勒夫林的关系，可参照大正十五年《思想》四月号所载泽木四方吉氏的论文；希勒兑勃兰特的《形式的问题》已被译出，在《岩波美术丛书》内。（上述的泽木氏的论文，待完成之后，也豫定作为同丛书而刊行。）

立体性，便被还元于正面和其横长的远近的关系上。就是，和在浮雕上相同的关系，也一样见于整雕上……。他何以对于雕刻，要求这样的形式的呢？作为那基础，那前提的，推测起来，大约是如下的意见。就是——凡把握那具有空间性的对象者，有视觉表象和运动表象这两种。观者将眼睛接近物体，从物体的这一部，向着别的部分，渐次动着眼睛，移行过去的时候，便生物体的运动表象。但如和这相反，观者和物体隔着一定的距离，静止了眼的运动，眺望起来，则生纯视觉底的表象，其中并不夹杂运动感。这就是希勒兑勃兰特之所谓"远象"（Fernbild）。在这样的远象上，则原是空间底的东西的关系，即被还元于在平面上的远近的关系上。物体的——作为全体的——造形底把握，当此之际，即被同时一体感得。总而言之，在浮雕雕刻上的把握的方法，就是这个；惟在这里，才发见空间底的物体的造形艺术底地纯化了的表现形式云。于是希勒兑勃兰特便虽对于整雕，也运用了在浮雕上那样的办法，以求他之所谓"远象"的表现了。

迈约尔所刻的实感底的，摊出着肥厚的肌肉的女人的像，和希勒兑勃兰特所刻的极其非现实底的，隔着薄绢一般地隐约的瘦瘠的男人的像——在这里，可以窥见两人的艺术的极分明的形式的不同。但是，更深的他们的个性之不同，则从两人的"态度"上，可以看出。从本能而来的把握和从理论而来的把握——迈约尔的感化，广被于美术家之间，希勒兑勃兰特的影响，则对于学者是深切的。

九　最近的主导倾向

试将进了十九世纪以来，从新兴起的造形美术上的新倾向，要约起来，加以考察，在这里也窥见以法兰西和德意志为中心的两种艺术意欲的相异。尤其显然触目的，是这一时代特有的倾向，即在欧洲诸民族的广大的领域上，都来共同参与了。在向来的时代，是只有极少数的国民——特以法德两国民为中坚，而别的诸民族——例如英吉利意太利等——不过随时底地，并且随伴底地，加在这里面的，但到最近的时代，则法德两国之外，连西班牙意太利这些南方民族，瑞士荷兰瑙威俄罗斯这些北方民族，也都一齐相当地带了重要的使命，来参与这一件——永远的——共同事业了。并且依照着这些国民所各各特有的民族底色彩，而发生了极其多色底的兴味深长的现象。不消说，关于这新的艺术史上的现象，要从"历史底见地"来讲，是还嫌过早的。但若对于目前的主题，已经可以看出一个极其代表底的示例来，则也不忍将一切委之将来，默而不问。所以就只用极粗略的大端的看法，来一瞥全体的倾向罢。

最初，也就先来说一说现代美术史家所蹈袭着的旧有的办法，而将这——姑且——作为出发点罢。这里首先成为问题的，是将这些极其多色而复杂的各样的倾向，在大体上可以整理起来的主导目标，但历来的民族本位的区分法，似乎也还可用。即对于南方民族和北方民族，各统一了大体的性情，而加以考察便是。称为南方系统的民族，是以法兰西为中心，加上意太利西班牙去；成为北方系统者，中心是德意志，其余则荷兰，瑞士，瑙威及俄罗斯之类的国民。①至于历史上的种属概念，常是相对底的事，在这里是可以不言而喻的了。法兰西则法兰西，德意志则德意志，各各怀着那一民族固有

① 德国的美术史家——尤其是以"艺术意欲"为根本概念者——常有一种习惯，就是使日耳曼民族和腊丁民族相对立，以作区分这种系统的目标。但因为依照这样目标而成的分类，是将特定的民族，"永久"地指定在一定的美术史底地位上，所以分类的目的，也就不仅是相对底的便宜上的事，而不能不认为绝对底的事实了。但是，这就为难。看上面所说的关于法兰西民族的位置的事就明白，要毫无什么"不自然"地来考察这对立的——倾向非常不同的——民族的相互的关系，便烦难起来。但历史上的分类，决非在"事实"之前，是无须赘说的。所以为不枉"事实"起见，还是以不用这样的分类法，较为安全。我之不用这样的习惯上的分类法，而偏是漠然地采取了南方系统北方系统这个目标者，就因为竭力想将目标作为相对底的自由的东西，而一味尊重历史底事实的缘故。

的不变的艺术意欲的事,恐怕是并无怀疑的余地的"事实"罢。然而于单纯的事实的"整理",例如将这些民族归入南方系统去还是归到北方系统去呢之类的整理,有着用处的概念,是大概不过从便宜上被想定的。这大抵只是相对底的概念,而决不是"事实"。所以当美术史上的主导倾向,由法意两国代表着的中世纪的时候,便以这两国为目标,"便宜上"分为南北两系统。但到考察十九世纪以后的时代,即美术史潮的主导者已经换了法德两民族了之际,也就"便宜上"不得不以这两国民为南北两系统的代表者了。曾经代表北方系统的法兰西,这回便成了南方系统的主导者。要而言之,因为不过是相对底的区别,所以很是粗略的办法,但也觉不出怎样不妥之处来。将先前已经指点出来的法德两国民的艺术意欲,和这大体的性情连结起来,而将南方系统,统一于纯造形底的艺术意欲;和这相对,则将北方系统,归到思想本位的艺术意欲去,这样考察,大约"便宜上"也没有什么不当的。

关于系统的问题,其次所应该审察的事,是:从那里看出最近的倾向的发端来?是时代区划的问题。换了话说,就是:最近的造形美术所共通的——在这时代的制作上是个性底的——色彩,在那一时代的制作上,这才特别浓厚地——或是意识底地——显现出来了?现代美术的主导倾向,将认怎样的作家,作为"直接"的始祖呢?成为问题的是这些事;但从许多美术史家和批评家起,以至作家们所容认为现代画的"始祖"者,如下文。就是,从绥珊,戈庚和卢诺亚尔,生出南方系统的新倾向来,而认望呵霍,蒙克,呵特赍,为北方系统的先驱者,这似乎是多数的人们所共通的大概一致之点。然而事实上的关系,是恐怕还要麻烦的。为什么呢?因为南北这两系统,既有成为互相交叉的关系——即使那影响的模样并不是本质底的——的时候(例如望呵霍的样式,刺戟了法兰西的作家们,戈庚则对于德意志的画家们,鼓吹了南洋趣味),而也有如玛来斯和呵特赍那样,虽经从新承认其价值,崇为先觉者而受着非常的敬仰,但于制作上,却并未给与什么影响的作家。所以在被称为所谓先觉者的过去的作家们之中,也含有仅由舆论之声所推选,而实际上却并无那种资格的人们的。

现在将依据了现代美术史家所沿袭下来的旧有的区分法,加了区分的两种的系统,和从舆论之声所选出的现代画的先觉者们,先行想定如上,再将这比照着历史上的"事实",来进行观察的步伐罢。

a 法兰西

先从掌握着南方系统的霸权的法兰西起首。十九世纪的末顷,印象主义是终于到了要到的处所了。而对于接踵而起的作家们——绥珊,戈庚,思拉等——的新的尝试,则给以"新印象派"呀,或是"后期印象派"呀的这些名目,作为"便宜上"临机应变底的名称。这新时代的作家们,要用"印象派"这一个名目来加以总括,自然是不可以的。在他们那里,甚至于反而也窥见和印象派站在相反的立脚地上的意向。然而,他们也是法兰西人。而且是正和法兰西人相称的形式主义者,实证主义者。这三个人之中,只有若耳治思拉(Georges Seurat)一个,没有成为新时代的始祖,竟做了他所生活着的时代思想的牺牲了。想将印象派的作家们一面凝视着自然,一面制作成功的事业,理论底地建筑起来的他,是自己阻碍了自己的发展,亲手将自己赶进没有出路的绝地里去了。但别的两个——绥珊和戈庚——却作为新时代的祖师,而从新被认识了那历史底意义。

称为"一切画家中最像画家的画家"的保罗绥珊(Paul Cézanne)是由着玛纳而觉醒的作家。他一向就不往流行作家的工作场去,并未学得琐屑的定规的技巧,但凭自己,画着正直的画。虽然画一个苹果,也要长久的时间的他,是凝视着物体,专心致志地下笔的。全然是粉刷墙壁一般的笔触的使用法。画成了的画,则岂但嘲笑而已呢,无论何时,总是受着迫害,终于弄到也不能给人看,也不想有人买,只因为自己的要求,画着绘画了。到后来,便只缩到诞生的故乡蔼克斯去,但在不知不觉之间,他竟成了历史的支配者。被代表新时代的许多作家们,供在指导者的位置上了。

在绥珊的艺术上,主要的题目有二。就是画面的构图的"综合底统一"和为表现物体的体积起见的"面的结构"。为要综合底地统一画面计,则于物体的形态上,来求视觉底的统一点;或将物体的配列,统一底地结构起来;或应用半是鸟瞰底的透视法。而关于物体的"面"的结构法,则其使用光和色彩,也极惨淡经营之致。在绥珊的绘画上,色彩所有的机能,是极为复杂的。在这里,正如他自己说过,"不是素描,也不是体态。只有色调的对照。……不当称为 Modeler(体态),应该说是 Moduler(色调的推移)。……云云"①一样,绥珊的画,是色彩都互有严密的关系,色彩的效果,同时也成为空间底效果的。和要捕捉物体的外底的现象的印象派,恰相反对,他想将物体的造形底地内在底的约束,表现出来。其致力于统一画面和结构物体的"面",就都为了对于这目的。由他而表现的画像,其实,这东西本身,便是整然的一个造形底的世界。

然而,仰绥珊为始祖,将他的到达点,作为新的出发点,而开始制作的绥珊的后继者们,却难于说是一定得了那始祖的真意。大约可以认为绥珊正系的后继者的安特来陀兰(André Dertain),是意识底地,归向绥珊的凝视着物体而自然达到了的结论的。他想借"面"的对比底的配置,而在平坦的画面上,显出立体底之感来。但在陀

———————————

① "Il n'y a pas de ligne, il n'y a pas de modelé, il n'y a que des contrastes. Ces contrastes, ce nesont pas le noir et le blanc qui les donnet; c'estla sensation colorée. Du rapport exact des tonsrésulte le modelé. Quand ils sont harmonieusement juxtaposés et qu'ils y sont tous, le tableause modéle tout seul. —On ne devrait pas dire modeler, on devrait dire moduler. —Le dessin et lacouleur ne sont point distincts; au fur et à mesure que l'on peint ou dessine; plus la couleurs'harmonise, plus le dessin se precise. Quandla couleur est à sa richesse, la forme à sa plé'nitude. Les contrastes et les rapports des tons, voilà, le secret du dessin et du modelé."

兰,还没有——从自由的制作上夺去生命,使这成了化石的——"教义"。而在属于所谓"立体派"的画家们,则绥珊的艺术——明明是受着误解——硬化为一个"教义"了。将绥珊的"在自然界,一切皆以球体,圆锥体,圆柱体为本而形成"这有名的话,凭自己的意见加了解释的立体派的人们,是希图将这样的单纯的形态,结构起来,以表现物体的立体性。

属于立体派的作家之中,最为重要,而又居极其特殊的位置的,是巴勃罗毕克梭(Pablo Picasso)。生于西班牙的这才子,到了巴黎以后,开首是画着风俗画——从罗武列克风转向西班牙风的异乡情调去了——的,但从一九〇七年的时候起,便带了立体派底的倾向,动手画起轮廓硬而锐,而形态非常单纯化了的绘画来。凡物体,都被还元为单纯的几何学底形态。其时还有在莱斯泰克画着风景的丛画的别一个立体派的大人物——若耳治勃拉克(Georges Braque)——和毕克梭是从不同的路前进的,但得了同倾向的到达点。于是从一九〇八年的时候起,两人的协力底的运动便开端,立体派绘画所喜欢的题材,即描着乐器的静物画,也制作起来了。在抽象底地,图型化了的静物画的一部分里,插入极其写实底的形体去;或绥珊风地,视野截然分开了。于是以——上面已经说过的——绥珊的有名的话"物体者,球体,圆锥体,圆柱体……云云"为本,而将几何学底的单纯的形体,当作一切物体的"视觉底范畴"了。这不消说,物的立体底表现,自然是他们所努力的主要的眼目。黑种人的雕刻品的质朴的立体底表现法——不单是提起了他们的兴味——在他们的尝试上,积极底地给了暗示的事,恐怕是也可以承认的。

还有,作为属于立体派的别的作家,则有和毕克梭及勃拉克倾向相同的斐尔南莱什(Fernand Leger);有借了使物体的形态歪斜,以增重其立体性的罗拔尔陀罗内(Robert Delaunay);又有将人体也矿物的结晶似的,还元为立方体的拉乎珂涅(A. Le Faucounier);有正像一个女性,画着木偶的叙情诗的马理罗兰珊(Marie Laurencin)等。而且连德国人中,也有了生在纽约的里阿内勒法宁该尔(Lyonel Feininger)。好像将空间性这东西,加以抽象化一般的他的建筑画,是依然到处德意志气,而受了和表现派作家倾向大不相同的,南方风的绘画的分明的影响。

接着绥珊,将很大的影响,给与现今的画界的作家,是保罗戈庚(Paul Gauguin)。和象征主义的文学运动,曾有亲密的关系的他,在别一方面,是法兰西画界相传的赞美异乡情调的代表者。陀康和陀拉克罗亚以来的南国趣味,在戈庚,便显示着最浓厚的发露。从南国的自然景物的简素的情形,和有色人种的皮色和服饰,造出一种雅净的织纹一流的图案来。在戈庚,求得画面的装饰底的效果,是他的制作的主要的目的。将颜色用得平坦而无光泽,使全体为雅洁的色调所支配的他的画,以壁画为理想,是不待言的。到晚年,数奇已极的泰易谛岛的生活,以贫困和病苦的窘促,来换去了乐园的欢乐的时候,他曾计划自杀,逃入山中,吃了许多砒霜,想将自己的死尸,去喂野兽。此举不成,跄踉下山之后的他的作品,虽然恐怕是他一生中的大作,但那构想,却是纯全的壁画风。题着"我们从那里来? 我们是什么? 我们往那里去?"的这画,照例是常常和沙樊的壁画相比较的。假使称沙樊的画为"寓意底",则戈庚的这作品,该也可以称为"象征底"罢。然而,在造形上的构想和那壁画风的效果上,是各显着相似的样式的。

承这戈庚之后。在现代的画界上占着重要的位置者,是安理玛替斯(Henri Matisse)。他也如戈庚一样,是受了南洋风物的刺戟,从壁画上感到非常的兴味的。恰如看见质地美艳而彩色鲜明的东洋磁器似的他的画,乃在求得色彩的装饰底效果。将物体还元为色彩,而以工艺品一流的味道示人,是他的绘画的主眼。使人觉得好像是由这才子的笔,翻弄着法兰西传来的技巧的高强一般。

正和"时辰虫"这绰号相合,一步一步,一任着才子的善变的心之所向,变化着画风的毕克梭,盖是画界的 Don Juan。高手的陶工似的,挥着才笔,而弄色彩的妙技的玛替斯和毕克梭,加以绥珊正系的陀兰——这三个人,恐怕便是代表现代法兰西画界的作家罢。他们的努力,到处总不离造形的世界。要以纯造形底的技巧之高强示人的他们的艺术意欲,到处总都是法兰西风。

b　北方系统的先驱者和德意志

现代德意志的画界,是即使志在肯定他们的艺术,措辞极为爱国底的批评家,也不能直接在同国人之中,寻得他们的好的指导者。虽是那远则在中世纪的虔诚的雕刻里,在格林纳瓦勒特的阴郁的祭坛画里,近则在渥多伦该的罗曼谛克的自然赞美里,在翰斯望玛来斯的超逸的理想画里,寻得"国粹底"的美术的美的发现,而欣然自乐的德意志民族,也不能在祖国的作家中,觅得表现主义绘画的直接的始祖了。只好在比较底广大的范围里,即北方底的,日耳曼民族底的之中,来寻求他们的指导者。这样地挑选出来的作家,是荷兰的望呵霍,瑙威的蒙克和瑞士的呵特贲。

文参德望呵霍(Vincent van Gogh)是经过做了教士,在煤矿区域说教的生活之后,这才成为画家的。既经在安斯达登,赞美了继续着弗兰支哈尔斯和仑勃兰德的血脉的祖先的大作,乃到法兰西,和印象派的作家往来。然而他的性格里,是有着和印象派的作家全不相容的"北方底"的东西的。所以退入埃尔以后的他,毫不受法兰西画界的影响,而只进向他自己的路。热情底地亢奋了的自然的情形,是他的世界。这倒是他的心眼所见的超自然底的世界。一切的现象,在这里是起伏,交错,燃烧。白日的光使万物亢奋而辉煌,树木喘息着,大地战栗着。那又厚又浓,从颜料筒中挤了出来的颜料的强有力!再没有能如望呵霍那样,能捕自然的泼剌的生命的作家了。他的绘画,是已经超过了造形底的东西的世界,而表现着隐藏在那深处的深的"力"。便是赞美同一的太阳,印象派的画家们是不过将这作为造形底的现象，加以静观。不过像自然科学家一样，以客观底平静，熟视着日光的动作法。然而望呵霍却直接感到日光的温暖了。他要画出太阳的"伟力"这东西来。无论怎么说，在这里总不能否定超越了造形底的东西的世界的———一种精神底的———境地的存在。曾经被批评家取以与印象派的作家们混为一谈的他，和表现主义的勃兴一同，一跃而成北方民族的代表者，尊在不可动摇的开祖的位置上，正是自然之势。然而，所可惜者，是他仅只被崇仰为伟大的开祖而已，却不能得到一个并不辱没他的声名的后继者。单想在笔触上，传他衣钵的奥大利的阿思凯呵珂勖加（Oskar Kokoschka）则只有表现的粗疏。无论那里，都没有深沉的强的力。只看见徒然靠着声音和姿势，闹嚷着的空虚。

有着狂信者一般虔敬的父亲，和因肺病而夭亡的母亲的爱德华特蒙克（Edvard Munch）原是阴郁的性质，于生活的黑暗，是尤其容易感到的。最初，他画着印象派一流的画。到得巴黎，受了毕萨罗的影响时候的作品，则全是毕萨罗风。然而有时落在困穷的生活里，至于不得不靠着街灯的光去刻木版，又因为易于激动，一时还受了精神病院的招呼，因了这样的事情，在艺术上，不久也就发见了他自己的境地，来表现人生的黑暗了。以幽暗的心绪，观察浊世的情形，将隐伏在人间生活的深处的惨淡的实相，用短刀直入底的简捷，剜了出来，是他的特殊的嗜好。运用着粗而且平的迅速的笔触的蒙克的技巧，是和简素的———虽然如此———一种给人以演剧底的紧张味的构图法相待，以造成他独特的一种幽暗的心绪。将"恋爱生活"和"死"作为主题，而写出人间底的冲动和恐怖。统括底地，运用这种题材者，是使浊世的诸相，手卷一般展了开来的舞台飞檐"生活"。这个主题，蒙克是尝试过许多回的，但最见个性的，恐怕是要算受了马克斯赉因哈勒特之托，饰着柏林的室内剧场的装饰画了。他在这作品上的计划，并不想描写生活诸相的各个底的场面。倒是要在一套的飞檐上，将感情生活的节奏统一起来。

蒙克的画上所常用的得意的技巧,是将性格底的表情,给与向着正面的人物,简明地暗示着情况,而一面理好构图。他的画,东西虽极简单,却很能收得演剧底的效果的原因,大约就在此。在剜出浊世的"场面"的巧妙上,能够和他站在同一水平上的作家,恐怕先要推陀密埃和罗忒列克这两人了罢。在陀密埃,一切都用淡淡的诙谐包裹着。罗忒列克的画,是全像黑暗面模样,不干不净的。这在蒙克,则但为阴郁的情绪所统一。罗忒列克和蒙克——在这里,恰有如法兰西自然主义的小说和北欧的戏曲之不同。而惟蒙克艺术上所特有的这"精神底阴郁"——对于现世的形而上学底的恐怖——的表现,乃是使他所以成为表现主义之祖的缘故。

被许多批评家们推举为表现派的始祖之一的瑞士的呵特赍(Ferdinand Hodler),是带着一种象征底的色彩的装饰画。蒙克也试画过在克理斯楷尼亚的大学讲堂上的壁画那样的大作的,然而他的特性,却似乎于这一方面并不近。至于呵特赍,则原是装饰底的壁画家。德意志的批评家们,要从呵特赍的画的什么处所寻出表现主义的萌芽来,是莫明其妙,但于"表现派的绘画"这东西和呵特赍的艺术之间,要发见直接——或间接——的连络,在我是以为困难的。

其次,来史实底地一想,表现主义的直接的运动,是从什么时候开始的呢?要回答这问题,恐怕是未必容易的。为什么呢?第一,是将总括在"表现主义"这一个种属概念之中的诸倾向,应该怎样分类?其中的那一种,是真是"表现主义"底东西?这样的问题,仅在言论上,是无论发多少议论,也不中用的,除了委之"时"的选择以外,没有别的法。倘不是表现主义的运动这件事,先有一个着落,则什么是"表现主义底",实在也无从明白。既然不明白什么是"表现主义底",则要发见这新运动的直接的起源,也就不能够。况且这新运动初起的时候,和这一派已经相当地确立了社会底位置的现在,主张和倾向,都很有些变化了。批评家们之中,虽然也有将这新运动分为若干种倾向,各各给以特别的名称的人,然而并无出于简单的想头以上的，所以这些言说，也不足凭信。但是，倘单将成为重要目标的事件，列举起来，则大致就如下。

　　要考察德意志画界上作风的自然底变迁之际，可以注目的作家，大约是基力斯谛安罗勒孚斯（Christian Rohlfs）罢。他是从印象派的画风，渐进底地，移入所谓"表现派底"的倾向的，说起来，也就是指示出过渡期的样式的画家。他在一九○○年以后所作的风景画——大抵是都会的写生——都显示着笔触非常动摇的，色彩强烈的，宛如彩画玻璃的花纹一般，粗粗地作高低之感的画风。大概是一九○六年顷罢，他和表现派的代表画家诺勒台往来很密了。于是在一直属于后期之作的宗教画等，那样式便全是诺勒台风，加以夸张的奇拔之感，非常强烈。在这里，和诺勒台接近以后的作风，且作为问题以外的事，但在这以前的风景画，那样式的"自然底"地逐渐倾向表现派气息的"形式的夸张"，是值得注目的。这就因为从印象主义到表现主义的——无意识底的——德意志画家的趣味的推移，在这里可以窥见；而将表现派画家的作品中，往往发见德意志印象派的骁将里培尔曼的手法这一件事实，和这连起来一想，是颇为有趣的事。一种革命底的这新运动，事实上一面却显示着向来的样式的连续底展开之迹，这于"历史底"地考察表现派的运动的时候，是可以作为良好的参考史料的罢。

　　其次，一查新运动的直接的机因和结果，则以一九○六年成立于特来式甸的画会 Brücke（桥梁）会员的出品为主的"分离落选画展览会"，一九一○年在柏林开会了。桥梁派是从一九○二年顷起，以赫克勒，吉锡纳尔，勘密特罗德路夫等为中心，新倾向的作家渐渐聚集，因而成立的画界；一九○五年诺勒台加入，翌年丕锡斯坦因加入了。是以制作为本位，极其切实地进行的，但到一九一二年，终于解散了。这画会，是成为表现派运动的中心分子的。

　　当约略同一的时期，在绵兴市，则有了"新艺术家协会"（Neue Kunstler Vereinigung Munchen）。这协会于一九○九年由康定斯奇及别的人们所倡设，渐次而拉孚珂涅（一九一〇）马尔克（一九一一）等都入了会，但不久就分裂，康定斯奇和马尔克一派的人们，便另外形成了称为 Der blaue Reiter（青的骑士）的一团。这以南德意志为中心的一群美术家们的工作，所可注目的，是当协会举行第二回展览会的时候，加入了勃拉克，陀兰，毕克梭这些南方系统的代表作者，以及由渥林该尔，康定斯奇等，发表了《在艺术上的精神底东西》（Das Geistige in der Kunst）和其他的宣言。

又，柏林的海瓦德跛尔典因为想开催一个网罗新艺术的一切方面的综合底的会合，则于一九一二年设立协会曰 Der Sturm（暴风雨），还开了展览会。在这协会里，是不但绘画，也加上雕刻，工艺，舞台艺术，诗文等；并且举行了连续讲演和讲习之类的。

当欧洲大战正烈的时候，表现派的艺术运动也步步增加了那社会底地位，到现在，则在德国各地的美术馆里，也看见陈列着这一派的作品了。柏林的国民美术馆的新馆和利俾瑟的美术馆等不待言，便是特来式甸的绘画馆那样，丰富地收藏着古来的大作的美术馆中，也侵入着表现派的粗豪的作品。在因有拉斐罗和仑勃兰德的作品，而空气穆然沉静着的馆里，看见了表现派的试作的，技巧极粗的表现露骨的绘画，是很有不调和之感的。但也令人知道这派的新运动，已经——至少是一时之间——获得艺术上的社会底地位，到了如此地步的情形。

以这样的状态，渐次——意识底地——急速进行的这新运动中，作为中坚者，无论怎么说，总是桥梁派罢。对于这一画派的制作，给以直接的刺戟，给以构想者，第一，是古来的北欧美术，第二，是未开化人的艺术，第三，是现代法兰西的美术。作为北欧美术的影响，最为显著的，是蒙克，望呵霍等，在近代特为个性底的北欧画家的作品；以古代的艺术而言，则戈谛克的感化，是几乎大家都觉察到的，至于部分底地，则望蔼克，格林纳瓦勒特等，似乎也给了若干的刺戟。其次是未开化人的艺术，但这样的影响，法兰西也一样（倒不如说是较盛），在现代美术界，是共通的流行。在桥梁派，是一九〇四年吉锡纳尔（Ernst Ludwig Kirchner）对于特来式甸的人类学博物馆所藏南洋群岛土人和黑种人的雕品，发生兴趣，将这给丕锡斯坦因看，给了许多的刺戟，成为直接的动机的。于是诺勒台（Emil Nolde）便从一九一三年起，直至欧战时，由德属南洋，往访爪哇，缅甸；丕锡斯坦因（Max Pechstein）则于一九一四年赴德属南洋，因为大战勃发，被日本军使他退出巴拉乌岛了。

但他们的赴南洋，由于戈庚的先例的刺戟，是明明白白的。戈庚对于表现派画家的作风，给了很大的影响——如将油画的画面弄成生地壁画样之类——而在生活上，对他们也鼓吹了南洋趣味。所以倘将和法兰西美术的交涉，置之度外，则表现派画家的南洋趣味，也就无从着想的。然而法兰西的影响，还不止这一点。勘密特罗德路夫（Karl Schmidt-Rottluff）由立体派的感化，想在立体底量的表现上，试行一种解决；摩兑生勃开尔（Paula Modersohn Becker）则从戈庚受了作风上的刺戟。至于已经说过的法宁该尔，是成着纯然的立体派的作家，那更可以无须赘说了。在全体上，法兰西美术的刺戟，颇是根本底地，决定着表现派画家的作风的事——无论他们愿意与否——大约是不可掩的分明的事实罢。

还有，"青骑士"一派的作家，还显示着倾向上和"桥梁"的趣味，非常两样的表现法。想借了纯粹调音底绘画，将纯主观底的感情，翻译在色调上的华西里康定斯奇（Wassily Kandinsky），和喜欢作孩子似的绘画的保罗克黎（Paul Klee），以及说是从动物自己的立脚点，来画动物的弗兰支马尔克（Franz Marc）等，便是那代表者。倘承认他们的主张，那么，在他们的尝试上，也有相当的理由的罢，但恐怕他们的苦心，就仅是他们的苦心罢了。又如罗忒列克风的若耳治格罗支（George Grosz）和极端恶道的渥多迪克斯（Otto Dix）的漫画（？），那是无话可说。他们之所谓"艺术"，除了显示着因大战而粗犷的国民之心的丑恶而外，是什么也没有的。倘作为时代趣味的最极端地到达了所要到达之处的示例,那自然,可以成为兴味很深的"病理学上的参考资料"的罢。或者,又于——证明在理想主义的全盛期生了斐希德,自然主义的陶醉期出了赫克勒的德意志国民的极端的性格,也能够作为材料之用。但是,以曾经有过巴赫和贝多芬的德意志,而于这样恶趣味的作家——这一句话,则或一程度为止,也通用于所谓表现派的全体——加以容许,是决不成为他们的名誉的。

c 意太利和俄罗斯

一说起发生于意太利的艺术上的新运动来,便即想到未来派,但这本来却并非以纯艺术为主旨的运动。倒是志在打破传说的一种极端的社会运动。这派的主导者,诗人马理内谛(F. T. Marinetti)的宣言(一九一〇年)上所说,"我们要破坏博物馆和图书馆……云云"的句子,就可以说,是很适宜地显示着这运动的性质的罢。所以在未来派运动的艺术底表现上,对于极力打破了传统的"新的"形式,加以尝试的事——至少——是成为最初的动机的。因此于音乐,于诗文,都试行着种种新的表现法,而在绘画,则自然生出一种新的规范来。首先,未来派画家之所寻求的东西,是运动的大胆的表现法。那盛行尝试的,是将一件事故的种种情形,或物体运动的种种状态,"同时底"地,作为一个的造形底表象,表现出来。那结果,便连只是荒唐无稽的——带些恶作剧模样的——"尝试",也在其中出现了,然而有时也有收了相当的效果的兴味颇深的作品。如什诺舍佛里尼(G. Severini)的"斑斑舞蹈",大概便是代表作品罢。在色彩鲜明的嵌镶画饰一般的那表现法上,有着很是耀人眼睛的印象,喧嚷于活泼的运动中的群众的扰攘之感,巧妙地描写着。但是,这不消说,作为造形美术的表现法,这种尝试能有怎样程度的价值,是又作别论的。

然而到最近,随着在法兰西的立体派的隆盛,又有倾向全然不同的一种美术运动——Valori Plastici 派——出现了。在一方面,这运动是出于未来派的连续底展开,而从别方面看起来,也可以当作又是对于未来派向来的样式的廓清运动。未来派的绘画,有着使观者之心急躁起来那样的扰攘;和这相对,新倾向的绘画,则冷结了似的,带着静默的冷。用立体底的,然而抽象底的造形底形态,结构而成的这派的绘画,简直是给人以物理学实验上所用的器械一般之感的。例如若耳治契里珂(Giorgio Chirico)的表现着"形而上学"的几幅画,便是那最为特殊的作品。在过去之世曾有那么许多光荣的历史的意太利,而南方系统的形态主义,却显示着至于这样极端的——病理底地凝结了的——状况,是大有兴味的事。那么,显示着正相反的性情的北方系统,又是怎样情形呢?

北方风的极端的表现,在俄罗斯画家哈盖勒和绥盖勒的绘画上,很适宜的代表着。马尔克哈盖勒(Mare Chagall)是将俄罗斯风的农民艺术,代表在绘画之上的作家。当寓居巴黎的时候,首先是很受了法兰西画界的空气的影响的,但渐渐回向他祖国和他自己的境地里去了。这是和勃拉克的立体派相隔颇远,和康定斯奇一流的绝对派也两样的。是素朴之中,含有一种奇拔的诙谐的——俄罗斯农民艺术上所特有的——表现法。宛如俄罗斯的童话那样,带着土气的一种神奇。

显示着和这相反的——然而仍然是斯拉夫底——的,是住在特来式甸的拉萨尔绥盖勒(Lasar Segall)。是将瑞威的蒙克,斯拉夫化了似的描写阴郁的画的作家。那题材,大抵是讽刺浊世的生活的。在题为《临终的床边》,或《男和女》,或《永远的流亡者》的他的画上,可以窥见鬼气而阴森的观念的表现。哈盖勒和绥盖勒——并未来派以来的意太利的绘画,就可见最近美术界上成为倾向的两极的现象了。况且这两极的画风,从地理上看来,也发生于南北最相隔离的民族,则尤是惹人兴味的事。纵使这些试作在美术上的价值,作为另外的问题,在这里还不能算是得到了近代美术史潮的结论么?

连载于 1928 年 1 月 1 日《北新》半月刊第 2 卷第 5 期至 1928 年 10 月 1 日第 2 卷第 22 期,插图延至 1929 年 4 月 1 日第 3 卷第 6 期刊毕。1929 年由上海北新书局出版单行本。

十二日

日记 星期。晴。上午肖愚来,未见。午前章锡箴招饮于消闲别墅,与三弟同往,同席九人。往蝉隐庐买《敦煌石室碎金》,《敦煌零拾》各一本,《簠斋藏镜》一部二本,共泉六元。买药三种七元,水果一筐一元。下午郁达夫来,未遇,留借 Hamsun 小说一本,赠 Bunin 小说一本。

十三日

日记 小雨。午肖愚来,假以泉四十。午后往内山书店买杂小书四本,共泉一元九角五分。晚得小峰信并《语丝》第六期十六本。

十四日

日记 晴。午后有麟,仲芸来。敬夫来。下午得小峰信并《唐宋传奇集》下册二十五本。得赖贵富信。得庄泽宣信。

十五日

日记 晴。午后得淑卿信,九日发。叶锄非来,未见。方仁来,未见。下午小峰来,晚同往东亚食堂夜饭。得有麟信。

十六日

日记 晴。午后复赖贵富信。得淑卿信,十一日发。得小峰信并泉百。衣萍,玉堂来。方仁来。达夫来。

十七日

日记 晴。午后寄有麟信。以《唐宋传奇集》分寄幼渔,季市,寿山,建功,径三,仲服。

十八日

日记 晴。午后寄高明信。寄马珏信。以《唐宋传奇集》分寄盐谷,辛岛,抑卮,公侠,璇卿,钦文。下午璇卿来。晚曙天,衣萍,小峰及其二侄来,并邀广平同至沪江春夜饭,讫往中央大会堂观暨南大学游艺会。

十九日

日记 星期。晴。下午往内山书店买辩证法杂书四本,『進化学説』一本,共四元半。

二十日

日记 晴。晚陈抱一招饮,不赴。

二十一日

日记 晴。午陈抱一招饮于大东旅社,往而寻之不得。下午往内山书店买书二本,五元五角。得霁野信,十四日发。得绍原信片。得学昭信。

二十二日

日记 晴。上午得钦文信。下午寄霁野及丛芜信并来稿。晚崔真吾来。

致 李霁野

霁野兄:

二月十四日来信收到。Eeden 照相五十张我早寄出了,挂号的,现想已到。《朝华夕拾》应如何印法，我毫无意见，因为我不知道情形，仍请就近看情形决定。

你的稿子寄上，我觉得都可以用的。静农的稿子停几〔天〕看后再寄。《坟》我这里一本也没有了，但我以为可以迟点再印。

《未名》的稿，实在是一个问题，因为我在上海，环境不同，又须看《语丝》外来稿及译书，而和《未名》生疏了——第一期尚未见——所以渐渐失了兴味，做不出文章来。所以我想可否你去和在京的几个人——如凤举，徐耀辰，半农先生等——接洽，作为发表他们作品的东西，这才便当。等我的译著，恐怕是没有把握的。就如《语丝》，一移上海，便少有在京的人的作品了。

丛芜兄现不知在何处，有一信，希转寄。

迅　二月廿二日

二十三日

日记　晴。午后寄还静农小说稿。下午得静农信，十五日发。漱六，小峰，曙天，衣萍来。晚往内山书店买『文学と革命』一本，二元二角；『世界美术全集』第一本一本，一元六角五分。遇盐谷节山，见赠《三国志平话》一部，《杂剧西游记》五部，又交辛岛毅〔骁〕君所赠小说，词曲影片七十四叶，赠以《唐宋传奇集》一部。

"醉眼"中的朦胧

旧历和新历的今年似乎于上海的文艺家们特别有着刺激力，接连的两个新正一过，期刊便纷纷而出了。他们大抵将全力用尽在伟大或尊严的名目上，不惜将内容压杀。连产生了不止一年的刊物，也显出拼命的挣扎和突变来。作者呢,有几个是初见的名字,有许多却还是看熟的,虽然有时觉得有些生疏,但那是因为停笔了一年半载的缘故。他们先前在做什么,为什么今年一齐动笔了?说起来怕话长。要而言之,就因为先前可以不动笔,现在却只好来动笔,仍如旧日的无聊的文人,文人的无聊一模一样。这是有意识或无意识地,大家都有些自觉的,所以总要向读者声明"将来":不是"出国","进研究室",便是"取得民众"。功业不在目前,一旦回国,出室,得民之后,那可是非同小可了。自然,倘有远识的人,小心的人,怕事的人,投机的人,最好是此刻豫致"革命的敬礼"。一到将来,就要"悔之晚矣"了。

然而各种刊物,无论措辞怎样不同,都有一个共通之点,就是:有些朦胧。这朦胧的发祥地,由我看来——虽然是冯乃超的所谓"醉眼陶然"——也还在那有人爱,也有人憎的官僚和军阀。和他们已有瓜葛,或想有瓜葛的,笔下便往往笑迷迷,向大家表示和气,然而有远见,梦中又害怕铁锤和镰刀,因此也不敢分明恭维现在的主子,于是在这里留着一点朦胧。和他们瓜葛已断,或则并无瓜葛,走向大众去的,本可以毫无顾忌地说话了,但笔下即使雄纠纠,对大家显英雄,会忘却了他们的指挥刀的傻子是究竟不多的,这里也就留着一点朦胧。于是想要朦胧而终于透漏色彩的,想显色彩而终于不免朦胧的,便都在同地同时出现了。

其实朦胧也不关怎样紧要。便在最革命的国度里,文艺方面也何尝不带些朦胧。然而革命者决不怕批判自己,他知道得很清楚,他们敢于明言。惟有中国特别,知道跟着人称托尔斯泰为"卑污的说教人"了,而对于中国"目前的情状",却只觉得在"事实上,社会各方面亦正受着乌云密布的势力的支配",连他的"剥去政府的暴力,裁判行政的喜剧的假面"的勇气的几分之一也没有;知道人道主义不彻底了,但当"杀人如草不闻声"的时候,连人道主义式的抗争也没有。剥去和抗争,也不过是"咬文嚼字",并非"直接行动"。我并不希望做文章的人去直接行动，我知道做文章的人是大概只能做文章的。

可惜略迟了一点，创造社前年招股本，去年请律师，今年才揭起"革命文学"的旗子，复活的批评家成仿吾总算离开守护"艺术之宫"的职掌，要去"获得大众"，并且给革命文学家"保障最后的胜利"了。这飞跃也可以说是必然的。弄文艺的人们大抵敏感，时时也感到，而且防着自己的没落，如漂浮在大海里一般，拚命向各处抓攫。二十世纪以来的表现主义，踏踏主义，什么什么主义的此兴彼衰，便是这透露的消息。现在则已是大时代，动摇的时代，转换的时代，中国以外，阶级的对立大抵已经十分锐利化，农工大众日日显得着重，倘要将自己从没落救出，当然应该向他们去了。何况"呜呼！小资产阶级原有两个灵魂。……"虽然也可以向资产阶级去，但也能够向无产阶级去的呢。

这类事情，中国还在萌芽，所以见得新奇，须做《从文学革命到革命文学》那样的大题目，但在工业发达，贫富悬隔的国度里，却已是平常的事情。或者因为看准了将来的天下，是劳动者的天下，跑过去了；或者因为倘帮强者，宁帮弱者，跑过去了；或者两样都有，错综地作用着，跑过去了。也可以说，或者因为恐怖，或者因为良心。成仿吾教人克服小资产阶级根性，拉"大众"来作"给与"和"维持"的材料，文章完了，却正留下一个不小的问题：——

倘若难于"保障最后的胜利"，你去不去呢？

这实在还不如在成仿吾的祝贺之下，也从今年产生的《文化批判》上的李初梨的文章，索性主张无产阶级文学，但无须无产者自己来写；无论出身是什么阶级，无论所处是什么环境，只要"以无产阶级的意识，产生出来的一种的斗争的文学"就是，直截爽快得多了。但他一看见"以趣味为中心"的可恶的"语丝派"的人名就不免曲折，仍旧"要问甘人君，鲁迅是第几阶级的人？"

我的阶级已由成仿吾判定："他们所矜持的是'闲暇，闲暇，第三个闲暇'；他们是代表着有闲的资产阶级，或者睡在鼓里的小资产阶级。……如果北京的乌烟瘴气不用十万两无烟火药炸开的时候，他们也许永远这样过活的罢。"

我们的批判者才将创造社的功业写出，加以"否定的否定"，要去"获得大众"的时候，便已梦想"十万两无烟火药"，并且似乎要将我挤进"资产阶级"去（因为"有闲就是有钱"云），我倒颇也觉得危险了。后来看见李初梨说："我以为一个作家，不管他是第一第二……第百第千阶级的人，他都可以参加无产阶级文学运动；不过我们先要审察他们的动机。……"这才有些放心，但可虑的是对于我仍然要问阶级。"有闲便是有钱"；倘使无钱，该是第四阶级，可以"参加无产阶级文学运动"了罢，但我知道那时又要问"动机"。总之，最要紧是"获得无产阶级的阶级意识"，——这回可不能只是"获得大众"便算完事了。横竖缠不清，最好还是让李初梨去"由艺术的武器到武器的艺术"，让成仿吾去坐在半租界里积蓄"十万两无烟火药"，我自己是照旧讲"趣味"。

那成仿吾的"闲暇，闲暇，第三个闲暇"的切齿之声，在我是觉得有趣的。因为我记得曾有人批评我的小说，说是"第一个是冷静，第二个是冷静，第三个还是冷静"，"冷静"并不算好批判，但不知怎地竟像一板斧劈着了这位革命的批评家的记忆中枢似的，从此"闲暇"也有三个了。倘有四个，连《小说旧闻钞》也不写，或者只有两个，见得比较地忙，也许可以不至于被"奥伏赫变"（"除掉"的意思，Aufheben 的创造派的译音，但我不解何以要译得这么难写，在第四阶级，一定比照描一个原文难）罢，所可惜的是偏偏是三个。但先前所定的不"努力表现自己"之罪，大约总该也和成仿吾的"否定的否定"，一同勾消了。

创造派"为革命而文学"，所以仍旧要文学，文学是现在最紧要的一点，因为将"由艺术的武器，到武器的艺术"，一到"武器的艺术"的时候，便正如"由批判的武器，到用武器的批判"的时候一般，世界上有先例，"徘徊者变成同意者，反对者变成徘徊者"了。

但即刻又有一点不小的问题：为什么不就到"武器的艺术"呢？

这也很像"有产者差来的苏秦的游说"。但当现在"无产者未曾从有产者意识解放以前"，这问题是总须起来的，不尽是资产阶级的退兵或反攻的毒计。因为这极彻底而勇猛的主张，同时即含有可疑的萌芽了。那解答只好是这样：——

因为那边正有"武器的艺术"，所以这边只能"艺术的武器"。

这艺术的武器，实在不过是不得已，是从无抵抗的幻影脱出，坠入纸战斗的新梦里去了。但革命的艺术家，也只能以此维持自己的勇气，他只能这样。倘他牺牲了他的艺术，去使理论成为事实，就要怕不成其为革命的艺术家。因此必然的应该坐在无产阶级的阵营中，等待"武器的铁和火"出现。这出现之际，同时拿出"武器的艺术"来。倘那时铁和火的革命者已有一个"闲暇"，能静听他们自叙的功勋，那也就成为一样的战士了。最后的胜利。然而文艺是还是批判不清的，因为社会有许多层，有先进国的史实在；要取目前的例，则《文化批判》已经拖住 Upton Sinclair，《创造月刊》也背了 Vigny 在"开步走"了。

倘使那时不说"不革命便是反革命"，革命的迟滞是"语丝派"之所为，给人家扫地也还可以得到半块面包吃，我便将于八时间工作之暇，坐在黑房里，续钞我的《小说旧闻钞》，有几国的文艺也还是要谈的，因为我喜欢。所怕的只是成仿吾们真像符拉特弥尔·伊力支一般，居然"获得大众"；那么，他们大约更要飞跃又飞跃，连我也会升到贵族或皇帝阶级里，至少也总得充军到北极圈内去了。译著的书都禁止，自然不待言。

不远总有一个大时代要到来。现在创造派的革命文学家和无产阶级作家虽然不得已而玩着"艺术的武器"，而有着"武器的艺术"的非革命武学家也玩起这玩意儿来了，有几种笑迷迷的期刊便是这。他们自己也不大相信手里的"武器的艺术"了罢。那么，这一种最高的艺术——"武器的艺术"现在究竟落在谁的手里了呢？只要寻得到,便知道中国的最近的将来。

二月二十三日,上海。

原载 1928 年 3 月 12 日《语丝》周刊第 4 卷第 11 期。

初收 1932 年 9 月上海北新书局版《三闲集》。

二十四日

日记　晴。午明之,子英同来,下午往东亚食堂饭,子英仍来寓,谈至夜。

致 台静农

静农兄:

十五日信收到。你的小说,已看过,于昨日寄出了。都可以用的。但"蟪蛄"之名,我以为不好。我也想不出好名字,你和霁野再想想罢。

中国文学史略,大概未必编的了,也说不出大纲来。我看过已刊的书,无一册好。只有刘申叔的《中古文学史》,倒要算好的,可惜错字多。

说起《未名》的事来,我曾向霁野说过,即请在京的凤举先生等作文,如何呢？我离远了,偶有所作,都为近地的刊物逼去。而且所收到的印本断断续续,也提不起兴趣来。我也曾想过,倘移上海由我编印,则不得不做,也许会动笔,且可略添此地学生的译稿。但有为难之处,一是我竟究是否久在上海,说不定;二是有些译稿,须给译费,因为这里学生的生活很困难。

我在上海,大抵译书,间或作文;毫不教书,我很想脱离教书生活。心也静不下,上海的情形,比北京复杂得多,攻击法也不同,须一一对付,真是糟极了。日前有友人对我说,西湖曼殊坟上题着一首七绝,下署我名,诗颇不通。今天得一封信似是女人,说和我在"孤山别后,不觉多日了",但我自从搬家入京以后,至今未曾到过杭州。这些事情,常常有,一不小心,也可以遇到危险的。

曹译《烟袋》,已收到,日内寄回,就付印罢,中国正缺少这一类书。

迅　二,二四。

二十五日

日记　晴。午得开明书店所送《神话研究》及转交马湘影信,即复。午后寄静农信。寄寿山信。寄淑卿信。真吾,方仁来。下午钦文来并赠兰花三株,茗一合。司徒乔,梁得所来并赠《若草》一本。

二十六日

日记　星期。昙。上午得宋云彬信。得小峰信并《语丝》八期,晚复。寄霁野信。林和清来,夜同往东亚食堂饭,并邀三弟及广平。

致 李霁野

霁野兄:

昨天将陈师曾画的信纸看了一遍,无可用。我以为他有花卉,不料并无。只得另设法。

《烟袋》已于昨夜看完了，我以为很好，应即出版。但第一篇内有几个名词似有碍。不知在京印无妨否？倘改去，又失了精神。倘你以为能付印（因我不明那边的情形），望即来函，到后当即将稿寄回。否则在此印，而仍说未名社出版，（文艺书籍，本来不必如此，但中国又作别论。）以一部分寄京发卖。如此，则此地既无法干涉，而倘京中有麻烦，也可以推说别人冒名，本社并不知道的。如何，望即复。如用后法，则可将作者照相及书面（我以为原书的面即可用）即寄来。

迅　二，二六。

二十七日

日记　晴。上午得吴敬夫信。晚往内山书店买书两本，共泉四元一角。

二十八日

日记　晴。午后司徒乔来画象。崔真吾来。

二十九日

日记　昙。上午得霁野信，二十一日发。得季市信。得紫佩信，二十二日发。午晴。下午往内山书店买杂书四本，二元四角。得钦文信。得丛芜信，二十二日发。晚伏园来。林风眠招饮于美丽川菜馆，与三弟同往。林和清返厦门来别未遇，留字而去。夜濯足。

三月

一日

日记 晴。上午得辛岛骁信。得寿山信。得小峰信并书,午后复。璇卿来并赠火腿一只。访孟渔。夜失眠。风。

致 李霁野

霁野兄:

译稿狠好,今寄还。我想,以后来稿,大可不必寄来看,以免多费周折。《未名》一期未见。

此外,廿二来信中的问题,前信均已答复了,此不赘。

迅 三,一。

《坟》我这里已无,如须改正,最好寄一本给我。

二日

日记 晴。午收未名社所寄稿一卷,《小约翰》十本,《未名》二期二本,午后复霁野。以《小约翰》五本寄春台,以壹本代寿山寄王画初。得马仲服信,二月二十五日发。下午往内山书店买『蘇俄の牢獄』一本,一元。冬芬来,未遇。

三日

日记 昙。无事。

110

四日

日记 星期。小雨。上午得吴敬夫信。得绍原信片。下午真吾来。得矛尘信,昨发。下午语堂来。小愚来。得小峰信并《语丝》,《北新》及《野草》,《小说旧闻钞》等。得ＨＳ信。

五日

日记 晴。上午得矛尘信。得王画初信。得钦文信。下午吴敬夫来。小峰来。得魏建功信,二月廿八日朝鲜京城发。

六日

日记 晴。上午得有麟信。午后寄绍原信。寄矛尘信。寄钦文信。以《小说旧闻钞》及《西游记》杂剧各一部寄幼渔。下午往内山书店买『鑑鏡の研究』一本,七元二角。晚王映霞,郁达夫来。小雨。夜寄矛尘信。

致 章廷谦

矛尘兄:

三日来信,昨天收到的。《唐宋传奇》照这样,还不配木刻,因为各本的字句异同,我还没有注上去。倘一一注出,还要好一点。

游杭之举,恐怕渺茫;虽羡五年陈之老酒,其如懒而忙何,《游仙窟》不如寄来,我可以代校。

曼墓题诗,闻之叶绍钧。此君非善于流言者,或在他人之墓,亦未可知。但此固无庸深究也。

垂问二事:前一事我不甚知,姑以意解答如下:——

河东节,意即河东腔,犹中国之所谓"昆腔",乃日本一地方的歌调。

西鹤，人名，多作小说，且是淫书，日本称为"好色本"，但文章甚好。古文，我曾看过，不大懂，可叹。

《游仙窟》以插画为书面，原是好的，但不知内有适用者否记得刻本中之画，乃杂采各本而成，非本书真的插画。待看后再说。

钦文所闻种种迫害，并不足奇。有几种刊物（如创造社出版的东西），近来亦大肆攻击了。我倒觉得有趣起来，想试试我究竟能够挨得多少刀箭。

写得太潦草了，实在是因为喝了一杯烧酒，死罪死罪！

迅　三，六。

斐君兄均此致候不另。

致 章廷谦

矛尘兄：

午后寄一信，想已到。现续查得"河东节"的意思如下：——

"河东节"，一名"江户节"；江户者，东京之旧称也。乃江户人十寸见姓河东名所创唱戏的腔调。然则河东乃是人名，犹中国之有梅派，谭派矣。

迅　三，六

七日

日记　雨。无事。

八日

日记　昙。上午得有麟信。得小峰信并泉百，刊物三种。晚以

《唐宋传奇集》,《野草》寄魏建功于北京。以同前二书寄紫佩及淑卿。夜小雨。

九日

日记 小雨。上午得霁野信,二日发。午后寄马珏信。寄有麟信。寄淑卿信。寄辛岛骁信。得王衡信。得ＧＦ信。得中国银行信。曙天来,交衣萍信借《西游记》传奇,即以赠之。

十日

日记 晴。上午得曾其华信。得学昭信。午后往内山书店买『意匠美术寫眞類聚』十一本,十一元;『希臘の春』一本,『九十三年』一本,共六角。章雪村赠倍倍尔《妇人论》一本,转送广平。真吾来。夜失眠。

十一日

日记 星期。昙。午季市,诗荀,诗堇来。三弟分送我藕粉二合,玫瑰花一合。

十二日

日记 晴。午后冬芬来。往邮局寄稿子,局员刁难,不能寄。往内山书店托定书。下午张梓生来。小峰来。收大学院二月分薪水三百。得翟永坤信,四日发。得矛尘信。

十三日

日记 晴。午后同方仁,广平往司徒乔寓观其所作画讫,又同至新亚茶室饮茗。下午得霁野信并稿,七日发。晚李遇安来,赠以《小约翰》一本。

十四日

日记 晴。上午得吴敬夫信。得伏园信,午后复。寄大学院收条。寄霁野信并来稿。往内山书店买『階級鬪爭理論』一,『唯物的歴史理論』一,『一週間』一,共泉四元一角;又『広辞林』一本,泉四元五角,赠梓生。季市来。

看司徒乔君的画

我知道司徒乔君的姓名还在四五年前,那时是在北京,知道他不管功课,不寻导师,以他自己的力,终日在画古庙,土山,破屋,穷人,乞丐……。

这些自然应该最会打动南来的游子的心。在黄埃漫天的人间,一切都成土色,人于是和天然争斗,深红和绀碧的栋宇,白石的栏干,金的佛像,肥厚的棉袄,紫糖色脸,深而多的脸上的皱纹……。凡这些,都在表示人们对于天然并不降服,还在争斗。

在北京的展览会里,我已经见过作者表示了中国人的这样的对于天然的倔强的魂灵。我曾经得到他的一幅“四个警察和一个女人”。现在还记得一幅“耶稣基督”,有一个女性的口,在他荆冠上接吻。

这回在上海相见,我便提出质问:——

“那女性是谁?”

“天使,”他回答说。

这回答不能使我满足。

因为这回我发见了作者对于北方的景物——人们和天然苦斗而成的景物——又加以争斗,他有时将他自己所固有的明丽,照破黄埃。至少,是使我觉得有“欢喜”(Joy)的萌芽,如胁下的矛伤,尽管流血,而荆冠上却有天使——照他自己所说——的嘴唇。无论如何,这是胜利。

后来所作的爽朗的江浙风景,热烈的广东风景,倒是作者的本色。和北方风景相对照,可以知道他挥写之际,盖谂熟而高兴,如逢久别的故人。但我却爱看黄埃,因为由此可见这抱着明丽之心的作者,怎样为人和天然的苦斗的古战场所惊,而自己也参加了战斗。

中国全土必须沟通。倘将来不至于割据,则青年的背着历史而竭力拂去黄埃的中国彩色,我想,首先是这样的。

一九二八年三月十四日夜,于上海。

原载 1928 年 4 月 2 日《语丝》周刊第 4 卷第 14 期。

初收 1932 年 9 月上海北新书局版《三闲集》。

致 李霁野

霁野兄:

三月二七日信都已到。《未名》123 期也收到了。

《烟袋》稿昨托北新寄去,今日当已寄出。

小说译稿是好的,今寄上。我想这些稿子,以后不必再寄来由我看过,其中或有几个错字,你改正改正就是了。

《文学与革命》我想此地当有人买,未名社的信用颇好,《小约翰》三百本,六七天便卖完了。

黄纸,我觉得不能用于《朝花夕拾》书面,另看机会罢。

我记得十七本的《一千一夜》,孔德买有一部。大约价要百元以上。

迅　三,十四。

致 章廷谦

矛尘兄:

十日信已到。我不去杭州,一者因为懒,二者也忙一点,但是,也许会去,不过不一定耳。

《游仙窟》有好本子,那是好极了。译文还未登出,大约不远了罢。

"犬缥"——这真是大上手民之当了——我的稿子上是"犬儒"＝Cynic,它那"刺"便是"冷嘲"。

达夫那一篇文,的确写得好;他的态度,比忽然自称"第四阶级文学家"的好得多了。但现在颇有人攻击他,对我的更多。五月间,我们也许要再出一种期刊玩一下子。

中国文人的私德,实在是好的多,所以公德,也是好的多,一动也不敢动。白璧德 and 亚诺德,方兴未艾,苏夫人殊不必有杞天之虑也。该女士我大约见过一回,盖即将出"结婚纪念册"者欤?

斐君太太当已临盆,所得是女士抑男士欤,希见告。

迅 三,十四。

十五日

日记 晴。午后收未名社书五本。寄矛尘信。晚司徒乔来。

十六日

日记 晴。午后理发。下午往内山书店买『表現主義の戲曲』,『現代英文學講話』各一本,二元八角。又豫约『漫画大観』一部,六元二角,先取一本。晚梁得所来摄影二并赠《良友》一本。夜译书至晓。

致 李霁野

霁野兄：

《坟》及《未名》4，《革命和文学》四本都已到，能再寄我四五本更好，以一包之度为率。如用纪念邮票，这里要被罚。

《黄花集》中应查之人，尚查不出，过几天再说罢。现在这里寄稿也麻烦，不准封。

《朝华夕拾》封面已托陶君去画，成即寄上。

小峰之兄（仲丹）昨在客店陪客，被人用手枪打死。大约是来打客人的。他真死得冤枉。

今天我寓邻近巡警围捕绑票匪，大打其盒子炮和手枪，我的窗门被击一洞，巡警（西洋人）死一人，匪死二人。我无伤。

迅　三，十四〔六〕。

十七日

日记　晴。上午寄季野信。寄淑卿信。下午仲芸来并交有麟信。得淑卿信，十一日发。朱国祥，马湘影来。

十八日

日记　星期。晴。无事。

十九日

日记　晴。晨寄钦文信。下午小峰来并交泉百。

《示众》编者注

编者注:原作举例尚多,但还是因为纸张关系,删节了一点;还因为别种关系,说明也减少了一点。但即此也已经很可以看见标点本《桃花扇》之可怕了。至于擅自删节之处,极希作者原谅。

三月十九日,编者。

原载 1928 年 4 月 16 日《语丝》周刊第 4 卷第 16 期。
初未收集。

二十日

日记 晴。午后寄有麟信附致易寅村信。寄季市信。往内山书店,赠以红茶一合,买书五种五本,共泉六元四角。

二十一日

日记 晴。午后同广平往祥丰里制版所。往司徒乔个人绘画展览会定画二帧,共泉十三元。晚得梁得所信并照相三枚。

本刊小信

古兖先生:来稿对于陈光尧先生《简字举例》的唯一的响应《关于简字举例所改大学经文中文字的讨论》,本来极想登载,但因为文中许多字体,为铅字所无,现刻又刻不好,所以只得割爱了。抱歉之至。

勉之先生:来稿《牛歌》本来拟即登载,但因为所附《春牛图》是红纸底子,不能照相制版。想用日光褪色法,贴在记者玻璃窗上,连晒七天,毫无效果。现已决心用水一洗,看如何。万一连纸洗烂,那就不能登了。倘有白纸印的,请寄给一张。但怕未必有罢。

三月二十一日。旅沪一记者谨启。

原载 1928 年 4 月 2 日《语丝》周刊第 4 卷第 14 期。

初未收集。

二十二日

日记 昙。上午得钦文信。午后方仁来照相。同方仁,真吾,广平往外滩观 S. SEKIR 小画展览会,买取四枚,共泉十八元。

二十三日

日记 昙。上午得季市信。夜初闻雷。

二十四日

日记 雨。上午得马珏信。下午达夫来。

二十五日

日记 星期。昙。上午得有麟信。得矛尘信。午后达夫来。往内山书店买『世界美術全集』2 一本,『支那革命及世界の明日』一本,共泉二元。得季市信。

二十六日

日记 晴。上午得有麟信。得矛尘信。得钦文信。午后小峰来。得易寅村信。郑介石,罗庸,郑天挺来。晚往印刷所取所制图版。得冬芬信并稿。夜濯足。

二十七日

日记 昙。午后寄有麟信附易寅村笺。寄钦文信。寄季市信。收绍原寄赠《须发[发须]爪》一本。

在上海的鲁迅启事

大约一个多月以前,从开明书店转到 M 女士的一封信,其中有云:——

"自一月十日在杭州孤山别后,多久没有见面了。前蒙允时常通讯及指导……。"

我便写了一封回信,说明我不到杭州,已将十年,决不能在孤山和人作别,所以她所看见的,是另一人。两礼拜前,蒙 M 女士和两位曾经听过我的讲义的同学见访,三面证明,知道在孤山者,确是别一"鲁迅"。但 M 女士又给我看题在曼殊师坟旁的四句诗:

"我来君寂居,唤醒谁氏魂?

　　飘萍山林迹,待到它年随公去。

　　　鲁迅游杭　　　　吊老友

　　曼殊句　　　　　　　　　　一,一〇,十七年。"

我于是写信去打听寓杭的 H 君,前天得到回信,说确有人见过这样的一个人,就在城外教书,自说姓周,曾做一本《彷徨》,销了八万部,但自己不满意,不远将有更好的东西发表云云。

中国另有一个本姓周或不姓周,而要姓周,也名鲁迅,我是毫没法子的。但看他自叙,有大半和我一样,却有些使我为难。那首诗的不大高明,不必说了,而硬替人向曼殊说"待到它年随公去",也未免太专制。"去"呢,自然总有一天要"去"的,然而去"随"曼殊,却连我自己也梦里都没有想到过。但这还是小事情,尤其不敢当的,倒是什么对别人豫约"指导"之类……。

我自到上海以来，虽有几种报上说我"要开书店"，或"游了杭州"。其实我是书店也没有开，杭州也没有去，不过仍旧躲在楼上译一点书。因为我不会拉车，也没有学制无烟火药，所以只好这样用笔来混饭吃。因为这样在混饭吃，于是忽被推为"前驱"，忽被挤为"落伍"，那还可以说是自作自受，管他娘的去。但若再有一个"鲁迅"，替我说教，代我题诗，而结果还要我一个人来担负，那可真不能"有闲，有闲，第三个有闲"，连译书的工夫也要没有了。

所以这回再登一个启事。要声明的是：我之外，今年至少另外还有一个叫"鲁迅"的在，但那些个"鲁迅"的言动，和我也曾印过一本《彷徨》而没有销到八万本的鲁迅无干。

三月二十七日，在上海。

原载 1928 年 4 月 2 日《语丝》周刊第 4 卷第 14 期。

初收 1932 年 9 月上海北新书局版《三闲集》。

二十八日

日记 上午同方仁往别发洋行买 *Rubáiyát* 一本，五元。往北新书店交小峰信并稿。在新亚茶室饮茗，吃面。晚曙天，衣萍来。

二十九日

日记 晴。午后方仁交来卓治信。真吾来。

三十日

日记 晴。午后同广平往制版所。往内山书店买书八本，共泉二十七元五角。

三十一日

　　日记　昙。上午得钦文明信片。得淑卿信,廿五日发。午后寄小峰信。下午达夫来。晚璇卿来。夜寄霁野信。寄矛尘信。

《思想·山水·人物》题记

　　两三年前,我从这杂文集中翻译《北京的魅力》的时候,并没有想到要续译下去,积成一本书册。每当不想作文,或不能作文,而非作文不可之际,我一向就用一点译文来塞责,并且喜欢选取译者读者,两不费力的文章。这一篇是适合的。爽爽快快地写下去,毫不艰深,但也分明可见中国的影子。我所有的书籍非常少,后来便也还从这里选译了好几篇,那大概是关于思想和文艺的。

　　作者的专门是法学,这书的归趣是政治,所提倡的是自由主义。我对于这些都不了然。只以为其中关于英美现势和国民性的观察,关于几个人物,如亚诺德,威尔逊,穆来的评论,都很有明快切中的地方,滔滔然如瓶泻水,使人不觉终卷。听说青年中也颇有要看此等文字的人。自检旧译,长长短短的已有十二篇,便索性在上海的"革命文学"潮声中,在玻璃窗下,再译添八篇,凑成一本付印了。

　　原书共有三十一篇。如作者自序所说,"从第二篇起,到第二十二篇止,是感想;第二十三篇以下,是旅行记和关于旅行的感想。"我于第一部分中,选译了十五篇;从第二部分中,只选译了四篇,因为从我看来,作者的旅行记是轻妙的,但往往过于轻妙,令人如读日报上的杂俎,因此倒减却移译的兴趣了。那一篇《说自由主义》,也并非我所注意的文字。我自己,倒以为瞿提所说,自由和平等不能并求,也不能并得的话,更有见地,所以人们只得先取其一的。然而那却正是作者所研究和神往的东西,为不失这书的本色起见,便特地译上那一篇去。

这里要添几句声明。我的译述和绍介，原不过想一部分读者知道或古或今有这样的事或这样的人，思想，言论；并非要大家拿来作言动的南针。世上还没有尽如人意的文章，所以我只要自己觉得其中有些有用，或有些有益，于不得已如前文所说时，便会开手来移译，但一经移译，则全篇中虽间有大背我意之处，也不加删节了。因为我的意思，是以为改变本相，不但对不起作者，也对不起读者的。

我先前译印厨川白村的《出了象牙之塔》时，办法也如此。且在后记里，曾悼惜作者的早死，因为我深信作者的意见，在日本那时是还要算急进的。后来看见上海的《革命的妇女》上，元法先生的论文，才知道他因为见了作者的另一本《北米印象记》里有赞成贤母良妻主义的话，便颇责我的失言，且惜作者之不早死。这实在使我很惶恐。我太落拓，因此选择也一向没有如此之严，以为倘要完全的书，天下可读的书怕要绝无，倘要完全的人，天下配活的人也就有限。每一本书，从每一个人看来，有是处，也有错处，在现今的时候是一定难免的。我希望这一本书的读者，肯体察我以上的声明。

例如本书中的《论办事法》是极平常的一篇短文，但却很给了我许多益处。我素来的做事，一件未毕，是总是时时刻刻放在心中的，因此也易于困惫。那一篇里面就指示着这样脾气的不行，人必须不凝滞于物。我以为这是无论做什么事，都可以效法的，但万不可和中国祖传的"将事情不当事"即"不认真"相牵混。

原书有插画三幅，因为我觉得和本文不大切合，便都改换了，并且比原数添上几张，以见文中所讲的人物和地方，希望可以增加读者的兴味。帮我搜集图画的几个朋友，我便顺手在此表明我的谢意，还有教给我所不解的原文的诸君。

一九二八年三月三十一日，鲁迅于上海寓楼译毕记。

原载 1928 年 5 月 28 日《语丝》周刊第 4 卷第 22 期，题作《关于〈思想山水人物〉》。

初收 1928 年 5 月上海北新书局版《思想·山水·人物》。

《思想·山水·人物》序言

［日本］鹤见祐辅

萨凯来是并非原先就预备做小说家的。他荡尽了先人的遗产，苦于债务，这才开手来写作，终于成了一代的文豪。便是华盛顿，也连梦里也没有想到要做军人，正在练习做测量师，忽然出去打仗，竟变了古今的名将了。

我们各个人，为了要就怎样的职业，要成怎样的工作，生到这世上来的呢，不得而知。有些人，一生不知道这事，便死掉了。即使知道，而还未做着这方面的工作，却已死掉了的人们也很多。要而言之，我们的一生，或者就度过在这样的"毕生之业"(lifework)的探索里，也说不定的。

尤其是在现代日本似的处世艰难的世上，我们当埋头于切合本性的工作之前，先不得不为自己的生活去做事。倘在亚美利加那样生活容易的国度里，那么，一出学校，有十年或十五年，足以生活一生的准备便妥当了，所以在不很跨进人生的晚景时候，能够转而去做认为自己的使命那一面的工作。但在日本，却即使一生流着汗水，而单想得一家的安泰，也很为难。于是许多人们，便只好做着并不愿做的工作，送了他的一世。这便是，度着职业和事业分离的生活。再换一句话，也便是，单是生存着，却并非真的生活着的。所以这样的人们，除设法做着为生存的职业之外，又营生于希求有意义的生活的不绝的要求之中。将短短的人生，度在这样的内心的分离的境地里，真是悲惨的事。

然而，待到这世间成为真的乌托邦，我们的职业，便是恰合于我们的性格的事业的时代为止，这情形是不得已的。倘若那时代一到，那时候，人类便都能各从其天禀的才能和趣味，潜心于自己所爱的创造底事业；在那时候，是自己的满足，也就是对于一般社会的服务了。这样的时代的完成，即乌托邦的达成，应该是我们人类文化的究竟的目的。

　　但待到那时代的到来为止，我们只好在现今这样的生业和生活相分离的境地之中，熬着过活。而且只好努力设法，打进适合于真的自己的本性的事业去。

　　这真的事业的探索，是我们的有意识和无意识的努力。这是真的人生的探索。

　　然而也有纵使一生用力，终于不能将真的事业，作为自己的职业的人。不，这样的人们倒是多的。但人类的不绝的欲求，非在什么形态上，来探索真事业，是不肯干休的。于是人们便开始了专门以外的工作。倘若他的专门，和他的性格恰恰相合，他便应该不想去致力于专门以外的工作了。然而他一面从事于那职业，一面又因为还未完全用尽自己的天分，便也会对于那职业，即俗所谓专门以外的工作，发生趣味。在确当的意义上说，则惟这专门以外的工作，却正是他的真专门。是他受之于天的天职。他所从事的那所谓专门，是可以称为人职的不自然的东西。

　　所以古来的大事业，大抵是成于并非所谓专门家的人们之手的。在现今似的社会制度之下，也是不得已的事。

　　如我自己，也就是许多日子，苦于职业和生活的分离的一个人。但幸而我总算有从那为生存而做的职业之间，将若干气力，分给自己真所爱好的工作的余裕了。这一点上，我是幸福的，常常以此在自慰。这余业，便是在书斋里面读书，思索，做文章。

　　英国的文豪威尔士，是先以小学教员起身的人，但后来试作小说，遂进了和自己的性格完全适宜的生活。这是他三十岁的时候。

这不能不说，他是幸福的。关于来做小说的动机，他曾经自叙传底地说过。曰："我于写英文，比什么都喜欢。"这实在是直截简明的口吻。他于是就写着喜欢的英文，过那适性的生活了。

威尔士是由二十九岁时的出世作《时间机械》一篇，成为独立的文人，弃掉了性所不喜的生业的，然而长久之间，从事了别的职业，而于余暇中来做毕生之业的人们也很多。如英国的思想家约翰穆勒，就是做着东印度公司的职员，直到五十二岁的。待到引退的时候，每年得到养赡费一万五千元。从此他就悠悠然埋头于自己的毕生之业了。

我并不如威尔士那样，最喜欢写文章。所以也不想选了文学，作为毕生之业。我不过每当工作余闲，来弄文笔，是极为高兴罢了。

大正十年（译者注：一九二一年）的初夏，我完结了两年零八个月的长旅，从欧美回来。到这时止，我没有很动笔。但此后偶然应了杂志和报章之类的嘱托，颇做了一些文章，这才玩味了对纸抒怀的乐趣。归国后三年所记的文笔，就堆积在箱箧的底里。觉得将这些就此散逸掉，也颇可惜，现在加以集录，并且写添几篇新的东西，印了出来的，便是这一本书。只因为赴美之期迫于目前，毫无微暇，至使略去了还想写添的处所，是深以为憾的。

第一篇的《断想》，是应了《时事新报》之需，逐日揭载的。开手的时候，本想记载一点零碎的感想，但在不知不觉之间，却已非断想，变成论文似的东西了。这一篇，我是在论述威尔逊，穆来和英国劳动党，以见为英美两国政界的基调的自由主义的精神。

从第二篇起，到第二十二篇止，是感想；第二十三篇以下，是旅行记和关于旅行的感想。

贯穿这些文章的共通的思想，是政治。政治，是我从幼小以来的最有兴味的东西。所以这书名，也曾想题作《政治趣味》或《专门以外的工作》，但临末，却决定用《思想山水人物》了。收集在本书中的《往访的心》这一篇，先前是已经遗失了的，但借了细井三千雄君的好意,竟得编入了。我感谢他。

对于肯看这样的杂文的集积的诸位,我还从衷心奉呈甚深的感谢。

大正十三年七月四日晨。

在逗子海边。　　著者。

原载 1928 年 5 月 28 日《语丝》周刊第 4 卷第 22 期,题作《关于〈思想山水人物〉》。

初收 1928 年 5 月上海北新书局版《思想·山水·人物》。

致 李霁野

霁野兄:

《朝华夕拾》封面,今天陶君已画来,但系三色,怕北京印不好,便托他去印,计二千,成即寄上。不知够否? 倘不够,当续印。其款当向北新去取,于未名社书款中扣除。

该书第一页上,望加上"陶元庆作书面"字样。

迅　三,卅一。

致 章廷谦

矛尘兄:

廿二四信均收到;致小峰信等已面交。恭悉已有"弄璋"之喜,敬贺敬贺。此非重男轻女,只因为自己是男人,略有党见,所以同性增

127

加，甚所愿也。至于所提出之问题，我实不知有较妥之品，大约第一原因，多在疏忽，因此事尚无万全之策，而况疏忽也乎哉。北京狄博尔 Dr. 好用小手术，或加子宫帽，较妥；但医生须得人，不可大意，随便令三脚猫郎中为之。我意用橡皮套于男性，较妥，但亦有缺点，因能阻碍感觉也。

《游仙窟》事件，我以为你可以作一序，及周启明之译文，我的旧序，不如不用，其中材料，你要采用便可用。至于印本，我以为不必太讲究；我现在觉得，"印得好"和"新式圈点"易〔是〕颇难并立的。该《窟》圈点本印行后，既有如许善本，我以为大可以连注印一本旧式装订的阔气本子也。但圈点则无须矣。

现在不做甚么事，而总是忙。有麟之捧风眠，确乎肉麻，然而今则已将西湖献之矣了。

迅　三，卅一。

尊夫人令爱令郎均此致候。

四月

一日

日记 昙。星期。午后钦文来。李宗武来。小峰来并交泉百。得郁达夫信。得张孟闻信。得余志通信。夜雨。

二日

日记 雨。午寄小峰信,复余志通信。达夫招饮于陶乐春,与广平同往,同席国木田君及其夫人,金子,宇留川,内山君,持酒一瓶而归。下午往内山书店买『世界文芸名作画譜』一本,二元二角。收未名社书五本。

三日

日记 晴。上午得紫佩信片。午后钦文来。下午寄淑卿信并照相两枚。以《语丝》寄紫佩及童经立。译《思想,山水,人物》迄。

读书的方法

[日本]鹤见祐辅

一

先前,算做"人类的殃祸"的,是老,病,贫,死。近来更有了别样的算法,将浪费,无智这些事,都列为人类之敌了。对于浪费,尤其竭力攻击的人,有英国的思想家威尔士。

这浪费的事,我们可以从各种的方面来想。一说浪费,先前大抵以为是金钱。然而金钱的浪费,却是浪费中的微末的事。我们的称为浪费的,乃是物质的浪费,精神的浪费,时光的浪费。而我们尤为痛切地感到的,是精神的浪费有怎样地贻害于人类的发达。毁坏我们的幸福者,便是这无益的精神的消费。如果从我们的生活里,能够节省这样的无益,则我们各个的幸福的分量,一定要增加得很多。例如,对于诸事的杞忧呀,对于世俗的顾忌呀,就都是无益的精神的浪费。

二

但在我们以为好事情的事情之中,也往往有犯了意外的浪费的。例如,读书的事,便是其一。

如果我们将打球和读书相此较,则无论是谁,总以为打球是无聊的游戏,而读书是有益的劳作。但在事实上,我们也常有靠打球来休息疲倦的身心,作此后的劳役的准备,因读书而招致无用的神经的亢奋,妨碍了真实的活动的。要而言之,这也正如在打球之中,有浪费和非浪费之别一般,同是读书,也有浪费与否之差的缘故。

尤其是,关于读书,因为我们从少年以来,只学得诵读文字之术,却并未授我们真的读书法,所以一生之中,徒然的浪费而读书的时候也很多。那么,我们应该怎样地读书呢?

三

我在这里所要说起的读书,并不是指聊慰车中的长旅,来看稗史小说那样,或者要排解一日的疲劳,来诵诗人的诗那样,当作消闲的方法的读书。乃是想由书籍得到什么启发,拿书来读的时候的读书。现在是，正值新凉入天地，灯火倍可亲的时候了，来研究一回古人怎样地读书，也未必是徒尔的事罢。

四

无论谁，在那生涯中，总有一个将书籍拼命乱读的时期。这时期告终之后，才始静静地来回想。自己从这几百卷的书籍里，究竟得了什么东西呢？怕未必有不感到一种寂寞的失望的人罢。这往往不过是疲劳了眼，糜烂了精神，涸竭了钱袋。我们便也常常陷于武断，以为读书是全无益处的。

然而，再来仔细地一检点，就知道这大抵是因为没有研究读书的方法，所以发生的错误。在天下，原是有所谓非常的天才的。这样的人们，可以无须什么办法，便通晓书卷的奥义，因此在这样的人们，读书法也就没有用。例如，有一回，大谷光瑞伯看见门徒的书上加着朱线，便大加叱责，说是靠了朱线，仅能记住，是不行的。但这样的话，决不是我们凡人所当仿效。我们应该一味走那平凡的，安全的路。

五

这大概似乎方法有四种。第一的方法，是最通行的方法，就是添朱线。

那线的画法也有好几样。有单用红铅笔，在旁边画线的；也有更进而画出各样的线的。新渡户博士，是日本有数的读书家；读过的东西，也非常记得。试看先生的读过的书，就画着各种样子的线，颜色也分为红铅笔和蓝铅笔两种类：文章好的地方用红，思想觉得佩服的地方用蓝，做着记号。而且那线，倘是西洋书，便分为三种：最好的处所是下线（underline），其次是圈（很大，亘一页全体），再其次是页旁的直线。

英国的硕学，威廉哈弥耳敦（William Hamilton）这样说：——

　　"倘能妙悟用下线，便可以得到领会重要书籍的要领的方法。倘照着应加下线的内容的区别，例如理论和事实的区别，使所用的墨水之色不同，则不但后来参照时，易于发见，即读下之际，胸中也生出一种索引一般的东西来，补助理解，殊不可量度。"

这下线法，是一般读书人所常用的，如果在余白上，再来试加记注，则读书的功效，似乎更伟大。

这方法里面，又有详细地撮要，以便记忆的人；也有将内容的批判，写在上面的人。倘将批评写在余白上，当读书的时候，批评精神便常常醒着，所得似乎可以更多。这一点，是试将伟大的学者读过的书，种种比较着一研究，便大有所得的。

六

其次的方法，是一面读，一面摘录，做成拔萃簿。这是古来的学者所广用的方法，有了大著述之类的人，似乎大概是作过拔萃的。听说威尔逊大统领之流，从学生时代起，便已留心，做着拔萃。现在英国的大政治家，且是文豪的穆来卿，也这样地说过：——

　　"有一种读书法，是常置备忘录于座右，在阅读之际，将特出的，有味的，富于暗示的，没有间断地写上去。倘要将这便于应用，便分了项目，一一记载。这是造成读书时将思想集中于那文章上，对于文意能得正解的习惯的最好的方法。"

但于此有反对说，史家吉朋（E. Gibbon）说：——

　　"拔萃之法，决不宜于推赏。当读书之际，自行动笔，虽然确有不但将思想印在纸上，并且印在自己的胸中的效验，但一想到因此而我们所浪费的努力颇为不少，则相除之后，所得者究有多少呢？我不能不很怀疑。"

我也赞成吉朋的话。因为常写备忘录的努力，很有减少我们读书的兴味，读书变成一种苦工之虑的。不但这样，还会生出没有备忘录，便不能读书的习惯，将读书看作难事。而读书的速率，也大约要减去四分之一。无论从那一方面看，拔萃法总不像很好的办法。倒是不妨当作例外，有时试用的罢。

<h1 align="center">七</h1>

比拔萃法更有功效的读书法，是再读。就是将已经加了下线的书籍，来重读一回。英国的硕学约翰生（S. Johnson）博士曾论及这事道：——

"与其取拔萃之劳，倒是再读更便于记忆。"

我以为这是名言。因为拔萃势必至于照自己写，往往和原文的意义会有不同。再读则不但没有这流弊，且有初读时未曾看出的原文的真意，这才获得的利益。尤其是含蓄深奥的书籍，愈是反复地看，主旨也愈加见得分明。

<h1 align="center">八</h1>

还有一种读法，是我们普通的人，到底难以做到的高尚的方法。这就是做了《罗马盛衰史》的吉朋，以及韦勃思泰（D. Webster），斯忒拉孚特（Th. W. Strafford）这些人所实行过了的方法。吉朋自己说过：——

"我每逢得到新书，大抵先一瞥那构造和内容的大体，然后合上那书，先行自己内心的试验。我一定去散步，对于这新书所论的题目的全体或一章，自问自答，我怎么想，何所知，何所信呢？非十分做了自己省察之后，是不去翻开那一本书的。因为这样子，我才站在知道这著作给我什么新知识的地位上。也就是因为这样子，我才觉得和这著作的同感的满足，或者在全然相反的意见的时候，也有豫先自行警戒的便宜。"

这可见吉朋那样，将半生倾注在《罗马史》的史家，因为要不失批判的正鹄，所化费了的准备是并非寻常可比。然而，这是对于那问题已经积下了十分的造诣以后的事，我们的难于这样地用了周到的准备来读书，原是不消多说的。

九

要之，据我想来，颜色铅笔的下线或侧线法，是最为普遍底的读书法。而在那上面，写上批评，读后先将那感想在脑里一温习，几个月之后，再取那书，单将加了红蓝的线的处所，再来阅读，仿佛也觉得是省时间，见功效的方法。但因为这方法，必须这书为自己所有，所以在图书馆等处的读书之际，便不得不并用拔萃法了。我的一个熟人，曾说起在图书馆的书籍上加红线，那理由，是以为后来于读者有便利。我觉得这是全然不对的议论。因为由读着的书，所感得的部分，人人不同，所以在借来的书上，或图书馆的书上，加上红线去，是不德义的。

也有说是毫无红线，而读过之后，将书全部记得的人。例如新井白石，麦珂来（Th. B. Macaulay）卿等就是。但这些人们，似乎是富于暗记底知识，而缺少批评底，冥想底能力的。我以为并非万能的我们，也还不如仍是竭力捉住要点，而忘掉了枝叶之点的好。

十

还有，随便读书，是否完全不好的呢？对于这一事，在向来的人们之间，似乎也有种种意见的不同。有人以为乱读不过使思想散漫，毫无好处，所以应该全然禁止的；然而有一个硕学，却又以为在图书馆这些地方，随便涉猎书籍，散读各种，可以开拓思想的眼界。

穆来卿对于这事，说过下面那样的话：——

"我倒是妥协论者。在初学者，乱读之癖虽然颇有害，但既经修得一定的专门的人，则关于那问题的乱读，未必定是应加非议的事。因为他的思想，是有了系统的，所以即使漫读着怎样的书，那断片底知识，便自然编入他的思想底系统里，归属于有秩序的系体中。因为这样的人，是随地摄取着可以增加他的知识的材料的。"

一九二三，八，十四。

未另发表。

初收 1928 年 5 月上海北新书局版《思想·山水·人物》。

论办事法

[日本]鹤见祐辅

一说到英雄之流，就似乎是很大方，很杂驳似的，但我们从他们的日记之类来仔细地一研究，实在倒是颇为用意周到的，细心的，不胡涂的人们。凡有读拿破仑的传记的人，就知道他虽至粮秣之微，也怎样地注意。无论是家康，是赖朝，是秀吉，都是小心于细事的。不过他们的眼虽在毫厘之末，其心却常不忘记大处高处的达观罢了。

说到底，就是英雄都是办事家。但在不觉其为办事家之处，即有他们的非凡的用意。那么，他们怎样地处置他们身边的事务的呢？这一事，应该是后世史家的很有兴味的题目。只因史家自己大抵不是办事家,所以英雄之为办事家的一方面,便往往被闲却了。

在这意义上,则去今百年,英国的官吏显理泰洛尔(Sir Henry Taylor)所记的,题为《经世家的用心》这一篇,乃是颇有兴味的文章了。而且对于日对繁忙的事务的现代活社会的人们,可作参考之处也不少。作者是久作英国殖民部的官吏,有捷才之誉,且是出名的诗人。那大要曰:——

一,文件的分类。

凡办理事务的人,一经收到文件,须立加检点,分别应行急速的处置与否,将这分开,而加以整理。

二,不无端摩弄。

既经分类之后,则除了已有办理此案的决断时以外,决不得摩弄这些文件。因为养起了懵然凝视文件,或无端摩弄的习惯,则不但浪费时间,且至于渐渐觉得这案件似乎有些棘手,渐成畏缩,转而发生寡断的性质。又,反复着一样的事,不加决断,也要成为抑制活动底精神的结果的。

而且要行文件的裁决,也须当这事件的新出之际。因为文件久置几上,则为尘埃所封,给见者以宛然失了时机的古董一般的印象,所以虽行办理,也觉不快,而有不适意之感了。

这泰洛尔的一言,是凡有略有办事经验的人,谁都感到的。尤其是,生活于日本官场的人们,都熟知久经搁置而变了灰色的旧文件,是怎样给人以不快的印象。这一点,和亚美利加的公署和公司等,横在几上的文件,是如何崭新,鲜明,活泼的相比较,颇为遗憾的。

三,于心无所凝滞。

又,凡欲作经世家的人们,当养自制之念。这所谓自制,乃动和静的自由的心境之谓也。就是,欲办理一事,则全心集中于此者,动也。与此事无关时,将一切从念头忘却者,静也。在经世家,最当戒慎者,是既非决定,也非不决,有一件事凝滞于心中。

四，整顿。

经世家所最当避忌者，是终年度着忙碌似的，混乱的生活。经世家须常度着整顿的生活。

五，写字的时候要慢慢地写。

凡当办事之际，有急遽的性癖的人，那矫正法，是在学习以身制心的方法。就是使日常的身体的举动，舒缓起来。这就因为身体也可以称为精神的把柄的缘故。然则，所当时时留意者，是决不匆促写字。慢慢地写字的习惯，是使精神沉静的。

六，整顿文件要自己动手。

整理文件，做得干净，实在是必要的事。而将这些文件安排，束缚，以及摘要等的工作，必须自己亲手做去，决不可委托秘书那些人。为什么呢？因为文件的整理，同时也是自己的精神的整顿的缘故。

七，集中心。

当养成常将我心集中于一事的习惯。在办理一事的中途，忽然想起那怠慢了回复的信件等，是最宜戒慎的。

八，冥想时间的隔离。

经世家虽有于每一周中，以或一日作为休息日，加以隔离的必要；但倘能够，则将一日之中的或时间，作为冥想时间，隔离起来的事，也是紧要的。

以上，是泰洛尔所说的大要。可见粗看好像鲁钝的英国人，对于那各种设施，用意的周到。所说诸点，要当作经世家的要件，原是不可以的，但在经世家的资格中，算进这样见得琐屑的事情去，却惹了我们的兴味。

一九二三，八，二六。

未另发表。

初收 1928 年 5 月上海北新书局版《思想·山水·人物》。

往访的心

[日本] 鹤见祐辅

一　旅　行（上）

我所喜欢的夏天来到了。

一到夏天，总是想起旅行。对于夏天和旅行，贯着共通的心绪。单是衣服的轻减，夏天也就愉快，而况世界都爽朗起来。眼之所见的自然的一切，统用了浑身的力量站起。太阳将几百天以来所储蓄的一切精力，摔在大地上。在这天和地的惨淡的战争中，人类当然不会独独震恐而退缩的。大抵的人，便跳出了讨厌透了的自己的家，扑进大自然的怀里去。这就是旅行。

旅行者，是解放；是求自由的人间性的奔腾。旅行者，是冒险；是追究未知之境的往古猎人时代的本能的复活。旅行者，是进步；是要从旧环境所拥抱的颓废气氛中脱出的，人类的无意识的自己保存底努力。而且旅行者，是诗。一切的人，将在拘谨的世故中，秘藏胸底的罗曼底的情性，尽情发露出来的。这些种种的心情，就将我们送到山和海和湖的旁边去，赶到新的未知的都市去。日日迎送着异样的眼前的风物，弄着"旅愁"呀，"客愁"呀，"孤独"呀这些字眼，但其实是统统一样地幸福的。

在漂泊的旅路上度过一生的吉迫希之群，强有力地刺戟我们的空想。在小小的车中，载了所有的资产，使马拉着，向欧洲的一村一村走过去。夜里，便在林阴支起天幕来，焚了篝火，合着乐器，一同发出歌声。雨夜就任其雨夜，月夜就任其月夜，奇特的生活是无疑的。还有,中世纪时,往来于南欧诸国的漂泊诗人的生活,是挑拨我们的诗兴的。这是多么自由的舒服的生涯呵。并非矿物的我们,原没有专在一处打坐,直到生苔的道理。何况也非植物的你我,即使粘在偶然生了根的地面上,被袭于寒雪,显出绿的凌冬之操,也还是没有什么意味的。便是一样的植物,也是成了科科或椰子的果实,在千里的波涛上,漂流开去的那一面,不知道要漂亮多少哩。

喜欢旅行的国民,大概要算英国人了。提一个手提包,在世界上横行阔步。有称为"周末旅行"的,从金曜日起,到翌周木曜日止,到处爬来爬去。一冷,是瑙威的溜雪,一热,是阿勒普斯的登山,而且有机会时,还拜访南非洲的阿伯阿叔。

喜欢旅行的英国人的心情,显在比人加倍英国气的小说家威尔士的作品里。

他在那《近代乌托邦》里说,乌托邦的特色,是一切人们,可以没有旅费,言语,关税之累,在世界上自由地旅行。那一本书,是距今十八年前所写的。但据今年出版的小说《如神的人们》说起来,他的旅行癖可更加进步。这回的乌托邦里,是所有的人,都不定住在家庭里,却坐了飞机,只在自由自在地旅行了。而且那世界里,还终年开着花,身轻到几乎用不着衣服。一到这样,乌托邦便必须是常夏之国。而旅行于是也还是成了夏天的事情。

二 旅 行(下)

旅行的真味,并不是见新奇,增知识;也不是赏玩眼前百变的风物。这是在玩味自己的本身。

相传康德(I. Kant)是终日从书斋的窗口,望着邻家的苹果树,思索他的哲学的。邻家的主人不知道这事,有一天,将那苹果树砍掉了,他失了凭借,思索便非常艰难起来。但像康德那样,生在不改的环境里,而时时刻刻,涌出变化的新思想来,在我们凡人,是很难达到的境地。于是我们就去旅行。

能如旅行似的，使我们思索的时候，是没有的。这也并非我们思索，乃是变化的周围的物象，给我们从自己的胸臆里，拉出未知的我们的姿态来。这有时是声，有时是色，有时是物，有时是人。

有时候，这从背后蓦地扑来；有时候，正对面碰着前额。每一回，我们就或要哭，或是笑。

只要旅行一年，他的思想上的行李，便堆得很高了。

然而，也有并不如此的人。先前，有大团体的旅行者的一群，从美国到来了，是周游世界团体。其中的一个，却是西洋厕所的总店的主人。他一面历览着火奴鲁鲁，日光，西湖，锡兰岛，一面就建设着批发他的新式厕所的代理店。但是，像这样的，不能算旅行，什么也不能算的。

倘说这不是旅行，只是洋行，未免过于恶取笑。但也很想这样说。将这样的也用旅行这一个笼统的总称来说，就使旅行的真意模胡了。

其实，团体的旅行，是不算在旅行里面的。真的旅行，应该只是一个人。须是恰如白云飘过天空一般的自由的无计划的心情。伊尔文（Washington Irving）寻访沙士比亚出世的故乡 Stratford on Avon，独居客舍之夜，说道，"世间的许多王国呵，要兴就兴，要倒就倒罢。我只要能付今宵的旅费，我便是这一室的王者了。这一室是王领，这火炉的铁箸是王圭，而沙士比亚即将见于今宵的我的梦里了。"这样的心情，是惟有独自旅行的人得能领受的人生之味。

对于旅行，又可以说一种全然相反的事。就是，也没有旅行那样，能使人们的心狭窄的了。这是英国批评家契斯泰敦（G. K. Chesterton）的犀利的句子。我们在家乡安静着过活，则异国的情景，是美丽的梦幻故事一样，令人神往的。西班牙，意太利，波斯，还有西藏，都是很足以挑动我们的诗情的名目。我们用了淡淡的爱慕之情，将未知之地和人，描在胸臆上。但一踏到这些处所，则万想不到的幻灭,却正在等候我们了。曾是抽象底的诗的国度的意太利,化了扒手一般的向导者和乞丐一般的旅馆侍者的国度了。在这瞬间,旅人的长久的心中的偶象,便被破坏了。

然而,这是还未悟彻旅行的心的真境地的错处。其实是,真实的人生,正须建立在这样的幻灭的废墟之上的。

三 旅行的收获

旅行的收获,这就是在旅人的心里,唤起罗曼底的希望来,这是因各人而不同的。这也因每次旅行而不同的。因为不同,我们的心中,就充满着大大的期待。

无论是谁,大概没有不记得出去修学旅行的前一夜的高兴,作为可念的少年时代的回忆的罢。还有,第一次出国的前夜的感慨,我们是终身不忘记的。新婚旅行的临行之感,姑且不说他,将登轻松的漂泊之旅的前一日的心情,却令人忘不掉。旅行的收获,是有各色各样的。从中,我想说一说的,是得到新的朋友的欢喜;是会见即使说不到朋友,而是未曾相识的人物的欢欣。这在想不到的处所相遇时,便成为更深的感兴,留在记忆里。倘是陌生的异国的旅次,那就更有深趣了。

一个冬天的夜里,我立在正像南国的大雨的埠头上,听着连脸也看不清楚的人的谈天。这是在美国最南端的萌罗理达,在很大的湖边,等着小汽船的时候。我们两个一面避着滂沱不绝的雨点,对了漆黑的湖水,一面谈下去。虽说谈下去,我却不过默默地倾听着罢了。大约年纪刚上三十的小身材黑头发的这美国人——倒不如说,好像意太利或匈牙利人的这男子,得了劲,迅速地饶舌起来:——

"所以纽约的教育是不要费用的。我们可以不化一文钱,一直受到大学教育。像我这样,是生在没有钱的家里的,什么学费的余裕之类,一点也没有。但是进小学,进中学,到头还进了纽约大学。因为是不要费用的呀。你想,教育是四民平等地谁都可以受得,不化费用的呵。所以教育普及了。所以亚美利加在世界上是最出色的国度了。无论到那里去看去,南方的黑人之类不说,在亚美利加,是没有不识字的人的。闹着各样过激的思想的人们自然也有,但那些可都不是亚美利加人呵。对么,懂了罢,先生?那些全都是刚从欧洲跑来的移民呀。在亚美利加,是即使不学那样胡涂的过激的俄国的样,也可以的。懂了没有,先生?因为,亚美利加,是用不着费用,能受教育的国度呵。而且因为一出学校,只要一只手,一条腿,就什么也做得到。就像我那样,从大学毕业的人,是全不用什么人操心的。因为在大公司里办事,现在也成了家,也到了这样地能够避寒旅行的身分了。所以,无论是谁,什么不平之类,是不会有的。叫着什么不平的一伙,那大抵是懒惰人,自己不好。因为教育是可以白受的呵。而且,因为我们是民主之邦呀。什么不平之类,是没有的事。唔,先生,我讲的话,明白了没有,先生?"

他无限际地饶舌。并且一面饶舌,一面为自己的思想所感动,挥着手说话。终于转向我这面,将手推着我的肩膀等处,大谈起来了。

我只静听着他的话,不知怎地,一面起了仿佛就是"亚美利加"本身,从暗中出现,和我讲话一般的心情。那乐天的,主我的,自以为是的,然而还是天真烂漫的,纯朴的人品,就正像亚美利加人。也许这就是弥漫于亚美利加全国的,那大气的精魂。在虽说是冬天,却是日本的梅雨似的闷热的南国的大雨的夜里,在僻远的村落的湖边,在这样地从一个无缘无故的人——这是从这暗夜中,钻了出来似的唐突的人物——的口中,听着聚精会神的,他的经历的讲解的时候,忽然,那所谓旅行的收获的一个感觉,强烈地浮上我的心头了。正因为是旅行,才在漠不相识之地,听着漠不相识之人的聚精会神的谈论的。比起关于亚美利加的几十卷文献来,倒是这样的人的无心的谈吐,在亚美利加研究者是非常贵重的知识的结晶哩。这也许便是亚美利加的精魂，在黑夜里出现的罢。

　　于是听到汽笛声；在暗的波路的那边，望见汽船的红红的灯火了。是走莆罗理达川的船已经来到。不多久，周围一时突然明亮起来。那男人，便慌忙携着夫人的手，走上汽船的舷门去了。

　　这情景，至今还留在我的眼底里。

四　达庚敦

　　和这样的漠不相识的人相周旋，固然也是旅中的一兴。而等候着这一类奇特的经验，再落到自己的身上来的心绪，也使旅人的心丰饶。归家之后，在平凡的日常生活中，每想到曾经历览的山河，那时浮上心头的，也就是那样的为意料所未及的经验。我一想亚美利加的事，即常常记起这莆罗理达的雨夜所遇到的连姓名都不知道的男人的议论和那周围的情景来。当写着俄国的社会革命的报告时，突然记起来的，是从斯忒呵伦到芬兰的船中，所遇见的叫作安那的一个少女的身世。

　　那时还只八岁，然而已能说三种外国语的可怜的小女儿，是富家之子，怕是已经吞在那革命的大波里面了罢。一记得那类事，便带着一种的哀愁。

　　然而，旅行的收获之大者，无论怎么说，是在和久经仰慕的天才相见。走了长远的旅程之后，探得这人所住的街，于是就要前去访问的时候的心情，是难以言语形容的高兴。在对于仰慕的人的"往访的心"和旅行的心上，是有着一种共通的情绪的。尤其是像我这样，因为受了从少年期到青年期所读的嘉勒尔的《英雄崇拜论》呀，遏克曼的《瞿提谈录》之类的很深的感化，终于不能蝉蜕的人，则会见那卓绝时流的各样的天才，总觉得有在落寞的人生上，染着一点殷红一般的欢喜。

　　倘使要访的人所住的地方和家宅，都是未知之地，那趣味就觉得更深远了。亚美利加的中西部,有叫印兑那波里斯的街。不知什么缘故,从这处所,出了各样的文学者。做了《马霞尔传》的培培律支,小说家的约翰生,达庚敦等,就都住在这街上。一个请帖,从住在那里的美国人,送到纽约的我这里来了,要我于十月的谢肉祭那一天,去吃火鸡去。正值我也刚在计划出去旅行的时候,便决计向那远隔一千迈尔的处所,前去吃火鸡。"要是火鸡,我的家里也可以请你吃的。"戏曲作家密特耳敦君说笑着,给了我对于达庚敦的绍介信,我便飘然发程了。几天之后,我在印兑那波里斯街的路易斯君的家里解了行装,吃了火鸡,于是催促主人,要到达庚敦的家里去。

我凡在外国旅行的时候。总是带着各样的问题,一路随便问过去的。我尤其爱问的问题,是要他举出代表他的国度的生命的五个人名来。在英国,是有种种有趣的回答了。但美国人,却大抵在瞠目结舌的竭力挣扎之后,首先,到威尔逊,刚派斯之流为止,是脱口而出的,以后,却无论如何,再也说不出了。尤其是一问到思想文艺方面,支配着现代美国的人名,则大抵的人,都不能回答。从中,好容易先加了"虽然不满意"这一句前置,举出来的,是小说家达庚敦。这达庚敦,是经过了奇特的变则的阅历,成了现在的时行作家的。地方也还有,而他却住到离纽约颇远的印兑那波里斯去。

我样样地用功,来看达庚敦的作品。然而一点不佩服。比起英国的文坛,像晴朗的秋夜,灿烂着满天珠玉的一般来,同是英语国民,而不知怎地,美国的文坛却如此寂寞,这真教人只好诧异了。然而美国人既然爱读达庚敦的作品,则作为美国的研究者,也就总得去见一见他。我就因为这样想,这才远远地跑到这里来的。

路易斯君亲自驶着摩托车,到得白色洋灰所造的达庚敦的家门口。叩门一问,出来了一个使女,说道主人不在家,两三日前往纽约去了。——然而奇怪,我并不觉得有失望之感。觉得不在家倒是好的。后来仔细地一想,知道我是原不怎样愿意会见达庚敦的,是硬去访问的。往访的心,在我这里是未曾成熟的。

五　拿破仑的房屋

那第二天,我便坐了芝加各中央的快车,向纽阿理安去。这不但因为要看看那地方,也因为想横断那就在线路上的叫作开罗的小邑。

仍然是我的旧癖,还将"表现着美国人的国民性的代表作品是什么呢?"到处问人。于是有两三个思想家,说,是 Mark Twain 的 *Huckleberry Finn* 和 O. Wister 的 *The Virginian*。我就专心来看 *Huckleberry Finn*。在米希锡比沿岸所养成的亚美利加魂这东西,便清清楚楚,在小说里出现。我的心,很被主角的少年 Finn,驾着一片木筏,要免黑人沙克的被捕,驶下米希锡比河去的故事所牵引了。白昼藏在芦荻间,以避人目,入夜,便在星光之下,从这漫漫的大川,尽向南行,每一遇见来船,便大声问道:——

"开罗还没到么?"
这使我很悲痛。因为一到开罗,这奴隶的沙克便成为自由的人了。我仿佛觉得,倘不一看米希锡比的两岸,和寂寞地躺在那边的开罗这小邑,则亚美利加的风调,是不能懂得的。

快车横度了这街市之际,是在夜半。

好几回,我从卧车的窗间,凝眺着窗外的夜。待到看见开罗的小邑,睡在汪洋的米希锡比的岸上,便变了少年 Finn 那样的心情,将心释然放下了。至今回想起来,孩子似的,这样的行旅之心,却比大事件还要深深的留在心底里,这是连自己都觉得惊异的。

第二天早晨,我才从火车的窗间,见了叫作"西班牙苔"的植物。这是从 Finn 的故事中,成了我所怀念的物品,一向期待着的。在纽阿理安的近旁,两岸都是湿地,浸着油似的水的沼泽里,满生着硕大的热带植物。在那干子和枝子上,就挂着蒙茸的须髯一般的"西班牙苔"。因此,我才觉得有到了南美之感了。

145

纽阿理安的市街,是破了千篇一律的美国都市的单调的。南国气的树木,法国式的道路,还有走在街上的克理渥勒(Creole)的年青妇女们,这些倘不在初来访问者的心中,唤起真像旅行的兴致,是不会干休的。

在大路转左,走一点小路,左手就有嵌着西班牙式格子的,昏暗的旧式的建筑物。是略带些黄的灰色的木造楼房,实在是古色苍然。这便是有名的拿破仑的房屋。就想将幽居圣海伦那这孤岛上的一世之雄,暗暗地偷了出来,谋划着的法兰西人,在世界到处,真不知有多少呵。有一组,就也住在这纽阿理安。是法国殖民地的路意藉那州的人们,想用了什么法,将这英雄从英国人的虐待的手里夺回,在这美丽的海滨的市上,送他安稳的余年的。

然而当这新居落成,船也整装待发,万端已备的时候,拿破仑病死之报,却使一切计划全归画饼了。百年之后来一访寻,仿佛还使人觉得可惜。大拿破仑的足迹,是在克伦林的宫殿里看见的时候,也曾颇有所感的;这命运之儿,其于刺戟全世界人类的想象的力量,实有一种不可思议的处所。使他那样地闷死在圣海伦那孤岛上,决不是大英国民的光荣。

六 威尔逊的秘书

然而去访威尔逊的时候,我的心是完全成熟了的。

一到他所住的华盛顿的市街,我心里便洋溢着欢喜。在旅馆的房里竟似乎坐立不安了,我便在暗夜中,绕着白垩馆的周围走了一遍。这较之六年前曾经到过的一样的街,仿佛觉得已是意外的尊严之地了。仰望着电灯点得明晃晃的楼上的房子,自己想:他还在那屋子里办着事呢。原来世界战争的指导原理,是就在那电光之下织造出来的。和静穆的暗夜情调相合的一种崇高之感,便充满了自己的胸中。

几天之后,就将带来的绍介信,并自己的信寄给大统领的秘书长泰玛尔台(J. P. Tumulty)了。过了好几天,没有回信。因为等到一周间也还没有回信,我便在写信给住在加厘福尼的蔼里渥德夫人的时候,顺便提到了这件事。这信一到,夫人便打一个快电来。说:"请速将我写的给威尔逊夫人的绍介信,直接送给她。"我于是立即照办。信一送去,就从威尔逊夫人得了指定面会日期的客气的回信。这样,我便在停战条约签字的三日之后,得了和威尔逊夫妇从容谈话的机会了。

那时的谈话,已经记载过好几回了,现在无须再说。但我所觉得很有趣味的,是秘书泰玛尔台君的心思。

泰玛尔台君者,自从在威尔逊退隐的翌年,作了《威尔逊传》以后,他这人物的轮廓也因此非常分明起来。他是怀着特出的政治底才能的人,并且诚心佩服着威尔逊的。那么,当他收到我的信札的时候,一定想,麻烦的东西又来了呵。于是又想,还是设法回绝他罢——因为这是做秘书的人的共通的心理状态。体帖主人的他,是深怕为了一个并无要事的日本人,多破费大统领的工夫的。但又想不出回绝的合宜的口实,于是他一定将那信塞在桌子的抽屉里,豫备两三天后再回信。过了两三天,大约又因为蝟集的事务,将这完全忘掉了。倘使我没有得到蔼里渥德夫人的电报,也许至今还在等候泰玛尔台君的回信的罢。

从摩托车王的显理福特(Henry Ford),我也有过一样的经验。那也就因为写信给了秘书,所以弄坏的。因为说见,而且另外还有事,我就从纽约往兑德罗特去了。出来了一个叫作什么名字的秘书,问我什么事。并无什么大不了的事情的我,便忽然之间,陷在不得不和这位秘书先生来发议论的绝地里了。终于也不给我见福特。而原也并不很有会见福特的热心的我,也就听其自然,不再用别的法,退了出来。我在这一见似乎太不客气的秘书的应对中,见出他体帖主人的诚实,是承认他的立脚点的,但同时也自己想,倘想去见阔气的人,那就千万不可经秘书的手。凡有要阔的人,都是意外地单纯的。惟猝然相逢，来分独战的胜败。

七　雨的亚德兰多

我从有意要做威尔逊的传记以来，已经十二年了。就像逐渐滑进沼地里去了的一般，只是埋头在搜集材料上，还没有完功。然而单就搜集材料而言，却很费了一些徒然的劳力，和看不出来的苦心的。其一，便是将和威尔逊有关的一切地方，都去看一遍。

大正八年（一九一九）三月，我在南方诸州的旅路上漂泊，访了他的旧迹的许多。他的出生地司坦敦，他的结婚地萨文那，他的负笈之处沙乐德韦尔。但尤使我觉得深的趣味的，是他初涉世间，来做律师的亚德兰多市。

来自莆罗理达的我的火车，到得乔治亚州的名邑亚德兰多市，是早晨八点钟。作为这地方的健康地，病后保养的人们来得很多的这都市，是名副其实的美好的地方。四围的连峰，将沿河的这市团团围住。无冬无夏，都是美丽的景色，那当然是一定的。然而这早晨，是很大的雨。飞沫沛然，使车窗的玻璃都昏暗了。到亚德兰多市，是在太煞风景的早晨呵，我一面想，一面将行李装在摩托车上，到了市边的一个干净的旅馆。用膳之际，有很恳切的中年人和他的一家族来扳谈，还交换了名片。将捣乱的男孩，可爱的女孩，也一个个介绍过。这样的偶然的事件，是使人对于这市的感情，格外好起来的。

午后，我冒雨去看目的地。那是在玛里遏多街四十八号的很大的十一二层的高楼，在市上的最为繁华之处。是细长的煞风景的建筑，乌黑的石造房。正门呢，因为正值下雨，暗到像黄昏；里面是点着电灯之类。全不是因为醉狂，来站在雨里看这样的房子的，我浴着暴雨，立在街角上，怎么看那么看，却恋恋地眺着这建筑。因为这二层楼的窗里，就是威尔逊开法律事务所的地方。

我的心里，涌上一种可笑味来了。我想，这窗上，恐怕也如人们

148

那样,他也用金字写过威尔逊法律事务所或者什么,房门外是挂着招牌。而一个二十六岁的年青的大学毕业生,则将那瘦瘦的正像青年的身躯,每天俨然地走进这屋里去。但征之可信的史实,他是几乎毫无生意的。

每月只有一个或是两个顾客的他,便和对手的莱纳多一同,像檐下结网的小蜘蛛一样,度着没有把握的日子。他在开业以前的空想,那一定是很大的。以为一两年内,便风靡了亚德兰多,几年之中,要成为全州屈指的律师的罢。然而和豫料相反,这些无名青年的事务所,并没有什么枉顾的人们。

这冷落和失败,就作了他一生的一大转向的机缘的。他觉得这样下去,是不行了。于是任凭这昏暗的事务所的冷落,立志来研究他所喜欢的政治学了。经过一年之后,他便闭了这趣剧的幕,再做学生,去进呵布庚大学的大学院。至今还尊作美国政治文献之一的《议院政治》这一篇,就在那时脱稿的。而且这又作了动机,使他以政治学者显于世,一转而入政界,化为人文史上的人了。

所以,假使他的这亚德兰多的法律事务所很兴旺,他也许终生不变政治家,也不做菩林斯敦大学校长,也做不成战时的美国大统领的。也许以一个有钱的律师,至多做了一世的上议院议员算完结。这样看来,他的做律师的大失败,是产生了他的一生的幸福,所以这可悯可笑的事务所的遗迹,倒是将文明政治家威尔逊送出世界去的恩谊之地,也说不定的。

这样地想着的我,就一面濡着雨,一面凝眺着烟熏的旧屋子的二层楼。

八　拉孚烈德

明年的美国大统领选举,是世界都将拭目以观的一个大事件。欧洲政局的完全碰了壁的今日,支那政治的已经落了难以收拾的穷涂的今日,在美国,将出现怎样的大统领,以主宰他一国的对外政策呢?这事情,对于宛然坐在旋风里面似的全世界,是万分紧要的大事件。

作为这大事件的中心人物,罗拔拉孚烈德之名,便哗然而起了。

去年的下议院和上议院一部分的改选,是摇动了看去好像铜墙铁壁一般的共和党的本营,拉孚烈德所带领的上下两院中的进步主义者,遂俄然掌握了作为第三党的 casting vote(决定投票);待到本年七月米纳梭泰州的上院议员的补缺选举时,选出了他所率领的农民劳动党的约翰生,一脚踢去了援助哈定的候补者,于是看作下届大统领候补者的拉孚烈德的名姓,便忽然载在人口了。而且这还成了日本人也不能以云烟过眼视之的名姓了。

然而,他之为美国政界的人杰,却并非从今日开头的。只要没有一九一二年二月间的罗斯福的变心,他也许就在那年破了威尔逊,当选为大统领了。

是还在继续开着巴黎的平和会议的大正八年五月的初头。当熏风徐来的爽朗的日曜日的午后,我浴着温暖的日影,按着华盛顿市街北首的一所木造楼屋的门铃。门一开,就有热闹的笑声,从森闲的家里面溢出。大门内右边的一室,看去像是食堂,大约从教堂回来的人们,刚刚用过膳。我被引到左手的客厅里,等着。木桌一顶,同是木做的椅子七八把,在多用雅洁的灰黑色屋子中,洋溢着素朴之气。

足音橐橐,主人进来了。是一个矮小的人。我先这样想。接着又觉得:是奈良人形(译者注:傀儡子)似的并不细细斫削的人。肩是方方的,两脚像玩具的兵队一般整整齐齐地排列着。而在通红的脸上,两眼炯炯地发着光。大概是 Pompadour 式而向后掠了的头发,都笔直地站着。于是伸出手来,用了粗大的声音道:——

"来得好呀!"

握了的那手,是大而有力的。我想,不错,这人是拉孚烈德了。

因为确是和我的豫料相合的人。不见他，便不愿离开美国的我，单是一握手，就觉得很喜欢。

当刚刚坐在椅子上的时候，便已非同小可了。因为回答我的询问，他便先讲起正在美国西北部增长势力的 Non-partisan league（非钩党同盟）的事来。由那会员所推选，将出席于明年的大统领选举场里的他，于是又将美国农民的窘况和资本家的暴状，讲得滔滔不绝，终于说到农民党成立的情形。正在火一般激昂着开谈的时候，不料他忽然抓住我的左肩，向前就一扯，猝不及防的我，便几乎滑下椅子来。我赶紧两脚用劲一撑，这才踏得住。我实在更其惊异于奇特的这老政客的热情了。但他自己，却仿佛全不觉得那些举动似的，立刻又放掉了我的肩膀，去接着讲那 Non-partisan league 的事。

他后来又讲到那开山祖师乔治罗夫泰斯（George Loftus）的葬仪。并且将他那时在葬仪的追悼演说上所讲的话，喊了起来：——

"他虽死，记得穷人的他之志是不死的！"
即刻又抓住我的右足，用力的一拉。因为先前的意外拳脚，我这边原也一向小心戒备着了的，待之久矣，就一面用两手紧紧地捏住椅子的靠手，对付过去了。

他摇动着头发谈天，斗志满身；原来，当欧洲战争中，高唱平和论，虽身命垂危，而毫不介意的热情就在此。

惟有广大的米希锡比的平野，会生出这样的强烈的情热的男子来。而会见这样的人，乃是旅人的时而享受的幸福。

约一点钟，兴辞出门的时候，我的两颊热得如火。自有生以来，这才访了所谓快男子的人物了。

九 新渡户先生（上）

"喂喂，那可有了出色的事情了呵！"前田多门君在门外大声嚷着，进来了。

正是大学的学年考试才完,还未想定往那里去过夏的时候,我就随便住在下二番町的义兄家里的书生房中。是梅雨忽下忽晴的时光,度着颇为懒散的生活。

又是前田的照例的吓人罢了。我估计着,故意装作坦然模样,头也不回。于是他慌忙脱去屐子,走了上来,显出报告一大事件似的脸相,说道:——

"明天晚上,新渡户先生那里,叫我们两个吃夜饭去。"

我想,这诚然是大事件了。据说,还是因为前田自以为脚力健,摇摇摆摆在东京的街上走,不知在那里遇见了先生,就叫他和鹤见两个人来吃夜饭。他于是穿了朴齿(译者注:厚的屐齿)的晴天屐子飞奔,来到我这里的。先前当作胡闹,盘着两臂,立了听着的我,后来也渐渐觉得这是并非寻常的事件了。

这是明治四十年(一九○七)之夏,新渡户博士从京都到东京,来做第一高等学校校长的第一年。那时曾做东京的学生的人们,现在也还分明记得的罢。当那时候,在思想方面,感到落寞而不知所向的东都的学生们,对于初在教育会的中心出现的新渡户博士,是怎样地抱了纯真的憧憬之情的呢?这是,就如黎明之际,朝日初升一般的辉煌。我们感到,似乎世上同时光明了。先生站在第一高等学校的讲堂上,试行新的讲论时,许多学生,都在年青的胸中,觉得血潮的怒吼。我们感到,这似乎就是我们所寻求多日,而未能寻到的新的生命的奔腾。当一种热情的高涨的瞬间,竟连将先生当作神看的人们也还有。先生是全然风靡了当时大部分的青年了。对于先生的演说,是跟着听。三五人一聚集,便将那感兴,一直谈论到深更。这是踊跃于青年们的心中的,人格憧憬的情绪。

因为是到这先生的地方去吃饭,所以自然是大事件。我们就大家商量起来。从小生长在东京的前田,很通世故,想出好方法来了。先将服装议决为制服。

忽然,一种想头,电光似的透过了我的脑中。

"那个,先生的夫人,是西洋人呀。"我说。

"所以呵,所以不得了呵。"前田认真地说。"总之,从此还有一天半,如果不再练习会话……。"

于是两人挤尽了所有的聪明。但在一天半之中,英语的会话也不像有进步。

"你不是教会学校出身的么?"我有些凄凉,便这样诘问前田。因为我想,他是筑地的立教中学出身,所以比起冈山中学出身的我来,应该好得远。

"但是,你不是自负着,在英国法律科,听过夏目先生的讲的么?"他就给一个回敬。在第一高等学校,前田是德国法律科。

"嗡,那是英文学呵。"我回答说。这意思,犹言英文学是和会话之类全然不同的高尚的东西。

"总而言之,如果师母来讲话,我们只要回答 yes,certainly,那就可以了罢。"停了一会,他说。

但是,当最初相见,我们要说自己的名姓的时候,是应该说 I am……的呢,还是说 my name is……呢,却终于没有把握。然而即使两个人搬出无论多少的空的聪明来,一加一还是成不了八或十。这样子,就在不知不觉之间,将先生搁起,我们的头里都塞满了对付师母问题了。于是睡了一觉,就到第二天的晚上。

十　新渡户先生(下)

早晨下起的雨,到傍晚停止了。是闷热的天气。我们俩身穿打皱的制服,脚登泥污的皮鞋,在小石川高台的先生的宅门口出现了。那是现在是已经拆掉的旧房子,昏暗的宅门里的左手,有大约十张席子大小的一间日本风的洋房。这就是客厅。以为师母大约就是住在那里面的,我们都吃了一吓。

使女引路,走进里面去,却是先生之外,只还有一个年青的绅士。总算先是放了心，一站定，先生便坦率地从椅子上站起来：——

"来得好。多么热呀。"他说，"我来绍介罢，这一位，是这回刚从亚美利加回来的有岛武郎君。"

说着，也将我们绍介过。阿阿，这就是有岛君么，我心里想着，细细地看他。

先生将这以前的札幌农学校的教授时代的事，谈了好几回。每一回，总是"有岛，有岛"的，用了对自己的孩子一般的亲密谈着话。我们也就不知不觉地，以对于兄弟似的亲密，记得了这人的名字了。

有岛君穿着黑黑的洋服。泼剌的红脸，头发和胡须的黑，很惹人眼睛。我觉得他微微瘦小点。

这一晚的各样谈话中，惟独有岛君的这一段话，还深深地留在我脑里：——

"这样，先生，我就在那街……（是我所不知道的街名，听不清），会见了真是所谓'自然之儿'那样的孩子。那就是我寄寓着的家里的孩子，还只八岁，非常喜欢动物的，整天都和小鸟之类玩着的。但是，有一天，一匹小鸟死掉了。于是这孩子就掘了一个洞，埋下那鸟儿去，上面放了花。这样，就将这鸟儿的事忘得干干净净，又和别的小鸟玩着了。那样子，实在见得是很自然，像和自然同化着似的。"

我一面听着这些话，一面想，为什么这事情就有那么有趣呢？我又想，为什么有岛君那么有趣地，讲着这事的呢？此后也常想问问有岛君，但一见面便忘却，终于没有问算完结了。然而总觉得有岛君之为人，仿佛于此就可见，后来我时时记得起来。

门外渐渐暗下来了。一看，微微斜下的院子的那边，有一株老梅树。大约是先生的亲眷罢，有两个年青女人在那树的地方谈天。这在夕阳中，还隐约可见。

使女来请吃饭，先生在前，四个人都出了这屋子。似乎记得是顺着旧的廊下，我们走到里面的食堂。我们又在戒备着了的太太，还是连影子也不见。

吃着蒸鳗，先生讲了许多话。对于先生，是尊敬透顶的；有岛君又是刚从外国回来，看去未免有些怕，前田和我，便都不大敢开口，只是谨慎地倾听着。

饭后，又大谈了一通札幌的事和亚美利加的事。听说有岛君是要往札幌农学校去做先生的。显着满是希望的脸色，他也讲了各样的话。现在想起来，那实在是年青气锐的有岛武郎君了。先生呢，是满足地看着多年培养出来的淘气儿郎的发达。

充满着两颊发烧那样的感激，我们走出了先生的宅门。于是踏着濡湿的砂砾，向大门那面走。

"好极了！"一到门外的暗中，我们俩不约而同的说。

什么好极了呢，感激着什么呢？这倘不是二十一二岁的青年，是不能知道的。是我们的胸里，正充满着"往访的心"的。

将这一篇，送给正在日内瓦办事的前田多门君。

未另发表。
初收 1928 年 5 月上海北新书局版《思想・山水・人物》。

指导底地位的自然化

[日本]鹤见祐辅

一

我们现今是坐在旋风中。以非常的速率进行的风，向了几十百不同的方向奔腾着。一切个人，都在这风压里飘荡。这是洋溢于全世界的思想底混乱的大暴风雨。

欧洲战争，将从来的传统底精神的锚切断了。无论怎样宽心的人，也不能抱着照旧的思想，安心度日的时代，已经来到了。只要物价腾贵这一个原因，就足够动摇全世界民众的生活。永久地系着民心，直到现在的思想，制度，习惯，都要失掉它的后光了。

这样的思想底混乱，却也非从今开始的。就散见于从来的历史里。而我们的祖先，就都是在这样的试练上及了第的。没有惟独我们，却偏是受不住的道理。

这所谓混乱者，用别的话来说，是"指导原理的丧失"；要再讲得平易些，那就是说，没有了指导者了。也就是，无论谁的思想，都不足以风动全国民，无论谁的地位，都不能博得全民众的信仰了。

人类的集团生活，是常在寻求指导者的。这并不限于人类，是一切生物所共有的强有力的本能。我们在飞翔空中的鸣雁里见到，在徜徉牧场上的牛群里见到。尤其是在人类生活上，我们一向就用惯了各种的名称，来称这指导者。有时当作半神半人的帝王，有时当作神的代理的僧侣，有时当作民众的偶象的英雄底政治家，有时当作代表民众的思想的大诗人，有时又当作保护民众的国土和生命财产的强有力的大将军。而我们的祖先，就凭着对于这指导者的无反省的信赖，放心而耕田，织衣，摇船过活。这是非常安心的太平的时代。

然而，和民众各个人的自我的发达一同，我们就渐不能像先前那样，简单地承认别人的思想和地位了。尤其是，教育的发达和个人自由的进展，是减小了人和人的区别的。于是到了看见下属对主人下跪的旧戏，也要气忿的时代了。今日对于我们的指导者，倘不是那人的思想里，有着使我们以为实在不错的东西的人，是不中用了。到了在这令人以为实在不错了的"领会"之后，这才施行政治的时代了。

然而欧洲大战的暴风雨，又破坏了这"领会政治"的基调。先前觉得实在不错的事，已经不能以为不错了。"爱国，是人间第一紧要事。你们为了国,执剑而战呀!"欧洲的政治家们如此疾呼。觉得实在不错,许多民众便上战场去战斗。"这一战若胜,便得到永久的平和了!"政治家们如此绝叫。觉得实在不错,一百三十万个法国的青年,便死在炮弹之下了。于是订立了维尔赛的平和条约。这全不是什么永久的平和。不过是人类为了下次的战争,另穿一副武装。这是蠢到几乎无话可说的事。于是,当大家觉得政治家所说的事,都是说谎的时候,"领会政治"的基调,便从民众的心里消失了。而站在"领会政治"的基调之上的指导者阶级,便也将那地位丧失了。到处寻觅,都寻不出足以替代的新的光。而替代"领会政治"的"暴力政治",便在各处抬头了。这不过是往昔每当民众失了指导原理的时候,也曾屡次玩过了的丑角戏。暴力者,是只要民众的眼一醒,立刻消得无踪无影的雪罗汉一样的东西。

但现代的指导者的丧失,我们却不能如嗤笑暴力政治之愚一般,轻易放过的事象。我们究竟是需要指导者呢,还是不要呢?又,所谓指导的,是指怎样的人呢?凡这些,都有仔细地加以检讨的必要的。

二

凡生物,取了集团底行动的时候,其中必有指导者。那指导者,有时是永续底的。牛和马的群中的指导者,本能底地,就有着指导的精神。此外的牛和马,则永是服从着这一头的指导。非到有此这一头指导者更强的指导者出,争斗而夺了他的地位,则这一头指导者,是总作为几十头的指挥者,生活下去的。别的几十头,都唯唯诺诺地服从它,借此保全着集团生活的统一。

和这相反,如狼群走寻食饵的时候,则每匹每匹,无不强烈地意识着指导底本能。一走到山中道路的歧路之际,一匹要向左,一匹要向右,意见就分开了。这时候,别的狼的心中,便起了应当服从向左的狼,还是向右的狼呢的选择。于是它们从这两匹指导者之中,将那能力——嗅觉,视觉,听觉等——的优等的,认为指导者,跟着向它所指导的方向去。在此时,这狼便占了指导者的地位,统率着一群的狼而前行。

我们人类的指导底地位,那情形未必一定也这样。然而指导底地位所以发生的本源,却也如狼,一定是奉一个对于目的有最优的能力的人,作为指导者,在那目的的存续期间,甘受他的统率了的。但这指导者,利用了自己的出众的地位,久占着这位置;其甚者,且以世袭的形式,将这传给并无什么指导底优越性的子孙了。因此,虽有真的指导者出现,也非用斗争的形式,便不能夺得这指导底地位。这斗争,古代是用了凭武力的战争的形式的,近代是用着凭投票的选举的形式。有时也有更进而并不依靠选举,却只由一般国民对于思想发表的同感,在政府当局者以外,出了事实上的指导者。凡这些,就都是出于营着集团生活的生物的本能的。

三

人类生活的基调,是在协力。我们单用一个人的力量,是什么事都做不成的。一切生活的形相,全仗着和别人的协力而达成。为了协力,则指导和服从的关系就必要了。这所谓指导和服从,并非上下的区别。仅仅不过是目的达成上的便宜。我们往往容易将指导的意义,政治底地来解释;但将在政治以外的部门的指导和服从的关系,正在逐日增大起来的事,倒闲却了。例如,指导和服从的关系之显然者,殆无过于美术,文艺,工艺这些方面。画家的天才,对于社会所有的指导底地位,是颇为自然,毫无上下的关系的。而善于营造美好的房屋的木匠,也分明是这一部门的伟大的指导者。

所以指导者的存在,是人类生活的必需不可缺事。倘没有他,我们是不能营日常生活的。一经发见了这指导者,便服从他,是我们的重要的生活条件。

四

然则我们怎样发见指导者呢？这是相随而起的重要的问题。但为了发见指导者这一件事，我们还应该先将所谓指导者的职能，加以检讨。

我想，向来的指导者的意义，和现代生活背驰起来了的事，是指导者丧失的一个原因。为什么呢？古代的幼稚的社会里，所谓指导者，就只有一个人。就是称为帝王呀，大将军呀，大政治家呀那样的人，就只一个，指挥着，统率着一切方面的事象。甚至于还照了帝王的趣味，连那一时代的音乐，美术，文学，诗歌，都受支配。像这等，从现代人看来，是可笑的没道理；但是服从着了的。换句话说，便是那时的意思，以为指导者的职能，是具有包举人类生活一切部门的指导权。

然而和人类的发达一同，行了指导者的分科了。政治底指导者单是政治，军事底指导者单是军事，教育底指导者单是教育，那指导的职能，逐渐分科起来了。就是，指导者职能的专门化，是人类文化发达的归向了。

于是，我们就有转而检点今日的指导者的内容，究竟是否适合于今日的我们的文化程度的必要了。仰那素有政治底能力的人，为政治底指导者，是合乎道理的。然而因为这，却也将他所作的颇为拙劣低级的诗文，赞美到好像贵重的文献，这又有什么必要呢？诗歌上的指导者，总该另有备具这一种天才的指导者在那里的。我们以一个善于理财的人，当作理财方面的指导者，那是好事情。但为什么，又必须承认他的低级的伦理观念，作为一国的国民思想的标准呢？关于伦理观念，总该会有特具天禀的思索力的天才，另外存在着的。

关于指导者的观念,我们不抱着时代错误底思想么？在现今的进步的时代,我们所可容认的指导者云者,并非以一个人,来指导统率地上万般的事相的人之谓。这是,明明白白,是分了千百方面的,为着特殊的目的而存在的指导者。

在这意义上,即现代的每一个人,是莫不具有各依天禀,可作别人的指导者的潜在能力的；而在那能力的自觉上,就约定着人类生活的向上和发达。

五

将指导者的意义,定为如此,则指导者的发见,就不很难了。凡有长于一艺一能的人,无不各从其艺能,是指导者。作为人类的别的人们的义务,即在随从这人的天赋的处所。

惟于此有成为最重要的问题者,是那指导底地位的存续期间。

据向来的历史看起来,人类是一旦占得指导底地位,便发生勿使失去的强烈的欲求的。那结果,是这指导者的地位,很容易变成立于自然淘汰的法则之外的特殊的阶级。换了话说,就是指导底地位的职业化。

人类生活的不幸的大半,即起因是这指导底地位的职业化。古代罗马共和国之所以繁荣,是因为所有市民,入则为农,出则为兵,一旦有缓急,便从市民中选出大将,授以指导统率的全权,国难既去,复降之于市民之列,毫不使指导底阶级,至于职业化的缘故。但到罗马共和国的中叶,苏耳拉(Sulla)和玛留斯(Marius)两将出,蓄养私兵,自行独占永续底指导者地位,削市民的自由,而共和制的基础遂亡,开了国家陵夷之端了。在我国,也是及中世封建的制度成,武门武士,以天下的政柄为私有,而古代日本的盛运扫地,作了文化停顿之俑的。幸借王政维新的大业,摧破了职业底指导阶级,而打开四民自由的境地,才见生动之气,又郁然磅礴于六十余州了。

六

我们转而一考察现代世界上的人心动摇的事相,是在旧的指导者的幻灭,和新的指导者的未到,尤其是,在日本的今日的我们,竟没有能够指导民众思想的归向的天才。也没有能图民众生活的安定的政治底指导者。也没有可作民众文化的中心的艺术家。然而,较这些更是缺憾的,则为在各市村各篱落间的指导者的丧失。而同时,这也是世界共通的病症。

这救济,惟在打破了指导者的阶级化和职业化,自由地行着指导者的自然底选择的时代,才能达成。而且必须大家都知道,这指导者的内容,并非如向来那样包括底,笼统底,而是对于各目的,当各时期,是自然而特殊底的内容。

基尔特社会主义的人们,竭力主张职能的政治。因为他们是连广泛而包举底的政治这件事,也不像先前那样,一般底地,统一底地设想,却以为应该各依部门,来分那代表者的。这是文化发达的径路。英国的文豪威尔士的近著《如神的人们》中说,在乌托邦里,就没有政治那样的东西。这就因为作为职业,来统治别人的事务,是用不着了。因为各个人都依着他时时的必需和能力,自然而且自由地行着政治,所以特地设立一种叫作政治的事情,又设一种叫作政治家的职业的必要,也没有了。这自然只是他所描写的理想乡的梦。但也未始不能设想:一到人文发达的极致,便极其自然而然地,人类都成指导者,也是被指导者,于是也就不再使用这样的名称,自然地转变下去,更革下去了。

然而,纵使还未到那么圆融无碍的时代,至少,我们在现代,也不可不从新想过那指导者的内容,而涵养着对于真实的指导者,则整然从其指导的心境。而且,为了那自然的指导者的出现,我们还应该将不自然的职业底指导者阶级,一扫而去之。全世界共通的烦恼和挣扎就在这里。

一九二三,六,二八。

初收 1928 年 5 月上海北新书局版《思想·山水·人物》。

未另发表。

说自由主义

［日本］鹤见祐辅

一

我想要研究自由主义,已经是很久的事了。还在做中学的二年生之际,曾经读了约翰勃赉德的传记,非常感动。现在想起来,也许那时虽然隐约,却已萌芽了对于自由主义的尊敬和爱着之情的罢。这以后,接着读了格兰斯敦的传记和威廉毕德的传记,也觉感奋,大约还是汲了同一的流。但从那时所读的科布登的传记,却不大受影响。这或者是作者的文章也有工拙的。

然而很奇怪的,是这一个崇拜着自由主义政治家的少年,同时见了和这反对的迪式来黎的传记,也还是十分佩服。这是中学一年之际,读了尾崎行雄氏的《迪式来黎传》,感动了;后来在三年生的时候,又见了谁的《迪式来黎传》,佩服了。这两种思想,并不矛盾地存在自己的胸中。而且奇怪,至今也还并存着。只是在今日,分明地意识着两者的区别,而立在批判底的见地上的不同,那自然是有的。

此后,日俄战役那时,因为在第一高等学校,势必至于倾向了帝国主义底的思想。然而还是往图书馆,读着穆来的《格兰斯敦传》之类的。大学时代,则在听新渡户先生的殖民政策的讲义,便很被引到帝国主义那面去。关于内政，新渡户先生虽然是民治主义的提倡者，但因为身当殖民政策的实际这关系上，故于帝国底对外发展，也颇有同情。因此我们对于这事也就容易怀着兴味了。

二

但到出了大学的翌年，我便随着新渡户先生往美国去。这时候，是大统领改选的前年，本来喜欢政治的我，就一意用功于大统领选举。这用功的目标，是威尔逊氏。我是无端赞同着威尔逊了的，现在想起来，这是中学二年时候的勃赉德和格兰斯敦的崇拜热的复发。要之，也就是对于自由主义的政治家的共鸣。

渐渐深入了威尔逊的研究之间，我就和自由主义的研究相遇了。于是就搜集自由主义的文献；一九一三年从公署派赴欧洲的时候，在伦敦的书店里，随手买了些题作自由主义的书。然而也并不专一于自由主义，这证据，是那时我还勤快地搜集着丸善书店所运来的关于帝国主义的书籍的。是因为决定了研究政治学这一个题目的关系上，不偏不倚地搜集着的。

三

然而从欧洲战争的末期起，直到平和条约的前后，旅行于欧美者约三年，这其间，我的脑里便发生了分明的意识了。这就是，我觉得亡德国者，并不是军国主义者，而是自由主义的缺如；俄国的跑向社会革命的极端，也就为了自由主义的不存在。尤其是当欧洲战后的各国，内部渐苦于极端的武断专制派和极端的社会革命派的争斗的时候，就使我更其切实地觉得，将这两极端的思想，加以中和的自由主义的思想之重要了。当那时，社会主义的思想正风靡了欧洲的天地，英国向来的自由党之类，就如见得白昼提灯一般愚蠢；而我当那时候，却觉得自由主义这面的思想，是比社会主义更进一步的。至少，那时欧洲的人们的社会主义的想法，是要碰壁的罢。然而自由主义的思想这一面，其间却含着不断地更新，不断地进步的要紧的萌芽，所以我想，大概是不至于碰壁。

四

于是我回到日本来，在三年的久别之后，见了日本。这可真是骇人的杂乱的世界呵。非常之旧的东西和非常之新的东西，比邻居住着。就在思想善导主义这一种意见所在的旁边，Syndicalism（产业革命主义）的思想也在扬威耀武。而在思想不同的人们之间，所大家欠缺的，是宽容和公平。都是要将和自己不同的思想和团体的人们，打得脑壳粉碎的性急的不宽容的精神。住在美国，笑了美国人的不宽容的我，一归祖国，也为一样的褊狭和不宽容所惊骇了。而且明了地意识到，为日本，最是紧要的东西，乃是真实的自由主义了。

五

但是，并非哲学者的我，要想出自由主义的哲学，来呈教于人们之类的事，那自然是办不到的。不过就是来谈谈自由主义底的思想。从中，在我逐渐地意识起来的，是以为与其完成自由主义的哲学，倒不如编纂自由主义的历史，要有效得多。

对于我，奖励了这思想的人，是毕亚特博士。博士给我从纽约寄了一部好装订的穆来卿的全集来。在阅读之间，懂了毕亚特博士的意思了。穆来也因为要阐明自由主义的思想，所以染翰于史论的。尤其是，靠着将法兰西革命前期的思想家的详传，绍介到英国去，他于是催进了英国的自由主义的运动。正如理查格林将自由主义的思想，托之一卷的英国史，以宣布于英国民一样，穆来是挥其巨笔，将法兰西十八世纪启蒙时代的思想家，绍介于英国，以与英国的固陋的旧思想战斗的。穆来之所以被称为约翰穆勒的后继者，大概就是出于这些处所的罢。

我由是便从穆来，来研究十八世纪的法兰西思想，窥见全未知道的新天地了。于是渐觉得在自从少年以来，混沌地存在自己的脑里的思想上，有了一种脉络。这就是，据史论以研究自由主义的事。而这所谓史论，便是从十八世纪的法兰西，到十九世纪的英国，二十世纪的美国，这样地循序探索下去，于是在积年的朦胧的意识上，这才总算有了眉目了。

这在我自己，是极其愉快的。然而这又是极费时光的事，却也可以想见。我仿佛觉得现在倘就是这样，走进研究的山奥里去，那是说不定什么时候才能出来的。所以我想，在还未走入这山中之前，将现在的意见写在纸片上，则即使因为什么事故，中断了这工作，而现在为止的东西，是存留着的。况且即使这在若干年后，终于完成了，而当出山之时，回顾而玩味入山时的思想，也正是愉快的事。

六

第一，现在我所想着的自由主义的定义，是：自由主义者，并非社会主义似的有或种原则的一定的主义。自由主义云者，是居心。有着自由主义底的心的人们的思想和行动，就是自由主义。约翰穆来也论及这，说道："自由主义者，并非信仰信条，是心的形（mind form）。"（《回想录》第一卷一一七页。）英国的史家勃里斯也说："自由主义者，并非政策，是心的习惯（mind habit）。"（《英国自由主义小史》第一页。）

这是无论什么人，只要略略研究自由主义的历史，而潜心于其精神者,所一定到达的结论。

那么,自由主义的居心,是以怎样的形式而显现的呢? 这是大概一辙的。

勃里斯之所论,以为自由主义云者,乃是将他人看作和自己有同等的价值的一种性情。更进而说道,"凡自由主义者,对于别的人们,常欲给以和自己均等的机会,俾得自己表现及自己发展。"但这是我所难于一定赞成的。像这样,便将自由主义的中心思想,弄成平等主义的思想了。自由一转而成平等,倒是派生底结果,并不是中心思想。

我所指的作为自由主义的居心的最根本的思想,是 Personality(人格)的思想。倘没有人格主义的观念,即也没有自由主义的思想。就是,对于在社会里的人们,认知人格,而将这人格的完成,看作人类究竟目的的一种思想。那要点,是社会和人格这两点。

马太亚诺德给文明以定义,以为"文明云者,是社会里的人愈像人样的事。"(*Mixed Essays* 序第二页。)这思想的根柢,正和我的自由主义的观念相同。自由主义的思想,是一个社会思想,离了社会是不存在的。也有人讨论人类的绝对的自由的存否,以为倘以绝对的自由给人,社会国家便不成立,所以自由主义是不可的。但这是因为将用自由主义这一句话为社会思想的传统,没有放在眼中,因而发生的误解。我们所常用的自由主义这一句话,并不是那么绝对底的架空的观念,而是一个社会思想。是论着社会人的自由的,倘将社会否定,也就没有自由主义了。

七

所以,自由主义的目的,是在造出最便于这样的人格完成的环境即社会来。

因此,自由主义的运动,即从打破那障碍着个人人格完成的各种境遇开手。或者也可以说，倒是永久地，是那打破的继续底运动。在这一个意义上，自由主义的运动，就往往被看作和进步主义的运动是同一义的。

八

因为自由主义是社会思想，所以虽然提高个人，却并不因此想要否定社会的存在。故在那思想的内容之中，并不含有反社会底的因子。就是，是以个人和社会的有机底关系为前提的。

所以，社会本身的破坏，和自由主义的思想是不相容的。所以，自由主义的运动者，从一方面说，是以个人的完成为目的的运动；从别方面说，也是以社会的完成为目的的运动。不过那社会完成的目的，是在为了个人的完成。

九

因为自由主义的目的，是在和自己的人格完成一同，也是别人的人格完成。所以，自由主义的思想，一定和宽容的思想是表里相关的。不宽容的自由主义，是不能有的。凡有不宽容者，一切都是专制主义的思想。因此，无论为国家的专制，为宗教的专制，为学问的专制，即悉与自由主义的思想背驰。

十

作为在社会上的人格完成的具体的手段，是凡各个人，都应该发挥其天禀的才能，满足其正当的欲求，自由地思想，自由地表现，自由地行动。所以，自由主义的思想，是和 Freedom（自在）的思想平行的。

十一

自由主义的思想,既然是社会思想,所以和纯粹的哲学思想的那个人主义的思想,未必相同。个人主义的思想,是未必豫想着社会的存在的。所以,自由主义的思想,也和别的社会思想一样,并非绝对底的东西。是社会和人们的二元底的相对底思想。

一九二四,七,四。

这虽然只是一篇未定稿,但因为觉得当此书出版之际,倘非不顾草率,姑且记下现在自己所想的自由主义的轮廓来,放在里面,则此书全体的意思,便不贯彻,所以试行写出来了。至于自由主义的研究,我想,姑且缓一点再来写。

未另发表。

初收 1928 年 5 月上海北新书局版《思想・山水・人物》。

旧游之地

〔日本〕鹤见祐辅

一 爱德华七世街(上)

在巴黎的歌剧馆的大道上,向马特伦寺那一面走几步,右手就有体面的小路。这是爱德华七世街。进去约十来丈,在仿佛觉得左弯的小路上,有较广的袋样的十字路;在那中央,有一个大理石雕成的骑马的像。这就是英国的先王爱德华七世的像。在那像的周围,是环立着清楚的爱德华七世戏园,闲雅的爱德华七世旅馆,精致的爱德华七世店铺等。嚣嚣的大街上的市声,到此都扫去一般消失,终日长是很萧闲。一带的情形,总觉得很可爱,我是常在这大理石像的道上徜徉的。并且仰视着悠然的马上的王者,想着各样的事。

惟有这王者,是英吉利人,而这样地站在巴黎的街上,却毫不破坏和周围的调和的,妥妥帖帖,就是这样融合在腊丁文明的空气里。而且使看见的人毫不觉得他是英国人。悠悠然的跨着马。比起布尔蓬王朝的王来,使人觉得更像巴黎人的王。这是英国外交的活的记念碑。

有一个冬天的夜里,在伦敦,在著作家密耶海特君的家里,遇见了四五个英国人。大家的谈天,不知不觉间弄到政治上去了。于是一个不胜其感动似的说:——

"爱德华王是伟大的王呀!"

刚在发着正相反的议论的别的客人,也就约定了的一般:——

"的确,是的呵——"

一个做律师的人,便向着我,说道:——

"这种感想,你也许还不能领会的。爱德华七世的人望,那可是非常之大呀。我们想,英国直到现在,未曾有过那么英伟的王。王家的威信达了绝顶,也就是在那个时候罢。虽是旧的贵族们,对爱德华王也不敢倔强。在英国,比王家还要古的贵族,是颇为不少的。他们将王家看作新脚色,所以做王也很为难。但惟有爱德华七世的时候,却没有一个来倔强的。而且也不单是贵族阶级,便是中产阶级和劳动者,也一样地敬爱了那个王。

"那是,所作所为,真像个王样子呵。庄严的仪式也行,不装不饰的素朴的模样也行,每个场面,都不矫强,横溢着人间味的。曾经有一件这样的事,——

"有一天,早上很早,我带着孩子在伦敦的街上走。看见前面有一个男人骑了马在前进。是一个很胖的男人,穿着旧式的衣服。那是很随便的样子,生得胖,在上衣和裤子之间,不是露出着小衫么?我想,伦敦现在真也有随随便便,骑着马的汉子呵。便对孩子说:'喂喂,看罢,可笑的人在走呢。不跑上去看一看那脸么?'我们俩就急忙跑上前,向马上一望,那不就是经心作意的爱德华王么?

"然而一到议会的开会式,却怎样?岂不是中世仪式照样的鹅帽礼装,六匹马拉着金舆,王威俨然,浴着两旁的民众的欢呼,从拔庚干谟宫到议院去的?看见这样,伦敦人便觉得实在戴着一个真像王样的王,从衷心感到荣耀。然而在访问贫家的时候,他却淡然如水,去得不装不饰。贫民们毫不觉得是王的来访。就只觉得并无隔核,仿佛自己的朋友似的。

"总之,那王是无论做什么,都用了 best interest(最上的兴味)的。"

到这里,那位律师先生便说完了。那时候的那英国人的夸耀的脸相,我总在这大理石像之下记起。

二 爱德华七世街(下)

这为百姓所爱,为贵族所敬的爱德华七世,在欧洲大陆做了些什么呢?我们到处看见伟大的足迹。

他由久居深宫之身,登了王位的时候,英国的国际底地位是怎样的?从维多利亚王朝流衍下来的亲德排法的心情,是英国外交的枢轴。相信素朴的德人,轻视伶俐的法人的空气,是弥漫于英国上下的。在尼罗河上流,英法两军几乎冲突的两年前的发劢达事件的记忆,还鲜明地留在当时的国民的脑里。聪明的法兰西人,憎恶而且嘲笑着鲁钝的英国人。他却在这冷的空气的正中央,计划了公式的巴黎访问。这是九百三年的春天。虽然是爱过太子时代微行而来的他的巴黎,但对于代表英国政府的元首的他,接受与否,却是一个疑问。英国的政治家颇疑虑，以为没有顾忌的巴黎的民众，说不定会做出什么来。然而具有看破人性的天禀之才的他，偏是独排众议，公然以英国王而访巴黎了。深恨英国外交的巴黎人，对于这王，却也并不表示一点反感。临去之际，民众还分明地送以好意的表情。这是踏上了英法亲善的第一步的事件。亲德外交，一转而成亲法政策了。其年十月，英法调解条约就签字；翌年四月，英法协约签字。而这便作了欧洲新外交的础石。他又在欧洲大陆试作平和的巡游，联意太利和俄罗斯，远则与东洋的日本同盟，树立了德国孤立政策。王死后四年，欧洲大战发生的时候，以发勤达几乎冲突的英法两国的兵士，则并肩在莱因河畔作战了。

欧洲战争的功过，只好以俟百年后的史家。但是，独有一事，是确凿的。这便是德国的王，以激怒世界中的人而失社稷，英国的王，则以融和世界的人心而巩固了国家的根基。现在是，就如全世界的定评一样，德国人明白一切事，但于人性，却偏不知道了。而这跨马站在巴黎街上的英国的王，乃独能洞察人性的机微；且又看透了敌手的德国皇帝的性格。他曾对法国的政治家说道：——

"在德意志的我的外甥（指德皇威廉），那是极其胆小的呵。"

果哉，一见军势不利，他的外甥便脱兔一般逃往荷兰了。

他现在也还悠然站在爱德华七世街的中央。我曾绕着他的周围闲步，一面想，为什么在英国，多有这样的人，在德国，却只出些自命不凡的人们呢？

三 凯存街的老屋

去年年底的英国总选举，又归于统一党的大捷了。在新闻电报上看见这报告的时候，我忽然记起远在伦敦凯存街十九号的一所灰色的房屋来。这是先走过国际联盟事务所的开头办公处的玛波罗公的旧邸，向哈特公园再走大约二十丈，就在左手的三层楼的古老的房屋。当街的墙上，挖有红底子的小扁，上面刻着金字道："培恭斯斐耳特伯殁于此宅，一千八百八十一年四月十九日。"每在前面经过，我便想到和这屋子相关的各种的传闻。要而言之，去年的统一党的胜利，也就是死在这老屋里的天才的余泽。

他的买了这屋，是在第二次内阁终结，从此永远退出政界的翌年。他是以七十五岁的残年，且是病余之身，写了小说 *Endymion*，卖得一万镑——日本的十万元，就用这稿费的全部，购致了这房子的。一向清贫的他，除了出售小说之外，实在另外也没有什么买屋的办法了。于是他一面患着气喘和痛风，就在这屋子里静待"死"的到来，一面冷冷地看着格兰斯敦的全盛。

他是生在不很富裕的犹太人家里的长男，到做英国的首相，自然要从最不相干的境涯出发。当十七岁，便去做了律师的学徒的他，有一年，和他的父亲旅行德国，在乘船下莱因河时，忽然想到："做着律师的学徒之类，是总不会阔气的。"他于是决计走进政界去；但自己想，这第一的必要，是要用钱，于是和朋友合帮，来买卖股票，干干脆脆失败了。这时所得的几万元的债务，就苦恼了他半世。他此后便奋起一大勇猛心，去做小说。有名的 *Vivian Grey* 就是。这一卷佳作，即在全英国扬起他的名来。然而那时，他还没有到二十岁。后来他进议院，终成保守党的首领，直到六十三岁，这才做到首相的竭尽辗轲的生涯，和这房屋的直接关系是没有的。只是弱冠二十岁的他，以 *Vivian Grey* 一卷显名，迨以七十五岁的前宰相，再困于生计，卖去 *Endymion* 一卷，才能买了这屋的事，是很惹我们的兴味的。较之他的一生的浮沉，则生于富家，受恶斯佛大学的教育，又育成于大政治家丕尔的翼下如格兰斯敦，不能不说是安乐的生涯。所以他虽然做了贵族党的首领，但对于将为后来的政治的枢轴的社会问题，却仍然懂得的。这就显现在他的小说 *Sybil* 里。在《菲宾协会史》上，辟司（Ed. R. Pease）说，"培恭斯斐耳特卿有对于社会底正义的热情。可惜的是他一做首相，将这忘却了。至于格兰斯敦，则对于在近代底意义上的社会问题,并不懂得。"这或者也因为两人出身不同的缘故罢。

他迁居到这凯存街的屋子里,是千八百八十一年的一月。到三月底,他便躺在最后的床上了,所以实在的居住,只有三个月。他在蔼黎卿的晚餐会的席上,遇见马太亚诺德,说了"在生存中,文章成了古典的唯一的人呀"这警句的,便在这时候。而且,好客的他,在这屋子里也只做了一回客。那是他邀请萨赛兰公夫妻等名流十七人,来赴夜宴,还用照例的辛辣的调子,向着旁边的人道:"原想从伯爵们之中,邀请一位的,但在英国,伯爵该也有一百人以上,却连一个的名姓也记不起来。"

这清贫,辛辣,勇气和文才的一总,是便在这三层楼的老屋里就了长眠的。

然而,在他后面,留下了保守党;留下了大英帝国。大约和毕德和路意乔治一同,他也要作为英国议院政治所生的三天才之一,永远留遗在历史上的罢。但他所救活的保守党,被唤到最后的审判厅去的日子,已经近来了。他的《希比尔》里所未能豫见的劳动党,正成了刻刻生长的第二党,在英国出现。而且在他用了柏林会议的果决和买收苏彝士河的英断所筑成的大英帝国里,不远便有大风雨来到,也说不定的。

四 蒙契且罗的山庄

从沙乐德韦尔起。我们坐着马车,由村路驰向蒙契且罗的山去,虽说还是三月底,而在美国之南的伏笈尼亚,却已渲出新春的景色了。远耸空中的群山,都作如染的青碧色。雪消的水,该在争下雪难陀亚的溪流罢。在山麓上,繁生着本地名产的苹果树,一望无际。在那箭一般放射出来的枝上,处处萌发了碧绿的新芽。愈近顶上,路也愈险峻了,我们便下车徒步。黑人的驭者抚慰着流汗的马,也跟了上来。

转过有一个弯，便有红砖的洋房，突然落在我们的眼里了。在春浅叶稀的丛树之间，屹然立着一所上戴圆塔的希腊风的建筑。而支着红色屋顶的白的圆柱，就映入视线里面来。这就是美国第三代大统领哲斐生的栖隐之处。

随着新渡户先生，我从宅门走进这屋里去。站在当面的大厅的电灯下的时候，我便想到几天之前看过的小说《路易兰特》的主角，将充满热情的感谢的信，写给在华盛顿的哲斐生之处，就是这里了。于是刚出学校的我，便觉到了少年一般的好奇心。从那书斋，那卧室，那客厅的窗户，都可以望见远的大西洋的烟波。就在这些屋子里，他和从全世界集来的访客，谈诗，讲哲理，论艺术，送了引退以后的余生的。听说爱客的他，多的时候，在这宅中要留宿六十个宾客。而死了的时候，则六十万美金的大资产，已经化得一无所有了。

承了性喜豪华的华盛顿之后的他，是跨着马，从白垩馆到政厅去，自己将马系在树枝上面的，所以退隐以来的简易生活，也不难想见。虽然有着惟意所如，颐使华盛顿府的大势力，而他从退休以来，即绝不过问，但在文艺教育上，送了他的余年。建在山麓上的沙乐德韦尔的大学，构图不必说，下至砖瓦，钉头之微，相传也都是出于他制作的。若有不见客的余闲，他便跨了马，到山麓的街上去取邮件。

是从这备有教养的绅士的脑里，进出了《美国独立宣言》那样如火的文字的。他要在美洲大陆上，建设起人类有史以来首先尝试的四民平等的国家来。而他的炯眼，则看破了只要有广大的自由土地，在美国，可以成立以小地主为基础的民治。所以他以农业立国的思想，为美国民主主义的根柢，将农民看作神的选民。所以他以使美国为农业国，而欧洲为美国的工场为得策。然而他如此害怕的工业劳动者，洪水一般泛滥全美的日子来到了。虽是他所力说的农业，已非小地主的农业而是小农民的农业的日子，也出现于美国了。

有产阶级和无产阶级的悬隔，已经日见其甚了。马珂来卿曾经豫言那样，"美国的民主政治的真的试炼，是在自由土地丧失之日"这句话，成为事实而出现的日子，已经临近了。

倘使这在蒙契且罗的山庄，静静地沉酣于哲学书籍的哲斐生，看见了煤矿工人和制铁工人的同盟罢工，他可能有再挥他的雄浑之笔，高唱那美国的精神，是立在人类平等的权利之上的这些话的勇气呢？在大资本主义的工业时代以前，做了政治家者，真是幸福的人们呵。

五 司坦敦的二楼

"司坦敦！"

黑人的车役叫喊着，我便慌忙走下卧车去，于是踏着八年以来，描在胸中的小邑司坦敦之土了。

这是千九百十九年三月十三日，正在巴黎会议上，审议着国际联盟案的时分。将手提包之类寄存在灰色砖造一层楼的简陋的车站里，问明了下一趟火车的时刻，我就飘然走向街市那一面去了。向站前的杂货店问了路，从斜上的路径，向着市的大街走，约四十丈，就到十字街。街角有美国市上所必有的药铺，卖着苏打水和冰忌廉。从玻璃窗间，望见七八个少年聚在那里面谈话。一辆电车叮叮当当地悠闲地鸣着铃，在左手驶来了。这是单轨运转的延长不到两迈尔的这市上惟一的电车，好像是每隔五六分钟，两辆各从两面开车似的。电车一过，街上便依然静悄悄。我照着先前所教，在十字街心向右转去，走到大街模样的本市惟一的商业街。右侧有书铺和出售照相干片的店。再走一百多丈，路便斜上向一个急斜的冈。这似乎是这地方的山麓，体面地排着清楚的砖造的房屋。一登冈上，眺望便忽然开拓了，南方和东方，断崖陷得很深；脚下流着雪难陀亚的溪流，淙淙如鸣环佩。溪的那边，是屹立着勃卢律支的连峰，

175

被伏笈尼亚勃卢的深碧所渲染。初春的太阳,在市上谷上和山上,洒满了恰如南国的柔和的光。既无往来的行人,也没有别的什么。我站在冈顶的叉路上,有些迟疑了。恰好从前面的屋子里,出来了一个携着女孩的老妇人。我便走上去,脱着帽子,问道:——

"科耳泰街的威尔逊大统领的老家,就在这近地么?"

她诧异地看着我的样子,一面回答道:

"那左手第三家的楼房就是。"

于是和女孩说着话,屡次回顾着,走下斜坡去了。

这是用低的木栅围住的朴素的楼房。原是用白砖砌造的,但暴露在多年的风雨里,已经成了浅灰色。下层的正面,都是走廊,宅门上的楼,是露台。屋子的数目,大约至多七间罢。楼上楼下,玻璃窗都紧闭着,寂然不见人影。左手的壁上,嵌一块八寸和五寸左右的铁的小扁额,用了一样的颜色,毫不惹眼地,刻道:"美国第二十八代大统领渥特罗威尔逊生于此宅,一千八百五十六年十二月二十八日。"宅前的步道上,种着一株栎树似的树木,这将细碎的影子,投在宅门上。我转向这屋的左手,凝视那二楼上的窗门。心里想,威尔逊举了诞生的第一声者,大概便是那一间屋子罢。本是虔敬的牧师的父亲,为这生在将近基督降诞节的长子,做了热心的祷告的罢。然而,这婴儿的出世,负荷着那么重大的运命,则纵使是怎样慈爱的父亲,大约也万想不到的。

不多久,我便决计去按那宅门的呼铃。

门一开,是不大明亮的前廊,对面看见梯子。引进左手的客厅里,等了一会,主人的萧来什博士出来了。是一个看去好像才过六十岁的颁白的老绅士;以美国人而论,要算是矮小的,显着正如牧师的柔和的相貌。

我先谢了忽然搅扰的唐突,将来意说明。就是因为要做威尔逊的传记,所以数年以来,便常在历访他的旧迹,以搜求资料。

"我和威尔逊君,在大辟特生大学的时候,是同年级的。"博士说着,就谈起那时的回忆来。

"听说学生时代的威尔逊,是不很有什么特色的。这可对呢?"
我问。

"是呀,"博士略略一想,说,"但是,从那时候,便喜欢活泼的气
象的呵。当他中途从大辟特生退学,往普林斯敦大学去时,我曾经
问:你为什么到普林斯敦去呢? 威尔逊却道,就因为我想往有点生
气的地方去呀。这话我至今还记得。因为我觉得这正像威尔逊的
为人。"

"听说格兰斯敦当恶斯佛大学时代,在同学之间,名声是很不好
的。威尔逊可有这样的事呢?"我又问。

"不,毫不如此。要说起来,倒是好的。"他说。"后来,当选了大
统领,就任之前的冬天,回到这里来。就寓在这屋子里,那实在是十
分质朴的。喜欢谈天;而且爱小孩,家里的孩子们,竟是缠着不肯走
开了。"

他讲了这些话,便将话头一转,问起山东问题之类来。在宅门
前,照了博士的像,我便再三回顾,离开这屋子了。

罗斯福死了以后,正是三个月。我忽然想起那两人的事来。可
哀的罗斯福是什么事业也没有留下,死掉了。他是壮快的喇叭手。
当他生前,那震天的勇猛的进军之曲,是怎样地奋起了到处的人心
呵。然而,喇叭手一去,那壮快的进军之曲,也就不能复闻,响彻太
空的大声音的记忆,大约逐渐要从人们的脑里消去的罢。当此之
际,威尔逊是默默地制作着大理石的雕刻。这并不是震天价的英雄
底的事业。然而这却是到个人底爱憎从地上消去之后,几十年,几
百年,也是永久地为后来的人类所感谢的不朽的美术品。而诞生了
这人的房屋,将成为世界的人们的巡礼集中之处的日子,恐怕也未
必很远了罢。我一面想着这些事,一面顺着坡路,走下雪难陀亚之
谷那方面去了。

六 滑铁卢的狮子

"的确，记念塔的顶上有狮子哩。"我和同来的 T 君说。

我们是今天从勃吕舍勒，坐着摩托车，一径跑向这里来的。走着家鸭泛水的村路，我对于拿破仑的事，惠灵吞的事，南伊将军的事，什么的事都没有想。单有昨夜在勃吕舍勒所听到的话还留在耳朵里。这听到的话，便是说，那在滑铁卢记念塔上的狮子，是怒视着法兰西那一面的。但这回的欧洲战争，比利时军却和法兰西军协同作战，以对德意志，所以比利时的众议院里就有人提议，以为滑铁卢的狮子，此后应该另换方向，去怒视德意志了。这是欧洲战争完结后第二年的事。

我觉得听到了近来少有的有趣的话。于是很想往滑铁卢去，看一看那狮子的怒视的情形。到来一看，岂不是正是一个大狮子，威风凛凛，睥睨着巴黎的天空么？我不觉大高兴了：心里想，诚然，这种睥视的样子，是讨厌的。我想，从这看去像有二百尺高的宏壮的三角式的土塔的绝顶，压了五六十里的平原，这样地凝视着法兰西的天空样子，是不行的呀。我想，倘将这换一个方向，去怒视柏林那面，那该大有效验的罢。如果又有战事，这回是和遏斯吉摩打仗了，就再换一回方向，去怒视北极。如果此后又有战事，就又去怒视那一个国度去，我想，大约是这模样，每一回团团转，改变位置的办法罢。然而单是滑铁卢这名目，就已经不合式。要而言之，在滑铁卢，是比利时军和德意志军一同打败了法兰西的，所以即使单将狮子来怒视德意志，恐怕也不大有灵验。也许还是将地名也顺便改换了来试试的好罢。我想，那时候，这站在天边的狮子，大约要有些头昏眼花哩。

但是，那个提议，听说竟没有通过比利时的众议院。恐怕大狮子觉得总算事情过去了，危乎殆哉，现在这才不再提心吊胆了罢。然而这也不只是滑铁卢的狮子。便是比比利时古怪得多的国度，也许还有着呢。将历史,美术,文艺,都用了便宜的一时底的爱国论和近代生活论,弄成滑稽的时代错误的事,不能说在别的国度里就没有。到那时,大家能都想到毛发悚然的滑铁卢的狮子的境遇,那就好了。

七 兑勒孚德的立像

初看见荷兰的风磨的人,常恍忽于淡淡的欣喜中。尤其好的是细雨如烟之日,则眺望所及,可见无边的牧草,和划分着远处水平线的黛色的丛林,和突出在丛林上面的戈谛克风的寺院的尖塔,仿佛沉在一抹淡霞的底里,使人们生出宛然和水彩画相对的心境来。

我是将游历荷兰街市的事,算作旅行欧洲的兴趣之一的,所以每赴欧洲,即使绕道,也往往一定到荷兰去小住。而旅行荷兰的目的地,倒并非首府的海牙,乃在小小的兑勒孚德的市。这也不是为了从这市输送全世界的那磁器的可爱的蓝色,而却因为在这市的中央,暴露在风雨之中的萧然立着的铜像。

地居洛泰达谟和海牙之间的这市,无论从那一面走,坐上火车,七八分钟便到了。走出小小的车站,坐了马车,在运河的长流所经过的石路上,颠簸着走约五六分钟,可到市政厅前的广场。就在这市政厅和新教会堂之间的石铺的广场的中央,背向了教堂站着的,便是那凄清的立像。周围都是单层楼,或者至多不过二层楼的中世式的房屋,房顶和墙壁,都黑黑地留着风雨之痕。广场的右手,除了磁器店和画信片店之外,便再也没有像店的店了,终日悄悄然闲静着。在这样的颓唐的情调的环绕之中,这铜像,就凝视着市政厅的屋顶,站立着。

这是荷兰的作为比磁器,比水彩画,都更加贵重的赠品,送给世界的人类的天才雺俄格罗秀斯(Hugo Grotius, or Huig van Groot)的像。我想,这和在背后的新教会堂里的墓石,是他在地上所有的惟二的有形的纪念碑了。

然而他留在地上的无形的记念碑，却逐年在人类的胸中滋长。在忘恩的荷兰人的国境之外，他的名字，正借了人类不绝的感谢，生长起来。

他是恰在去今约三百五十年之前，生于这市里的。当战祸糜烂了欧洲的天地的时候，而豫言世界和平的天才，却生在血腥的荷兰，这实在是运命的大的恶作剧。他也如一切天才一样，早慧得可惊的。十岁而作腊丁文的诗，十二岁而入赖甸的大学，十四岁而用腊丁文写了那时为学界的权威的凯培拉《百科全书》的正误，在后年，则将关于航海学和天文学的书出版了。十五岁而作遣法大使的随员，奉使于法国宫廷之际，满朝的注意，全集于他的一身。但当那时，已经显现了他的伟大。他要避空名的无实，便和法国的学者们交游。归国以后，则做律师，虽然颇为成功，而他却看透了为法律的律师生活的空虚，决计将他的一生，献于探究真理和服务人类的大业。二十六岁时，发表了有名的《自由公海论》，将向来海洋锁闭说驳得体无完肤。于是为议员，为官吏，名声且将籍甚，而竟坐了为当时欧洲战乱种子的新旧两教之争，无罪被逮了。幸由爱妻的奇计，脱狱出亡，遂送了流离的半世。在这颠沛困顿之中，他的所作，是不朽的名著《战争与平和的法则》。这是他四十二岁的时候了。这一卷书，不但使后世的国际思想为之一变而已，也更革了当时的实际政治。他详论在战争上，也当有人道底法则，力主调停裁判的创设，造了国际法的基础的事，是永久值得人类的感谢的。他流浪既及十年，一旦归国，而又被放逐于国外，一时虽受瑞典朝廷的礼遇，但终不能忘故国，六十一岁，始遂本怀，乘船由瑞典向荷兰，途中遇暴风，船破，终在德国海岸乐锡托克穷死了。像他那样，爱故国而在故国被迫害，爱人类而为人类所冷遇者，是少有的。待到他之已为死尸，而归兑勒孚德也，市民之投石于他的柩上者如雨云。

恰如他的豫言一样，调停裁判所在海牙设立，国际联盟在日内瓦成就了。偏狭的国家主义，正在逐日被伟大的国际精神所净化。

然而他脑里所描写那样的庄严的世界，却还未在地上出现。将他作为真实的伟人，受全人类巡礼之日，是还远的。

到那一日止，他就须依旧如现在这样，萧然站在兑勒孚德市政厅的前面。

未另发表。

初收 1928 年 5 月上海北新书局版《思想·山水·人物》。

说 旅 行

[日本]鹤见祐辅

一

前几天，有一个美国的朋友，在前往澳洲的途中，从木曜岛寄给我一封信，里面还附着一篇去年死掉的诺思克理夫卿的纪行文。这是他从澳洲到日本来，途次巡游这南太平洋群岛那时的感兴记。我在简短的文章里，眺着横溢的诗情，一面想，这真不愧是出于一世的天才之笔的了。

虽是伦敦郊外的职员生活，他也非给做成一个神奇故事不可的。那美丽的南国的风光，真不知用了多么大的魅力，来进迫了他的官能哩。他离开硗确的澳洲的海岸，穿插着驶过接近赤道的群岛。海上阒无微风，望中的大洋，静得宛如泉水。但时有小小的飞鱼跃出，激起水花，聊破了这海的平静。而且这海，是蓝到可以染手一般。他便在这上面，无昼无夜地驶过去。夕照捉住了他的心魂了。那颜色，是惟有曾经旅行南国的人们能够想象的深的大胆的色调。赤，紫，蓝，绀和灰色的一切，凡有水天之处，无不染满。倘使泰那（W. Turner）见了这颜色，他怕要折断画笔，掷入海中了罢，诺思克理夫这样地写着。

船也时时到一小岛。是无人岛。船长使水手肩了帐篷运到陆地上。将这支起来,于是汲水,造石头灶;船客们便肩了船长的猎枪,到树林和小山的那边去寻小鸟。在寂静的大洋的小岛上,枪声轰然一响,仅惯于太古的寥寂的小鸟之群,便烟云似的霍然舞上天半。当夕照未蘸水天时,石灶中火,已经熊熊生焰,帐篷里的毡毯上,香着小鸟的肉了。星星出来,熏风徐起,坐在小船上的船客,回向本船里去的时候,则幸福的旅人的唇上,就有歌声。

一面度着这样的日子,诺思克理夫是从木曜岛,到纽几尼亚之南;从纽几尼亚的航路,绕过绥累培司之东,由婆罗洲,飞律滨,渐次来到日本的诸岛的。他一到香港,一定便将和鲁意乔治的争吵,将帝国主义,全都忘却,浸在南海的风和色里了。在这地方,便有大英帝国的大的现在。

使英国伟大者,是旅行。约给英国的长久的将来的繁荣者,是旅行。诺思克理夫虽然生于爱尔兰,却是道地的英国人。他和英国人一样地呼吸,一样地脉搏。而那报章,则风靡全英国了。为什么呢?就因为他将全英国的想象力俘获了。正如在政界上,鲁意乔治拘囚了选举民的想象力一样,他将全英国的读者的空想捉住了。格兰斯敦死,张伯伦亡,绥希尔罗士也去了的英国的政界上,惟这两个,是作为英国的明星,为民众的期待和好奇心所会萃的。而他两人,也都在小政客和小思想家之间,穿了红礼衣,大踏步尽自走。不,还有一个人。这是小说家威尔士。他将六十卷的力作,掷在英国民众上面,做着新的运动的头目。这三个人死了一个,英国的今日,就见得凄清。

二

豪华的诺思克理夫,将旅行弄成热闹了。寂寞的人,是踽踽凉凉地独行。心的广大的人，一面旅行，一面开拓着自己的世界。寂寞的人，却紧抱着孤独的精魂，一面旅行，一面沉潜于自己的内心里。所以旅行开拓眼界的谚，和旅行使人心狭窄的谚，两者悬殊而同时也都算作真理，存立于这世界上。我们说起旅行，常联想到走着深山鸟道的孤寂的俳人的姿态。这是蝉蜕了世间的旅行。也想起跨着马，在烈日下前行的斯坦来（H. M. stanley），将他们当作旅人。这是要征服人间和自然的旅行。这是人们各从所好的人生观的差别。

<h2 style="text-align:center">三</h2>

小说家威尔士所描写的旅行，是全然两样的。那是抱着不安之情的青年，因为本国的小纠葛，奔窜而求真理于广大的世界的行旅。古之圣人曾经说是"道在近"的。但威尔士却总使那小说的主人公去求在远的真理去。这是什么缘故呢？能就近求得真理者，是天才。惟有在远的真理，是虽属凡才，也能够把握的平易的东西。而许多英国人，是旅行着，把握了真理的。康德从自家的书斋的窗间，望着邻院的苹果树，思索哲学。邻人一砍去那苹果树，思索力的集中便很困难了。而达尔文则旅行全世界，完成了他的进化论。所以威尔士在他的《近代乌托邦》中喝破，以为乌托邦者，乃是我们可以自由自在，旅行全世界的境地云。

<h2 style="text-align:center">四</h2>

嘉勒尔将人们分为三种，说，第三流的人物，是诵读者（Reader）；第二流的人物，是思索者（Thinker）；第一流的最伟大的人物，是阅历者（Seer）。在建筑我们的智识这事情之中，从书籍得来的智识，是最容易，最低级的智识。而由看见而知道的智识，则比思索而得的思

想,贵重得多。这就因为阅历的事,是极其困难的事。

旅行者,是阅历的机会。古之人旅行着思索,今之人旅行着诵读。惟有少数的人,旅行而观宇宙的大文章。

一九二三,三,二五。

未另发表。

初收 1928 年 5 月上海北新书局版《思想·山水·人物》。

纽约的美术村

[日本]鹤见祐辅

亚美利加是剌戟的国度。

从欧洲回来,站在霍特生河畔的埠头上,那干燥透顶的冷的空气,便将满身的筋肉抽紧了。摩托车所留下的汽油味,纷然扑鼻。到了亚美利加了的一种情绪,涌上心头来。耳朵边上夹着铅笔的税关的人员,鼻子尖尖地忙着各处走。黑奴的卧车侍役嚼着橡皮糖(chewing gum),辘辘地推了大的车,瞬息间将行李搬去了。全身便充满了所谓"活动的欢喜"一类的东西。一到旅馆,见二十层楼的建筑里,有二千个旅客憧憧往来。大厅里面,每天继续着祭祝似的喧扰。

在曼哈丹南端的事务所区域里,是仅仅方圆二里的处所,就有五十万人像马蚁一般作工。无论怎样的雨天,从旅馆到五六迈尔以南的事务所去,也可以不带一把伞,全走地下铁道。亚美利加人在这里运用着世界唯一的巨大的金钱,营着世界唯一的活动,度着世界唯一的奢侈的生活。一切旅客,都被吞到那旋涡里去了。

但一到三个月,至多半年,大概的人就厌倦。从纽约到芝加各,从芝加各到圣路易，于是到旧金山，无论提着皮包走到那里去，总是坐着一式的火车，住着一式的旅馆，吃着一式的菜单的饭菜。一式的国语无远弗届，连语音的讹别也没有。无论住在那里的旅馆里，总是屋子里有暖房，床边的桌上有电话，小桌子上放着一本《圣经》。无论看那里的报纸，总是用了大大的黑字，揭载着商业会议所的会长的演说，制鞋公司的本年度的付息，电影女明星的恋爱故事和妇女协会的国际联盟论。而且无论那里的街，街角上一定有药材店，帖着冰忌廉和绰古辣的广告，并标明代洗照相的干片。这真是要命。大抵的人，便饱于这亚美利加的生活的单调了。当这些时候，日本人就眷念西京的街路，法兰西人则记得赛因河。

然而，即使在这单调的亚美利加中，最为代表底的忙碌的纽约市上，也还不是一无足取。纽约之南，有地方叫作华盛顿广场，这周围有称为格里涅区村的一处。许多故事，就和这地方缠绵着的。到现在，此地也还是冲破纽约的单调的林泉。从古以来，就说倘若三个美术家相聚，即一定有放旷的事（Bohemia）的。在纽约，从事美术文艺者既然号称二万五千人，则什么地方，总该有放旷的适意的处所。那中心地，便是这格里涅区村。自十四路以南，华盛顿广场以西的一境，是这村的领地。先前是很有些知名的文艺专家的住家，富豪的邸宅的，现在却成为穷画工和学生的巢窟，发挥着巴黎的"腊丁小屋"似的特长了。旧房子的屋顶里，有许多画室（Studio），画画也好，不画也好，都在这里做窠，营着任意的生活。一到夜间，便各自跑进附近的咖啡店去，发些任意的高谈。在叫作"海盗的窠"这咖啡店里，是侍者装作海盗模样，腰悬获物和飞跃器具，有时也放手枪之类，使来客高兴的。有称为"下阶三级"的小饭店，有称为"糟了的冒险事业"的咖啡店，有称为"屋顶中"的咖啡店。此外，起着"黑猫"，"白鼠"，"松鼠的窠"，"痛快的乞丐"那样毫不客气的名目的小饮食店，还很不少。而这些却又都是不惹人眼，莫名其妙的门，一进里面，则蒙蒙然弥漫着烟卷的烟雾。在厌倦了亚美利加生活人的，寻求一种野趣生活之处,是有趣的。

推开仓库一般的不干净的灰黑色的门,在昏暗的廊下的尽头,有几乎要破了的梯子。走上十步去,便到二楼似的地方。向右一转,是厨房;左边是这咖啡店的惟一的大厅。在目下的进步的世界上,这是怎么一回事呢?电灯一盏也没有,只点着三四枝摇曳风中的蜡烛。暖房设备,是当然不会有的;屋角的火炉里,也从来不曾见过火气。要有客人的嘱咐,土妇格莱斯这才用报纸点火,烧起破箱子的木片来。在熊熊而起的火光前面,辘辘地拖过木头椅子去,七八个人便开始高谈阔论了。

火炉上头的墙面上,画着一只很大的靴子;那旁边,站一个拿着搬酒菜的盘子的女人。靴的里面,满满地塞着五个小孩子。这是熟客的画工,要嘲笑这店里的主妇虽然穷,却有五个小孩子。便取了故事里所讲的先前的穷家的主妇,没有地方放孩子,就装在靴里面了的事,画在这里的。右手是一丈多宽的壁上,满画着许多人们的聚集着的情形。这就是格里涅区村的放旷的情形。那旁边,有从乡下出来的老夫妇,好像说是见了什么奇特的东西似的,恍忽地凝眺着。这所画的是指对于这里的画工和乐人的放旷的生活,以为有趣,从各处跑来的看客的事;那趣旨,大约是在讥刺倒是看客那一面,可笑得多罢。

主妇的格莱斯,也并非什么美女,但总是颇有趣致的女人,和来客发议论,有时也使客人受窘,而这些地方又正使人觉得有兴味;许多熟客,就以和她相见为乐,到这里来消闲。英国人的雕刻家安克耳哈黎,就常来这里,喝得烂醉,唠叨着酒话的。

年青的美人碧里尼珂勒司也常来喝咖啡,一来,便取了这里的弦子,一面唱小曲,一面弹。我也曾经常和现在做着意太利大使的小说家却耳特(Richard W. Child)君夫妇去玩耍,在粗桌上,吃着这家出卖的唯一的看馔烙鸡蛋,讲些空话,消遣时光的。(译者注:看这里,可知《人生的转向》那篇里的主人便是这却耳特。)

再前一点叫作威培黎区的地方,就是我很为崇拜的拉孚和其主人所住的地方;再前一点的显理街上,先前是有名的妥玛司培因终日喝着勃兰地,将通红的鼻子,突出窗外去,看着街头的。这记在 *Sketch Book* 里,日本人也知道。伊尔文似乎也就住在这近边,他批评华盛顿广场周围的红砖的房屋道:"红,是我所喜欢的颜色。为什么呢? 因为自己的鞋的颜色是红的,大统领哲斐生的头发是红的,妥玛司培因的鼻尖是红的。"也便是这些地方的事。

这些年青的文学者和音乐家们,一有名,便搬到纽约的山麓去了。所以目前住在这四近的,大抵全是年青的艺术家。我一坐在叫作"格莱士喀烈得"这咖啡店里,就常有一个学意太利装束的二十三四岁的青年,显着美术家似的不拘仪节模样,来卖绰古辣。有一天,来到我面前,因为又开始了照例的那演说,我便说,"又是和前回一样的广告呀。若是美术家,时时说点不同的话,不好么?"那位先生夷然的行了一个礼,答道,"我很表敬意于你的记忆力。记忆力是文艺美术的源泉,而引起那记忆力者,实莫过于香味。只要你的记忆力和这绰古辣合并起来,则无论怎样的美术,就会即刻发生的。"毫没有什么惶窘。

寒冷的北风一发的时候,向北的这二楼的破窗孔里,往往吹进割肤似的风来。然而年青的美术家们,却仍然常是拉起外套的领子,直到耳边,喝着一杯咖啡,不管和谁,交换着随意的谈话。

未另发表。

初收 1928 年 5 月上海北新书局版《思想·山水·人物》。

四日

日记 晴。午后往内山书店买书十本,九元二角。

文艺与革命(复冬芬)

冬芬先生：

我不是批评家，因此也不是艺术家，因为现在要做一个什么家，总非自己或熟人兼做批评不可，没有一伙，是不行的，至少，在现在的上海滩上。因为并非艺术家，所以并不以为艺术特别崇高，正如自己不卖膏药，便不来打拳赞药一样。我以为这不过是一种社会现象，是时代的人生记录，人类如果进步，则无论他所写的是外表，是内心，总要陈旧，以至灭亡的。不过近来的批评家，似乎很怕这两个字，只想在文学上成仙。

各种主义的名称的勃兴，也是必然的现象。世界上时时有革命，自然会有革命文学。世界上的民众很有些觉醒了，虽然有许多在受难，但也有多少占权，那自然也会有民众文学——说得彻底一点，则第四阶级文学。

中国的批评界怎样的趋势，我却不大了然，也不很注意。就耳目所及，只觉得各专家所用的尺度非常多，有英国美国尺，有德国尺，有俄国尺，有日本尺，自然又有中国尺，或者兼用各种尺。有的说要真正，有的说要斗争，有的说要超时代，有的躲在人背后说几句短短的冷话。还有，是自己摆着文艺批评家的架子，而憎恶别人的鼓吹了创作。倘无创作，将批评什么呢，这是我最所不能懂得他的心肠的。

别的此刻不谈。现在所号称革命文学家者，是斗争和所谓超时代。超时代其实就是逃避，倘自己没有正视现实的勇气，又要挂革命的招牌，便自觉地或不自觉地必然地要走入那一条路的。身在现世，怎么离去？这是和说自己用手提着耳朵，就可以离开地球者一样地欺人。社会停滞着，文艺决不能独自飞跃，若在这停滞的社会里居然滋长了，那倒是为这社会所容，已经离开革命，其结果，不过多卖几本刊物，或在大商店的刊物上挣得揭载稿子的机会罢了。

斗争呢，我倒以为是对的。人被压迫了，为什么不斗争？正人君子者流深怕这一着，于是大骂"偏激"之可恶，以为人人应该相爱，现在被一班坏东西教坏了。他们饱人大约是爱饿人的，但饿人却不爱饱人，黄巢时候，人相食，饿人尚且不爱饿人，这实在无须斗争文学作怪。我是不相信文艺的旋乾转坤的力量的，但倘有人要在别方面应用他，我以为也可以。譬如"宣传"就是。

美国的辛克来儿说：一切文艺是宣传。我们的革命的文学者曾经当作宝贝，用大字印出过，而严肃的批评家又说他是"浅薄的社会主义者"。但我——也浅薄——相信辛克来儿的话。一切文艺，是宣传，只要你一给人看。即使个人主义的作品，一写出，就有宣传的可能，除非你不作文，不开口。那么，用于革命，作为工具的一种，自然也可以的。

但我以为当先求内容的充实和技巧的上达，不必忙于挂招牌。"稻香村""陆稿荐"，已经不能打动人心了，"皇太后鞋店"的顾客，我看见也并不比"皇后鞋店"里的多。一说"技巧"，革命文学家是又要讨厌的。但我以为一切文艺固是宣传，而一切宣传却并非全是文艺，这正如一切花皆有色（我将白也算作色），而凡颜色未必都是花一样。革命之所以于口号，标语，布告，电报，教科书……之外，要用文艺者，就因为它是文艺。

但中国之所谓革命文学，似乎又作别论。招牌是挂了，却只在吹嘘同伙的文章，而对于目前的暴力和黑暗不敢正视。作品虽然也有些发表了，但往往是拙劣到连报章记事都不如；或则将剧本的动作辞句都推到演员的"昨日的文学家"身上去。那么，剩下来的思想的内容一定是很革命底了罢？我给你看两句冯乃超的剧本的结末的警句：

"野雉：我再不怕黑暗了。

偷儿：我们反抗去！"

四月四日。鲁迅。

原载 1928 年 4 月 16 日《语丝》周刊第 4 卷第 16 期。
初收 1932 年 9 月上海北新书局版《三闲集》。

五日

日记 晴。午后往印板所取所制版共十三块，付泉十六元四角。晚在中有天设宴招客饮，计达夫及其夫人，玉堂及其夫人，小峰及其夫人，司徒乔，许钦文，陶元庆，三弟及广平。

六日

日记 晴。午后得有麟信并日报。

七日

日记 晴。午张仲苏，齐寿山来访，少顷季市亦至，仲苏邀往东亚食堂午餐。午后得李秉中所寄『蘇俄美術大観』一本及信片，二日发。下午得小峰信及《语丝》十四期。晚得李秉中信，二日发。

八日

日记 星期。晴。午后寄马珏信。寄紫佩信。同三弟往中国书店买《陈章侯绘西厢记图》一本，五角。崔真吾来，未见，留赠麂肉一包。夜濯足。

九日

日记 小雨。上午寄有麟信。寄秉中信并书三本。午得有麟信。得钦文信。午后往内山书店买『社会文芸叢書』二本，一元八角。下午得杨嬴生信。

致 李秉中

秉中兄：

昨日收到一函一信片，又《美术大观》一本，感谢之至。现尚无何书需买，待需用而此间无从得时，当奉闻。

记得别后不久，曾得来信，未曾奉复。其原因盖在以"结婚然否问题"见询，难以下笔，迁延又迁延，终至不写也。此一问题，盖讨论至少已有二三千年，而至今未得解答，故若讨论，仍如不言。但据我个人意见，则以为禁欲，是不行的，中世纪之修道士，即是前车。但染病，是万不可的。十九世纪末之文艺家，虽曾赞颂毒酒之醉，病毒之死，但赞颂固不妨，身历却是大苦。于是归根结蒂，只好结婚。结婚之后，也有大苦，有大累，怨天尤人，往往不免。但两害相权，我以为结婚较小。否则易于得病，一得病，终身相随矣。

现状，则我以为"匪今斯今，振古如兹"。二十年前身在东京时，学生亦大抵非陆军则法政，但尔时尚有热心于教育及工业者，今或希有矣。兄职业我以为不可改，非为救国，为吃饭也。人不能不吃饭，因此即不能不做事。但居今之世，事与愿违者往往而有，所以也只能做一件事算是活命之手段，倘有余暇，可研究自己所愿意之东西耳。自然，强所不欲，亦一苦事。然而饭碗一失，其苦更大。我看中国谋生，将日难一日也。所以只得混混。

此地有人拾"彼间"牙慧，大讲"革命文学"，令人发笑。专挂招牌，不讲货色，中国大抵如斯。

今日寄上书三本，内一本为《唐宋传奇集》上册。缺页之本，弃之可矣。

迅　上　四月九日

十日

日记　晴。晨寄小峰信。午后寄汉文渊书肆信。晚季市来。

扁

　　中国文艺界上可怕的现象，是在尽先输入名词，而并不绍介这名词的函义。

　　于是各各以意为之。看见作品上多讲自己，便称之为表现主义；多讲别人，是写实主义；见女郎小腿肚作诗，是浪漫主义；见女郎小腿肚不准作诗，是古典主义；天上掉下一颗头，头上站着一头牛，爱呀，海中央的青霹雳呀……是未来主义……等等。

　　还要由此生出议论来。这个主义好，那个主义坏……等等。

　　乡间一向有一个笑谈：两位近视眼要比眼力，无可质证，便约定到关帝庙去看这一天新挂的扁额。他们都先从漆匠探得字句。但因为探来的详略不同，只知道大字的那一个便不服，争执起来了，说看见小字的人是说谎的。又无可质证，只好一同探问一个过路的人。那人望了一望，回答道："什么也没有。扁还没有挂哩。"

　　我想，在文艺批评上要比眼力，也总得先有那块扁额挂起来才行。空空洞洞的争，实在只有两面自己心里明白。

四月十日。

原载 1928 年 4 月 23 日《语丝》周刊第 4 卷第 17 期，题作《随感录——五　扁》。

初收 1932 年 9 月上海北新书局版《三闲集》。

路

又记起了 Gogol 做的《巡按使》的故事：——

中国也译出过的。一个乡间忽然纷传皇帝使者要来私访的，官员们都很恐怖，在客栈里寻到一个疑似的人，便硬拉来奉承了一通。等到奉承十足之后，那人跑了，而听说使者真到了，全台演了一个哑口无言剧收场。

上海的文界今年是恭迎无产阶级文学使者，沸沸扬扬，说是要来了。问问黄包车夫，车夫说并未派遣。这车夫的本阶级意识形态不行，早被别阶级弄歪曲了罢。另外有人把握着，但不一定是工人。于是只好在大屋子里寻，在客店里寻，在洋人家里寻，在书铺子里寻，在咖啡馆里寻……。

文艺家的眼光要超时代，所以到否虽不可知，也须先行拥彗清道，或者伛偻奉迎。于是做人便难起来，口头不说"无产"便是"非革命"，还好；"非革命"即是"反革命"，可就险了。这真要没有出路。

现在的人间也还是"大王好见，小鬼难当"的处所。出路是有的。何以无呢？只因多鬼祟，他们将一切路都要糟蹋了。这些都不要，才是出路。自己坦坦白白，声明了因为没法子，只好暂在炮屁股上挂一挂招牌，倒也是出路的萌芽。

"地火在地下运行，奔突；熔岩一旦喷出，将烧尽一切野草，以及乔木，于是并且无可朽腐。

"但我坦然，欣然。我将大笑，我将歌唱。"（《野草》序）

还只说说，而革命文学家似乎不敢看见了，如果因此觉得没有了出路，那可实在是很可怜，令我也有些不忍再动笔了。

四月十日。

原载 1928 年 4 月 23 日《语丝》周刊第 4 卷第 17 期，题作《随感录——六　路》。

初收 1932 年 9 月上海北新书局版《三闲集》。

头

三月二十五日的《申报》上有一篇梁实秋教授的《关于卢骚》，以为引辛克来儿的话来攻击白璧德，是"借刀杀人"，"不一定是好方法"。至于他之攻击卢骚，理由之二，则在"卢骚个人不道德的行为，已然成为一般浪漫文人行为之标类的代表，对于卢骚的道德的攻击，可以说即是给一般浪漫的人的行为的攻击。……"

那么，这虽然并非"借刀杀人"，却成了"借头示众"了。假使他没有成为"一般浪漫文人行为之标类的代表"，就不至于路远迢迢，将他的头挂给中国人看。一般浪漫文人，总算害了遥拜的祖师，给了他一个死后也不安静。他现在所受的罚，是因为影响罪，不是本罪了，可叹也夫！

以上的话不大"谨伤"，因为梁教授不过要笔伐，并未说须挂卢骚的头，说到挂头，是我看了今天《申报》上载湖南共产党郭亮"伏诛"后，将他的头挂来挂去，"遍历长岳"，偶然拉扯上去的。可惜湖南当局，竟没有写了列宁（或者溯而上之，到马克斯；或者更溯而上之，到黑格尔等等）的道德上的罪状，一同张贴，以正其影响之罪也。湖南似乎太缺少批评家。

记得《三国志演义》记袁术（？）死后，后人有诗叹道："长揖横刀出，将军盖代雄，头颅行万里，失计杀田丰。"当三个有闲之暇，也活剥一首来吊卢骚：——

"脱帽怀铅出，先生盖代穷。头颅行万里，失计造儿童。"

四月十日。

原载 1928 年 4 月 23 日《语丝》周刊第 4 卷第 17 期，题作《随感录一一七　头》。

初收 1932 年 9 月上海北新书局版《三闲集》。

通　信(复 Y 先生)

Y 先生：

我当答复之前，先要向你告罪，因为我不能如你的所嘱，不将来信发表。来信的意思，是要我公开答复的，那么，倘将原信藏下，则我的一切所说，便变成"无题诗 N 百韵"，令人莫名其妙了。况且我的意见，以为这也不足耻笑。自然，中国很有为革命而死掉的人，也很有虽然吃苦，仍在革命的人，但也有虽然革命，而在享福的人……革命而尚不死，当然不能算革命到底，殊无以对死者，但一切活着的人，该能原谅的罢，彼此都不过是靠侥幸，或靠狡滑，巧妙。他们只要用镜子略略一照，大概就可以收起那一副英雄嘴脸来的。

我在先前，本来也还无须卖文糊口的，拿笔的开始，是在应朋友的要求。不过大约心里原也藏着一点不平，因此动起笔来，每不免露些愤言激语，近于鼓动青年的样子。段祺瑞执政之际，虽颇有人造了谣言，但我敢说，我们所做的那些东西，决不沾别国的半个卢布，阔人的一文津贴，或者书铺的一点稿费。我也不想充"文学家"，所以也从不连络一班同伙的批评家叫好。几本小说销到上万，是我想也没有想到的。

至于希望中国有改革，有变动之心，那的确是有一点的。虽然有人指定我为没有出路——哈哈，出路，中状元么——的作者，"毒笔"的文人，但我自信并未抹杀一切。我总以为下等人胜于上等人，青年胜于老头子，所以从前并未将我的笔尖的血，洒到他们身上去。我也知道一有利害关系的时候，他们往往也就和上等人老头子差不多了，然而这是在这样的社会组织之下，势所必至的事。对于他们，攻击的人又正多，我何必再来助人下石呢，所以我所揭发的黑暗是只有一方面的，本意实在并不在欺蒙阅读的青年。

以上是我尚在北京，就是成仿吾所谓"蒙在鼓里"做小资产阶级时候的事。但还是因为行文不慎，饭碗敲破了，并且非走不可了，所以不待"无烟火药"来轰，便辗转跑到了"革命策源地"。住了两月，我就骇然，原来往日所闻，全是谣言，这地方，却正是军人和商人所主宰的国土。于是接着是清党，详细的事实，报章上是不大见的，只有些风闻。我正有些神经过敏，于是觉得正像是"聚而歼旃"，很不免哀痛。虽然明知道这是"浅薄的人道主义"，不时髦已经有两三年了，但因为小资产阶级根性未除，于心总是戚戚。那时我就想到我恐怕也是安排筵宴的一个人，就在答有恒先生的信中，表白了几句。

先前的我的言论，的确失败了，这还是因为我料事之不明。那原因，大约就在多年"坐在玻璃窗下，醉眼朦胧看人生"的缘故。然而那么风云变幻的事，恐怕世界上是不多有的，我没有料到，未曾描写，可见我还不很有"毒笔"。但是，那时的情形，却连在十字街头，在民间，在官间，前看五十年的超时代的革命文学家也似乎没有看到，所以毫不先行"理论斗争"。否则，该可以救出许多人的罢。我在这里引出革命文学家来，并非要在事后讥笑他们的愚昧，不过是说，我的看不到后来的变幻，乃是我还欠刻毒，因此便发生错误，并非我和什么人协商，或自己要做什么，立意来欺人。

但立意怎样，于事实是无干的。我疑心吃苦的人们中，或不免有看了我的文章，受了刺戟，于是挺身出而革命的青年，所以实在很苦痛。但这也因为我天生的不是革命家的缘故，倘是革命巨子，看这一点牺牲,是不算一回事的。第一是自己活着,能永远做指导,因为没有指导,革命便不成功了。你看革命文学家,就都在上海租界左近,一有风吹草动,就有洋鬼子造成的铁丝网,将反革命文学的华界隔离,于是从那里面掷出无烟火药——约十万两——来,轰然一声,一切有闲阶级便都"奥伏赫变"了。

那些革命文学家,大抵是今年发生的,有一大串。虽然还在互相标榜,或互相排斥,我也分不清是"革命已经成功"的文学家呢,还是"革命尚未成功"的文学家。不过似乎说是因为有了我的一本《呐喊》或《野草》,或我们印了《语丝》,所以革命还未成功,或青年懒于革命了。这口吻却大家大略一致的。这是今年革命文学界的舆论。对于这些舆论,我虽然又好气又好笑,但也颇有些高兴。因为虽然得了延误革命的罪状,而一面却免去诱杀青年的内疚了。那么,一切死者,伤者,吃苦者,都和我无关。先前真是擅负责任。我先前是立意要不讲演,不教书,不发议论,使我的名字从社会上死去,算是我的赎罪的,今年倒心里轻松了,又有些想活动。不料得了你的信,却又使我的心沉重起来。

但我已经没有去年那么沉重。近大半年来,征之舆论,按之经验,知道革命与否,还在其人,不在文章的。你说我毒害了你了,但这里的批评家,却明明说我的文字是"非革命"的。假使文学足以移人,则他们看了我的文章,应该不想做革命文学了,现在他们已经看了我的文章,断定是"非革命",而仍不灰心,要做革命文学者,可见文字于人,实在没有什么影响,——只可惜是同时打破了革命文学的牌坊。不过先生和我素昧平生,想来决不至于诬栽我,所以我再从别一面来想一想。第一,我以为你胆子太大了,别的革命文学家,因为我描写黑暗,便吓得屁滚尿流,以为没有出路了,所以他们一定要讲最后的胜利,付多少钱终得多少利,像人寿保险公司一般。而你并不计较这些,偏要向黑暗进攻,这是吃苦的原因之一。既然太大胆,那么,第二,就是太认真。革命是也有种种的。你的遗产被革

197

去了，但也有将遗产革来的，但也有连性命都革去的，也有只革到薪水，革到稿费，而倒捐了革命家的头衔的。这些英雄，自然是认真的，但若较原先更有损了，则我以为其病根就在"太"。第三，是你还以为前途太光明，所以一碰钉子，便大失望，如果先前不期必胜，则即使失败，苦痛恐怕会小得多罢。

那么，我没有罪庆么？有的，现在正有许多正人君子和革命文学家，用明枪暗箭，在办我革命及不革命之罪，将来我所受的伤的总计，我就划一部分赔偿你的尊"头"。

这里添一点考据："还我头来"这话，据《三国志演义》，是关云长夫子说的，似乎并非梁遇春先生。

以上其实都是空话。一到先生个人问题的阵营，倒是十分难于动手了，这决不是什么"前进呀，杀呀，青年呵"那样英气勃勃的文字所能解决的。真话呢，我也不想公开，因为现在还是言行不大一致的好。但来信没有住址，无法答复，只得在这里说几句。第一，要谋生，谋生之道，则不择手段。且住，现在很有些没分晓汉，以为"问目的不问手段"是共产党的口诀，这是大错的。人们这样的很多，不过他们不肯说出口。苏俄的学艺教育人民委员卢那却尔斯奇所作的《被解放的吉诃德先生》里，将这手段使一个公爵使用，可见也是贵族的东西，堂皇冠冕。第二，要爱护爱人。这据舆论，是大背革命之道的。但不要紧，你只要做几篇革命文字，主张革命青年不该讲恋爱就好了。只是假如有一个有权者或什么敌前来问罪的时候，这也许仍要算一条罪状，你会后悔轻信了我的话。因此，我得先行声明：等到前来问罪的时候，倘没有这一节，他们就会找别一条的。盖天下的事，往往决计问罪在先，而搜集罪状（普通是十条）在后也。

先生，我将这样的话写出，可以略蔽我的过错了罢。因为只这一点，我便可以又受许多伤。先是革命文学家就要哭骂道："虚无主义者呀，你这坏东西呀！"呜呼，一不谨慎，又在新英雄的鼻子上抹了一点粉了。趁便先辩几句罢：无须大惊小怪，这不过不择手段的手段,还不是主义哩。即使是主义,我敢写出,肯写出,还不算坏东西。等到我坏起来,就一定将这些宝贝放在肚子里,手头集许多钱,住在安全地带,而主张别人必须做牺牲。

先生,我也劝你暂时玩玩罢,随便弄一点糊口之计,不过我并不希望你永久"没落",有能改革之处,还是随时可以顺手改革的,无论大小。我也一定遵命,不但"歇歇",而且玩玩。但这也并非因为你的警告,实在是原有此意的了。我要更加讲趣味,寻闲暇,即使偶然涉及什么,那是文字上的疏忽,若论"动机"或"良心",却也许并不这样的。

纸完了,回信也即此为止。并且顺颂

痊安,又祝

令爱人不挨饿。

鲁迅　四月十日。

原载 1928 年 4 月 23 日《语丝》周刊第 4 卷第 17 期。

初收 1932 年 9 月上海北新书局版《三闲集》。

太平歌诀

四月六日的《申报》上有这样的一段记事:——

"南京市近日忽发现一种无稽谣传,谓总理墓行将工竣,石匠有摄收幼童灵魂,以合龙口之举。市民以讹传讹,自相惊扰,因而家家幼童,左肩各悬红布一方,上书歌诀四句,借避危险。其歌诀约有三种:(一)人来叫我魂,自叫自当承。叫人叫不着,自己顶石坟。(二)石叫石和尚,自叫自承当。急早回家转,免去顶坟坛。(三)你造中山墓,与我何相干? 一叫魂不去,再叫自承

当。"（后略）

这三首中的无论那一首，虽只寥寥二十字，但将市民的见解：对于革命政府的关系，对于革命者的感情，都已经写得淋漓尽致。虽有善于暴露社会黑暗面的文学家，恐怕也难有做到这么简明深切的了。"叫人叫不着，自己顶石坟"。则竟包括了许多革命者的传记和一部中国革命的历史。

看看有些人们的文字，似乎硬要说现在是"黎明之前"。然而市民是这样的市民，黎明也好，黄昏也好，革命者们总不能不背着这一伙市民进行。鸡肋，弃之不甘，食之无味，就要这样地牵缠下去。五十一百年后能否就有出路，是毫无把握的。

近来的革命文学家往往特别畏惧黑暗，掩藏黑暗，但市民却毫不客气，自己表现了。那小巧的机灵和这厚重的麻木相撞，便使革命文学家不敢正视社会现象，变成婆婆妈妈，欢迎喜鹊，憎厌枭鸣，只检一点吉祥之兆来陶醉自己，于是就算超出了时代。

恭喜的英雄，你前去罢，被遗弃了的现实的现代，在后面恭送你的行旌。

但其实还是同在。你不过闭了眼睛。不过眼睛一闭，"顶石坟"却可以不至于了，这就是你的"最后的胜利"。

四月十日。

原载 1928 年 4 月 30 日《语丝》周刊第 4 卷第 18 期。
初收 1932 年 9 月上海北新书局版《三闲集》。

铲共大观

仍是四月六日的《申报》上，又有一段《长沙通信》，叙湘省破获共产党省委会，"处死刑者三十余人，黄花节斩决八名"。其中有几处文笔做得极好，抄一点在下面：——

"……是日执行之后，因马（淑纯，十六岁；志纯，十四岁）傅（凤君，二十四岁）三犯，系属女性，全城男女往观者，终日人山人海，拥挤不通。加以共魁郭亮之首级，又悬之司门口示众，往观者更众。司门口八角亭一带，交通为之断绝。计南门一带民众，则看郭亮首级后，又赴教育会看女尸。北门一带民众，则在教育会看女尸后，又往司门口看郭首级。全城扰攘，铲共空气，为之骤张；直至晚间，观者始不似日间之拥挤。"

抄完之后，觉得颇不妥。因为我就想发一点议论，然而立刻又想到恐怕一面有人疑心我在冷嘲（有人说，我是只喜欢冷嘲的），一面又有人责罚我传播黑暗，因此咒我灭亡，自己带着一切黑暗到地底里去。但我熬不住，——别的议论就少发一点罢，单从"为艺术的艺术"说起来，你看这不过一百五六十字的文章，就多么有力。我一读，便仿佛看见司门口挂着一颗头，教育会前列着三具不连头的女尸。而且至少是赤膊的，——但这也许我猜得不对，是我自己太黑暗之故。而许多"民众"，一批是由北往南，一批是由南往北，挤着，嚷着……。再添一点蛇足，是脸上都表现着或者正在神往，或者已经满足的神情。在我所见的"革命文学"或"写实文学"中，还没有遇到过这么强有力的文学。批评家罗喀绥夫斯奇说的罢："安特列夫竭力要我们恐怖，我们却并不怕；契诃夫不这样，我们倒恐怖了。"这百余字实在抵得上小说一大堆，何况又是事实。

且住。再说下去，恐怕有些英雄们又要责我散布黑暗，阻碍革命了。一理是也有一理的，现在易犯嫌疑，忠实同志被误解为共党，或关或释的，报上向来常见。万一不幸，沉冤莫白，那真是……。倘使常常提起这些来，也许未免会短壮士之气。但是，革命被头挂退的事是很少有的，革命的完结，大概只由于投机者的潜入。也就是内里蛀空。这并非指赤化，任何主义的革命都如此。但不是正因为黑暗，正因为没有出路，所以要革命的么？倘必须前面贴着"光明"和"出路"的包票，这才雄赳赳地去革命，那就不但不是革命者，简直连投机家都不如了。虽是投机，成败之数也不能预卜的。

我临末还要揭出一点黑暗，是我们中国现在（现在！不是超时代的）的民众，其实还不很管什么党，只要看"头"和"女尸"。只要有，无论谁的都有人看，拳匪之乱，清末党狱，民二，去年和今年，在这短短的二十年中，我已经目睹或耳闻了好几次了。

四月十日。

原载 1928 年 4 月 30 日《语丝》周刊第 4 卷第 18 期。

初收 1932 年 9 月上海北新书局版《三闲集》。

十一日

日记　晴。下午得潘梓年信二，即复。晚收大学院三月分薪水泉三百。往制版所取锌板，共泉十五。买小踏车一辆赠烨儿。

关于《近代美术史潮论》插图

《希阿的屠杀》系陀拉克罗亚作，图上注错了。《骑士》是藉里珂画的。

那四个人名的原文，是 Aristide Maillol，Charles Barry，Joseff Poelaert，Charles Garnier。本文中讲到他们的时候，都还要注出来。

鲁迅。四月十一日。

原载 1928 年 5 月 1 日《北新》半月刊第 2 卷第 12 号。

初未收集。

十二日

日记 晴。午前曙天,衣萍来。下午往内山书店买书四本,共七元二角。

通　信(复张孟闻)

孟闻先生:

读了来稿之后,我有些地方是不同意的。其一,便是我觉得自己也是颇喜欢输入洋文艺者之一。其次,是以为我们所认为在崇拜偶像者,其中的有一部分其实并不然,他本人原不信偶像,不过将这来做傀儡罢了。和尚喝酒养婆娘,他最不信天堂地狱。巫师对人见神见鬼,但神鬼是怎样的东西,他自己的心里是明白的。

但我极愿意将文稿和信刊出,一则,自然是替《山雨》留一个纪念,二则,也给近年的内地的情形留一个纪念,而给人家看看印刷所老板的哲学和那环境,也是很有"趣味"的。

我们这"不革命"的《语丝》,在北京是站脚不住了,但在上海,我想,大约总还可以印几本,将来稿登载出来罢。但也得等到印出来了,才可以算数。我们同在中国,这里的印刷所老板也是中国人,先生,你是知道的。

鲁迅。四月十二日。

原载 1928 年 4 月 23 日《语丝》周刊第 4 卷第 17 期。
初未收集。

十三日

日记 昙。上午得绍原信,午后复。往汉文渊书肆买《列女传》

一部四本,唐人小说八种十三本,《目连救母戏文》一部三本,共泉十六元。下午小峰来并交泉百。得叶汉章信。得梁君度信。璇卿来。

致 江绍原

绍原先生:

今天奉到十二日来信。《须发爪》早收到了,感谢感谢。但纸张不大好,大约还是北京的罢。我想,再版时须用得好一点。

《语丝》向来不转载已经印出之刊物,这小册子又太长,不好送去,今寄还。

杭州之另一"鲁迅",已曾前闻。但他给一个学生信,则云在上海的一个是冒充的。又有一个"周树人",冒充司长,在徐州被捕,见沪报。不知怎地,今年连真假姓名都交了"华盖运"了。

迅　启上 四月十三日

十四日

日记　昙。上午蔡先生来。午后[前]同方仁往书店浏览,午在五芳斋吃面。午后往内山书店买『マルクス主義と倫理』一本,七角。

十五日

日记　星期。晴。上午达夫来。下午真吾来。梓生来。晚王映霞及达夫来。

十六日

日记　晴。无事。

十七日

　　日记　晴。上午得有麟信。午后寄小峰信。往内山书店买『社会意識学概論』，『芸術の始源』各一部，共泉六元。往仁济堂买药壹元。

十八日

　　日记　晴。上午得李朴园信。夜濯足。

十九日

　　日记　昙。上午得小峰信并《语丝》。得有麟信。下午雨。

二十日

　　日记　昙。上午得紫佩信。得马珏信。得淑卿信，十二日发。夜雨。

我的态度气量和年纪

　　英勇的刊物是层出不穷，"文艺的分野"上的确热闹起来了。日报广告上的《战线》这名目就惹人注意，一看便知道其中都是战士。承蒙一个朋友寄给我三本，才得看见了一点枪烟，并且明白弱水做的《谈中国现在的文学界》里的有一粒弹子，是瞄准着我的。为什么呢？因为先是《"醉眼"中的朦胧》做错了。据说错处有三：一是态度，二是气量，三是年纪。复述易于失真，还是将这粒子弹移置在下面罢：——

　　"鲁迅那篇，不敬得很，态度太不兴了。我们从他先后的论战上看来，不能不说他的量气太窄了。最先（据所知）他和西滢战，继和长虹战，我们一方面觉得正直是在他这面，一方面又觉得辞锋太有点尖酸刻薄，现在又和创造社战，辞锋仍是尖酸，正直却不一定落在他这面。是的，仿吾和初梨两人对他的批评是可以有反驳的地方，但这应庄严出之，因为他们所走的方向不能算不对，冷嘲热刺，只有对于冥顽不灵者为必要，因为是不可理喻。对于热烈猛进的绝对不合用这种态度。他那种态度，虽然在他自己亦许觉得骂得痛快，但那种口吻，适足表出'老头子'的确不行吧了。好吧，这事本该是没有勉强的必要和可能，让各人走各人的路去好了。我们不禁想起了五四时的林琴南先生了！"

这一段虽然并不涉及是非，只在态度，量气，口吻上，断定这"老头子的确不行"，从此又自然而然地抹杀我那篇文字，但粗粗一看，却很像第三者从旁的批评。从我看来，"尖酸刻薄"之处也不少，作者大概是青年，不会有"老头子"气的，这恐怕因为我"冥顽不灵"，不得已而用之的罢，或者便是自己不觉得。不过我要指摘，这位隐姓埋名的弱水先生，其实是创造社那一面的。我并非说，这些战士，大概是创造社里常见他的脚踪，或在艺术大学里兼有一只饭碗，不过指明他们是相同的气类。因此，所谓《战线》，也仍不过是创造社的战线。所以我和西滢长虹战，他虽然看见正直，却一声不响，今和创造社战，便只看见尖酸，忽然显战士身而出现了。其实所断定的先两回的我的"正直"，也还是死了已经两千多年了的老头子老聃先师的"将欲取之必先与之"的战略，我并不感服这类的公评。陈西滢也知道这种战法的，他因为要打倒我的短评，便称赞我的小说，以见他之公正。

即使真以为先两回是正直在我这面的罢，也还是因为这位弱水先生是不和他们同系，同社，同派，同流……。从他们那一面看来，事情可就两样了。我"和西滢战"了以后，现代系的唐有壬曾说《语丝》的言论，是受了墨斯科的命令；"和长虹战"了以后，狂飙派的常燕生曾说《狂飙》的停版，也许因为我的阴谋。但除了我们两方以外,恐怕不大有人注意或记得了罢。事不干己,是很容易滑过去的。

这次对于创造社,是的,"不敬得很",未免有些不"庄严";即使在我以为是直道而行,他们也仍可认为"尖酸刻薄"。于是"论战"便变成"态度战","量气战","年龄战"了。但成仿吾辈的对我的"态度",战士们虽然不屑留心到,在我本身是明白的。我有兄弟,自以为算不得就是我"不可理喻",而这位批评家于《呐喊》出版时,即加以讥刺道:"这回由令弟编了出来,真是好看得多了"。这传统直到五年之后,再见于冯乃超的论文,说是"无聊赖地跟他弟弟说几句人道主义的美丽的说话"。我的主张如何且不论,即使相同,何以说话相同便是"无聊赖地"? 莫非一有"弟弟",就必须反对,一个讲革命,一个即该讲保皇,一个学地理,一个就得学天文么? 还有,我合印一年的杂感为《华盖集》,另印先前所钞的小说史料为《小说旧闻钞》,是并不相干的。这位成仿吾先生却加以编排道:"我们的鲁迅先生坐在华盖之下正在抄他的'小说旧闻'。"这使李初梨很高兴,今年又抄在《文化批判》里,还乐得不可开交道,"他(成仿吾)这段文章,比'趣味文学'还更有趣些。"但是还不够,他们因为我生在绍兴,绍兴出酒,便说"醉眼陶然";因为我年纪比他们大了,便说"老生",还要加注道:"若许我用文学的表现。"而这一个"老"的错处,还给《战线》上的弱水先生作为"的确不行"的根源。我自信对于创造社,还不至于用了他们的籍贯,家族,年纪,来作奚落的资料,不过今年偶然做了一篇文章,其中第一次指摘了他们文字里的矛盾和笑话而已。但是"态度"问题来了,"量气"问题也来了,连战士也以为尖酸刻薄。莫非必须我学革命文学家所指为"卑污"的托尔斯泰,毫无抵抗,或者上一呈文:"小资产阶级或有产阶级臣鲁迅诚惶诚恐谨呈革命的'印贴利更追亚'老爷麾下",这才不至于"的确不行"么?

至于我是"老头子",却的确是我的不行。"和长虹战"的时候,他也曾指出我这一条大错处,此外还嘲笑我的生病。而且也是真的,我的确生过病,这回弱水这一位"小头子"对于这一节没有话说,

207

可见有些青年究竟还怀着纯朴的心，很是厚道的。所以他将"冷嘲热刺"的用途，也瓜分开来，给"热烈猛进的"制定了优待条件。可惜我生得太早，已经不属于那一类，不能享受同等待遇了。但幸而我年青时没有真上战线去，受过创伤，倘使身上有了残疾，那就又添一件话柄，现在真不知道要受多少奚落哩。这是"不革命"的好处，应该感谢自己的。

其实这回的不行，还只是我不行，无关年纪的。托尔斯泰，克罗颇特庚，马克斯，虽然言行有"卑污"与否之分，但毕竟都苦斗了一生，我看看他们的照相，全有大胡子。因为我一个而抹杀一切"老头子"，大约是不算公允的。然而中国呢，自然不免又有些特别，不行的多。少年尚且老成，老年当然成老。林琴南先生是确乎应该想起来的，他后来真是暮年景象，因为反对白话，不能论战，便从横道儿来做一篇影射小说，使一个武人痛打改革者，——说得"美丽"一点，就是神往于"武器的文艺"了。旧的和新的，往往有极其相同之点——如：个人主义者和社会主义者往往都反对资产阶级，保守者和改革者往往都主张为人生的艺术，都讳言黑暗，棒喝主义者和共产主义者都厌恶人道主义等——林琴南先生的事也正是一个证明。至于所以不行之故，其关键就全在他生得更早，不知道这一阶级将被"奥服赫变"，及早变计，于是归根结蒂，分明现出 Fascist 本相了。但我以为"老头子"如此，是不足虑的，他总比青年先死。林琴南先生就早已死去了。可怕的是将为将来柱石的青年，还像他的东拉西扯。

又来说话，量气又太小了，再说下去，就要更小，"正直"岂但"不一定"在这一面呢，还要一定不在这一面。而且所说的又都是自己的事，并非"大贫"的民众……。但是，即使所讲的只是个人的事，有些人固然只看见个人，有些人却也看见背景或环境。例如《鲁迅在广东》这一本书，今年战士们忽以为编者和被编者希图不朽，于是看得"烦躁"，也给了一点对于"冥顽不灵"的冷嘲。我却以为这太偏于唯心论了，无所谓不朽，不朽又干吗，这是现代人大抵知道的。所以会有这一本书,其实不过是要黑字印在白纸上,订成一本,作商品出售罢了。无论是怎样泡制法,所谓"鲁迅"也者,往往不过是充当了一种的材料。这种方法,便是"所走的方向不能算不对"的创造社也在所不免的。托罗兹基虽然已经"没落",但他曾说,不含利害关系的文章,当在将来另一制度的社会里。我以为他这话却还是对的。

四月二十日。

原载 1928 年 5 月 7 日《语丝》周刊第 4 卷第 19 期,题作《随感录一二三　我的态度气量和年纪》。

初收 1932 年 9 月上海北新书局版《三闲集》。

二十一日

日记　雨。午后复李朴园信。复叶汉章信。复有麟信。下午真吾来。

二十二日

日记　星期。晴。上午汪静之来,未见。午后同三弟往商务印书馆分店。访梁得所,未遇。在小店买英译 J. Bojer 小说一本,泉五角,即赠方仁。

二十三日

日记　晴。上午寄小峰信。寄淑卿信。下午区国暄来。托三弟从商务印书馆买《百梅集》一部两本,七元二角。托方仁买 *Thais* 一部,十一元二角。

二十四日

日记　晴。午后小峰来。得素园信。得马仲殊信。得李金发信。

二十五日

日记　昙。午后往内山书店取『漫画大观』一本,又买『美術全集』19 一本,『精神分析入門』一部二本,共泉五元;又『苦悶的象徵』一本,二元,赠广平。小雨。

二十六日

日记　晴。下午得小峰信并《语丝》第十七期。

二十七日

日记　昙。午后寄韩云浦信。得谨夫信。晚达夫来。

二十八日

日记　晴。午后真吾来。

二十九日

日记　星期。昙。上午螺龄及其公子来访。午后阅市。下午曙天,衣萍来。夜大雨。

三十日

日记　昙。上午得矛尘信,廿八日发。午后雨。下午区国暄来。

《这回是第三次》按语 *

鲁迅按:在五六年前,我对于中国人之发"打拳热",确曾反对过,那是因为恐怕大家忘却了枪炮,以为拳脚可以救国,而后来终于吃亏。现在的意见却有些两样了。用拳来打外国人,我想,大家是已经不想的了。所以倒不妨学学。一,因为动手不如开口之险。二,阶级战争经许多人反对,虽然将不至于实现,但同级战争大约还是不免的。即如"文艺的分野"上罢,据我推想,倘使批判,谣诼,中伤都无效,如果你不懂得几手,则会派人来打你几拳都说不定的。所以为生存起见,也得会打拳,无论你所做的事是文化还是武化。

原载 1928 年 4 月 30 日《语丝》周刊第 4 卷第 18 期。
初未收集。

五月

一日

日记 昙。午得李宗武信并稿。下午往内山书店买文学书五本,四元四角。得杨赢牲稿。真吾及其友来。晚语堂及其夫人来。

二日

日记 晴。午后金溟若,杨每戡来。

三日

日记 晴。下午得蔡漱六信并泉百,《北新》六本。夜陈望道来约讲演。

四日

日记 晴。午前季市来并交寿山所还泉百。午后得冬芬信并稿。同真吾,方仁,广平往上海大戏园观《四骑士》电影。

致 章廷谦

矛尘兄:

廿八信早到。近来忙一点,略说几句罢:——

大学院一案,并无其事,不知是何人所造谣言。所以说不到"去不去"。

《游仙窟》序只用我的,也可以,并无异议。

212

语堂夫妇前天已见过，口信并未交出。但杭州之好，我是知道的。

和达夫同办的杂志，须六月间才可以出。

顾傅被反对于粤，我无所闻。

对于《贡献》，渺视者多。

第四阶级文学家对于我，大家拼命攻击。但我一点不痛，以其打不着致命伤也。以中国之大，而没有一个好手段者，可悲也夫。

闻成仿吾作文，用别的名字了，何必也夫。

衣萍的那一篇自序，诚然有点……今天天气，哈哈哈……

迅　上　五月四日

令夫人令爱令郎均此不另。

致 李金发

金发先生道鉴：

手示谨悉。蒙嘱撰文，本来极应如命，但关于艺术之事，实非所长，在《北新》上，亦未尝大登其读美术的文字，但给译了一本小书而已。一俟稍有一知半解，再来献丑罢。至于将照相印在刊物上，自省未免太僭。希

鉴原为幸。

弟鲁迅　五月四日

五日

　　日记　晴。上午寄矛尘信。复李金发信。复梁君度信。晚真吾来。夜雨。

六日

日记 星期。晴。午后达夫来,未见。

七日

日记 昙。午得淑卿信并书五本,一日发。往内山书店买书三本,二元五角。陈望道来,未遇。璇卿来,未遇,留赠《陶元庆的出品》一本,画信片五份。晚同三弟访陈望道,未遇,留还衣萍所代借书二本。达夫来。

八日

日记 昙。上午得有麟信,七日发。午后小峰来。得翟永坤信二封。得金溟若信。得矛尘信。下午璇卿来。

九日

日记 昙。午后收大学院上月薪水三百。晚伏[服]阿思匹林一片。夜达夫来。

十日

日记 昙。午后杨维诠来。下午季市来,交以泉百,托代付有麟。得小峰信并《语丝》第十八九期。小雨。服阿思匹林共三片。

十一日

日记 昙。午后寄有麟信。复金溟若信。寄小峰信。往内山书店买『世界文化史大系』(上)一本,八元;又『ケーベル随筆集』,片上氏『露西亜文学研究』各一本,共泉三元九角。

十二日

日记 晴。上午往福民医院诊。下午钦文来并携茗三合。

十三日

日记 星期。昙,热。午后钦文来,留赠照相一枚。夜雨。

十四日

日记 晴。上午得李秉中信,七日发。得马珏信,七日发。下午往福民医院诊。得丛芜信并诗。

十五日

日记 晴。上午得有麟信。午后夏丏尊来。小峰来。得素园信并诗,二日发。陈望道来,同往江湾实验中学校讲演一小时,题曰《老而不死论》。

十六日

日记 晴。上午得金溟若信。得矛尘信并稿。午寄有麟信。午后往内山书店买书二本,三元。往明星戏院观电影。晚得徐诗荃信。

十七日

日记 晴。下午得钦文信片。得小峰信并泉百及《语丝》廿期。

十八日

日记 晴。上午收钦文所寄浙江图书馆印行书目一本。午后寄寿山信。寄淑卿信。以《语丝》等寄许羡蒙及紫佩,季市。下午往内山书店买『仏陀帰る』一本,八角。又杂志二本,共一元。

十九日

日记 晴。上午得金溟若信。往福民医院诊。下午王映霞,郁达夫来。

二十日

日记 星期。昙。下午往内山书店,赠以茗一合。

二十一日

日记 晴。下午小峰来。夜黎慎斋来。

二十二日

日记 晴。下午得刘肖愚信。

二十三日

日记 晴。午后复张介信并还小说稿。复金溟若信。寄小峰信。

二十四日

日记 昙。上午得韩云浦信,十八日发。午后往内山书店取『世界美術全集』第 30 册一本,一元七角;『漫画大観』第 6 册一本,值先付;又买杂书三本,共泉三元六角。晚真吾来。

二十五日

日记 昙。上午往福民医院诊。得有麟信。晚达夫来。得梁式信。小雨。

二十六日

日记 晴。下午得小峰信并《语丝》第二十一期。

二十七日

日记　星期。晴。午后得敬夫信。刘肖愚来。下午空三来。达夫来并赠『大調和』一本,去年十月号。

二十八日

日记　晴。午后复钟贡勋信。下午杨维诠来。晚得招勉之信。

二十九日

日记　晴。上午收金溟若文稿二篇。夜濯足。

三十日

日记　昙。晚复徐诗荃信。寄有麟信。寄矛尘信。寄中国书店信。

致 章廷谦

矛尘兄:

还是得七日的信以后,今天才复。

要达夫作文的事,对他说了。他说"可以可以"。但是"可以"也颇宽泛的,我想,俟出版后,才会切实。至于我呢,自然也"可以"的,但其宽泛,大约也和达夫之"可以"略同。

我并不"做",也不"编"。不过忙是真的。(一)者,《思想,山水,人物》才校完,现在正校着月刊《奔流》,北新的校对者靠不住,——你看《语丝》上的错字,缺字有多少——连这些事都要自己做。(二)者,有些生病,而且肺病也说不定,所以做工不能像先前那么多了。

革命文学家的言论行动,我近来觉得不足道了。一切伎俩,都已用出,不过是政客和商人的杂种法术,将"口号""标语"之类,贴上了杂志而已。

但近半年来,大家都讲鲁迅,无论怎样骂,足见中国倘无鲁迅,就有些不大热闹了。

月刊《奔流》,大约六月廿日边可出。

迅　上　五,卅。

斐君太太均此问候。

三十一日

日记　小雨。上午得王衡信并照片。往福民医院诊。往内山书店买『革命後之ロシア文学』一本,二元。下午寄还杨镇华稿。寄韩云浦信并还稿一篇。晚陈望道来。

六月

一日

日记 晴。上午璇卿来并赠《元庆的画》四本。午后得小峰信并泉百及《语丝》,《北新》,又《思想,山水,人物》二十本。下午真吾来。收一沤信。收中国书店书目一本。

致 李小峰

收到印品及洋百元。谢谢。

附上语丝稿两种,又寄语堂信等一件,请转送为荷,此上小峰先生。

六月一日

二日

日记 昙。午后以《思想,山水,人物》分寄钦文,矛尘,斐君,有麟,季市,仲瑺,淑卿,又分赠雪村,梓生,真吾,方仁,立峨,贤桢,乔峰,广平。

苏维埃联邦从 Maxim Gorky 期待着什么?

为 Maxim Gorky 的诞生六十年纪念

[俄国]布哈林

Gorky 到了六十岁了。但是他——我在两三年前,曾经和他会见——虽然生着慢性病，却几乎没有白头发。眼睛，是在刻着一点有特色的俄罗斯底的皱纹的前额之下，炯炯地留神地窥觇着。胡子是嘲弄底地向前翘开，聪明的，活泼的——多么活活泼泼的——精神，由我们的可贵的 Gorky 的高大粗野的全身显现。在大体上，即使用了"兄弟呀，你已经六十岁了"那样的"高兴"的通知，但接受的人，恐怕也未必觉得很好的感印的罢。然而这等事，几乎并没有搅乱 Gorky 的心。因为在实际上，看了外貌，大约谁也不将他看成六十岁，也不称为"可尊敬的老人"的。我们已经成了习惯，以 Gorky 为弥满着生命的力，连他那有了孙女的事情，也要当作一个 Paradox（逆说），当作棒喝主义者照相店的发明了。

我现在并不想写 Gorky 的伟大的功绩，他的动摇和错误，以及在全世界上的他的文名。我只想就苏维埃联邦，从 Gorky 期待着什么的事，来说几句话。就是苏维埃联邦，从作为劳动阶级大艺术家的我们的作家 Gorky 期待着什么的事。

Gorky 是 Kollektist（集团主义者）。他感知大众。他感知大众的生活的律动，感知大众的斗争，大众的劳动，感知阶级和民众和大群集的呼吸。带着种种杂多的 Lumpen（破落户）和"看法的独自性"的他的创作的初期，辉煌的俄罗斯的跣足者的时期，早已过去了。——即使在 Gorky 创作上的这时期，曾经煽动了"俄罗斯国家"的泥沼的居民，搬演了巨大的革命底角色。现在呢，Gorky 是知悉大众的艺术家。Gorky 是文化和劳动的传导者。他始终将劳动评价在世界中所有事物之上，并且尊敬它。没有人能如 Gorky，感知创造底劳动的全体心情，没有人能如这劳动阶级作家，感知劳动的伟大的革命底变革底意义。便是一九一七年十月革命时他的错误，也已由艺术家这一种人物，见了革命——这是因为流血和破坏，将对于未来创造的光景的艺术家的眼睛眩惑了——的牺牲，于是过于感动了的事，来解说明白了。

Gorky 是对于在我们俄国有着坚强的基础的通俗文学的斗士。

Gorky 是卓越的观察者,是有着渴求知识的眼睛和巧妙地摘取材料的本领的生活知悉者。他重叠了大大的生活经验和艺术经验。他使穿掘生活的无比的能力,在自己里面发展。他的文艺上的样式(Typ),是生活,不是被抽象了的本质。凡为 Gorky 所见的,是一切的生气泼剌的色彩,不是粉饰而是真实,也不是虚伪的恸哭。

正惟这样的人,我们现在也还必要;不,较之先前,愈加极端地成为必要了!

建设事业是热心地在举办。苏维埃的马蚁,比先前更加勤勉了。大家都知道翻滚很重的石头,犯了呆事,犯了错事,就改善;再错,就再改善,将一切就在那环境之下变革,并且也变革自己本身,然而直到现在,没有这样大时代的总括底的叙述。这样的尝试,有是有的,但是微弱。至多不过是局外人的嚷嚷,或者是百分之百的铁一般钢一般,以及别的劳动阶级作家的百分之百的喝采。而在这些作家们,又并无种种样式的有机底统一。在他们那里,不但只有为了试验最新的决议起见,造作出来的侏儒,也有照应了"任务",机械底地"结合了"的侏儒。(而他们还发明了怎样的辞句呢,是只有上帝知道的。)

我们历史上的英雄,无论怎么说,总是大众。然而将这大众,正当地取进文艺里去的是谁呢?正如在绘画上,竭力抬起"指导者"来一样(例如圣画——尤其是恶劣的——这东西,在我国,无论那一个角角落落里都分布着),在文艺上,"民众"中的"英雄"也被推在前面。我重复地说——将一种什么固定底的,非人格底的,片面底的"本质",加以叙述,是全然不重要的。所谓大众者,是多种多样的样式的特定的有机底统一。要描写大众,应该能够看大众,审察大众,而且认识大众。我们大叫——"和大众一同走!"然而反响很不多。

在我国所展开的大建设活动,是决不排除那真是新的通俗文学——这往往和旧的通俗文学会有一脉相通的事——的。这新的通俗文学,是适当地抓起火筷来,用了强有力的男子汉的手,倒摩过去。但这样一摩,俗人是不舒服的,而真实的读者,其时却并不觉得无聊,卷起袖口,想可以读得更快些——这是坏事情么?

在我国,却并无其事。而只有无聊统治着。在我国,至少只要有一个好的批评就好,然而连这个也几乎还没有产生。在我国,所多的是无论怎样的错处,都很善于发见的饶舌家。虽是作家,也不管作家自己的事情——换了话说,就是并不管生活的研究和生活的叙述——而"做着自己批判"的。

在我国,也已经发生着好的东西了。然而这样的文艺,却还不能说是很丰富。

由他的一切的素质,Gorky 是能够补这大缺点的。我们期待Gorky 成为我们的苏维埃联邦,我们的劳动阶级和我们的党——他和这是结合了多年的——的艺术家。所以我们是企望 Gorky 的回来的。——但愿回到我们这里,来着手工作——伟大的,出色的,有光荣的工作。

（一九二八年六月二日译自《第三国际通信》。）

原载 1928 年 7 月 20 日《奔流》月刊第 1 卷第 2 期。

初未收集。

三日

日记　星期。昙。上午得矛尘信。得季市信。得淑卿信,五月二十六日发。下午达夫来,赠以陈酒一瓶。夜月食,闻大放爆竹。

四日

日记　昙。上午得语堂信。午后寄季市信。下午得金溟若信。往内山书店。

五日

日记　晴。午后得小峰信并新书四种。得徐诗荃信。得李霁野,台静农信。得陈妤雯信。得侍桁信。下午真吾来。夜濯足。

《奔流》编校后记（一）

创作自有他本身证明,翻译也有译者已经解释的。现在只将编后想到的另外的事,写上几句——

Iwan Turgenjew 早因为他的小说,为世所知,但论文甚少。这一篇 *Hamlet und Don Quichotte* 是极有名的,我们可以看见他怎样地观察人生。*Hamlet* 中国已有译文,无须多说;*Don Quichotte* 则只有林纾的文言译,名《魔侠传》,仅上半部,又是删节过的。近两年来,梅川君正在大发 *Don Quixote* 翻译热,但愿不远的将来,中国能够得到一部可看的译本,即使不得不略去其中的闲文也好。

Don Quixote 的书虽然将近一千来页,事迹却很简单,就是他爱看侠士小说,因此发了游侠狂,硬要到各处去除邪惩恶,碰了种种钉子,闹了种种笑话,死了;临死才回复了他的故我。所以 Turgenjew 取毫无烦闷,专凭理想而勇往直前去做事的为“Don Quixote type”,来和一生瞑想,怀疑,以致什么事也不能做的 Hamlet 相对照。后来又有人和这专凭理想的“Don Quixoteism 式”相对,称看定现实,而勇往直前去做事的为“Marxism 式”。中国现在也有人嚷些什么“Don Quixote”了,但因为实在并没有看过这一部书,所以和实际是一点不对的。

《大旱的消失》是 Essay,作者的底细,我不知道,只知道是 1902 年死的。Essay 本来不容易译,在此只想介绍一个格式。将来倘能得到这一类的文章,也还想登下去。

跋司珂(Vasco)族是古来住在西班牙和法兰西之间的 Pyrenees 山脉两侧的大家视为世界之谜的人种。巴罗哈(Pio Baroja y Nessi) 就禀有这族的血液,以一八七二年十二月廿八日,生于靠近法境的圣舍跋斯丁市。原是医生，也做小说，两年后，便和他的哥哥 Ricardo 到马德里开面包店去了，一共开了六年。现在 Ricardo 是有名的画家；他是最独创底的作家，早和 Vicente Blasco Ibáñez 并称现代西班牙文坛的巨擘。他的著作至今大约有四十种，多是长篇。这里的小品四篇，是从日本的《海外文学新选》第十三编《跋司珂牧歌调》内，永田宽定的译文重翻的；原名 *Vidas Sombrias*，因为所写的是跋司珂族的性情，所以仍用日译的题目。

今年一说起"近视眼看匾"来，似乎很有几个自命批评家郁郁不乐，又来大做其他的批评。为免去蒙冤起见，只好特替作者在此声明几句：这故事原是一种民间传说，作者取来编作"狂言"样子，还在前年的秋天，本豫备登在《波艇》上的。倘若其中仍有冒犯了批评家的处所，那实在是老百姓的眼睛也很亮，能看出共通的暗病的缘故，怪不得传述者的。

俄国的关于文艺的争执，曾有《苏俄的文艺论战》介绍过，这里的《苏俄的文艺政策》，实在可以看作那一部的续编。如果看过前一书，则看起这篇来便更为明了。序文上虽说立场有三派的不同，然而约减起来，不过是两派。即对于阶级文艺，一派偏重文艺，如瓦浪斯基等，一派偏重阶级，是《那巴斯图》的人们；Bukharin 们自然也主张支持劳动阶级作家的，但又以为最要紧的是要有创作。发言的人们之中，几个是委员，如 Voronsky, Bukharin, Iakovlev, Trotsky, Lunacharsky 等；也有"锻冶厂"一派，如 Pletnijov；最多的是《那巴斯图》的人们，如 Vardin, Lelevitch, Averbach, Rodov, Besamensky 等，译载在《苏俄的文艺论战》里的一篇《文学与艺术》后面，都有署名在那里。

《那巴斯图》派的攻击，几乎集中于一个 Voronsky，《赤色新地》的编辑者；对于他的《作为生活认识的艺术》，Lelevitch 曾有一篇《作为生活组织的艺术》，引用布哈林的定义，以艺术为"感情的普遍化"的方法，并且指摘 Voronsky 的艺术论，乃是超阶级底的。这意思在评议会的论争上也可见。但到后来，藏原惟人在《现代俄国的批评文学》中说，他们两人之间的立场似乎有些接近了，Voronsky 承认了艺术的阶级性之重要，Lelevitch 的攻击也较先前稍为和缓了。现在是 Trotsky，Radek 都已放逐，Voronsky 大约也退职，状况也许又很不同了罢。

从这记录中，可以看见在劳动阶级文学大本营的俄国的文学的理论和实际，于现在的中国，恐怕是不为无益的。其中有几个空字，是原译本如此，因无别国译本，不敢妄补，倘有备着原书，通函见教，或指正其错误的，必当随时补正。

一九二八年六月五日，鲁迅。

原载 1928 年 6 月 20 日《奔流》月刊第 1 卷第 1 期。

初收 1935 年 5 月上海群众图书公司版《集外集》。

六日

日记　晴。晚复金溟若信。复矛尘信。寄淑卿信。

致 章廷谦

矛尘兄：

一日的信，前天到了。朱内光医生，我见过的，他很细心，本领大约也有，但我觉得他太小心。小心的医生的药，不会吃坏，可是吃好也慢。

上海的医生，我不大知道。欺人的是很不少似的。先前听说德人办的宝隆医院颇好，但现在不知如何。我所看的是离寓不远的"福民医院"，日人办，也颇有名。看资初次三元，后每回一元，药价大约每日一元。住院是最少每日四元。

不过医院大规模的组织，有一个通病，是医生是轮流诊察的，今天来诊的是甲,明天也许是乙,认真的还好,否则容易模模胡胡。

我前几天的所谓"肺病",是从医生那里探出来的,他当时不肯详说,后来我用"医学家式"的话问他,才知道几乎要生"肺炎",但现在可以不要紧了。

我酒是早不喝了,烟仍旧,每天三十至四十支。不过我知道我的病源并不在此,只要什么事都不管,玩他一年半载,就会好得多。但这如何做得到呢,现在琐事仍旧非常之多。

革命文学现在不知怎地,又仿佛不十分旺盛了。他们的文字,和他们一一辩驳是不值得的,因为他们都是胡说。最好是他们骂他们的,我们骂我们的。

北京教育界将来的局面,恐怕是不大会好的。我不想去做事,否则,前年我在燕京大学教书,不出京了。

老帅中弹,汤尔和又变"孤哀子"了。

迅　上　六月六日

七日

日记　晴。无事。

八日

日记　晴。午后得紫佩信片,五月卅日发。寄语堂信。下午访招勉之,未遇。往内山书店。晚黎慎斋,翟觉群来。收大学院五月分薪水泉三百。

九日

日记　晴。上午得金溟若信。往福田[民]医院诊。下午得小峰信及《语丝》。夜理发。

十日

日记　星期。晴。午后同三弟往中国书店买书五种十八本,共泉十元六角。

十一日

日记　昙。下午小峰来。得区克宣信。真吾来,假泉卅。夜雨。

十二日

日记　雨。上午得马珏信。得有麟信。下午方仁为买英译绘图 *Faust* 一本,五元。得韩云浦信。得李少仙信。夜同曾女士,立峨,方仁,王女士,三弟及广平往明星戏院看电影。

十三日

日记　晴。午后复葛世荣信。复徐诗荃信。寄马珏信。下午昙。明之来。曙天来并赠《樱花集》一本。晚往内山书店。夜濯足。

十四日

日记　晴。下午得真吾信。得金溟若信。

十五日

日记　晴。午后复李少仙信。下午往内山书店。得小峰信并泉百,《语丝》十七本,晚复。得侍桁信。内山书店赠海苔三帖。

十六日

日记　晴。夜寄余志通信。寄侍桁信。寄小峰信。

十七日

日记　星期。晴。下午得李小峰信。

十八日

　　日记　昙。晨寄侍桁信。上午王孟昭交来荆有麟信并金仲芸稿。下午往内山书店买『世界美術全集』(6)一本,一元六角五分;又『輿論と群集』一本,一元五角。晚得淑卿信,八日发。夜小雨。

十九日

　　日记　小雨。下午达夫来。得语堂信。

二十日

　　日记　雨。上午得李少仙信。下午得达夫信。得徐诗荃信。有恒来。夜复语堂信。复有麟信。寄小峰信。寄淑卿信。

《奔流》凡例五则 *

　　1.本刊揭载关于文艺的著作,翻译,以及绍介,著译者各视自己的意趣及能力著译,以供同好者的阅览。

　　2.本刊的翻译及绍介,或为现代的婴儿,或为婴儿所从出的母亲,但也许竟是更先的祖母,并不一定新颖。

　　3.本刊月出一本,约一百五十页,间有图画,时亦增刊,倘无意外障碍,定于每月中旬出版。

　　4.本刊亦选登来稿,凡有出自心裁,非奉命执笔,如明清八股者,极望惠寄,稿由北新书局收转。

　　5.本刊每本实价二角八分,增刊随时另定。在十一月以前豫定者,半卷五本一元二角半,一卷十本二元四角,增刊不加价,邮费在内。国外每半卷加邮费四角。

原载 1928 年 6 月 20 日《奔流》月刊第 1 卷第 1 期。
初收拟编书稿《集外集拾遗》。

跋司珂族的人们[*]

[西班牙]巴罗哈

流 浪 者

昏夜已经袭来,他们便停在夹在劈开的峭壁之间的孔道的底下了。两面的山头,仿佛就要在那高处接吻似的紧迫着,只露出满是星星的天空的一线来。

在那很高的两面峭壁之下,道路就追随着任意蜿蜒的川流。那川流,也就在近地被水道口的堤防阻塞,积成一个水量很多的深潭。

当暗夜中,两岸都被乔木所遮的黑的光滑的川面,好像扩张在地底里的大的洞穴的口,也像无底的大壑的口。在那黑的漆黑的中央,映着列植岸上的高的黑柳和从群山之间射来的空明。

宛然嵌在狭窄的山隙间一般,就在常常滚下石块来的筑成崖壁的近旁,有一间小屋子。那一家族,便停在那里了。

这是为在北方的道路上,无处投宿的旅人而设的小屋之一。停在那里的,大概是希泰诺,补锅匠,乞丐,挑夫,或是并无工作,信步游行的人们。

家族是从一个女人,一个男人和一个男孩子组成的。女人跨下了骑来的雄马,走进小屋去,要给抱着的婴儿哺乳了,便坐在石凳上。

男孩子和那父亲,卸下了马上的行李,将马系到树上去;拾了几把烧火的树木,搬进小屋里,便在中间的空地上,生起火来了。

夜是寒冷的。夹在劈成的两山之间的那孔道上,猛烈地吼着挟些雨夹雪的风。

女人正给婴儿哺乳的时候,男人便恳切地从她的肩头取下了濡湿的围巾,用火去烘干了。并且削尖了两枝棒,钉在地面上,还是挂上在那一条围巾去,借此遮遮风。

火着得很旺盛,火焰使小屋里明亮起来。灰白的墙壁上,有些也是流浪的人们所遗留的,用桴炭所写的,很拙的画和字。

男人小而瘦,颐下和鼻下,都没有留胡子。他的全生命,仿佛就集中在那小小的,乌黑的活泼的两眼里似的。

女的呢,假使没有很是疲劳的样子,也许还可以见得是美人。她以非常满意的模样,看着丈夫。看着一半江湖卖解,一半大道行商的那男子。对于那男子,她是连他究竟是怎样的人也不明白,但是爱着的。

男孩子有和父亲一模一样的脸相,也一样地活泼。他们俩都很快地用暗号的话交谈,历览着墙上的文字,笑了。

三个人吃了青鱼和面包。以后,男人便从包裹里拉出破外套来,给她穿上了。父子是躺在地面上。不多久,两个都睡着了。婴儿啼哭起来。母亲将他抱起,摇着,用鼻声鸣他睡去。

几分钟之后,这应急的窠里,已经全都睡着了。对于流宕的自由的他们的生涯,平安地,几乎幸福地。

外面是寒风吹动,呻呼,一碰在石壁上,便呼呼地怒吼。

川水以悲声鸣着不平。引向水车的沟渠中,奔流着澎湃的水,奏着神奇的盛大的交响乐。……

第二天的早晨,骑了马,抱着婴儿的女人和那丈夫和男孩子,又开始前行了。这流浪的一家,愈走就愈远,终于在道路的转角之处,消失了他们的踪影了。

黑 马 理

在古旧的小屋子门口,抱着小弟弟的只一个人,黑马理,你是整天总在想些什么事,凝眺着远山和青天的罢。

大家都叫你黑马理,但这是因为你是生在东方魔土君王节日的,此外也并无什么缘故呀。你虽然被叫作黑马理,皮肤却像刚洗的小羊一般白,头发是照着夏日的麦穗似的黄金色的。

当我骑马经过你家门前的时候,你一见我,便躲起来了。一见这在你出世的那寒冷的早晨,第一个抱起了你的我,一见这有了年纪的医生呵。

我多么记得那时的事呵,你不知道!我们是在厨房里,靠了火等候着的。你的祖母,两眼含泪,烘着你的衣服,凝视着火光,深思着的。你的叔父们,不错,亚理司敦的叔父们,谈着天气的事,收获的事。我去看你的母亲,还到卧房好几回呢。到那从天花板上挂着带须的玉蜀黍的狭小的卧房里。你的母亲痛得呻吟,好人物的诃舍拉蒙就是你的父亲,正在看护的时候,我还站在窗口,看着戴雪的树林,和飞渡天空的鹆鸟队之类哩。

使我们等候了许久之后,你总算扬着厉害的啼声,生下来了。人当出世的时候,究竟为什么哭的呢?因为那人所从出的"无"的世界,比从新跨进的这世界还要好么?

就如说过那样,你大哭着,生下来了。东方的魔法的王们一听到,便来在要给你戴的头巾里,放下一盾银钱去。这大约便是从你家付给我,作为看资的一盾罢。……

现在你,我一经过,我骑了老马一经过,就躲起来。唉唉!我这面,也从树木之间偷看着你的。为的是什么呢,你可懂得不?……一说,你就会笑起来罢。……我,这老医生,即使叫作你的祖父也可以,真的,倘一说,你一定要笑的。

你就好看到这样！人们说，你的脸，是晒得黑黑的呀，你的胸脯，还不够饱满呀。也许这样的罢，那是。但还因为你的眼睛，有着无风的秋日的黎明一般的静，你的嘴唇，有着开在通黄的麦地之间的罂粟花一般的颜色呵。

　　况且你是又良善，又有爱情的。这几天，是市集的星期三，可记得呢？你的父母都上市去了，你不是抱着小弟弟，在自己的田地里游逛么？

　　小鬼发脾气了。你想哄好他，给看着牛呀。给看那吃着草，高兴地喘息着，笨重地跑来跑去，而且始终用长尾巴拂着脚的戈略和培耳札呀。

　　你对顽皮的小鬼头说了罢，"阿，看戈略罢……看那笨牛……哪，不是长着角么……好，宝宝，问他看，你为什么闭眼睛的？那么大，那么傻的眼睛……阿呀，不要摇尾巴呀！"

　　于是戈略走到你的身边，用了反刍动物所特有的悲悯的眼色看着你，伸出头来，要你抚摩那生着旋毛的脑窝。

　　你又走向别的一头牛，指着他说了，"那个，那是培耳札……哼……多么黑呀……多么坏的牛呵……宝宝和姊姊都不喜欢这头牛，喜欢戈略，哪。"

　　小鬼也就跟你学着说，"喜欢戈略，哪。"但即刻又记起了自己是在发脾气，哭起来了。

　　那时候，我也不知道为什么，哭起来了。一到我那样的年纪，那是真的，胸膛里是怀着赤子之心的呵。

　　你想小弟弟不吵闹，还走着给他看捣乱的小狗，跟定了雄鸡的大架子，在地上开快步的鸡，蹒跚乱走的胡涂的猪，不是么？

　　小鬼一安静，你便沉思起来了。你的眼睛虽然向着紫的远山，但是并没有看山哩。你也望着优游青天的白云，落在林中的堆积的枯叶，和只剩了骨骼的树木的枝梢，但是什么也没有看呵。

　　你的眼，是看着一点什么东西的。然而这是看着心里面的什么,看着挺生爱的芽,开放梦的花的神奇之国的什么呵。

今天经过的时候,我看见你比平时更加沉思了。你坐在树身上,惘惘然忘了一切似的,然而有些不知什么苦处,嚼着薄荷的叶呵。

唉唉,黑马理,试来说给我听罢,你是想着什么,而凝眺着远山和青天的。

移　家

两个人从早上起,就往新居,等候行李马车的来到。直到晚上五点钟前后,这才到了楼下的门口,停止了。

搬运夫们很有劲,将穷家私随处磕撞着搬上来。因为那混乱,在寒俭的这家庭里,算最值钱的客厅用的长椅子和卧房的门上的玻璃,都弄破了。

马车夫说是小小的车子上,行李装不完,所以说定是两盾的,这时要三盾。搬运夫们的酒钱要得不够,就说了一些不好听的恶话。

时候已经晚了,只靠一盏将灭的灯,夫妇开手将家具放在各各的处所。孩子趁势玩着,从纸马的肚子里拉出麻屑来。但也便生厌,用渴睡似的声音,呼着母亲,跟在她的后面,牵住了衣裙。母亲于是取出火酒灯,将中午剩下的杂碎,检一些到勺锅里,温起来,给孩子吃。后来就领到床上去了,即刻呼呼地,孩子也就睡着了。

她又出来了,来收拾已经开手的东西。他就说——

"歇一歇可好呢。一看见你做得不歇,我就觉得很难平静。坐在这里罢。谈几句天罢。"

她坐下,用那染了灰尘的一只手,按住了流汗的满是散出的头发的前额。

他是相信着不久便可以复职的。即使万一不能,也有店家说过,如果一百盾绥泰也可以,就来做帐房。到那时为止的生计,大约未必有什么为难罢。这回的家,因为是第六层楼,所以太高些。然而惟其高,倒一定爽朗的罢。他这样地说着,向各处四顾。这一看,他又觉得显示着寂寞精光的阴森的,那冷冷的壁,满是尘埃的家具,散乱着绳子的地板,对于他的话,都浮出阴沉的笑来。

她是决计了的,凡男人所说的事,她都点头。

休息了片刻,她又站起来了,并且说——

"我可是没有豫备晚膳的工夫了呵。"

"不要紧的。(他说,)我一点也不想吃。今天就减了这个,睡觉。"

"不,我去买一些什么来罢。"

"那么,我也一同去。"

"孩子呢?"

"就回来的。不要紧,不会醒的。"

她到厨房里洗手去了。然而水道里没有水。

"阿呀呀,水也还得去汲呢。"

她将围巾搭在肩上,拿上一个坛。他也将一个瓶藏在外衣下。于是悄悄地走出外面了。四月的夜,给他们起了寒冷的讨厌的心情。

经过王国剧场时,看见蜷卧地上的人类的团块。

亚列那尔街上,是在板路上,发着沉重的雄壮的音响,走过了许多辆马车。

他们在伊萨贝拉二世的广场上的喷泉里汲了水。待到又经过那成了团块,睡着的人们前面的时候,因为对于伤心的印象而感到的一种满足,又停了一些时。

一到家,都默默地走上楼梯去。于是便上了床。

他以为因为疲劳着,即刻可以睡去的。但是睡不着,注意力变得太敏了。便是夜中的极微的声音,也都听得到。一听到远远地沉重的雄壮的马车声,眼里便看见睡在路旁的人们的模样,心里是人类的一部分的无依的被弃的情形。暗淡的思想使他苦恼,一种大恐怖塞满他的心中了。他以为不该惊醒她,竭力抑制着身体的发抖。她呢,因为休息了白天的劳碌,见得是睡的极熟了。然而并不然……她用极弱的声音呻吟着……

"什么地方不舒服么?"他问。

"孩子……"她吞住话,啜泣了。

"什么! 孩子?"他直坐起来。

"不,先前的孩子……贝比德呵,……你知道么? ……到明天,正是他死后的二周年了……"

"唉唉! 我们怎么只有这样伤心的事情的呢!"

祷 告

他们是十三个。是为危险所染就,惯于和海相战斗,不管性命的十三个。他们之外,还载着一个女子,是船长的妻。

十三个都是海边人,备着跋司珂种族的特色。大的头,尖的侧脸,凝视了吞人的怪物一般的海,因而死掉了的眼珠等,便是。

坎泰勃里亚的海,是熟识他们的。他们也熟识波和风的。

又长又细,漆得乌黑的大船,名叫"亚兰札"。跋司珂语,意义就是"刺"。短樯一枝,扬着小小的风帆,竖在船头上。……

傍晚,简直是秋天。风若有若无,波是圆而稳,很平静。帆几乎不孕风,船在蓝海上,带着银的船迹,缓缓地移动。

他们是出穆耳德里珂而来的,要趁圣加德林节,和别的船一同去打网,现在正驶过兑巴的前面。

天上满是铅色棉絮一般的云。云和云的破绽间,露着微微带白的蓝色。太阳从云缝中,成了闪闪的光线,迸射出来,烧得通红的云边,颤抖着映在海波上。

十三个男人都显着茫然的认真的相貌,几乎不开口。女人是颇有些年纪了,用了粗的编针和蓝的毛线团,编着袜。船长是庄重的寂静的脸相,将帽子直拉到耳朵边,右手捏定代舵的楫子,茫然凝视着海面。毛片不干净的一匹长毛狗,在船尾巴,坐在靠近船长的椅子上,但它也如人们一般,无关心的看着海。

太阳渐渐下去了……上面,是从火焰似的红,铜似的红,到灰色的各种的调子,铅的云,大的鲸形的云等。下面是,只有带着红,淡红,紫这些彩色的海的蔚蓝的皮肤。间以波的旋律底的蜿蜒……

船到伊夏尔的前面了。山气浓重的陆风拂拂地,在海岸上,已看见向着这面的崖壁,山岩。

突然,在这黄昏的临终之际,伊夏尔的教堂的时钟,打出时辰来了。于是"三位祷告"的钟,便如徐缓而有威严的庄重的声音一般,洋溢在海面上。船长一脱帽,别的人们都学着他。船长的妻从手中放下了编织。大家就一面看着弯弯曲曲的平稳的海波,用了重实的沉郁的声调,一同做祷告。

天候一晚,风已经大了起来。布帆一受空气的排煽,鼓得圆圆,大船便在黑色的海上剩下银的船迹,向暗中直闯进去……

他们是十三个。是为危险所染就,惯于和海相战斗,不管性命的十三个。

原载 1928 年 6 月 20 日《奔流》月刊第 1 卷第 1 期。
初收所编《山民牧唱》,列入联华书局"文艺连丛"之一,未出版。

二十一日

日记 晴。午后往内山书店。璇卿来。得金溟若信。

二十二日

日记 晴。上午得小峰信及《北新》,《语丝》,《奔流》。下午徐思荃来。寿山来。

二十三日

日记 雨。上午得语堂信。下午以《语丝》等寄羡蒙，紫佩，方仁，季市。

二十四日

日记 星期。雨。午前同三弟，广平往悦宾楼，应语堂之约，同席达夫，映霞，小峰，漱六，语堂同夫人及其女其侄。下午买什物十余元，以棉毯二枚分与立峨。晚得春台信，其字甚大。

二十五日

日记 雨。午后金滇若及其友来。下午得马珏信，十八日发。

二十六日

日记 大雨。上午得矛尘信。得紫佩信，十六日发。午后寄小峰信并稿，附与达夫笺。下午往内山书店买书五种九本，共泉十元八角五分也。晚得徐诗荃信。

二十七日

日记 昙，午后雨。晚真吾来。

二十八日

日记 昙。上午得侍桁信并稿。午后复马珏信。晚大雨。

二十九日

日记 晴。上午得马珏信，端午发。午后往商务印书馆分馆看书。

三十日

　　日记　昙。下午达夫来。往内山书店买『階級社会之諸問題』一本,九角;又月刊两本,亦九角。晚得韩云浦信,二十六发。

七月

一日

日记　星期。晴。上午贤桢赠杨梅甚多,午后分赠小峰一筐,即得复并《语丝》。得达夫信。得语堂信。得王任叔信并小说一册。得和清信。

二日

日记　昙。午赵景深,徐霞村突来索稿。得空三信。午后璇卿来。沈仲章来访,未见,留许季上函而去。晚往内山书店托其为广平保险信作保,并取回『漫画大観』第四本一本,先所豫约也。

三日

日记　昙。午后空三来,未见。得淑卿信,从三弟转来,六月二十四日发。

四日

日记　晴。下午得小峰信,即复。得王衡信。得石民信。得徐霞村信。

《奔流》编校后记(二)

Rudolf Lindau 的《幸福的摆》,全篇不过两章,因为纸数的关系,只能分登两期了。篇末有译者附记,以为"小说里有一种 Kosmopolitisch 的倾向,同时还有一种厌世的东洋色彩",这是极确凿的。但作者究竟是德国人,所以也终于不脱日耳曼气,要绘图立说,来发明"幸福的摆",自视为生路,而其实又是死因。我想,东洋思想的极致,是在不来发明这样的"摆",不但不来,并且不想;不但不想到"幸福的摆",并且连世间有所谓"摆"这一种劳什子也不想到。这是令人长寿平安,使国古老拖延的秘法。老聃作五千言,释迦有恒河沙数说,也还是东洋人中的"好事之徒"也。

奥国人 René Fueloep-Miller 的叙述苏俄状况的书,原名不知道是什么,英译本曰 *The Mind and Face of Bolshevism*,今年上海似乎到得很不少。那叙述,虽说是客观的,然而倒是指摘缺点的地方多,惟有插画二百余,则很可以供我们的参考,因为图画是人类共通的语言,很难由第三者从中作梗的。可惜有些"艺术家",先前生吞"琵亚词侣",活剥蕗谷虹儿,今年突变为"革命艺术家",早又顺手将其中的几个作家撕碎了。这里翻印了两张,都是 I. Annenkov 所作的画像;关于这画像,著者这样说——

"……其中主要的是画家 Iuanii Annenkov。他依照未来派艺术家的原则工作,且爱在一幅画上将各刹那并合于一件事物之中,但他设法寻出一个为这些原质的综合。他的画像即意在'由一个人的传记里,抄出脸相的各种表现来'。俄国的批评家特别称许他的才能在于将细小微末的详细和画中的实物发生关连,而且将这些制成更加恳切地显露出来的性质。他并不区别有生和无生,对于他的题目的周围的各种琐事,他都看作全体生活的一部分。他爱一个人的所有物,这生命的一切细小的碎片;一个脸上的各个抓痕,各条皱纹,或一个赘疣,都自有它的意义的。"

那 Maxim Gorky 的画像,便是上文所讲的那些的好例证。他背向西欧的机械文明,面对东方,佛像表印度,磁器表中国,赤色的地方,旗上明写着"R. S. F. S. R.",当然是"俄罗斯苏维埃联邦社会主义共和国"了，但那颜色只有一点连到 Gorky 的脑上，也许是含有不满之意的罢——我想。这像是一九二〇年作，后三年，Gorky 便往意大利去了，今年才大家嚷着他要回去。

N. Evreinov 的画像又是一体，立方派的手法非常浓重的。Evreinov 是俄国改革戏剧的三大人物之一，我记得画室先生译的《新俄的演剧和跳舞》里，曾略述他的主张。这几页"演剧杂感"，论人生应该以意志修改自然，虽然很豪迈，但也仍当看如何的改法，例如中国女性的修改其足，便不能和胡蝶结相提并论了。

这回登载了 Gorky 的一篇小说，一篇关于他的文章，一半还是由那一张画像所引起的，一半因为他今年六十岁。听说在他的本国，为他所开的庆祝会，是热闹极了；我原已译成了一篇昇曙梦的《最近的 Gorky》说得颇详细，但也还因为纸面关系，不能登载，且待下几期的余白罢。

一切事物，虽说以独创为贵，但中国既然是世界上的一国，则受点别国的影响，即自然难免，似乎倒也无须如此娇嫩，因而脸红。单就文艺而言，我们实在还知道得太少，吸收得太少。然而一向迁延，现在单是绍介也来不及了。于是我们只好这样：旧的呢，等他五十岁，六十岁……大寿，生后百年阴寿，死后 N 年忌辰时候来讲；新的呢，待他得到诺贝尔奖金。但是还是来不及，倘是月刊，专做庆吊的机关也不够。那就只好挑几个于中国较熟悉，或者较有意义的来说说了。

生后一百年的大人物，在中国又较耳熟的，今年就有两个：Leov Tolstoy 和 Henrik Ibsen。Ibsen 的著作，因潘家洵先生的努力，中国知道的较多。本刊下期就想由语堂，达夫，梅川，我，译上几篇关于他的文章，如 H. Ellis, G. Brandes, E. Roberts, L. Aas, 有岛武郎之作；并且加几幅图像，自年青的 Ibsen 起，直到他的死尸，算作一个纪念。

一九二八年七月四日，鲁迅。

原载 1928 年 7 月 4 日《奔流》月刊第 1 卷第 2 期。

初收 1935 年 5 月上海群众图书公司版《集外集》。

五日

　　日记　昙。午后寄空三信。寄小峰信。寄紫佩信。夜语堂偕二客来。

六日

　　日记　昙。上午得霁野信，六月廿九日发。午后钦文来并赠茗三合。下午小峰，矛尘来。雨。杨维铨，林若狂来。晚邀诸客及三弟，广平同往中有天夜餐。

七日

　　日记　晴。午得小峰柬招饮于悦宾楼，同席矛尘，钦文，苏梅，达夫，映霞，玉堂及其夫人并女及侄，小峰及其夫人并侄等。午季市来，未遇。

八日

　　日记　星期。晴。上午复裘柱常信。复王衡信。午后忽雨忽晴。

九日

　　日记　晴。上午得有麟信。下午钦文来。季市来。晚矛尘，小峰来。季市邀往大东食堂夜餐，同席钦文，广平及季市之子侄三人。璇卿来，未遇。三弟为托商务印书馆买来 New Book Illustration in France 一本，Art and Publicity 一本，共泉八元六角。

242

十日

日记 晴,热。午后赵昕初来。下午钦文来。矛尘来,晚上车赴杭。收崔万秋所寄赠《母与子》一本。

致 翟永坤

永坤兄:

从到上海以来,接到你给我的信好几回了;《荒岛》也收到了几本,虽然不全。说起来真可笑,我这一年多,毫无成绩而总没闲空,第一是因为跑来跑去,静不下。一天一天,模模糊糊地过去了,连你的信也没有复,真是对不起。

我现在只译一些东西,一是应酬,二是糊口。至于创作,却一字也做不出来。近来编印一种月刊叫《奔流》,也是译文多。

你的小说稿积压多日了,不久想选一选,交给北新。

北京我很想回去看一看,但不知何时。至于住呢,恐怕未必能久住。我于各处的前途,大概可以援老例知道的。

鲁迅 七月十日

十一日

日记 晴,热。下午收大学院六月分薪水三百。寄翟永坤信。寄小峰信并稿。以《坟》之校本及素园译稿寄未名社。

十二日

日记 晴,热。午后复石民信。寄淑卿信。下午得小峰信并泉百,《语丝》第二八期十七本。往内山书店买『ブランド』一本,八角。

晚同钦文，广平赴杭州，三弟送至北站。夜半到杭，寓清泰第二旅馆，矛尘，斐君至驿见迓。

十三日

日记 晴。晨介石来。上午矛尘来。午介石邀诸人往楼外楼午餐，午后同至西泠印社茗谈，旁晚始归寓。在社买得汉画象拓本一枚，《侯憎墓志》拓本一枚，三圆；《贯休画罗汉象石刻》景印本一本，一元四角；《摹刻雷峰塔砖中经》一卷，四角。晚斐君携小燕来访，矛尘邀诸人至功德林夜饭。

十四日

日记 晴。上午介石来。矛尘，斐君来。午钦文邀诸人在三义楼午餐。下午腹泻，服药二丸。

十五日

日记 星期。晴。午邀介石，矛尘，斐君，小燕，钦文，星微，广平在楼外楼午饭，饭讫同游虎跑泉，饮茗，沐发，盘至晚归寓。

十六日

日记 晴。下午矛尘来，同至抱经堂买石印《还魂记》一部四本，王刻《红楼梦》一部廿四本，《百美新咏》一部四本，《八龙山人画谱》一本，共泉十四元二角。晚又至翁隆盛买茶叶，白菊等约十元。夜失眠。

十七日

日记 晴。清晨同广平往城站发杭州，钦文送至驿。午到寓。得霁野信，六日发。得马珏信，四日发。得真吾信。得徐诗荃信并稿。晚金溟若来，未见。得钱君匋信并《朝花夕拾》书面两千枚。

致 钱君匋

君匋先生：

顷奉到惠函并书面二包，费神谢谢。印费多少，应如何交付，希见示，当即遵办。

《思想，山水，人物》中的 Sketch Book 一字，完全系我看错译错，最近出版的《一般》里有一篇文章（题目似系《论翻译之难》）指摘得很对的。但那结论以翻译为冒险，我却以为不然。翻译似乎不能因为有人粗心或浅学，有了误译，便成冒险事业，于是反过来给误译的人辩护。

鲁迅　七月十七日

致 李霁野

霁野兄：

六日信收到。

《朝花夕拾》封面昨刚印好，共二千张，当于明日托舍弟由商务馆寄上。

Van Eeden 的照相，前回的板仍不很好，这回当将德译原书寄上，可于其中照出制板用之样子悉仍原本，并印姓名。书用毕，希交还西三条寓。

我现并无什么东西出版，只有一本《思想，山水，人物》，当于日内并《小约翰》德译本一同寄上。

《坟》的校正本及素园译本都于前几天寄出了，几个人仍无从查考，因为无原文。

迅　上　七月十七日

十八日

日记　晴。午后复钱君匋信。复真吾信。寄钦文信。寄小峰信。复霁野信并书二本，书面二千。寄还招勉之稿并复信。寄矛尘信并《小约翰》二本。寄小峰信。下午金溟若偕二友来。往内山书店买书两本，二元二角；又小说一本，一元。晚黎锦明来，未见。夜达夫来。雨。

致 章廷谦

矛尘兄：

昨天午前十时如已 贲临敝寓，则只见钦文或并钦文而并不见，不胜抱歉之至。因为天气仍热，窃思逗留下去，也不过躲在馆中，蒸神仙鸭而已，所以决心逃去，于清晨上车了。沿路有风，近沪遇雨，今天虽晴，但殊不如西湖之热矣。

敝沪一切如常。敝人似已复元，但一到，则不免又有许多"倭支葛搭"之事恭候于此，——但这由他去罢。将《抱经堂书目》和上海两三书店之书目一较其中所开之价值，廉者不多，较贵者反而多，我辈以为杭州地较僻，书价亦应较廉，实是错了念头，而自己反成阿木林也。

李老板未见，《奔流》2 似尚未出。现已包好《小约翰》两本，拟挂号寄出，庶不至于再"付洪乔"也欤。

迅　启上　七月十八日

斐君小燕诸公均此致候不另柬。

　　还有奉托者，如见

介石兄，乞代我讲几句好话，如破费他许多宝贵光阴，后来不及走
辞，诚恐惶恐。死罪死罪之类……

十九日

　　日记　雨。下午得钱君匋信。晚北新书局送来稿件及《奔流》
第二期，并《殷虚书契类编》一夹六本，是去年在厦门时托丁山购买
者；又陈庆雄，杨赢牲，裘柱常，冯雪峰信，韦素园信片。得杨骚信。

二十日

　　日记　雨，即晴。晚得钦文信。得紫佩信。得黎锦明信。复冯
雪峰信。寄还杨赢生小说稿。

生活的演剧化[*]

《演剧杂感》之一

[苏联]Nikolai Evreinov

少女的胡蝶结也是宇宙的必然

　　我们看见戴在初成年的少女髻上的漂亮得出奇的胡蝶结，就发
笑。要不然，就不看见。或者虽然看见，却不给以适当的注意。即
使注意了，也不肯来想一想这样无聊的东西。但这是很有一想的价
值的！

那第一个理由——

倘若我们的行星是宇宙底必然，那么，人类在地球上繁殖的事，也应该一样地是必然。人类也和动植物一样，对于地球的表面，有着作为属性的关系。

因此人类的继续，便被要求。也因此女性就该招惹男性。雌的就该诱惑雄的。应该挑拨雄的性欲。那么，用什么来挑拨呢？这虽是无差别的，但只有该是"演剧底"这一点，却的确了。

并非愚蠢的娇态，由无意识底自我而显现的最高的法则，使少女在结婚期前，已经将那外貌，性底地演剧化。准备和实地和保障，是豫先必要的。

所以看去好像呆气的胡蝶结，其实也是最高法则的必然。用宇宙之秤来一称，岂是小事情呢，有着千金之重的。

那第二个理由——

靠着将胡蝶结戴在髻子上，少女于上述的事情之外，还尽了变装术的职务。在绝望于这世间的悲剧里，这是有挽救之力的。不仅是将自己的外貌变装的职务。这胡蝶结还替少女向我们这样说："你们觉得我是温顺的娃儿罢。但我却有那么不满足，那么批评底，而且修正着为母的自然哩。自然呢，是不消说，没有胡蝶结地将我创造了。自然并没有想到这件事。就是她做不到。但我却这样地想到了，将这做到了。我不愿意将这世界就照谁所创造了的那样接受。第一，我先不喜欢将算是和我最近的现象的那自己，照样接受。所以我是改造着的！完成着的！简直是试着冒险的！使技巧底的自己，和先天底的自己对立着的。这戴着胡蝶结的我，完全是'别的人'。而这'别的人'，便是对于我的意志，无不服从的我的两手的工作！"

假使没有那对于变装术的意志的试金石的"呆气的胡蝶结"，假使没有那不愿接受天赋照样的生活的意志，则许多少女，将在结婚期前，徒然消失于束缚之中罢。那时候，宇宙将成为什么样子呢？地球岂不是在宇宙的运命中，由人类的居住，而被制约了的必然么？

我的纪念碑

曾经有一个时代，以为神是在偶像（无论物质底和非物质底）所在之处的。到假定为神是在一切处，一切物中（泛神论）为止，经过了一千年的时光。

直到现在，都以为演剧是在剧场所在之处的。到人们从我知道"演剧是在一切处，一切物中"为止，也经过了一千年。

生活底和演剧底

有窃取生活的演剧，有赠与生活的演剧。

这是大众剧的二分类。

前者的主义，是生活底的事，后者的主义，是演剧底的事。

（抄本和原本，镜子和实物，隶属和自由，模仿和游戏，模型和创造。）

你们想从一个单纯的例，明白那站在生活道上的主义和站在演剧道上的主义的悬隔么？

那么，就在这里举例罢。

我每见斯坦尼斯拉夫斯基一派的演员，扮演契诃夫的戏剧的时候，总想对着演得写实到吓煞人的一切剧中人物这样叫："到戏场去罢！是呀！是呀！凡涅小爹，三姊妹，《海鸥》的札莱契那耶，《樱树园》的斐勒司，都到戏场去！到戏场去，换一换心情！大家变一个别样的人！一到戏场，在大家的面前，生活的别的可能，别的环境，别的地平线，便会展开罢！到戏场去！那么，褪色的你们，便要成为绚烂的人！灰色的你们，便会明亮！懦弱的你们，便要成为强者！成为被改装者！"

我在引导这些剧中人物的戏场，那自然不消说，并不是指墨斯科艺术戏院。我在引导他们的,是往真的戏场;和日常生活的真,非常之远的戏场;和不值得描写的实生活距离颇远的戏场。

演剧是生活的镜子

当自然主义者主张说,演剧应该是现实照样的实生活的镜子的时候,我们要这样地回答他们:"当此之际,在所谓演剧是实生活的镜子这一句话里,已经收容了自然主义者那么厌恶的演剧道的主义了。为什么呢? 因为我们的生活的各瞬间,就是演剧。"但是,将"实生活的戏剧",就在那平凡的,游艺的形式上,照样地镜一般奴隶底地反映出来,可有这价值呢? 演剧者,那专门的使命,是将一定现象的某本质和其结晶,得以显现的设施。

倘使不然,则所谓有司的设施的演剧,究竟是甚么呢?

我们怎样地爱自己?

我们只爱经了演剧化的自己。你们当对镜的时候,就会发现那证据的罢。站在镜子前面,你们总是模仿着使生真挚呀果断呀之感的显著的特征和魅惑的特征,看着这。与其说我们向镜求看客观底的真,倒不如说是求看阿谀和慰安和鼓舞。我们自己常常无意识底地帮助镜子,使他奉承我们,慰藉我们,而且激励我们。自己的脸歪斜着的时候,我们总是责备镜子。尼采的话里,有云:"我的记忆力说是我做的,我的自负心说并非我所做,两边都硬不听。到最后,记忆力让步了。"在这程度上,为了自己的丑脸而责备镜子的我们,也是正当的罢。

演员的秘密

既经懂得演剧,自然也还要戏台,背景,脚光,黑衣的小舍,粉黛,衣裳,戏曲的底本,小道具等,但也不一定是绝对底的。有一回,我到客串的会里去,在这会上,这真理很张扬了我自己。

演员不明白职掌,不自然地,不灵敏地,拙劣地搬演了。以讨厌的兴奋而兴奋着,终于做不下去了。黑衣乏极了。假发没有梳。粉黛被汗溶化了,流在脸孔上。甲忘却了道白,碰头;乙从中途抢去了道白;丙将出台迟误了。

然而规矩的公众,却露着一种激励似的微笑,坐在客位上。这些严肃的爱剧家们的脸上,都现着多么真实的艺术底满足的感情呵。幕刚要下,观客便一齐感谢似的拍手喝采了。……

在那一晚,知道没被记名在叛逆底搬演单上的真的演员们,是都在台前的客席上。

原载 1928 年 7 月 20 日《奔流》月刊第 1 卷第 2 期。署葛何德译。

初未收集。

十条罪状(复晓真)

晓真先生:

因为我常见攻击人的传单上所列的罪状,往往是十条,所以这么说,既非法律,也不是我拟的。十条是什么,则因传单所攻击之人而不同,更无从说起了。

　　　　　　　　　　　　　　　　鲁迅。七月二十日。

原载 1928 年 7 月 30 日《语丝》周刊第 4 卷第 31 期。

初未收集。

二十一日

日记　昙。上午得侍桁信，门司发。午后复黎锦明信。骤雨一阵即晴。

反对相爱（复康嗣群）

嗣群先生：

对不起得很，现在发出来函就算更正。但印错的那一句，从爱看神秘诗文的神秘家看来，实在是很好的。

旅沪记者。七月廿一日。

原载 1928 年 7 月 30 日《语丝》周刊第 4 卷第 31 期。

初未收集。

二十二日

日记　星期。晴，热。上午得矛尘信。得小峰信。午后达夫来。下午陈望道，汪馥泉来。胡［吴］祖藩来。得小峰信并《语丝》，《北新》。得戴望舒信。得高明信。寄小峰信。复素园信。

致 韦素园

素园兄：

七月二日信片收到。

《美术史潮论》系在《北新》半月刊上附印，尚未成书，成后寄上。《思想，山水，人物》未注意，不知消路如何。

以史底惟物论批评文艺的书，我也曾看了一点，以为那是极直捷爽快的，有许多昧暧难解的问题，都可说明。但近来创造社一派，却主张一切都非依这史观来著作不可，自己又不懂，弄得一榻胡涂，但他们近来忽然都又不响了，胆小而要革命。

凡关于苏俄文艺的书，两广两湖，都不卖，退了回来。

我生活经费现在不困难，但琐事太多，几乎每日都费在这些事里，无聊极了。

上海大热，夜又多蚊，不能做事。这苦处，大约西山是没有的。

迅　上　七月廿二日

二十三日

日记　晴，热。午后以《奔流》及《语丝》寄季巿及淑卿。往内山书店买书四种，四元五角；『世界美术全集』(18)一本，一元七角。下午得钦文稿。

二十四日

日记　晴，热。无事。

二十五日

日记　晴，大热。晚得小峰信并泉百。得 GF 信。得丛芜信。收《谷风》第二期一本。夜浴。

致　康嗣群

嗣群先生：

收到来信并诗。《语丝》误字，已去更正。

这回惠寄的诗,奉还一首;其一拟发表,但在《语丝》或《奔流》尚未定。

我不解英文,所以于英文书店,不大知道。先前去看了几家,觉得还是"别发洋行"书籍较多,但自然还是大概是时行小说。这些书铺之设,都是为他们商人设想,要买较高的文艺书,恐怕是不容易的。

我想,要知道英国文学新书,不如定一份 Bookman(要伦敦出的那一种),看有什么书出,再托"别发"或"商务印书馆"向英国去带,大约三个月后,可以寄到。至于先前所出的书,也可以带,但须查明出版所,颇为麻烦。

蚊子大咬,不能安坐了,草草。

鲁迅 七,二五。

二十六日

日记 昙,大热。午后杨维铨来。下午雨一陈。晚复康嗣群,戴望舒信。

二十七日

日记 雨。上午收《医学周刊集》一本并丙寅医学社信。晚寄小峰信。

二十八日

日记 昙。午前达夫来。午后晴。晚语堂来。

二十九日

日记 星期。晴。无事。

三十日

日记 晴。晨复金溟若信。寄钦文信。得淑卿信,二十三日发。下午托三弟从商务印书馆买来《续古逸丛书》单本两种五本,《四部丛刊》单本三种四本,《元曲选》一部四十八本,共泉二十元四角。小峰来谈,晚饭后归去。

三十一日

日记 昙,下午小雨。无事。

八月

一日

日记 昙,午小雨即晴。得钦文信。下午达夫来。

二日

日记 昙。上午达夫来并赠杨梅酒一瓶。得丛芜信,七月廿六日发。下午往内山书店买书三本,七元八角。

致 章廷谦

矛尘兄:

七月廿四的信,早收到了,实在因为白天汗流,夜间蚊咬,较可忍耐的时间,都用到《奔流》上去了,所以长久没有奉复。

斐君兄的饭碗问题,现状如何? 如在西湖边设法可得,我以为殊不必远赴北平。那边虽曰北平,而同属中国,由我看来,恐未必能特别光明。而况搬来搬去,劳民伤财,于实际殊不值得也。况且倭支葛搭,安知无再见入关之事——但这也许因为我神经过敏——耶?

这里,前几天大热,后有小雨,稍凉。据天文台报告,云两三天前有旋风,但终于没有,而又热起来矣。

介公未见,大约已飞奔北平。至于不佞,也想去一趟,因为是老太太的命令,不过时候未定;但久住则未必,回想我在京最穷之时,凡有几文现钱可拿之学校,都守成坚城,虽一二小时的功课也不可得,所以虽在今日,也宁可流宕谋生耳。

要奉托一件事:——

案查《抱经堂书目》,有此一书:

"《金文述》 十六本 十六元"

窃思在北京时,曾见有一种书,名《奇觚室吉金文述》,刘心源撰,二十卷(?),石印。而价甚贵,需二十余元。所以现要托 兄便中去一看,如系此书,并不缺,且书尚干净,则请购定寄下为荷。

迅 上 八月二日之夜

斐君兄小燕弟均此问候。

当我开手写信时,Miss许云"给我带一笔",但写到此地,则已睡觉了,所以只好如言"带一笔"云尔。

三日

日记 雨。上午得方仁信。下午晴。寄丛芜信并还稿。寄淑卿信。寄矛尘信。寄小峰信附丛芜笺。以刊物寄羡蒙,方仁,紫佩。

四日

日记 雨。晚因小峰邀,同三弟及广平赴万云楼夜饭,同席为尹默,半农,达夫,友松,语堂及其夫人,小峰及其夫人,共十一人。从商务印书馆取来托其代购之 *The Modern Woodcut* 一本,付泉三元四角。

五日

日记 星期。晴。下午郑介石来。

六日

日记 晴。午后得霁野信,七月卅一日发。晚同三弟往四近看屋。

七日

　　日记　晴。上午得杨维铨信,下午复。寄方仁信。晚收大学院七月分薪水泉三百。

八日

　　日记　晴。上午得王衡信。午后托三弟从中华书局买石印《梅花喜神谱》一部二本,一元五角。下午达夫来。

九日

　　日记　昙。上午得有麟信。下午得小峰信并《北新》,《语丝》及泉一百,即复。晚同三弟往邻弄看屋。夜雨。

十日

　　日记　小雨。上午内山书店送来『世界文化史大系』下卷一本,下午又往买杂[书]三种,共泉十四元五角。得徐思荃信。

革命咖啡店

　　革命咖啡店的革命底广告式文字,昨天在报章上看到了,仗着第四个"有闲",先抄一段在下面——

　　　　"……但是读者们,我却发现了这样一家我们所理想的乐园,我
　　　　一共去了两次,我在那里遇见了我们今日文艺界上的名人,龚
　　　　冰庐,鲁迅,郁达夫等。并且认识了孟超,潘汉年,叶灵凤等,他
　　　　们有的在那里高谈着他们的主张,有的在那里默默沉思,我在
　　　　那里领会到不少教益呢。……"

　　遥想洋楼高耸,前临阔街,门口是晶光闪灼的玻璃招牌,楼上是

"我们今日文艺界上的名人",或则高谈,或则沉思,面前是一大杯热气蒸腾的无产阶级咖啡,远处是许许多多"龌龊的农工大众",他们喝着,想着,谈着,指导着,获得着,那是,倒也实在是"理想的乐园"。

何况既喝咖啡,又领"教益"呢?上海滩上,一举两得的买卖本来多。大如弄几本杂志,便算革命;小如买多少钱书籍,即赠送真丝光袜或请吃冰淇淋——虽然我至今还猜不透那些惠顾的人们,究竟是意在看书呢,还是要穿丝光袜。至于咖啡店,先前只听说不过可以兼看舞女,使女,"以饱眼福"罢了。谁料这回竟是"名人",给人"教益",还演"高谈""沉思"种种好玩的把戏,那简直是现实的乐园了。

但我又有几句声明——

就是:这样的咖啡店里,我没有上去过,那一位作者所"遇见"的,又是别一人。因为:一,我是不喝咖啡的,我总觉得这是洋大人所喝的东西(但这也许是我的"时代错误"),不喜欢,还是绿茶好。二,我要抄"小说旧闻"之类,无暇享受这样乐园的清福。三,这样的乐园,我是不敢上去的,革命文学家,要年青貌美,齿白唇红,如潘汉年叶灵凤辈,这才是天生的文豪,乐园的材料;如我者,在《战线》上就宣布过一条"满口黄牙"的罪状,到那里去高谈,岂不亵渎了"无产阶级文学"么?还有四,则即使我要上去,也怕走不到,至多,只能在店后门远处彷徨彷徨,嗅嗅咖啡渣的气息罢了。你看这里面不很有些在前线的文豪么,我却是"落伍者",决不会坐在一屋子里的。

以上都是真话。叶灵凤革命艺术家曾经画过我的像,说是躲在酒坛的后面。这事的然否我不谈。现在所要声明的,只是这乐园中我没有去,也不想去,并非躲在咖啡杯后面在骗人。

杭州另外有一个鲁迅时,我登了一篇启事,"革命文学家"就挖苦了。但现在仍要自己出手来做一回,一者因为我不是咖啡,不愿意在革命店里做装点;二是我没有创造社那么阔,有一点事就一个律师,两个律师。

八月十日。

原载 1928 年 8 月 13 日《语丝》周刊第 4 卷第 33 期郁达夫《革命广告》文后,题作《鲁迅附记》。
初收 1932 年 9 月上海北新书局版《三闲集》。

文坛的掌故(复徐匀)

徐匀先生:

多谢你写寄"文坛的掌故"的美意。

从年月推算起来,四川的"革命文学",似乎还是去年出版的一本《革命文学论集》(书名大概如此,记不确切了,是丁丁编的)的余波。上海今年的"革命文学",不妨说是又一幕。至于"嚣"与不"嚣",那是要凭耳闻者的听觉的锐钝而定了。

我在"革命文学"战场上,是"落伍者",所以中心和前面的情状,不得而知。但向他们屁股那面望过去,则有成仿吾司令的《创造月刊》,《文化批判》,《流沙》,蒋光 X(恕我还不知道现在已经改了那一字)拜帅的《太阳》,王独清领头的《我们》,青年革命艺术家叶灵凤独唱的《戈壁》;也是青年革命艺术家潘汉年编撰的《现代小说》和《战线》;再加一个真是"跟在弟弟背后说漂亮话"的潘梓年的速成的《洪荒》。但前几天看见 K 君对日本人的谈话(见《战旗》七月号),才知道潘叶之流的"革命文学"是不算在内的。

含混地只讲"革命文学",当然不能彻底,所以今年在上海所挂出来的招牌却确是无产阶级文学,至于是否以唯物史观为根据,则因为我是外行,不得而知。但一讲无产阶级文学,便不免归结到斗争文学,一讲斗争,便只能说是最高的政治斗争的一翼。这在俄国,是正当的,因为正是劳农专政;在日本也还不打紧,因为究竟还有一点微微的出版自由，居然也还说可以组织劳动政党。中国则不然，所以两月前就变了相，不但改名"新文艺"，并且根据了资产社会的法律，请律师大登其广告，来吓唬别人了。

向"革命的智识阶级"叫打倒旧东西，又拉旧东西来保护自己，要有革命者的名声，却不肯吃一点革命者往往难免的辛苦，于是不但笑啼俱伪，并且左右不同，连叶灵凤所抄袭来的"阴阳脸"，也还不足以淋漓尽致地为他们自己写照，我以为这是很可惜，也觉得颇寂寞的。

但这是就大局而言，倘说个人，却也有已经得到好结果的。例如成仿吾，做了一篇"开步走"和"打发他们去"，又改换姓名（石厚生）做了一点"挡鲁迅"之后，据日本的无产文艺月刊《战旗》七月号所载，他就又走在修善寺温泉的近旁（可不知洗了澡没有），并且在那边被尊为"可尊敬的普罗塔利亚特作家"，"从支那的劳动者农民所选出的他们的艺术家"了。

鲁迅。八月十日。

原载 1928 年 8 月 20 日《语丝》周刊第 4 卷第 34 期，题作《通信·其一》。

初收 1932 年 9 月上海北新书局版《三闲集》。

文学的阶级性（复恺良）

恺良先生：

我对于唯物史观是门外汉，不能说什么。但就林氏的那一段文字而论，他将话两次一换，便成为"只有"和"全然缺少"，却似乎决定得太快一点了。大概以弄文学而又讲唯物史观的人，能从基本的书籍上一一钩剔出来的，恐怕不很多，常常是看几本别人的提要就算。

而这种提要，又因作者的学识意思而不同，有些作者，意在使阶级意识明了锐利起来，就竭力增强阶级性说，而别一面就也容易招人误解。作为本文根据的林氏别一篇论文，我没有见，不能说他是否因此而走了相反的极端，但中国却有此例，竟会将个性，共同的人性（即林氏之所谓个人性），个人主义即利己主义混为一谈，来加以自以为唯物史观底申斥，倘再有人据此来论唯物史观，那真是糟糕透顶了。

来信的"吃饭睡觉"的比喻，虽然不过是讲笑话，但脱罗兹基曾以对于"死之恐怖"为古今人所共同，来说明文学中有不带阶级性的分子，那方法其实是差不多的。在我自己，是以为若据性格感情等，都受"支配于经济"（也可以说根据于经济组织或依存于经济组织）之说，则这些就一定都带着阶级性。但是"都带"，而非"只有"。所以不相信有一切超乎阶级，文章如日月的永久的大文豪，也不相信住洋房，喝咖啡，却道"唯我把握住了无产阶级意识，所以我是真的无产者"的革命文学者。

有马克斯学识的人来为唯物史观打仗，在此刻，我是不赞成的。我只希望有切实的人，肯译几部世界上已有定评的关于唯物史观的书——至少，是一部简单浅显的，两部精密的——还要一两本反对的著作。那么，论争起来，可以省说许多话。

鲁迅。八月十日。

原载 1928 年 8 月 20 日《语丝》周刊第 4 卷第 34 期，题作《通信·其二》。

初收 1932 年 9 月上海北新书局版《三闲集》。

十一日

日记 昙。无事。夜雨。

《奔流》编校后记(三)

前些时,偶然翻阅日本青木正儿的《支那文艺论丛》,看见在一篇《将胡适漩在中心的文学革命》里,有云——

"民国七年(1918)六月,《新青年》突然出了《易卜生号》。这是文学底革命军进攻旧剧的城的鸣镝。那阵势,是以胡将军的《易卜生主义》为先锋,胡适罗家伦共译的《娜拉》(至第三幕),陶履恭的《国民之敌》和吴弱男的《小爱友夫》(各第一幕)为中军,袁振英的《易卜生传》为殿军,勇壮地出阵。他们的进攻这城的行动,原是战斗的次序,非向这里不可的,但使他们至于如此迅速地成为奇兵底的原因,却似乎是这样——因为其时恰恰昆曲在北京突然盛行,所以就有对此叫出反抗之声的必要了。那真相,征之同志的翌月号上钱玄同君之所说(随感录十八),漏着反抗底口吻,是明明白白的。……"

但何以大家偏要选出 Ibsen 来呢?如青木教授在后文所说,因为要建设西洋式的新剧,要高扬戏剧到真的文学底地位,要以白话来兴散文剧,还有,因为事已亟矣,便只好先以实例来刺戟天下读书人的直感:这自然都确当的。但我想,也还因为 Ibsen 敢于攻击社会,敢于独战多数,那时的绍介者,恐怕是颇有以孤军而被包围于旧垒中之感的罢,现在细看墓碣,还可以觉到悲凉,然而意气是壮盛的。

那时的此后虽然颇有些纸面上的纷争,但不久也就沉寂,戏剧还是那样旧,旧垒还是那样坚;当时的《时事新报》所斥为"新偶像"者,终于也并没有打动一点中国的旧家子的心。后三年,林纾将 *Gengangere* 译成小说模样,名曰《梅孽》——但书尾校者的按语,却偏说"此书曾由潘家洵先生编为戏剧,名曰《群鬼》"——从译者看来,Ibsen 的作意还不过是这样的——

> "此书用意甚微:盖劝告少年,勿作浪游,身被隐疾,肾宫一败,生子必不永年。……余恐读者不解,故弁以数言。"

然而这还不算不幸。再后几年,则恰如 Ibsen 名成身退,向大众伸出和睦的手来一样,先前欣赏那汲 Ibsen 之流的剧本《终身大事》的英年,也多拜倒于《天女散花》,《黛玉葬花》的台下了。

不知是有意呢还是偶然,潘家洵先生的 *Hedda Gabler* 的译本,今年突然在《小说月报》上发表了,计算起来,距作者的诞生是一百年,距《易卜生号》的出版已经满十年。我们自然并不是要继《新青年》的遗踪,不过为追怀这曾经震动一时的巨人起见,也翻了几篇短文,聊算一个记念。因为是短文的杂集,系统是没有的。但也略有线索可言:第一篇可略知 Ibsen 的生平和著作;第二篇叙述得更详明;第三篇将他的后期重要著作,当作一大篇剧曲看,而作者自己是主人。第四篇是通叙他的性格,著作的琐屑的来由和在世界上的影响的,是只有他的老友 G. Brandes 才能写作的文字。第五篇则说他的剧本所以为英国所不解的缘故,其中有许多话,也可移赠中国的。可惜他的后期著作,惟 Brandes 略及数言,没有另外的详论,或者有岛武郎的一篇《卢勃克和伊里纳的后来》,可以稍弥缺憾的罢。这曾译载在本年一月的《小说月报》上,那意见,和 Brandes 的相同。

"人"第一,"艺术底工作"第一呢? 这问题,是在力作一生之后,才会发生,也才能解答。独战到底,还是终于向大家伸出和睦之手来呢? 这问题,是在战斗一生之后,才能发生,也才能解答。不幸 Ibsen 将后一问解答了,他于是尝到"胜者的悲哀"。

世间大约该还有从集团主义的观点,来批评 Ibsen 的论文罢,无奈我们现在手头没有这些,所以无从介绍。这种工作,以待"革命的智识阶级"及其"指导者"罢。

此外,还想将校正《文艺政策》时所想到的说几句:

托罗兹基是博学的,又以雄辩著名,所以他的演说,恰如狂涛,声势浩大,喷沫四飞。但那结末的豫想,其实是太过于理想底的——据我个人的意见。因为那问题的成立,几乎是并非提出而是袭来,不在将来而在当面。文艺应否受党的严紧的指导的问题,我们且不问;我觉得耐人寻味的,是在"那巴斯图"派因怕主义变质而主严,托罗兹基因文艺不能孤生而主宽的问题。许多言辞,其实不过是装饰的枝叶。这问题看去虽然简单,但倘以文艺为政治斗争的一翼的时候,是很不容易解决的。

一九二八年八月十一日,鲁迅。

原载 1928 年 8 月 20 日《奔流》月刊第 1 卷第 3 期。

初收 1935 年 5 月上海群众图书公司版《集外集》。

十二日

日记 星期。昙。上午得杨维铨信。午晴。下午小峰赠蒲陶一盘,《曼殊全集》两本。

十三日

日记 晴。午后璇卿自北京来,并持来母亲所给果脯两种。

十四日

日记 晴。上午得语堂信。得春台信,澳门发。

十五日

日记 昙。上午得矛尘信,晚复。寄杨维铨信并泉五十。

致 章廷谦

矛尘兄：

十四日来信，今天收到了。饭碗问题，我想这样好；介石北去，未必有什么要领罢。沈刘两公，已在小峰请客席上见过，并不谈起什么。我总觉得我也许有病，神经过敏，所以凡看一件事，虽然对方说是全都打开了，而我往往还以为必有什么东西在手巾或袖子里藏着。但又往往不幸而中，岂不哀哉。

《品花宝鉴》我不要。那一部《金文述》见《抱经堂书目》第三期第三十三页第十一行，全文如下——

"《奇觚室吉金文述》三十卷　刘心源　石印本　十本　十六元"但如已经卖掉，也就罢了。

这里总算凉一点了，因为《奔流》，终日奔得很忙，可谓自讨苦吃。

创造社开了咖啡店，宣传"在那里面，可以遇见鲁迅郁达夫"，不远在《语丝》上，我们就要订正。田汉也开咖啡店，广告云，有"了解文学趣味之女侍"，一伙女侍，在店里和饮客大谈文学，思想起来，好不肉麻煞人也。

　　　　　　　　　　　　　迅　上　八月十五日
斐君兄小燕弟，还有在厦门给我补过袍子的大嫂，均此请安。

　　十六日
　　日记　昙。上午内山书店送来『漫画大观』一本。晚往内山书店。夜雨。

　　十七日
　　日记　晴。上午得有麟信。下午得矛尘信。语堂来。

266

十八日

日记 晴。上午得杨维铨信。

十九日

日记 星期。晴,热。上午收杭州抱经堂所寄《奇觚室吉金文述》一部十本,泉十四元二角,矛尘代买。下午收小峰所送《语丝》及《曼殊全集》等。得 GF 信。得翟永坤信。得素园信。晚柳亚子邀饭于功德林,同席尹默,小峰,漱六,刘三及其夫人,亚子及其夫人并二女。

致 章廷谦

矛尘兄:

前天收到十六日信,昨天,抱经堂所寄的《吉金文述》也到了,不错的,就是这一部。我上回略去了一个"吉"字,遂往返了好几回。

今日问小峰,云《游仙窟》便将付印。曲园老之说,录入卷首,我以为好的;但是否在中国提及该《窟》的"嚆矢",则是疑问,查"东瀛"有河世宁者,曾录《御制(纂?)全唐诗》失收之诗,为《全唐诗逸》X 卷,内有该《窟》诗数首;此书后经鲍氏刻入《知不足斋丛书》第卅(?)集中。刻时或在曲老之前,亦未可知,或者曲老所见者是此书而非该《窟》全本也。

"许小姐——一作 Miss Shu"已为"代候"。桂花将开,西湖当又有一番景况,也很想一游。但这回大约恐怕懒于动身了,因为桂花开后,菊花又开,若以看花为旅行之因,计非终年往来于沪杭线上不可。拟细想一想,究竟什么花最为好看,然后再赴西湖罢。

杭州天气已如新秋,可羡。上海只微凉了几天,今天又颇热了。

　　　　　　　　　　　迅　启上　八月十九日

斐君小燕诸公，均此致候不另

二十日

　　日记　晴。上午得矛尘信。午后寄矛尘信。下午洙邻兄来，赠以《唐宋传奇集》一部。夜康嗣群来。

《剪报一斑》拾遗

　　庐山荆棘丛中，竟有同志在剪广告，真是不胜雀跃矣。何也？因为我亦是爱看广告者也。但从敝眼光看来，盈同志所搜集发表的材料中，还有一种缺点，就是他尚未将所剪的报名注明是也。自然，在剪广告专家，当然知道紧要广告，大抵来登"申新二报"，但在初学，未能周知。

　　这篇一发表，我的剪存材料，可以废去不少，唯有一篇，不忍听其湮没，爰附录于后，作为拾遗云——

　　　　寻人赏格

　　　　于六月十二日下午八时半潜逃妓女一名陈梅英系崇明人氏现年十八岁中等身材头发剪落操上海口音身穿印花带黄麻纱衫下穿元色印度绸裙足穿姜色高跟皮鞋白丝袜逃出无踪倘有知风报信者赏洋五十元拿获人送到者谢洋一百元储洋以待决不食言住法租界黄河路益润里第一家一号

　　　　　　　　　　　　　本主人谨启

　　右见中华民国十七年八月一日《新闻报》第三张"紧要分类"中之"征求类"。妓院主人也可以悬赏拿人，至少，可以使我们知道所住的是怎样的国度,或不知道是怎样的国度者也。

　　八月二十日,识于上海华界留声机戏
和打牌声中的玻璃窗下绍酒坛后。

　　原载 1928 年 9 月 10 日《语丝》周刊第 4 卷第 37 期。未
署名。
　　初未收集。

伊孛生的工作态度[*]

[日本]有岛武郎

　　这不过是我的一个推测。得当与否,自然连我自己也不能保证
的。从去年之秋到今年之春,我在同志社大学,演讲关于伊孛生的
感想之际,我有了下文那样的发见,一面吃惊,一面反省自己,颇以
自己的工作态度为愧了。就将这在这里记下。

　　一八七九年,伊孛生五十一岁的时候,写了《傀儡家庭》。可以
说,写了《青年结社》和《社会柱石》,才始略略发见了关于自己的表
现法的方向的他,在《傀儡家庭》,遂开拓了独特的艺术境。伊孛生
的未来,由这一篇著作,牢牢地立了基础了。是"牵丝傀儡的丝,不
复惹眼了的最初的伊孛生的戏曲"。这著作,在读书界发生莫大的
反响,于戏剧界有重大的贡献,是无须说得的,但同时四面八方,蜂
起了对于作者的憎恶和酷评的情形,则在伊孛生的生涯中,实在是
未曾有。虚无主义者,神圣的家庭的破坏者,对于人情的低能者,这
些骂詈,如十字火,都蝟集于伊孛生的身边。

　　伊孛生也不能平心静气。一个良心底的作家,这作家以十分的
自信和好意,做了作品之际,却从社会所称为有识者的人们,掷来了
那么不懂事,无同情的反响,则不能默尔而息,也正是当然的。

"世间有两种的精神底方向,即两种的良心。一种是男性的,而又其一,则是和男性的全然异质的女性的良心。这两种良心,相互之间没有理解。在实际生活上,女性所受的判断,始终是依着男性的法则。仿佛她全非女性,而是男性似的。

"女子在现今的社会中,在全然男性化了的现今的社会中,她不能是她自己。现今的社会的法则,是男性编造出来的,在这法律制度之下,女性的行动,都只从男性底见地批判。

"她敢于假造汇票,并且还觉得得意。为什么呢,因为她是为要救丈夫的性命,凭爱情而做的。但那丈夫,却患了庸俗的名誉心,成为法律的一伙,观察问题,只从男性底的视角。

"精神底纷乱。被对于主权的信念所压倒,所淆惑,她竟至于将对于道德底权威的信念,和对于育儿的能力的自信失掉了。"

这是伊孛生起草这篇剧本之际,记在草稿的劈头的文字。但他的这美的衷心,不但被蔑视,且将被污秽了。要以艺术模样来自白的伊孛生,对于攻击,并不作大举的辩解和诘难,却在两年后所印行的《群鬼》中,提示了对于攻击的反证。《群鬼》是为了做《傀儡家庭》的反证而作的这一个事实,在伊孛生的评论者里,指出了的人们也很多。在这剧本上,他将一个坚忍的女人,放在女性全然不被理解,惟有作为看护妇,柔顺地,驯良地,缄默地,来擦拭男性的自由的,任意的,或是放恣的生活所得的结果的创伤,这才有用的境地里。她将一切内心的要求,都锁在习俗底的义务的樊笼里,竭力要为妻,是丈夫的最上的扶持者,为母,是一人的无上的同路人。然而不像诺拉,将应该破坏的破坏,却一意忍耐的她,到最后,竟必须刈取怎样的收获呢?

诺威的读书界,对于这剧本,表示了《傀儡家庭》以上的敌意。斯坎第那维亚的所有剧场,都拒绝这戏的公演。一万本的初版,是到十二年后,这才出了再版的。

"我知道对于《群鬼》的激昂，是像要发生的。但不想因为像要发生，便有所斟酌。这是卑劣的事。"他这样写给他的朋友。而对于故国的人们的知力之愚劣，迟钝，也很绝望，曾说道，"我国里不要诗"，竟至于连艺术底活动，也想放下了。

从这时候起，伊孛生尤其是对于所谓多数者，开始怀了疑。而伊孛生自己的地位，据他本国的人们的评定，是为上流社会所不容，也为民众所不喜的。一八一二年他给勃兰兑斯的信中，曾用了刻露的苦楚，写道，"无论怎样，我总不能加入着有多数的党派那一面去。毕伦存（Bjoernson）说，'多数常是对的。'……但我却相反，不能不说，少数常是对的。"

伊孛生的这心绪，送给了他一篇剧本的主题。一八八二年春，他写给书肆海盖勒（Hegel）的信中，有云，"这回大约要做出色地平和的剧本了，使政治家，富人，以及他们的太太们都可以安心来看的。"但这要看作安慰书店的话，所以慰他们因为《群鬼》而感到的买卖上的不安，却也未尝不可。

诚然，这年所写的剧本《国民之敌》，以伊孛生的作品而论，是放宽缰绳，加以压抑的，但伊孛生极内部的血性，却照样地奔进着，给人以非常明亮之感；而潜伏在这明亮中的义愤，大约又是谁都看得出的，真理者，惟在和功利底的结果联结起来的时候，才被公认为真理。否则便看作危险的厌物，从资本家，从中产阶级，从民众本身，都来加以践踏，凌虐。发见真理者，惟在成为孤独，爱护真理的时候，是为最强。伊孛生总结了自己的苦楚的结果，这样地疾叫。

然而伊孛生一归镇静，又不得不用讥刺的眼睛，来看因愤张而叫喊的自己的态度了。自己内省之激，越乎常轨的他，一定于自己的叫喊之像 Don Quixote 式，觉得很不快的。于是又回到他照例的无论何事，无不压抑又压抑，如坐针毡的态度去了。

一八八四年，他五十六岁时，作《野鸭》。这时他逗留罗马，但开始了每日一到定时，便到一定的加啡店，坐在一定的地方，用报纸遮了自己的脸，来凝视映在旁边镜子里的来客的模样。这事是有名的。他那时是怎样的心情呢，我略略可以想象出。在眉间，是蹙起一种厌人底的皱，在陷下的眼睛和紧闭的嘴唇里，是潜藏着冷冷的意欲底嘲讽之色的罢。这一定是，并非对于不相干的别个，倒是对于自己，和想和自己有些关系，来相接近的人们。

在《野鸭》的格莱该尔（Gregers）这青年上，伊孛生毫不宽容地，谑画底地将自己表现了。格莱该尔从幼小时候起，就是伊孛生所谓病底良心（Sickly conscience）的所有者。是连豪爽的人所不屑一顾的琐事，也要苦心焦虑，非声明真相不可的性质的男人。而最要紧的自己本身，却归根结蒂，什么可做的事都没有。只要是别人的事，便无论空隙角落，都塞进鼻子去，嗅出虚伪来。而将这暴露在明亮之下，便觉得是成就了天职。于是他将惟一的幼时朋友的家庭弄得支离灭裂，使一个天使一般满怀好意的纯洁的少女，无端枉死了。

在彻底地看去，裸露的真实之上，则地上的生活，虽刹那之间也不得是可能的。须在被了叫作"爱"的衣裳的无害的小小的虚伪之上，而凡俗的生活，才能够最上地成立。这是只要略有生活经验的人，谁都可以觉得的普通的事实，而格莱该尔却自以为英雄，末后是因了利己底的行动，要将这从头到底破坏，又自以为了不得。多么孩子气的自己肯定呵！多么不值钱的真理探究呵！

世人往往评这剧本为极端阴惨的悲剧，但在我，却觉得只是夹杂着许多嘲笑底的要素的喜剧似的。那看去好像真理探究的勇士一般的主人公格莱该尔，虽然已到深尝了自己的失败，不得不因屈辱而掩面的穷地，也还是不悟以真理的勇者自命的痴愚无计的自负，仍然显着得意的神情。伊孛生的对于自己本身的苦痛的反刍，几乎到了呼吸艰难一般的极度。在这戏剧里，伊孛生是从《国民之敌》的堂皇的自己肯定，一跃而退，来试行阴郁的自己嘲笑了。那对照，实在是很明显的。

但既经捞在手里的自己省察的缰索，伊孛生还是不肯放松的。

正如他想定了和《傀儡家庭》不同的局面，写了《群鬼》一般，在一八八六所出的《罗斯美尔斯呵伦》(Rosmersholm)里，便嵌上一个和《国民之敌》的医生斯托克曼(Stockmann)全不相同的典型的人物去。这是牧师罗斯美尔。自然，斯托克曼和罗斯美尔，也并非没有或种共通之点的。如那性格的极其真挚之点，极其诚实之点，有着或种勇气之点，都是。然而和斯托克曼的起身贫贱，是科学者，因而也是真理的追求者，有着实行力的现实主义者相反，罗斯美尔，生于名门，是神学者，所以是道德的追求者，有着瞑想底倾向的殉情主义者，这就都是叙述着分明的差异的。伊孛生虽然很小心，要自己不如此，但原已很被种下了罗斯美尔所有的那样的性格。他幼小时虽经赤贫的锻炼，但家是那地方惟一的名门。他虽是将自然主义引入戏曲中去的先驱者，但在他性格的根柢里，习性底地，是有对于习性底的道德的憧憬执着的。而他是瞑想底的，因此不能舍去一种殉情底的分子的事，也有类似罗斯美尔之处。所以斯托克曼是他所自愿如此的模样，而罗斯美尔则他虽然要趋避，却是他的真正的写真。他不幸，是具有看穿这可悲的一身的矛盾的勇气的。他不得不用了新的苦痛，来收画自己的肖像。

罗斯美尔也像斯托克曼一样，被放在从虚伪蹶起，而必须拥护真理的局面上。是真挚的他的性格，要求他这样的。而迫害也像在斯托克曼之际一样，从少数者和多数者这两面来袭。在《国民之敌》里，给斯托克曼以勇气的好朋友荷斯泰(Horster)在《罗斯美尔斯呵伦》里，是成了使罗斯美尔沮丧的旧师勃连兑勒(Brendel)而出现了。罗斯美尔看见勃连兑勒以成为新人立身，但不久又不得不目送他沙塔的倒塌一般的失其存在的模样。过去(以白色马来表现的)始终威胁着罗斯美尔。曾为真理的光明所振起的他，也陷在不能不一步一步，且战且退的败阵里了。当这时候，丛集在那周围的敌人的严冷奇酷的态度，在这剧本里描写得尤其有力。斯托克曼是在败残之中，还不忘打开一条血路，借教育儿女，以筑卷土重来的地盘，使从一败涂地之处蹶起，来继自己之志的，但罗斯美尔却一直退到消极底的顶点，要在那里寻凄惨的死所。他虽在最后的瞬息间，也还是总不信自己一身，必待由事实来证明了Rebecca对他的爱情之后，这才总算相信了自己的力量。而利己主义者似的斯托克曼，结局是实际的爱人主义者，虽自己也信为利他主义者的罗斯美尔，到底不过是高蹈底的利己主义者的事实，就不幸而不能不证实了。

伊孛生在这戏剧里，竭力鞭挞自己，并将世间的人们，怎样地用了一切不愉快的暗色，来涂抹掉他的好意，一同载指叫着"看这无力无耻的叛徒的本相罢！"而笑骂的情形，痛烈地加以描写。在相对峙的敌手之间，是掘开着难于填塞的鸿沟的。而两面虽都有太多的缺陷，却还是互相诬蔑着。

伊孛生在以上五篇的戏剧里，宛如一个大的摆的摆动一般，从这一极到那一极，画着大弧，摆动了那性格的内部。因为《傀儡家庭》世人所加于伊孛生的创伤，使他发了这样痛苦的大叫。然而，谁都可以觉察，摆的摆动法，越到后来的作品，便越加短小起来。《傀儡家庭》，和《群鬼》之间的摆的距离，较之在《国民之敌》和《野鸭》之间的为短了。《罗斯美尔斯呵伦》上所看见的个性和环境的葛藤，则在第六篇戏剧《海的女人》中，将要完全消失。那摆，在《海的女人》，要回到静止状态去了。

一八八八年，伊孛生六十岁时所发表了的《海的女人》，这才可以说是伊孛生一切著作中最为阳气的作品。好像伊孛生在这剧本，以好意向民众伸着温和的手似的。说，"我毫不宽假，省察了自己，鞭挞了自己。这是正如你们所目睹的。我也毫不宽假，解剖了你们。但这在为术艺家的我，是不得不然的事。你们是确是显着那么样子的。你们的脸虽然要对此提出不平，但你们的心却以我所做的事为然的罢。再不要互相欺蒙了。我在这里写了一篇剧本。这说明着你们应该怎样地容纳一个艺术家，一个艺术家怎样地才能够为你们效力。但愿能明白我的诉说。而你们对我，也伸出平和的握手的手来罢。"

在《罗斯美尔斯呵伦》里,将该是用以创造革新那人生内容的创造底能力,怎样地被害于既定道德的桎梏,而创造底能力一死灭,道德本身也便退缩的事,描写显示了。在《海的女人》,则将创造底能力因既定道德的宽容,怎样正当地沁进生活的境界里去,即在那里成为生活的新的力,而发生效用的事情,伊孛生加以描写。

蔼里达(Ellida)者,是将对于以海为象征的无道德而有大威力的世界的憧憬,怀在白丝似的处女时代的胸中的女性。身虽为狭隘寂寞的家庭生活所拘囚,不得不在那里遵从豫定的惯例,但宛如被海涛推上沙滩的人鱼一般,永是忘不掉充满着自由之力的海。她也曾屡次竭尽了所有的意力,要顺从定规的运命,但还是动辄因了比自己的意志更大的意志,被牵引到素不知道的神奇的世界去。蔼里达的丈夫——这并非像《罗斯美尔斯呵伦》中的校长克罗勒(Kroll)似的死道学者——因此逼成极度的烦闷,两个女儿对于这继母,也不能不是冷淡的异乡人了。蔼里达所住的避暑地,来了最后的船,这一去,在夏日将徒然联到寂寞的秋的瞬息间,可怕的大试炼,就降临于这一家的上面。从海洋来的男人,以不可避的意力,要带 Ellida 到海上去。蔼里达虽然想尽所有的力量,来逃出这男人的手中,然而一切力,要留住她,却都不够强大。于是蔼里达的丈夫到了最后的毅然的决心了。事已至此,惟有抛弃丈夫的特权。惟有给蔼里达以绝对的自由。他这样地想了。

"Ellida——你要拉住我在这里。你有着这权力,你要应用的罢。然而我的心的我的思想的全部——难于避免的憧憬和盼望,你却缚不住这些的。我的心,这我,羡慕着构造出来的不可知的世界,烦闷着。你即使要来妨碍这个,也不中用的!

Vangel——(很悲哀)这是我明白的,Ellida! 你正在一步一步,从我这里滑开去了。对于绝大的无限——不测的世界——的你的憧憬,照这样下去,似乎竟会使你发疯。

Ellida——哦,是的,是的。我确是这样想。就像有什么漆黑而无声的翅子,在我头上逼来似的。

Vangel——不能一任它到那样的结局。没有救你的路——至少,在我看来是这样。所以——所以,我就当场断绝我们先前的关系罢。好,现在,你用了十分完全的自由,决定你自己要走的路就是了。

··················

Ellida——惟现在,我回到你这里来了。惟现在,我才能。因为我能够自由地到你这里去了呀。由我自己的自由的意志,并且是我自己的责任。"

在最后的瞬间,先前威胁他们的运命,倏然一变了。蔼里达全然从海的诱惑得了解放,同时又以海的自由和人的责任,为那丈夫的真的妻,两个女儿的真的母了。豪华的浴客们,像抢夏似的上了船,离开这避暑地以后,要来的虽然是寂寞的秋和冰封海峡的冬,但在这里,虽在积雪之中,也将快乐地,强有力地,来度温暖的人间的生活。

伊孛生是由蔼里达,作为人世的一个战士,在申诉于民众的。试将那傲岸的诗人,先从自己伸出和睦之手来的心情,加以体帖,不能不令人觉到一种凄清。在这里,可以窥见他的悲凉的心情和出众的伟大。

以上自然不过是我的推测,但倘有好事的读者,自己试将这六篇陆续发表的剧本,读起来看,也许是一种有趣的事罢。从《傀儡家庭》到《海的女人》这六个剧本,从我看去,是一部以伊孛生为主角的六幕的大剧诗。伊孛生将五十一至六十岁之间,即人生最要紧的工作的盛年,在一个题材之下,辛苦过去了。那奋然面向着这一端,而挣扎至十年之久的伊孛生的工作态度,我实在为之惊叹。我想,对于自己和工作,必须有那样的认真和固执,这才能够成就伊孛生一般的工作的。在他的绝大的工作之前,如我者,是怎样地渺小的侏儒呵。

一九二○年七月作。译自《小小的灯》。

原载 1928 年 8 月 20 日《奔流》月刊第 1 卷第 3 期"H·伊字生诞生一百年纪念增刊"。

初收 1929 年 4 月上海北新书局版《壁下译丛》。

二十一日

日记　昙。上午得方仁信并稿。达夫及映霞小姐自吴淞来,赠打粟干一把。午钦文自杭来,赠酱肘子四包,菱四包。内山书店送来『世界美術全集』第十九本一本,价一元七角。夜出街买火酒。濯足。

二十二日

日记　晴。上午得马仲殊信。得杨维铨信。洙邻兄寄赠《红楼梦本事考证》一本。下午杨维铨来。夜发热,似流行性感冒,服规那丸共四粒。

二十三日

日记　晴。下午得小峰信及《北新》,《奔流》并泉百。仍发热,服阿思匹灵片三次。

二十四日

日记　晴。上午得侍桁信并稿。得小峰信附达夫笺并稿。以《奔流》及《语丝》寄季市,方仁。午后寄小峰信。立峨回去,索去泉一百二十,并攫去衣被什器十余事。夜黎锦明来。热未退,仍服阿思匹林片三回。

二十五日

日记 晴,热。上午杨维铨来。下午钦文来并赠橙花一合。热稍退,仍服药。

二十六日

日记 星期。晴。上午得肖愚信并稿。午后达夫来并交《大众文艺》稿费十元。下午往内山书店,遇蒋径三,值大雨,呼车同到寓,夜饭后去。

二十七日

日记 昙。上午得淑卿信,二十一日发。

二十八日

日记 晴。下午杨维铨来。晚复侍桁信。复方仁信。复淑卿信。

《我也来谈谈复旦大学》附白

为了一个学校,《语丝》原不想费许多篇幅的。但已经"谈"开了,就也不妨"谈"下去。这一篇既是近于对前一文的辩正,而且看那口吻,可知作者和复旦大学是很关切,有作为的。所以毫不删略,登在这里,以便读者并看。

八月二十八日,记者附白。

原载 1928 年 9 月 10 日《语丝》周刊第 4 卷第 37 期。署名记者。

初未收集。

二十九日

　　日记　　晴。上午得钦文信。得黎锦明信。得周向明信。杨维铨来。下午徐诗荃来，未见。得小峰信并《语丝》，即复。晚复黎锦明信。

三十日

　　日记　　晴。上午得徐诗荃信。下午金溟若来。得杨维铨笺并诗稿。收钦文小说稿。收受古堂书目一本。

三十一日

　　日记　　晴。上午达夫来。下午小峰来。徐思荃来。

九月

一日

日记 晴。午后时有恒,柳树人来,不见。夜理发。

通　信(复章达生)

达生先生:

　　蒙你赐信见教,感激得很。但敝《语丝》自发刊以来,编辑者一向是"有闲阶级",决不至于"似乎太忙",不过虽然不忙,却也不去拉名人的稿子,所以也还不会"只要一见有几句反抗话的稿子,便五体投地,赶忙登载",这一层是可请先生放心的。

　　至于贵校的同学们,拿去给校长看,那是另一回事。文章有种种,同学也有种种,登这样的文章有这班同学拿去,登那样的文章有那班同学拿去,敝记者实在管不得许多。其实这也算不了什么惊天动地的事,校长看了《语丝》,"唯唯"与否,将来无论怎样详细的世界史上,也决不会留一点痕迹的。不过在目前,竟有人"借以排斥异己者"——但先生似乎以为投稿即阴谋,则又非"借",而下文又说"某君此文不过多说了几句俏皮话,却不知已种下了恶果",那可又像并非阴谋了。总之:这些且不论——却也殊非记者的初心,所以现在另选了一篇登出,聊以补过,这篇是对于贵校长也有了微辞的,我想贵校"反对某科的同学们",这回可再不能拿去给校长看了。

　　记者没有复旦大学同学录,所以这回是是否真名姓,也不得而知。但悬揣起来,也许还是假的,因为那里面偏重于指摘。据记者所知道，指摘缺点的来稿，总是别名多；敢用真姓名，写真地址，能负责任如先生者，又"此时不便辨明，否则有大大的嫌疑"，处境如此困难，真是可惜极了。

敬祝努力！

记者谨复。九月一日，上海。

原载 1928 年 9 月 17 日《语丝》周刊第 4 卷第 38 期。署名记者。

初未收集。

二日

日记 星期。晴。午后同三弟往北新书局，为广平补买《谈虎集》上一本，又《谈龙集》一本，共泉一元五角。往商务印书分馆买 W. Whitman 诗一本，E. Boyd 论文一本，共泉八元五角。马巽伯来访，未遇，留幼渔所赠《掌故丛编》三本。

三日

日记 昙。上午得徐诗荃信。午后雨。往内山书店买『芸術論』一本，一元三角。

四日

日记 晴。午后得王方仁信。

五日

日记 晴。无事。夜濯足。

六日

日记 晴。午后复［得］陈翔冰信。刘肖愚来。下午昙。大学院送来八月分薪水泉三百。收《未名》六期二本。徐诗荃来。复陈翔冰信。

七日

日记　昙。午后往内山书店买『欧洲絵画十二講』一本，四元。下午小雨。王方仁来，还在厦门所假泉二十。得署名 N. P. Maliano-susky 者信。

八日

日记　昙。午后杨维铨来。得小峰信并书又泉百，即复。夜小雨。

九日

日记　星期。晴。下午移居里内十八号屋。真吾来。

十日

日记　晴。下午寄还马仲殊稿。晚真吾，方仁来。夜季市来。

十一日

日记　昙。上午得侍桁信并稿，五日北京发。午后晴。寄大学院会计科信。寄矛尘信。寄钦文信。下午往内山书店。

十二日

日记　昙。午后真吾来。寄小峰信附寄达夫函。下午小雨。晚方仁赠酒两瓶，真吾还在厦门所假泉卅。

十三日

日记　昙。上午得高明所寄信片。晚同三弟往商务印书馆阅书。应李志云及小峰之邀往皇宫西餐社晚餐，同座约卅人。小雨。得马珏信，六日发。夜大风。

十四日

日记 雨。无事。

十五日

日记 雨。下午陈望道来。晚存统来并赠《目前中国革命问题》一本。

《奔流》编校后记（四）

有岛武郎是学农学的，但一面研究文艺，后来就专心从事文艺了。他的《著作集》，在生前便陆续辑印，《叛逆者》是第四辑，内收关于三个文艺家的研究；译印在这里的是第一篇。

以为中世纪在文化上，不能算黑暗和停滞，以为罗丹的出现，是再兴戈谛克的精神：都可以见作者的史识。当这第四辑初出时候，自己也曾翻译过，后来渐觉得作者的文体，移译颇难，又念中国留心艺术史的人还很少，印出来也无用，于是没有完工，放下了。这回金君却勇决地完成了这工作，是很不易得的事，就决计先在《奔流》上发表，顺次完成一本书。但因为对于许多难译的文句，先前也曾用过心，所以遇有自觉较妥的，便参酌了几处，出版期迫，不及商量，这是希望译者加以原宥的。

要讲罗丹的艺术，必须看罗丹的作品，——至少，是作品的影片。然而中国并没有这一种书。所知道的外国文书，图画尚多，定价较廉，在中国又容易入手的，有下列的二种——

The Art of Rodin. 64 Reproductions. Introduction by Louis Weinberg. *Modern Library* 第 41 本。95 centsnet. 美国纽约 Boni and Liveright，Inc. 出版。

Rodin. 高村光太郎著。《Ars 美术丛书》第二十五编。特制本一圆八十钱，普及版一圆。日本东京 Ars 社出版。

罗丹的雕刻，虽曾震动了一时，但和中国却并不发生什么关系地过去了。后起的有 Ivan Mestrovic（1883 年生），称为塞尔维亚的罗丹，则更进，以太古底情热和酷烈的人间苦为特色的，曾见英国和日本，都有了影印的他的雕刻集。最近，更有 Konenkov，称为俄罗斯的罗丹，但与罗丹所代表是西欧的有产者不同，而是东欧的劳动者。可惜在中国也不易得到资料，我只在昇曙梦编辑的《新露西亚美术大观》里见过一种木刻，是装饰全俄农工博览会内染织馆的《女工》。

一九二八年九月十五夜，鲁迅。

原载 1928 年 9 月 20 日《奔流》月刊第 1 卷第 4 期。
初收 1935 年 5 月上海群众图书公司版《集外集》。

十六日

　　日记　星期。雨。午望道来。得矛尘信。

十七日

　　日记　昙。午后往内山书店买『草之葉』(2) 一本，一元五角。下午雨。

十八日

　　日记　晴。上午得钦文信。下午得小峰信并泉百及《北新》，

《语丝》等。

十九日

日记 晴。午后得吴敬夫信。夜寄矛尘信。寄小峰信。得绍原信片。

致 章廷谦

矛尘兄：

十五日来信早收到了。上海大水，微有所闻，据云法租界深可没膝；但敝里却并无其事，惟前两天连雨，略有积水，雨止即退，殆因地势本高，非吾华神明之胄，于治水另有心得也。盖禹是一个虫，已有明证矣。

杭既暂有饭碗，敝意以为大可不必北行。学校诸要人已见昨报，百年长文，半农长豫，傅斯年白眉初长师范，此在我辈视之，都所谓随便都好者也。玄伯欲"拉"，"因有民众"之说，听来殊为可骇，然则倘"无"，则不"拉"矣。嗟乎，无民众则将饿死，有民众则将拉死，民众之于不佞，何其有深仇夙怨欤？！

据报，云蔡公已至首善，但力辞院长，荐贤自代，将成事实。贤者何？易公培基也。而院则将改为部云。然则季巿不知如何，而石君之事，恐更谈不到矣。

《奔流》据说买[卖]二千余，已不算少。校则托"密斯许"，而我自看末校。北新校对，是极不可靠的，观《语丝》错字脱字之多可见，我曾加以注意，无效。凡对小峰所说，常无效，即如《游仙窟》，我曾问过两回，至今不送校。前几天听说中国书店已排好矣，但这于北新是无碍的，可分寻销路，而至今仍不送校。北新办事，似愈加没有

285

头绪了,如《语丝》35 36出版时,将25 26送给我,还他之后,则待37
出后,一并送来,夫岂有对于本刊负责记者,而不给其看新出之报
者乎。

乔峰因腹泻,未往公司,大约快好了,那时当嘱其买《说郛》邮
寄。钱我这里有,不必寄来。

迅　上　九月十九日

斐君兄均此。

有人为鼻宣传,云将赴浙教书,盖空气作用也,所以诱致他处之
聘书耳。

二十日

日记　晴。上午得淑卿信,九日发。午后寄马珏信。寄侍桁
信。吴敬夫来。下午往内山书店取『世界美術全集』(31)一本,泉一
元八角。

贵家妇女*

[苏联]淑雪兼珂

格里戈黎·伊凡诺微支接连打了两个呃逆,用袖子拭了面颊之
后,就说。

——我呀,兄弟,戴帽子的女人,是不喜欢的。如果贵家妇女戴
着帽子,穿着细丝袜,手上抱着叭儿狗,镶着金牙齿的时候,那么,从
我看来,那里是什么贵家妇女呢,就是像一个讨厌的怪物。

但在先前,自然,我也迷过贵家妇女的。和她散步,上戏园。后
来就在那戏园里,一切都拉倒了。是她在戏园里,从头到底,打开了

她自己的观念形态的呀。

——你从那里来的——我说——女市民？第几号呢？

——我——她说——是从第七号来的。

——哦哦，日安——我说。

于是忽然迷了她。我常常到她那里去。到第七号。装着职员似的脸。府上怎么样，女市民，自来水和厕所里，没有障碍么？走得好好的么？就是这等事。

——唔唔——她回答说——都好好的。

她包着粗羽纱的衣服，别的什么也不说。只是映映眼。还有，是金牙在嘴里发着光。我去了一个月光景——她也惯了。回话比先前多一点。自来水是走得好好的，多谢多谢，格里戈黎·伊凡诺微支先生，就是那些话。

再——走下去，我竟和她渐在街上散步了。两个人一上街，她叫我扶她的臂膊。一拿了她的臂膊，不知怎地，就好像觉得被拉着了似的。但是，也谈起来——不知道怎么好。在人面前，有些担心。

于是乎呀，有一回，她对我这样说。

——您哪——她说——格里戈黎·伊凡诺微支，你这样拉着我各处跑，我头晕起来了呀。你是带勋者，是官，何妨陪我上上戏园，或那里去呢。

——好——我说。

第二天，恰好从共产党支部送了歌剧的票子来了。一张，是送给我自己的，还有一张，是铁匠华西卡让给我的。

票子我没有细看，然而两张都不同。我的是下面的坐位，华西卡的呢——是最上层的便宜座儿。

总之，我们俩出去了。走进戏园去。她坐在我的票位上，我坐在华西卡的票位上。因为是便宜座儿呀，什么也看不见。但是，弯起腰来，却能从入口望见她。可也不容易。

我有些倦了，走下去散散闷。不久——一幕完了。她也趁这闭幕时候,在散步。

——晚安——我说。

——晚安。

——你的府上——我说——自来水出得还好么?

——不知道呀——她说。

她却跨进食堂去了。我跟着她。她在食堂里走来走去,瞧着食物摊。那地方有碟子。碟子里面,装着肉馒头。

我简直是鹅一般,还没有倒楣的资本家一般,跟在她后面提议。

——倘若——我说——你要吃肉馒头,那么,请不要客气罢。因为我会来付钱的。

——多谢——她用法国话说。

于是慌忙用了下等的走相,走近碟子那边,便取那浇着乳酪的,一口一个。

但是,说到我的零钱——可是不成话。至多,也不过三个肉馒头。她是在用点心,而我却因为不放心,所以一只手探进衣袋里去在数钱,看看有多少。钱呢,实在是只有一点点。

她将那浇着乳酪的东西吃完一个之后,又吃第二个。我咳了一声。于是就不响。这样的资本家式的羞耻,捉住了我了。情郎,和钱无缘呀。

雄鸡似的,我在她周围走,她就呵呵地笑着,来应酬。

我开口了。

——不是已经到了回座的时候了么? 也许摇了铃哩。

然而她却这么说。

——还没有呀。

于是拿起第三个肉馒头。

我说。

——空肚子上,不太多么? 如果吐起来。

但她却道,

——不要紧。因为我们是惯了的。

于是拿起第四个。

这时候，我的血，突然直奔头上了。

——放下！——我说。

她吃了一惊。嘴张开了。那嘴里，金牙发着光。

我好像将缰绳落在马尾巴下似的心情。无论怎样都好，未必再和她散步了，我想。

——教放下呢——我说——要小心呀！

她将肉馒头放在前面了。我便问食堂的主人公。

——吃了三个肉馒头，多少钱呀？

然而主人公是悠悠然——玩着不倒翁。

——因为——他说——客人是用了四个。——

——那里——我说——四个？第四个在碟子上。

——不——他回答说——即使碟子上还有一个，也咬过了的，又给指头捏软了。

——什么——我说——说是咬过了，唔？这是什么话。

然而主人公却冷冷然——而在眼前旋着肉馒头。

那不消说，人们聚集起来了。他们是鉴定人。有的说是已经咬过了，有的却说是——没有咬。

我翻转衣袋来——于是所有的钱，都滚落在地板上。大家都笑了。我却不发笑。付钱。

对于四个肉馒头，恰恰——够付出。真是争了一些无聊的事情。

我付过钱，便向那贵家的女人。

——吃掉它罢——我说——因为是已经付了钱的。

但贵女一动也不动。她于吃掉的事，在客气了。

于是有一个老头子来捣乱。

——给我罢——他说——我来吃掉它。

于是吃掉了，那个坏种。我付的钱。

我们回了座，看歌剧一直到完。此后是向自己的家里。

到了家的近旁，她对我说。

——你是多么粗疏呵。没有钱的人——不是陪着贵妇人出来玩的呀。

我说。

——幸福是不在钱里的。这么说虽然有点失礼。

这样，我就和她告别了。

在我，是不欢喜贵家女人的。

原载 1928 年 9 月 20 日《大众文艺》月刊第 1 卷第 1 期。

初收 1929 年 4 月上海朝花社版《近代世界短篇小说集》

(1)：《奇剑及其他》。

食人人种的话

[法国]腓立普

这话，是食人人种的话。关于吃人的人，一向就写得很不少了，但我相信，这些记录和故事，都未必怎样确实。果然，最近我所实现了的中部亚非利加内地的旅行，竟教给我了别人所说的闲话之类，是决不可信的。无论怎样的败德的人的心底里，也总剩着一点神圣之处。为要竭力表明这事实，所以我在这故事里，就专着重于人类的本性，勉力隐去了和事实相连的地方色彩，用我自己所得的材料，将食人黑种的生活的一面，照样叙出来。

称为"谟泰拉司"的一个黑人部落，所以成为好战的部落的理由，并不因为这部落的喜欢战争；这不过是不喜欢劳动的结果。要去战斗，原也须费去许多劳力和勇气的，然而当战争时，发大叫喊，跳过沟渠，砰砰的放枪，凡这些事，虽在本不喜欢战斗的人们，也觉得好像在玩一种什么户外运动。以运动而论，自然也未免有多少过激之处，但倘若看作一种手段，借此来达体育保健等类体面的目的的，那就当然成为应该的事了。

在谟泰拉司部落中，一定也有奸细的，因为最近他们向邻接的部落去远征之际，他们不过发见了住民逃走之后的空部落。那是一定有谁去通知了他们的来袭，所以敌人便逃跑了。黑人是决不加害于自己们的一伙的。这个谟泰拉司的勇士们，也没有在敌人的村子上放火。而他们向故乡凯旋的时候，只将一个女人和她的孩子作为俘虏，合计带了两个人。这在他们，也并非有什么另外的恶意，不过要表示他们所化费的时光之正当的理由罢了。

谟泰拉司的勇士们当凯旋之际，从本部落的女人和老人们受了非常的薄待。无论那里的老人，是都像法国的千八百四十八年的共和党的。他们看着我们造成的共和国，显着几乎要说"现在的人们是做不出一件满足的事了呀"的脸相。至于女人呢，她们是，无论在什么时代，总向男人这样说，

——你还是在家里看看孩子的好，因为你的事情，我能更好的给你办的。

他们还被嘲骂为败北者，因为他们寻不出可战的对手，所以也没有背了战胜来。勇士们对于这辱骂，恰如对于不名誉似的，辩解了一场。他们这时候记起了一件事。就是在白人渡来以前，他们曾经吃过敌人的肉。他们以为提起这传统来，一定能博父老的欢心的；况且讲到吃，也该可以给贪嘴的妇女们的感情高兴。他们自己，原也并非乐于做食人人种的，然而事出于不得不然。

他们的回答，是这样说，

——我们虽然只捉了两个俘虏来，但这是为了将两个都吃掉的。

看起来，俘虏来的女人是出色的女人。她二十岁。她是胖胖

的。她的肉色，是带紫的黑色，腰的周围尤其肥。她为大家所中意了。人们说，

——是的，她该是很好吃的。

然而，那孩子呢（她不过上了七岁），就是骨头粗，手脚却又小又细。因为先前的食料太不好了罢。恰如专吃不消化东西的人们的肚子一样，她的肚子鼓起着。仅有的一点肉，也很宽松，不坚紧。

多数的人们嚷起来，

——这样的孩子，那里有可吃的地方呢！

谟泰拉司的勇士们，决不是残忍的人们，他们还在专心避开纷争的，所以用了调停的口气回答，

——没有法子，留着吧。好好的养起来：会肥也难说。

他们对于决计吃掉的孩子的母亲，他们也决不蛮来的。不用屠牛者，却使一个巫女来杀。这巫女，同时也是一位神官。他们决不将这俘虏的女子，来做野蛮的本能的牺牲，是用她来报复爱秩序和正义而强有力的诸神的。所以吃这受难者的肉的祝祭，特地不在平常日子举行，却选定了宗教上的祭日。

黑人是信仰很深的人。没有一个迟到的。祝日的早晨，便聚集在村的广场上的面包树荫下，老幼男女，和酋长的家眷一起，等候时间的到来。

规定的时间一到，执事人便分送了各人的份儿。

大家吃了。

然而这祝典，却没有大家所高兴地豫料着那样的快活。

虽是会众中最残酷的人们，一听到那做了牺牲的女子的遗体的女孩的哭喊声，也不禁有一些不舒服，好好的祭日，给一个不做美的女小孩弄糟了。愤怒的私语，从各处发出，

——那贱种，也得放了血才好！

然而许多女人们，和尝过了人生的苦辛的经验的几个男人们，却回答道，

——不要说那样的话,那娃儿,就给这样静静地放着罢。

大家都被这女孩子分了心。惯于抚慰小儿的母亲们,从自己的碟子里挟出煮透了的美味似的肉片来,送给那孩子,一面说,

——瞧这个哪,很好吃的,来,好孩子,吃罢。

可怜的孩子却谁的话都不听。她将小小的自己的指头插在眼睛里,只是哭,仿佛她要取出更多的眼泪,撒在四方上下似的。当啜泣中,她间或叫喊。她说,

——要母亲呀! 给我母亲!

——对你说过,你的母亲是死掉了的,好不懂事的孩子呀。女人们回答说。

因为太不听话了,谁都生气,想呵斥她一通。无论怎么说,她总不吃。大家恼怒起来了。将一声不响的别的小孩给她看,

——看那个男孩罢,他不哭,在和大家一同吃哩。你也莫哭了,来吃呀,呵,吃起来有那么好味儿呢。

但这说谕也无益,那愚蠢的女孩只说着,

——要母亲呀! 还我母亲来呀! 哭得不肯歇。

一个男人来摇着女孩的肩膀,指教道,

——喂,不要和肚子闹脾气,吃罢,吃罢。

就是这样,从宴会的开头到煞尾,她总是哭。因为她发了非常的大声,到后来,竟至于大家的耳朵也痛起来了。但是虽然如此,看她哭着专慕母亲到这样,便是平日不很喜欢孤寂人物的人们,也不禁渐渐发生感动。母亲们告诉自己的孩子,说那是很好的女孩。诚然,在这女孩的悲痛里,是有着很美的一面的。

——看那女孩罢,不哭着么。那是因为她的母亲,遭了不幸的事呵。

向着不孝顺的孩子,便是

——即使我死掉了,你也不见得那么哭罢。

有些人流着泪哭了,那从小便是孤儿的男女,和经了不幸的少

年时代的人们。他们说，

——我很懂得那孩子的悲痛。真的，在那孩子，这世上已经没有一个肉亲了，当那么幼小时候，当然，那是凄惨的。

其中竟还有了向部落的勇士们说出不平来的人们。

——你们为什么不就将这可怜的两个人，留在她们的故乡的呢！

多话的女人们即刻说，

——疯话呵！即使我们遭了杀掉的那个女人似的殃，你们是也以为不要紧的哩。

勇士们知道对于他们的诘责是重要的，竭力辩解道，

——这不是我们的罪过呀。今天的祝祭，是因为我们从远征回来时，大家都是很不高兴的样子，实在也不能不开这样的罪过的筵宴了。原来是想讨大家的欢喜的，但到现在，便是我们，也像你们一样的在后悔。

的确，这筵宴，是凄凉的筵宴。一个孩子的眼泪，就够在国民全体的心里，唤起道德之念来。酋长站起身，说，

——不要为这女孩哭泣了罢，因为我感于她的诚心，要收她为义女了。可怜，死了的母亲，是已经迟了，一点法子也没有！只有因为她的死，弄出来的这悲哀的事，但愿作为我们的规诫。我们永远不要忘却，人肉的筵宴是悲哀的，而不给一点高兴的事罢。

会众都垂了头，而在心底里，是各在责备自己，竟犯了那么可耻的口腹的罪过。

原载 1928 年 10 月 20 日《大众文艺》月刊第 1 卷第
2 期。

初收 1929 年 4 月上海朝花社版《近代世界短篇小说集》
(1)：《奇剑及其他》。

捕　狮

［法国］腓立普

　　何苦要紧，我们的留襄·吉尔穆竟要住在边鄙的蒙庐什的深处了呢？即使是怎样宽缓的他，自己每夜要在腊丁路的咖啡店里坐夜到一点钟之类的事，不也可以想到么？那自然，用马车送到自己的家里，本来也并非办不到的事，但转侧一想，车钱的两法郎，实在是爽口的麦酒四十杯的价值呀。

　　不止一回，在行人绝迹的街道上，在意料之外的时候，突然有人从背后来，追上了留襄走过去了。那是什么人呢？留襄大吃一惊之后，才知道从他的背后来，一言不发，走上去了的行人，并不是恶党。唉唉，巴黎的一个好市民，总算又免于被谋害了。

　　但是，虽然如此，对于侵袭我们的犯罪的大军，谁是能够战斗到最后的呵，凶日终于来到了。这正是"培尔福的狮子"的祭典的时候。实在，品行方正，是什么用也没有的。这一夜，留襄是破例的夜半十一点便上归途。平常总要到一点，但这天独独赶早回去了。他刚刚弯进阿尔来安的废路，在可以走到他家里去的无数小路的最初的一条上，走不到几步，便发生了这可怕的遭逢。

　　一匹很大的黄色的狗，跑近留襄来，嗅过他的气味，于是"向左转开步走"，用全速力飞跑，将形影没在黑夜里了。最近，强盗们已经利用了狗的风传，留襄是听到过的。这实在是巧妙的办法。他们只要在什么地方悠悠然吸烟，其时狗子便替主人巡视着四近。狗是本能底地，知道辨别乞丐的。所以要教导狗子，使它从许多过客里面，辨别出似乎带着钱的人来，也并不是很费时光的事。那狗嗅了获物的气味之后，便又跑回强盗那里，领了他们来。留襄仿佛觉得曾在什么地方听到过这样的话。

　　他这时回到阿尔来安大路来，那就好。因为那里也有巡警，也有过往的行人。于是绕一下，从别的路回家去，那就好了。然而在我们人类里，是有愚蠢的自尊心的。比起怕危险来，还是怕失体统的心这一面强。我们是一直到死，不失赤子之心的。是患着死症的人们，以为从来在谁那里都没有出现过的奇迹，却要出现于自己身上的世间。

留襄向左一转，那地方站着三个男人。果然，强盗们是三个一党的。他们穿胶皮底鞋，戴便帽，身穿蓝色的工作服。三个人，个个都如《哀史》的插画上的恶人一样，捏着大棍子。这时狗已不在他们旁边了。大约因为狗要叫，反而妨害做事，所以攻击之际，便特地不用似的。这时候，狗该是在寻觅那收拾了留襄之后，可以袭取的新方面的获物罢。

留襄呢，这时候，就如我们大约谁都这样的一般行动。他装作没有看见三个恶汉模样，想走过去了，然而恶汉们却不待他走，便自走近来。阿阿，都完了！留襄的耳朵听到说，

——请等一等。

他毫无等一等的意思。然而强盗会追上他，留襄也知道的。他将忽然为三个大汉所包围罢。他想象着非常可怕的事，待到听了下一句，这才有些放心了。

——你没有遇见狮子么？

留襄没有法，只得停下来。狮子？那个狮子？讲起狮子来了呀。他大模大样地回答道，

——你们在说什么呀？

留襄的这话里，实在是有效力的。三个男人们只得说明白。阿阿，留襄听到的是什么呢？三个人并不是留襄所想象的那样的恶人。一个是来赴"培尔福狮子像"祝典的猛兽群的主人，一个是驯兽者，一个是猛兽的侍人。他们养着一头狮子。因为看管人的大意，没有关拢门，狮子便逃跑了。三个人似乎也都吃着惊。

留襄也没有法，便讲了那黄色的大狗的事。他说，那动物嗅了

他的气味之后，就跑掉了。三个男人异口同音的叫道，

——一定是"那家伙"。"那家伙"怕着了。

三个人热心倾听了留襄所说，那动物逃去的方向之后，似乎就要追上去。但留襄现在却碰了险道了。到他家里，路还很不少。他的路上，委实是危险之极的。就在先前，他已经拾了一条命，实在是天惠。狮子没有咬了他，这是无比的运气。他如果又遇见狮子，怎么办才好呢？他问道，

——你们的狮子不咬人么？

走在一伙的两人之前的一个，只听得留襄的这话的声音，却不懂得意思，于是问道，

——说什么？

——是在问呀：狮子可会咬人？一个回答说。

三个人都失声大笑了，并且用了开玩笑似的调子道，

——如果害怕，那就只好和我们一同走了。因为狮子和我们熟，只要我们在，是决不会闹什么乱子的。

似乎还是依了这忠告，要算最简单。于是开手捕狮了。四个人在一起，向着狮子的去向前行。他们运气好。就在左近一条路的深处，远看也知道，发见了载在四条腿上的黑块，向他们这面走来了。

一个男人说，

——一看见我们，"那家伙"一定要逃的，还是躲在这门影子里罢。

别一个却想出了更好的计策，

——谁一个和我一同来罢。从小路绕过去，到这大路的那头，去攻"那家伙"的背后去。只留两个在这里，守着狮子的前面。

立刻决定了施行这计策。猎人分成两班。于是狮子便被夹攻了。实在是惴惴的数分钟。两旁的门都关着，是不愁狮子横冲的。狮子无论前进，无论后退，都遇到了猎人。它或是挨着墙，或是钻着人缝，还想逃出去。但每一回，一个男人便发出打嚏一般的声音，

叫道,

——嚘咻!

狮子害怕,就退走,它无处存身了。无论向那里,这"嚘咻"的声音便侵袭它。

两班猎人渐渐地逼紧。猛兽完全受了包围。驯兽者将鬃毛抓住了。留襄也大放心,要趁这围猎未完之前,便也叫了一声"嚘咻!"来试试。但驯兽者生气了。

——狮子不要骇得闹起来的么!

最烦难的,是将狮子带到安笼的地方去。狮子十分不听话。幸而狮子的侍者想出一条妙计来。当觉得狮子逃走了的时候,侍者是正在吃面包和小牛肉。他将这些塞在衣袋里,便跑来了。他说道,

——且慢,我给它看着食物,在前面走。那么,就会跟来的罢。

驯兽者为注意起见,还说,

——给看牛肉是不行的呵!这狮子是极厌恶肉类的!

侍者策略居然奏了功。人们的扰弄狮子,就如扰弄发脾气的驴子一样。一个人拿着面包,走在前头,狮子便大踏步跟着走。狮子是想吃,便走了。狮子还走得太快。要它走得慢一点,还要从背后拉住了鬃毛。

狮子的回家,很简单地完结了。巡警是一回也没有遇见。倘遇见,巡警也大吃一惊了罢!大家含着笑,到了动物安置场的入口。四人都走进去。亚非利加产的山狗和白熊都睡着。狮子笼的门是开着。侍者将面包摔进笼里去。狮子便以惊人的威势,扑向面包去了,攫在伟大的爪间,在将吃之前,发出可怕的声音来怒吼。

最费事的是守犬。它不认识留襄,便猛烈地叫了起来不肯歇。幸而狗是锁住的。男人们中的一个说道,

——逃出的不是"这家伙"是运气的。如果逃出是"这家伙",那是一定咬了人了的。

原载 1928 年 10 月 15 日《大江》月刊创刊号。

初收 1929 年 4 月上海朝花社版《近代世界短篇小说集》

(1):《奇剑及其他》。

二十一日

日记 晴。上午达夫来。午后同方仁出街阅华洋书店,仅买画信片一枚及《文学周报》等十余本。寄小峰信。得王衡信。

二十二日

日记 晴。阿菩周岁,赠以食用品四种,午食面饮酒。夜雨。

二十三日

日记 星期。雨。午真吾来。下午往内山书店。

二十四日

日记 雨。午真吾来。下午叶圣陶代赠《幻灭》一本。

二十五日

日记 昙。午代矛尘校《游仙窟》。金溟若来,赠《未明》一本。

二十六日

日记 晴。午后寄陈望道信并稿。下午得小峰信并《奔流》,《语丝》,《北新》。得冯雪峰信,晚复。

二十七日

日记 晴。上午寄小峰信。同方仁往中国书店买书十种四十五本,共泉二十一元。晚玉堂,和清,若狂,维铨同来,和清赠罐头水果四事,红茶一合。夜邀诸人至中有天晚餐,并邀柔石,方仁,三弟,广平。

二十八日

日记 晴。下午望道来。得钟青航信。往内山书店。

二十九日

日记 昙,午后晴。真吾来。下午季市来。晚得小峰信并泉百卅。

三十日

日记 星期。晴。晚寄小峰信。

十月

一日

日记 晴。上午得林若狂信并稿。得钦文信。下午寄淑卿信。得饶超华信。达夫及夏莱蒂来。

二日

日记 晴。下午吴敬夫来。夏莱蒂来并交稿费十五元。

关于绥蒙诺夫及其代表作《饥饿》

[日本]黑田辰男

一

小说《饥饿》的作者绥蒙诺夫(Sergei Alexandrovitch Semionov)，据他的自传，是在一八九三年的十月，生为彼得堡的旋盘工人的次男。兄弟姐妹很多，连死掉的也算上去，说是竟有十三个。他的父亲，是在一个工厂里，连做了四十年的工人，但于一九一九年"为了饥饿"死掉了。

绥蒙诺夫是在喧嚷的，湫隘的家庭中，和兄弟们争闹，受着母亲的打扑，过了那少年时代的。他从孩子时候以来，似乎就很活泼，爱吵闹，出了初级学校，四年制的高等科一毕业，他便在喀筏尼大野上，闹了一场人数在五百人以上的大争吵。这十年之后，喜欢争闹的他，便跳在"国家战争"这真的争闹里了。争闹了三年，因为负伤——打击伤，就被送到克隆司泰特的冰浴场去。复籍于赤军的时候，右眼是坏了的。十月革命之于他，说是"向眩耀轰动的生活去的不可制驭的飞跃"。是"空间开辟了"——而且"在那空间中，是闪烁着饥饿和人们和工作的奇怪的几年。"冰浴以后，生了很重的肋膜炎。既经医好，则被任命在彼得堡的地方委员会里，做改良工人生活的工作；但几个月后，旧病复发了，被送入萨契来尼的疗养院。在这里，他的作为著作家的生活开头了。其时是二十八岁。

二

他的处女作，是细叙伤寒症的流行的小说《伤寒》，登在一九二二年的《赤色新地》一月号上。其次发表的是《战争道上》，第三种是写明是日记小说的《饥饿》，这是登在年报《我们的时代》一月号上的。这小说，忽然在读书界——尤其是共产党员之间，引起了颇大的兴味。而这兴味，说是对于作品本身呢，似乎倒是对于工人出身的作者为较多。但是作品，毕竟是被指为绥蒙诺夫的代表作的，已经翻成英文和布喀维亚文，听说还翻成了捷克文，或正在翻译——

《饥饿》也如《伤寒》一样，是生活记录的小说。借了十六岁的少女菲亚的日记的形式，来记录一九一九年的饥馑年间，在彼得堡的一个工人的家族的生活的。

一九一九年——这是施行新经济政策的大前年，苏维埃俄罗斯于政治革命是成功了，但接着是国内战争和反动，所以很疲乏；而经济方面，尤当重大的危机，又加以可怕的饥馑袭来了的"艰苦的时期"。在这时期中，俄国的劳动者是过着怎样的生活，共产党员是怎样地，市民是怎样地——那生活的一部分——是有限得很的一部分，但这却恳切地在这小说里面描写着。

然而，当描写这艰苦的生活之际，作者却并不深求那生活的不幸的原因,那《饥饿》的悲剧的缘起。而对于那原因的批判之类,自然就更不做了。这小说,在这一点,实在是无意志,无批判似的。有工人(——菲亚的父亲),有少女菲亚的哥哥叫作亚历山大的利己主义底小资产阶级的职员,有叫作舍尔该的哥哥的共产党员。但他们全不表明那意志,那意识。而作者对于他们的存在,也实在很寡言。他们的行为,是恳切地(并且干练地,以颇为艺术底完成)描写着的,然而他们的魂灵,的情绪,的观念形态,却并不以强大的力,来肉薄读者。——这对于生活的现实的无意志性——这,是我们常在"同路人"那里会看见的,而且岂不是正为此,所以我们难于就将他们看作真的无产阶级作家的么?绥蒙诺夫呢,正是工人出身,赤军出身的作家。然而要从他那里看出那特异性和优越性来,却似乎不容易。

但是,用这样的眼光来看他,是错的。他是自然主义者,他的作品,应该作为自然主义的作品看,——如果说得过去——那时候,便自然只得说——是了,对的,他是自然主义者——了。然而对于他的我们的不满,岂不是委实也就在此么?

绥蒙诺夫是不消说,不像有产者作家那样,受过组织底的文学教育的。表现——这事情,似乎很辛苦了他。他说过——

"像出现于现代的许多无产者作家们一样,我在三年前走进俄国文坛的时候,是并无一点作家所必需的修养的暗示,也全不知道想想艺术作品上的形式的意义;精勤地来写作品的事,是全不知道,也并不愿意。在短的时期之间,我投身于 Proletcult(无产者教育处)了,然而那地方什么也没有教给我。我先前是学习于俄国的古典作家们(并含戈理基在内),现在也还在学习着。但较之这些,从革命以后的俄国的现代作家们(但那作家们之中,我们是也将'同路人'的不正当而不必要的书籍放在里面的)学习,以及正在学习之处,却更其多。"

他大约是太过于"学习"了——在这一端,他大约也是体验了过渡期的无产者作家的不幸之一罢。

《饥饿》的梗概——要讲这个,是烦难的。这是日记,是生活记录。其中并无一贯的,小说的线索似的东西。如果一定要简单地讲起这小说的内容来,那么——一个少女菲亚,怀着对于修学的憧憬,到彼得堡去。但在那里等候她的,却并非实现这憧憬的幸福,而是利己主义和饥饿的黑暗的现实。可怜的少女的幻影,在一到彼得堡的第一天,便被破坏了。于是环绕着这少女,而展开了由父,母,兄弟所形成的家庭生活,展开了这少女在办事的邮政局的生活。然而一贯这一切生活,投给不幸和悲惨的阴影者,是"饥饿"。为了"饥饿",父亲和亲生的孩子和妻隔离,变成冷酷,于是为了"饥饿"死下去。为了"饥饿",女儿憎恶父亲,妻憎恶夫。为了"饥饿",幼儿的心也被可怕的悲惨所扭曲。——一切为了"饥饿",为了"饥饿"而人的生活悲惨,偏向,堕落,衰亡。这便是这部小说的主题。这战时共产时代的心理生活,便是这部小说的主题。在这里,有可怕的现实。有虽然狭,然而恳切地描写出来的生活。而这作品的艺术底价值,大约也就应该在这一点上论定的了。

三

临末,就将他的著作,顺便列举出来罢——

　　1.单行本

《家政妇玛希加》　　　　　　　　　　一九二二年

《百万人中的一个女人》(小说集)　　　一九二二年

《饥饿》(小说)　　　　　　　　　　　一九二二年

《兵丁和小队长》(手记)　　　　　　　一九二四年

《裸体的人》(小说集)　　　　　　　　一九二四年

《是的,有罪》(小说集)　　　　　　　一九二五年

小说集二卷(集印着绝版的作品的)　　　一九二五年

2.载在杂志上的

《阶前》——*Mor Gvardja*　　　　一九二二年,四——五号

《顺着旧路》——*Nash Dni*　　　　一九二三年,三号

《萨克莱对我说了什么?》——*Zvezda*

　　　　　　　　　　　　　　一九二四年,一号

《同一的包的轮索》——*Kovsh*　　一九二五年,一号

　　《饥饿》这一部书,中国已有两种译本,一由北新书局印行,一载《东方杂志》。并且《小说月报》上又还有很长的批评了。这一篇是见于日本《新兴文学全集》附录第五号里的,虽然字数不多,却简洁明白,这才可以知道一点要领,恰有余暇,便译以饷曾见《饥饿》的读者们。

　　十月二日,译者识。

原载 1928 年 10 月 16 日《北新》半月刊第 2 卷第 23 期。
初未收集。

三日

日记　昙,下午小雨。季黻来。得小峰信并《语丝》卅九期。

四日

日记　晴。午后往内山书店买『漫画大観』(7)一本,一元一角。下午杨维铨来。小峰,石民来。

五日

日记　晴。无事。

六日

日记 昙。上午得侍桁所寄译稿。下午真吾来。

七日

日记 星期。上午得小峰信并泉百,即复。得廖馥君信。下午陈翔冰来。夜林和清及其侄来。

八日

日记 晴。上午复廖馥君信。得霁野信并《朝花夕拾》二十本。得马珏信。得真吾信。得侍桁信。下午和森及其长男来,晚同至中有天晚餐,并邀三弟。托方仁买《观堂遗书》二集一部十二本,泉十元。

九日

日记 晴。上午以《朝华夕拾》寄赠斐君,矛尘,璇卿,钦文。下午廖馥君来。

北欧文学的原理
一九二二年九月在北京大学演讲

[日本]片上伸

今天从此要讲说的,是《北欧文学的原理》,虽然一句叫作北欧,但那范围是很广的,那代表底的国家,是俄罗斯和瑙威。说起俄罗斯的代表底的作家来,先得举托尔斯泰;瑙威的代表底作者,则是伊孛生。因为今天时间是不多的,所以就单来谈谈这两个。

伊孛生所写的东西,那不消说,是戏曲,其中最为世间所知的他的代表之作,是《傀儡家庭》,就是取了女主角的名字的《诺拉》,和晚年的《海的女人》。在伊孛生的《诺拉》里,伊孛生探求了什么呢?诺拉对于丈夫海尔曼,是要求着绝对底之爱的。她以为即使失了社会底的地位,起了法律上怎样的事,惟有夫妇之爱是绝对的,不应该因此而爱情有所减退,她并且也想照这样过活下去的。但在实际上,诺拉得不到这绝对底爱,舍了丈夫海尔曼,舍了三个的爱子,并无一定的去处,在暗夜里,跑向天涯海角去了。诺拉之所求于夫者,是"奇迹",因为见不着爱的奇迹,她便撇掉了丈夫。关于这诺拉之所求的爱,不独在欧洲,便是日本之类,当开演的时候,都曾有剧烈的攻击,而且对于伊孛生的家庭观,乃至女性观,也有许多加以非难的人们。《海的女人》是写蔼里达和范盖尔之爱的。灯台守者的女儿,以大海为友的自由的灯台守者的女儿蔼里达,嫁为已有两个大孩子的和自己年纪差远的范盖尔的后妻,送着无聊的岁月。她在嫁给范盖尔之前,是曾和一个美国人,而生着奇怪的强有力的眼睛的航海者,有过夙约的。那航海者说定了一定来迎她之后,便走到不知那里去了。过了几年,航海者终于没有来,蔼里达便嫁了范盖尔,但枯寂地在范盖尔的家庭里,却总在想,什么时候总得寻求那广大的自由的海,而舍掉这狭窄的无聊的家庭。这其间,蔼里达的先前有约的航海者回来了,你这回应该去了,我还要到别的码头去,后天回来来带你,这样的命令底地说了之后,向别的码头去了。蔼里达虽然已是有夫之身,但总觉得无论如何,必须和这航海者一同去。她的丈夫范盖尔定要留住她;蔼里达拒绝道,即使用了暴力,怎样地来留,我也不留下。于是范盖尔知道是总归留不住的,就说,那么,随你自由,或行或止,都随你的自由就是。蔼里达回问道,这话是出于你的本心的么?他说,出于本心的,为什么呢,这是因为真心爱你的缘故。范盖尔这样一说,蔼里达便觉仿佛除去了一向挂在自己的眼前的黑幕似的。于是说,我不去了,即使美国的奇异的航海者来到,我也不去了。这虽然和丈夫年纪很差,而且还有两个孩子,要而言之，表现在这剧本里面的，是比起广大的自由的海的诱惑，即海的力量来，爱的力量却还要大。

发现于伊孛生那里的思想，只要从这两种作品来一考察，便知道是绝对无限的爱。但是，假使得不到这个，那就抛掉了丈夫或是什么，也都不要紧。没有这绝对底之爱者，是不行的。他还承认在实际生活上，能实现绝对无限的爱，这能行于家庭。但伊孛生的意思，是说，无论是否适宜于实际，真理总是绝对底的。和这相同的思想，也可以见于俄国的托尔斯泰。俄国有一个批评家曾经说过，托尔斯泰宛如放在美丽的花园里的大象一般。蹂躏了这美丽的花园，在象是全不算什么一回事，就只是泰然阔步着；但这于花园有怎样的巨大的损害，是满不在意的。

关于托尔斯泰的思想，如诸君所已经知道一样，大家多说他是极端。他的无抵抗主义，就作为口实的一例。托尔斯泰倡道无抵抗主义的时代，是俄国正在和土耳其战争，一个冷嘲的批评家曾说，当残暴的土耳其人杀害俄国的美好的孩子之际，俄国人应该默视这暴虐么？假使托尔斯泰目睹着这事，当然是不能抵抗的，但因为也不能坐视太甚的残虐，恐怕即刻要逃走罢。

还有，受了托尔斯泰的教诲，起于加拿大的新教徒杜霍巴尔（译者按：意云灵魂的战士）团，是依照托尔斯泰的主义，绝对不食肉类的，但到后来，连面包也不吃了。他们以为面包的大部分是麦，一粒麦落在地面上，也会结出许多子，吃掉许多麦，是有妨于生物的增加目的的。然而肉类不消说，连面包也不吃，那么，来吃些什么呢？就是吃些生在野地上的草，以保生命。便是吃草的时候，也因为说是不应该用手来摘取多余，所以将手缚起来，用嘴去吃草，但那结果，是许多人得了痫疾，病人多起来了。因此托尔斯泰的反对者便嘲笑托尔斯泰的思想怎样极端，怎样不适于实际。然而因为杜霍巴尔的极端，便立刻说托尔斯泰的"勿抗恶"的无抵抗主义为不好，是不能够的。

托尔斯泰的作品是颇多的。其中可以说是最为托尔斯泰底的，托尔斯泰的代表底作品者，虽然是短篇，但总要算《呆伊凡》。

读过《呆伊凡》的是恐怕不少的罢，三个弟兄们里，伊凡算最呆，怎么做就遭损，这么做就不便等类的事，伊凡是丝毫想不到的，就是，伊凡的呆，实在是呆到彻底的。然而，这呆子到最后，却比别的聪明的弟兄们更有福气。在《呆伊凡》里面，是托尔斯泰的无抵抗主义，对于纳税的意见，关于征兵的思想，以及关于那根本的政府否定的态度，都可以看见的。无论是托尔斯泰，是伊孛生，莫不要求极端的彻底底的态度，而抱着不做不彻底的中途妥协的思想，所以大为各方面所反对。倘若以这两人为北欧文学的代表者，则北欧文学的特征，乃是只求究竟，而不敷衍目前。虽然因此遭反对，但那寻求绝对的真理的事，寻求这真理的精神，在别的南欧人里，是看不见这特征的。

试看现在的俄国，也可见托尔斯泰的寻求究竟真理的态度，虽有种种的非议，种种的困难，却还是并无变更，为此努着力。在目下的俄国，较之革命以前，文学作品是很少的。但一看那要知道现在的俄国，最为必要的东西，则有亚历山大勃洛克（Alexander Blok）的长诗《十二个》。勃洛克于去年死掉了，《十二个》是他的最后之作，曾经成为问题的，所写的地方是现在的俄国的都会（大约是墨斯科罢），时候是深冬大雪的一天。在这下雪的暗夜里，无知的妇女，失了财产的中产阶级，还有先前是使女，现在却装饰得很体面，和兵士一同坐着马车的人们，在暗夜的街上往来，而在这里，则有劳动者出身的十二个显着可怕的脸的赤军，到处巡行着。其中也写着街上杀女人，偷东西这些血腥气的场面；但写在那诗的最后的一段，是意味最深远的。十二个人大捣乱了之后，并排走着的时候，在这十二个的前面，静静地走着一个身穿白衣的人。这是基督。基督穿着白衣服，戴着蔷薇冠。衣服微微发闪，纷飞的雪便看去像是真珠模样。然而在十二个人们，却看不见这基督。这诗的意思，大概是在说，赤军虽然做了种种破坏底的事,然而这破坏,却是为打出真理起见,也就是为造出新的世界起见,必不可少的建设底的工作,但这十二个兵士中,恐怕是没有一个知道的。虽然在赤军是一点不知道,而在前面,却有发光的基督静静地在走着,那黑暗的血腥的惨淡的事件里,即有基督在。无论看见或不看见,无论意识到或没有意识到,都正在创出新的真的世界来。凡这些,我以为都从勃洛克表现得很清楚的。

对于现在的俄国,虽然谁都来非难,以为是失败了,是破坏和极端和空想,但正在经历着勃洛克所觉察那样的"产生之苦"这一种大经验,则只要一看现在的俄国文学,就很分明。新出于现在俄国的文学,是无产阶级的文学。在本是一个劳动者的许多诗人之中,如该拉希摩夫(Gerasimov),波莱泰耶夫(Poretaev)以及别的人,优秀的诗人很不少。这些人们的诗,是咒诅和中伤人们的诗么?并不,这些人们的诗,都是新的光明底的。该拉希摩夫的作品里,有题作《我们》的短诗。其中说,历来的世界底艺术品之中,没有一种能够不借我们之力而成就。无论埃及的金字塔和司芬克斯,无论意大利的拉斐罗,达文希,密开朗改罗那些人的伟大的作品,不假手于我们劳动者的,一件也没有,而在将来,凡不朽的艺术品,也当成于劳动者之手的。他燃烧着新的希望。先前的都会,有华美的生活,同时也多窘于每日的生活的穷人,有人说都会实在是妖怪;工场则是绞取劳动者的血汗的处所,向来就充满着这样的咒诅的声音,但现在的劳动者之所歌咏,是全然和这两样了。他们以为现在在都会里的生活,是将新光明送向广漠的野外的源头;在工场中,先前虽是苦恼之处,但现在却是造出新光明,即科学底文明的中心地了。试看现在的俄国,恰如勃洛克说过那样,在黑暗的破坏底的血腥里,静静地走基督似的;正有积极底,光明底的东西动弹着,是的确的,而在先前所认为极端者之中,则有新的萌芽,正在抽发,所以先前所谓极端呀,空想底的呀,破坏底呀这些非难的话,也就不免于浅薄之诮了。

凡是极端的事,空想底的事,是常有受眼睛只向着实际底的事情的人们的非难的倾向的,但如果因为不是实际底,便该非难,则一切真理,也就都应该非难。因为真理是不爱中庸,不爱妥协的。真理出现的时候,是只在为了表现自己的独得的力量之际的。在俄国人,原有一向有着的见得极端,像是空想底的思想;这便是一千八百三十年顷盛行倡道的爱斯拉夫族的思想。所谓爱斯拉夫的思想,是什么呢? 这是一种的文明观,以为欧洲的文明,一是西欧文明,一是斯拉夫文明,西欧文明起于西罗马,斯拉夫文明是起于东罗马,康士但丁堡的。西欧文明的特征,那真生命,是在生活于现在的世界者,当用腕之力和剑之力,以宰制天下;要以腕之力和剑之力来宰制天下,则法律是必要的。罗马因为想要宰制天下,所以法律就必要。罗马的法典,便是西罗马的代表底产物。而那基础,则是理智。以这理智为基础的文明,是现实底,科学底,物质底文明,而十九世纪,便成了这些现实底,物质底,科学底文明的结果当然分裂争斗的时代。而挽救这个的,是俄罗斯文明。

为什么俄罗斯文明,能挽救这实际底,科学底,物质底的文明所致的分裂争斗的呢? 就因为斯拉夫文明是发源于东罗马的,那根本生命是感情,不同西欧文明那样的倾向分裂,而使一切得以融和,归于一致。所以对于现实底,科学底,物质底的文明当然招来的分裂争斗,要加以挽救,便活动起来,一到西欧文明出了大破绽的时候,即去施救了。那是颇为大规模的。

这思想,好像很属于空想,也很自大,俄罗斯人果真能救欧洲么,大家以为很没有把握。然而这在一千八百年代所想的事,虽然并非照样,现在却正在著著办着的。现在的俄国且不问他是否全体的人们,都怀着这思想和意志,只是虽然从各国大受非难,大被排斥,大以为奇怪,但到现在,各国却要从种种方面,用种种方法去接近他,这又并非俄国来俯就各国,乃是各国去接近俄罗斯了,只这件事,就不能不说是意义很深的现象。现在的俄国,大概是经验了许

311

多的失败，施行了许多的破坏，也做着黑暗的事的罢。然而就如勃洛克的《十二个》里面所说那样，在这黑暗的血腥中，基督静静地在行走，如果这光明底创造底思想，已经从看去好像极端的空想底的处所出现，又如果真要前进，总非经过这道路不可，那就可以说，在这失败之前，是有光明底创造底的东西的。

这是，要而言之，并非在伊孛生和托尔斯泰的极端和空想之处，是有价值；价值之所在，是在即使因此做了许多的破坏，招了许多的失败，也全不管，为寻求真理计，就一往而直前。如果北欧文学是有价值的，并且要说那价值之所在，那么，北欧文学的价值，并不在趋极端，而在作了极端的行动，引向真理之处，是有价值的。就是，在不顾一切实际的困难之处，是有价值的。恐怕不独俄国，世界人类，现在是都站在大的经验之前了。在那里，也纵横着破坏和失败罢。而那破坏和失败之大，许是祖先也未曾受过那样的苦痛一般的大罢。然而我们所怕的，并不是苦痛，而在探求这真理的心，可在我们的心燃烧着。

倘从人生全体来想，则失败最多的，是青年时代。对于这失败和破坏，我们是万不可畏惧的。惟这青年时代，虽有许多失败和破坏，而在寻求真理这一点，却最为热心。又从别一方面想，什么是最为大学的价值呢？这并非因为智识多，而在富于为了真理，便甘受无论怎样的经验苦痛的热情和勇气。有着热情和勇气的大学，是决不会灭亡的，而且作为大学的价值，也足够。而学于这燃烧着热情和勇气的大学的人们，是这国里的青年，要成为这国的中心的，是无须说得。我们的学欧洲文学，学俄国文学，并非为了知道这些，增加些智识，必要的事是来思索，看欧洲北方的人，例如伊孛生和托尔斯泰等，对于真理是怎样地着想，我们是应该怎样地进行。这样想起来，北京大学的有着不屈服于一切的勇气和热情，不但足够发挥着大学的价值，我还相信，改革中国的，也是北京大学了。于是今天就讲些俄国的事，并且讲了为寻求真理起见，是曾经有过闹了这样的失败和这样的破坏的人们。

译自《露西亚文学研究》。

这是六年以前，片上先生赴俄国游学，路过北京，在北京大学所讲的一场演讲；当时译者也曾往听，但后来可有笔记在刊物上揭载，却记不清楚了。今年三月，作者逝世，有论文一本，作为遗著刊印出来，此篇即在内，也许还是作者自记的罢，便译存于《壁下译丛》中以留一种纪念。

演讲中有时说得颇曲折晦涩，几处是不相连贯的，这是因为那时不得不如此的缘故，仔细一看，意义自明。其中所举的几种作品，除《我们》一篇外，现在中国也都有译本，很容易拿来参考了。今写出如下——

《傀儡家庭》，潘家洵译。在《易卜生集》卷一内。《世界丛书》之一。上海商务印书馆发行。

《海上夫人》（文中改称《海的女人》），杨熙初译。《共学社丛书》之一。发行所同上。

《呆伊凡故事》，耿济之等译。在《托尔斯泰短篇集》内。发行所同上。

《十二个》，胡斅译。《未名丛刊》之一。北京北新书局发行。

一九二八年十月九日，译者附记。

原载 1928 年 11 月 15 日《大江》月刊 11 月号（第 2 期）。

初收 1929 年 4 月上海北新书局版《壁下译丛》。

十日

日记 晴。午后杨维铨来。下午往内山书店买书三种，共泉七元五角，内『女性のカット』一本，以赠广平。夜真吾来。

十一日

日记 晴。午收大学院九月分薪水泉三百。下午宋崇义来并赠柚子三个。

十二日

日记 晴。上午寄矛尘信。寄小峰信。午后得紫佩信。得金溟若信。晚往内山书店买『思想家としてのマルクス』一本,泉二元。得侍桁信片。

致 章廷谦

矛尘兄:

久违了。

《游仙窟》初校后,印局同盟罢工,昨天才又将再校送来,还要校一回才好。该印局字模,亦不见佳。

《说郛》于邮局罢工前一天寄出,今已复工五六日,大约寄到了罢,为念。其价计十六元一角五分,暂存兄处,将托代买书或茶叶,现在尚未想定也。

梦翁高升;据京报,评梅死了。

迅 上

斐君兄均此请安

又记数日前寄上《朝花夕拾》两本,想亦已到

十三日

日记 晴。午真吾来。维铨来。午后得矛尘信。下午吴敬

夫来。

十四日

日记　星期。晴。上午达夫来。午后寄小峰信并铜版五块。下午司徒乔来并交伴侣杂志社信及《伴侣》三本，又赠画稿一枚。

十五日

日记　晴。上午得吴敬夫信。得廖馥君信。

十六日

日记　昙。上午寄语堂信。寄侍桁信。得有麟信。得徐诗荃信并稿。下午往内山书店买书四种六本，共泉十一元二角。

十七日

日记　晴。上午得矛尘信。得陈翔冰信。下午杨维铨来，假以泉百。廖馥君，卢克斯来，赠以《朝花夕拾》及《奔流》等。夜寄语堂信。

十八日

日记　晴。午后得小峰信并泉百。得杨[汤]振扬，汪达人信，夜复。

致 章廷谦

矛尘兄：

　　十一，十五两信均到。《游仙窟》诗，见《全唐诗逸》，此书大约在

《知不足斋丛书》卅集中，总之当在廿五集以后，但恐怕并无题跋；荫翁考据亦不见出色，我以为可不必附了。

《夜读抄》已去问小峰，但原稿恐未必尚存，且看"后来分解"耳。小峰似颇忙，不知何故。《语丝》之不到杭，据云盖被扣，但近来该《丝》错字之多，实可惊也。

顾傅钟诸公之挤来挤去，亦复可惊，此辈天性之好挤，似出常人之上，古之北大，不如是也。石君食贫于北，原亦不坏，但后之北平学界，殆亦不复如革命以前，挤，所不免矣。

不佞之所以"异"者，自亦莫名其妙，近来已不甚熬夜，因搬房之初，没有电灯，因而早睡，尚余习惯也。和我对楼之窗门甚多，难知姚公在那一窗内，不能"透视"而问之，悲夫。

许女士仍在三层楼上，据云大约不久须回粤嫁妹。但似并不十分一定，"存查"而已。

买书抑买茶叶，问题非小，一时殊难决定，再想几天，然后奉告罢。

迅　上　十月十八日

斐君太太均此请安　令爱均吉

十九日

日记　晴。上午得语堂信。得张永成信。得史济行，徐挽澜，王实味信，午后复。复陈翔冰，雷镜波信。寄矛尘信。寄淑卿《奔流》。寄紫佩，羡蒙《语丝》。寄还王实味小说稿。晚得吴祖藩信。

二十日

日记　晴。上午达夫来。下午往内山书店取『漫画大观』（五）一本。

关于对文艺的党的政策[*]

关于文艺政策的评议会的议事速记录

（一九二四年五月九日）

瓦浪斯基(A. Voronsky)的报告演说

我先得声明两件事。第一，本讨论会，据我所理解，是要明白以施行若干的实践底解决为主的，所以关于我们的理论底异点，我几乎不提起，而但以涉及必要之处为限。第二，我想将我的报告，仅限于论争的范围内——自然，我也以为这范围，是极其条件底，人为底的。然而，文学生活是现在已经弄到不得不限定于这范围以内了。那么，就开始报告罢。

我以为必须本评议会来讨论的，重要的问题——乃是关于共产党里，对于现代文学的诸问题，可曾立定什么指导方针的问题。有些同志们说，这样的方针，我们之间并没有，我们这里，只存在些混乱，游移，任意，因此各位同志便施行冒险了。据我的意思，这意见是完全不对的。党的指导方针，是以前也曾有过，现今也还存在。而这指导方针，由我看来，是常常归结于下列的事的——就是，党是在文艺领域内，和国内及国外侨民，行了最决定底的斗争的，党是对于站在"十月"的地盘上的一切革命底团体，给了助力的，这就是并不以或一个团体的方向，为自己的方向，只要看见什么团体，站在十月革命的见地上做着工作，便积极底地加了援助；党是并不干涉艺术的自己解决，而给了完全的自由的。我想，我们实践底地做着工作的人们，在关于文艺的问题之中，所指导着的，实在便是归结在以上的基本底各个命题上面。

党为什么取了这样的立场的呢？首先应该懂得的，是我们的国

317

度——乃是百姓的国,农民的国,这事情在我们的全社会生活上,狭则在我们的文学上,都留着很大的痕迹,此后也将留得很久的。再取别的要素(moment)——例如,取劳动者来看罢。他们也在农民的层里,有着颇是坚固的根,他们或者因为周围的状况,或者因为那出身,和农民联结着,所以一到我国文学的复活一开端,新的年青的作家们一出现——在我国,农民底,百姓底倾向便被明明白白地描写出来,也是当然的事,我们并不是单就"同路人"而言。关于无产阶级作家,我也这样说,因为从倾向上,无产阶级作家也可以在这里这样说得的。

倘使我们认真一点,来细看我们的无产阶级作家的诗歌,尤其是散文,则我们便能够完全分明地看出这倾向来罢。更进,来看一看我们的无产阶级和共产党的情形罢。无产阶级是并未预先获得科学和艺术,而握了政权了,实在,并没有能够获得这类的东西。这个情况,和有产阶级的时候很不同。在这集会上,我没有将这意思发挥开去的必要——这早是确定了的命题了。不但如此,我们的无产阶级经过了市民战争,非常疲劳。我们共产党在过去,在现今,对于艺术的诸问题都不能有多大的关心,不过将最小限度的注意,分给了艺术。党的智能,党的才能,党的精力,统为政治所夺了,现今也还在被夺。

为了这情况,以及我在这里不能涉及的许多的情况,在我国,便生出并非共产主义作家或劳动者作家的强有力的潮流,而存在着若干个个的文学底集团的状态来。

这些文学底集团,对于现代的艺术,是供献了独自的,有时是极有意义的东西,而且还在供献着。但是,他们各走任意的路,自定自己的路,以全体而言,还不能占据全文学底潮流。然而他们之间,也常有集团底精神统治着。

从这情况出发——我国是农民国;年青的苏维埃的作家,在我国,因此便带着农民底倾向出现;我们的无产阶级及党,大概忙于直接的政治斗争；我国的无产阶级作家之间，有集团底精神统治——从这情况出发，党是向来不站在一个倾向的见地上，而谨慎地纠正他们的方向，协助一切的革命底文学底团体的。

如果我们再接近艺术，艺术的性质这问题去，那么，从这一方面，也可以明白党为什么不站在或一潮流的见地上，并且也不能站的缘故了罢。

艺术者，因其性质，和科学一样，是不能受在我们的生活的或一种别的领域上那样的简单的调整的。艺术者，和在科学上一样，自有他自己的方法，这就是他自有其发达的法则，历史。在新的，"十月"后的文学，一切东西，还属于未来，一切东西还单是材料，仅是开端，是假作，许多东西都没有分明表示。这情况，也令我们取了谨慎的态度。

我们倘一看我们文学底诸集团，就明明白白，无论现存的集团的那一个，都不能满足共产主义底见解——有着农民底倾向和极其混乱的理论的"同路人"，"十月"，"锻冶厂"，以及目下正在发生的共产青年团的文学底团体——这些一切，都不是使党能说惟独从这里，是我们可以开步的文学底潮流的团体。所以党就不站住在或一文学底集团的见地上，而取了和一切革命底团体协力的立场了。

我应该以施行着实际的工作的一员，将最近几年来在文艺领域内所做到的事，告诉本集会。在文艺的分野上我们的工作，已经有了大的结果的事，在我，是毫不怀疑的。现在，文学已成了不能从生活除去的重要的社会底要素。文学的比重是大了，还逐日成长着。例如，从极有责任的我们这一路共产主义者所成的本会，便可以举出来做证据。这可见现在在文学的领域内所成就的事，已惹了我们同志的广大的人们的注意了。从分量上说，从质地上说，我们的文学，都逐日成长着。而且在不远的将来——这是从一切事物所感到的——我们便要目睹久已没有了的那样文学的繁荣罢。这一事，是可以用了完全静稳的确信，说出来的。在我国，就要有我们自己的古典底，我们自己的革命底的，伟大的，健康的文学罢。在这领域内，我们是有了最大的结果了。当赴会之前，我曾将有时坏，有时好，都是颇为坚固地，和我们一同开手作工的艺术家们，大略数了一数。

我将这分为种种的集团。例如，老人一组，则戈理基（M. Gorky），亚历舍·托尔斯泰（A. Tolstoy），勃里希文（M. Prishvin），威垒赛耶夫（V. Veresaev），沙吉涅央（Shaginyan），瓦理诺夫（Volynov），波陀亚绥夫（Podojachev），孚尔希（Olga Forch），德莱涅夫（K. Trenev），尼刚德罗夫（Nikantrov）等。

革命所生的年青的作家（年青的"同路人"）——巴培黎（Babel），伊凡诺夫（Vsevolod Ivanov），毕力涅克（Pilyniak），绥孚理那（Seifullina），来阿诺夫（Leonov），玛里锡庚（Malishkin），尼启丁（Nikitin），斐甸（Fedin），梭希兼珂（Zoshchenko），斯洛宁斯基（Sloninsky），蒲当哲夫（Budantsev），叶遂宁（Esenin），契柯诺夫（Tikhonov），克鲁契珂夫（Kruchikov），敖列洵（Oreshin），英培尔（Vera Inber），左祝理亚（Zozulia），凯泰雅夫（Kataev）等。

未来派的人们——玛亚珂夫斯基（Majakovsky），亚绥耶夫（Asseev），派司台尔那克（Pasternak），铁捷克（Tretiakov）。

无产阶级作家及共产主义作家——勃留梭夫（Briusov）、绥拉斐摩微支（Serafimovitch），亚罗绥夫（Arosev），凯萨忒庚（Kasatkin），绥蒙诺夫（Sergej Semionov），斯威尔斯基（Svirsky），凯进（Kadin），亚历山特罗夫斯基（Alexandrovsky），略悉珂（Lyashko），阿勃拉陀微支（Obradovitch），渥尔珂夫（Volkov），雅克波夫斯基（Iakubovsky），该拉希摩夫（Gerasimov），吉理罗夫（Kirillov），格拉忒珂夫（Gradkov），尼梭服易（B. Nizovoy），诺维珂夫·普理波易（Novikov-Priboy），麦凯罗夫（Makarov），陀鲁什宁（Drushnin）等，等。

我不过举出了和"赤色新地"有关系的团体（除掉未来派的人们），至于别的团体，例如和"十月"有关系的团体，却并未涉及。在他们,是自有他们自己的到达,自有他们自己的文学者的名称的。这事实——在我们的周围,和我们一同工作,而且还要更加工作的文学者的这样的数目,已经组织起来了的这事实,便是证明着我们在这领域内所做的大的积极底的工作的。我并非要在这里夸张,以为已经到达了决定底的结果。那不消说,在这领域内,现在要到达那样的结果,是不可能的。

其次,关于观念形态,在这领域内,也得了颇可注意的结果了。我没有历叙关于各个作家的进化的可能,然而词章的艺术家们的全体底进化,却分明在我们四近。这一节,对于"老人们",对于先前难于合作,但现在却容易得多多了的"同路人",都可以说得的。

有人说,招集这些杂多的文学者这件事,是使瓦浪斯基以及和他同行的人们,成了有产阶级的俘虏了。但是,在现今,还以为戈理基,托尔斯泰以及别的"老人"能将我们做了俘虏者,是只有全在热病状态的人们。况且,所谓有产阶级性者,是什么呢?关于这事,可惜在本会上不能详细叙述。人们以为《亚蔼黎多》是有产阶级底作品,但最近我和同志什诺维夫(G. Zinoviev)谈起的时候,他却说是很有益处,又有价值的作品。戈理基的《自传的故事》,也有人说是"有产阶级底"的。然而倘使我们一方面认真地提出关于有产阶级性的问题来,则就会有什么是有产阶级性这一个很大的问题出现的罢。我以为这有产阶级性这东西,是常常大为左翼底的口号和词句所蒙蔽的,我想,现在《戈伦》上所载的东西,这才是真实的马克斯主义的歪曲,是那艺术底修正哩。

人们用了同志亚尔跋多夫的话,说是"艺术从种种的观念形态底上层建筑造出,是不对的,这应该和生活直接联结起来"的时候,我不知道这可是有产阶级性。但我知道,在这里,是用了勖拉契珂夫主义之名,行着和我们的蒲力汗诺夫的斗争。在我国,当立定课题,要教育农民和工人,使他们阅读,并且理解普式庚(Pushkin),托尔斯泰(L. Tolstoy),戈理基的时候,却有在劳动阶级之前,宣传着弃掷古典底东西于现代的那边的。这是有产阶级性不是？当正在对于作为生活的感情底认识的特殊方法的艺术，行着斗争，对于那生活认识，则正要建立一个生活创造的理论——彻头彻尾是主观底，因而也是观念论底的理论的时候，这是有产阶级性不是呢？

所以这问题是很有论争的余地；而在瓦浪斯基成为俘虏了，瓦进却和同志楮沙克（Chujak）以及别的许多"楮沙克"（外国人之意）们在幸福的和合里这一种可怕的辞句之下，隐藏着真的有产阶级性，倒是十分能有的事。还有，人说，瓦浪斯基不怀阶级底见地。自然，像"那巴斯图"所展开那样的"阶级底"见地，在我们这里是并不恰有的，但假使问题的建立并非这模样，那么，这时候，我们另外再来查考罢。

在我国，和"同路人"的问题，是怎么一个情形呢？我们和他们协同之际，向"同路人"提出了怎样的要求了呢？他们，尤其是在初期——二一年，二二年时，并不懂得在革命上的无产阶级的组织底，规律底，指导底职掌，也不能使这十分加强，将革命大抵描写成农民的自然成长性的胜利模样，那我们是知道的。不但这样，他们一面在那国民底断面上，将俄国革命看得很熟悉，却往往将那国际底性质放过了。我们便一面将这些和另外的缺点指摘，订正，拿了一定的要求，接近这样的"同路人"去，——就是，看他们曾为劳动者和农民的联合这一件事的利益而出力没有？如果我们看见有一个艺术家的工作，在结局上，有着援助都市和农村的联结的意义，那工作，是归向无产阶级和农民的提携的利益的，则我们对于这样的艺术家，应该容许他许多事。这样的办法，我想，从无产阶级的见地看来，是有益的，而且于无产阶级文学的创造，是赋与力量的。重要的事，是在无产阶级文学的创造——这是一个过程，这样的文学，是不能即刻创造的。这文学的成长和发展的道路，是复杂的，有时还竟至于纷乱。

其次，是关于无产阶级作家。我切实相信，在我国，是从劳动者和农民的最下层,从劳动者以及别的种种的组织中,从大众,从赤军,都要有新的作家出现。从什么僻地里,从乡村里,有作家出现,——惟有这些作家,是由那血和生活,和劳动者及农民——自然,在现在,和农民为较多——联结着的。这些作家,一定要占主要的位置;我们应该依据他们,援助他们,——在这些事,我们和无产阶级作家之间,是不会有什么意见的不同的。并且也相信所谓无产阶级文学,由那两三个代表者(凯进,亚历山特罗夫斯基,其他),赢得了显著的结果。

虽然如此,而我们和现在的无产阶级作家之间,假如还有意见的不同,那就不得不声明究竟是什么缘故了。要建立抽象底的一般底的定义,那是极其容易的。这样的定义,在我们这里,多得很。在我国,被称为无产阶级作家者,首先是有着共产主义底观念形态的作家,倘用了现在喜欢使用的毕力涅克的表现法来说,那便是"以无产阶级的眼睛"看世界的作家。但在实际上,我国的无产阶级作家,乃是有着极受限制的见解和习惯,被历史底地形成了的具体底的类型。这就是——属于一个什么联盟呀,一个什么集团的作家。而在这样的集团里,都是各各的"信仰的象征",各各的文学底教义。这"信仰的象征",通常是约束在这一种确信上的,就是以为现在俄国的无产阶级作家的根本的任务,是在有产阶级美学,艺术和文化的破坏,以及新的社会主义艺术和文化的创造。但在现实上,站在无产阶级之前的问题,却是旧艺术和文化的批判的摄取,于是在这里便发生了一种很大的不调和。在实际上,这样的并列,是一直引到抽象里去的。得不到革命的活人,而得了象征;并非次第底的进展,而出现了在脑子里做出来的东西。于是往往在无产阶级艺术的姿态之下,拿来了旧时代的有产阶级艺术的产物。在我们正在文学的领域内做事的共产主义者的实际家,在这领域内,是常有不能专靠让步的方针的时候。所以,凭着我们的诸位同志所说,以为抛弃Proletcult(无产者教育)主义愈早,他们即愈可以从速成为真实的无产阶级作家这一个简单的理由，我们便让步，那是不行的。

还有，在别一方面，有唤起诸位同志的注意的必要。我国的文学上的意见的差异，在根本上，不过是将对于专门家的旧的党的论争，搬到文学上来了罢了。诸位倘将那杂志《那巴斯图》仔细一看，一切便会明白的罢。同志烈烈威支在《那巴斯图》的初号之一上，不是一面讨论着关于"同路人"和无产阶级作家的问题，一面说，这问题不在质而在量；换了话说，便是问题并不在将"同路人"登载杂志与否，乃在将他们登载多少的么？这全然是分明的问题的建立法——是反对那些在我国的生活的其他的领域内，虽然已被克服，而在文学上，却还有相当的力量的专门家的问题的建立法呀。

诸位同志们，本评议会的所以召集，是因为要解决根本底的问题，就是，第一，×××的战术，即并不站在或一个特定的团体的见地上，而用一切方法，来援助×××团体或艺术家这一种用到此刻了的战术，究竟对不对。这是对的呢？还是非取"那巴斯图"的方针不可呢？据"那巴斯图"的人们的提案，是应该取杂志"那巴斯图"及其对于艺术家的态度，作为出发点的。他们又要求将文学上的"政权"付给"墨普"（墨斯科无产阶级作家同盟），即非常幼小的，在艺术上，几乎并无表见的一个特定的团体。我可以完全冷静地说，而且也知道——同志瓦进，是不能清算现在俄国共产党中央委员会所站的立场的，为什么呢，因为惟这立场，是由生活本身所规定而站在"那巴斯图"的立场上，则便是破坏一切工作的意思了。在这里还有应该记得的事，就是从亚历山·托尔斯泰和"同路人"起，以至无产阶级作家的，真实的艺术家的最大多数，都在杂志《赤色新地》上做事，却没有和"那巴斯图"连合起来。这就因为杂志《那巴斯图》，连一个优良的"同路人"也引不进去的缘故，像那杂志所取那样的方针，是什么事也做不出来的。

再前进罢，这里有无产阶级青年在。我试问这些青年们罢：为什么四十人合成的这青年的团体，现在在"赤色新地"的周围组织起来的？为什么他们离开了"那巴斯图"的人们的？也许有人会说，瓦浪斯基诱惑了他们了，使他们堕落了。现在姑且作为这样罢。但且看发生什么事，——就是，据"那巴斯图"派的人们的意见，则"锻冶厂"派的人们堕落了，一切"同路人"也堕落了，青年的大部分也堕落了，我国的所有作家都堕落了。如果几乎一切都已堕落，则剩下来的究竟是谁呢？是同志烈烈威支和罗陀夫，剩在文学里。但是，只这样，岂不是未免太少么？可惜我的时间已经过头了，我现在不能涉及此外的许多根本底问题了。

最后，还有应该在这评议会上声明的事——这就是我在这里当诸位之前所讲的话，并非作为一个瓦浪斯基，而是作为在"赤色新地""克鲁格""锻冶厂"和青年团体"沛来威尔"上做事的那文学的代表者，换一句话，则是凭了几乎一切活动着的青年的苏维埃文学之名，而说着话的。这文学，和我们同在。"那巴斯图"派的人们，是做不到的。如果本文学评议会对于这一节不加考虑，那就恐怕要犯大大的错误的罢。

瓦进(Il. Vardin)的报告演说

本评议会，是在决定文艺领域上的党的方针的。同志瓦浪斯基努力要给人一个印象，仿佛对于文学一定的党的方针，已经存在着了的一般。然而假如党内已有着这样的方针，则主张相反的我们"那巴斯图者"便成了和党的方针反对。提出这样的问题来，于同志瓦浪斯基也许是有利的。然而这并不和实情适合。事实是这样的。在一九二一年，同志瓦浪斯基得到指令，是教他将或一种作家团体留在苏俄的方法……那时候，是不得不顾虑"毕力涅克"之类，逃到白军里去的。然而自此以来，已经经过了三年的年月了。在这期间，出了什么事了呢，在社会底政治底情势之中，有了怎样的变化了呢？一九二一年和一九二四年的不同，究竟是什么呢？

同志瓦浪斯基用尽一切方法，试来分析现实，要从这现实出发。他通论文学，然而开在中央委员会里的党的评议会，是只有从政治的见地看来的文学的问题，这才可以作为问题的事，他却不能理解。

　　同志瓦浪斯基的 These（提要），是“现下的情势和在文艺上的俄国共产党的问题”。然而他关于现下的情势，一句也不说，关于在文学的分野上的党的课题，也几乎没有说。比起一九二一年，比起那时所给与的方针来，他一步也没有前进。

　　想一想罢。人们到了党的中央委员会的评议会，来讨论关于文学的分野上的党的课题，而在会上，却绝不说起我们所生活着的社会底政治底情势；也绝不说起怎样提出现在所设的问题；“那巴斯图”的人们早就施行了的那剧烈的斗争，是因为什么而起的呢，也不给取说明之劳。而这剧烈的斗争之所以惹起，却正因为我们的眼前竖着重要的政治底问题；在我们的眼前，文学已在渐渐变了有产阶级的，有产阶级观念形态的手段；同志瓦浪斯基所立的立场，是使我们的敌人的政治底课题不费力，因此也就为一切反苏维埃政党及倾向所迎迓了。

　　根本的问题就在此。倘若我们不说这些事，倘若我们不从这里出发，倘若我们忘却了问题的本质，是在怎样地使文学成为我们本身的手段，倘使，再说一回罢，并不理解这个，不从这里出发，则我们就毫没有聚在俄国共产党中央委员会里的必要的。

　　请许我说一说同志瓦浪斯基应该做什么罢。现下的情势的特殊性，究竟在什么地方呢？试拿最近的党的文件——被共产党中央委员会所采用的同志穆罗妥夫的提要来看罢。那文件里，记载着农村中的富农的成长，都市中的个人资本的成长。在这有产阶级的再荣的地盘之上，自然就有那观念形态的再荣，而且也自然底地，有了为巩固自己的立场计，利用一切可能的反无产阶级层的尝试，首先是钻进文学里，于是竭力将这利用于自己的政治底目的上的尝试，这是可以观察出来的。

现下的情势的别的性格底的特性，是在我们国里，正在感到或一种的退潮，正在出现着社会底反动的征候。这反动的气分，非但在非无产阶级层——智识阶级，市民之类里，这退潮，疲劳，悲观的气分，便是我党里面，也都侵入，感到了。如果拿那登在杂志《波雪维克》第二号上的同志布哈林的论文来一看，诸位便会知道我所说的并非空想底的危险，而在我们之前的危险，乃是全然现实底的罢。这时候，关于文艺的问题，岂不明明白白，有着最重要的意义么？

而在这事实的面前，同志瓦浪斯基说着些什么呢？他是从事于文学者的登记了；他以怎样的文学者存在，报告我们，排列了他们的姓氏了；他也编成了他们的履历了罢。这为党的评议会计，也许是非常重要的。

但是，诸位：这些履历——是完全的空事情。全部问题，是在这些履历里面，隐藏着怎样的社会底要素，怎样的倾向，怎样的观念形态的萌芽；这些人们，对于四近正在发生的政治斗争，做着怎样的职务，以及可有做出来的危险。这些一切问题，都不惹同志瓦浪斯基的兴味。他的立场的最大的错处，是在，在他那里，阶级斗争是不存在的，革命的事是不存在的。他就大体判断，他拿出对于艺术，不可有什么整顿，什么政治底干涉这一种新发见来。同志瓦浪斯基是在生活和政治斗争之外的。威吓着我们的危险，他是不看的。

诸位同志们，在现在的党的评议会上，必须顾及的现下的第三的政治底特性，乃是一切反苏维埃政党，对于现下的情势，是将那重要的希望，都放在包围共产党，党的解体和变质之上的。应该从这观点，将这问题，又从这观点，将同志瓦浪斯基的政策和实际，都加以批判。倘若，诸位，我们忘却了现下的情势，我们是不能解决面前的问题的。再说一遍——倘若我们之前，没有政治上的问题，我们是并无聚到这里来的必要的。

我们之间，也有爱发些艺术是艺术，关于趣味，是不能争的之类的议论的人。然而这样的想法，是不可容许的。同志瓦浪斯基说过，同志什诺维夫称赞了亚历舍·托尔斯泰的《亚蔼黎多》：我也从同志什诺维夫亲口听到过。同志加美纳夫（Kamenev）呢，曾对我说，他读爱伦堡，是觉得满足的。同志布哈林是写了爱伦堡的《弗里阿·来来尼德》的序。

　　然而问题并不在同志加美纳夫或别的同志，读了爱伦堡，觉得满足或不觉得。问题是在这些文学，政治底地，于我们有危险呢还是没有危险。问题的本质，是在这些文学，对于大众给与怎样的影响。必须从这里出发的。近时，《共产主义者》志上，载着克拉拉·札德庚（Klara Zetkin）的回忆，那里面，记有关于文学的职分的，文学应该怎样走，向着那里走的列宁的最有兴味的注意。从这注意，我领悟了一件事——同志加美纳夫要读什么，是可以随便的，我们聚在这里的一切人，几乎都看着白系的文学，这是因为我们都已有了和这相当的免疫性的，然而我们不将这些一切文学，散布于广大的大众的罢。如果不如此，我国里就也不妨有出版的自由了。为了苏维埃共和国的利益，也无赔偿，而征服火星的《亚蔼黎多》的那主人公，对于同志什诺维夫，也许给以艺术底欢喜的，但在广大的劳农大众，这些一切的文学，乃是最有害的毒物。倘使我在斯惠耳陀罗夫大学的列宁主义研究会里，看见拿着爱伦堡的女子大学生，我就这样说，"同志加美纳夫读爱伦堡，是一件事，然而斯惠耳陀罗夫的女子大学生，加以在现今的疲劳和悲观的状态上，来读这文学——那是全然，全然是另一件事。"再复述一回罢——对于文学的问题，我们所必要的，是从那及于大众的影响的见地来观察，别的一切见地，在我们，是绝不会有什么决定底意义的。

　　那么，党的文学政策，应该是怎样的呢？这政策，应该向着三个方向走。第一，我们有竭力妨害资产阶级将文学利用于那政治的目的的必要。第二，我们应该利用旧文学中的一切有用的东西，招引能够将利益送给我们的那一切文学者。第三，我们应该更进一步，为革命必须有自己的文学起见，讲究一定的具体底对策。

这些一切的问题,同志瓦浪斯基怎地解决着呢?他大抵非常满足。他能够给我们作"同路人"的长长的表,而这些人们,在他,是文学上的基础底势力,他依据了这些人们,以这些人们的名,在这里讲得很可以,而且惟有这些人们,据他所说,是倾听这里所讲的事情的。这些"同路人"者,究竟是怎样的人们呢?看一看同志瓦浪斯基的论文罢。这么一来,诸位便从中可以看出这"同路人"的致命底的特色了。同志瓦浪斯基瞒不住这是不可靠的人们这一个事实,革命不能和这样的人们始终相关的这一个事实。然而同志瓦浪斯基对于我们必须有自己的文学,来替代这些的事,却一句话也不说。

　　再拿别的文件来看。此刻我的手头有着出版所"克鲁格"所印行的叫作《作家关于艺术和自己》的书。在这里面,他们将自己,将自己对于文学的见解,非常自由地叙述着。现在请容许我对于毕力涅克,唤起诸位的注意来。毕力涅克所说的话,比别的"同路人"更其显露着那性格。毕力涅克写着——

　　"我不是共产主义者,所以我不觉得我应该是共产主义者,我应该共产主义者底地来著作……对于共产主义者的俄罗斯的关系,是我的对于他们的关系……我要说明,俄国共产党的运命,只给与我比俄国本身的运命更少的兴味。在我,俄国共产党不过是俄国历史上一个环。"诸位同志们,你们知道,那保威尔·尼古拉微支·密柳珂夫,对于这事,是怀着和这恰恰相同的见解的。请再听下文罢。毕力涅克写着。"除了现在所写着的之外,在我,是不会写的,也未必写罢——假使要强制我,则世间虽有文学的法则,但这并无强制文学底才力的可能。"这是又坦白,又正直的。还有"右翼的布宁(出色的作家)和梅垒什珂夫斯基,左翼的绥拉斐摩微支——是旧的作家,但他们什么也没有写,即使写了,也很不行,这就因为他们以艺术来替代了政治的缘故,以政治之名来写作的缘故,他们的艺术不再是艺术,停止了发响了。"诸君看见没有,将绥拉斐摩微支和梅垒什珂夫斯基,革命家共产主义者和反动家白军士,毕力涅克置之同列，说是都为政治所妨害了。我们知道，政治并没有妨害了绥拉斐摩微支的写出好作品《铁之流》来。

再听毕力涅克的话罢——"在新的文学上，什么是必要的呢？——我不知道，我只知道一件事——必要的是好作品，另外的事，将由此偿还的罢。"这是同志瓦浪斯基的见地。他也是一个不管那才能向着怎样的方向，而只要是"好作品"，"有才能的作品"的帮手。毕力涅克还称赞着出版所"克鲁格"和杂志《赤色新地》。毕力涅克想着——惟有这个，是健康的文学。同志瓦浪斯基挑选着好作家，挑选着"好作品"。而且对于这些好作品，"不用纸币而付现钱"，也是很好的事。

是这样的"同路人"。要他们更拿出所能给与的东西以上的东西来，他们是不能的。这一事必须理解。但许多人们没有理解。于是对于"同路人"的非批判底态度，便弥漫了。在这意义上，揭在《真理报》上的同志渥辛斯基的今天的论文，是有趣的。他就卢那卡尔斯基的最近的戏曲而言。他用了很柔软的句子，表示着这作品是怎样地不满足。后来，同志渥辛斯基是这样说——"即使说是或种文学，有向着神秘底反动底的形态观念这方面的隐约的倾向，但和从事于将没有党员证的文学，积极底地狩猎出来的乱暴的同志们（杂志《那巴斯图》）异其意见，也不妨事的。"

这意思，就是说，因为"那巴斯图"的人们注视着他们的向神秘主义和反动的隐约的倾向，所以不好。同志渥辛斯基呀，当革命第七年，在苏维埃共和国，公然宣传神秘底反动底形态观念的人，是一个也没有的呵。

假使"那巴斯图"派之罪，是在曝露"同路人"的"隐约的倾向"，那么，我的意思，是以为这决不是他们之罪，而是他们之功。本党不能不说"那巴斯图"的人们，是尽着党的义务的罢。即使这是极隐约的现象，但在资产阶级底神秘底反动底形态观念之前，闭了眼睛者，即此便犯着罪的。

再前进罢。我们的出版所，大杂志的政策，是怎么样的呢？很多很多的大半是敌对我们的文学，由我们的苏维埃的机关传播开去。因为这些文学，是从国立出版所及别的党苏维埃的出版所所印行，并且先是《赤色新地》，印刷在我党的杂志的页上，大众便以为这才是真实的革命底文学，容受了。在我们的高等教育机关，在我们的劳动大学，青年们以为这文学是革命的文学，容受着。我们的年青的后进，是从毕力涅克，尼启丁，爱伦堡，开手文学底地研究着革命。我们的高等教育机关和劳动大学的文学教授——大多数是旧的教授。他们依据了同志瓦浪斯基及别的批评底评价，将这些文学，当作真是革命的文学，教授着学生。

这样的状态，我们还能够忍耐下去么？还没有从我们的文学里除去其实并非革命底的一切商标的必要么？

我们的出版所和编辑局的这样的政策，靠着苏维埃共产主义底招牌的一切毕力涅克主义的遮蔽，有必须永久完结的必要的。

在这里，我们于是到了别的重要的问题——我们的文学批评的问题了。

我国的重要的批评家，谁也知道——是同志瓦浪斯基。但我要决定底地说——瓦浪斯基不是波雪维克的批评家。在他那里，并没有对于所批评的文学的马克斯主义者底态度。在他那里，是已经有着从培林斯基时候以来所承继的传统底智识阶级的批评的。（席上之声，"这不是坏事情！""他是依据着旧有的遗产的！"）诸位同志们，这旧来的遗产，应该知道利用。但是，同志台尔，你不是曾经揭发过，旧来的遗产，例如，即使是蒲力汗诺夫，也不能利用么？于此我要说，瓦浪斯基没有对于文学的波雪维克底，马克斯主义者底态度。而别的批评家，是跟着他的方针的。

例如，有一个叫作普拉苻陀辛的人，他是先前的 S. R.（社会革命党员），其实呢，现在也还是 S. R.。由同志卢那卡尔斯基和斯台克罗夫所编辑的杂志 *Krasnaja Nieva* 的批评栏，实际上是这普拉苻陀辛指导着的。这杂志的五月一日号上,普拉苻陀辛登载了关于凯进的批评论文,普拉苻陀辛是大赏识了凯进的诗了的。为什么呢?——这是因为"其中并无宣传,宣言,战斗底阶级底忠义主义,抽象底市民底调子存在,而惟这调子,是内面底地,非音乐底,非第一义底的,但凯进的各诗——常是真实的人间底体验的断片,是谐音。"

"战斗底阶级底忠义主义","抽象底市民底调子"……真是,这些不都带着好声音么?就是这样,这批评家在我们的杂志的页上说着。无不依据瓦浪斯基的这批评家,是全然支持他的。再请听罢。凯进者,普拉苻陀辛说——"决不立于'工厂的竹马'呀,'协同组合'呀,以及此外现代诗歌的一般底拟古典之上的。"凯进者——普拉苻陀辛力说——"决不歇斯迭里病地",陷于"现代的社会底,而且常是关于雇来的劳动的叫喊。"

诸位同志,这不几乎就是 S. R. 的宣言么?同志渥辛斯基也许说,这不过是倾向。但在无产阶级独裁之下,反对革命,是不能写得比这更明了了。在这诗里,凯进不是无产阶级的诗人,而是职工诗人。普拉苻陀辛的小资产阶级底观念形态,便在凯进的诗里认出了这一方面,将这称赞了。对于观念形态底地,可以非难的凯进的诗,纵使我们可以忍耐,但对于这样的批评家,却无论如何,不能忍耐,也不该忍耐。然而倘以为普拉苻陀辛的这论文,是偶然飞出来的,可不对。普拉苻陀辛者,在事实上,是 *Krasnaja Nieva*——这印行六万,给最广大的大众阅读的杂志的编辑者之一人。我是引用了五月一日号所载的论文的。在那正月号,这普拉苻陀辛则登了反对无产阶级文学,反对"那巴斯图"派,瞎恭维同志托罗兹基和瓦浪斯基的论文,在这里将托罗兹基写成 Taras Bulba,瓦浪斯基写成 Ostap 模样。

这样,诸位,共产主义底批评,在我国是不存在的。在苏维埃的商标之下,出卖着一切污秽;没有一个批评家,来将这些一切文学的真实的意义,示给读者,说明给读者,从阶级斗争和无产阶级的政治底利益的观点，来观察这些的。党的马克斯主义者底批评家，在我国是不存在的。然而这一定应该出现。

同志们，同志瓦浪斯基所实施着的政策，是被我们的敌人全然决定底地评价着的。一切国外和国内侨民，都激赏同志瓦浪斯基的文学政策。最是注意地着目于我们的论争者，是右翼 S. R. 的杂志 *Volja Russi*。这杂志的十一月号中，说着这样的话——"一切论争，由瓦浪斯基对于文学，以文学底见地来看的事开头。……'右翼'和'左翼'的斗争继续着，但已经决定对于文学，试行一从艺术底见地了。……瓦浪斯基所行的路，当得或种的成果。"……

这样的话，并非瞎造的。*Volja Russi* 的别一号，以及十一月号上，还讲到同志托罗兹基和姬采林的论文。下文，是我们在那里面所发见的——"托罗兹基在赤军复员的时候，开手写文学和艺术了。外交委员长的'复员'，岂不是使姬采林（Chicherin）从事于文学的意思么？"（笑）

然而这并非怎样要紧的事情。要紧的事，是检讨了我们的文学底诸倾向之后，这 S. R. 杂志所下的结论——

"……亘俄罗斯全国，行着新的斗争，世界观的斗争，作为由共产党纲领的一面底命题而'中毒'后的反动，而为全体底世界观创造起见的斗争。"

作为"一面底"共产党纲领的代表者，这 S. R. 杂志，则举出"那巴斯图"派——对于这派，全体侨民，尤其是"Volja Russi"，是行着发狂的斗争的——来，他们将"那巴斯图"派，斥为严刑主义者，无产阶级的十字军等等。然而他们对于同志瓦浪斯基，托罗兹基，以及这一派的别的人们的赏赞的意思，是全然明明白白的。我们的敌人，一定在"那巴斯图"底方针的反对者现在所做的政治底错误里，寻到了支持。

党的前面，是站着怎样的根本底问题呢？"同路人"呢，自然应该利用，但是利用的，也应该是真实的革命的同伴者。将来怎样利用"同路人"呢？唯一的方法——只有本党依据了在文学的分野上的本党自己的团体。在我们，×××细胞是必要的。在我们，文学的分野上的波雪维克的小组是必要的。做这细胞，这×××的小组者，是无产阶级作家团体。说是他们里面，没有天才，诚然，天才是没有。这还是年幼的军队。向着大概是刚出地下室的阶级，而且在市民战争的翌日，便要求天才底作家，是愚蠢的。然而党要实施那政策，可以依据的那样的团体，是存在的。那团体，便是"全联邦无产阶级作家联盟"（"域普"）。党应该指导"域普"，在那周围，使党外的作家团结起来。

同志们，我们时常说——瓦浪斯基应该打倒。这自然是比喻底的说法。问题的个人底结合，是不足以解决的。问题的本质，是在使党外的作家，结合于×××细胞的周围，党的团体的一点上。即使将坏的瓦浪斯基，换一个好的瓦浪斯基，并不能救转这状态。对于党外的作家，我们用了指导一切党外的部分的一样的方法——经过细胞，经过小组，可以指导的。

同志们，无产阶级文学现在不过是刚才产生。正如文字那样，几个月之间，得了非常的成功了。与其以劳动阶级未出天才底作家为奇，倒不如惊异于劳动阶级在比较底短期之间，出了很有才能的作家们，更其重要的，是在工厂中，劳动通信员，劳动大学生，青年共产党员之间，竟能布了文学研究会广大的网。在市民战争终结后的第四年，便发生了劳动阶级广大的文学运动，是可以惊异的。

同志们，在对于无产阶级文学的关系上，瓦浪斯基是采着破坏底方针的。这破坏底方针，应该一扫。对于这最重要的新的运动，党应该给以指针。那时候，我们波雪维克，才会有波雪维克主义的文学，革命才会有那真实的文学的罢。

（同志瓦进的报告之后，同志 A·威勖鲁易起立，证明同志瓦浪斯基的立场的正当；又，同志 U·里培进斯基在简短的发言中，要使"那巴斯图"的见地，得有基础。）

渥辛斯基(S. Osinsky)

今天由我们讨论着的问题,如果拿同志瓦进的判断来一看,那里面是存在着无限的不条理的。据他的意见,这并非艺术上的问题,而是政治上的问题。不然,这是艺术上的问题,也是政治上的问题,而同志瓦进全不理解这一点。同志瓦进在这里所讲的话,就如说,在高等数学的领域里,没有属于俄国共产党的人们,所以应该将他们统统驱逐,立刻换上共产主义的劳动者——和对于现代的科学这样地说,是一模一样。这里由"墨普"所主张的事,不过是对于专门家的旧论争。而这论争,则已到了取了下面似的形态而出现了——就是,从文学界逐去专门家罢,我们自己的无产阶级作家万岁,我们自己的无产阶级的专门家万岁。

这劳动反对派底见地,是应该抛掉它,拒绝它的。还有不好的事情。我们如果拿里培进斯基的小说《明天》来一看,那是纯然的清算派的作品。但是同志里培进斯基呢,到这里说了些什么关于观念形态的话。我不能不说——这错处,并不是单在里培进斯基之上的。我们大家,都被小资产阶级底自然成长性所围绕,我们应该和这战斗。或一程度为止,应该站在哨所上,那是完全明明白白的,也是决定底的。然而倘若你们要在自己这一面,获得独占,则从诸位的团体里,生出些什么来呢?倘若诸位的"将全俄文学,交给'墨普'罢"这一个提案竟得容纳,那时候,除了俄国文学的破坏这一件事以外,什么也不会发生。例如,敬爱的同志罗陀夫,是才能极少的作家。还有,敬爱的同志烈烈威支,也是才能极少的诗人。据我的意见,他较之诗,倒是散文好得远远的作家。倘使这样的人们团结起来,叫全文学跟在他们之后,则那时候,在我国将发生什么呢?诸位说,这个那个的文学,不中我们的意。那么,请将别的文学给我们看罢。倘说,现在这种的文学还未存在,这是还未成长,还未创造——那么，是不是说，就将文学废止了好呢？这是要问一问的。

文学云者，是什么？文学云者，第一，先是一切教化的萌芽。倘若我们在这苏维埃俄国，揭着"绝灭文盲"这一个口号，那么，我们先不可不有的——是文学。而且是艺术底文学。没有这个，我们便不能说是有着十分的教化。不看科学书籍的人们，那些人们，艺术底书籍是看的罢。文艺是有很大的意义的，如果我们不将这给与大众，我们恐怕就阻止发达。这里就发生一个问题——诸位的非难，是在所给与的艺术作品上，有了或一种不好的倾向的时候不是？然而诸君也不妨相信，大众读一种含有坏的观念形态的作品，是会除掉那坏的观念形态，而只留下好的那些，用这来滋养自己的。没有这营养，是什么事都不能做的。这自然并不是说，驱逐掉我们的文学。然而诸位的问题的建立法，以及那实践底结果，客观底地，是最有害的结果。这事是应该率直地说一说的。

拉思珂耳涅珂夫 (F. Raskolnikov)

倘使诸位看一看旧的非波雪维克的杂志，例如，即使是 *Sovremenniy Mir* 那样的，你们在那里也会看见是行着决定底的二元性的罢。在那里，社会评论的部分，是不能不有一定的方向的，但文艺的部分，却完全可以自由。所以在一本杂志上，文艺栏里——是阿尔志跋绥夫 (Artzybashev) 的小说《赛宁》，在社会栏里，——是蒲力汗诺夫 (Plekhanov) 的马克斯主义底论文，能够在一处遇见。

那么，在对于这事的以前的我们波雪维克的传统，是怎样的呢？革命以前，我们没有印行文学杂志那么多的资产。但是，我们的劳动报《真理》，也还有着文艺栏。我们便在那里，登载我们的无产阶级作家的作品。但在那里，阿尔志跋绥夫，安特来夫 (Leonid Andreev)，是都没有登载过的。

凡有这些阿尔志跋绥夫和别的资产阶级文学者们，在那时代，也是或种意义上的同路人。自然，倘使我们去嘱托他们，他们因为想在劳动者之间，获得自己的名声，会高高兴兴，将作品送给劳动报的罢。然而我们故意避开他们，努力要在无产阶级大众的层中，寻出我们的无产阶级作家来。现在呢，我们有在旧的，革命前的《真理》上开手工作的作家和诗人的一大团了。一九一四年顷，此刻在座的同志加美诺夫，就直接参与了无产阶级作家的最初的创作集的发行的。无产阶级诗歌的创立者，那时是台明·培特尼，还有和他一同在旧《真理》上工作的无产阶级诗人的一团。

但是，现在同志瓦浪斯基所拥护着，展开着的方针，却是在文艺领域上的我们波雪维克方针的分明的歪曲。诸位，我们之所以反对印行毕力涅克和亚历舍·托尔斯泰的讨厌的作品，我们决不是说，"将毕力涅克按到墙上去，将亚历舍·托尔斯泰再赶出外国去。"这些作家，自然都是在独特的意义上，有着才能的作家。我们也决不是要制造对于他们的同盟排斥（boycott）的氛围气，也并非要求在苏维埃联邦的领地内，禁止印刷他们的文章。我们不过努力要纠正文艺领域上的方针。我们不过仅主张这些不相干的，有时还和我们为敌的作家们，在党和苏维埃的印刷品的纸张上，受着殷勤的欢迎的事，应该停止。在现今，例如 *Russkiy Sovremennik* 那样的资产阶级杂志，正在开始出版了。由同志瓦浪斯基所招集的文学者的一部，要流到那一边去，是毫无疑义的，因为稿费大约是那一边多，而那些作家们，也正如同志瓦进说过那样，大半是"看金钱面上"的人们呀。但在我们，却有在我党中，在苏维埃的文学中，施行彻底的政策的必要。在我们的杂志上，评论的部分和文艺的部分，是必须有完全的一元性的。我们不能容许同志瓦浪斯基所做的那个二元性。便是他自己，对于聚集在《赤色新地》的周围的自己的作家，不也下着比谁都厉害的致命底的批评么？（朗读。）我并不攻难他写了这个。他写得不错。我之所以攻难他，是在他将这些作品，在国立出版所的商标之下，印在我们苏维埃的杂志上。（座中的声音，"他们印出来的,还不止这个哩。")他们也还登载着更其不好的作品。他们登载着 *Tarsan* 呀,*Mess Mend*——这最卑俗的 Pinkerton 式作品。我并非说,要将这些作家全都同盟排斥,或者使他们动也动不得。自然,要印多少,给他们印多少,就是了。只要不在我们苏维埃的党的杂志上,也不要用工农的钱来印就好。还有,有一个为了《赤色新地》的读者,专门解说现代文学潮流的叫作普拉荪陀辛的批评家。他在这瓦浪斯基的杂志上,写些什么呢,大家听罢。(朗读。)

最后,对于在《作为生活认识的艺术》里,由同志瓦浪斯基所展开的他的理论,还要说几句话。我深信这篇论文,是马克斯主义的通俗化的最坏的例子。蒲力汗诺夫在那论文《艺术与社会生活》里,已经指示出,为纯艺术的理论,换了话说,就是为艺术的艺术的理论所统治的时代,是有的了。这是生于在作家和围绕他们的环境之间,难于和解的不调和所造成的历史底瞬间的。意识底地,要逃避这一切生活的纯艺术的公式,却在瓦浪斯基的人工底的,散漫的,非马克斯主义底的,公式——作为生活认识的艺术里,寻得地位了。并非作为生活认识的艺术,而是作为社会关系的产物的艺术——惟有这个,是对于艺术的唯一而正当的马克斯主义底见解。

波隆斯基(V. Polonsky)

正如同志渥辛斯基已经说过那样,同志瓦进所加重主张的,是以为站在我们之前者,并非艺术底问题,而是政治底问题。但这就不许我们来谈关于从文学底见地看来的问题么? 第一,这政治底问题的意义,岂不是就在使文学发达,成长于我们的国里么? 这问题,惟在当检讨之际,并不忽视那具体底艺术底特性的时候,这才可以政治底地解决。然而同志瓦进的口气,却明明说是关于文艺领域上的党政策的问题的设立,我们不妨忘却了单论文艺,不涉其他的事似的。瓦进将眼光避开了文艺的特殊性,他要不想到文艺上特有的

338

法则了——他的谬误的主要的原因，也就在这里。倘使瓦浪斯基正如"那巴斯图"派诸君所说，是一个破坏者，那么，瓦进——就是分明的奸灭者。为什么呢？因为他的决议，不过是一个要将文艺全灭的尝试。这是同志瓦进的决议所要求的——

> "从我们的出版物，决定底地驱逐出失了社会底意义的作家，尤其是曲解了革命的社会底，政治底和生活底形相的作家。从我们的出版物，决定底地驱逐出国内的文学底 Emigrant（侨民）。"

这里倒还是毫不可怕的——有谁会反对从我们的出版物，驱逐出曲解革命的新的"国内侨民"呢？这一点，是可以放心赞成的。我们和他们之间，在这地方并无争论之点。但问题，是在谁来做审判者。谁来判决，定为"曲解"者，而加以驱逐，等类，等类呢？这是极重要的问题。据同志瓦进的决议的别一条，我们知道他大概要使谁来担任这职务。他是要求着以"无产阶级作家联盟为文学战线上的党的依据点"的。

就是为了这个，同志瓦进打着墙。他望着自己的联盟的独裁，"域普"（全联邦无产阶级作家联盟）的独裁，他想"域普"从中央委员会得到证明书，随意判决，并且从文学驱逐出去。但在"域普"本身之中，不也就有"同路人"存在么？所谓"同路人"者，岂是单指那说是"我和你们同行，然而自己随便走"的毕力涅克一类的么？"同路人"者，是也用以称呼那准备着党员证，得了以党之名，以无产阶级之名来说话的权利，但在或一程度以上，却不和我们同行，而只想用了党员证，来遮掩这事的人们的。这一类的"同路人"尤其危险，而且自以为自己的袋子里有着党员证，便要来取得统治权的，不正是他们么？但是，从一个的作家团体的独裁，文艺会得到什么利益呢？这会给我们利益么？同志瓦进，岂不是竟至于说出"我们读什么都可以，但劳动阶级却不行"那样的怪事来了么？我们呢，读我们所喜欢的一切，然而劳动者却只可以读"域普"的作品。这于"域普"也许是有利益的，但于无产阶级，并没有怎样的利益。

关于文艺的论争，大体是和利用熟练的智识阶级的问题相联结的。智识阶级是否适宜于站在我们的革命得了胜利的无产阶级的立场上呢？假使他们是适宜的，我们便不必有怕用这熟练的智识阶级的必要。如果白军的人们以为这是要招致我们的灭亡的，让他们这样去想就是了。我们的问题，是在竭力使智识阶级，移到无产阶级的立场上去这一点上。这一点，对于专门家一般，对于艺术家文学家，都不错的。能够使他们移到无产阶级的见地去，这意思，就是说他们能够用了无产阶级的眼睛来看世界。然而用了同志瓦进那样的驱逐，文学的全灭，这事是办不到的。瓦进说——在我们，文学上的×××细胞，是必要的。这有谁反对呢？然而我们为什么必要×××细胞？为了驱逐出×××细胞以外的一切么？你是讲着"域普"的独裁，而且因为这目的，所以×××细胞在你是必要的。但"域普"的独裁，所以要招致文学的破灭者，就因为没有这个，便扫荡了文学的不能发达的那过程，那斗争底氛围气了。

我想，对于瓦浪斯基的攻击，是很有些不对的。瓦浪斯基将一九二一年顷立在我们面前的课题，正当地办妥了。那课题，便是——不但将侨寓的智识阶级，不但将国内侨民，也将资产阶级文学，加以分析，从中摘出合于生活的部分，将这和我们联结起来。而瓦浪斯基将这事办好了。诚然，瓦浪斯基此后并没有改换这状况。而二四年呢——并不是二〇年，二一年。瓦浪斯基将这一点忘掉了。但他该会矫正自己的，他在近来，也正在借了教养文学青年的事，改正着自己的方针。

无产阶级文学尚未存在，我们应该帮他产生。但那办法，却不在我们借了这帮助，将现存的文学驱逐，而在帮助他从昨日的文学中，获得已经创造的较好的果实，战胜这文学。瓦浪斯基和我，都并不将我们称之为"同路人"的作家的文学，看作跨不过的 Rubicon（重译者注——地名，这里是以喻倘一逾越，即见成功的境界）的。这文学,不过是我们应该经过,而且我们还应该更加增高的阶段。所必要的,并非破坏这阶段,却是通过他。新的文学的创造,是并不站在旧文学的破坏之上的。

烈烈威支(G. Lelevitch)

从同志渥辛斯基起,部分底地呢,是同志波隆斯基,都在这里将关于"墨普"的工作的事,检讨了很不少。他们说,有这样拙劣的作家的团体,想获得文学上的统治权了。但是,这是——不真实的。对于烈烈威支的诗是拙劣呀,罗陀夫的诗是拙劣与否呀的问题,我还是完全不提罢。

论争并不在这里,是在文学上的瓦浪斯基的方针不错呢,还是我们的不错。涉及竞争,是不对的。第一,这是形式底的事。以为狡猾的作家的一团,拉住了瓦进和敖林(B. Volin),又拉住了另外许多党员,硬要他们来做个人底目的的手段,岂不是大笑话么?这是——第一。第二,是我们在什么时候,什么地方,说过艺术上的党政策的课题,乃是将统治权交给我们的团体"十月"呢?我们只说对于无产阶级文学的指导,是必要的。根本的问题就在此,并不在团体的斗争。

同志瓦浪斯基说——所谓无产阶级作家者,是怎样的人呢?你们的意思,是只以为无产阶级作家者,是小团体的会员,首先是立誓破坏旧文学的,历史底的型范的人们。这并不对。我们在无产阶级作家这一个名目之下,所解释的,是用了无产阶级前卫的"眼睛看世界"(毕力涅克的话),而且导引读者,向着作为阶级的无产者的终局的问题那一面去的艺术家。例如台明,培特尼和绥拉斐摩微支,即使并不加入"十月"。我们也看作真实的无产阶级作家的。

同志瓦浪斯基说,我们是要破坏一切文学的,如果我们的见解一实现,便只剩下空虚的处所罢。诚然,我们之间,没有普式庚那样,果戈理(Gogol)那样,瞿提(Goethe)那样的巨匠。诚然,我们之间,没有无产阶级的天才。但是资产阶级那里,现在也没有普式庚,果戈理,瞿提呵。所以,来要求记念碑底天才,是全然无益的事。这是在现代的资产阶级文学中也没有的。这是第一。

第二,自然,关于几种作品的成功与否,几个作家的有无才能,也还可以争论。而这事,是虽在一个的潮流之中,也会有或一程度的意见的歧异的。

然而这一点,是可以决定底地说的——就是,无产阶级文学现在出了许多艺术家,他们在艺术上,虽然决不能和普式庚,果戈理比较,但至少,和现代的别阶级的文学,却可以对峙了。先举两个例罢。一九二三年的同路人以至资产阶级的诗歌中,在那创造底力量和革命的展开之广大上,可有一种作品,能和培赛勉斯基的长诗 *Comsomolia* 相比较的呢?一九二三年的同路人乃至资产阶级的文学中,在那把握之深,观念形态底艺术底价值上,可有能和绥拉斐摩微支的《铁之流》比肩的呢?这是去年所写的无产阶级的两种作品,在同路人乃至资产阶级文学的去年的作品中,能和这相比较的,却一篇也没有。

同志们,这事实,便是十足的雄辩。只要这两个例,就知道所谓在我国,无产阶级文学什么也没有的话——不过是空话。许多优良的措辞的艺术家,已经从劳动阶级出来了。台明・培特尼,绥拉斐摩微支,里培进斯基,培赛勉斯基,此外许多的人们,就证明着这事。(座中的声音,"这单是团体罢!")我们并不说团体,是说无产阶级文学。(座中的声音,"Artem Veseliy 呢?")亚尔穹・威勖鲁易现在是无产阶级作家。但他的面前,有着很大的危险。如果他不降服,他此后也便是无产阶级作家罢。无产阶级文学已经代表着认真而强有力的艺术底力量。前面自然还有更大的课题。我们不独一个《铁之流》,还要二十个《铁之流》。我们不但一个 *Comsomolia*,还须有更深的处理和更广的布置的二十五个 *Comsomolia* 的。

但是，例如，同路人做不出一个《铁之流》来，而无产阶级文学却做出来了，所以说我们不能艺术底地和资产阶级，同路人文学竞争，是没有道理的。但在这里有一件应该记得的事。这便是，无产阶级文学云者，并非集团和团体，乃是广大的大众运动。低的无产阶级细胞——劳动大学，工场，赤军，乡村及其他的文学研究会，都应该是创造力的巨大的源泉。假使我们这里，只有这些，只有这大众底萌芽，我们也可以说是强有力了。然而我们这里，这些之外，又已经有优胜的无产阶级作家的一队出现。所以，即使我党中止了依据同路人乃至资产阶级文学会为主力的事，也分明另有可以依据的东西存在了。

布哈林 (N. Bukharin)

我觉得在此出席的诸位同志的多数，太将问题单纯化，而且看得太决定底地了。在实际上，我们岂不是有着三个重要的根本底的问题么？——这就是读者的问题，作者的问题，还有对于双方的我们的态度的问题。只有这样，我们才能够接近这问题去。

如果问题是这样竖立的，那样，以全体而言，正和范围更广的社会底问题一致。倘若我们说，在政治的领域里，只有一个阶级是无产阶级，而这界限以外，只有一个资产阶级，那恐怕是不对的罢。正和这一样，将对于问题的解决，给与困难的诸问题，抛出于我们的视野之外，是不对的，——因为惟这困难，是正存在于我国没有一定的读者和一定的作者这一件事情里。所以，问题的决定底解决，是没有的，也不会有的。

正如政治上的统治的根据，是奉×××为首的劳动阶级一样，在这混沌之中，也自有或种根本底的东西存在，是无须说得的。所以我们这里，倘就一定的终局而言，则当然该有向着一定的方向的根本底精神；一切的事，多多少少，都该和这终局的目的相连结。许多人都知道，我是站在非常地急进底的立场上的。然而这却绝对地不给我解决那带着一切复杂性的现实的问题。我想——我们在观念形态底科学底生活的一切领域——也包括数学——里，我们之间，究竟可以努力，也应该努力，来造出一个一定的，为我们所特有的立场。于是从这里，便滋长出文化底诸关系的新的精神来。

　　但是，诸位，可惜这只是不能将特别的困难和过渡底阶段除去的无休无息的准备呀。这不消说，我们从无产阶级文化创造的问题，背过脸去，是不成的，我们从用了所有手段，来支持现存的这萌芽的事，背过脸去，是不成的。我们无论何地何时，都没有拒绝这事的权利。我们倒应该理解，惟有这个，是力学底根据，作为我们的生存的心脏的。但从我看来，杂志《那巴斯图》似乎太将这问题单纯化了。他们的意思是——我国有无产阶级存在，但我国并无中间层，所以问题是在从一切作家中，将他艺术底世界观中的并非纯粹的无产阶级的事，加以曝露，于是用了在"墨普"及其他和这相类的团体里，组织底地做成了的大棍子，来打击他。

　　这问题的错误的建立法，就在这里。我国还应该有农民文学存在。我们应该迎迓他，是不消说得的。我们能说因为这不是无产阶级文学，不妨杀掉他么？这是蠢事情。我们应该和在别的一切观念形态的领域上完全一样，在文艺的领域上，我们也施行那用了和指导农民相同的渐进法，一面顾虑着那重量和特性，慢慢地从中除去农民底观念形态那样的政策。我们不能不在无产阶级之后，用纤绳拉着这农民文学去。如果关于读者的问题，是这样布置的，那么关于作者的问题也应该这样布置。无论怎样，我们必须养育无产阶级文学的成长。然而我们不可诽谤农民作家。我们不可诽谤为着苏维埃智识阶级的作家。我们不可忘记：文化底问题，和战斗底问题不同，靠着打击，用了机械底强制的方法，是不能解决的。用了骑兵的袭击，也还是不能解决。这应该用了和理性底批判相适应的综合底方法来解决。重要的事——是在和这相当的活动的领域内的竞争。

最后，不可不明白的，是我们的无产阶级作家们，他们应该停止了今天为止那样的只从事于做成 These（方针），而去造出文学底作品来了。（拍手。）诵读那些无限量的主义纲领，已经尽够了，这些东西，都相象到好像两个瓜。这些已经令人倦怠到最后的阶段了。拿出二十篇主义纲领来，还不如拿出一篇好的文学底作品的必要——一切的问题就在这里，为什么呢，因为盛行于我们文学团体中的，是最大的问题的转换。在这里，就存在着那根本底恶。不做必要的事，换了话说，就是并不进向生活的深处，竭力去观察现代生活的许多的方面，普遍化，把握住，不做这些事，而却从脑子里去挤出纲领（These）来。

这样的事，早可以停止了。在我，我要绝灭那同人的无产阶级文学的最好的方法，绝灭他的最大的方法，就是摈斥掉自由的无政府主义底竞争的原则。（声，"不错！是的！"）为什么呢，因为在现在，要造成没有经过一定的文学上的生活上的学校，生活的斗争的作家，没有在这斗争中，克得自己的地位的作家，没有争得为了自己的立场的地位的作家，是不能够的。但倘使相反，我们站在应该靠国权来调节，利用一切特权的文学的见地上，则我们毫不容疑，因此要灭亡无产阶级文学。我们不知道由此要造出什么来。可是，诸位同志们，在现在我们的无产阶级文学的领域内，以为我们没有看见大错处么？作家一写出两三篇作品，他岂不就以瞿提自居了么？……

我已经提示了站在无产阶级作家之前的课题，我并且给了一个名目，叫作"力学底力"。我要复说一遍，这是我们的豫想。但再复说一回罢，我要说，为解决这豫想草案起见，我们是有特别的方法的。从这里，要流出为"那巴斯图"的团体所不懂的许多问题来。文学批评者，必须作为决定我们的社会的意见的人，或是团体来行动的么？这可应该像我们招致农民一般，将"同路人"招到我们这边来呢？自然，应该如此。然而一面用棍子打他们的头，绞住他们的咽喉到不能呼吸,一面"招致"他们,这有什么必要呢,又怎么可能呢?
一切的问题,就在这里。

从我看来,我国的读者是有各种各样的。作家也有各种各样。
所以无论如何,问题的解决,也不会是决定底,一面底。根本的问
题,是在读者应该长进,到由无产阶级作家来领导。最后,则应该到
无产阶级作家来指导无产阶级的读者。这也做得到的罢。正如我
党和劳动阶级,不用 These,却用实际的一切工作来证明,于是在勤
劳大众的意识中,克得了一定的指导权一样,无产阶级作家也应该
战取那一定的艺术底权威,由此来获得指导读者的权利。

最后,还要添一点小小的注意。同志们,我想,这一件事,是必
须明白的,就是造成一切团体,不能用造党呀,组合呀,军队呀的型
范来造。也必须明白,在一定的时期,尤其是关于文化底问题,我们
是有设立别的两样的团体底规律的必要的。问题呢,现在自然不在
那名称上,但我要主张——这须是自发底团体,并不拘束的团体,倘
是靠补助经费来办的那样的团体,是不行的。(笑。)那么,小团体就
会很是多种多样的罢。而且愈是多种多样,也愈好。他们要因其色
彩,大家不同。党呢,当然应该定一个一般底方针的。但要而言之,
在这诸团体内,总须有或一程度的自由。这并非立有铁底规则的
党,这并非劳动组合——这完全是别的型式的团体。凡有文艺上的
政策的一切问题的解决,常常有人想求之于党——宛然是对于政治
及其他的生活的些细的问题,党都给以回答一般。然而这是党的文
化事业的完全错误的 Methodologie(方法),为什么呢,因为这是自有
其本身的特殊性的。

这就是我要在这里提出的注意。

阿卫巴赫(L. Averbach)

最重大的点——是关于豫想的问题。关于发达的径路,速度,

和别的问题呢，即使在或一程度上，意见有些不同，但以一般底地，以及全体而论，我们不得不赞成同志布哈林，他在我们面前，提出了正当的豫想，并且指出了无产阶级作家的问题，是最为重要的问题，在这意味上，拿同志瓦浪斯基的 These 来看罢。这的所以不行，一是对于明日，并不给一点解答；二是将来的工作的计划，完全没有；三是对于文学，看不透那发达。倘若诸位慎重地一研究同志瓦浪斯基的 These，则这完全是照字面的意义上的一个潮流。（拉迪克从座中，"这是并没有流着的。"）不，同志拉迪克，潮流是流着的，然而，可惜的事，是在同志瓦浪斯基的旁边，而且这将他漂流了。问题的本质正在这里。在同志瓦浪斯基那里，是不会有豫想的，为什么呢，就因为他不相信劳动阶级的力量。他的反对"那巴斯图的人们"的主要的结论，是——你们是没有名气的！他在这席上，说了这样意思的话，今天在我们这里，一切种类的文学底团体和组织都吵闹着，但是作家是会从什么地方的熊洞里，远离都市的山奥里出来的罢。正在这一点，我们和同志瓦浪斯基意见断然不同。无产阶级作家的生成的过程，和以前的艺术家出现的那形态，是质地底地两样的。他并非单是个人底地，从什么地方出现，他是能够从广大的无产阶级文学运动之中产生，也正在产生的，为什么呢，因为我们是将所有的作家的组织，看作劳动通信所开始的那连锁的一个环子的。从列宁对于文化革命的时代的命题出发，我是一个确言者，敢说现在动手写作的劳动者作家的团体，是较之个个已经出现的有天分的——这虽然实在是同志瓦浪斯基的唯一的标准——作家们，要重要得多。其次，我们的意见的差异，是我们不将作家出现的过程，看作和我们的意志和我们的关系，并不相干，便即起来的一种东西。这并非单是自然成长底过程，但对于这事，同志瓦浪斯基却全然怀着宿命底的心情，他说——要出现的罢，从熊洞里。我们应该作用，创造情势，用适宜的氛围气来围绕劳动者作家，给与影响。于是在或一程度上——我们这里有出版所，有报章，也有别的种种——规定那新的作家群的出现,而且这也是做得到的。然而我们这里,关于这一节,却什么也没有做,文学指导的领域,正如文艺批评的领域一样,到处非常沌混。

其次,在二十一年,同志瓦浪斯基曾担当到一种一定的任务。这是一定有看一看实行到怎样的必要的。同志瓦浪斯基将这极其一面底地实行了。极其不满足地实行了。他所受的委任,是在使有产阶级作家解体的。使有产阶级作家解体,是必要的事。但我要问一问,靠了始终将头钻在有产阶级作家的团体里,是能够使这解体的么?我们以为倘若真要使他们解体,只有在我们创造自己们的作家,依据着自己们的作家的组织的条件上,这才做得到。正因为这缘故,对于同志瓦浪斯基的行动的一部分,我们是早就表示了反对的。我可以确信,以"Molodaja Gvardja"的工作为基础,同志瓦浪斯基开初就毫不将一点注意给我们青年们,但是一动手,却就开始要将年青的无产阶级作家的团体解体。同志瓦浪斯基是一般底地说,对于作家的组织所有的特殊的意义,还未十分地评定,共产主义底工作,是并不靠着个人底的活动,而惟经过了组织,我们这才能够实行的。

诸位同志们,我们现在是站在相续而出的厚厚的有产阶级杂志的前面了,而同志瓦浪斯基的行动,却正是创造了他们的出现的可能。这两三年来,如果施行了党的真实的政策,作家"同路人"就不会走到有产阶级杂志那边去了罢,而他们的出现,不过作用于作家的政治底分化,至于真的同路人,就剩在我们这边了罢。

雅克波夫斯基(G. Iakubovsky)

诸位同志,文艺的问题,现在竟至于这样地带着现实味,提了出来,这大概是大众的异常的文化底成长的结果。必须决定底地这样说——煽动,现在是不流行了。只要是和读者有关系的人,和劳动阶级的读者有关系的人,谁都知道。在全俄职业同盟中央委员会里,就有着明白劳动阶级的读者要求着艺术底的文学的材料。例如,在"同路人"之中,伊凡诺夫是有人读的,"锻冶厂"的作家们是有人读的,然而煽动文学却不流行;煽动文学现在是正演着当结婚式之际,连发着"航海术语",却在主人这面,惹起了反感的 General 的把戏的——请您给我们"切实的!"现代的读者,是正在要求着一点"切实"的东西的。倘若对于这读者,给以未来派所创造的煽动文学,怕便要痉挛底地退缩的罢。和这相连带,就起了"同路人"的问题。我们,"锻冶厂的人们"是要将关于"同路人"的命题,加以精化的。将"同路人"分类为有产阶级底和无产阶级底,是必要的。和这相连带,便又起了"同路人的分类"的问题。关于这样的分类,同志瓦进在那 These 里讲说着。然而分类是并非必要的。必要的事,是精化,是纯化。无论是你,是同志瓦进,想来大概都赞成现今正在流行的纯化的罢,——这较之由你极粗杂地用棒头所做的分类,恐怕要有益得远罢。

从同志瓦进的报告,也不能不指摘出"那巴斯图的人们"的本质,他们的观念形态,都是极其原始底的事来。问题呢,即在艺术家这东西——是产生金卵的童话里的母鸡。"那巴斯图的人们"主张说,应该将母鸡剖开来,那么,我们可以得到金卵。我们"锻冶厂的人们"是和这反对的。为什么呢,因为我们用这种办法得不到金矿。一般底地说起来,同志瓦进的见解,正使人想起那不合时节,而叫了"祭日近了,要乳香呀!"的聪明人。当将来会成大众底的 Rabochiy Journal,正在排着大困难,从事建设的时候,同志瓦进就叫喊着。"祭日近了,要乳香呀!"他主张将这杂志烧掉。这是——童话的聪明人的见解。同时,我们又看见这样的例,便是"锻冶厂"被"教会"查抄,Rabochiy Journal 在被烧掉,但诸位如果拿起《烈夫》的最近号来,你们便会看见在那里面,聪明的思想的充满的罢。要将这尘芥,有产阶级底腐败物,搬进劳动者的意识之中去的时候,同志瓦进一面支持着自己的意识形态，一面大叫道，"搬进去——无论搬多少，总是不够的"，我要指摘的，正是这一点。"锻冶厂"是站在制作底见地上的，所以欢迎同志布哈林的进出。我们从事于制作，想拿出好的制作品来。

雅各武莱夫(I. Iakovlev)

"那巴斯图"的团体劝告我们，而他们自己也在实行的这政策的危险性，不在禀有天分的作家们，将因此被从党和苏维埃政权排退，倒在从劳动阶级的列队里起来的作家们，对于自己本身的实际底的工作，在"那巴斯图的人们"那里，却往往变为自己礼赞和对于"同路人"的谗谤底批评了。这道路，说不定会使健全的新文学的现存的萌芽，至于枯槁。对于这种道路，同志列宁是屡次战斗过来的，而我们也不该允许有歪曲了列宁的方针那样的事。将对于自己本身，又必要，又认真的事，文艺的好模范的认真的研究，用了自负来替换的标本，就是"十月"这一派，在 Logosisko Shimonovsky 区的团体内做着工作的那课目(Program)。

在攻击底的通信和劳动通信的工作上，练习着自己的钢笔的劳动者们，是从许多的讲义上，学习着"烈夫"的历史；"十月"的团体的历史；这团体中的各个会员间的相互关系的历史；"十月"的团体中的十二三个年青的文学者，那大部分虽然是知识阶级，但和他们的出现一同发生的无产阶级文学，是生于何处，将走向何处的历史的。

纵使将这团体的个个禀有天分的作家，评价到怎样地高，但用了研究"十月"的历史的事，来代换研究普式庚，莎士比亚，惠尔哈连(E. Verhaeren)等，却是用了杂草，来枯掉无产阶级文学的键全的萌芽的那有害的自负，这事情，只要将现在的个个的作家团体，个个的作家联盟的相互关系的实情，比较研究起来，便会格外明白的罢。

我想，虽是"那巴斯图的人们"自己，大约也不会否认，进了种种程度的无产阶级文化的团体的新作家,也常有典型底的有产智识阶级底放纵和钻在颓废的有产阶级文学气质的氛围气里的。对于这敌,"那巴斯图的人们"正没有十分地,明了地观察。然而放纵主义者的氛围气,团体主义者的氛围气,是创造最合于发达那颓废底的性质的心情的土壤的。颓废底的性质的心情和今日似的不可不战的时代,先前未曾有。

试取里培进斯基为例来看罢。他的创作《明天》——作者虽然是"十月"派,又是无产阶级作家——莫非真不是颓废底的文学的标本么?

自称为无产阶级文学,而这些和此外的作品,是很少新鲜泼刺的感情,自信,我们将由新经济政策而赴社会主义的确信,却助长着疲劳和失望的心情。然而自称"无产阶级文学"的同志们,却跑了来,并且说,我们是捏着无产阶级文学的代表权的。我们有向着他们这样说的权利。"看看自己罢,你们本身里面,果真没有和在别的人们里一样,含着小资产阶级底解体和颓废的要素么?"(座中之声,"一点不错!")

为从靠了劳动通信,农村通信,军队通信,以接近文学的,新的劳动者的大层之中,无产阶级作家实际地分开,产生起见,我党必须极接近这阶层去,帮他们战胜自己本身的无学,帮他们明白言语的技术和世界文学的好模范。要而言之,是帮他们学,这是"那巴斯图的人们"没有做的。

拉迪克(K. Radek)

我也和同志瓦进一样,不是文学者。(托罗兹基:"你是会做文章的。同志拉迪克,——这是谣言!")所以在这里,是从我们最有兴味的社会底见地,接近问题去。我想,"那巴斯图的人们"是做了一件好事情,这是——打破了许多玻璃,使至今未曾对于文学的问题,加以十分注意的党的广大的范围，此刻是不得不在或一程度上，将自己的注意转过去了。

现今在俄国印行的书籍，应该指摘的事，是一百本中的九十九本——都不是共产主义底的书籍。我们的党的机关报和杂志，都不加批评。这些文学，大抵是毫无什么批评地，自然流通底地，流入于党的青年大众里面去的。在这里，就有小资产阶级的环境的危险。怎样才可以克服这事的问题，现在便站在我们的面前。支持劳动阶级出身的作家们的正在成长的 Generation 呢，还是支持那和劳动阶级接触的青年文士呢，这问题，在我们这里，自然，不会有什么意见的不同的。然而怎么办，以怎样的步调，用怎样的方法？

我还记得苻拉迪弥尔·伊立支（列宁）和我的关于无产阶级作家问题的对话。苻拉迪弥尔·伊立支（Vladimir Ilitch）这样说，"有着天才的闪光的好的劳动者，恐怕要被破灭罢。人从自己的经验来写一本小说，便被抓着头发拖来拖去了。"他还比这说得更明白，"十个老婆子为了要将他做成天才，夸扬着呀。就这样地在使劳动者逐渐灭亡。"

假使我们为了创造或一种的"巴普"和"墨普"创造一切种类的倾向，而且为了给他们创造文学底氛围气起见，决计给与补助费，则我们就会因了这事，同志们，使好的劳动者灭亡。我要关于里培进斯基说一说。我看着里培进斯基的《一周间》的时候，这给了我非常强烈的印象。然而我想，不知道他能否再写出一本和这相类的东西来，为什么呢，因为这里面是有经验底的材料的，但从此以后，他能否拿出好东西来，却是疑问。……我们的任务，是在不将这些劳动者作家们，从他们的环境提出。我们当然应该支持他们。我不知道我们能否人为底地，来准备无产阶级文学。但我想，为了这事，须要求非常之多的东西。

问题之二，是关于"同路人"的。同志瓦浪斯基是实行了二十年顷所付给他的党的方针了。在这几年间，容纳了"同路人"，将他们联合，改造的任务，在站在我们面前的范围内，任务是尽了的。

诸位当检讨新的文学现象的时候，对于他们，诸位好像是对于奇迹一样。然而为了文化底的目的，可以利用的旧文学的巨大的团块，是存在的。

就"同路人"而论，倘将毕力涅克现在所写的东西，和他二十年所写的东西一比较，便可以看出显明的进步的痕迹，这事是应该指点出来的。发达是并非沿着一条线进行的。在这里，有着文学底荒废所难于替代的伟大的事业。然而文学底荒废，在正当地设立了的任务上是最坏的计划（Plan）。

普列忒内夫（W. Pletnev）

同志布哈林说，在我们这里，读者有种种，作家也一样地有种种。但我要说，在我们这里，应该不是种种，而有一样的革命底马克斯主义底批评。在辩士之中的谁也没有说到的这一点上，我想促诸位同志的注意。到这里，就不消说，要和同志瓦浪斯基，和他的《作为生活认识的艺术》这本书有关系了。对于这问题，我是很感着兴味的。拿那论文来读下去，有着这样处所，"行为底历程是随着认识底历程的。人先认识而后行为"云云。（瓦浪斯基的声音，"请你读细注。"）我是从头读到底的。（读。）从这举例，得了"人先认识"的一个结论。然而同志瓦浪斯基是显了十分认真的相貌，写着这个的。此后，他便开手依据培林斯基（Belinsky）了。自然，培林斯基呢——是当代的辉煌的批评家。所以要引用他，是可以的。但在同志瓦浪斯基那里，问题转到艺术家的创作的时候，我们便看见，"艺术家者，是审视 Idea（观念）的"了。这是明明白白，写在论文上面的。

其次，是同志瓦浪斯基的引用培林斯基，就是所谓"至今不动摇的"艺术创作的本质的灵感底的描写——

"艺术家的创造，是一件奥妙的东西，——培林斯基说——艺术家还未执笔在手，已把要描写的东西看得很清楚，他可以算数人的衣襞,也能算数表现忧愁,情热,苦恼的额上的皱纹,并且他知道你们的父亲,兄弟,朋友,你们的母亲,姊妹,爱人,比你们还要熟悉;他也知道他们要谈什么,做什么,他审视着围绕他们,互相连结的事件的一切的脉络。"

同志瓦浪斯基是用了非常周到的注意,将那引用文的断句的前两行半删掉了,但在那里面,培林斯基是这样地说的——

"这样,创作的主要的特质,是在玄妙的聪明之中,是在诗底的 Somnambulism(梦游)之中"……

如果这真如同志瓦浪斯基所确言,是"至今不动摇"的,那么,我们就有权利来推想,在同志瓦浪斯基之中,有什么东西动摇着了。

关于果戈理的论文,是一八三五年所写的培林斯基的初期之作。但在一八三四年的《文学底空想》里,培林斯基却将可以作为当时的自己的批评的支柱的那哲学底的要点展开了。在这时代,黑格尔(Hegel)老人的影响尤为显著。培林斯基在这里,将自己的见解扩大,一直到文明。在这时代,培林斯基确言了"在艺术的创作,是无目的的,是无意识底的。"到后来,培林斯基又用了恰如确言时候一样的断然的态度,将这见解否定了。

"艺术家者,是审观 Idea 的人"——这是从那时代的培林斯基的见解,直接底地流出来的。但是,这有多少,是从对于艺术的革命底马克斯主义底态度而来的呢——这一任诸位的判断罢。

瓦浪斯基的著作的凡有这部分,——这是可以证明的,从头到底,都带着神秘的性质。于是对于反对他艺术的客观底价值的一切的人们,瓦浪斯基便开手来分辩,他开始在这客观底的真理上,发狂似的咬住了。倘诸位通览一遍现代的批评,你们便会看见这样的事,就是在关于保罗夫,关于生物学和反射学说的问题的同志托罗兹基和什诺维夫的论文之后,要来支持这学说的尝试,就载在 *Rabochiy Journal* 上,于是就在有产阶级底批评里面,确立起极其分明的方针来。*Anna Karenina*,*Don Quixote*,等等的科学底,反射学说底研究，是做起来了。这是在我们的注意之外的。当我对青年论述着关于批评的问题的时候，我已经遇到了向着社会学底地必要的，没有马克斯主义底照明的批评的生物学底分类，精神分析说，等等的倾向。我们面前，正站着极其重要的课题，这就是，极有注意于我们的批评的必要。说是"无产阶级文学是不存在的"。却没有想一想，无产阶级诗人该拉希摩夫和别人，是从那里出来的呢？台明·培特尼是从那里出来的呢？这是无产阶级文学的批评么？现在正有使我们的批评，站在巩固的地盘上的必要。有使脚踏实地的革命底马克斯主义批评，展伸开来的必要。对于批评方针的同路人的同路——虽然有同志瓦浪斯基的倾向在这里——那胎孕着的结果，是服从文学的或种一定部分的批评。乡村的教员们读了同志瓦浪斯基的论文，拥护着艺术的客观底的价值。这里就有着大的危险性。在我们，所必要的，是革命底马克斯主义底，唯一的，巩固的批评。

托罗兹基(L. Trotsky)

在我，觉得同志拉思珂耳涅珂夫，似乎将"那巴斯图的人们"的见地，最明快地在这里都披沥了——同志"那巴斯图的人们"诸位，想来不会躲闪的罢！在长久的不在之后，拉思珂耳涅珂夫拿了一切阿富汗尼斯坦底的新鲜，在这里试行出画了。然而别的"那巴斯图的人们"，却尝了一点点智慧果，竭力隐藏自己的裸体——自然，现在还是生下来照样的裸体的同志瓦进，那又作别论。（瓦进"但是，我在这里说了什么，你不是没有听到么！"）对的，我迟到了。然而，第一，我读了登在近时的《那巴斯图》上的你的论文。第二，我此刻刚才火速地看过了你的演说的速记录。还有第三——我可以说，倘是你的议论，那是没有听到也知道的。（笑。）

但是，回到同志拉思珂耳涅珂夫那里去罢。他说着，"频频向我们推奖'同路人'，然而先前的，战争以前的《真理》和 Zvezda 上，曾经登载过阿尔志跋绥夫和安特来夫以及别的人,倘在现在,一定被称为'同路人'之辈的作品没有呢?"诸位,这正是对于问题的新鲜而不很思虑的态度的标本。阿尔志跋绥夫和安特来夫,那时有什么必要呢?据我所知道,无论谁,没有将他们称过"同路人"。来阿尼特·安特来夫是死在对于苏俄的热病底的憎恶之中了。阿尔志跋绥夫简捷地被追放到国外去,并不是怎么陈旧的事。这样胡乱地混淆起来,是不行的!所谓"同路人"者,是甚么呢?在文学上乃至政治上,我们称为"同路人"者,是指在我们和诸位要一直前进的同一路上,拖着蹩脚,趔趄着,到或一地点为止,走了前来的人们。向和我们相反的方向去的,那就不是同路人,是敌人;将这样的人们,我们是随时驱逐出国的。为什么呢,因为在我们,××的利益是最高的法律。究竟是怎么着,你们竟会将安特来夫连到"同路人"的问题上去的呢?(拉思珂耳涅珂夫,"好,但是毕力涅克怎样?")倘若你说着阿尔志跋绥夫,想着毕力涅克,那我就不能和你来辩论。(笑。声,"不是一样的么?")为什么成了"不是一样的么"了?既然指出姓名来说,对于他们,诸位就不能不负责任。毕力涅克是好是坏,那里好那里坏——然而毕力涅克是毕力涅克,如果对于他要说话,应该不是像对安特来夫似的,要对于毕力涅克才。认识一般,是始于事物和现象的差别的。不始于这些的混沌的混同。……拉思珂耳涅珂夫说,"我们在 Zvezda 和《真理》上,没有招呼'同路人'。但在无产阶级的大层的里面,寻求诗人和作家,而且发见了。"寻求,而且发见了的!在无产阶级底大层里!那么,诸位将他们放在那里了呢?你们为什么不将他们给我们看看呢!(拉思珂耳涅珂夫,"他们是在的,例如,台明·培特尼就是。")哦哦,原来;但是我,照实说来,是万想不到台明·培特尼是由你们在无产阶级的大层里面发见出来的。(哄笑。)看罢,我们是在提着怎样的旅行皮包,走进文学的问题去,嘴里是说着安特来夫,头里是想着毕力涅克。说是在无产阶级的大层里,发见了作家和诗人了,摆着架子。然而这全"大层"的证据,却只是一个台明·培特尼。(笑。)那是不行的！这叫作轻率。关于这问题，必须更加认真些。

实在，对于现在在这里谈起来了的革命以前的劳动阶级的刊物，报章和杂志，何妨再认真一点地考察一下呢？我们大家，都记得在那里面，献给五一节及其他，战斗的诗颇不少。凡这些诗，以全体而言，都是极重要的可以注目的文化史底记录。他们是表示着阶级的革命底觉醒和政治底生长的。在这意义上，他们的文化史底意义，是毫不下于全世界的沙士比亚，摩理埃尔，普式庚们的作品的意义。在这些可怜的诗里面——存着觉醒的大众，将创造那获得旧文化的基础底的诸要素的时代的，新的，较高度的人类底的文化的萌芽。但是，虽然如此，Zvezda 和《真理》上的诗，决非便是新的劳动阶级文学的发生的意思。譬如兑尔札文（Derzhavin）或兑尔札文以前的形式的非艺术底的诗句罢，即使在事实上那些诗里面所表现的思想和感情，有属于出自劳动阶级的环境的新作家们的，也决不能评价为新文学。倘以为文学的发达，是成着没有断续的连锁，所以本世纪初的年青劳动者的虽然真挚，却是幼稚的诗句，是作为未来的"无产者文学"的最初环子的，那是错了。在事实上，这些革命诗，也是政治上的事实，而非文艺上的事实。他们并非在文艺的发达上给了力量，是在革命的生长上给了力量。××将无产阶级引到胜利，胜利将无产阶级引到经济过程的变革。经济过程的变革，则更换劳动大众的文化底姿容。劳动阶级的文化底成长，是建立为新文学，以及为一般新艺术的真实基础的。"然而不能容许二元性。——同志拉思珂耳涅珂夫对我们说——在我们的刊物上，政论和诗，应该作为一个的全体而发表。波雪维克主义，是以单元底的事为特长的。"粗粗一看，这考察似乎不能反驳。但是，其实呢，这——不过是空虚的抽象论。弄得好，这——是虔敬，然而是不会现实底的希望。自然，倘能够有表现于艺术底的形式上的波雪维克底世界感觉，作为我们共产主义底的政策和政论的补益，那是很好的。然而没有，也无怪其没有。问题的所在,是完全在凡有艺术创作,在那本质上,都比人类的——尤其是在阶级的时候——精神的表现的别的方法迟。理解了或一事情,将这论理底地表现出来,是一件事,但是——将这新的东西,组织底地作为我有,改建自己的感情的秩序,于是发见出为这新秩序的艺术底表现来,是另外一件事。第二的历程——是较前组织底地,较缓慢地,因此又较困难地,跟着意识活动的,——所以到底,总是迟了。阶级的政论,是骑着竹马在前面跑,艺术创作是在这后面拄着松叶杖,拖着蹩脚在走的。马克斯和恩格勒,岂不是无产阶级还未真正觉醒的时代的伟大的政论家了么?(座中的声音,"是的,这一点不错。")多谢多谢。(笑。)然而从这事实,就引出必要的结论来,但愿用些力,来想通那政论和诗之间,何以并不存在这单元性的道理罢,那么,这回于我们何以常在旧正统马克斯主义杂志上,有时对于很是可疑的,否则便是全然虚伪的艺术底"同路人",做着滑车或半滑车的职务的事实,也就容易明白了。你们自然都记得 *Novoe Slovo*——这是虽在旧正统马克斯杂志中,也居第一流的,前代的马克斯主义者的多数,都曾在这里工作,Vladimir Ilitch 也是协力者的一人。大家都知道,这杂志,和颓废派是有友交关系的。用什么来说明这事实呢?就用颓废派在那时候,是有产阶级文学的年青的正被迫害的潮流这回事。而这迫害,便逼他们倾向我们的党派这边来了,这自然,虽说是全然两样的性质。然而颓废派,也还是我们的一时底的"同路人"。这样,自此以后,马克斯主义杂志(半马克斯主义的杂志,更不消说了。)是直到 *Proseshchenie* 为止,并没有怎样的"单元底"文艺栏,一向对于"同路人",是给与广大的纸面的。关于这一点,是较严紧,或者正相反,是较宽大,那是做到了的,但在艺术的领域上,施行"单元底"政策的事,却因为缺少着为这事所必要的艺术底要素,没有做到。

但在拉思珂耳涅珂夫,这样的事是不算问题的。关于艺术作品,他将恰使这些成为艺术品的东西,都不放在眼睛里。这事情,在他那可以注目的关于但丁的议论里，表现得最分明。《神曲》者，据他的意见，是只因了理解或一时代的或一阶级的心理，于我们是有价值的。这样地设立起问题来——那意思就是轻易将《神曲》从艺术的领域抹杀。这样的时代，会到来也难说，然而当此之际，却很有明明白白地懂得问题的性质，不怕结论的必要的。如果《神曲》的意义，只在使我懂得或一时代的或一阶级的心情这一点，即此我便将这当作单是历史底记录了，为什么呢，因为《神曲》作为艺术作品，是对于我自己的感情和心绪，须是说给些什么的。但丁的《神曲》，是能够压迫底地作用于我，在我的内部，育养 Pessimism（悲观主义），忧郁的；或者又正相反，能够使我高扬，使我飞翔，给我鼓舞。……这是存在于艺术作品和读者之间的基本底的相互作用。自然，对于读者的作为一个研究家，将《神曲》当作单是历史底记录来办理的事，是并不禁止的。然而这两个态度，是横在不同的面上的，虽然互有关系，而不能以此掩彼，却明明白白。我们和中世意大利的作品之间，并非历史底的，而是直接底的美底关系，是怎样地得能成立的呢？这事的解释，就是在分为阶级的社会里，虽经一切变迁，而其间有或种共通的性质存在。中世意大利都市上所发达的艺术作品，在事实上，也能够感动我们。这要怎样才行呢？很容易的，只要这些感情和心绪，容受那远超着当时的生活制限的，那广大，紧张，强有力的表现就好了。自然，但丁呢——也是一定的社会底环境的所产。然而但丁——是天才。他将自己的时代的经验，举在巨大的艺术底的高度上。所以如果我们一面将别的中世的艺术作品，仅仅看作单是研究的对象，而对于《神曲》，作为艺术底鉴赏的源泉，则那是并非因为但丁是十三世纪的弗罗连斯的小资产阶级，很不因为这缘故的。试取所谓死之恐怖，这一种本原底的生物学底的感情来做例子罢。这感情本体，是不独人类，在动物也具有的。在人类，最初发见了粗杂的表现，后来，是艺术底的表现。在各各时代里，在各各社会底环境里，这表现是有变化的，就是对于这死，人类是各式各样地恐怖。但是虽然如此，关于这事，不但莎士比亚，裴伦，瞿提（之所说），便是圣诗的歌者之所说，也还是一样地打动我们的心。（里培进斯基的声音。）哦，哦，我正要讲到你，同志里培进斯基用了权术底漂亮的用语，（你自己才这样说法的。）向同志瓦浪斯基去说明各阶级间的感情和心绪的变化的处所了。以那样的一般底的形态而言，那是不可争论的事实。然而，莎士比亚和裴伦，在我们的心头诉说着什么事，你也还是不能否定的罢。（里培进斯基："诉说也立刻要停止罢。"）是否立刻呢——不得而知，但人们对于莎士比亚和裴伦的作品，也要如对于中世的诗人们一样，将特以科学底历史底分析的见地，来接近它，是无疑的。然而，一直在这以前，也将到了这时候，不再从《资本论》中搜寻自己的实践底行动的教训，于是《资本论》也如我党的课目一样，都成为仅是历史底记录了。但是，在现在，我们和你却还不想将莎士比亚，裴伦，普式庚提交亚尔希夫，还要劝劳动者去读读这些哩。例如同志梭司诺夫斯基就热心地劝人看普式庚，说是五十年左右一定还是很稳当的；时期呢，还是不说罢。然而因了什么意义，我们向劳动者劝看普式庚呢？无产阶级底立场，在普式庚那里是没有的。至于共产主义底的心情的单元底的表现，那就更没有。自然，普式庚有优美的词句——这是无须说得的——然而这词句，在他，岂不是用以表现贵族社会的世界观的么？难道我们向劳动者这样说，你看普式庚罢，为了了解那贵族的，农奴的所有者的，一个侍从官怎样地迎春送秋么？自然，这要素，在普式庚那里也具有的，为什么呢，就因为普式庚是生长在一定的社会底基础上；然而普式庚给与自己的心情的那表现，却为几世纪间的艺术底的以及心理底的经验所充满，所综合，直到我们的时代，还是充分，照梭司诺夫斯基的话，是五十年还很稳当的。所以如果有人对我说，但丁的《神曲》的意义，在我们，是因他表现着或一特定时代的生活而定的，那么，我就只耸一耸肩。我相信，许多人们也如我一样，当读但丁之际，为要想起他出世的时代和处所来，非将记忆非常地非常地紧张不可,但是,虽然如此,这于受取从《神曲》,纵使不是从全部,只是从那几部分而来的艺术底欢喜,是并无妨碍的罢。只要我不是中世的历史家,则我对于但丁的态度,是特为艺术底的。(略萨诺夫,"这是夸张。'读但丁者——如泳大海。'——勖惠莱夫曾这样反驳过培林斯基,他也是反对历史的。")我并不疑心勖惠莱夫可曾如同志略萨诺夫所说,实在这样说了没有,然而我是并不反对历史的,——这是徒劳。自然,对但丁的历史底态度,是正当的,是必要的,而这于我们对他的美底态度,也有影响,但要以彼易此,是不可能的。关于这一点,我记起凯来雅夫在和马克斯主义者的论争时所写的事来,他说,叫他们 Markid(那时是讥笑底地这样称呼 Marxist 的)来证明《神曲》是贯串着怎样的阶级底利害的罢。在别一面,则例如意大利的马克斯主义者,安多尼·拉字理乌拉(Antonio Labriola)老人,这样地写着:"要将《神曲》的句子,和弗罗连斯的商人们送给买主的羽纱的帐单一样地来解释,是只有蠢才才会做的事。"将这些句子,照样暗记着,是因为在先前,我和主观主义者的论争的时候,引证好几回的。我想,同志拉思珂耳涅诃夫是不独对于但丁,即一般地对于艺术,都不用马克斯主义底规准,却用了将谑画(Caricature)给与马克斯主义的故人勖略契诃夫的规准,走近前去的。对于这样的谑画,拉字理乌拉就说了他那强有力的话。[①]

① 现在一句不漏地,将拉字理乌拉对于那些使马克斯的理论变质,成为纸版和无所不合的钥匙的单纯的头脑的人们,所下的精力底的警告,引在这里:"怠惰的头的所有者们——马克斯主义的优秀的意大利的哲学者写着——高高兴兴满足于这样的宣言,将一切科学,都嵌进那由数个命题所成的要领中,而且有只借一个钥匙之助,便可透彻了生活的一切秘密的可能,将伦理,美学,言语学,历史底批评和哲学的一切问题,归在仅仅一个的问题里,以逃避所有的困难,这在一切稳当而且因而恬淡无欲的人们,是怎样的欢喜,怎样的慰乐啊! 蠢才们用了这样的方法,可以将一切的历史弄低到商业算术的程度,而结局,则但丁的悲剧的新研究,将会给我们以这样的观念,说是《神曲》不过是狡猾的弗罗连斯的商人们为自己的厚利而卖掉的羽纱帐单了!"

实在是写得好极的!

"无产阶级文学云者，我的解释，是用了前卫的眼，来看世界的文学"等，等。这是同志烈烈威文的话。很好的，我们有着采用这定义的准备。话虽如此，不要单是定义，也将文学给我们罢。这在那里呢？请将这给看一看！（烈烈威支："Comsomolia——这是最近的杰作。"）什么时候的？（座中的声音，"去年的"）是了，去年的，那很好。我不喜欢论争底地说话。对于培赛勉斯基的劳作的我的态度，我想，是决不能称为否定底的。我还从原稿上读了 Comsomolia，就非常称赞。然而，即使将能否因此宣言无产阶级文学的出现，作为另外的问题，我还要说，假使我们这里现在没有了玛亚珂夫斯基，派司台尔那克，乃至虽是毕力涅克，则作为艺术家的培赛勉斯基，在这世间是不存在的罢。（座中的声音，"这并不证明着什么事。"）不然，这是，至少，证明着赋与的时代的艺术创作，是呈着极复杂的织物之观的，这并非自动底地由团体底，特殊研究会底的方法所作，首先——乃是借了同路人们和各种团体的复杂的相互作用，而创造出来的东西。从这里跳出，是不行的，培赛勉斯基并没有跳出。所以，是好的。在他的或种作品上，"同路人"的影响竟至于太明了。然而这是幼小和生长的难避的现象。"同路人"之敌的同志里培进斯基自己，现就模仿着毕力涅克，或竟是白莱（Andre Belii）。是的，请虽然未必抱着大的确信，却否定底地摇着头的同志阿卫巴赫宽容我罢。里培进斯基的最近的小说《明天》，是现着平行四边形的对角线的，一面是毕力涅克，别一面是安特来·白莱。单是这样，那还不算什么不幸。在实际上，里培进斯基该是不能作为成就的作家，生在"那巴斯图"的地土上的。（座中的声音，"这还是很不毛的地土呀。"）关于里培进斯基，我当他《一周间》的最初的发表之后，就已经说过了。那时候，布哈林是，如大家所知道——因为他自己的性质的直爽和善良，非常之称赞，但那称赞，却使我吃了惊。现在呢，我是不得不指摘在同志里培进斯基——他，以及他的同志们，和"那巴斯图"所诅咒的"同路人"以及半同路人的作家本身之间的很大的关系的。这样子，诸位就再看见艺术和政论，往往不是单元底的了！我决不是要由这一点，在同志里培进斯基上头竖起十字架来。我们共同的义务——是在用了甚深的注意，来对思想和我们相近的艺术底才能，倘使这在战斗上是我们的同僚，那就更加一层了。我想，这事在我们的全部，是明明白白的。这样的注意甚深的慎重态度的第一个条件——是时机来到，就不称赞，不吹灭自己批判。第二个条件——是有谁蹶绊了的时候，不要即刻在那上面竖起十字架。同志里培进斯基还很年青的同志，他还得勤勉，长大起来。即此一端，便可知毕力涅克之必要了。（座中的声音，"在里培进斯基是必要呢，还是在我们呢？"）总之，首先——是在里培进斯基。（里培进斯基，"然而，这是我被中毒于毕力涅克的意思呵。"）没有法子，人类这一种有机体，是一面中毒，一面完成着对于那中毒的内部底手段，长大起来的。在那里是有生活的。如果将你干燥到像里海的鲤鱼一样，那时候，中毒是没有了罢，但长大也没有了罢，大抵是什么也没有了罢。（笑。）

同志普列式内夫在这会上，以辩护他自己的关于无产阶级文化和其构成底一部的——无产阶级文学的抽象论的主意，引用了 Vladimir Ilitch 的话，来反驳我。确是好本领！有在这里停一停的必要的。最近，普列式内夫，铁捷克，希梭夫的几乎不妨说是做成一本书了的东西出版了，在那里面，无产阶级文化由反对托罗兹基的列宁的引证，受着辩护。这种方法，近来是很流行的。关于这题目，同志瓦进是能够写一篇大论文的罢。然而这究竟是怎么一回事，你，同志普列式内夫该是很明白的。为什么呢，因为你自己就为了要躲避你觉得为"无产阶级文化"计，而将完全锁闭 Proletcult（无产者教育机关）的 Vladimir Ilitch 的大雷，曾经到我这里来求过救。于是我对你确切声明，Proletcult 大约是要给立起一个基础，加以拥护，但关于波格达诺夫（Bogdanov）底抽象论，则我对于你以及你的辩护者布哈林全然反对，而完全与 Vladimir Ilitch 同意的。

除政党底传统的活化身以外,一无所有的同志瓦进,是不惜最横暴地,踏烂列宁所写的关于无产阶级的东西的。说是假的信仰,大家都知道,在这世间还不少,和列宁确实一致了,所以即使宣传那正反对,也可以的。说是列宁是毫不宽假地,用了绝不许用别种解释的用语,非难了"关于无产阶级文化的空言"。但是,要躲开这证据,却比什么都容易。自然,列宁是非难了关于无产阶级文化的空言的,然而他之所非难者,是空言,而我们却并不作空言。我们岂不是认真地办着事务,而且还至于感到了光荣么,云……。这时候,所忘记了的事,是这激烈的非难,列宁却正用以对那引用他的说话的人们的。假的信仰,再说一遍罢,要多少就有多少,只要引证列宁,正反对地行动也可以。

在无产阶级文化公司这名目之下,来到这里的诸位同志们,对于另外的思想,是依照着这些思想的作家们对于 Proletcult 的集团表示着怎样的态度,然后来决定自己的态度的。这是从我自己的运命看来,已经见得很确实。关于文学的我的书籍,最初,有些人们或者还记得的罢,是用了论文的形式,在《真理》上发表的。这书费了两年工夫,我在两回的休养期中写好。这事情立刻就明白,对于成为我们的兴味中心的问题,是有意义的。当以 Feuilleton(评林)的形式,这书的第一部,即批判十月革命以外的文学"同路人"和农民作家的部分,曝露"同路人"们的艺术底思想底立场的狭隘和矛盾的部分,出现的时候,那时候,"那巴斯图的人们"便将我当作盾牌,要起来,无论那里,到处是我的关于"同路人"的论文的引用。暂时之间,我是很忧郁了的。(笑。)我的"同路人"的评价,我再说一遍罢,是大家以为大概没有什么不对,便是瓦进自己,也没有反对的。(瓦进,"现在也不反对的。")我就要说这件事。但是,既然如此,你现在为什么又间接地,暧昧地,关于"同路人"弄些议论出来了呢?这究竟是什么缘故呢?粗粗一看,总是不能懂。然而说明是简单之极的。我的罪,并不在我不正当地决定了"同路人"的社会性或他们的艺术的意义——我们听见同志瓦进现在就说，"现在也不反对的。"——却因为我对于"十月"或"锻冶厂"的宣言不表敬意，不承认在这些企图上，无产阶级的艺术底利益的独占底代表权——用一句话来总结，就是我的意思，不将阶级的文化史的利益及任务和个个的文学底团体的企图，计划及要求，视为一致，所以就不对了。我的罪便在此。这事情一经明白的时候，那时候，因为失了时机，所以就起了出乎意料之外的喊声。托罗兹基是——帮助着小资产阶级的"同路人"了！我于"同路人"，是帮手，还是敌人呢？在怎样的意义上——是帮手，又在怎样的意义上——是敌人呢？这是诸位在两年以前，读了我的"同路人"论，大概已经明白了的。然而你们那时是赞成了，称赞了，引证了，喝采了。但是，过了一年，一知道我的关于"同路人"的批评，并非单是为拥护某一个现在的修业时代的文学底团体的时候，于是这团体，或者较为正确地说，则这些团体的文学者们和辩护者们，便对于我对"同路人"的仿佛像是不正当的态度捏造出一个理由来。阿阿，战略呀！我的罪，不在我偏颇地评价了毕力涅克或玛亚珂夫斯基，——关于这一点，"那巴斯图的人们"并不添上什么去，但只无思虑地反复着所说的话——我的罪，是在我将他们的文学底宣言，挂在脚尖上了。是的，文学底宣言呵！他们的挑衅的批评里，无论那里，连阶级底态度的影子也没有，在那里，只有正在竞争的文学底团体的态度罢了——惟此而已。

我论过"农民作家"。而我们于此，却听到"那巴斯图的人们"尤为称赞着这一章。单称赞，是不够的，倘不懂，就不行。当此之际，农民作家的"同路人"者，是什么意义呢？成为问题的，是在这现象决非偶然，也并非小事，也不会即刻消失。在我们这里，无产阶级的独裁，是行于概由农民所住的国度里的。我希望不要忘记了这一点。介在这两阶级之间的智识阶级，就恰如落在石磨中间的东西一般，渐被磨碎一点，而又发生起来，要磨到完全消灭，是不会有的事。就是，还要作为"智识阶级"，长久地自己保存着，一直到看见社会主义的完全的发达和国内全部居民的文化最显著的高扬。智识阶级大概是服务于劳动农民王国，而对于无产阶级，则一部分因恐怖而服从，一部分由良心而服从，依情势的变化，屡次动摇而又动摇的罢。而每当自己动摇，便向农民的内部，去寻求思想底支持——从这里，就发生农民作家的苏维埃文学。这豫想，如何呢？这在我们，是根本底地敌对底的么？这路——是向我们这边来，还是从我们这边去的呢？这是由发展的大体底的过程怎样，而决定的？无产阶级的任务，是在一面保存着对于农民阶级的统制权，而引导他们到社会主义去。倘若我们在这一条路上失败了，就是，倘若无产阶级和农民阶级之间生了龟裂了，则那时候，农民作家底智识阶级也一样，全智识阶级的百分之九十九，要反叛无产阶级的罢。然而这样的结果，无论如何是不会发生的。因为我们倒是取着在无产阶级的指导之下，引农民阶级到社会主义去的方针。这路，是长得很，长得很。在这过程中，无产阶级和农民阶级，都要各各分出自己的新的智识阶级来的罢。不要以为从无产阶级的内部分出的智识阶级，就都是十足的无产底智识阶级。只要看无产阶级已经不得不从自己里面，分出"文化底的劳动者"的特殊的阶级来这一个事实，就可见其余的作为全体的阶级和由此分出的智识阶级之间，不可避免地有或大或小的文化底悬绝。倘在农民底智识阶级，那就更甚了。农民阶级的向社会主义的路，和无产阶级的路，全然不同。凡智识阶级，即使是道地的苏维埃底智识阶级，要使他自己的路，能够和无产阶级前卫的路一致为止，大概还须在接续努力，想从现实的或想象上的农民里面，寻出为自己的政治底，思想底，艺术底支持之后的罢。在旧的国民主义底传统尚存的我们的文艺上，就更甚了。这是我们的帮手呢，还是我们的敌对呢？再说一遍。那回答，是全属于发展的今后一切走法之如何的。倘若将农民坐在无产者的拖船上，引向社会主义来，那么，我们确信，该会引来的，然则农民作家的创作，也将由复杂的屈曲的路,合流于未来的社会主义艺术的罢。① 对于问题的这复杂性,及以和这同时,那复杂性的现实性和具体性,并不说只是"那巴斯图的人们",竟全然没有理解。他们的根本底的谬误就在此。将这社会底基础和像想,置之不顾,而来谈"同路人",那不过单是摇唇鼓舌罢了。

诸位同志,文学领域上的同志瓦进的战术,虽是以"那巴斯图"的他那最近的论文为基础的,但还请容许我再说几句话罢。使我说起来,那并非战术,是污蔑!调子傲慢到出奇,智识和理解却稀少得要死。并无艺术的,即作为人类创作的特殊领域的艺术的理解。也没有艺术发达的条件和方法的马克斯主义底理解。但倒有引用外国白党机关报的不像样的戏法。看罢,他们为了由同志瓦浪斯基而出版的毕力涅克的作品,称赞瓦浪斯基了。其实倒是不能不称赞的。其实倒是说了一些什么反对瓦进,所以是帮助瓦浪斯基,还有另外的这样那样——这举动,是出于所以补救智识和理解之不足的——间接射击的同一精神的。同志瓦进的最近的论文,那立论之点,就在说白党的报纸,以为一从瓦浪斯基以文学底见地,接近文学去,而一切斗争,便完结了云云,是反对瓦进而赞助瓦浪斯基的这一件事上。"同志瓦浪斯基,是因了自己的政治底行动——瓦进这样说——全然值得这白党的接吻的。"但是,这是低级的中伤,何尝是问题的分析呢!如果瓦进算错了九九,而瓦浪斯基在这一点,却和懂得算术的白党一致,即使如此,在这里也不能有瓦浪斯基的政治

---

① 和这基础底的阶级底相互关系一同,在我们这里,还有和在新经济政策的基础上的资产阶级的成长相关连——沿着旧的辙迹——而正见资产阶级底意识形态的蹶起。这自然也使艺术创作闷死的。就因为这意义,所以我在自己的著作中说过,在我们,和要有艺术领域上的有弹力而透彻的政策一样,也必要有决定的严重的,自然,却并非匣子式的检阅制度。这意思,就是说,为对于小资产阶级底,农民底智识阶级的较好的创作底分子,给以影响起见,要有不绝的理论斗争,而我们同时也必要有毫不假借的政治斗争,以对付想将新的苏维埃艺术,屈服于资产阶级底影响之下的反动主义者们的一切的企划。

底名声的损失的。是的，于艺术，必须像个对艺术，于文学——必须像个对文学，即像个对于人类底创作的全然特殊的领域那样，去接近的。自然，在我们这里，对于艺术，也有阶级底立场，然而这阶级底立场，一定须是艺术底地屈折着的。就是，须是和适用着我们的规准的创作的全然特殊底的特殊性相应的。有产者很明白这事。他也从自己的阶级底见地观察艺术。他知道从艺术收受他所必要的东西。但是，这是完全因为他将艺术看作艺术的缘故。能够艺术底地读书写字的有产者，并不尊敬那不以艺术底阶级底规准，却从间接底政治底告发的见地，去接近艺术的瓦进，那又有什么希奇呢，在我，假使有可羞的事，那是并不在我当这论争之际，也许见得和理解艺术的白党有形式底一致，倒在向着那当白党面前议论艺术的党派底政论家，还不得不说明艺术的 ABC 的最初的字母。就大体而言，于问题不行马克斯主义底分析，却从"卢黎"呀"陀尼"里面，寻出引用文句来，于是在那周围，又堆上漫骂和中伤去，这是多么没有价值呵！

对于艺术，要接近，是不可像对于政治一样的，——这并非如谁在这里用反话所说的那样，因为艺术创作是神圣，是神秘，倒是因为它自有其本身的手法和方法，而这首先是因为在艺术创作上，意识下的过程是搬演着重大的脚色的——这是缓慢，怠惰之处较多，而服从统制和指导之处较少——大概，就因为这是意识下底的东西的缘故。在这里，曾说，毕力涅克的作品，凡较近于共产主义的，和政治底地较远于我们的他的作品比较起来，力量要较弱。这将怎样地来解释呢？这是，因为毕力涅克在合理主义底的计画上，追过了作为艺术家的自己之前的缘故。只要意识底地，在自己本身的车轴的周围，将自己旋转四五回——这事，在艺术家，便往往是深刻的，有时是还和致命底危机相连结的最困难的问题。然而站在我们的前面者，并非个人或团体的，却是阶级底社会底转换的课题，这过程，是长期间的，是极复杂的；当我们议论之际，如果关于无产阶级文学,我们所说的并非各个获得一些成功的诗或小说的意思,却是像我们议论有产阶级文学的时候一样,远是全部底的意思,则我们虽一瞬息间,也没有权利,来忘却无产阶级的压倒底多数,文化底地是非常落后的事情。艺术,是被创造于阶级与其艺术家们之间的无间断的生活底,文化底,思想底相互作用的基础之上的。贵族或有产阶级和那艺术家之间,未曾有过日常生活底分离。艺术家曾住在,也正住在有产阶级底生活样式的里面。吸着有产阶级的客厅的空气,从自己的阶级,曾受着,也正受着日常生活的皮下注射。借着这些,而他们创作的意识下的过程,得以长发。现代的无产阶级,可曾创出那样文化底,思想底环境来呢,不脱日常生活的这般的环境,而艺术家能受他所必要的注射,并且同时能有自己的创作的手法那样的?并不,劳动阶级是文化底地很落后,只是劳动者的大多数不很识字,以及全不识字的事,便是在这路上的最大的障碍。况且无产阶级呢,只要他是无产阶级,便不得不将自己的较好的力量,硬被消费于政治斗争上,经济的复兴和最要紧的文化底要求上,对于文盲,不洁,霉毒和其他的斗争上。自然,无产阶级的政治底方法,革命底习惯,也都可以说是他的文化的,然而这些,要之,是在新的文化发达起来,便当死灭下去的运命之中的文化。而这新的文化,则是当无产阶级不过是无产阶级的事,较为减少的时候,也就是,社会主义较为迅速地,并且较为完全地,展布开来的时候,当那时候,便愈是文化的东西。

玛亚珂夫斯基曾经写了《十三个使徒》这一篇强有力的作品,那革命底性质,是还是颇为暧昧,颇为漠然的。然而同是这玛亚珂夫斯基,一经转换方向,到无产者战线上,而写了《一亿五千万》的时候,在他那里,便显现最惨淡的合理主义底没落了。这就因为他在理论上,追过了自己的创作底里骨子之前的缘故。在毕力涅克那里,也如我已经说过那样,也可见意识底精进和创作的意识下过程之间的全然相象的不一致。在这里,还有附加一点这样的事的必要。就是，即使是道地的无产者底出身，但只有一层，在今日的条件之下，却还不能给作家以怎样的保证，说是他的创作和阶级是有有机底关系的。无产阶级作家的团体，也做不成这保证。那理由，即在他埋头于艺术底创作之际，便被在所给与的条件上，从自己的阶级的环境拉开，弄到底，还是没法，要呼吸"同路人"亦复如此的一样的氛围气的。这是——团体中的文学底团体。

　　关于所谓豫想，我本来还想说些话，但我的时间，早已过去了，（声音，"阿呀阿呀。"）人催逼我，"至少，单将豫想给我们罢！"这是什么意思呢？"那巴斯图的人们"以及和他们同盟着的团体，也取着要由团体底的，实验室底的路，以到达无产阶级文学这一种方针的。惟这豫想，我是全然否认的。我再说一遍，将封建时代的文学和有产阶级文学和无产阶级文学，历史底的系列地排起来，是不可能的。这样的历史底分类，是根本底地不行的。关于这事，我已经写在自己的著作上了，而一切驳论，从我看来，只觉得都暧昧而不认真。将无产阶级文化，正经地讲得很长，从无产阶级文化，制造着政纲的人们，对于这问题，是在从和有产阶级文化的形式底类似，加以考察。以为，有产者是取得权力，而创造了自己的文化；无产阶级掌握权力了，所以将创造无产阶级文化罢。然而，有产阶级——是富裕的阶级，也因此是具有教养的阶级。有产阶级文化，是在有产阶级形式底地掌握权力以前，已经存在的。有产阶级，是因为要使自己的国家恒久化，所以握了权力的。而在有产阶级社会中的无产阶级——则是一无所有的被掠夺的阶级，所以不能创造自己的文化。待到握了权力之后，他才实在确信自己的在可以战栗的状态上的文化底落伍，为克服这事起见，他必须将使他保存着自己以成阶级的这些诸条件，加以破弃。关于新的文化，可以称道的事愈多，则那文化，大概是带阶级底性质也愈少。在这里——问题的根本和论争，就有仅仅关于豫想的主要的见解的不同。有些人们，是从无产者文化的原则底立场倒退，说道，我们是只将进向社会主义的过渡时代——改造有产阶级世界的那些二十年，三十年，五十年间，作为问题的。在豫定给无产阶级的相当的这时代，创造出来的文学，得称无产阶级文学的么？要而言之，这时候，我们在"无产阶级文学"这用语上，是全然不将含有第一义底的广义的意思，添加上去的。从国际底观点看来的过渡时代的根本底性质，是紧张的阶级斗争。我们所议论着的那些二十年，五十年，首先，是市民战的时代。准备着未来的伟大的文化的市民战，于今日的文化，是很不利益的。十月革命，是因为那直接底的行动，将文学杀掉了。诗人和艺术家，是沉默了。这是偶然么？并不是。一直先前，就有老话的：剑戟一发声，诗人便沉默。要文学的复活，休息是必要的。在我们这里，是和新经济政策一同，这才复活起来。而活过来一看，这可完全涂着同路人们的色彩，不顾事实，是做不到的。最紧张的瞬间，就是我们的革命时代遇见了那最高的表现的时候，对于文学和一般艺术底创作，没有什么好处。假如明天，即使在德国或欧洲××就开始，这可是将无产阶级文学的直接的开花，给与我们呢？决不给的。这将要将艺术创作压碎，使艺术创作凋零，为什么呢，就因为我们将不得不再行全部动员，不得不武装起来了。然而剑戟一发声，诗人们沉默。（声音，"台明是没有沉默的"）无论什么时候，总是台明台明，这怎么好呢？你们是宣言无产阶级文学的新时代的，说是为此，所以在作团体，联盟，集团。然而一向你们要求那较为具体底的无产阶级文学的表示，你们就总是肩出台明来。但是，台明——乃是十月革命以前的旧文学的所产呵。他未曾创造了什么派，也未必再创造罢。他是由克理罗夫（Krylov），果戈理（Gogol），以及涅克拉梭夫（Nekrasov）养育出来的。在这意义上，他是我们的旧文学的革命底结末儿子。肩出他来，就是将自己否定了。

如果这样，那么，那豫想，是怎样的呢？基本底的豫想——便是教育，文明，劳动通信，电影的发达，渐次底的生活的改造，文化的高扬。这是和在欧洲及全世界上的市民战的新的锐利化互相交错着的基础底的过程。站在这基础上的纯文学底创作的线，大概是极为电光形底的罢。"锻冶厂"，"十月"以及别的类似的集团，无论在什么意义上，都还不是无产阶级的文化底阶级底创作的路标，但只是皮相底的性质的闲文。纵使从这些集团中，出现了三四个有才能的年青的诗人或作家，无产阶级文学还没有因此就被接收过去，但利益是有的罢。然而，如果你们想将"墨普"和"域普"作为无产阶级文学的制造厂，那你们恐怕会像曾经倒塌的一样，将要倒塌。这样联盟的会员，倒自以为是艺术分野上的无产阶级的代表者，无产阶级阵营中的艺术的代表者。"域普"是看去好像要给一种称号似的。"域普"是在抗辩，以为不过是共产主义底环境，年青的诗人从此受取那必要的启发的。那么，R. K. P.（俄罗斯共产党的略称）呢？假如这是真的诗人，真的共产党员，则 R. K. P. 会尽其全力，给他比"墨普"和"域普"要多得很远的启发的罢。自然，党是要以最深的注意，来对各各的年青的近亲，思想底地和这相近的艺术底才能的。然而关于文学和文化的他的根本底的任务，是在提高劳动大众的普通的，政治底的，学术底的——读书力。

我知道这个豫想，是未必能使诸位满足的。这在诸位，会觉得不够具体底似的。为什么呢？因为你们自己，将将来的文化的发达，想象得太计划底的了，太进化论底的了。以为无产阶级文学的现时的始源，会没有间断地丰富起来，一面生长上去，发达上去罢；真实的无产阶级文学，将被创造出来罢；于是这还要流到社会主义文学里去罢。并不然，发达大概是并非这样地进行的。今日的休息之后——这是就我们这里而言——并非在党内，是在国度内——是由"同路人"所作的染得很深的文学的时候，在这今日的休息之后，则市民战的新的残酷的痉挛的时代，将要到来的罢。无从避免地我们将被这所拉去罢。革命诗人将以好的战歌给我们，那是确凿能够的，但是，虽然如此，文学底继承恐怕还要截然断绝。全部的力，都要前去，向那直接的斗争罢。这之后，我们有否第二的休息呢？我不知道。然而，这新的，更加强烈的市民战的结果——若在胜利的条件之下——那是我们所经营的社会主义底根柢的完全的安定和强固罢。我们要受取新的技术，组织底的助力罢。我们的发达，将以别样的步伐前进罢。其实，惟在这基础之上，而当市民战的电闪和震撼之后，这才是文化的真的建设，还有新文化的创造，也将接着开始起来吧。但是，这个，大概已经是用了连带的铁锁，和艺术家结合的，建立在和文化底地成长圆满的大众，完全而不绝的交通之上的，社会主义底文化了。然而诸位并不从这豫想出发。在你们那里，有自己的，团体底豫想。你们希望本党以阶级的名义，公许底地，将你们的很小的文艺底制造所当作义子。你们以为将菜豆种在花瓶里，便可以培植出无产阶级文学的大树来。在这路上，我们未必来站罢。从菜豆里，是什么树也不会生长出来的。

罗陀夫(S. Rodov)

并非仗同志托罗兹基，问题才得提起，原是被提起着的。如果我们在这里，单要决定从这个那个的作品，是天才底的呢或非天才底的呢这一个观点，接近文学去，则无须"在这里"，而该到社会科学大学，或者另外的文学底机关，也许到艺术科学学院里去开会了罢。这问题，是有大的意义的。但自然也有问题的别一面。就是，不但在一切天才底的作品，为一定的阶级效劳，以及这作品的客观性，艺术家的生活现象把握是客观底的呢，还是主观底的呢而已，也在这究竟是否客观底地，效劳于阶级。所以我们遇见作家的各个的集团之际，我们应该由他们正在将他们的作品，效劳于那一阶级；他们是使谁的意志和感情强盛，使谁的意志和感情弛缓，而加以判断。当"那巴斯图"到达了这问题的设定的时候，他以为这是第一的本身的任务。"那巴斯图"的任务，决不在将同志瓦浪斯基加以贬斥和批评。第一的任务，是在这问题的提起。今天的《真理报》上，同志渥辛斯基写着对于卢那卡尔斯基的驳论。他对于他，弄着我们"那巴斯图的人们"以上的毒舌，但同时，也顺便将飞沫溅在"那巴斯图"上。

去今两年以前，同志渥辛斯基曾经宣言过，蔼孚玛忒跋（Av-matva）是勃洛克（A. Bloke）以后的俄国第一的作家。《真理报》上，现在是，同志渥辛斯基，同志托罗兹基，都将一串的论文，献给大家认为和无产阶级无关以及为敌的作家们了。这些论文，都毫无反对地通过了。于是我们才始起而反抗的。同志瓦浪斯基——即使不是公许底，而是半公许底罢——既然以受了党的委任，作为事实上文学的指导者而出现，则瓦浪斯基必须表白，他是否将给与他的指导权用得正当，例如由渥辛斯基似的他的帮手，宣言蔼孚玛忒跋是秀出的作家的事，而是否正当地行动着。关于"那巴斯图"的辛辣，即使被人怎样说，但我却不能不说，"那巴斯图"是尽了第一的自己的任务了。关于文艺的指导的问题，正由党提起着。党已经着手于这问题的解决，就要解决的罢。我们不得不指出这一点来，并非以为自己的功劳，是作为我们的非尽不可的义务。

这回是关于指导的方法。请容许我说，"那巴斯图"是以为第二的自己的任务的。但至今，怎样实际底的方法，他却还没有提示。对于同志瓦浪斯基，则我们在这会议之前，为要不陷于混杂起见，曾有三次，请他共同来确立一定的方针的。我们将这和瓦浪斯基去商量的最初，是"那巴斯图"还未出版之前，在出版小部会。第二回，是阿卫巴赫的家里，已经全部都反对着瓦浪斯基的政策的"那巴斯图"出了二至三号之后，是去年的秋天。至于第三回——是"墨普"的总会上，是这四月。而实在，瓦浪斯基，文艺政策的指导者，却回答说，"我不相信你们。"

我以同志之名，在这里宣言，我们是原则底地，和站在"那巴斯图"的立场上的同志布哈林一致，也一部分和同志拉迪克的立场一致的。自然，他们于这问题的实际，还不相通，于是发生了他们和我们的外观底的不一致。在我们的会议上，我们为什么以瓦浪斯基所行的政策，为最有害的政策，并且肯定了的呢！归根结蒂，问题之所在，并非单在印刷毕力涅克，尼启丁，以及其他的作品。不单在毕力涅克是好是坏——问题是并不在这里的。论争之点，也并非关于我们这里十个或十五个作家，是否忠实于劳动阶级。问题全在另外的地方。在这里成为问题的，是关于大众的文学运动。是关于已经开始了的文学运动。许多都市里，已有无产阶级作家的组织了。在这座上，说过"Sandwich"，在这座上，说过"机械底方法"等等。同志布哈林知道我们不能采用机械底方法，我们没有这样的可能，在我们这里，是没有适用这样机械底方法的可能的，但在同志瓦浪斯基那里，这些机械底方法却尽有。这是可以将我们称为团体或制造所的么，当我们先前及现今的所说，都非关于团体，而是关于全体的劳动阶级的广泛的文学运动的时候？这样的运动，是存在的。二十人用了自费，从伊尔库支克（Irkutsk），从诺伏尼古拉耶夫斯克（Novo Nikolaievsk），从阿尔汗该勒司克（Arhangelsk），列宁格勒（Leningrad），罗司多夫（Rostov）到来了。劳动阶级的文学运动，是存在的。难道竟可以说我们是小团体的么，在大家的这样的集团，和无产阶级文学有着最积极底的关系的时候？这可以只说是团体的么？我还能够列举出许多组织来。（布哈林，"组织是有的，但没有作品。"）组织是有的，但没有作品。（布哈林，"就是这一点不行呀。"）未必尽然。有是略有一些的，同志布哈林，也并非全没有……。所以我要说，为增加这些作品起见，我们应该组织无产阶级作家；（笑。）那应该组织的理由，就在因为那时候，妨碍无产阶级作家的创作的条件才会消灭。假使问题的设立，只限于这或别的作家十人乃至十五人，则问题一定就以作家们应该写什么，怎样写，便解决掉了。我们既然以运动为问题，我们就将问题解释得更广阔。而且我们还至于有了从制作移到论文去的必要。不但瓦进，敖林而已，连里培进斯基，培赛勉斯基和别的人，也写着这些论文。我敢宣言，他们是要继续写这些的论文，直到本党决定了方针的时候，直到劳动阶级的文学运动得到胜利的时候的罢。

劳动阶级的文学运动，在我们，在有天分或没有天分的我们各个，价值是在培赛勉斯基或里培进斯基的天分以上的，而这事，则以党的指导为必要。（布哈林，"普式庚做诗的时候，怎样的贵族社会的政治部，给他指导的呢？"）

同志瓦浪斯基是走着和这运动，即无产阶级文学相反的路的。他在使这文学解体。他在大加努力，要立证出反对来。我在这里没有涉及具体底的事实的工夫。对于这事，同志里培进斯基能够肯定的。问题的别一面，是要问同志瓦浪斯基的"同路人"现在在那里。瓦浪斯基的"同路人"，是正在逃开他。（声音，"谁呢？"）现在且不提关于一切人们的事罢。然而同志瓦浪斯基却曾经和他们有关系，但现在他们却正在移向有产阶级文学的阵营那边去。例如，他曾将叫作莱阿诺夫（Leonov）的一个作家，宣言为天才，但我们知道，莱阿诺夫现就在 *Russkiy Severemennik* 上做文章，在 *Russkiy Soveremennik* 的背后，则站着蔼夫罗斯（Efros）和外国资本，而且这杂志，对于劳动阶级是怀着敌意的。那些同路人们，就正在带着瓦浪斯基所加的凭证，趋向这杂志去。在我们这里，关于文艺的问题，并不在只要有十个乃至十五个作家，能给劳动阶级写出忠实的好作品就算好，倒在支持那已经在劳动阶级之间开始了的广泛的文学运动，所以我们说，党的一定的指导方针，在我们是必要的，是缺少不得的。

在这里，诸位同志们，是无论什么霸权，都不应该提起的。在这里，诸位同志们，你们却宛然我们在这里要求着似的，总是谈到霸权——这是煽动。我们是应该抱定党的一定的指导，将这活用到实际上去的。这之外，还剩着关于"那巴斯图"对"同路人"的方法的问题。

至今为止，我们还未曾拿出怎样具体底的方案来，并且这些方法，虽说正在代我们计画，但我确然相信，"那巴斯图的人们"，是正在驾乎同志瓦浪斯基所做的以上地,克服着真的"同路人"的。(笑。略萨诺夫,"不是用皮下注射,是用皮上注射。")我敢反复地说,对于文学,我们以为单以出版者的态度,是不够的。我们说,我们主张对于这或别的文学,应该执阶级底态度。所以我们的意思,是以为今天的会议的任务,首先是在提出无论如何,党必须将劳动阶级的文学运动,作为已有的问题来,而别的诸问题,文艺批评的问题,或我们在相宜的会议上能够解决的别的小问题,这样的诸问题,则可以俟根本问题完全解决之后,再行审议的。

卢那卡尔斯基(A. Lunacharsky)

同志瓦进要求同志瓦浪斯基,要他从现下的情势这一个见地,走近问题去。然而党接近了文艺的问题这一件事,却也正在这现下的情势之中,演了或种的脚色的。

其实,党是才始将这特殊的课题,提起在自己之前了。但从现下的情势的这特质,也流出着或种的危险。当政治家们不知道或一领域的特殊底方面,而开始接近这领域去的时候,从他们简直会弄出太过于总括底的判断,或是有害的企图。这样,纯政治底态度,也反映在"那巴斯图"派的人们的错误的立场上。纯粹的政治的领域,是狭窄的。广义上的政治,乃是在国家机能的各部分各部分上,都各有特殊的课题。政治家办理他们所不知道的领域的事的时候,常常存在着弄错的危险。同志瓦进简捷地断定,以为应该从纯政治底见地,接近文艺的问题去。然而,譬如对于军事政策,或运输政策,商业政策,倘不将军事,运输,商业的特殊性,放在思虑里,又怎么能够从纯政治底见地,走近前去呢?和这完全一样,不顾艺术的特殊的法则,而提起关于文艺政策的问题,是不成的。否则,我们便全然成为因了这粗疏的政治底尝试,而将一切文艺,都葬在坟墓里——若用"域普"底表现来说,则是福音书的"腐烂了的"坟墓里了。其实,凡一种艺术作品,如果没有艺术底价值,则即使这是政治底的,也全然无意味。譬如这作品里,有一种内容,是政治底地有意义的——那么,为什么不将这用政论的形式来表现的呢?

但将这问题翻转来看一看就好。假如我们之前,有着艺术底地虽然是天才底,而政治底地则不满足的作品。现在假定为现有托尔斯泰或陀思妥夫斯基那么大的作家,写了政治底地,是和我们不相干的一种天才底小说罢。我呢,自然,也知道说,倘使这样的小说,完全是反革命底的东西,则我们的斗争的诸条件,虽然很可惜,但使我们不得不挥泪将这样的小说杀掉。然而如果并无这样的反革命性,只有一点不佳的倾向,或者例如只有对于政治的无关心,则不消说,我们是大概不能不许这样的小说的存在的罢。

有人在这里说过——艺术是生活认识的特殊的方法。别的人又说——艺术是社会的机能。无论依那一面,天才底的艺术作品,就明明于我们是有价值的。这些,或则是直接地给与生活的优良的表现,或者又成为社会的机能,由伟大的作家的意识,独特地,明快地,将社会反映出。如果我们不想利用艺术这一种材料,那么,我们恐怕就要作为批评家,作为社会学者,作为国家的人,作为市民,犯到深的错误了。

自然,艺术的任务,离科学的合理底的任务是很远的。但是,虽然如此,艺术底作品,是经验的特定的组织。从这见地,就可以说,一切艺术底作品,无论什么,只要是有才能的东西,即于我们有益。所以,在这方面,必须看得更广大些。艺术的繁荣,在我们,大概是会成为对于这国度的认识的很好的源泉的。

因为和我们有一点点隔阂,或者只因为有和我们的倾向不一致的特性在艺术作品里,便立刻说这是有毒的东西,这一种恐怖,究竟是从那里来的呢?我们的无产阶级,想来该是已经尽够坚实了。正不劳我们来怕他们被别样的政治的水湿了脚。

将和我们政治底倾向不一致的作品,发露出来,我们用正当的批评的方法就做得到,决没有来用禁压的必要的。艺术家是人间的特别的型,这事忘记不得。我们决不能希望艺术家的多数,同时也是政治家。艺术家之中。有些人们,常是缺少对于正确思索的极度的敏感性,或对于特定的意志底行动的倾向的。马克斯懂得这事,所以能够用了非常的留心和优婉,接近了瞿提,海纳(Heine),那样的文学底现象。

再说一遍,艺术家那里,兼有指导底政治理论的事,是很少的。他将那材料,用了和这不同的方法来组织化。即使对于出自我们里面的艺术家,我们若在他的艺术底作品中,课以狭隘的党的,纲领的目的,也还是不行。他既然作为艺术家而行动,那么,他是依了和政论家工作不同的法则,组织着自己的经验的。将浇了许多我党的酱油的艺术,给与我们的时候,使我们到后来确信这是赝品的事,实在非常之多。

自然,艺术家是可以出于种种的层里的。但是,要记得的,是在不远的将来,这大概仍然还要出于智识阶级。这是因为要做一个作家,必须有颇高的教养的缘故。以为作家从耕田的人们里,或从下层的无产阶级里,会直接出现的事,是不容易设想的。况且艺术家者,也是专门家。他因为要造出自己的形式,要开拓那视野,就必须用许多的时间。因为这缘故,所以他如果是从大众中出来的,则或一程度为止,他大概一定要离开自己的阶级,接近智识阶级的集团去。

这些一切,就令我没有法子,不得不以为我们无论怎样,不可将非无产者和非共产主义者艺术家,从我们自己这里离开。

请诸位最好是记一记,同志阿卫巴赫在这里说些什么了。这是非常年青的同志。但他却表现了全然难以比方的急躁。关于由同志雅各武莱夫所示的作家的手记,他是喊出叛逆了的!他说,同志瓦浪斯基使作家堕落了,而举为证据的,乃是这些作家宣言将和我们携手同行的那手记!他们于此希望着什么呵!他们所希望的,是将他们作为具有艺术家的一切专门底的特性的艺术家，留存下来。

倘使一切的人们，都站在同志阿卫巴赫的见地上，那么，恐怕我们便成了在敌国里面的征服者的一团了。

我害怕——在文学上，我们有陷在"左翼病"的新的邪路里的危险。我们不能不将巨大的小资产者的国度，带着和我们一同走，而这事，则只有仗着同情，战术底地获得他，这才做得到。我们的急躁的一切征候，会吓得艺术家和学者从我们跑开。这一点，我们是应该明确地埋解的。付拉迪弥尔·伊立文（列宁）直白地说过——只有发疯的共产主义者，以为在俄国的共产主义，可以单靠共产主义者之手来实现。

这回，移到反驳同志托罗兹基的那一面去罢。

同志托罗兹基，关于无产阶级文化是弄错了的。

自然，他于这一层，是有着举 Vladimir Ilitch 为反证的根据的。Vladimir Ilitch 在如次的一个似是而非的论理底判断之前，曾抱着大大的恐怖——意识由生活而决定，所以有产者观念形态，由有产者生活而决定，所以，将有产阶级的一切遗产，都排斥罢！倘从这里出发，我们就也应该弃掉我们所有的技术。然而这里横着大错误，是很明白的。有产阶级底生活之中，若干问题——也站在我们之前，但已经由有产阶级多多少少总算满足地给了解决，我们现在，是有着要加解决，而并无更能做得满足之法的诸问题。Vladimir Ilitch 就极端地恐怕我们会忘却这事，而抛弃了有产阶级的遗产里面的有价值的东西，却自己想出随心任意的东西来。他是从这见地，也害怕了 Proletcult 的。（声，"他是怕波格达诺夫主义呵。"）

他怕波格达诺夫主义，他怕 Proletcult 会发生一切哲学底，科学底，而在最后，是政治底恶倾向。他是不愿意创造和党并立，和党竞争的劳动者组合的。他豫先注意了这危险。于这意思上，他曾经将个人底指令付给我，要将 Proletcult 拉近国家来，而置这于国家的管辖下。在同时，他也着力地说，当将一定的广阔，给与 Proletcult 的文艺课目。他坦率地对我说道，他以为 Proletcult 要造出自己的艺术家来的努力，是完全当然的事。对于无产阶级文化的十把一捆的判断，在 Vladimir Ilitch 那里，是没有的。

台明·培特尼曾将 Vladimir Ilitch 的一篇演说中，说着"艺术者，和大众育养于同一的东西，依据着大众，并且要求着为大众工作"的一部分给我看。惟这大众，实在，岂就不是无产者大众么？

而同志托罗兹基，是陷在自己矛盾里了。他在那书里说，现在我们所必要的，是革命艺术，但是，是怎样的革命底艺术呢？是全人类底，超阶级底东西么？不，我国的革命，总该是无产阶级革命呀。将我们在艺术成为全人类底东西的××××的乐园里，发见自己之前，我们还没有发展无产阶级艺术的余裕这一件事，举出来作为论据，这是毫没有什么意义的。

将关于艺术的问题，和关于国家的问题，比较了一看就好。共产主义是决非将全人类底国家，和本身一同带来的，而只是将这××。但在过渡底时期，我们是建设无产阶级国家。马克斯主义，苏维埃组织，我们的劳动组合，——这些一切，都一样是无产阶级文化的各部分，这且是恰恰适应于这过渡底时期的部分。那么，怎样可以说，在我们这里，不能发生作为进向共产主义艺术的过渡底艺术的那无产阶级艺术呢？

在这些一切意见之中，我以为是这论争的惟一的最正当的结论者，是如次——就是，无产阶级文学，是作为我们的最重的期待，我们要用了一切手段，来支持他，而排斥"同路人"，也决不行。

有这座上，曾谈到应该对于马克斯主义批评，给与一个一定的规准。不错，我觉得我们的批评，是极其跛行着的。但是，和这事一样，关于马克斯主义底检阅，该依怎样的原则的事，给立出一个明确的一定的方针来，也不坏。所有的人们，都诉说着检阅的各各的失败。显着检阅似乎过于严重的情形。然而，反复地说罢，我们是有以我们为中心，而这个周围组织小资产阶级文学的必要的。假使不这样,那么,一切具有才能的人们——而具有才能的人,则往往是独自的组织者——怕要离开我们,走进和我们敌对的势力里去的罢。

培赛勉斯基(A. Bezamensky)

首先,诸位同志们,我不能不关于我那尊敬的文学底反对者——同志托罗兹基的出马,来说几句话。他说过,从无产阶级的菜豆里,(略萨诺夫,"这是——著了色的菜豆呀。")是什么也不会生发出来的。无论如何,同志们,关于这一端,我们大概总要和他闹下去。当这开会以前,我是在个人底的信札里,曾经和同志托罗兹基论争,我并且非常希望他来赴这会,给我们说一说,我们是决不夸耀自己的"制造所"的。我们说过,首先是劳动大众,比什么都重要。即使培赛勉斯基什么也不值,民众艺术家什么也不值罢,但大众底文学运动,是重要的,党应该将这取在自己的手里的。我暗暗地在想,我们为了召集今天的会议,叩了玻璃,倒也并非没有意义地;还有,这会议,是我们始终向这前进的——即党对于文学,给与自己的方针的事的第一步。我们的全努力,就集中于这一点的。来责难我们,说是党派底的也好;来责难我们,说是宗派底的也好。我想将同志瓦进对于嘲笑着我们辛苦的探求的诸位同志们所下的警告,引用出来。同志瓦进曾经指摘过和对于党的第二回大会以后的时代的波雪维克的外国的团体,所加的嘲笑的类似。他们终于没有懂。现在是,我们既然展开了大大的劳作,我们既然用了自己的血,创造了全联邦无产阶级作家联盟的政策,我们就能够在更大的程度上,移向创作底劳动去了。但和这一同,我们说,党要来关与这我们挑在自己的肩头的创作底劳动。在给我的信里,——但这也是颇为残酷的信——同志托罗兹基掷过这样的句子来,"你竟误解我到这样么,宛如我们较之自己们,倒更尊重他人似的?"诸位同志们今天为止的态度,是还是如此的,较之自己们,是更尊重他人的。而同志瓦浪斯基在这座上,作为我们的反对者,又作为无产阶级文学的反对者而出面的时候(这在许多处所,都能够随便证明的),诸位同志们,在这里,是明明白白——有着较之自己,倒在他人的尊敬的。

诸位同志,我们是说,在我们,党的方针是必要的。诸位同志,这是什么意思呢? 我们是组织了,我们是站在正从下层生长起来的大运动的前头,我们是和劳动大众以及青年×××的大众结合着,——我有着如此确言的勇气。而作为和大众结合的东西,我们是能够成为皮带,为党起见,将那用无产阶级前卫的眼睛来看世界的新鲜的文学底势力,供献于党的罢。然而别人大叫,说我们要求着独裁。这是谎话! 诸位同志,我们是说,"执行委员会是左右人们的。"所以即使是明天,如果执行委员会对我们说,"将自己的组织都解散罢"——而且如果这事于党是必要的,那么,我们便照办。但是,如果党看着在自己之前,正从下层成长起来的广泛的社会运动,则他对于这便不能无关系,也就不得不有对于文艺的自己的方针了。而现在,是我们将巩固的无产者的文学底组织,送来给党的时候了,党对我们,未必会聋到竟至于不将这收在自己的指导之下的罢。

梅希且略珂夫(N. Meshcheliakov)

同志布哈林从两方面述说过了。一方面——关于作家,别一方面——是关于读者。我是在出版所里办事的,所以请容许我从出版的见地,接近问题去。

凡事业,不从买卖上的打算上面来做,是不行的,但为了这事,则观察市场的要求,读者的趣味,读者的兴会,就必要。我们在这方面,做成了颇大的工作了。那结果,就印刷在一本厚厚的报告书上。还有,就在最近,又出版了关于这问题的较有兴味的书。我就将这两样作为基础,将话讲下去。

据调查的所示，是现代的无产阶级作家完全不被需求。我们曾将各种的无产阶级作家的作品试行出版，——在我们的仓库里，这些堆积像山一般，而我们呢，真真是照着重量出售的。但全然没有主顾。事业是完全地损失。这就是使我们将这方面的事业缩小了的原因。

为什么"无产阶级作家"的作品，没有人读的呢？是因为他们离开着大众。为什么发生了和大众的分离的呢？是因为他们写得使大众虽然读了这些作品，也一点不懂的缘故。自然，也有例外。例如里培进斯基的《一周间》——现就很有人读，很能卖。说我们对于无产阶级文学行着不对的政策那样的非难，是不对的。

这回是——提一提同志瓦浪斯基。他每月有五十页的纸面。这以上，我们是不能给他的。

那么，这些页面，是怎样地分配给各种文学团体的呢？国立出版所的我们，无从知道实际。我们应该凭着什么，来决定"十月"比"锻冶厂"好，或是和这相反呢？我们应该给谁更多呢？是什么规准也没有的。他们都自称无产阶级文学。但我们知道有昨天以为是真的无产阶级文学的，到今天就不能这样想的事。所以我们就取了对于一切团体，都给与同数的页面的政策。我们注意着，要这文学里，不夹进什么反革命底的东西去，但对于他们的内部的计算，我们是无从干涉的。

这样地，我们是将这文学，去任凭读者的判断的。如果经过了相当的时期，读者不以此为好，那么，自然便成为国立出版所也不以此为好了。

开尔显崔夫(I. Kershentsev)

在这座上，关于瓦浪斯基，曾经用过他利用了专门家，一如我们在自己的领域上利用他们那样这一类的句子。我以为这是有点不对的。我们怎样地，并且在那里，利用了专门家呢？我们曾经利用他们于经济战线，利用了他们的技术底智识。然而我们组织赤卫军的时候，向俄皇的士官和将军，去问射击法，是有的，但并未将他们送进革命军政治部去，并未将他们送进所以巩固我们的赤卫军的观念形态的组织里去。那么，诸位同志们，我们讲到文学上的专门家之际，也不能不说，正如我们不将有产阶级专门家送进革命军政治部去以资鼓动一样，并不利用他们，以作煽动家一样，在文学上，我们是不能利用他们，像曾经利用专门家于赤卫军那样的。我们要利用他们，还须附以更大的制限，加上更大的拘束。这事情，是当评价同志瓦浪斯基之际，比什么都应该首先注意之点。

其次，在"那巴斯图的人们"所施行的攻击之中，是含着本质底的，因此也是重大的真理的，可惜今天没涉及。他们在文学战线上战争。然而问题却不仅在文学战线，而在文化战线全体。在这里面，不单是文学，也包含着演剧，美术，以及其他。在我们这里，现在在剧场上所做的事，现在的，例如《真理报》上所载的事，那是显示着在这领域上，我们正做着有产阶级专门家的俘虏。在文化的领域上，我们全然没有依照 Vladimir Ilitch 的遗言。列宁说过，我们对于有产阶级的文化，应该知道，研究，改正，却并没有说我们应该成为这文化的俘虏，——然而在事实上，我们是成着这俘虏。这是——使"那巴斯图的人们"注意起来了的毫无疑义的不幸。也许是智识才能的不充足的结果罢。但是，这是在这评议会里，所不能解决的一种复杂得多的病的问题，所以也就确有提出于新文化的斗争局面的必要了。

因此我想，和同志托罗兹基反对的同志卢那卡尔斯基，是正当的。为什么呢，就因为同志托罗兹基，似乎将我们计算为数十年的过渡底时代——看作超阶级底的时代了。宛如在这时期之间，无产阶级不能十分巩固似的，又宛如这阶级，不能浓厚地成为阶级底的似的。这不消说，数十年之间，无产阶级是大概要极度地成为阶级底的,而我们的最近数十年,恐怕要被阶级底观念形态的斗争所充满。所以在无产阶级观念形态里,也含有无产者文化,要说得更正确些,则是社会主义文化,这大概是一定要立下基础的,所以无产者文学的问题,是将来的问题。至于过渡时代呢,则应该给我们以无产阶级社会主义文化,而因此发生起来的一切的斗争,则应该向着这局面,即市民战争时代所创造的无产阶级底,社会主义底文化的斗争,以及对于虽非本心,而我们被攫于那雄健的爪里的有产阶级文化的斗争。这是今后的讨论,所应该依照的问题的一般底的设立法。(声音,"的确!")

略萨诺夫(D. Riasanov)

要关于"那巴斯图的人们"略略说几句。(阿卫巴赫,"手势轻些罢。")同志阿卫巴赫,你在这一伙里,我就忍不下去。你的团体里面,有些什么缺陷的东西,是大家觉得的,但谁也没有下最后的断语。

在"那巴斯图的人们"的政论里,是有奇怪性质的要素的。从战时共产主义,你们是蝉蜕着的,然而从用棍子赶进天国去那样的方法,"那巴斯图的人们"却还没有脱干净。同志托罗兹基在这里,说过作家所必要的皮下注射了。"那巴斯图的人们",是采用着作用的皮上注射底方法。使他们所发起的一切热闹成为可疑的,正就是这个,虽然在他们那里,原也有着很有天分的"同路人"的。诸位,在无产阶级诗人那里,全俄的文学,都以《赤色新地》为依据,是只好说是奇事。听起你们的话来,则《赤色新地》者,是这俄罗斯的肚脐。然而你们,是将这意义和瓦浪斯基本身的职掌,想得过大了。《赤色新地》曾有演过文学的组织底中心的脚色的时代,即是作为十月革命直后的时代的最初的大杂志,完成了一定的政治底职掌,这还被称为促进了白色文学的解体的。倘若这是事实,那么,很可惜,《赤色新地》是当着正在使这文学解体以前,自己本身就久已解体了的。曾经有一时代,《赤色新地》上也登载过喜欢美文学的我所乐于阅读的作品。那些里面,是反映着支持了无产阶级××的农民的自然力的。毕力涅克的有时颇有趣,然而我却以特别的满足,读了符舍戈罗特·伊凡诺夫,虽然他是在未用《赤色新地》去解体以前,原已存在了的。但无论怎样,我总不能理解,为什么这文学,竟成了无产阶级文学的障碍;还有对于这瓦浪斯基的敌意,宛如惟有他,是在俄国文学上,掌握天气一般,这是从何而至的呢?

倒是国立出版所可以非难。同志梅希且略珂夫是坏主人,他动摇不绝。他是早该确立一种指导方针,相当的方针了的。关于"Sandwich"及其分类的事,我不说。团体和小团体的无数,被创造了,凡这些,虽然是无产阶级底字样,但本质底地,却依然是有产者们的果实。

自然,我们在这里,在中央委员会的宇下聚会,是很好的。但是,假如中央委员会或者他的什么机关,要试来干涉这问题,那是很窘的罢。诸位同志们,我要宣言,在这里,我是选取完全的无政府的,且对于这些团体和小团体的各各,有留存下自行证明其生存权的可能的必要。刚才梅希且略珂夫给与诸位的文学的质的特殊的规准——指示了购读的本数。这规准是全不中用的。在市场上,有时是即使最直接底的,卑近的文学,倘有什么有力的机关,例如国立出版所的贩卖员之类,来加以援助,那时候,本数便可以推广得非常之大。利用了党的机关的书籍,就被摆在较高的特权底情势上。我知道,"域普"的各员,乃至新文学的怎样的著色代表者,是正在努力于获得党的商标——委员会的商标——即比起别的团体以及小团体来,于自己非常有利的竞争上的条件。党的商标恐怕会创造一种条件,使没有天分而实际底的人们,将完全的质的低下,拿进最近正在发达成长的那文学里来的罢。这发达,同志托罗兹基用了新经济政策来说明,然而他是错的。凡这些新的萌芽,也还是生于1917—

1919年的亢奋的年代的。但这结晶为文学形式，却在革命底精力，在推动劳农大众的新的方法中，发见其一部分的适用的时候。岂但如此呢，新经济政策，是不过毒害着这些新文学的萌芽的，而在《赤色新地》里面，假如有使我吃惊的，那是这杂志，现今正在使曾经好好的在毕力涅克，伊凡诺夫以及别人那里的东西，受着毒害，趋于解体的事。

我不愿意我们的批评涉及别的问题去。瓦浪斯基所出版的一切作品的忠实的读者的我，可惜没有读过一篇他的评论。对于我们的新的批评，我大概是外行。今天我听到了同志托罗兹基和别的人们的话，但他们的宣言所显示，是说我们这里，在文学及艺术领域上的马克斯学者们，是站在观念论底见地的。

这并不是我们应该蔑视形式的意思。从实在不是出于无产阶级的大层，然而很伟大，又有大名的台明起，直到也不是出于无产阶级的大层的年青的同志培赛勉斯基止，凡有愿意为无产阶级写作者，不欢迎文学形式的一切的发达，是不行的。这无形式，不能照型式一样，表现出人类的，或者别的集团的思想，感情，心绪来。然而文学形式，言语，是由长远的历史底的路程，完成起来的。我们常常对于那好的革命底代表者，俄罗斯的贵族阶级，对于那好的代表者，俄罗斯的革命底有产阶级，感谢他们使俄语的完成。我们为劳动阶级可以收这伟大的遗产以为己有起见，印行我们的古典底文籍，是必要的。

国立出版所已经到了为使贵族阶级的诗人普式庚，成为接近一切农民和劳动者的人，而印行（他的作品）的时候了。在普式庚那里，除了他的美的辞句以外，还可以发见丰富的材料。诸位同志们，我们接近十二月党的时代去。不要忘记普式庚是被推在不只以十二月二十四日为限的十二月党运动的涛头上的。这一天，在那根底上，是不仅是国民底的，而是长久的革命底的社会运动的结果。

我们还不能将我们的克服了他们，因而成了实践底马克斯主义者的自己的国民主义者们，为劳动者出版；我们至今还将从蒲力汗诺夫到列宁这些马克斯主义者们，由此养育出来的乌司斑斯基（Uspensky）视若等闲。

我们忘记了用体面的，锐利的俄罗斯语来说话了。我们现在还滥用着苏维埃的鸟的话。我欢迎同志台明，靠了他的作品，可以休息我们给报纸的论说弄倦了的头脑，我是欢迎那走进我们的文学里来的一切新的潮流的。所以，疏于形式，并不是好事情，应该从古的有产者的言语的天才们，去学习学习。不过模仿这有产阶级文学的腐败的果实，却是不行的。言语的单纯直截和由无产阶级文学所创造的新的内容的深刻味——惟这个，是首先所被要求的东西。这样的萌芽，我们已经在里培进斯基的最初的作品上看见。

在这里，对于无产阶级作家的我的忠告，是：如果你们有强壮的脚，而不是两枝软软的棒，那么，专跑到"爸爸"和"妈妈"这里来，是不行的。用脚站稳。依据着劳动运动，而吸取那汁水，就好，这么一来——在你们，《赤色新地》便全不算什么了。

台明·培特尼(Demian Bednii)

首先，我先讲一点从一切这些同路人们的"老子"瓦浪斯基说出来的，关于毕力涅克，关于这象征底的毕力涅克的小小的，然而很有特色的情景。瓦浪斯基那里，毕力涅克跑来了。是朋友呀。用"你我"谈天。于是毕力涅克对瓦浪斯基说，"我是，喂，走了一趟坟地哩。"瞧罢，他，"革命底同路人"，被坟地招惹了去了！"而我在那里见了什么呢，契诃夫的坟上，拉着一大堆粪。在那旁边，还写着字道，'青年共产党员彼得罗夫。'"（笑。声。）一面将这情景传给我，瓦浪斯基还高兴到喘不过气来，"阿，想一想罢，台明，这毕力涅克，有着多么非凡的观察呀！"坟地。俗称"黄金"的堆。这就是有些同路人献给瓦浪斯基，而瓦浪斯基——献给我们的文学底黄金。（座中的声音，"强有力的论证！"）

论证确是强烈的，纷纷扑鼻，并且有一点象征底的。毕力涅克居然能够写了宣言书，送到这会里来了。但我很想在墨斯科，看一看瓦浪斯基敢于带毕力涅克出席的劳动者的集会。如果敢，他会抓着怎样的月桂冠呢？！

我还要将一个乡下的情景，贡献你们。毕力涅克到基雅夫（Kiev），在劳动通信员们之前，庞然自大，并且对他们吹了拂来斯泰珂夫式的一切的牛皮。在墨斯科，是有像样的文艺政策的。例如，有三个什么青年，跑到加美纳夫那里去，宣言道，"在我们这里——有着意德沃罗基（观念形态）呵！"于是加美纳夫将手伸进钱袋去，将零钱分给这些三个的青年，说道，"为了意德沃罗基呀。"零钱是喝光，或是怎样化光了。三个青年又跑到加美纳夫那里去。但这回是一个一个，各自去的，为什么呢，因为各人那里，已经各有了单是自己的意德沃罗基了。于是加美纳夫又将钱分给各个——为了他的意德沃罗基。（座上的声音，"到规律委员会控告去罢！"）

这样的事，并不是问题。重大的事，是谁撒着这样的谎，撒给谁听的。毕力涅克的大话里，他的谎话里，觉得有些讨厌的好像真实的东西。我在劳动通信中，发见了未来的力。他们之间，正在发生着新的，民主底的，劳农底社会性。将他们从腐败救出，是必要的。然而在基雅夫，竟至于还给回去的毕力涅克提提包。劳动通信员来做毕力涅克的搬运夫！你们可有光彩？你们可愿意？

然而这些都不过是小例子。在根本上——就只好吃惊。在这时候，说着些什么？我带一本由 M. K. 出版的 *Kommunist* 第二十七号在这里。那上面有札德庚的关于伊立支的很好的回忆。里面就记着伊立支的关于艺术的少有的批判。至今为止，关于这一端，我们，没有过明快的理论底构成。从这里采一点，从那里摘一些。引用了蒲力汗诺夫。但在伊立支那里，却有着和天才底的压缩同样，而又无余的完璧和自信，给与着我们的无产阶级文学的理论。这在这样的集会上，是有诵读的必要的，为要请速记下来，也应该诵读，这必须再三再四，打进有些人们的头里去。然在伊立支那里，一切都单纯到怎样呵！

"重大的事——伊立支说——并不是将艺术给与以几百万计的住民的总数中的几百乃至几千人。艺术是国民的东西。这应该将自己的深的根，伸进到广大的勤劳大众的大层里面去。这应该为这些大众所理解。""被理解"——这是一。"这应该为大众所爱，"这是二。"这应该和这些大众的感情，思想及意志相结合，应该将他们提高。"这就是三！这是关于煽动的。"那应该在大众之中，使艺术家觉醒，使他们发达起来。"这不是劳动通信和农村通信的奖励，是什么呢？"我们——伊立支又说——在劳动者和农民的大众缺着黑面包的时候，也须将甜的阔气的饼干献给极少数的人们么?!"看罢，这是我们应该由此出发的艺术底规准的全部。根本的秘密，在那里呢？要怎么办，我们的艺术，才能够为大众所理解，为他们所爱，和他们的感情，思想及意志相结合，将他们提高呢？伊立支说，这是毫不希奇的秘密，"我们应该始终将劳动者和农民放在眼前！"

札德庚对伊立支说，"在我们这里，在德国，一个什么郡里的市镇的什么会议的议长，大约也怕敢像你似的单纯地，率直地说话的。他大概是怕被见得'太无教养'罢。"那么，伊立支的演说之力，魅力，又在那里的呢？伊立支回答说，"我知道我作为辩士，站上演坛时，始终只想着劳动者和农民。"想想劳动者和农民呀！这是我们的文艺政策的根本规准。但你们可曾想着劳动者和农民呢？我在这里，倾听了许多辩士，听到了许多高尚的言语，然而关于主要的劳动者和农民，在这里可曾说起一句呢？究竟你们在讲的，是关于怎样的文学，为了什么人呀！（声响。扰动。）如果你们用了你们的趣味，至多不过五年——不，三年，或者这以下，做出文学来罢了。至于新的，明眼的，真的作家们，大约是将从劳动通信和农村通信之间出来的罢。

瓦进的结语

台明·培特尼问三年以后怎么。我敢宣言，即使这会议的收场，是怎样的形式底的，但总之，明天的党的文艺政策，不会是昨天的的了。这是毫无疑义的。

关于同志托罗兹基，我可以几句话就完事。要之，他的对于我的言说，单是胡闹，他连一个论证也绝对底地没有提示出来。同志托罗兹基是因为我指摘了社会革命党称赞着他的事，所以向我扑来了。这并非问题的解决。是憎恶——不是论证。

关于社会主义文化。在这会上，不能将这问题展开，是很明白的。我提出这样的命题来。Vladimir Ilitch 向 Proletcult 抗议了——这是事实。然而 Proletcult——这是一件事，而无产阶级的社会主义文化——这又是另外一件事。我敢确言 Vladimir Ilitch 是在自己的论文上，尤其是在关于国民底问题的诸论文上，常常力说无产阶级的国际底社会主义底文化的存在，这文化的必要与其必然性的。Proletcult，是另外的问题。在这里，有着温室性，研究室性的。在这里，可以有一切种类的危险，波格达诺夫主义，"Rabochaia Pravda"之类。然而关于 Proletcult 的问题，和关于无产阶级的社会主义文化的问题的原则底的，一般底的，历史底的提起，混同起来，是不行的。

其次，同志列宁，出色地将文艺的意义评价了。要加以断定，已有很够的材料。同志拉迪克曾向台明·培特尼加以注意。说札德庚是在自己的回忆上，再产着自己的旧论文的。我问同志拉迪克，符拉迪弥尔·伊立支在由同志札德庚所构成的以外，能够设立这问题么？我敢确言，在这以外，他是不能设立问题的。无论怎样的马克斯主义者，此外也不能再说什么了罢。在这里请许我引用同志加美纳夫。在《给戈理基的信》的序文里，加美纳夫这样地写着——

"将戈理基的武器——文艺——符拉迪弥尔·伊立支评价得非

常高,还从中认有大大的意义。他以为这武器所向不当,同盟者看不准靶子,打着的时候,他更显出一重的热意来。"我问,列宁为什么将戈理基评价得这样地高? 原因,是极明白的。对于以为艺术——这是不能照规则做的东西的瓦浪斯基,列宁不同意,正是这缘故。

列宁看见戈理基的有力的武器,没有对着必要之处的时候,就愤慨了。列宁曾要指导过艺术家戈理基。我们要我们苏维埃共和国里的有力的艺术底武器,用得正当,我们要求文艺的党底列宁底指导。

关于文学的豫想。问过同志托罗兹基了。而他怎样回答呢?说道豫想是电光形底的。要是这就是回答。凡豫想,是电光形底的。问题并不在这里。问题的一切,是在我们设立着怎样的目标。现在呢,我们是战取了××了,我们正在战取着经济。我们现在不可不战取文学么? 我要,是的,我们应该战取文学。同志托罗兹基单是指点出没有阶级的社会,是有的罢的事,就算了。是的,这样的社会,是有的罢。但是,诸位同志们,用这么的一般的句子,是不能结束豫想的,到没有阶级的社会,还远得很哩。无产阶级在文化,观念形态的领域上,也应该是独裁者的事,他们应该支配艺术战线的事,关于这事的我们,可有着方针没有,都必须明明白白地说出来的。请容许我从社会革命党的 *Volya Rossii* 引用一点教训底的话罢——

"共产主义是通过各种的阶段的。最初,他在现实的生活战线上,获得了物质底胜利。他仗着强制,将波雪维克底共和国的人民,和独裁和行动的义务底一样性相连结了。那时候,外底中央委员会,是举了无限的功绩的。

"现在他在精神底战线上,占了完全的胜利,想以思想和感情的一样性的目的,来锻炼全俄,次及全世界。因此,内底中央委员会,便被要求了。"

社会革命党是懂了我们的任务的。他是懂得很不错,国家也必要精神底地加以锻炼，国家必要支配观念形态底战钱。在瓦浪斯基，是不懂这些的。我们既然在这领域上，支持着斗争，则这期间，在我们，文学底中央委员会也必要的诸位同志们，懂得这事，是必要的。

在我们之前：站着怎样的课题呢——政治底的，还是艺术底的呢，有这样的质问。诸位同志，假使将课题当作并非政治底，那我就难以懂得，为什么在俄国共产党中央委员会的主催之下，召集了党的会议。然而问题的设立，是并非在问这在政治底课题呢，还在文学底课题上面的。想使政治底课题，和文学底课题相对峙的一切的企图，使我说起来，是单单的无智。是沿了艺术底文学的战线，行着政治斗争的。而那一端，诸位同志们，我们必须懂得。

所有"那巴斯图的反对者们"，都试将问题来弄胡涂。同志托罗兹基，也将问题弄胡涂了，宛然他和在这会议上的我们的论争，没有关系似的。同志托罗兹基不过说述了一般底的真理，凡这些，大概于今日的我们的论争是没有直接的关系的，况且在这些真理之中，正如只有这回，是正当地，同志略萨诺夫指摘了的那样，有不少的形而上学和观念论在，但并无波雪维克底态度。

重复地说罢，艺术底课题，是发展为政治底课题了的。第二的课题，即包摄着第一的课题，所以较之第一的这，要广大到千倍。关于这个，我不能不指出，在我们这里，有革命的支持，在我们的反对者们那里，有文学的支持。

关于白党对于我们的论争的态度。在这座上，曾经很要显示出白党对于同志瓦浪斯基和托罗兹基的立场的态度，仿佛便是我一切言说里的主要的论据似的。这不消说，是弄错了。我们，"那巴斯图的人们"，是经几个月之间，研究了同志瓦浪斯基的课目、战术和组织底计划，明白了一切他的根本底的谬误和倾向，然后，然后才达到同志瓦浪斯基的立场，是受着我们的敌人的欢迎，并且并非无端欢迎着的这一个结论的。白党作家等的评判，不是证据，那是自明的事，然而对于我们党内的这个或别个的潮流，他们的态度，暗示力却很不小。将我们的敌人对于我们党内的这个那个的潮流的见解，置之不顾，是只有随便对付问题，或则不愿意目睹真实的人们，这才做得出来的。当最近的党的讨论之际，侨民的集团，声援了反对的立场的时候，我们曾经不能不将这事实，通知了党和劳动阶级，现在内外的侨民们声援着同志瓦浪斯基的立场的时候，我们也不能不将这事实，传给党和劳动阶级。

说是弄着专门家讨伐，以非难我们。可说这是全不明白事情的。当观念形态底战线成着问题的时候，怎么能说到专门家呢？同志瓦浪斯基呀，在观念形态的领域上，我们可究竟要借给什么东西么？在这里，在我们这里，是没有借给，也没有许可的。便是合办公司，也不该有的。在这里，有专门家，是不行的。我们这里，在经济，行政的领域上，是有专门家的，此后也还要常有罢，然而在这里，我们也取着以我们的劳动者来替代专门家的方针。在经济和军事编制方面，虽也招聘着专门家，而我们和这同时，正在养成着指挥者，行政者，经管者等等。然而同志瓦浪斯基，却不但要将文学交给专门家，他对于无产阶级文学的创造，还取着反对的行动。在这意义上，同志瓦浪斯基是——完全的败北者了。

其次，是关于几个同志所倡道的条件的平等。诸位同志们，这德墨克拉西也和政治底德墨克拉西完全同样，是虚伪的东西。当各种团体的状态并不相等的事，是周知的事实的时候，却说出条件的平等来，怎样不以为耻呢？"同路人，"是依据巨大的文化底过去的，但我们，在这一层，却是乞丐。怎样可有条件的平等呢？里培进斯基和毕力涅克不同等，为什么呢，因为毕力涅克依据着自己的阶级的莫大的文化底财产，而里培进斯基却相反，是连结着几乎没有文化底过去的阶级的。谁也不要求制定物质底的特权，然而在倡道条件平等之际，却想因此来这样说，就是：在指导的意义上，在鼓舞，奖励等等的意义上，党应该洗手，党对于文艺的问题应该中立。在这意义上，不会有一样的态度，不会有平等的条件，也还可以另据一个理由来说，即是各各的文学团体，决不是平等地于革命是必要的。

我们的对于"同路人"的见解，被误解为最甚。虽是对于问题的看法，原则底地，百分之九十九和我们一样的同志布哈林，——虽是他，关于这一节，也有许多的谬误。说我们要驱逐"同路人,"那是谣言。说我们向他们挥着棍子，也是谣言。说我们除无产阶级以外，忘却了别的诸阶级的现存！我们对于农民作家，不给以足够的评价，诸如此类，都是谣言。我们研究了"同路人"之间，有各种阶层的现存，于是在我们的提要（These）上这样说——

> "向劳动阶级的'同路人'的接近的程度，总之，是和一般底政治底条件，部分底地，则和对于他们的党的机关，出版所以及无产阶级文学的作用力相关。所以党的任务，当此之际，是在促进那正起于'同路人'之间的分解作用，并且将他们引入××主义底影响的范围里。"

我们主张对于"同路人"的各别的态度。我们承认和真的革命底同路人相提携而且和"同路人"中的最良者——"烈夫"，实现着这提携的事。在关于观念形态战线问题的"域普"的决议上，曾作为最重要的性质的课题，这样地表示着："由将最革命底的'同路人'的分子，首先，是农民作家，吸引到无产阶级方面，观念底地打动他们，在广涉对于反革命文学的一般底斗争的全体上，和他们相约提携。"那么，分明可见我们的懂得"同路人"的吸引的意义，——首先是农民作家的，——是不下于同志瓦浪斯基的。但我们的立场和同志瓦浪斯基的立场，所以不同之处，是在我们实际底地指出着一个条件，这并非帮"同路人"的我们的好意的利用，而是要使帮劳动阶级的"同路人"的利用，实在可能。我们的立场和同志瓦浪斯基的立场之不同，是在我们并非无产阶级文学的败北者，我们不愿意将无产阶级作家抛入一般底同路人底肉粥中。

在这会上，曾有人说，我们要求着对于文学的"域普"的独裁。

这是绝对地虚伪的。我们的口号——并非"域普"的独裁,是文艺领域上的党的独裁。"域普"也可以作这独裁的武器。

第十三回大会以前的文艺领域上的党的课题,是怎样的呢? 第十一回党大会,已经指摘了想以文学和文化运动,来影响勤劳阶级的有产阶级的企图了。第十二回党大会,关于这问题,是采用了如次的决议——

> "鉴于最近两年间,在苏维埃俄罗斯,文艺已经成长为一大社会底势力,将其影响先及于劳动者,与农民青年大众,故党认为有将指导对于来日的社会底教化的这形式的问题,决定于其实际的活动的必要。"

看罢,一年以前,我们的党的大会,就已经不满于同志瓦浪斯基在文艺领域上所实现了的结果的了。现在呢,问题是已经落上领导的实际底形式的决定上。应该怎样指导呢?——这是站在我们面前的问题。

党的任务,现在是在意识了文学战线的一切重大性之后,为实现文艺的真受党底的,波雪维克底的指导起见,来开实际底的步。

瓦浪斯基的结语

最先,要注意的,是"那巴斯图的人们"在这里专将瓦浪斯基编成这样的人,而叙说了的那些事情,无从理解。他们要弄得凡有一切,仿佛全都在我似的。这集会,已经由在一切指导底地位的诸位同志的代表,十分证明了他们容认着我所采取的方针,而反之,"瓦进主义"和"那巴斯图主义",是从他们受着当然的反对了。大都是不正当地,想使人以为仿佛是瓦浪斯基怕自己的危险,而立了方针似的。照实说起来,瓦进投给我的,说是白军的报纸称赞了我了的那一种谴责,是也可以投给我们的指导机关的。(我是实行这些的意志,直到现在的。)大抵,同志瓦进的轻率,很不寻常。例如,他竟强辩起来，似乎布哈林和他们一致到百分之九十九。我想，速记是完全地将同志布哈林的演说记录下来了的。我真不懂怎么能这样轻率地断定。作为问题者，不是我，乃是我们的指导机关所取的立场。我是每一个半月乃至两个月，总声明自己的战术，和同志商量的，然而至今还没有听得过一回，有人说我的战术在根本上有什么不当。那么，再说下去。在这里，说了些怎样的事呀？听着，就可羞！例如，同志瓦进突然有了这样的宣言，就是，艺术者，据瓦浪斯基的意见，——则这是"神圣的事业"之类。有什么根据，说出这样的事来的呢？我有两种著作，论文——虽然据瓦进的意见，也许是无聊的东西——集在，但在这里面，不是对于将艺术看作神圣的事业的那见解，斗争得最多么？当我主张艺术自有其本身的方法和历史的时候，瓦进是完全什么也没有懂。我是说了和同志托罗兹基，布哈林，卢那卡尔斯基以及别的同志所说过的一样的话。而人们将这些话，解释为瓦浪斯基和党的统御文学底生活相反对，那我有什么法。比这更坏的，是他在文学上什么也做不出，而他却在这面出风头。关于毕力涅克和契诃夫的记念碑。同志培特尼的太出色的出面，是给了我最无聊的印象的。我真不解，怎么会说出那样的话！我对台明说了什么呢？那是关于非常悲痛的事情。有一个人物的坟。那上面竖着大理石的碑。而在碑上，是刻着最单纯的文字，"Anton Pavlovitch Tchekhov"字样。而这碑，实在是被胡乱的涂鸦弄脏着了。从这事实，捏造出有趣的 Anecdote（谈柄）来，是不可的，不行的；说笑话，也不行的。

其次，要请注意的，是为什么"那巴斯图"的同志们，将我当作组织破坏者，开始痛骂的呢？那是因为除了极少数的人们之外，他们已经成为非艺术家了。所以"那巴斯图的人们"夸说着我这里有"同路人"，他们那里有无产阶级文学的时候——这是完全撒谎。其间虽有现存的或一种的不一致，但无产阶级作家的大多数和《赤色新地》，是好好地保持着接触的。这并非由我的才能，乃是因为"那巴斯图的人们"挥着棍子,不但将"同路人",连将无产阶级作家也在赶走了。"锻冶厂"当"瓦进派"将他们置之无产阶级的列外,宣言为奸细的时候,于组织问题不和他们一致,是当然的。"锻冶厂"的同志,到我这里来说,"再没有向他们去说明的耐性了,一同更密接地来做工作罢。""那巴斯图的人们"还将同样的事,来弄由他们所组织的青年们。为什么青年们和《赤色新地》一起工作着,并且怎地工作着呢?开始是五——七人,但现在是由三十四——四十人所成的一集团了。亚尔穹·威勖鲁易,密哈尔·戈洛特努易,耶司努易,斯惠德罗夫等等,——他们都离开了"那巴斯图的人们"。为什么呢?因为诸位不知道待遇作家之道的缘故,因为诸位充满着党派底恶臭的缘故。诸位同志们,这时候,问题并不在无产阶级文学乃至"同路人",而在对作家的态度。"那巴斯图的人们"的对作家的态度,是乱七八糟。有一个人对于爱伦堡的小说《尼古拉克鲁波夫的一生》来做文艺批评底论文,然而关于尼古拉·克鲁波夫本身,却只掷给了一页半。写些中央委员会里,摩托车多得如山呀,中央委员会的书记将万年笔塞进了墨水瓶呀,共产党员亚莎,该有毛的地方没有生毛呀之类,是不行的。自然,他们是不过赶走作家们罢了,所以,自然,在"那巴斯图的人们"那里,是常有组织破坏者的罢。

你们招集年青的作家们,而这些作家们,恐怕是到半年——三个月之后,就要从"组织破坏者"那里走开的。为什么呢,因为在他那里,大概一定有着不正当,大误谬,且有和那些离"那巴斯图的人们"的棍子很远的作家们不同的态度。"墨普"是要赶走作家们的罢。为什么呢,因为他不能待遇他们。于是便成为真的组织破坏者,并非瓦浪斯基,而是瓦进者流了。

有人说过,瓦浪斯基将"同路人"来塞满文学,而无产阶级作家是被压迫着的。我并不以为我的行动毫无缺点。俄国文学的造成,不是这么简单的。这有着极其曲折的路。"同路人"至今成着卓越的要素,但这并非放任的结果,却因为现在的文学生活是这样。在无产阶级作家,现在生活是艰难的,但在"同路人"生活也艰难。这里有共通的条件。我但愿在这会上,没有人来指摘,说是无产阶级作家的未曾出版的东西里,是有颇好的天才底的作品的。岂但如此,惟有他们的最天才底的作品,就由"组织破坏者"来印行。只要指出里培进斯基的《一周间》,由我自己对于这的不断的努力之后,由我印了出来的一件事,就够了。

那么,也许,将无产阶级作家默杀着么?这也不对。只要略有才能的,便竭力注意,表扬,绍介着。现在你们将国立出版所的文艺部作为问题。这文艺部,是做着这些事的。《赤色新地》以外,从"锻冶厂"出 Rabochi Journal,从未来派——《烈夫》,从"那巴斯图的人们"——《十月》,从青年联盟——《沛垒伐尔》。五种的杂志和年报!

诸位同志们,我这样地想了好几回。假如我到 Vladimir Ilitch 那里,说道我们这里,出着五种的杂志,那会怎样呢?我相信他会这样说,"你们在做什么?这不是糟么——各团体各有着杂志!……"你们因为我们不和你们一同走,便叱我们为"放任主义者"。"那巴斯图"的同志们,我们不和你们一同走,也未必一同走的理由,是因为你们和"锻冶厂"一有什么一点不一致,便即刻叫道"锻冶厂"灭亡了,解体了,还开手掷过淤泥去。有这样的党派心,我们是不能和你们提携的,为什么呢,因为这样是不能做工作的。这就完了。

关于决议,我是从衷心里,同意于同志雅各武莱夫的决议的。

雅各武莱夫的结语

在我们的采决之前,我想将同志列宁对于无产阶级文学的问题,是怎样看法的事,简单地说一说。因为一年半前,一共五回,我是有了和他谈到这问题的机会了的。

当时列宁所主张之处的根本,是集中于对于以无产阶级文化,为可以从一种或别的温室底设施里发生出来的思想的斗争。温室

可以培养无产阶级文化这一种思想，列宁以为有大危险。Proletcult
就是这样的温室呀。

无产阶级文化，可以在苏维埃政权的条件内，从一般文字教育
的土壤上发生。当无产阶级政权现存之际，当我们这里，现在将要
簇出这样也还是少数的几百万文化人的时候，到那时候，文化的新
的类型和文学的不同的类型，大抵就真要发生了。

问题的核心，是在无产阶级政权的条件内，使有产阶级的好
的果实，为大众所公有。在无产阶级政权的条件内，由几百万人取
得有产阶级文化的那些好果实，是为产生并非有产者式的真文化，
创立基础的罢。

所以列宁是对劳动者说过的。"奋勉呀，将有产阶级文化做成
自己的东西罢。无论在怎样的屋子里，无论这叫作什么名目，还受
些说是无产阶级文化已经产生了那样的童话所骗，是不行的。"无产
阶级文化的发生，应该辩证法底地来想。这问题的根本，是在几百
万的人们，在苏维埃国家的条件内，将有产阶级文化所战取者，作为
自己的东西。

这过程，在我们这里的温室主义者们，却正是完全不懂。在同
志列宁，在由同志列宁所设定的问题上，当时他就将大剧场和Pro-
letcult都看作"无用的长物"，并且同时提议，要锁闭起来。这事，是
特色到可惊的。

他一齐发出了这两个提议，没有将其一从别一个分开。

这回是关于实际底的提议的性质。我们在六个点上，看见党的
方针的基础。第一点，是要将对于那些出自劳动者和农民大众的几
万人的创作的指导，给与本党。给那些从这大众中分出，已经可以
称为作家的物质底支持，也和这相关联。

问题的第二，是和"同路人"相关联的。关于这事，可以率直地
这样说，对于"同路人"的态度，我们仍持继着党的从来的方针。在
这里朗读过了的"同路人"的信札——就很证明着这方针在根本上

是正当。这——是不能漠视的文件。

同时,我们对于正在站立起来的劳动者作家,还不能不发警告,使知道自家广告,自以为好,以及在对于研究的轻薄的态度的氛围气中,正在胁迫他的危险。

其次,是党派主义和放纵主义的问题。放纵主义党派主义的契机,是在两面的阵营里。我们应该从两面的阵营里,一样地将这个除掉(aufheben)。还有,最后,是批评的问题。我们在批评的领域里,不能一任现在的情势,照样地下去。我们的批评,不但禁不起试练,——这作为共产党的组织化了的批评,还在归于零呢。在我们这里,新书批评,是因为友情,因为知己关系而登载的。这除了称为解体之外,不能给什么名目。关于这问题,我们是不但采用决议,还应该从速来讲实行的手段的。

连载于 1928 年 6 月 20 日《奔流》月刊第 1 卷第 1 期至 10 月 20 日第 1 卷第 5 期,原题作《苏俄的文艺政策——关于文艺政策评谈会速记录》。

初收 1930 年 6 月水沫书店版"科学的艺术论丛书"之十三《文艺政策》。

《大衍发微》附记

这一篇是一九二六年四月十三日作的,就登在那年四月的《京报副刊》上,名单即见于《京报》。用"唯饭史观"的眼光,来探究所以要捉这凑成"大衍之数"的人们的原因,虽然并不出奇,但由今观之,还觉得"不为无见"。本来是要编入《华盖集续编》中的,继而一想,自己虽然走出北京了,但其中的许多人,却还在军阀势力之下,何必重印旧账,使叭儿狗们记得起来呢。于是就抽掉了。但现在情势,却已不同,虽然其中已有两人被杀,数人失踪,而下通缉令之权,则已非段章诸公所有,他们万一不慎,倒可以为先前的被缉者所缉了。先前的有几个被缉者的座前,现在也许倒要有人开单来献,请缉别人了。《现代评论》也不但不再豫料革命之不成功,且登广告云:"现在国民政府收复北平,本周刊又有销行的机会(谨案:妙极)了"了。而浙江省党务指导委员会宣字一二六号令,则将《语丝》"严行禁止"了。此之所以为革命欤。因见语堂的《剪拂集》内,提及此文,便从小箱子里寻出,附存于末,以为纪念。

一九二八年十月二十日,鲁迅记。

未另发表。

初收 1928 年 10 月上海北新书局版《而已集》。

二十一日

日记 星期。晴。上午得达夫信片。得璇卿信。下午寄小峰信。复徐诗荃信。复石民信。

二十二日

日记 昙。上午得淑卿信,十五日发。得徐翼信片。季市来。

二十三日

日记 晴。上午收未名社所寄《格利佛游记》十本。

二十四日

日记 晴。上午寄小峰信。得敬夫信。午真吾来。托方仁代买到 CARICATURE OF TODAY 一本,五元二角。夜林和清来。

二十五日

日记 晴。午后往内山书店。往一日本书店买『日本童話選集』(2)一本,『支那英雄物語』一本,共泉五元一角。陈望道来并交大江书店信及稿费十元。司徒乔来。

二十六日

日记 晴。上午达夫来。下午杨维铨来,假以泉百。晚语堂及其女来。

《奔流》编校后记(五)

本月中因为有印刷局的罢工,这一本的印成,大约至少要比前四本迟十天了。

《她的故乡》是从北京寄来的,并一封信,其中有云:

"这篇小文是我在二年前,从 *World's Classics* 之 *Selected Modern English Essays* 里无意中译出的,译后即搁在书堆下;前日在北海图书馆看到 W. H. Hudson 的集子十多大本,觉得很惊异。然而他的大著我仍然没有细读过,虽然知道他的著作有四种很著名。……

"作者的事情,想必已知? 我是不知道,只能从那选本的名下,知他生于一八四一,死于一九二二而已。

"末了,还有一极其微小的事要问:《大旱之消失》的作者,《编校后记》上说是一九〇二年死的,然而我看 *World's Classics* 关于他的生死之注,是:1831—1913,这不知究竟怎样?"

W. H. Hudson 的事情,我也不知道。新近得到一本 G. Sampson 增补的 S. A. Brooke 所编 *Primer of English Literature*,查起来,在

第九章里,有下文那样的几句——

> "Hudson 在 *Far Away and Long Ago* 中,讲了在南美洲的他的青年时代事,但于描写英国的鸟兽研究,以及和自然界最为亲近的农夫等,他也一样地精工。仿佛从丰饶的心中,直接溢出似的他的美妙而平易的文章,在同类中,最为杰出。*Green Mansions*,*The Naturalist in La Plata*,*The Purple Land*,*A Shepherd's Life* 等,是在英文学中,各占其地位的。"

再查《蔷薇》的作者 P. Smith,没有见;White 却有的,在同章中的"后期维多利亚朝的小说家"条下,但只有这几句,就是——

> "'Mark Rutherford'(即 Wm. Hale White)的描写非国教主义者生活的阴郁的小说,是有古典之趣的文章,表露着英国人心的一面的。"

至于生卒之年,那是 *World's Classics* 上的对,我写后记时,所据的原也是这一本书,不知怎地却弄错了。

近来时或收到并不连接的期刊之类,其中往往有关于我个人或和我有关的刊物的文章,但说到《奔流》者很少。只看见两次。一,是说译著以个人的趣味为重,所以不行。这是真的。《奔流》决定底地没有这力量,会每月选定全世界上有世界的意义的文章,汇成一本,或者满印出有世界的意义的作品来。说到"趣味",那是现在确已算一种罪名了,但无论人类底也罢,阶级底也罢,我还希望总有一日弛禁,讲文艺不必定要"没趣味"。又其一,是说《奔流》的"执事者都是知名的第一流人物","选稿也许是极严吧?而于著,译,也分得极为明白,不仅在《奔流》中目录,公布着作译等字样,即是在《北新》,《语丝》……以及一切旁的广告上,也是如此。"但

> "汉君作的《一握泥土》,实实在在道道地地的的确确是'道地'地从翻译而来的。……原文不必远求西版书,即在商务出版的 *College English Reading* 中就有。题目是:
> *A Handful of Clay*

作者是 Henry Van Dyke。这种小错误,其实不必吹毛求疵般斤斤计较,不过《奔流》既然如此地分得明白,那末译而曰作,似乎颇有掠美之嫌,故敢代为宣布。此或可使主编《奔流》的先生,小心下一回耳。"

其实,《奔流》之在目录及一切广告上声明译作,倒是小心之过,因为恐怕爱读创作而买时未暇细看内容的读者,化了冤钱,价又不便宜,便定下这一种办法,竟不料又弄坏了。但这回的译作不分,却因编者的"浅薄",一向没有读过那一种"Reading"之类,也未见别的译文,投稿上不写原作者名,又不称译,便以为是做的,简直当创作看了,"掠美"的坏意思,自以为倒并没有的。不过无论如何小心,此后也难保再没有这样的或更大的错误,那只好等读者的指摘,检切要的在次一本中订正了。

顺便还要说几句别的话。诸位投稿者往往因为一时不得回信,给我指示,说编辑者应负怎样的责任。那固然是的。不过所谓奔流社的"执事者",其实并无和这一种堂皇名号相副的大人物;就只有两三个人,来译,来做,来看,来编,来校,搜材料,寻图画,于是信件收送,便只好托北新书局代办。而那边人手又少,十来天送一次,加上本月中邮局的罢工积压,所以催促和训斥的信,好几封是和稿件同到的。无可补救。各种惠寄的文稿及信件,也因为忙,未能壹壹答复,这并非自恃被封为"知名的第一流人物"之故,乃是时光有限,又须谋生,若要周到,便没有了性命,也编不成《奔流》了。这些事,倘肯见谅,是颇望见谅的。因为也曾想过许多回,终于没有好方法,只能这样的了。

一九二八年十月二十六日,鲁迅。

原载 1928 年 10 月 30 日《奔流》月刊第 1 卷第 5 期。
初收 1935 年 5 月上海群众图书公司版《集外集》。

二十七日

日记 晴。午真吾来。下午杨维铨来。收小峰信并《北新》。得林和清信。

农　夫

[苏联]雅各武莱夫

辛苦的行军生活开头了。在早晨,是什么地方用早膳,什么地方过夜,一点也不知道的。市街,人民,虚空,联队,中队,丛莽,大小行李,桥梁,尘埃,寺院,射击,大炮(依兵卒的说法,是太炮),篝火,叫唤,血,剧烈的汗气——这些一切,都云一般变幻,压着人的头。也疑心是在做梦。

有时也挨饿。以为要挨饿罢,有时也吃得要满出来。从小河里直接喝水。这四近的水——小河——非常之好,简直是眼泪似的发闪。身子一乏,任凭喝多少,也不觉得够。

互相开炮的事情是少有的。单是继续着行军。

一到晚上,兵卒因为疲劳了,就有些不高兴——大家都去寻对手,发发自己的牢骚。

"奥太利的小子们,遇见了试试罢,咬他……"

但这也大抵因为行军的疲劳而起的。

休息到早晨,便又有了元气了。玩笑和哄笑又开头——青铜色的脸上,只有牙齿像火一般闪烁。

"毕理契珂夫,喂,你,晚上做什么梦了?"

就在周围的人们,便全部——半中队全部——全都微笑着,去看毕理契珂夫。但那本人,却站在篝火旁边,正做着事。从穿了没有带的绿色小衫,解着衣扣看起来,好像是一个壮健的汉子。拿了

407

人臂膊般粗细的树枝来,喝一声"一,二呀,三!"抵着膝盖一折,便掷入火里去。这人最以为快活的,就是烧篝火。

"昨夜呵,兄弟,我呀,是梦到希哈努易去了。就是带着儿子,在自己的屋子里走来走去……那小畜生偷眼看着我呀。那眼睛是蓝得吓人,险些要脱出来的——这究竟是什么兆头呢?"

毕理契珂夫暂时住了口,蹙着脸吹火去了——火花聚着飞起,柱子似的。

"那是,一定又要得勋章了。"有人愚弄似的说。

"唔,那样的梦,有时也做的。但是,得到勋章的时候,我觉得好像是讨老婆……"

"阿唷,阿唷……要撇了现在的老婆,另讨新的了么?"

"不是呀。我自己也着了慌的。我说,我已经有老婆的。可是大家都说,不,你再讨一个罢。一个老婆固然也好,但有两个,是好到无比。这时我说了。我们是不能这么办的。我有一个老婆就尽够。因为是俄罗斯人,不是鞑靼人呀……这么说,硬不听……他们也说着先前那些话,硬不听。可是到底给逼住了。早上,醒过来,我呀,自己也好笑,心里想这究竟是怎么一回事呢? 但不久,中队的命令书来到了,是给毕理契珂夫勋记的。不过这些事由它去罢……无论什么,好不有趣呵。"

兵卒们嘲笑他。但已经没有疲劳,也没有牢骚了。

于是集合喇叭响了起来。

——准备!

于是又是行军。新的地土,再是道路,市街,大炮,尘埃,叫唤,射击——疲劳。

然而——毕理契珂夫是不怕的。他这人就是顽健。总是很恳切,爱帮忙,一面走,一面纳罕地看着四处的丛林,园圃,房屋,而且总将自己的高兴的言语,拉得曼曼长。

"有趣,呀——"

并不是说给谁的,就是发了声,长长地这么说。

但是,忽而,又讲起想到的事来,别人听着没有,是一向不管的。

"喂,兄弟,怪不怪?瞧呀,——寺院也同俄国一样;便是脸相,不也和我们一样么?只有讲话,却像满嘴含着粥或是什么似的,不大能够懂。不过,那寺院呵。——这几天,我独自去看过了,都像我们那里一样,画着十字;圣像也一样的,便是描在圆房顶上的萨拉乎神,也是白头发,大胡子哩。

"'开尔尼谟天使'也和我们那里一样的。这样子了,大家却打仗……真奇怪呵!"

于是沉默了。用了灰色的,好事的眼,环顾着四近。忽然又像被撒上了盐一样,慢慢深思起来。

"有趣,呀……"

有一回,枝队因为追赶那退却的敌人,整天的行军。

敌人,依兵卒的用语来说,是"小子们",似乎还在四近。他们烧过的篝火,还没有烧完。道路的灰尘上,还分明看见带钉的鞋子的印迹。有时还仿佛觉得有奥太利兵所留下的东西的焦气味和汗气,从空中飘来。

"瞧呀,瞧呀,是小子们呀。"

到晚上,知道了"小子们"的驻处了。大约天一亮,就要开仗。

中队和联队,便如堰中之水似的集合起来;开始作成战线,好像墙壁。

毕理契珂夫的中队,分布在一丛树林的近旁,这林,是用夹着白的石柱子的木栅围绕起来的。一面,有一所有着高栋的颇干净的小屋子——在这里,是中队长自己占了位置。疲劳了的兵卒们,因为可以休息了,高兴得活泼地来做事,到树林里拖了干草和小树枝来,发火是将木栅拗倒,生了火。但在并不很远,似乎是树林的那一面的处所,听得有枪声。然而在惯透了的他们,却还比不上山林看守人的听到蚊子叫。那样的事,是谁也不放在心里的。

毕理契珂夫正在用锅子热粥。

在渐渐昏暗下去的静穆的空气中,弥漫着烟气。从兵卒们前去采薪的树林里,清清楚楚地传来折断小枝的声音。

远处的树林上,带绿的落日余红的天际的颜色,已经烧尽,天空昏黯——色如青玉一般。在那上面,星星已经怯怯地闪起来了。兵卒们吃完晚餐,便从小屋里,走出那联队里绰号"鲤鱼"的浓胡子的曹长来。

"喂,有谁肯放哨去么?"大家都愕然了。

"此刻不是休息时候么? 况且在这样的行军之后,还要去放哨?! 不行呀。脚要断哩。"

谁也不动,装着苦脸。笑影一时消失了。但总得有一个人去,是大家都很明白的。

因为很明白,所以难当的寒噤打得皮肤发冷。

曹长从这篝火走到那篝火边,就将这句话,三翻四复地问。

"有谁肯放哨去么?"

"有了,叫毕理契珂夫去!"有谁低笑着,说。

"毕理契珂夫?"曹长回问。"但是,毕理契珂夫在那里呢?"

"叫毕理契珂夫,叫毕理契珂夫去!"兵卒们都嚷了起来。因为寻到推上责任去的人了,个个高兴着。

已经如此,是无论愿否,总得去的。

"毕理契珂夫,在那里呀?"

"在这里呀。"

"你,去么?"

"去呀……"

"好,那么,赶快准备罢。"

不多久,一切都准备了。毕理契珂夫出了树林;在平野中,从警戒线又前进了半俄里,于是渐渐没在远的昏黄中了。

右手,有一座现在已为昏暗所罩,看不见了的略高的丘。中队

410

长就命令他前去调查,看敌军是否占据着这处所的。

毕理契珂夫慢慢地前进了大约三百步,便伏在栅旁的草中。栅边有烂东西似的气味。有旧篝火的留遗的气息。心脏突突地跳了起来——非镇静不可了。已经全然是夜——一切都包在漆黑的柔软的毯子里了。

树林早已在后面。在树林中,有被篝火和群集所惊的,既不是猫头鹰,也不是角鹰,连名字也不知道的夜鸟,不安地叫着。

左手的什么地方,在远处有枪声。那边的天,是微见得帽子般的样子上,带一点红色——起火罢。毕理契珂夫放开了鼻孔。有泥土和草的气息——惯熟的气息。和在故乡希哈努易,出去守夜的时候,是一样的。

在前面,远的丘冈的那边,浮着落日的临终的余光,四近是静静的,单是漆黑。"小子们"就在这些地方。也许还远。或者一不凑巧,也会就在旁边,和自己并排,像毕理契珂夫一样的伏着,也说不定。专等候和自己相遇,要来杀,装着恨恨的脸,躲在那里,也说不定的。

"记着罢,如果遇见敌人,万万不要失手呵!"中队长命令说。"一失手,不但你死,我们也要吃大亏的。"

尼启孚尔·毕理契珂夫自己也知道,失手,是不行的,不是杀敌,便是被杀于敌的。

旁边的什么地方,有猫头鹰在叫,黑暗似乎更浓重了。心脏跳得沉垫垫地,砰,砰,砰。

毕理契珂夫几乎屏了呼吸,再往前走。木栅完了,此后是宽广的路。路的那边,堆着谷类,如墙壁一般。毕理契珂夫用指头揉一揉穗子看。

"是小麦呵。"

但是,这时候,跨进一步去,田圃就像活的东西一样,气恼地嚷起来了——"不要踏我!"忽然觉得害怕。也觉得对不起。因为比践踏谷类的根更不好的事,是再没有了的。

"跟着界牌走罢,"毕理契珂夫就决计在左边走。

中队长曾嘱咐他数步数。毕理契珂夫数是数的。但数到七十,就一混,是出了八十步呢,还是九十步呢,一点也不清楚了。一面数步数,一面侦敌人,分心到这边来,自然也是万万办不到的花样,只好弯着身子,耸起耳朵向前走。并且寻出界牌来。道路忽然成了急坂,走进洼地了,界牌就在那洼地的尽头。潮湿的空气,从下面喷起,这里的草,润着露水,是湿的。

因为湿气,还是别的原因呢,毕理契珂夫骤然颤抖起来了。脊梁上森森的发冷,牙齿打得格格地响。心脏是仿佛上面放了冰块似的,停住了。毕理契珂夫在心里,觉到了自己现在完全是一个人。在全世界,只一个人。在这星夜之下,在这昏暗之前,完全只是一个人。即使此刻被杀了,谁也不知道⋯⋯

恐怖使他毛发直竖了。

黑暗忽而变了沉闷的东西,似乎准备着向他扑来,将他撕碎的敌人,就满满地充塞在这些处所。

毕理契珂夫骤然之间,就挫了锐气。

他仿佛被从下面推翻,软软的坐在地面上。周围很寂静,黑暗毫不想动弹。树林里面,还有禽鸟在叫。远处的天空中,已不见火灾的微红了。略一镇静,毕理契珂夫便竖起一膝,脱下帽子,侧着耳朵听。从不知道那里的远处,听到有钝重的轰声。

毕理契珂夫将耳朵紧贴在地面上。

这是向来的农夫的习惯。

夜里一个人走路的时候,用耳朵贴着地面听起来。说是凡有路上是否有人,是远是近,并且连那数目,也可以知道的。

现在呢,地面是平稳地,钝重地在作响。

他这样地听了许多时。于是仿佛觉得远远的什么处所,散布着呻吟声,故意按捺下去似的呼吸的声音。

呜,呜,呜……

毕理契珂夫发抖了,拼命紧靠着地面。

兵卒们说过,地面是每夜要哭的。

他从一直先前起,就想听一听地面的哭声,但还没有这机会。然而现在,如果静静地屏住呼吸,便分明听到那奇怪的呻吟。这究竟是怎么一回事呢? 也许远处正在放大炮罢……但他不能决定一定是这样。他相信地面真在啼哭了。况且地面也怎能不哭呢? 每打一回仗,基督的仆人不是总要死几千么? 地面——是一切人类的生身母亲……自然觉得大家可怜相……

呜,呜,呜……

"嗡,哭着呀。"

毕理契珂夫直起上身来。

"母亲在哭哩。地面在哭哩。"

他感动了,亲热地向暗中看进去。有母亲在,有大地在,自己并非只是一个人。这又怕什么呢? 有爱怜自己者在,有自己的生身母亲在,有大地在。

他即刻勇壮起来,觉得周围的一切,都如希哈努易一样的亲热的东西,无论是地面,是草气息,是天空的星星。

心脏跳得很利害,使毕理契珂夫想要用手来按住它。触着灰色的外套,触着扣子,触着那得到以后,从未离身的小小的若耳治勋章。

但是,辗转之间,这也平静了。于是在黑昏中,浮出中队长的脸来。

"要检查那丘冈上可有敌人的呵。"

黑暗便又成了包藏敌意的东西。尼启孚尔又觉得自己是一个人,没有一些帮助。他忍住呼吸,缩了身子,并且将中队长的命令放在心上,再往前面走。恐怖又一点一点来动他的心。他两手捏着枪,沿着界牌,走下洼地去,是想从这里,暗暗走近丘边去的。他现在分明知道,友在那里,敌在那里了。周围的幽静,也可怕起来了。静到连心跳也可以听到。靴子作响,野草气恼地嚷。为了疲劳和紧张,眼睛里时时有黄金色的火星飞起。

忽而听到异样的声音。好像在那里的远地里,转动着机器一般的声音。那声音,每隔了一定的时光,规则整然的一作一辍。是什么曾经听得惯熟了的那样的声音。在尼启孚尔,是极其亲热的声响,只是猜不出是什么,他便一面侧着耳朵,一面向前走。声音逐渐清楚起来了。似乎就从这丘的斜坡上的草里面发出来的。

"是什么呢?"毕理契珂夫十分留心地侧着耳朵想。

平常是一定知道的声音——但是,竟不知道究竟是什么!

于是他忽而出惊,就在那里蹲下了。

"阿阿,有谁在打鼾呵!"

全身骚扰起来。

"逃罢!"

然而,好容易又站住了。好像周身浇了冷水。他紧张着全身,侧着耳朵,是的,的确是有谁在打鼾。健康的鼾声,真正老牌的农夫的鼾声。毕理契珂夫野兽似的将全身紧张起来,爬近打鼾的处所去。进一步,又停一回,上两步,又住一次,一面爬,一面抖。他准备着无论什么时候都能够开枪,以及用刺刀打击。两只手像铁钳一样,紧紧地捏着枪。

黑暗中微微有一些白,就从这里,发出粗大的,喇叭似的鼾声来。是睡得熟透的人的,舒服的,引得连这边也想睡觉的鼾声。

毕理契珂夫又放了心。他一直接近那睡着的人的旁边去。

是这小子。是这小子。这小子就是了。撒开了两条臂膊,仰着,歪了头。但是,究竟是什么人呢?也许是俄国兵呀。毕理契珂夫的鼻子,嗅到了不惯的气味。

"是奥太利呵。我们,是没有那样的气味的。"

他蹲在那里,开始向各处摸索。

旁边抛着枪枝和革制的背囊。

枪上是上着枪刺——开了刃的家伙——的。在夜眼里，也闪得可以看见。毕理契珂夫拖过枪枝来。这么一来，就是敌人已经解除武装了。

"哼，好睡呀。有趣呵……"毕理契珂夫想着，凝视那睡着的人。

是一个壮健的奥太利兵。生着大鼻子。嘴大开着，喉咙里是简直好像在跑马车。这打鼾中，就蕴蓄着一种使毕理契珂夫怜爱到微笑起来，发生了非常的同情的声响。

"乏了呀。也还是，一样的事情。"

他决不定怎么办才好，便暂时坐在睡着的人的身旁，忍住呼吸，耸着耳朵听。除远远的枪声之外，没有一点声音。

他于是慢慢地背了背囊，右手拿了奥太利兵的枪，左手捏着自己的枪，很小心的，退回旧来的路上，走掉了。自己十分满足，狡猾地微笑着——但敌人还是在打鼾。

当站在中队长的面前时，尼启孚尔几乎已经不知道自己有脚没有了。吓！也许又要得一个勋章哩。因为夺了奥太利的步哨的军器来，实在也并不很容易呀……

但是，在中队长的面前笑，是不行的，于是紧紧地闭了嘴，一直线几乎要到耳朵边。脸上呢，却像斋戒日的煎饼一般发亮。

"查过了么？"

"唔，查了，队长，查了。队长说的那丘上呵……"

"唔？"

"那丘上呵，是有奥太利的小子们的。"

他的脸，是狡猾地在发亮。他挨次讲述，怎样地自己偷偷的走过去，猫头鹰怎样地叫，在什么地方遇见了敌人。

"将枪和背囊收来了。"

中队长取起枪枝来，周身看了一遍。收拾得很好，还装着子弹。

"嗡，办得好。背囊里面，查了没有。"

“不。还没有看呀。”

打开背囊来看。装着小衫裤，食料，还有小小的书。

“唔——”中队长拉长了声音说。

“但是，将那奥太利兵，竟不能活捉了来么?”

“那是，到底，近旁就有听音呀。虽然悉悉索索，可是听得出的。要是打醒了拖他来呢，杂种，就要叫喊……”

“那倒也是。好，办得不错。”

“办妥了公事，多么高兴呵，队长。”

“但是，那小子怎么了?”

“唔?”

“又‘唔’什么呢?”军官皱了眉。“我问的是，将那小子，那敌人，怎样处置了。”

“将枪和背囊收来了。”

“那我知道。我说，是将那敌人怎样办了?”

“那小子是还在那地方呵。”

“还在那地方，是知道的。问的是，你怎样地结果了那小子。”

毕理契珂夫圆睁了吃惊的眼睛，凝视着军官的脸。他是微麻的顽健的汉子，而浮在脸上的幸福的光辉，是忽然淡下去了。微微地张着嘴。

“你，将他结果了的罢。”

“不。”

“什么? 竟没有下手么!?”

“因为他睡着呀，队长。”

“睡着，就怎样呢，蠢才!”

军官从椅子站起，大声吆喝了。“你应该杀掉他的。看得不能捉，就应该即刻杀掉的。那小子究竟是你的什么? 是亲兄弟? 还是你的老子么?”

“不，那并不是。”

416

"那么，是什么呢？敌人不是？"

"是呀。"

"那么，为什么不将那小子结果的？"

"所以我说过了的……那小子是睡着的，队长。"

军官显出恨恨的暗的眼色，凝视着尼启孚尔的脸。

"这样的木头人，没有见过……。唔？我将你交给军法会议去。"

军官从桌子上取了纸张，暂时拿在手里，但又将这抛掉了。他满脸通红。"队长还没有懂——倘不解释解释……"毕理契珂夫想。

"队长，奥太利的小子，是睡着的。打着鼾。一定是乏了的。如果没有睡着，那一定不是活捉，就是杀掉。但是，那小子睡着，还打鼾哩。好大的鼾。只要想想自己，就明白。我们乏极了，不知道有脚没有的时候，一伙的小子们在营盘里，也是这么说的。尼启希加，不要打鼾哪。"

军官牢牢地注视着毕理契珂夫的脸。看眼睛，便知其人的。

操典上也这样地写着。

灰色眼珠的壮士，什么事也能做成似的脸相，在胸膛上，是闪着若耳治勋章。

忽然之间，军官的唇上浮出微笑来。并不想笑，但自然而然地笑起来了。

"唉唉，你是怎样的一个呆子呢！蠢才！你也算是兵么？你是乡下人罢了。好了，去罢！"

毕理契珂夫就向右转，满心不平的走到外面去。一出小屋，便是一向的老脾气，不一定向谁，只是大声的说。

"因为那小子是睡着呀。大半就为此呀。是睡着，还在打鼾的。……"

　　这一篇，是从日文的《新兴文学全集》第二十四卷里冈泽秀虎的译本重译的，并非全卷之中，这算最好，不过因为一是篇幅较短，译起来不费许多时光，二是大家可以看看在俄国所谓"同路人"者，做的是怎样的作品。

这所叙的是欧洲大战时事，但发表大约是俄国十月革命以后了。原译者另外写有一段简明的解释，现在也都译在这下面——

"雅各武莱夫（Alexandr Iakovlev）是在苏维埃文坛上，被称为'同路人'的群中的一人。他之所以是'同路人'，则译在这里的《农夫》，说得比什么都明白。

"从毕业于彼得堡大学这一端说，他是智识分子，但他的本质，却纯是农民底，宗教底。他是禀有天分的诚实的作家。他的艺术的基调，是博爱和良心，他的作品中的农民，和毕力涅克作品中的农民的区别之处，是在那宗教底精神，直到了教会崇拜。他认农民为人类正义和良心的保持者，而且以为惟有农民，是真将全世界联结于友爱的精神的。将这见解，加以具体化者，是《农夫》。这里叙述着'人类的良心'的胜利。但要附加一句，就是他还有中篇《十月》，是显示着较前进的观念形态的。"

日本的《世界社会主义文学丛书》第四篇，便是这《十月》，曾经翻了一观，所写的游移和后悔，没有一个彻底的革命者在内，用中国现在时行的批评式眼睛来看，还是不对的。至于这一篇《农夫》，那自然更甚，不但没有革命气，而且还带着十足的宗教气，托尔斯泰气，连用我那种落伍眼看去也很以苏维埃政权之下，竟还会容留这样的作者为奇。但我们由这短短的一篇，也可以领悟苏联所以要排斥人道主义之故，因为如此厚道，是无论在革命，在反革命，总要失败无疑，别人并不如此厚道，肯当你熟睡时，就不奉赠一枪刺。所以"非人道主义"的高唱起来，正是必然之势。但这"非人道主义"，是也如大炮一样，大家

418

都会用的，今年上半年"革命文学"的创造社和"遵命文学"的新月社，都向"浅薄的人道主义"进攻，即明明白白证明着这事的真实。再想一想，是颇有趣味的。

A. Lunacharsky 说过大略如此的话：你们要做革命文学，须先在革命的血管里流两年；但也有例外，如"绥拉比翁的兄弟们"，就虽然流过了，却仍然显着白痴的微笑。这"绥拉比翁的兄弟们"，是十月革命后墨斯科的文学者团体的名目，作者正是其中的主要的一人。试看他所写的毕理契珂夫，善良，简单，坚执，厚重，蠢笨，然而诚实，像一匹象，或一个熊，令人生气，而无可奈何。确也无怪 Lunacharsky 要看得顶上冒火。但我想，要"克服"这一类，也只要克服者一样诚实，也如象，也如熊，这就够了。倘只满口"战略""战略"，弄些狐狸似的小狡猾，那却不行，因为文艺究竟不同政治，小政客手腕是无用的。

曾经有旁观者，说郁达夫喜欢在译文尾巴上骂人，我这回似乎也犯了这病，又开罪于"革命文学"家了。但不要误解，中国并无要什么"锐利化"的什么家，报章上有种种启事为证，还有律师保镖，大家都是"忠实同志"，研究"新文艺"的。乖哉乖哉，下半年一律"遵命文学"了，而中国之所以不行，乃只因鲁迅之"老而不死"云。

十月二十七日写讫。

原载 1928 年 11 月 20 日《大众文艺》月刊第 1 卷第 3 期。初未收集。

二十八日

日记 星期。晴。下午小峰来。

二十九日

日记 昙。晚上市买药。往内山书店取『世界美術全集』(二四)一本,又别买书二本,共泉三元四角。复柳柳桥信。复汤振扬信。

三十日

日记 晴。下午陈翔冰来,未见。晚寿山来。

编者附白 *

附白:本刊前一本中的插图四种,题字全都错误,对于和本篇有关的诸位,实为抱歉。现在改正重印,附在卷端,请读者仍照前一本图目上所指定的页数,自行抽换为幸。

编　者。

原载 1928 年 10 月 30 日《奔流》月刊第 1 卷第 5 期。

初未收集。

《而已集》题辞

这半年我又看见了许多血和许多泪,
然而我只有杂感而已。

泪揩了,血消了;
屠伯们逍遥复逍遥,

用钢刀的,用软刀的。

然而我只有"杂感"而已。

连"杂感"也被"放进了应该去的地方"时,
我于是只有"而已"而已!

　　　　以上的八句话,是在一九二六年十月十四夜里,编完
　　　那年那时为止的杂感集后,写在末尾的,现在便取来
　　　作为一九二七年的杂感集的题辞。
　　　　一九二八年十月三十日,鲁迅校讫记。

原载 1927 年 5 月上海、北京北新书局版《华盖集续编》。
又收 1928 年 10 月上海北新书局版《而已集》。校讫记
系收集时补入。

三十一日

　　日记　昙。晨寄陈翔冰信。寄侍桁信。寄淑卿信。午得侍桁
信二封,又『ドン・キホーテ』一本,是『世界文学全集』之一。午后
吕云章来。下午夏莱蒂来取译稿。赵景深来并赠《文学周报》一本。
达夫来。夜林和清来。

致 赵景深

景深先生:
　　顷检出《百孝图说》已是改订板了,投炉者只有李娥,但是因铸

军器而非钟，不知是怎么一回事。今将全部奉借，以便通盘检查——那图上的地下，明明有许多军器也。

迅　启上　十月卅一夜

十一月

一日

日记 晴。上午杨维铨来。得冬芬信并稿。得语堂信并稿。午后往内山书[店]买书二本,二元。托方仁寄小峰信,又代买 *Springtide of Life* 一本,6.8元。

关于"粗人"

记者先生:

关于大报第一本上的"粗人"的讨论,鄙人不才,也想妄参一点末议:——

一　陈先生以《伯兮》一篇为"写粗人",这"粗"字是无所谓通不通的。因为皮肤,衣服,诗上都没有明言粗不粗,所以我们无从悬揣其为"粗",也不能断定其颇"细":这应该暂置于讨论之外。

二　"写"字却有些不通了。应改作"粗人写",这才文从字顺。你看诗中称丈夫为伯,自称为我,明是这位太太(不问粗细,姑作此称)自述之词,怎么可以说是"写粗人"呢? 也许是诗人代太太立言的,但既然是代,也还是"粗人写"而不可"捣乱"了。

三　陈先生又改为"粗疏的美人",则期期以为不通之至,因为这位太太是并不"粗疏"的。她本有"膏沐",头发油光,只因老爷出征,这才懒得梳洗,随随便便了。但她自己是知道的,豫料也许会有学者说她"粗",所以问一句道:"谁适为容"呀? 你看这是何等精细? 而竟被指为"粗疏",和排错讲义千余条的工人同列,岂不冤哉枉哉?

不知大雅君子,以为何如? 此布,即请

记安！

封余谨上　十一月一日

原载 1928 年 11 月 15 日《大江》月刊第 2 期(11 月号)。

署名封余。

初未收集。

《北欧文学的原理》译者附记二

片上教授路过北京,在北京大学公开讲演时,我也在旁听,但那讲演的译文,那时曾否登载报章,却已经记不清楚了。今年他去世之后,有一本《露西亚文学研究》出版,内有这一篇,便于三闲时译出,编入《壁下译丛》里。现在《译丛》一时未能印成,而《大江月刊》第一期,陈望道先生恰恰提起这回的讲演,便抽了下来,先行发表,既似应时,又可偷懒,岂非一举而两得也乎哉！

这讲演,虽不怎样精深难解,而在当时,却仿佛也没有什么大效果。因为那时是那样的时候,连"革命文学"的司令官成仿吾还在把守"艺术之宫",郭沫若也未曾翻"一个跟斗",更不必说那些"有闲阶级"了。

其中提起的几种书,除《我们》外,中国现在已经都有译本了——

《傀儡家庭》　潘家洵译,在《易卜生集》卷一内。上海商务印书馆发行。

《海上夫人》(文中改称《海的女人》)　杨熙初译。发行所同上。

《呆伊凡故事》　耿济之等译,在《托尔斯泰短篇集》内。发行所同上。

《十二个》　胡斅译。《未名丛刊》之一。北新书局发行。

要知道得仔细的人是很容易得到的。不过今年是似乎大忌"矛盾"，不骂几句托尔斯泰"矛盾"就不时髦，要一面几里古鲁的讲"普罗列塔里亚特意德沃罗基"，一面源源的卖《少年维特的烦恼》和《鲁拜集》，将"反映支配阶级底意识为支配阶级作他底统治的工作"的东西，灌进那些吓得忙来革命的"革命底印贴利更追亚"里面去，弄得他们"落伍"，于是"打发他们去"，这才算是不矛盾，在革命了。"鲁迅不懂唯物史观"，但"旁观"起来，好像将毒药给"同志"吃，也是一种"新文艺"家的"战略"似的。

上月刚说过不在《大江月刊》上发牢骚，不料写一点尾巴，旧病便复发了，"来者犹可追"，这样就算完结。

一九二八年十一月一夜，译者识于上海离租界一百多步之处。

原载 1928 年 11 月 15 日《大江》月刊第 2 期(11 月号)。

初收 1929 年 4 月上海北新书局版《壁下译丛》。

二日

日记　晴。上午季市来。晚达夫来。夜得钦文信。

三日

日记　昙。午后同真吾，柔石，方仁，广平往内山书店。

四日

日记　星期。昙。上午江绍原来。得小峰信并泉百。

致 赵景深

景深先生：

见还的书，收到了，并信。

外国人弄中国玩意儿，固然有些渺茫，但这位《百孝图说》作者俞公，似乎也不大“忠实”的。即如“李娥投炉”，他引《孝苑》；这部书我未见过，恐怕至早是明朝书，其中故事，仍据古书而没其出处——连字句大有改窜也说不定的。看他记事，似乎有一个沟渎，即因李娥事而得名，所以我想，倘再查《吴地记》（唐陆广微作）《元和郡县志》（唐李吉甫作）《太平寰宇记》（宋乐史作）等，或者可以发见更早的出典。

鲁迅　十一月四日

致 罗皑岚

皑岚先生：

来稿是写得好的，我很佩服那辛辣之处。但仍由北新书局寄还了；因为近来《语丝》比在北京时还要碰壁，登上去便印不出来，寄不出去也。

迅　上　十一月四日

五日

日记　晴。上午复皜岚信。复施宜云信。许德珩来。午后复许天虹信。寄侍桁信并《奔流》四本，《朝华夕拾》一本，来稿一篇。下午寿山及季市来，晚同至中有天晚餐，并邀广平。微雨。

六日

日记　雨。上午寄小峰信。得明之信。下午司徒乔来。

七日

日记　昙。晨得侍桁信并稿。寄矛尘信。复明之信。晚达夫来并交现代书局稿费四十。夜往内山书店交寄宇留川君信并泉十，又买书三种,共泉四元七角。

致 章廷谦

矛尘兄:

却说《夜读抄》经我函催后,遂由小峰送来,仍是《语丝》本,然则原稿之已经不见也明矣。小峰不知是忙是窘,颇憔悴,我亦不好意思逼之,只得以意改定几字,算是校正,直到今天,总算校完了。

他所选定之印刷局,据云因为四号字较多。但据我看来,似并不多,也不见得好,排工也不好,不听指挥,所以校对殊不易。现在虽完,不过是了了人事。我想,书要印得好,小印刷局是不行的,由一个书店印,也不行的。

看看水果店之对付水果,何等随便,使果树看见,它一定要悲哀,我觉得作品也是如此,这真是无法可想。为要使《奔流》少几个错字,每月的工夫几乎都消费了,有时想想,也觉不值得。

我现在校完了杂感第四本《而已集》,大约年内可以出版的。

迅 上 十一月七日

斐君兄均此致候不另

八日

日记 雨。上午得洪学琛信。

《东京通信》按语

得了这一封信后,实在使不佞有些踌躇。登不登呢?看那写法的出色而有趣(又讲趣味,乞创造社"普罗列塔利亚特"文学家暂且恕之),又可以略知海外留学界情况。是应该登载的。但登出来将怎样?《语丝》南来以后之碰壁也屡矣,仿吾将加以"打发",浙江已赐以"禁止",正人既恨其骂人,革家(革命家也,为对仗计,略去一字)又斥为"落伍";何况我恰恰看见一种期刊,因为"某女士"说了某国留学生的不好,诸公已以团体的大名义,声罪致讨了。这信中所述,不知何人,此后那能保得没有全国国民代表起而讨伐呢。眼光要远看五十年,大约我的踌躇,正不足怪罢。但是,再看一回,还觉得写得栩栩欲活,于是"趣味"终于战胜利害,编进去了;但也改换了几个字,这是希望作者原谅的,因为其中涉及的大约并非"落伍者",语丝社也没有聘定大律师;所以办事著实为难,改字而请谅,不得已也。若其不谅,则……。则什么呢? 则吾末如之何也已矣。中华民国十七年十一月八日灯下。

编　者。

原载 1928 年 11 月 19 日《语丝》周刊第 4 卷第 45 期。
署名编者。
初未收集。

在沙漠上

［苏联］L. 伦支

一

夜晚,是在露营的周围烧起火来,都睡在帐篷里。一到早晨——饥饿的恶狠狠的人们,便又步步向前走去了。人数非常之多。等于旷野之沙的雅各的苗裔——无限的以色列的人民,怎么算得完呢。而且各人还带着自己的家畜,孩子和女人。天热得可怕。白天比夜间更可怕。这怎讲呢,就因为在白天,明晃晃地洋溢着金色的滑泽的光,那不断的光辉,似乎反而觉得比夜暗还要暗。

可怕,而且无聊。此外一无可做——就单是走路。不胜其火烧一般的倦怠和饥饿和空虚的忧愁,为要寻些事给粗指头的毛氄氄的手来做,于是互相偷家具,偷皮革,偷女人,又互将那偷儿杀却。而又从此发生了报复,杀却那曾杀偷儿的人。没有水,却流了许多血。在所向的远方,是横着流乳和蜜的国土。

绝无可逃的地方。凡落后的,只好死掉。而以色列人,是向前向前的爬上去了。后面爬着沙漠的兽,前面爬着时光。

魂灵已经没有。被太阳晒杀了。凡留下的,只是张着黑伞的强健的身体,吃喝的须髯如蝟的脸,单知道走路的脚,和杀生,割肉,在床上拥抱女人的手罢了。在以色列人之上,站着大悲而耐苦,公平而好心的真的神——这是正如以色列族一样,黑色而多须的神,是复仇者,也是杀戮者。在这神和以色列人之间,则夹着蔚蓝的,无须的,滑泽,然而可怕的太空和为圣灵所凭的摩西——他们的指导者。

二

第六天的傍晚,总要吹起角笛来。于是以色列人便走向集会的幕舍(犹太的神殿)去,群集于麻线和杂色毛绳织出的,大的天幕的面前。祭坛旁边,站着黑色多须的祭司长亚伦,穿了高贵的披肩——叫着,哭着。在那周围是子和孙,黑脸多须的亲属利未族,穿了紫和红的衣——叫着,哭着。穿着山羊皮裘的黑色多须的以色列人——饿而且怕,但叫着,哭着。

此后是裁判了。高的坛上,走上圣灵所凭的摩西来。和神交谈,而不能用以色列话来讲的。在高坛上,他的身体团团回旋,从嘴里喷出白沫。而和这白沫一起，还发出什么莫名其妙，然而可怕的声音。以色列人怕得发抖，哭喊了。于是跪而求赦了。有罪者也忏悔，无罪者也忏悔。因为害怕了。已忏悔者，被击以石。于是又向乳蜜喷流的处所，步步前进了。

三

角笛发声的时候——

——金，银，铜，青紫红等的毛绳，麻线，山羊毛，染红的公羊皮，獾皮，合欢树，用于膏油和馥郁的香之类的香料，宝石——

——将这些东西，以色列人携带在手里，跑向吹角的幕舍去。于是亚伦，和他的子，孙，和亲属的利未族等，便收去这样的贡献。

没有金，紫的织品，宝石这些东西的，便带了盆，盘，碗，灌奠用的水瓶，最好的香油，最好的葡萄和面包——加了酵素的面包和不加的面包——和涂了香油的饼饵，羊，小牛，小羊这些去。

连香油，葡萄，家畜，器具都没有的——就应该被杀。

四

已经没有了走路之力的时候，沙烙脚底而太阳炙着脊梁的时候，不得不吃驴马的肉而喝驴马的尿的时候——那时候，以色列人走到摩西那里，哭着威逼了——

"究竟是谁给我们吃肉，喝水的？我们还记得在埃及吃过的鱼。也记得王瓜，甜瓜，葱，薤，大蒜。你要带我们到那里去呢？流着乳和蜜的国土，究竟在那里呢？说是引导我们的你的神，究竟在那里呢？我们已经不愿意害怕这样的神了。我们要回埃及去了。"

以色列人的指导者，圣灵附体的摩西，在坛上打旋子。从那嘴里，喷出白沫来，漏了莫名其妙，然而可怕的言语。哥哥亚伦穿着紫和红的衣,站在旁边,威吓似的大叫:"将吐不平的去杀掉呀!"于是吐不平的,被杀掉了。

然而,假使以色列人还是不平,叫道,"竟是将我们带出了埃及的地方还不够,且要在这样的旷野中杀掉么?岂不是没有带到流乳和蜜的国土里么?岂不是没有分给葡萄园和田地么?我们不去了,不去,不去了!"呢——那时候,亚伦就向自己的亲属利未族,说,"拔出剑来,通过人民中走罢!"于是利未族的人们拔出剑来,通过人民中,走了,而凡有站在当路的,都被杀掉。以色列人哭喊了。这为什么呢,就因为摩西和神交谈,而利未族是有剑的。

从此又离开露营,向着流乳和蜜的地方前进。这样,年岁正如以色列人,慢慢地爬,以色列人正如年岁,慢慢地爬去了。

五

涂中倘或遇见别的种族和人民,便杀了那种族和人民。完全是野兽似的,贪婪地撕碎了。撕碎了又前进。从后面爬来着沙漠的兽,恰如以色列人一样,贪婪地撕吃了被杀的人民的残余。

以东族,摩押族,巴珊族,亚摩利族等,都被蹂躏于沙砾里了。赘桌被毁,祭坛被拆,圣木被砍倒。更没有一个生存的人。财宝,家畜,女人,都被掠夺了。女人夜里被玩弄,一到早晨,就被杀掉。有孕的是剖开肚子,拉出胎儿来,女人留到早晨,一到早晨,就被杀掉了。无论是家财,是家畜,是女人,凡最好的都归利未族。

六

年岁正如以色列人,慢慢地爬。饥饿和枯渴和恐怖和愤怒正如年岁和以色列人,慢慢地爬去了。角笛虽响,已没有送往幕舍的东西。以色列人杀了自己的家畜,送到亚伦和他的亲戚利未族那里去。空手而来的呢——被杀掉了。以色列人渐渐常往摩西的处所，叫喊，鸣不平。但利未族的人们更是常常拔了剑，在人民之间通过了。这样子，而孩子们，年岁，恐怖，饥饿，都生长起来了。

七

曾经有了这样的事。以色列人遇着米甸人，起了大激战。亚伦子以利亚撒之子非尼哈，带着以色列军队前去了。圣器和钟鼓在他的手里。以色列军终于战胜了。胜而随意狂暴了。到得后来，是分取家畜和女人。最好的畜群和最美的女人，归于祭司长之孙非尼哈。

然而是第二天早上的事了。非尼哈任意玩弄了女人，于是就要杀掉她，捏了剑。但女人赤条条的躺着。非尼哈到底不能杀掉她。他走出帐篷，叫了奴隶，递给剑去，这样说，"进帐篷去，杀掉那女人！"奴隶说着"唯唯，我去杀掉女人罢。"走进帐篷里去了。过了好一会。非尼哈又向别一个奴隶说，"进帐篷去，杀了那女人和同女人睡着的奴才来。"还将一样的话，说给了第三，第四，第五的奴隶。他们都说着"唯唯"，走进帐篷里去了。过了好一会，走出帐篷来的却是一个也没有。非尼哈走进帐篷去一看，奴隶们是杀掉了倒在地面上，最后进去的和女人在睡觉。非尼哈取了剑，杀掉奴隶，也要杀掉那女人。然而女人是赤条条的躺着。非尼哈不能杀，走出外面了。而且躺在幕舍的门口了。

八

于是以色列人中，开始了可怕的带疯的发作和淫荡。这非他，女人一躺在床上，以色列的儿郎们便在帐篷的门口交战，胜者就和她去睡觉的。而这人一出帐篷外，便又被别个杀死了。

日子这样过去了。日之后来了暗,暗之后来了日,日之后又来了暗。面包没有了,然而谁也没有鸣不平;水没有了,然而谁也不叫渴。

第六天的傍晚,角笛没有吹起来。以色列人不到幕舍那面去,却聚在以利亚撒之子非尼哈的帐篷旁边了。然而非尼哈,是躺在帐篷的门口。

第七天的安息日也过去了。但以色列人既不向神殿去,也不送贡品来。利未族的人们前来杀女人,但他们也互相杀起来,胜者和女人一同睡觉了。

圣灵所凭的摩西,在坛上打旋子,喷白沫,吐咒骂了,然而谁也不听他。

以利亚撒之子非尼哈是躺在帐篷的门口,然而谁也不看他。

以色列的一行,已经不想进向流乳和蜜的国土去,在一处牢牢地停下了。从他们后面爬来的沙漠的兽也站住了。时光也停住了。

九

这是第十天。女人终于出了帐篷,就赤条条地在营寨之间走起来。以色列人跟着在沙上爬来爬去,吻接她的足迹。于是女人说了:"你们毁掉那样的赘桌,给非基辣的主造起祭坛来罢。因为这是真的神呀。"以色列人便毁了自己的神的赘桌,给非基辣的主,造起祭坛来。女人走向幕舍那面去了。但幕舍的门口,是躺着以利亚撒之子非尼哈。女人也不能决意走进帐篷去,但是这样地说:"为什么像旷野的狗一样,躺在这样的地方的?回到自己的帐篷,和我一同睡觉去罢。"又这样地说:"大家都来打这汉子呀。"于是西缅族的首领撒路之子心利,前来以脚踢非尼哈。女人走进帐篷去了。撒路之子心利也跟进去了。

是这晚上的事。以利亚撒之子非尼哈站了起来,走向自己的帐篷,要和女人去睡觉。以色列人看见非尼哈到来,都在前面让开了路。非尼哈走进帐篷去了——在手里有一杆枪。一看,女人是赤条条地躺在床上,上面是撒路之子心利,也是赤条条。以利亚撒之子非尼哈就在那屁股上边,用枪刺下去了。枪从那肚子刺透女人的肚子,竖在床上。那时候,非尼哈将帐篷拆开。一看见女人和撒路之子心利赤条条地刺透在床上,以色列人便大声哭叫起来。祭司长亚伦子以利亚撒之子非尼哈,便离开这里,躺在幕舍的门口了。

十

是第二天早晨的事。已经没有肉,没有面包,也没有水了。而饥饿和恐怖和愤怒,是苏醒了。以色列人走到圣灵所凭的摩西那里,这样说——

“究竟是谁给我们吃肉,喝水的? 我们还记得在埃及吃过的鱼。也记得王瓜,甜瓜,葱,薤,大蒜。为什么你要带我们到这样的旷野里,杀掉我们和牲畜的呢? 岂不是没有带到流乳和蜜的国土里么? 我们不去了。不去,不去了。”

于是和神交谈的摩西,在坛上打旋子,作为回答。从那嘴里,喷出白沫来,发了莫名其妙的咒骂的话。祭司长亚伦就站起,对利未族的人们这样说:“拔出剑来,通过了营寨走罢。”于是利未族的人们拔出剑来,通过营寨走去了。而站在前路的,是统被砍死了。

是这晚上的事。以色列人终于离开营盘,向着流乳和蜜的国土,爬上去了。在前面,慢慢地爬着时光,从后面,慢慢地爬着沙漠的兽和黑暗。

以利亚撒之子非尼哈走在最后面。而且一面走,一面屡屡的回头。在后面,是女人和西缅族的首领撒路之子心利,赤条条地被刺通在床上。

以色列人和时光和流乳和蜜的国土上面,是站着——恰如以色列族一样,色黑而多须的神,是复仇者,也是杀戮者,大悲而耐苦,公平而好心的,真的神。

这一篇是从日本米川正夫辑译的《劳农露西亚小说集》里重译出来的;原本的卷末附有解说,现在也摘译在下面——

在青年的"绥拉比翁的弟兄们"之中,最年少的可爱的作家莱阿夫·伦支,为病魔所苦者将近一年,但至一九二四年五月,终于在汉堡的病院里长逝了。享年仅二十二;当刚才跨出人生的第一步,创作方面也将自此从事于真切的工作之际,虽有丰饶的天禀,竟不遑很得秋实而去世,在俄国文学,是可以说,殊非微细的损失的。伦支是充满着光明和欢喜和活泼的力的少年,常常驱除朋友的沉滞和忧郁和疲劳,当绝望的瞬息中,灌进力量和希望去,而振起新的勇气来的"杠杆"。别的"绥拉比翁弟兄们"一接他的讣报,便悲泣如失同胞,是不为无故的。

性情如此的他,在文学上,也力斥那旧时代俄国文学特色的沉重的忧郁的静底的倾向,而于适合现代生活基调的动底的突进底态度,加以张扬。因此他埋头于研究仲马和司谛芬生,竭力要领悟那传奇底冒险底的作风的真髓,而发见和新的时代精神的合致点。此外,则西班牙的骑士故事,法兰西的乐剧(Mélodrama),也是他的热心研究的对象。"动"的主张者伦支,较之小说,倒在戏剧方面觉得更所加意。因为小说的本来的性质就属于"静",而戏剧是和这相反的。……

《在沙漠上》是伦支的十九岁时之作,是从《旧约》的《出埃及记》中,提出和初革命后的俄国相共通的意义来,将圣书中的话和现代的话,巧施调和,用了有弹力的暗示底的文体,加以表现的,凡这些处所,我相信,都足以窥见他的不平常的才气。

我再赘几句话。这篇的取材，上半虽在《出埃及记》，但后来所用的是《民数记》，见第二十五章，杀掉的女人就是米甸族首领苏甸的女儿哥斯比。至于将《圣经》中语和现代语调和之处，则因几经移译，当然是看不出来的了。篇末所写的神，大概便是作者所看见的俄国初革命后的精神，但我们也不要忘却这观察者是"绥拉比翁的弟兄们"——一个于十月革命并不密切的文学者团体——中的少年，时候是革命后不多久。现今的无产阶级作家的作品，只一意赞美工作，属望将来，和那色黑而多须的真的神不相类的也已不少了。

译者附识

一九二七［八］年十一月八日

　　原载 1929 年 1 月 1 日《北新》半月刊第 3 卷第 1 期。

　　初收 1933 年 1 月上海良友图书印刷公司版"良友文学丛书"之一《竖琴》。

　　译者附识未收集。

九日

　　日记　晴。上午寄小峰信。收蒋径三所寄《荷牐丛谈》，《星槎胜览》，《木棉集》各一部。下午陈望道来。夜林和清来。冷。

十日

　　日记　晴。上午往大陆大学讲演。午真吾来。

十一日

　　日记　星期。昙。下午玉堂来。梓生来。晚内山完造招饮于川久料理店，同席长谷川如是闲，郁达夫。

十二日

日记　雨。晚得陈翔冰信。得小峰信并期刊三种。夜林和清来。

十三日

日记　昙。无事。

十四日

日记　昙。上午得矛尘信。夜雨。

十五日

日记　晴。上午得丛芜信。下午寄小峰信。往内山书店买『最後の日记』一本，『岩波文库』二本，三元一角。又收宇留川信并『忘川之水』画面一枚。傍晚又往交《彷徨》，《野草》各一本，托代赠长谷川如是闲。内山夫妇[赠]雕陶茶具一副共六件一合。

竖　琴

[苏联]V.理定

快些，歌人呀，快些。

这里有黄金的竖琴。

————莱尔孟多夫

　　早上。水手们占领了市镇。运来了机关枪，掘好壕堑。躺了等着。一天，又一天。药剂师加莱兹基先生和梭罗木诺微支——面粉厂主——，是市的委员。跑到支队长的水手蒲什该那里去。蒲什该约定了个人,住宅,信仰,私产,酒仓的不侵。市里放心了。在教会里,主唱是眼向着天空唱歌。梭罗木诺微支为水手们送了五袋饼干去。水手们是在壕堑里。吸着香烟。和市人也熟识起来了。到第三天,壕堑里也住厌了。没有敌人。傍晚时候,水手们便到市的公园里去散步。在小路上,和姑娘们大家开玩笑。第四天早晨,还在大家睡着的时候,连哨兵也睡着的时候——驶到了五辆摩托车,从里面的掩盖下跳出了戴着兜帽的兵士。放步哨,在邮政局旁大约射击了三十分钟。于是并不去追击那用船逃往对岸的水手们,而占领了市镇。整两天之间,搜住户,罚行人,将在银行里办事,毫无错处的理孚庚枪毙了。其次,是将不知姓名的人三个,此后,是五个。夜里在哨位上砍了两个德国人。一到早上,少佐向市里出了征发令。居民那边就又派了代表来,加莱兹基先生和梭罗木诺微支。少佐动着红胡子,实行征发了。但到第二天,不知从那里又开到了战线队,砍了德国人,杀了红胡子少佐,——将市镇占领了。从此以后,样样的事情就开头了。

　　战线队也约定了个人和信仰的不侵。古的犹太的神明,又听到了主唱的响亮的浩唱。——但是,在早上,竟有三个坏人将旧的罗德希理特的杂货店捣毁了。日中,开手抢汽水制造厂。居民的代表又去办交涉。军队又约了不侵。——然而到晚上,又有三个店铺和梭罗木诺微支自己的事务所遭劫。暴动是九点钟开头的,——到十一点,酒仓就遇劫。——于是继续了两昼夜。在第三天,亚德曼队到了。彻夜的开枪。——到早上,赶走了战线队,亚德曼队就接着暴动。后来,绿军将亚德曼队赶走了。于是来了蓝军——乔邦队。最后,是玛沙·珊普罗瓦坐着铁甲摩托车来到。戴皮帽,着皮袄,穿长靴,还带手枪。亲手枪毙了七个人,用鞭子抽了亚德曼,黑眼珠和油粘的卷发在发闪……自从玛沙·珊普罗瓦来到以后,暴动还继续了三昼夜。——总计七昼夜。这七天里,是在街上来来往往,打破玻璃,将犹太人拖来拖去,拉长帽子,偷换长靴……犹太人是躲在楼

438

顶房或地下室里。教会呢，跪了。教士呢，做勤行，教区人民呢，划了十字。夜里，在市边放火了，没有一个去救火的。

十七个犹太人在楼顶房里坐着。用柴塞住门口。在黑暗中，谁也不像还在活着。只有长吁和啜泣和对于亚陀那的呼吁。——你伟大者呀，不要使你古旧之民灭亡罢。——而婴儿是哭起来了——哇呀，哇呀！——生下来才有七个月的婴儿。——听我们罢，听罢……你们竟要使我们灭亡么？……给他喝奶罢。——我这里没有什么奶呀……——谁有奶呢，喂，谁这里有奶呢？给孩子喝一点罢，他要送掉我们的命了……——静一静罢，好孩子……阿阿，西玛·伊司罗蔼黎，静着，你是好孩子呀……——听见的罢，在走呢，下面在走呢，走过去了……——如果没有奶，我可真不知道怎么办才好了。——按住那孩子的嘴罢，按住那孩子的嘴罢，不给人们听到那么地……——走过去了。走了许多时。敲了门。乱踢了柴。走过去了。

穿着棉衣，眼镜下面有着圆眼睛的年青的男人，夜里，在讲给芳妮·阿里普列息德听。——懂了么，女人将孩子紧紧的按在胸脯上，紧按着一直到走过去了之后的——待到走过之后，记得起来，孩子是早已死掉了……我就是用这眼睛在楼顶房里看见的。后来便逃来了——我一定要到莫斯科去。去寻正义去……正义在什么地方呢？人们都说着，正义，是在墨斯科的。

芳妮和他同坐在挂床下的地板上。她也在回墨斯科。撇下了三个月的漂流和基雅夫以及阿兑塞的生活——芳妮是正在归向陀尔各夫斯基街的留巴伯母那里去……货车——胀满了的，车顶上和破的食堂车里，到处绑扎着人们和箱子和袋子的货车——慢慢地爬出去了。已经交冬，从树林漂出冷气，河里都结了冰。火车格格地响了，颠簸了。人掉下去了。挂床格格地响了——替在挂床上的短发姑娘拉过外套去。那是一位好姑娘。忽然间，火车在野地里停止了。停到有几点钟。停到有一昼夜。旅客挑了锯子和斧头在手里，到近地的树林里去砍柴。到早上，烧起锅炉来。柴木滴着树液，压

439

了火，很不容易烧。火车前去了。夜也跑了。雪的白天也跑了。到夜里，站站总是钻进货车的黑暗中来。是支队上来了。用脚拨着搜寻，乱踢口袋一阵。在叫作"拉士刚那耶"这快活的小站里，将冻死人搬落车顶来。外套好像疥癣。女人似的没有胡子的脸。鼻孔里结着霜。再过一站——水手来围住了。车也停止了。说是没有赶走绿军之间，不给开过去。绿军从林子里出来，占领了土冈。在土冈上，恰如克陀梭夫模样——炮兵军曹凯文将手放在障热版上，眺望了周围。火车停在烧掉了的车站上。旅客在货车里跳舞。水手拿着手溜弹，在车旁边徘徊。夜里，有袭击。机关枪响，手溜弹炸了——是袭击了土冈。到早上，将绿军赶走了。火车等着了。车头哼起来了。前进了。于是又经过了黑的村落，烧掉了的车站，峡间的雪，深渊等——俄罗斯，走过去了。

这么样子地坐在挂床下面走路。回到陀尔各夫斯基街去的芳妮和药剂师亚伯拉罕·勃兰的儿子，因寻正义而出门的雅各·勃兰。在他们的挂床底下，有着支队没有搜出的面包片。吃面包，掠头发。雅各·勃兰说——多么糟呀……连短外套都要烧掉的罢。

墨斯科的芳妮那里，还有伯父，有伯母。有白的摆着眠床的小屋子，有书。——芳妮听讲义。后来，来了一个男人。是叫作亚历山大·希略也夫的，刮了胡子，有着黑的发火似的眼和发沙的有威严的声音的男人。开初，是随便戴着皮帽，豁开着外套的前胸的。——但后来向谁抛了一个炸弹以后——三天没有露面，这回是成了文官模样跑来了。——为了煽动，又为了造反，动身向南方去了。——那黑的发火似的眼，深射了芳妮的心。抛了讲义，抛了伯母，抛了白的小屋子——跟着他走了。放浪了。住在有溜出的路的屋子里。夜里，也曾在间道上发抖——从谁（的手里）逃脱了。住在基雅夫。住在阿兑塞。——后来，又向谁抛了炸弹。夜里，前来捉去了赛希加。早晨，芳妮去寻觅了。也排了号数，做祷告——寻觅了五天。到第六天，报纸上登出来了。为了暴动，枪毙了二十四个人。亚历山大·希略也夫,即赛希加,也被枪毙了……

雅各·勃兰说——大家都来打犹太人,似乎除打犹太人以外,就没有事情做。——入夜,月亮出来了,在雪的土冈上的空中辉煌。第二天的早晨,市镇耸立在藤花色的雾气里,是墨斯科耸立着了。火车像野猪一般,蹒跚着,遍身疮痍地脏着走近去。从车顶上爬下来。在通路上搜检口袋,打开饼干。泥泞的地板上,外套成捆的躺着。街市是白的。人们拉着橇。女人争先后。在广场里,市场显得黑黝黝。雅各·勃兰拖着芳妮的皮包和自己的空的一个,一路走出去。眼睛在眼镜后面歪斜了。脏的汗流在脸上了。运货摩托车轰轧着。十字广场上,半破的石膏像屹立着。学生们在第二段上慌张。一手拿书籍,一手拿着火烧的柴。挨先后次序排好了。许多工夫,经过了长的街道。许多人们在走。张了嘴在拉,拖,休息。孩子们拿着卷烟,在角落里叫喊。店铺的粉碎的玻璃上,发了一声烈响,铁掉下来了。骑马的人忽而从横街出现了。拿着枪。飘着红旗。马喷着鼻子——颠簸着跑过去了。居民慌忙走过去。不多久,露在散步路上的普式庚(像)的肩上,乌鸦站着了。芳妮是听过罗马史的讲义的,有着罗马人的侧脸的志愿讲师,在拉那装着袋子的小橇。从袋子里漏着粉。他的侧脸也软了,看去早不像罗马人了。大张着嘴巴。——他站住了,脱一脱帽。冲上热气来。雅各·勃兰到底将芳妮的皮包运到升降口了。揩着前额,约了再会,握手而去了。向雪中,向雾中,提着自己的空空的皮包,寻求着正义。雅各·勃兰做了诗,他终于决计做成一本书,在莫斯科出版——雅各·勃兰已经和血和苦恼和暴动告别——他开始新的生活了。

芳妮将皮包拖上了五层楼。楼阶上挂着冰箸。房门格格地响。从梯盘上的破窗门里,吹进风来。留巴伯父,莱夫·留复微支·莱阿夫,先前是住在三层楼上的,后来一切都改变了。先前是主人的住房的三层楼上——现在是住着兑穆思先生。运货摩托车发着大声,从郊外的关门的多年的窠里,将他擷下来了。——渥孚罗司先生是三天为限。赶上了上面的四层楼——这就是,被赶到和神相近,和水却远,狭窄的地方去了。但是,刚刚觉得住惯,就被逐出了。五层楼的二十四号区里,和留巴伯父一起,是住着下面那样的人们——眼下有着三角的前将军札卢锡多先生(七号室)。军事专门家琦林,以及有着褪色的扇子和写着"歌女慈泼来微支·慈泼来夫斯卡耶"的传单,和叫作喀力克的蓝眼睛的近亲的私生子,穿着破后跟靴子的小公爵望德莱罗易的慈泼来微支·慈泼来夫斯卡耶(十三号室)。然而,无论是渥孚罗司先生,兑穆思先生,戏子渥开摩夫先生,有着灰色眼球,白天是提着跳舞用的皮包跑来跑去的梭耶·乌斯班斯卡耶小姐——都一样地显着渴睡的脸,在好像正在战斗的铁甲舰一般冒烟的烟通的口,从拉窗钻了出来的房屋的大房里,站着——拿了茶器和水桶,在从龙头流出的细流,敲着锡器的底之间,站着。

留巴伯父办公去了,不在家。伯母呼呼地长吁了。芳妮哭了。用了晚餐。芳妮叙述了一通。军事专门家在间壁劈柴。对于芳妮,给了她一块地方。在钢琴后面支起床来。她隔了一个月,这才躺在干净的被窝里了。床没有颤动。半夜里,因为太静,她醒了。想了——小站,暗,雨,黄色的电灯,满是灰沙的湿湿的货车,——小站的风,秋天的,夜半的俄罗斯。黑的村,电柱潮湿的呻吟着,暗,野,泥泞。

芳妮到早上,为了新的生活醒来了,留巴伯父决计在自己这里使用她——打打字机。傍晚,芳妮被家屋委员会叫去了。在那地方被吩咐,到劳动调查所去,其间没有工作的时候,就去扫街道。早晨七点钟,经过了灰色的街,被带去了。走了。跨过积雪了。终于在停车场看见飘着红旗了。许多工夫,沿着道路走。碰着风卷雪堆了。在那里等候拿铲来。等了一点钟,铲没有来。又被带着从别的道路走。叫她卸柴薪……到傍晚,芳妮回家了。伯母给做了炸萝卜,给喝茶。芳妮温暖了。冰着的窗玻璃外,下着小雪。她想着新生活——刚才开始的劳动的生活。过去——是恋爱和苦恼。过了一天，她已经在留巴伯父在办公的公署里，打着打字机了。有身穿皮外套的女职员。十二号室前的廊下，是（人们）排着班。私室里，在皮的靠手椅子上，是坐着刮光胡子，大鼻子的军事委员。用红墨水，在文件上签名。访问者揩着前额，欣欣然出去了。过一天，戚戚然回来了。他拿来的文件上，是污漫着证明呀签名呀拒绝呀的血。在地下室的仓库里，傍晚是开始了的分配，各羊肉二磅，蜂蜜一磅，便宜烟草一袋。公署是活泼地活动了。造预算，付粮食，写报告——管理居民间的烟草的分配。从七点到七点，排在班里，站着一个可怜相的老头子。等出山了，得了一个月的自己的份儿。满足着出去了，为了将世界变烟，钻在窠里，打鼾，咳嗽。

一到夜，戏子渥开摩夫便在院子里劈柴。前面是房子的倒败的残余和悬空的梯子。月和废墟，乌鸦和竖琴——全然是苏格兰式的题目。独立的房屋已被拆去，打碎了。月亮照着瞎眼的窗。渥开摩夫在劈柴，唱歌——您的纤指，发香如白檀兮……搬柴上楼，烧火炉。在火边伸开两腿，悠然而坐，有如华饰炉边的王侯。只要枯煤尚存，就好。靠家屋委员会的斡旋，从国库的市区经济的部分给与了八分之一——带小橇去拉来了——但还有一点不好，就是从此以后，两脚发抖，不成其为律动运动了。是瓦尔康斯基派的律动运动呀。渥开摩夫在出台的剧场，是律动底的——渥开摩夫虽在三点钟顷，前去的素菜食堂里——他也始终还是律动底的。无论是对着那装着萝卜馅的卷肉的板的态度，对着帐桌的态度，对着小桌子的态度。于是锡的小匙，在手中发亮，杂件羹上——热气成为轻云，升腾了起来。

留巴伯父看着渥开摩夫的巧妙地劈柴。瓦尔康斯基的事情，是一点都不知道的。但是，有一晚，渥开摩夫全都说给他听了。就是，关于舞台上的人们呀，以及人生之最为重要者，是 rhythm（律动）呀这些事。留巴伯父第二天和军事委员谈了天。同志渥开摩夫便得到招请，到那倘使没有这个，则一切老头子和烟草党也许早经倒毙了的公署里，去指导演剧研究。……渥开摩夫第一次前往，示了怎样谓之身段的时候——而渥开摩夫虽然是高个子，青面颊，眼珠灰色的男人——即刻集得了十八位男人和八位女人来做协力者。于是在第二天，又是十八位和八位。研究时间一完，都不回去，聚在大厅里。在大厅里，有镜子和棕榈和传单和金色椅子。渥开摩夫首先说明的，是一切中都有谐和，世界本身就是一个谐和。于是提议，做起动作来看罢。伸开右脚的小腿，伸长颈子的筋肉，将身体从强直弄到自由——教大家团团地走——大家团团地走了，使筋肉自由，又将筋肉紧张了，是轻快的，自由的，专一的……渥开摩夫是每星期做三回练习。于是到第三回完，大家就已经成为律动底了。在电话口唱歌似的叫"喂，喂"了。会计员的什瓦多夫斯基刮了胡子，绑起裹腿来了。先前是村女一般穿着毛皮靴子走的交换手们，这回是带了套靴来穿上，浓浓地擦粉，使头发卷起来了。——在大厅上，是拿着花圈，古风地打招呼了。

每星期三四，七点钟来接渥开摩夫。不是肉类搬运车，就是运货摩托车。上面戴着包头布，硬纸匣，打皱的帽子和刮过须而又长了起来的颊，渥开摩夫不是在车底上摇着，就是抓住别人的肩，张了两腿站着。运货摩托车叫着，轧着，走向暗中，向受持区域去。在夏戛发响的车站上，早又有人等着了。还是黑一条白一条的打扮。于是一面穿衣服，一面走过来——车子是这样地将他们往前送，为了发沙声，搽白粉，教初学。两幕间之暇，搬出茶来。也有加了酸酸的果酱的面包片。戏子们吃东西，喝茶……车夫忽然说，车有了障碍了。从勃拉古希到哈木扶涅基，戏子们自己走。抱着硬纸匣，沿着墙壁走。那保孚罗跛，穆尔特庚，珂弥萨耳什夫斯卡耶的一班……

渥开摩夫得了传票，叫他带着被窝，锅子，盘子去。是叫他一星期之间，去砍柴。他前去说明白。廊下混杂着许多人。渥开摩夫说，自己是艺术家，美术家，是在办教育。一个钟头之后，从厌倦而悄然的人们旁边走出去了。是受了命令，此后也还是办教育。札卢锡多也得了一样的传票。眼下有着暗淡的将军式三角的他，便许多工夫，发沙声，给看带着枪伤的脚。蓝色的他是满足着回来了。他孤独地住着。时时从小窗里，伸出斑白的脑袋去，叫住鞑靼人。头戴无边帽子的鞑靼人进来了。显着信心甚深的脸相，来看男人用的裤子。摸着，向明照着。摇头而打舌了。将军发了沙声，偷眼去瞥了。暗咽唾沫了。鞑靼人恭恭敬敬地行过礼，拿了袋子出去了。将军将钱藏在地板下，穿上破破烂烂的红里子的外套——只有靴子是有铜跟的将军靴——走出门外面去了。人们在旁边走过。在行列里冷得发抖。群集接连着走。女人们，拿着箱子，扎着衣裾的男人们，接连着走。——用了大家合拍的步法走过去。而忽然——音乐，从后面，是吹奏管乐队的行进——在上面，合拍地摇着通红的棺衣。在红棺中——是有节的白的鼻，黑的眉，既归平静，看见一切而知道一切者，漂在最后的波上。军队走过了。白的脸漂去了。摇摆了。乐队停奏了。奏了庄严的永远的光荣了。死人在缺缺刻刻的壁下，永远朽烂。为了在十一月的昏黄中，听取花的磁器底的音响，而被留遗了……

　　札卢锡多当傍晚时分，在没有火气的屋子里，用了突成筋节的带青的手，写了——"重要者，是在力免于饿死也。有减少运动之必要。须买鱼油。否则缺少脂肪矣。似将驱旧军官于一处，而即在其处之。然有可信之风闻，谓虽集合于展览圣者遗骸之保健局展览会，而在忙于观察之诸人面前，有文官服饰之教士等大作法事云。然则可谓以死相恫吓也。假使连络綫而不伸长也，则一月之中，墨斯科可以占领。一队外国兵可以侵入，乃最确实之事也。今日已变换赤旗之位置——乃伟大之成功，亦空前之略取也。然而重要者，乃得免于饿死也。不当再买白糖。白糖者——奢侈品也。是当惯于无甜味而饮茶之时矣……"将军发出沙声来，吐了长吁。壁的那面，慈泼来微支·慈泼来夫斯卡耶筒了外套躺着。这时候，蓝眼睛的喀力克,小望德莱罗易公爵,虽然为老妪们所驱逐,却还在蹩来蹩去,拾集木片,从废屋的废料里,拉出板片来。将板壁片,纸片,路上检来的小枝等,装在袋里,拿回来了——火炉烧起来了。小公爵蹲着烘手。红的火照着蓝的眼,母亲一样的紫花地丁色的眼——是一个平稳的,聪明的,知道了人生的碧眼小老翁。

纽莎——制造束腰带的,住在慈泼来微支·慈泼来夫斯卡耶先前住过的二楼上。结了婚,得到四十亚尔辛①的布匹。现在很想早点生孩子,再得到布匹和孩子的名片。丈夫在外面,运粉,筹钱。纽莎毫不难为情地走过,将这里九年之间在家中驯熟的,那大名写在红的纸片上的,有名的慈泼来慈支·慈泼来夫斯卡耶的先前的住所的房门,用英国式的钥匙开开了。后来,纽莎突然在楼上的有花圈而无火气的屋子里出现。仅罩头巾,站在门口,平静地说,因为愿意用麦粉做谢礼,请教给她唱歌。慈泼来微支·慈泼来夫斯卡耶在她面前张了腿站定,想喷骂她。然而闭了嘴,好像吃了一惊似的,什么也不回答。纽莎嘲笑着跑掉了。白天,慈泼来微支·慈泼来夫斯卡耶筒在外套里躺着。夜里,是望德莱罗易公爵咬牙齿,几乎要从两脚的椅子上抬起那疲乏的头来。他而且还做了认真的,少年老成的梦。第二天早上,她显着浮肿的脸起来了,吩咐他去叫纽莎来。纽莎说身体不舒服,请她自行光降罢。慈泼来微支·慈泼来夫斯卡耶又咬了一回牙关,但罩上头巾,走下去了。一个钟头之后,到留巴伯母这里来借称。纽莎学唱了。慈泼来微支·慈泼来夫斯卡耶将麦粉装进袋中,挂在钉上,免得招鼠子。

雅各·勃兰是带着旅行皮包,游历公署了。上了五层楼,等候轮到号数。钻过那打通了的墙壁,从这大厅走到那大厅。探问了。又平稳,又固执,又和气——盖他此时终于已在一切同等,谁也不打谁,不砍谁的地方——廉价办公,以劳动获得面包的地方了。女职

---

① 俄国尺度名,一亚尔辛约中国二尺四寸余。——译者。

员们是吵闹，耸肩，从这屋追到那屋——他呢，唠叨地热心地又跑来，非到最后有谁觉得麻烦，竟一不小心，给用妙笔写了——付给可也——之后，是不干休的。到底，付给雅各·勃兰了。就是付给了生活的权利，得有在那下面做事，写字，思索的屋顶的权利了。是停车场旁的第三十四号共同住宿所，先前的"来惠黎"的连带家具的屋子十七号。雅各·勃兰欣欣然走过萨木迪基街，萨陀斐耶街，搬了皮包。傍晚，他坐在没有火气的屋子里了。壁纸后面，有什么东西悉悉索索地作响，滚下去了，在枕头边慢慢地爬了一转。白天里，在花纸上见过的——拿着大镰刀的死，出来了。给爬在文件上，点了火，唏唏地叫，焦黄，裂碎了……

雅各·勃兰决了心，要坚执地来使生活稳固。为自己的事，走遍了全市镇。无论谁，都有工作，都有求生的意志。雅各·勃兰在街上往来，停在街角思索。人们几乎和他相撞，跳开走了。他（故乡）的市镇里，是什么人也不忙，什么地方也不忙的。关在家里——暴动之际，是躲起来了。虽有做诗的本子，诉苦的胃囊，但还是勇敢而不失希望的他，是走而又走了。在空地，砖头，铁堆，冻结而没有人气的店铺和人列的旁边……在灰色的独立屋里，是升腾着苦的烟，坐着打打字机，穿外套的女职员。雅各·勃兰走向靠边的女人那里，去请教她，倘要受作为著作家的接济，应该怎么办才好。接济，在他是万不可缺了。还说，否则，他是不来请托的哩。女职员也想了一想，但将他弄到别的办事桌去了。从此又被弄上楼去了——于是他走上楼去了。被招待了。翻本子了。结果是约定了商量着看罢，问一问罢，想一想罢。说是月曜日再来罢。到月曜日，他去了。再拿出诗来看。是坐着无产者出身的诗人们的屋子。于是他说，自己也是无产者出身，自己的祖父是管水磨的。——诗被接受，约定了看一看再说。到水曜日，将对于他的接济拒绝了。但在这时，他已经找到了别的高位的公署。他好像办公一般，每天跑到那边去，等在客厅里，写了请求书。要求给他作为无产诗人的扶助和接济和稿

费。到金曜日,一切都被拒绝了。就是,对于接济,对于稿费,对于
扶助。然而给了一件公文,教到别的公署去。那地方是,从阶上满
出,在路上,廊下,都排着长蛇之阵了。雅各·勃兰便跟在尾巴上。
日暮了。阵势散了。第二天早晨,他一早就到,进去是第一名,许多
工夫读公文,翻转来看,侧了头。终于给了一道命令书。凭着黄色
的命令书,雅各·勃兰在闭锁了的第四付给局里,领到了头饰和天
鹅绒的帽子。在自己的房里,他戴着这帽子,走近窗口去。屋顶是
白白的。黄昏是浓起来了。乌鸦将胸脯之下埋在雪里洗澡。市镇
和自己全不相干。这里也和别处一样,并无正义存在。雅各·勃兰
觉得精力都耗尽了。他躺在床上,悟到了已没有更大的力量。在半
夜里,走上一只又大又黑,可恶的鸡到他这里来,发出嘎声叫。他来
驱逐这东西。但鸡斜了眼睛瞪视着,张了嘴,不肯走。将近天明,因
为和鸡的战斗,他乏极了。指头冰冷了。头落在枕上,抬不起来了。
大约,白的虱子,到他这里来了。雅各·勃兰是生起发疹伤寒来了。
过了两天,被搬走了。傍晚,他的床上,是从维迪普斯克到来的两个
军事专门家,像纸牌的"夹克"一般躺着了。

芳妮是在办公。从公署搬运羊肉,蜂蜜和便宜烟草。公署是活
动,付给。连络线伸长了。地图上的小旗像索子似的蜿蜒了。札卢
锡多静对着地图,发出沙声,记录了。

"二星期之后,前卫殆将接近防寨矣。委市街于炮击则不可。
应中断铁路——而亦惟有此耳。昨在郊外,又虽在中央,亦有奇技
者出现。若辈有宛如磁器之眼,衣殓衣,以亚美利加式之弹镖,跃于
地上者高至二亚尔辛。且大呼曰——吾乃不被葬送者也——云。
此即豫兆耳。吾感之矣。吾感之矣。"

留巴伯母对于芳妮,将离家的事,希略也夫的事,都宽恕了。傍
晚,留巴伯父读了新训令。留巴伯母长太息了。芳妮坐在钢琴后面
的自己的地方。窗户外面,是十一月在逞威。雪片纷飞了。埋掉了
过去,恋爱,情热。留巴伯父这里,常有竖起衣领,戴着羊皮帽的人

前来,在毫无火气的廊下走来走去。在那地方窃窃商量,留巴伯母说——那个烟草商人又来了——有一天的夜里,是芳妮已经睡在钢琴后面,伯父和伯母都睡下了,黑的屋子全然睡着了的深夜里,有人咚咚地叩门。留巴伯父跳了起来。声音在门外说——请开门呀——留巴伯父手发抖了。有痣的善良的下巴,凛凛地跳了。旋了锁。阻挡不住了。进来了。一下子,一涌而进。皮帽子和水手的飘带,斑驳陆离。——将屋子翻了身。在伯母的贮藏品也下手了。将麦粉撒散了。敲着烟通听。站上椅子去。——将文件,插着小旗的札卢锡多的地图,札卢锡多,留巴伯父,对面的房里的渥开摩夫,全都扣留,带去了。小望德莱罗易公爵躲在衣橱里,因为害怕,死尸似的坐着。天亮之前,将全部都带去了。在雪和风卷雪和风里。

芳妮一早就跑到军事委员那里去。军事委员冷淡地耸耸肩胛,并不想帮忙。芳妮绝望,跑出来了。想探得一点缘由,但什么也捉摸不到。她什么地方也没有去。是灰色的一天。从嘴里呼出白的气息来。灰色的一天之后,来的又是一样的灰色的一天。——接连了莫名其妙的一星期。留巴伯母躺着。芳妮各处跑着,筋疲力尽了。又各处跑着。第三星期,札卢锡多被开释了。因为是酒胡涂,老头子,没有害处的。教他将退职军官的肩章烧掉。札卢锡多从牢监经过街道,单穿着一只铜跟的靴子走回来了。还有一只是捉去的时候,在路上失掉了的。在路角站住。淋了冷水似的上气不接下气了。在墙上,钉着告捷的湿湿的报纸。在广场上,有着可怕的全体钢铁的蝎子,围绕着红的小旗子,正在爬来爬去。将群众赶散了,是穿木靴,披外套,短身材的,坦波夫,萨玛拉,威多地方的人们,白军的乡下佬。乡下佬们跳跃,拍肚子,吹拳头,满足而去了。到露营地去,去劳动去。——最紧要者——是当机关枪沉闷地发响时,不要一同来袭击⋯⋯

追赶了敌人。敌人逃走了。札卢锡多站在路角上,读了湿湿的报章。有和音乐一同走过的人们。骑马,持矛。教会没有撞钟。札卢锡多总算蹩到家了。上了五层楼,歇在窗台下……走进房里躺下了。望德莱罗易公爵为他烧了两天的火炉。给不至于冻坏。

留巴伯父是一连八天,坐在阶沿碎得好像投球戏柱的屋子里。也有被摔进来的,也有被带出去的。从窗户吹进风来。天一晚,就爬下黑黑的臭虫。是在顶缝上等候(人们)睡觉的。这就爬下来了。第十三天,和别人一起,也教留巴伯父准备。坐在运货摩托车上带去了。是黑暗的夜。拿枪的兵士站在两旁。在牢监里,留巴伯父和律动家而先前的军官的渥开摩夫遇见了。握手,拥抱。并排住起来。在忘却的模模胡胡的两天之后,竟给与了三个煎菜和两个煮透的鸡蛋。——留巴伯父忘了先后,两眼乱映,失声哭起来了。将一个煎菜和鸡蛋给了渥开摩夫,一起坐着吃。加上了许多盐。为回忆而凄惨。渥开摩夫是因为隐匿军官名义和帮助阴谋而获罪的。前一条是不错的——渥开摩夫自招。但于第二条,却不承认。他说,音乐会里,自然是到过一回的,但那款子,是用来弥补生活费了——案件拖延了。留巴伯父的罪名,是霸占。——留巴伯父满脸通红,伸开臂膊。然而牢监里面,也有烟草商人的。就是竖起衣领,时时来访的那些人……

开审之际,讯问渥开摩夫——职业呢?——戏子。——这以前呢?——是学生。——没有做过军官么?——也做过军官。——反革命家么?——是革命家,在尽力于革命底艺术的。——判事厌倦地说了——知道的呀,在教红军的兵卒嗅麻药的呵。朗吟么?——不,是演剧这一面。——水曜日的七点半,渥开摩夫被提,要移送到县里去了。渥开摩夫收拾了手头的东西,告过别。说是到县里一开释,就要首先来访的……带过廊下,许多工夫,从通路带出去了。吹进风来,很寒冷。在窗外,有着暗淡的空庭。有着十一月。

关于渥开摩夫,第二天贴在墙上的湿湿的报纸上,载着这样的记事——前军官,反革命家,积极底帮助者,演剧戏子。——这一天,太阳浮出来了,天空是蓝的。从前线上,运到战利品。广场上呢,早有三辆车。又是高高地将红的棺木运走了。死尸的鼻孔里,塞着棉絮。札卢锡多在这一天是这样地写了:"连络线已伸长矣,后方被截断矣。一切归于灭亡矣。本营之远隔,足以致命,乃明了之事也。一切将亡。一切将亡。鱼油业经售罄,无处可购。风闻凡旧军官,虽有年金者,亦入第四类,而算入后方勤务军。即使扫除兵舍,厕所及其他之意也……不给面包已五日矣。不受辱而地图被收者幸也……"——晚间,望德莱罗易公爵到他那里烧火炉去了。札卢锡多正在窗边,站上椅子,要向架上取东西。望德莱罗易公爵向他说话了。他听不见。他便碰一碰他的腿。不料脚竟悬了空。摆了。踏不到椅子了。望德莱罗易公爵发一声尖叫,抱头窜出了。

过了两天,威严的,年青相的,有着竹节鼻和百合色指甲的札卢锡多是在教堂里,由命令书,躺在官办的棺中了。助祭念念有词。教士烧起了香。香烟袅袅地熏在熏香上。没有派军队来。这也是由命令书而没有派来的。派定四号屋的用人拉小橇。于是就搁在柴橇上,拉去了。很容易拉。道路是滑滑地结着冰。拉得乏了,便坐在棺上吸烟草。札卢锡多听着橇条的轧轹声,年青相了,在棺盖下返老还童了。

有魅力的,蓝眼珠的梭耶·乌斯班斯卡耶,提着皮包跑到自己的跳舞学校的她——从贴在墙上的报纸上,看见了渥开摩夫的姓名——于是忽然打寒噤,咬嘴唇。虽然缘分不过是汲水的时候,并排了一回,和他一面劈柴,听过一回他唱道"您的纤指,发香如白檀兮……"但在梭耶·乌斯班斯卡耶那里,是有着温柔的,小鸟似的,易于神往的心的,即使在一切混乱和臭气之中,也竭力在寻求着为自己的小港。渥开摩夫之名,已经就是悲剧底的,被高扬了的灭亡。——梭耶便将他设想为久经期待而永久暌离的人了。……梭耶已经用趾尖稳稳地走路。一面赶快走,一面用指头按着嘴唇,而且决心要向一个人,去讲述一切的真实,其人为谁,乃是住在官办的旅馆里,坐着摩托车出入,然而仿佛地位一样低微似的等候她,一直送到家里的其人也。傍晚,梭耶到旅馆去了。讨了通行券,将证明书放在肩头。走上红阶梯,敲了磨白玻璃的门户。她不能不将心里想着的事,通盘说出来——锋利地,直截地,滔滔地,——纵使因此负了怎样的罪,也不要紧。然而房里坐着两个人,桌子上还有茶。那人似乎吃惊了,但也就脸上发亮,献上茶来,说请喝呀。梭耶不喝。并且说,这来是有一点事情的。那人又说请喝茶呀。座中拘谨了。客人沉默了。梭耶从茶杯喝茶了。那人用了善良的,蕴蓄爱情的眼看她了。梭耶问了些不相干的事,喝干了茶,要回去了。她自己悲伤到要下泪。她为了茶和质问,憎恶自己了。然而他却送她一直到廊下,从手套的洞里,在她那暖热的小小的手掌上接吻了。梭耶跨下一段阶沿,忽然说——我并不是为了这样的事来的……什么都讨厌了,这样地生活,是不能的,我已经不愿意看见你,我是来说这些的。为什么渥开摩夫遭了枪毙的呢?——觉得他和自己都可怜,眼泪流到面庞来了。——那个渥开摩夫呀?——那人惊着问。——渥开摩夫呀。做戏子的……——渥开摩夫是什么人呢,不知道呀——那人说——在过渡期,是要××的……革命是粗暴的呀。——梭耶很想说,怎样都好,革命倘在过渡期,这样也好。但我是不愿意再看你,也不要你再跟来跟去了。然而她什么也没有说,跑下去了。第二天的傍晚,他到学校里来接她。她不开口。和他出来了。很想再说一回,不再和他到什么地方去。——然而车夫已经开了门。来不及说了。她坐上车。温暖了。黑的,软软的风,在三月里散馥。星星的银色的霉,已经浮了上来。摩托车开走了。街市的尽头,在雪和空旷中吐气。梭耶想,这是完了。弄到那么样,还是不成。她想,没有报答可爱的,温柔的,最为敏感的那人的,最后的临终的微笑。

　　芳妮那里,忽然来了一个惠涅明勃鲁尼,是赛希加,即亚历山大·希略也夫的朋友。戴着皮帽子,留着黑的短颚须。颊上有一直条的伤痕。芳妮领到钢琴后面的自己的处所。勃鲁尼说,他们的中

452

央委员会,要给死掉的伙伴报仇。亚历山大·希略也夫的名,登了英魂录,再也不会消灭了。关于报仇的事,则对芳妮说,不久就会知道。于是义务已尽,去了。芳妮许多工夫,注视着贴在证明书上的被人乱弄了的照相。赛希加的面庞上,写着号数,蓝的。芳妮哭了。——其时勃鲁尼也在奔波。伤痕发紫了。勃鲁尼上了久经冷透了的屋子的六层楼。敲了门,而在外面倾听。门开了。牙医生的应接室里,坐着全文,格里戈尔克,波式开微支。举事大约期在明天的十二点。一切都计划好,准备好了。为了给希略也夫报仇,为了恐怖手段,为了制药室,为了委员会的财政充足——都必须有钱。武力抢劫的事,早经考究好,调查好,周密地计划好了。一个钟头之后,勃鲁尼出去了。又是执拗地,伤疤发着紫,在街上走。第二天的两点半,七个人坐着摩托车到了横街的公署前。两个把门,两个到中庭,三个上楼上。算盘毕毕剥剥地在响。出纳课员站在金柜旁。女职员在喝汤。格里戈尔克走上前,用手枪对着,叫擎起手来。勃鲁尼和波式开微支打了出纳课员的头。他跌倒了。动手将成束的钞票抛进口袋去。出纳课员忽然跳起,抱着头,爬一般,电光形地(走着)要逃跑。格里戈尔克对脊梁开一枪。出纳课员扑地倒下了。交换手们发了尖利的叫喊。有谁跑向边门了。一下子攻来了。——格里戈尔克解开带子,跳了出去。一切都跳了,被撒散了。灰尘,玻璃,——他们跳下了阶沿。从上面掷下法码和算盘来。——摩托车已经动弹了。他们赶到,抓住,跳上了,——摩托车将他们载去了。突然从门里面跳出人来,曲下一膝便掷——格里戈尔克坐着一回头,铜元打中了他的面庞。流出血来了,追的紧跟着。马夫打马。勃鲁尼伸着臂膊,不断的开枪。——弯进了积雪的横街里,——摩托车滑了。车轮蹒跚了,被烟包住了。马匹追到,橇里面外套(的人们)杀到了。勃鲁尼跳了下来,提着口袋跑,闯过门,跳过短墙。后面跑着波式开微支,不料坐下了,躺倒了,——又是爆发,——掉下——叱咤,玻璃……勃鲁尼逃出了,回过头去看。波式开微支想跟着他攀上墙——不意横着掉下短墙去,倒在雪里了。勃鲁尼仍然走。铁门关着。他走近门,想推开它。然而门是从里面支住的,走不过。他还在中庭跑了一转,蹲在脏水洼的僻处了——天空很青,沉闷,是酿雪天。勃鲁尼还等候了一些时。从一角里听到蹄声了。他将枪口含在嘴里,扳了发火机。

街上是孩子们奔跑,窥探。载在大橇上——七个穿短外套的罗马诺夫皇帝党员被运走了。大家迭起来躺着。兵卒拿着枪口向下的枪,跟着走。马匹步调整齐地进行。勃鲁尼躺着,脸伏在别人的肩上。

一切烟草商人,都有家族的。烟草商人是明于法律的人们,而且没有破绽的。——留巴伯父却相反,乱七八糟,第一回审问的时候,早就胡涂了。一切都于他不利。他被提出去审问了九回。九回的陈述都不一样。到第二个月,因为要判决浮肿的,须髯蓬松,衰弱了的他,便经过市街,带出去了。留巴伯父被夹在两个兵卒间,坐在白的大厅的椅子上。对面,是军事委员摆着架子,毫不知道他似的坐着。旁听人里面,也有已经释放了的烟草商人。白白的,寡言的芳妮,和慈泼来微支·慈泼来夫斯卡耶小姐坐在一起。不多久,摇铃了。挟皮包的检事,立刻叫留巴伯父,称为寄食者,读过他混乱的所有的陈述,又示了烟草商人的陈述——市民莱夫·留复微支·莱阿夫者,是盗贼,是寄食者,——检事对于他,要求处以极刑。这之后,律师开口了。什么都不否认,单单请求宽大。指出他的职务,还说到悔悟和老年。裁判官去了。商议了。芳妮用了乌黑的看不见的眼睛,看着前面。留巴伯父浮肿着——铁青,动也不动地坐着,好像早已死掉了似的。烟草商人在廊下吸烟草。裁判长回来了。又摇铃。大家又都归座,肃静了。在窗门外,有机器脚踏车停下了。裁判长宣告了。赞成了检事的提议,判决了极刑。

慈泼来微支·慈泼来夫斯卡耶将芳妮载在街头马车上,带了回来。芳妮走上五楼,见了伯母。哭得倒在椅子上了。一到夜,就躺在钢琴后面的自己的地方了。月亮的角,在窗的那边晃耀。竖琴吟哦了。望德莱罗易公爵在两人之旁守夜。挂下了穿着补钉袜子的细细的脚,在椅子上打起瞌睡来。夜已深,深且尽了。竖琴昏暗,月亮下去了。快活的,年青相的留巴伯父走近枕边来,微笑着,用冰冷的手指,抚摩了芳妮的面庞。

慈泼来微支·慈泼来夫斯卡耶还在教纽莎学本领。纽莎拿着卷起来的乐谱,站在钢琴旁,钢琴上面,挂着对于钢琴呀,房子呀,物件呀的保管证。这是家宅搜查的结果,因为是女流声乐家,许可了这些的东西的。近来,纽莎上音乐会,即舞台去了。已经登记了。有着保持皮衣呀,金刚钻呀——听众的赠品的权利。纽莎的丈夫和保健部员一同搬了麦粉来。麦粉呢,在市场上,被争先恐后的买去了。于是纽莎便买了海獭的外套,买了挂在客厅里的 A·伊瓦梭夫斯基所画的细浪和挂帆的船。她到"星"社去出演了。和最好的优伶并驾,得了成功。在夜里,他们一同在运货摩托车里摇摆了一通。不自由,寒冷,而且狭窄,但是幸福的。为了艺术,将做戏子的苦痛熬过去了。在降诞节这一天,有夜会。和出场者一同,优伶们也被招请。肚饿的优伶们便高高兴兴,冻红着鼻子跑来了。在食桌上,有鹅,酒,脏腑做馅的馒头之类。优伶们快乐到忘形。时时嚷起来,很是骚扰。纽莎唱了。慈泼来微支·慈泼来夫斯卡耶伴奏。散会的时候,纽莎在大门口将两片鹅肉用纸包着塞给慈泼来微支·慈泼来夫斯卡耶,当作演奏的谢礼。她生了气,很想推回去,但将鹅肉收下了。夜间,小望德莱罗易公爵大嚼鹅肉。幸福地笑了起来。因为吃饱,塞住了呼吸,咳嗽了。

雅各·勃兰那里,后来黑鸡也还进来了八回,在每晚上。现在,他已经认识这鸡,也知道到来的时刻了。可恶的鸡愤然的走来,啄他。——他总想将这鸡绞死,满身流汗。但因为心脏跳得太剧烈,没有办妥,便失神了。在周围呻吟,谗谤,徘徊——已被捉住,又回了原样。到第九天的夜里,鸡不来了。他这才睡得很熟。心脏安静,不跳了。到早晨,在太阳,白的窗,又黄又脏的公物的被单下,他看见了骨出峻嶒的自己的枯瘦的膝髁。他衰弱,焦黄,胡子长长了。觉得肚子饿。白的虱子远退了。雅各·勃兰留住了性命,又想爱,工作,生活起来。过了两星期,焦黄的他,才始带了丁字杖,走出门外去。是温和的天。灰色的积雪成着麻脸。在石路上,乌鸦以三月的呼喊在啼。雅各·勃兰带了丁字杖行走。他的心脏是衰弱,向众人开放着的。然而一切人们,都急急忙忙地走过去了。第三十四号共同住宿所呢,一星期之后,便交还了他的旅行皮包。屋子的期限满了的。那地方是军事专门家之后,早住进了一位穿了男人用的长统靴子,跑来跑去的姑娘。雅各·勃兰弄得连在那下面做事,写字,思索的屋顶也没有了。他虽然觉得喘不过气来,但还蹩到曾说给他印诗的公署去。公署里面依然是烟尘陡乱。女职员们大家在谈天。——做书记的无产诗人,却是新的。是黑黑的,乱头发的男人。乱翻纸盒,询问姓名,拉开抽屉。究竟寻到了。诗是定为发还的。雅各·勃兰领了诗,戴上天鹅绒帽子。他没有地方可以过夜。到傍晚,他接在免费食堂的长蛇的尾巴上,喝了浮着菜叶小片的热汤。夜里寻住宿。街是暗的。在三月的暗中,风吹着商店和咖啡店的破玻璃在作响。雅各·勃兰站在一所大房子的昏暗的升降口,向阶下的先前是门房的角落里,钻了进去。寻得一点干草——背靠着墙酣睡了。

到天明,他很受了冻。两脚伸不直了。于是拄了丁字杖,蹒跚着走。潮湿的,三月的,劳动的日子开头了——雅各·勃兰蹩到了芳妮的处所。芳妮穿了黑的丧服在大门口迎接他,但一时竟记不起他来。暂时之后,便拍手,引他到自己的角落里,诉说悲哀……雅各·勃兰在火炉旁边暖和了。看着在小小的拉窗外面袅着的烟。并且说——这里也并无正义。在这里,也依然只有饿死,是做得到的。况且没有一个认识的人,谁也不加怜悯。对于我,并无接济,倒是给了一顶无边帽。我是直到现在,没有戴过什么无边帽子的。要怎么活法才好呢？——芳妮给他在廊下的箱子上铺了一个床，到复元为止。雅各·勃兰便躺在箱子上勉力复元，吟咏。他的脸发亮，眼镜后面有大眼睛了。他决了心，要回到故乡的市镇去。在那里虽然并无正义，却也没有饿莩。一星期之后，一无所有地，只提了一个空空的旅行皮包，他告了别，动身了。芳妮送给他煎菜的小片和面包，在路上可以充饥。傍晚，和群集一同，在叫唤，呐喊，射击之中，他从车站攻向通路来。在路上失了丁字杖。黑的火车顶上，已经躺着许多人，梯子上也挂着。攻向破掉的车窗去。雅各·勃兰挨了一推。他要跌倒了。抓住了谁的肩。打他的手了，然而死抓着——踏了谁的肩，爬进车子里面了。车里面是漆黑。他抓住在一个包裹上。——跌倒了——地板上躺着人们。在什么地方的椅子底下的角落里，占了一个位置。将小行李枕在头下。便瘫掉了。不多久，火车头哼起来，客车相触，作响——列车走动了。脚从梯子上伸出着。车顶上面，是在作过夜的准备。死掉的都市，留在后面了。前面呢——道路，旷野，雪。在火车站上，在半夜里，新的客涌进客车来。从上面打他们。后面有声音，开起枪来了。雅各·勃兰闭了眼睛，躺着。正在回家，回故乡。

雅各·勃兰的故乡的市镇上，首先驻的是白军。后来，绿军到了。此后是玛卢沙·乔邦队，战线队，亚德曼队，最后将一切驱逐，粉碎，而红军开来了。非常委员会到来了。非常委员会即刻着手于扫荡。枪毙了水兵和战线队的余党，枪毙了玛卢沙，枪毙了公证人亚格里柯普罗。暴动停止了。吓怕了的犹太人爬了出来，聚在角落里商量，摇手。落葬了。算帐了。非常委员会占领了广场的汽水制造厂的房屋，在升降口和大门口，站起哨兵来。骑马兵在街上往来，查证票，押送被捕者。日本人，耶沙，坐在铺皮的橇上，戴着皮的无边帽，手枪袋插在带子上，来来往往。没有多久，犹太人便又消声匿迹了。商店依然是破玻璃。日曜日的早晨，群集将市场围绕了。大家接连地购买了。乡下人不再将麦粉和奶油和鸡蛋运到市上来。狡猾起来，就在村子里交易了。捉去了只一条裤，而穿着旧的溜冰鞋的人五个——审问之后，送到投机防止局去了。日曜日之夜，市镇里有家宅搜查。搜查银钱，农产物，逃亡者。银钱只发见了一点儿，但农产物很不少。逃亡者的一群，被捉去了。天一亮，亲近的人们就在门前成了长蛇阵。

市镇上突有檄文出现。谁散的呢，无从知道。那上面是写着这样意思的事的。——诸君的一伙，在等候诸君。新政府保有面包和法律和正义，保护农民，保护地主，和暴动战斗，和犹太底压制战斗——总而言之，是说，保护大家的权利的。非常委员会便颁发戒严令，放哨兵，夜里是派巡察。在雅各·勃兰回到故乡的市镇的前天，阴谋败露，帮助者被捕，市镇是弄得天翻地覆了。

这之间，载着雅各·勃兰的火车也在爬，停，等待铁路的修好，于是仍复向前爬。车头损坏了，在旷野里等候送了新的来。夜里，出轨了——有谁抽掉了枕木——又修理，走动了。——在客车里，是蜷缩，说昏话，快要死了。到车站上，是搬了出去，放在堆货的月台上。到底，在早晨，火车竟到了故乡的市镇。雅各·勃兰爬出来了。跄踉着，忙乱了。饱吸了空气。破了玻璃的车站；架在澄清的小川上的木桥；两株蓬松的白杨；和处处挂着死了似的招牌的，开始融化的，脏的，湿的市街相通的道路，他都认识的。粮食店前，早晨一早就排着人列了。被挨挤，在寒颤。在广场上，是整列着不眠的，穿着衣角湿透的外套的兵卒。从监狱里，在带出拿着铲子的犯人来。家家的铠门都关着。绿色的，红色的，灰黑色的房子——木造——还在睡觉。商店街上，挂着红色的招牌——第一号仓库，第七号仓库，第十二号仓库——全是公有。街角上站着一个戴阔边帽，有白鬈发的犹太人。就是站着，惘惘地看望。他的嘴唇在发抖，嗫嚅地自语。

雅各·勃兰走到了熟识的，蓝色的，窗窗有花的老家，扣了许多工夫门。门终于由一个戴耳环的兵卒来开了。问什么事。雅各·勃兰想走进家里去。然而兵卒大声说，这房子已经充了公，事务所是十点钟开始办事。雅各·勃兰看看门。于是看见了白的招牌，是——本部事务所。——一个钟头之后，他从拉萨黎大街的亲戚那里，知道了父亲是还在乔邦队驻扎此地的时候，退往基雅夫，从此看不见人，也没有信；他的房子充了公，物品也都充公了。雅各·勃兰便暂且住在厨房里。第二天，阴谋的清算人跑到时，他就被捕，交给了非常委员会。雅各·勃兰坐在汽水制造厂的先前的佣人房里了。又从这里拉出去了。替换是另外摔进一个新的来。早上，他被带到裁判官那里去了。裁判官动着耳朵，嗅空气，用一只眼睛看。他问，你不是和乔邦队一同逃走了的勃兰的儿子么？为什么跑来了，而且现在？为什么不来登记的？在你皮包里的公家的帽子，是从那里得来的？雅各·勃兰回答了。裁判官细着眼嘲笑，拿铅笔来玩了。雅各·勃兰说完的时候，他在一角上小小地写下了。雅各·勃兰被带走了。他没有入睡，过了一夜。消雪的水滴，橐橐地在滴下来。春天到了。三月的月亮在辉煌。他张了眼睛，躺着。风无所不吹拂。雅各·勃兰想了。悲伤了。却镇静。做了诗。竖琴在风中吟哦。吹响了弦索。雅各·勃兰用手支着颐，想了一会，于是用了咬碎的铅笔片，写在壁上了——

　　　静的风，溶的雪，

　　　有一个人来我前，

　　　唱了歌儿了……

　　作者符拉迪弥尔·理定（Vladimir Lidin）是一八九四年二月三日，生于墨斯科的，今年才三十五岁。七岁，入拉赛列夫斯基东方语学院；十四岁丧父，就营独立生活，到一九一一年毕业，夏秋两季，在森林中过活了几年。欧洲大战时，由墨斯科大学毕业，赴西部战线；十月革命时是在赤军中及西伯利亚和墨斯科；后来常常旅行外国，不久也许会像 B. Pilyniak 一样，到东方来。

他的作品正式的出版,在一九一五年,到去年止,约共有十二种。因为是大学毕业的,所以是智识阶级作家,也是"同路人",但读者颇多,算是一个较为出色的作者。这篇是短篇小说集《往日的故事》中的一篇,从日本村田春海的译本重译的。时候是十月革命后到次年三月,约半年;事情是一个犹太人因为不堪在故乡的迫害和虐杀,到墨斯科去寻正义,然而止有饥饿,待回来时,故家已经充公,自己也下了狱了。就以这人为中心,用简洁的蕴藉的文章,画出着革命俄国的周围的生活。

原译本印在《新兴文学全集》第二十四卷里,有几个脱印的字,现在看上下文义补上了,自己不知道有无错误。另有两个×,却原来如此,大约是"示威","杀戮"这些字样罢,没有补。又因为希图易懂,另外加添了几个字,为原译本所无,则并重译者的注解都用方括弧作记。至于黑鸡来啄等等,乃是生了伤寒,发热时所见的幻象,不是"智识阶级"作家,作品里大概不至于有这样的玩意儿的——理定在自传中说,他年青时,曾很受契诃夫的影响。

还要说几句不大中听的话——这篇里的描写混乱,黑暗,可谓颇透了,虽然粉饰了许多诙谐,但刻划分明,恐怕虽从我们中国的"普罗塔列亚特苦理替开尔"看来,也要斥为"反革命",——自然,也许因为是俄国作家,总还是值得"纪念",和阿尔志跋绥夫一例待遇的。然而在他本国,为什么并不"没落"呢?我想,这是因为虽然有血,有污秽,而也有革命;因为有革命,所以对于描出血和污秽——无论已经过去或未经过去——的作品,也就没有畏惮了。这便是所谓"新的产生"。

一九二八年十一月十五日,鲁迅附记。

原载 1929 年 1 月 10 日《小说月报》第 20 卷第 1 号。

初收 1933 年 1 月上海良友图书印刷公司版"良友文学丛书"之一《竖琴》。

十六日

日记 昙。下午杨维铨来。夜林和清来。

十七日

日记 昙。上午寄小峰信。午司徒乔赴法来别,留赠炭画二枚。真吾来,下午托其寄小峰信并图板三块。往内山书店买『詩之形態学序説』一本,二元二角。夜收教育部十月分薪水泉三百。

十八日

日记 星期。晴。午后肖愚来。得郑泗水信。

《奔流》编校后记 (六)

编目的时候,开首的四篇诗就为难,因为三作而一译,真不知用怎样一个动词好。幸而看见桌上的墨,边上印着"曹素功监制"字样,便用了这"制"字,算是将"创作"和"翻译"都包括在内,含混过去了。此外,能分清的,还是分清。

这一本几乎是三篇译作的天下,中间夹着三首译诗,不过是充充配角的。而所以翻译的原因,又全是因为插画,那么,诗之不关重要,也就可想而知了。第一幅的作者 Arthur Rackham 是英国作插画颇颇有名的人,所作的有 Æsop's Fables 的图画等多种,这幅从 The Springtide of Life 里选出,原有彩色,我们的可惜没有了,诗的作者

Algernon Charles Swinburne(1837—1909)是维多利亚朝末期的诗人,世称他最受欧洲大陆的影响,但从我们亚洲人的眼睛看来,就是这一篇,也还是英国气满满的。

《跳蚤》的木刻者 R. Dufy 有时写作 Dufuy,是法国有名的画家,也擅长装饰;而这《禽虫吟》的一套木刻尤有名。集的开首就有一篇诗赞美他的木刻的线的崇高和强有力;L. Pichon 在《法国新的书籍图饰》中也说——

　　"……G. Apollinaire 所著 *Le Bestiaire au Cortege d' orphée* 的大的木刻,是令人极意称赞的。是美好的画因的丛画,作成各种殊别动物的相沿的表象。由它的体的分布和线的玄妙,以成最佳的装饰的全形。"

这书是千九百十一年,法国 Deplanch 出版;日本有堀口大学译本,名《动物诗集》,第一书房(东京)出版的,封余的译文,即从这本转译。

蒋谷虹儿的画,近一两年曾在中国突然造成好几个时行的书籍装饰画家;这一幅专用白描,而又简单,难以含胡,所以也不被模仿,看起来较为新鲜一些。

一九二八年十一月十八日,鲁迅。

原载 1928 年 11 月 30 日《奔流》月刊第 1 卷第 6 期。

初收 1935 年 5 月上海群众图书公司版《集外集》。

十九日

　　日记　晴。下午复郑泗水信并还稿。得小峰信并泉百。

二十日

　　日记　晴。上午托三弟从商务印书馆买来 *Contemporary Euro-*

pean Writers 一本，七元五角。下午寄林和清信并还稿。寄小峰信。得侍桁信并稿。

果 树 园

[苏联]K.斐定

融雪的涨水，总是和果树园的繁花一起的。

果树园从坡上开端，缓缓地斜下去，一直到河岸。那地方用栅栏围起来，整齐地种着剪得圆圆的杨柳。从那枝条的缕缕里，看见朗然如火的方格的水田；在梢头呢，横着一条发光的长带。这也许是河，也许是天，也许不过是空气——总之乃是一种透明的，耀眼的东西。

河上已经是别的果树园，更其前，是接连的第三，第四个。

在那对面，展开着为不很深的山谷所隔断的草原。雨打的山谷的崖边，缠络着鞑靼枫树的欣欣然的斫而复生的萌蘖。

这一点，便是这小小的世界的全部。后面接着荒野，点缀着苦蓬和鸟羽草的团簇，枯了似的不死草的草丛和野菊；中庭的短墙和树篱上，是蔓延着旋花。

白白的灰土的花纱，罩着这荒野的全体。留有深的轮迹的路，胡乱地蜿蜒着，分岔开去，有两三条。

今年是河水直到栅栏边，杨柳艳艳地闪着膏油般的新绿，因为水分太多了，站着显出腴润的情形。篱上处处开着花；剥了树皮，精光的树墩子上，小枝条生得蓬蓬勃勃。黄色的水波，发着恰如猫打呼卢一般的声音，偎倚在土坡的斜面上。

冈坡又全体包在用白花和红花织成的花样的轻绡里。好像灿烂的太阳一般，明晃晃的那樱林的边际，为树篱所遮蔽，宛如厚实的缨络，围绕着果树园。

葡萄将带蓝的玫瑰色的花，遍开在大大小小的枝条上，用了简直是茸毛似的温柔的拥抱，包了一切的树木。这模样，仿佛万物都寂然辍响，而委身于春的神秘似的。

园里满开着花了……

先前呢，每到这个时候，照例是从市镇里搬来一位老太太，住在别墅里。宽广的露台，带子一般围绕起来的别墅，是几乎站在坡顶的。从耸立在屋顶上的木造的望楼，可以一览河流，园后的荒野，和郊外的教堂的十字架。

那位老太太是早就两脚不便的了，坐在有轮的安乐椅子上，叫人推着走。她每早晨出到露台上，用了镇定的观察似的眼色，历览周围，送她的一日。

园主人，她的儿子，是一位少说话的安静的人物，不过偶或来看他的母亲。但他一到，却一定带着花树匠的希兰契。倘到庭园去散步，那花树匠就总讲给他听些有趣的故事，在什么希罕的苹果树边呀，在种着水仙和蔷薇的温床旁边呀，在和兰莓田旁边呀，——是常常立住的。

主人和花树匠的亲密，是早就下着深根的。当主人动手来开拓这果树园的时候，便雇进了又强壮，又能做，而且不知道什么叫作疲乏的农夫希兰契，给他在离开别墅稍远之处，造了一所坚固宽广的小屋——是从那时以来的事了。

他们互相敬重。这是因为两个人都不爱多说话，而且不喜欢有头无尾的缘故。两个人都是一说出口，不做便不舒服的。而且他们俩的交谊，又都是既切实，又真诚。

年青的果园刚像一个样子的时候，主仆都不说空话，只从这树跑到那树，注视着疏落落开在细瘦的枝条上的雪白的美花，互相横过眼光去看一看。

"一定会长大起来的罢？"主人试探地问。

"那有不长大起来的道理呢。"仆人小心地回答。

那时候,两人都年青而且强健。并且都将精神注在这园里了。

园步步成长起来,每一交春,那强有力的肩膀就日见其增广,和睦地长发开去了。苹果,梨,樱桃的根,密密地交织得一无空隙。而且用了活的触手,将花树匠的生命也拉到它们那边去,和它们一同在大地里生根了。

他完全过着熊一般的生活。到冬季,就继续着长久的冬眠。树篱旁边,风吹雪积得如山,已没有人和兽和雪风暴的危险。希兰契的妻从早到晚烧着炕炉。他本人就坐着,或是躺在炕炉上,以待春天的来到。

他静静地,沉重地,从炕炉转到食桌去。恰如无言的,冷冷的,受动底的,初凿下来的花刚石一样。

但芳菲的春天一到,花刚石也不知不觉地在自己的内部感到温暖了,暖气一充满,那和秋天的光线一同离开了他的一定的样子,便又逐渐恢复了转来。

熊和园一同醒来了……

这一春,希兰契的心为不安所笼罩。去年秋天,主人吩咐将别墅都关起来,卖掉了刚从树上摘下来的多余的大苹果,也不说那里去,也不说什么时候回,就飘然走掉了。

花树匠也从他的妻和近地人那里,知道了地主和商人都已逃走,市里村里,都起了暴动,但他不喜欢讲这些,并且叮嘱自己的妻,教她也不要说。

融雪的路干燥了的时候,不知从那里来的人们,来到果树园。敲掉了写着主人的名姓的门牌,叫希兰契上市镇去。

"我早就这样想了呀——这究竟算是怎么一回事呢——不是门牌挂着老爷的,园子却是属于苏维埃的么?"希兰契一面拾门牌,一面在胡子里独自苦笑着说。

"所以我们要改写的呵。"从市上来的一个男人道。

"如果不做新的,这样的东西,有甚用处呀。烂木头罢了,不是板呀……"

希兰契并不上市镇去。他想——总会收场的罢,也就没有事了罢。然而并不没有事。

花朵刚谢,子房便饰满了蓬蓬松松的黑的羽毛一般的东西。而且仿佛是要收回先前失去的东西似的,新叶咽着从前养了那粉红面幕一般的花的汁水,日见其生长了。

早该掘松泥土了,然而没有人。以前一到这时节,是从邻近的村庄里,去招一大班妇人和姑娘来。只要弯腰去一看,就从苹果树的行列之间,可以望见白润的女工的腿,在弄松短干周围的土壤;铁锄闪闪地在一起一落;用别针连住了的红裙角,合拍地在动弹的。为了频频掘下去的锄,大地也发出喘息;女人们的声音呢,简直好像许多钟声,从这枝绕到那枝,钻进樱林的茂密里去。

"喂,妈修忒加! 这里来,剥掉麻屑呀!"

但现在是静悄悄了,没有人声。

太阳逐日高高地进向空中,希兰契的小屋的门口左近,地面开起裂来了。每晚,连接着无风的闷热的夜,果树园等候着灌溉。

这件事,决不是一个人所能办妥的。从市镇上,又没有人来。于是希兰契只好从早到夜,总垂着两手,显着惹不得的恶意的脸相,踱来踱去。对于自己的妻,也加以从未有过的不干净的恶骂,待到决计上市去的时候,是几乎动手要打了。

他决心顺路去问问教父。那是一直先前,做过造砖厂看守者的活泼而狡猾,且又能干的乡下人。

对着因为刷子和厨刀而成了白色的菩提树桌子,坐着希兰契的教父,用了画花的杯子,在喝苹果茶。当那擦得不大干净的茶炊的龙头,沙沙地将热水吐在大肚子的茶杯中时,他用了圆滑的敷衍似的口气说——

"真好的主儿们呵。生身母亲的俄罗斯的这土,一定在啼哭罢!什么也不知道……你呢,还是到他们的什么苏维埃去看一看好——那

466

就很明白了……"

开着的阔大的门,从窗间可以望见。那对面是既不像工厂,也不是仓库的建筑物,见得黑黝黝。是同造砖厂一样,细长的讨厌的建筑。

"我们在办的事情之类,"看守者用了大有道理似的口气,说。"并不是什么难事情——单是砖头呀!但是,便是这个,他们一办,就一件也弄不好。日里夜里,都要被偷,并没有偷儿从外面来,到底工厂里的砖头连一块也不剩了。想用狗罢,可是连这也全不济事!……"

希兰契从市上回来,已经是傍晚,周围罩着黄昏了。默默地吃了晚膳,便躺在屋中央——他是喜欢睡在夏天的地板上的,因为有浓重的树脂味,而且从板缝里,会吹进湿湿的凉气来。

当东方将白未白之际,——便将自己的女人叫起,跑到仓库里去取锹锄。还从大腹膨亨的袋子里拉出一块麻屑来,豫备做新刷子,将柏油满满的倒在罐子里,揎着两袖,对女人说——

"太阳上山时要好好的行礼,上帝是大慈大悲的,说不定会有好结果呀。"

他奋然的大大地画了十字,将指头略触地面,便一把抱起锹锄和麻屑来,一面吩咐女人送柏油罐子去,于是乡下式地,跨开那弯着膝髁的脚,向着河那边,走下坂路去了。

在河岸上,不等样的大大的抽水机,伸开着手脚。许多木棍和木材,支着呆气的机器,屹立着,像是好人模样。齿轮和汽筒虽然很有一些妖气,但也许是因为长久的冬眠之后罢,惘惘然像要磕睡,在盛装的柳树的平和相的碧绿里,显着莫名其妙的丰姿。

希兰契检查了从载在抽水机顶上的桶子里,向四面岔出的水溜的接笋处之后,便去窥一窥井。于是扫了喉咙,沉重地坐在地面上,脱去了长靴,将裹褙解掉。他随即站了起来,解开窄裤的扣子。这——就是伏尔迦河搬运夫所穿那样的臃肿的窄裤一样,皱成手风琴似的襞积,溜了下去,写着出色的 S 字,躺在脚的周围了。

女人默默地定了睛,看希兰契的满是茸毛和筋节的腿,分开了蒙茸交织的黑莓的茂密,踏着未曾割去的油油的草,在地面上一起一落。

很寂静。从河对面,徐徐地爬上红色的曙光来。不动的光滑的水面,也反射着和这一样的颜色。柳枝下垂如疲乏的手;小鸟从那繁茂中醒来时,打着害怕似的寒噤。

希兰契很留神地下井去了。其中满填着涨水时漂来的木片,枝条,以及别的样样色色的尘芥。他一脚踏定横桁,一脚踏定梯子,开手将尘芥抛出井外面。

以后,是仰起头来,简短地用了响亮的声音叫喊道——

"抽水!"

女人便将全身压在唧筒的柄上。以前是用马的。于是田园,宽广的河面,天空,都充满了高朗的轧轹和叫喊和呻吟。杓子互相钩连着,发出嗑嗑的声音;齿轮的齿格格作响,不等样的懒散的轴子,激怒地转动起来。那平和的机械,便仿佛因为拉出了无为之境,很是不平似的,用了无所谓的声调,絮絮叨叨发话了。

藏在丛莽中的小鸟的世界,恰如就在等候这号令,像回答抽水机的呻吟一般,惊心动魄的叫声,立刻跑遍了田园。这撞着丛莽的繁密便即迸碎,一任着大欢喜飞上天空去,又如从正出现于天涯的神奇的赤轮,受了蛊惑一般,就在那里缩住了。

希兰契遍体淋漓地从井里爬了出来。小衫湿湿的粘着身体,因疲劳而弯了腰,但他还是又元气,又满足的。"总算还好,吊桶是在的……"

这回是爬到抽水机的上面去,在水桶上涂了柏油,又骑在打横的轮轴上,检查过齿轮。这才穿好衣服,遣女人回家,自己又用树脂涂桶子,用手打扫草茅蓬蓬的水路了。

他的心里,突然觉醒了一点希望。以为作一点工,照应照应,后来总该是不至于坏的。于是他就仿佛要将在烦恼无为的几星期之中,曾经失掉了的东西,一下子就拿回它来一样,拼命地挖,掘,用小斧头橐橐地削,用麻屑来塞好水溜了。

饶舌的野燕,停在花树匠当头的枝条上,似乎在着忙,要说什么可怕的重大的事件。希兰契用袖子拭着油汗的头颈,用了老实的口气,低声地说道——

"啾啾唧唧说着什么呢? 你真是多么忙碌的鸟儿呵! 好,说罢,说罢……"

要开手来灌溉,总得弄一匹马。抽水机大概是好的,水路这一面,也可以和妻两个来拔草,只是掘松土壤的,却没有一个人。其实呢,如果会送马匹来,那一定也会送工人来的,但是……

斑鸠的群,黑云似的飞来,向苹果树上,好像到处添了眼神一般,停下了。并且叽叽咕咕说着,在枝柯的茂密里,嚷闹起来。希兰契高声地吁的吹了一声口笛,追在同时飞起的鸟后面。而且叫着,骂着,一直到最后的一匹,过了篱笆,飞到邻接的果园里。

用膳的时候,他对他的妻说——

"还得照应一下的。倘要结结实实做事,这样的事,总得熬一熬……况且,老实说,老爷在着的时候,真费了不少的力呀。不过那时呢,什么都顺手,可是现在是这样的时势呀……"

第二天,他到镇上去了。镇上答应他送马匹和工人来。

然而过了几天,太阳猛得如火,绿的干下去,变成黑的了,却不见一个人来。好像完全忘却了满坡的果树园,正在等候着灌溉。

希兰契心慌了。跑到造砖厂去,又跑到住在邻村的熟识的花树匠那里去——但什么地方都没有马,也没有人肯来做工。

有一回,花树匠从市镇一回来,便走到河这面去了。看看沉默着的抽水机,沿岸走了一转,从干燥的树上,摘了一个又小又青的苹果,拿回到他的妻这里来。

"你瞧,这简直是野苹果了。这是从亚尼斯①树上摘来的呵……"

---

① 苹果的种名。——译者。

他将干瘪的硬的苹果放在桌子上,补足说——

"而且那树,简直成了野树了……"

于是坐在长椅上,毫不动弹地看着窗门,屹然坐到傍晚。在窗门外面,是看见全体浴着日照,屹然不动的园。

莽苍苍地太阳一落山,他吁一口气,独自说——

"哼,如果不行,不行就是了。横竖即使管得好好的,也谁都没有好处呵……"

鸟的歌啭和园的萧骚中,又新添上孩子的响亮的声音了。向着先前的老太太住过的别墅里,学校的孩子们从镇上跑来了——显着优美的眼色的,顽皮似的大约一打的孩子,前头站着一个仅剩皮骨的年青的凄惨的女教员。

喧嚷的闯入者的一群,便在先曾闲静的露台上,作样样的游戏。撒豆似的散在冈坡上;在树上,暖床的窗后,别墅的地板下,屋顶房里,板房角里,干掉了的木莓的田地里,都隐现起来。无论从怎样的隐僻处,怎样的丛树的茂密里,都发出青春的叫喊。简直并不是一打或者多得有限,而是有着几百几千人……

不多久,孩子们的一队,在希兰契的住房前面出现了。女教员用了职务底的口调,说道——

"借给我们两畦的地面罢。"

"那是你们要种什么的罢?"花树匠问。

"菜豆,红萝卜……还有,要满种各样的蔬菜的。"

"那么,现在正是种的时候了!"

在大门上,一块小小的布,通在竿子上,上面写着几个装饰很多的花字——

"少年园"。

从眺望镇上和附近的全景的望楼上,这回是挂下通红的大幅的布来。而且无日无夜,那尖角翻着风,烦厌地拍拍地在作响。

每天一向晚,便从露台上发出粗鲁的断续的歌声,沿着树梢流去。在这里面,感到了和这园全无关系的,大胆无敌的,然而含着不祥的一种什么东西了,希兰契便两手抱头,恰如嫌恶钟声的狗一样,左左右右摇着身体。

他的妻耐不住孤寂的苦恼了,拉住少年园的厨娘,讲着先前的大王苹果的收获,竟要塞破了板房的事,藉此出些胸中闷气的时候,那只是皱着眉头,默默无话的希兰契,这才开口了。

"你瞧,现在怎样呢,"他的妻怨恨地,悲哀地说。"还没有结成果子,就给虫吃掉了呀!"

"现在是!"希兰契用了不平的口气,斩截地说。"现在是,好像扫光了似的,什么也没有了……"

"老爷不在以后,简直好像什么也都带走了……"

"况且又闯进那些讨厌的顽皮小子来呀。"厨娘附和说。他们三个人就这样地直到就寝时刻,在叹息,非难,惋惜三者交融为一之中,吐着各自的愤懑。

穿着处处撕破了的裤子的顽皮小孩三个,爬到伸得很长的老苹果树的枝子上,又从那里倒挂下来,好像江湖卖艺者的骑在撞木上一般,摇摇地幌荡着;于是又骑上去,爬到枝子梢头去了。枝子反拨着不惯的重荷,一上一下地在摇,其间发出窣窣的声响,终于撕裂,那梢头慢慢地垂向地面去了。

小小的艺员们发一声勇敢的叫喊,得胜似的哄笑起来。那哄笑,起了快活的反响,流遍了全庭园。而不料叫声突然中止,纷纷钻着树缝,逃向别墅那边去了。

希兰契跑在后面追。他不使树干碰在头上,屈身跳过沟;用两手推开苹果树,钻过身体去。他完全像是追捕饵食的小野兽,避开了障碍,巧妙地疾走。他一面忍住呼吸,想即使一点响动,敌手也不至于知道距离已经逼近;一面觉得每一跳,愤怒是火一般烧将起来,然而虽于极微的动作,也一一加以仔细的留意。

恐怖逼得孩子们飞跑。危险的临头,使他们的动作敏捷了十倍。互相交换着警戒似的叫喊,不管是荨麻的密处,是刺莓的畦中,没头没脑的跳去,一路折断着挡路的枝条,头也不回地奔去了。绊倒,便立刻跳起来,缩着头,蓦地向前走。

追在他们后面,希兰契跳进别墅的露台去的时候,顽皮孩子们都逃进房子里面了。于是,在流汗而喘气的花树匠之前,出现了不胜其愤慨似的瘦坏了的女教员的容范。

她扬着没有毛的眉头,惊愕似的大声说——

"阿呀,这样地吓着孩子,怎么行呢?你莫非发了疯!"

在希兰契,觉得这话实在过于懵懂,而且——凄惨而古怪的年青的女教员,也好像是可笑的东西。于是他的愤怒,便变成断续的,轻轻的威吓的句子,流了出来——

"我要将你们熏出这屋子去,像耗子似的……"

这一天,少年园的全体,因为有了什么事,都到市镇上去了。别墅便又如往日那样,仍复平和而萧闲。

日中时候,希兰契跑在门外。

先前呢,当这时节,是载着早熟的苹果的车,山积着莓子的篓的车,一辆一辆地接连着出去的。现在是路上的轮迹里,满生着野草,耳熟的货车的辘辘的声响,也不能听到了。

"简直好像是老爷自己全都带走了。"希兰契想。于是倦怠地去凝望那从砖造小屋那面,远远地走了过来的两个乡下人。

乡下人走到近旁,便问——这是谁家的果树园。

"你们是来干什么的呀?"

"因为说是叫我们掘松泥土去……"

"这来得多么早呀!"希兰契一笑。"因为现在都是苏维埃的人们了呵……"

于是一样一样,详细地探问之后,知道了那两人是到自己这里来的时候,他便说——

"那是,恐怕走错了!没有听到过这样的果园呀……"

"那么，到那里去才是呢？"

"连自己该去的地方都不知道……但是，我这里，是什么都妥当了。第二回的浇灌，也在三天以前做过了……怎么能一直等到现在呢？"

从回去的乡下人们的背后，投以短短的暗笑之后，他回到小屋里。于是想出一件家里的紧要事情来，将女人差到市镇去。

小鸟的喧声已经寂然，夜的静默下临地面的时候，希兰契走到干草房里，从屋角取出一大抱草，将这拿到别墅那面去了。

他正在露台下铺引火，忽然脚绊着主人的门牌。这是今春从门上除下，藏在干草房里的。他暂时拿在手里，反复转了一通，便深深地塞入草中，又去取干草了。

回到别墅来时，一路拾些落掉的枯枝，放在屋子的对面，这回是擦火柴了。干的麦秆熊熊着火，枯枝高兴地毕剥起来。

在别墅里点了火，希兰契便静静地退向旁边，坐在地面上。于是一心来看那明亮的烟，旋成圆圈，在支着遮阳和露台的木圆柱周围环绕。简直像黑色的花纱一般，装饰的雕镂都飒飒颤动，从无数的空隙里，钻出淡红的火来。

煤一样的浓烟，画着螺旋，仿佛要冲天直上了，但忽而好像聚集了所有的力量似的，通红的猛烈的大火，脱弃了烟的帽子。

房屋像蜡烛一般烧起来了。

但希兰契却用了遍是筋节的强壮的手，抱着膝，眼光注定了火焰，毫不动弹地坐着。

他一直坐到自己的耳畔炸发了女子的狂呼——

"希卢式加！你，怎的！这是怎么一回事？老爷回来看见了，你怎么说呢？"

这时候，他从火焰拉开眼光来，用了严肃的眼色，凝视了女人之后，发出倒是近于自言自语的调子，说——

"你是蠢货呀！你！还以为老爷总要回来的么？……"

于是她也即刻安静了。并且也如她的男人一样，用了未曾有过的眼色，凝视着火。

在两个苍老的脸上，那渐熄的火的蔷薇色影，闪闪地颤动着在游移。

原载 1928 年 12 月 20 日《大众文艺》月刊第 1 卷第 4 期。

初收 1933 年 1 月上海良友图书印刷公司版"良友文学丛书"之一《竖琴》。

二十一日

日记　晴。上午得肖愚信并诗。下午明之来。子英来。夜得钦文信。

二十二日

日记　晴。上午得林和清信。得淑卿信，十六日发。下午达夫来。往内山书店买『人生遺伝学』及『セメント』各一本，共泉六元八角。夜濯足。

二十三日

日记　昙。晚璇卿来。

二十四日

日记　晴。上午得丛芜信。午有麟来。午后寄语堂信。下午夏洛蒂来。真吾来。往内山书店取『世界美術全集』(23)一本，一元七角；买『露西亜三人集』一本，一元一角。晚同柔石，真吾，三弟及广平往 ISIS 看电影。

二十五日

日记 星期。晴。下午有麟来,夜同往 ODEON 看电影,并邀三弟,广平。

二十六日

日记 晴。上午得语堂信。得矛尘信。下午吴敬夫及其友数人来。夜得小峰信及《而已集》,《语丝》。得李荐侬信。得石民信。

二十七日

日记 晴。午后同柔石往北新书局访小峰,又至商务印书馆阅书。

二十八日

日记 昙。下午夏洛蒂来并交稿费四十。

致 章廷谦

矛尘兄:

十二,廿四两信都收到。季茀我想是不会到北京去的,但他赴首都以后,讫今未有信来,不知住在何地。来函所说的事,倘见面(他似乎时常来沪),或得他来信后,即当转达。

抱经堂的书,《西厢记》非希见之书,《目莲记》既然眼睛已方,则和我所有的非万历本,大约也相差无几,不要它了。该堂将我住址写下,而至今不将书目寄来,可见嘴之不实,因此不佞对之颇有恶感,不想和他交易了。

《说郛》钱请不必急于交还,茶叶也非必要。或者要买一点图书馆的书，但将来再说罢。

王国维的著作，分为四集，名《王忠悫公遗书》或《观堂遗书》，我买了二三四共三集，初集因较贵未买，现在上海一时没有了。不知杭州有否？如有，买以见寄亦可，价大约是十四元。

成公舍我为大学秘书长，校事可知。闻北京各校，非常纷纭，什么敢死队之类，亦均具备，真是无话可说也。

迅　上　十一月廿八日

斐君兄均此奉候。

二十九日

日记　晴。午后得许天虹信。寄朱企霞信。寄矛尘信。以《而已集》寄矛尘，斐君，钦文。寄淑卿信。夜得杨维铨信。得达夫信片。寄小峰信。

三十日

日记　晴。上午得王衡信。下午往内山书店买翻译书三种，四元三角；又『漫画大观』第九本一本，一元一角。晚真吾来。得侍桁信并稿。

关于剧本的考察[*]

《演剧杂感》之二

［苏联］Nikolai Evreinov

剧本应该怎样，文学和剧作的区别在那里？——这是现今最惹兴味的问题。

在理解那联结的言语的意义上,看客常较读者笨,这是可以从下列的事实明白的。就是,读者可以用自己所欲的速度,来理解言语的意义;不懂的处所,也可以再读。也可以预期了清晨的舒适的心绪,将读书延至明朝。然而对于看客,则理解原文的一切的要件,是用了小学校般的严格,由作者所课赋的。那结果,便终于是只有优秀的学生,听取了一切,理解了一切。只有在授业的时间中,不为窗外的小鸟的歌声所烦扰,不为洋溢道上的春日的辉煌所招惹的优秀的学生。

我提出 Monodrama① 来……倘不完全地容受它,便应该承认,在戏台上的视觉底印象,从兴味上说起来,是优于听觉底印象的。但这只以不靠音乐,无论声乐或器乐者为限。

记一记伟大的戏剧作家罢——Sophocles,Plautus,Shakespeare,Moliére,Lopez de Vega,Calderon! 他们就如慈母不离儿童室一样,是不离戏台的剧场的真"主人"。但现今之所谓戏剧作家是怎样的人呵! 他们连工人也不能是,虽然有时说是现代的伟大的诗人。

百年前,T. Hoffmann 这样说:"作家和作曲家,现在仅有极少的价值。在剧场,大概只将他们看作工人,作为使包含于绚烂的背景和华丽的衣装的剧场,得以成立的工人。"

唉唉,这是百年前的事了! ……

现今的电影,虽是简括,虽是拙劣,但还总靠着纯然的戏剧底的公开底的开演之际,满足着公众的要求这一点上,牵惹着民众的心。

---

① 一人称的戏剧,就是作者所主张的。根据是在使看客和演员成为异体同心;所感和登场人物一样。

将演剧的意义,解释为公开的东西,则要而言之,在纯然的戏台兴味的意义上,电影是站在 Ibsen, D'Annunzio, Maeterlinck, Hofmannsthal 们的戏剧之上的。这些戏剧作家们,虽有各自的天才,但往往违背戏台的法则。

戏场者,由那艺术底手段说,无论在数学底意义上,在技术底意义上,都已经非常复杂了。那手段中,并含背景,建筑,音乐,电饰,台步,成型术,衣裳,以及其他带着律动和心情和音乐味的说白等。这些手段的省略,在看客的贪婪的眼里,是不能容许的。然而将这些手段,自由地支配的力量,是和处置复杂的大合奏的曲子一样的艺术。不明白大合奏上所用的一切乐器的特质,也不知道从这些乐器可以抽出来的一部的音色,而作交响管弦乐的曲子,是愚蠢的!

现代的戏剧作家,是不知道大合奏的法则,而作着大合奏的曲子的。现代剧衰颓的原因,就在这一点。

剧本的说白,是尽着供奉底职务(作为演员的材料)的。作为看客的我们,比用耳听,还是用眼听的多。文学不可支配戏台。为戏剧艺术的独立计,文学倒应该从戏台消灭。

新进的戏剧作家们呀,你们牢记着这件事罢!

倘说,"这戏曲好,做得文学底的,"那就是和对于舞蹈,说是"这很好,出色的衣裳呀"一样。然而,无言的戏剧(Pantomime),不穿衣裳的舞蹈,不也都在开演么?

到底,我要说的是什么呢?

就是下文的事——戏曲的作者,应该绝对地是老练的戏台人;还有,文学和剧作,那关系就譬如绘画和剧作,音乐和剧作一样;总而言之,两者之间,是有全体和部分的关系的:就是这个。

原载 1928 年 11 月 30 日《奔流》月刊第 1 卷第 6 期。署葛何德译。

初未收集。

坦波林之歌[*]

[日本]蒲谷虹儿

作者原是一个少年少女杂志的插画的画家,但只是少年少女的读者,却又非他所满足,曾说:"我是爱画美的事物的画家,描写成人的男女,到现在为止,并不很喜欢。因此我在少女杂志上,画了许多画。那是因为心里想,读者的纯真,以及对于画,对于美的理解力,都较别种杂志的读者锐敏的缘故。"但到一九二五年,他为想脱离那时为止的境界,往欧洲游学去了。印行的作品有《虹儿画谱》五辑,《我的画集》二本,《我的诗画集》一本,《梦迹》一本,这一篇,即出画谱第二辑《悲凉的微笑》中。

坦波林(Tambourine)是轮上蒙革,周围加上铃铛似的东西,可打可摇的乐器,在西班牙和南法,用于跳舞的伴奏的。

　　　　敲起来罢　坦波林
　　　　　还是还是　春天呀……
　　　　跳舞的　跳舞儿
　　　　　还是还是　春天呀……

　　　　抛掉了的　坦波林
　　　　　怎么一下　踏破了……
　　　　跳舞的　跳舞儿
　　　　　怎么一下　踏破了……

破掉罢　坦波林
　　泪珠儿的　跳舞呀……
抛掉了的　坦波林
　　泪珠儿的　跳舞呀……

拾起来罢　坦波林
　　还是还是　春天呀……
跳舞的　跳舞儿
　　还是还是　春天呀……

原载 1928 年 11 月 30 日《奔流》月刊第 1 卷第 6 期。
初未收集。

跳　蚤[*]

［法国］亚波里耐尔

Guillaume Apollinaire 是一八八〇年十月生于罗马的一个私生儿,不久,他母亲便带他住在法国。少时学于摩那柯学校,是幻想家;在圣查理中学时,已有创作,年二十,就编新闻。从此放浪酒家,鼓吹文艺,结交许多诗人,对于立体派大画家 Pablo Picasso 则发表了世界中最初的研究。

一九一一年十一月,卢佛尔博物馆失窃了名画,以嫌疑被捕入狱的就是他,但终于释放了。欧洲大战起,他去从军,在壕堑中,炮弹的破片来钉在他头颅上,于是入病院。愈后结婚,家庭是欢乐的。但一九一八年十一月,因肺炎死在巴黎了,是休战条约成立的前三日。

他善画,能诗。译在这里的是 Le Bestiaire (《禽虫吟》)一名

Cortége d'Orphee(《阿尔斐的护从》)中的一篇;并载 Raoul Dufy 的木刻。

跳蚤,朋友,爱人,
无论谁,凡爱我们者是残酷的!
我们的血都给他们吸去。
阿呀,被爱者是遭殃的。

原载 1928 年 11 月 30 日《奔流》月刊第 1 卷第 6 期。署
封余译。
初未收集。

十二月

一日

日记 晴。上午真吾来。午后昙。晚玉堂来。夜同柔石,三弟及广平往光陆大戏院看电影《暹罗野史》。

二日

日记 星期。晴。午后得小峰信并泉百。下午往内山书店。

三日

日记 雨。无事。

四日

日记 昙,冷。上午得钦文信。得杨维铨信。下午和森来,交以火腿一只,铝壶一把,托寄母亲。收未名社所寄《黑假面人》两本。

五日

日记 昙。上午寄侍桁信。寄小峰信。

六日

日记 昙。上午得矛尘信。下午达夫来。夜杨维铨来。

七日

日记 昙。下午内山书店送来『芸術の社會的基礎』一本,一元一角。得小峰信并《北新》,《语丝》。得翟永坤信。得招勉之信。

八日

日记 雨。上午真吾来。下午时有恒来,不见。往内山书店。

九日

日记 星期。雨,下午霁。夜望道来。柔石同画室来。收大江书店稿费十五元。

十日

日记 晴。下午得吴曙天信,即复,并假以泉五十。公侠来,并赠 *Goethe's Brief und Tagebücher* 一部二本。

十一日

日记 昙。上午得侍桁信并稿。午后达夫来。下午得徐翼信。晚小峰来。夜雨。

十二日

日记 昙。午后杨维铨来。下午小雨。往内山书店买『マルクス主義者の見るトルストイ』一本,七角;又『最新生理学』一本,八元二角,赠三弟。托方仁买来 *Holy Bible* 一本,有图九十余幅,九元。得达夫信。

致 郁达夫

达夫先生:

来信今天收到,稿尚未发,末一段添上去了。这回总算找到了"卑污的说教人"的出典,实在关细非轻。

原稿上 streptococcus 用音译，但此字除"连锁球菌"外，无第二义，我想不如译意，所以改转了。这菌能使乳糖变成乳酸，又人身化脓及病"丹毒"时，也有这菌，我疑心是在指他的夫人或其家属。

又第 11 段上有"Nekassov 的贫弱的诗"一句，不知那人名是否 Nekrassov 而漏写了一个 r？或者竟是英译本也无（r）此字，则请一查日本译，因这人名不常见也。

迅　启上　十二月十二日夜

密斯王均此致候。

十三日

日记　昙。午后寄达夫信。晚小雨。得金溟若信并稿。

十四日

日记　雨。下午达夫来。下午托方仁买书两本，共泉十三元二角。

十五日

日记　昙。上午郑介石来，未见。午后真吾来。

十六日

日记　星期。昙。上午寄裘柱常信并《朝华》两期。得季市信。下午曙天来并赠《种树集》一本。

十七日

日记　晴。上午得张友松信，下午复。得马珏信。得侍桁信并丸善书店书目两本。晚往内山书店。夜得季市名片，取去藤箧一只。

十八日

日记 晴。上午寄张友松信。收商务馆稿费六十。下午友松来。

十九日

日记 晴。上午得徐诗荃信并稿。下午得有麟信。得小峰信并《语丝》,《奔流》等,又版税泉一百。得无锡中学信,夜复。

二十日

日记 昙。下午复许天虹信。复陈翔冰信。复金溟若信。晚往内山书店买『世界文学と無産階級』及『巴黎の憂鬱』各一本,共三元。

二十一日

日记 晴。午后寄还黄守华稿。以刊物寄许羡蒙,淑卿,子佩。下午真吾来。得刘衲信。夜邀前田河广一郎,内山完造,郁达夫往中有天夜饭。托真吾寄李小峰信并稿。

二十二日

日记 晴。上午得冬芬信并稿。得赵景深信。下午理发。

二十三日

日记 星期。晴。午曙天,衣萍来。下午往内山书店。夜杨维铨来。

《奔流》编校后记(七)

生存八十二年,作文五十八年,今年将出全集九十三卷的托尔斯泰，即使将一本《奔流》都印了关于他的文献的目录，恐怕尚且印不下，更何况登载记念的文章。但只有这样的材力便只能做这样的事，所以虽然不过一本小小的期刊，也还是趁一九二八年还没有全完的时候，来作一回托尔斯泰诞生后百年的记念。

关于这十九世纪的俄国的巨人，中国前几年虽然也曾经有人介绍，今年又有人叱骂，然而他于中国的影响，其实也还是等于零。他的三部大著作中，《战争与和平》至今无人翻译；传记是只有 Ch. Sarolea 的书的文言译本和一小本很不完全的《托尔斯泰研究》。前几天因为要查几个字，自己和几个朋友走了许多外国书的书店，终竟寻不到一部横文的他的传记。关于他的著作，在中国是如此的。说到行为，那是更不相干了。我们有开书店造洋房的革命文豪，没有分田给农夫的地主——因为这也是"浅薄的人道主义"；有软求"出版自由"的"著作家"兼店主，没有写信直斥皇帝的胡涂虫——因为这是没有用的，倒也并非怕危险。至于"无抵抗"呢，事实是有的，但并非由于主义，因事不同，因人不同，或打人的嘴巴，或将嘴巴给人打，倘以为会有俄国的许多"灵魂的战士"（Doukhobor）似的，宁死不当兵卒，那实在是一种"杞忧"。

所以这回是意在介绍几篇外国人——真看过托尔斯泰的作品，明白那历史底背景的外国人——的文字，可以看看先前和现在，中国和外国，对于托尔斯泰的评价是怎样的不同。但自然只能从几个译者所见到的书报中取材，并非说惟这几篇是现在世间的定论。

首先当然要推 Gorky 的《回忆杂记》，用极简洁的叙述，将托尔斯泰的真诚底和粉饰的两面，都活画出来，仿佛在我们面前站着。而作者 Gorky 的面目，亦复跃如。一面可以见文人之观察文人，一面可以见劳动出身者和农民思想者的隔膜之处。达夫先生曾经提出一个小疑问，是第十一节里有 Nekassov 这字，也许是错的，美国版的英书，往往有错误。我因为常见俄国文学史上有 Nekrassov，便于付印时候改了，一面则寻访这书的英国印本，来资印证，但待到三校已完，而英国本终于得不到，所以只得暂时存疑，如果所添的"r"是不对的，那完全是编者的责任。

第一篇通论托尔斯泰的一生和著作的，是我所见的一切中最简洁明了的文章，从日本井田孝平的译本《最新露西亚文学研究》重译；书名的英译是 *Sketches for the History of Recent Russian Literature*，但不知全书可有译本。原本在一九二三年出版；著者先前是一个社会民主党员，屡被拘因，终遭放逐，研究文学便是在狱中时的工作。一九〇九年回国，渐和政治离开，专做文笔劳动和文学讲义的事了。这书以 Marxism 为依据，但侧重文艺方面，所以对于托尔斯泰的思想，只说了"反对这极端底无抵抗主义而起的，是 Korolienko 和 Gorki，以及革命底俄国"这几句话。

从思想方面批评托尔斯泰，可以补前篇之不足的，是 A. Lunacharski 的讲演。作者在现代批评界地位之重要，已可以无须多说了。这一篇虽讲在五年之前，其目的多在和政敌"少数党"战斗，但在那里面，于非有产阶级底唯物主义（Marxism）和非有产阶级底精神主义（Tolstoism）的不同和相碍，以及 Tolstoism 的缺陷及何以有害于革命之点，说得非常分明，这才可以照见托尔斯泰，而且也照见那以托尔斯泰为"卑污的说教者"的中国创造社旧旗下的"文化批判"者。

Lvov-Rogachevski 以托尔斯泰比卢梭，Lunacharski 的演说里也这样。近来看见 Plekhanov 的一篇论文《Karl Marx 和 Leo Tolstoi》的附记里，却有云，"现今开始以托尔斯泰来比卢梭了，然而这样的比较，不过得到否定底的结论。卢梭是辩证论者（十八世纪少数的辩证论者之一人），而托尔斯泰则到死为止，是道地的形而上学者（十九世纪的典型底形而上学者的一人）。敢于将托尔斯泰和卢梭并列者，是没有读过那有名的《人类不平等起原论》或读而不懂的人所做的事。在俄国文献里，卢梭的辩证法底特质，在十二年前，已由札思律支弄明白了。"三位都是马克斯学者的批评家，我则不但"根本不懂唯物史观",且未曾研究过卢梭和托尔斯泰的书,所以无从知道那一说对,但能附载于此,以供读者的参考罢了。

小泉八云在中国已经很有人知道,无须绍介了。他的三篇讲义,为日本学生而讲,所以在我们看去,也觉得很了然。其中含有一个很够研究的问题,是句子为一般人所不懂,是否可以算作好文学。倘使为大众所不懂而仍然算好,那么这文学也就决不是大众的东西了。托尔斯泰所论及的这一层,确是一种卓识。但是住在都市里的小资产阶级,实行是极难的,先要"到民间去",用过一番苦功。否则便会像创造社的革命文学家一样,成仿吾刚大叫到劳动大众间去安慰指导他们(见本年《创造月刊》),而"诗人王独清教授"又来减价,只向"革命的印贴利更追亚"说话(见《我们》一号)。但过了半年,居然已经悟出,修善寺温泉浴场和半租界洋房中并无"劳动大众",这是万分可"喜"的。

Maiski 的讲演也是说给外国人听的,所以从历史说起,直到托尔斯泰作品的特征,非常明了。日本人的办事真敏捷,前月底已有一本《马克斯主义者之所见的托尔斯泰》出版,计言论九篇,但大抵是说他的哲学有妨革命,而技术却可推崇。这一篇的主意也一样,我想,自然也是依照"苏维埃艺术局"的纲领书的,所以做法纵使万殊,归趣却是一致。奖其技术,贬其思想,是一种从新估价运动,也是廓清运动。虽然似乎因此可以引出一个问题,是照此推论起来,技术的生命,长于内容,"为艺术的艺术",于此得到苏甦的消息。然而这还不过是托尔斯泰诞生一百年后的托尔斯泰论。在这样的世界上,他本国竟以记念观念相反的托尔斯泰的盛典普示世界,以他的优良之点讲给外人,其实是十分寂寞的事。到了将来,自然还会有不同的言论的。

托尔斯泰晚年的出奔,原因很复杂,其中的一部,是家庭的纠纷。我们不必看别的记录,只要看《托尔斯泰自己的事情》一篇,便知道他的长子 L. L. Tolstoi 便是一个不满于父亲的亲母派。《回忆杂记》第二十七节说托尔斯泰喜欢盘问人家,如"你想我的儿子莱阿,是有才能的么?"的莱阿,便是他。末尾所记的 To the doctor he would say:"All my arrangements must be destroyed."尤为奇特,且不易解。托尔斯泰死掉之前,他的夫人没有进屋里去,作者又没有说这是医生所传述,所以令人觉得很可疑怪的。

末一篇是没有什么大关系的,不过可以知道一点前年的 Iasnaia Poliana 的情形。

这回的插图,除卷面的一幅是他本国的印本,卷头的一幅从 J. Drinkwater 编的 *The Outline of Literature*,他和夫人的一幅从 *Sphere* 取来的之外,其余七幅,都是出于德人 Julius Hart 的《托尔斯泰论》和日本译的《托尔斯泰全集》里的。这全集共六十本,每本一图,倘使挑选起来,该可以得到很适宜的插画,可惜我只有六本,因此其中便不免有所迁就了。卷面的像上可以看见 Gorky 看得很以为奇的手;耕作的图是 Riepin 于一八九二年所作,颇为有名,本期的 Lvov-Rogachevski 和藏原惟人的文章里,就都提起它,还有一幅坐像,也是 Riepin 之作,也许将来可以补印。那一张谑画(Caricature),不知作者,我也看不大懂,大约是以为俄国的和平,维持只靠兵警,而托尔斯泰却在拆掉这局面罢。一张原稿,是可以印证他怎样有闲,怎样细致,和 Dostoievski 的请女速记者做小说怎样两路的:一张稿子上,改了一回,删了两回,临末只剩了八行半了。

至于记念日的情形,在他本国的,中国已有记事登在《无轨列车》上。日本是由日露艺术协会电贺全苏维埃对外文化联络协会;一面在东京读卖新闻社讲堂上开托尔斯泰记念讲演会,有 Maiski 的演说,有 Napron 女士的 Esenin 诗的朗吟。同时又有一个记念会,大约是意见和前者相反的人们所办的,仅看见《日露艺术》上有对于这会的攻击,不知其详。

欧洲的事情,仅有赵景深先生写给我一点消息——

"顷阅《伦敦麦考莱》十一月号,有这样几句话:'托尔斯泰研究会安排了各种百年纪念的庆祝。十月末《黑暗的势力》和《教育之果》在艺术剧院上演。Anna Stannard 将 *Anna Karenina* 改编剧本,亦将于十一月六日下午三时在皇家剧院上演。同日下午八时 P. E. N. 会将为庆祝托尔斯泰聚餐,Galsworthy 亦在席云.'

"又阅《纽约时报》十月七号的《书报评论》,有法国纪念托尔斯泰的消息。大意说,托尔斯泰游历欧洲时,不大到法国去,因为他是主张为人生的艺术的,所以不大欢喜法国的文学。他在法国文学中最佩服三个人,就是 Stendhal,Balzac 和 Flaubert。对于他们的后辈 Maupassant,Mirbeau 等,也还称赞。法国认识托尔斯泰是很早的,一八八四年即有《战争与和平》的法译本,一八八五年又有 *Anna Karenina* 和《忏悔》的法译本。M. Bienstock 曾译过他的全集,可惜没有完。自从 Eugène Melchior de Vogüe 在一八八六年作了一部有名的《俄国小说论》,法国便普遍的知道托尔斯泰了。今年各杂志上更大大的著论介绍,其中有 M. Rappoport 很反对托尔斯泰的无抵抗主义,说他是个梦想的社会主义者。但大致说来,对于他还都是很崇敬的,罗曼罗兰对他依旧很是忠心,与以前做《托尔斯泰传》时一样。"

在中国,有《文学周报》和《文化战线》,都曾为托尔斯泰出了记念号;十二月的《小说月报》上,有关于他的图画八幅和译著三篇。

一九二八年十二月二十三日,鲁迅记。

原载 1928 年 12 月 30 日《奔流》月刊第 1 卷第 7 期。

初收 1935 年 5 月上海群众图书公司版《集外集》。

二十四日

日记 昙。上午得侍桁信并稿。下午子英来。张友松,夏康农来,未见。托方仁在广学会买《伊索寓言》画本一本,四元四角。

二十五日

日记　晴。上午得张友松信。午收赵景深所赠《中国故事研究》一本。下午[托]广平寄小峰信。下午张友松,夏康农来。季市来,赠以《而已集》及《奔流》,《语丝》等。晚同季市往内山书店。

二十六日

日记　昙。下午金溟若来,未见。

二十七日

日记　昙。上午得陈翔冰信。得淑卿信,二十二日发。下午雨。寄侍桁信。往内山书店买『歴史底唯物論入門』一本,『板画の作り方』一本,共三元二角;又『生理学粋』一本,四元四角,以赠三弟。

《〈雄鸡和杂馔〉抄》译者附记[*]

久闻外国书有一种限定本子,印得少,卖得贵,我至今一本也没有。今年春天看见 Jean Cocteau 的 *Le Coq et L'arlequin* 的日译本,是三百五十部中之一,倒也想要,但还是因为价贵,放下了。只记得其中的一句,是:"青年莫买稳当的股票",所以疑心它一定还有不稳的话,再三盘算,终于化了五碗"无产"咖啡的代价,买了回来了。

买回来细心一看,就有些想叫冤,因为里面大抵是讲音乐,在我都很生疏的。不过既经买来,放下也不大甘心,就随便译几句我所能懂的,贩入中国,——总算也没有买全不"稳当的股票",而也聊以自别于"青年"。

至于作者的事情,我不想在此绍介,总之是一个现代的法国人,也能作画,也能作文,自然又是很懂音乐的罢了。

原载 1928 年 12 月 27 日《朝花》周刊第 4 期。

初未收集。

致 章廷谦

矛尘兄:

季黻昨已见过,当将那事说给他,他说当面询蔡先生后,以所答相告,那时当再函知。

《山雨》曾见过——近久不见——此种事甚无聊。秋天以来,中国文人,大有不骂我便不漂亮之概,而现在则又似减退矣,世风不古,良可慨也。因骂声减,而拉我作文者又多,其苦实比被骂厉害万倍。

玄同之话,亦不足当真者也;风举玄同,以为然与否,亦不足注意者也。我近来脾气甚坏,《语丝》被禁于浙而毫不气,一大群人起而攻之而亦不气,盖坏而近于道矣。

《王忠悫公遗集》印于北方,盖罗遗老之辈所为,中国书店但代售耳。振铎早回,既编《说报》,又教文学,计三校云。

托兄给我在前回买过茶叶的那"翁隆盛"买"龙井明前"(每斤二元五角六分)"龙井旗枪"(一元四角四分)各一斤,见寄。如果店铺也肯寄,即托他们寄,付与寄费就好了。杭沪之间,似乎还有信局似的东西,寄物件很方便的。

迅　启上　十二月廿七日

斐君兄均此奉候。

二十八日

　　日记　晴。上午得子英信。得李秉中信。午后肖愚来。达夫来。寄矛尘信。复刘衲信。复抱经堂信。寄还刘绍苍,邵士荫,李荐侬来稿,各附一笺。

二十九日

　　日记　晴。上午寄李秉中信。得林和清信并稿。午后真吾来。晚石民来。夜蓬子来。

致 翟永坤

永坤兄:

　　得十一月廿六日来信,迟复为歉。惠函所云小说,惟《盛夏之夜》一篇,遍觅未见,但另□□□□一篇,亦系草稿,或尚未用,今已和《断碣》等四篇一并另封挂号寄上。我因居处不大,所以书籍稿件,无法布置,至于常易散失,实为困难。所以成集之稿,希暂勿见寄,因虑失落也。

　　陶冶公我是熟识的,现在想已全愈了罢。

　　　　　　　　　　　　　　　　鲁迅　十二月廿九日

三十日

　　日记　星期。昙。午后内山完造赠宇治茶及海苔细煮各一合。

下午寄翟永坤信并还来稿。晚杨维铨来，因并邀三弟及广平同往陶乐春，应小峰之邀，同席十三人。

敬贺新禧[*]

"爆竹一声除旧，桃符万户更新。"过了一夜，又是一年，人既突变为新人，文也突进为新文了。多种刊物，闻又大加改革，焕然一新，内容既丰，外面更美，以在报答惠顾诸君之雅意。惟敝志原落后方，目仍故态，本卷之内，一切如常，虽能说也要突飞，但其实并无把握。为辩解起见，只好说自信未曾偷懒于旧年，所以也无从振作于新岁而已。倘读者诸君以为尚无不可，仍要看看，那是我们非常满意的，于是就要——敬贺新禧了！

奔流社同人

原载 1928 年 12 月 30 日《奔流》月刊第 1 卷第 7 期。署奔流社同人。

初未收集。

LEOV TOLSTOI[*]
《最近俄国文学史略》的一章

［俄国］Lvov-Rogachevski

Leov Tolstoi——俄国文学的长老——生存八十二年，从事于文学五十八年，比及暮年，而成为"两半球的偶像"了。他获得吾俄文士所不能遭逢的幸福，他处女作一成就，我们的第一流的艺术家，诗人，批评家等，对于他之出现，无不加以欢迎。

一八五二年九月，在高加索青年军官的处女作《幼年时代》，以L. N. T. 三字的署名，出现于《现代人》杂志上，次月二十一日，那编辑者 Nekrasov 就写信给 Turgeniev（都介涅夫）道："倘有兴致，请一读《现代人》第九号所载的小说《幼年时代》罢，这是新的活泼的天才的杰作。"

一八五四年《少年时代》发表后，Turgeniev 便函告 Karbashin（美文家兼评论家）道："我见了《少年时代》之成功，非常欣喜，惟祝 Tolstoi 的长生。我在坚候，他将再使我们惊骇的罢，——这是第一流的天才。"更两年后，作了《奇袭》，《森林采伐》，《舍伐斯多波里战记》时，Turgeniev 写给 Druzhinin（文人兼批评家）的信里，有云："这新酒倘能精炼，会成可献神明的饮品的。"

以上，是未能圆满的断片发表之际，就已得了这样的称扬。《舍伐斯多波里战记》不独在文士之间，也使 Tolstoi 出名于广大的读书社会里。

描摹戴雪群峦的秀气的未完之作《哥萨克兵》，像是合着 Beethoven（贝多芬）的音乐而动笔的温雅华丽的诗底长篇《家庭的幸福》，作者自称为俄国的 *Iliad* 的大作《战争与平和》，受 Pushkin 的影响而且随处发着 Pushkin 气息的悲剧小说 *Anna Karenina* 等，都是伟大的天才的大飞跃，又使 Tolstoi 成为十九世纪后半的思潮的主宰者的。《我的忏悔》，*Kreutzerova Sonata*，《复活》等，则全欧的杂志报章，视同世界底事件，评以非常的热情。

Pushkin（普式庚）在生存中，仅见自己的文集第一卷的刊行，Turgeniev 见了那文集的第三版，Dostoievski 全集，则在其死后渐得刊行的，而 Tolstoi 全集，却在他生存时，已印到十一版。作品印行的册数，他死后数年间，达于空前的数目，在一九一一年，卖出四，六一〇，一二〇本（据托尔斯泰纪念馆的统计）。更将从一九一〇年十一月七日至一九一二年十一月七日之间的卖出本数，合计起来，实有六百万本,而其书目,是六百种。

这数字,即在显示 Tolstoi 的作品的全民众底,世界底意义,在俄国,则苟识文字,便虽是七龄的儿童,也是 Tolstoi 的爱读者。

但自《战争与平和》和《我的忏悔》发表以来,Tolstoi 的名声和势力,便远越了俄罗斯的界域。倘说,Turgeniev 是使欧洲的读者,和俄国接近的人,则 Tolstoi 不但使西欧,且使东亚的注意,也顾到俄国文学。和 Tolstoi 通信的,不仅英,法,美的读者,连印度,中国,日本的思想家,也在其中。Katiusha Maslova 的小曲,且为日本的民众所爱唱。恰如约翰·藉克·卢梭(Jean Jacques Rousseau)曾为世界所注目一样,Iasnaia Poliana 的圣者,是成为享受着现代最高文化的人们的注意的焦点的。Iasnaia Poliana,是成了真理探究者的圣地了。

及于全世界的文人,尤其是俄国文人的 Tolstoi 的影响,非常之大,迦尔洵(Garshin),莱斯珂夫(Leskov),蔼尔台黎(Ertel),契诃夫(Chekhov),库普林(Kuprin),威垒赛耶夫(Veresaev),阿尔志跋绥夫(Arzybashev),戈理基(Maxim Gorki),希美略夫(Shmelev),舍而该也夫·专斯基(Sergeiev-Zenski)等,皆各异其时代,各受着各样的印象,玩味了这文豪之在那社会观,写实主义,Tolstoi 式表现法上,所以动人的大才能的。而俄国的文人,且视 Tolstoi 为宗教底偶像,虽是自爱心深的 Dostoievski,读完 *Anna Karenina* 后,也绝叫为"这是艺术之神";Maxim Gorki 也称 Tolstoi 为俄国的神,坐于金菩提树下的玉座上。

"这青年军官,使我们一切都失了颜色"者,是 Grigorovitch 的半开玩笑的苦言。这青年军官,是成为我们的荷马(Homeros),我们的国宝,成为十九世纪末及二十世纪初的新卢梭,在他前面,全世界的文人,洋溢着不杂羡望的纯净的欢喜之情,无不俯首了。

这卓绝的文豪,即继续着竭尽精力的劳作,在后世遗留了美文的宝玉。Tolstoi 的文学底遗产,至今还难以精确地计算,虽当现在,尚在无数的文籍中,发见重要价值的断章;在那日记和信札之中,则潜藏着可以惊叹的文学。关于 Tolstoi 的各国语的评传,肖像及遗物,是搜集于在墨斯科,列宁格勒及 Iasnaia Poliana 的托尔斯泰纪念馆中,而惟这些纪念馆,乃是说明着否定了不平等的旧世界的,真理的伟大的探求者,且是永久不忘的生死的表现者的他的一生和创作,为俄国和世界,是有怎样的价值的。

Leov Tolstoi 并非借著述为业以营生的职业底文学者,他可以不急急于作品的刊布。关于所作《幼年时代》,他在一八五二年写给姑母 Iergolskaia 的信里,有云,"我将久已开手了的这小说,改作过几回了,为得自己的满意计,还想改定一回。大约这就是所谓 Penelopa(译者按:Ulysses 之妻,出荷马史诗)的工作罢,然而我是不厌其劳的。我并不求名,是乘兴而作的。在我,写作是愉快而有益,所以写作的。"

他的情热的大部分,即耗费于用以表白内在思想的这愉快的创作事业上……。热狂的猎人,热狂的赌客,Tsigan(译者按:民族名)歌的热狂底爱好者的他,一转而成为乘兴挥毫的热狂底文士,以著作之际,涌于内心的善良而宽容的感情为乐的人了。

他,在文章的每一行中,都注进新生活的渴望和喷溢似的精力去,一面利用闲暇,从事著作,逐年加以修正。他在《关于〈战争与平和〉》这一篇的冒头上,就写着"当刊行我费了在最良的生活状态中,五年间不绝的努力的作品……"的辞句,但这样的事,不消说,是须在得了物质底安定的 Iasnaia Poliana,这才做得到的。

和 Tolstoi 完全不同的社会的出身者 Dostoievski,曾经告诉自己的弟弟说,"没有钱,须急于起草。所以文章上是有瑕疵的。"Dostoievski 所作的《博徒》,以一个月脱稿,那是因为怕付对于完成期限的迟延罚款,而且那时,他为债主所逼,不得不走外国了。那时候,Dostoievski 急于作品的完成,从亲友之劝,雇了速记者,作为一月告成的助手,但倘是 Tolstoi,则这样的作品,大概是要乘着感兴,利用闲暇,在一年之间徐徐写好的罢。

辅助了 Dostoievski 的女速记者 Anna Grigorievna Snittkina，成为他的妻，Iasnaia Poliana 邻村的地主的孙女 Sophia Andreievna Bers，是做了 Tolstoi 的夫人了。前者是为履行那契约期限之故，做了速记，后者是为大文豪要发表杰作，将二千余页的《战争与平和》，誊清过七回。如《战争与平和》，*Anna Karenina*，《复活》那样的大作，大概惟在得了生活的安定的时候，这才始是可能。

Tolstoi 是陶醉于自然之美和生活的欢乐的，他叙述结构雄大的光景，且描写地主的庄园的如梦的生活。

在 *Anna Karenina* 里，描出一百五十个人物来，而毫无纷乱撞着之处，各人有各样的特殊的性格和态度；篇中的一切事物，都应了脉络相通的思想群的要求而表现着，那一丝不紊的脉络之力，是使我们视为艺术上的神秘，加以惊叹的。

"艺术上的作品的善恶，是也从心底说出的程度之差而生的，"这是 Tolstoi 写给 Golzev 的话。他所要求于艺术家者，是在和时代相调和，通晓隶属于人类的一切事物，不但通晓而已，还须是人类的共同生活的参加者。他又要求着表现自己的思想的技巧和才能，且以为凡艺术家，尤当爱自己的天职，关于可以缄默的事物，不可漫为文章，惟在不能沉默时，乃可挥其钢笔云。他是要求着口的发动，当以溢于心的思想为本的。而他自己，便是这样的艺术家。

他是当时最有教育的人物，只由 Iasnaia Poliana 的图书室里有着书籍一万四千卷的事，便足以证明。而这些书籍的一半，为外国语所写，他是通晓希腊语，以及英，法，德语的。他所自加标注的许多书，便在说明他以如何深邃的趣味，研究了人类的思想。他站在那时代的最高智识的水平上，又常是一般人类生活的参加者。创造了又素朴，又纯正，然而壮丽的文章的他，是决不以浓艳的辞句和华丽的文体为念的，但他所描写的人物及其他，却备有不可干犯的尊严和令人感动的崇丽。如 Bordina 战斗的叙述，《战争与平和》中的 Andrei Balkonski 之死，Kitty 的诞生及 Anna Karenina 和儿子的会见，记在《复活》里的 Katiusha 的爱的醒来和教会的仪式的描写，在世界的文学里，不能见其匹俦。我们的眼前，有实现了美的世界的一个大文豪在。

描写在《哥萨克兵》或《家庭的幸福》中的自然的光景，《战争与平和》里的 Balkonski 的爱情的发生及逢春老橡的开花，盛大的狩猎，Natasha Rostova，Maria Bolkonskaia，Pierre Bezukhov 和别的人物的形容，是镌刻在读者的胸中的……。而充满在作者 Tolstoi 两眼中的赞叹，同情和欢喜之泪，也盈盈于读者的眼里。这是因为相信着"无爱之处，不能生诗"的作者的热情，以爱和诗的力量，打动读者了。以"不能沉默"为动机的他的文章，是震撼我们的，但这是因为，例如当描写死刑的光景之际，想象了"浸过了肥皂水的绳子，绕上他的又老又皱的颈子了"的他那一句一言，乃是充溢于同情的心的叫喊的缘故。

Tolstoi 常写些破格的文句，恰如喜欢有特色的破格的人物一样，他也喜欢破格的文句的，那一言一语，是活的魂灵。Gorki 在追怀 Tolstoi 的一篇文章里说，"要懂得他的文章的有特色的卓越之美，则他那以同一语的许多破格的卑俗的调子，用于叙述之处，是必须注意的。"这是适切的评语。

Tolstoi 在那处女作《幼年时代》的序文上，载着关于自己修辞上的粗野和没有技巧的说明，以为这是因为不用喉咙，而用肚子唱歌的缘故。据他自己说，则从喉所发的声音，较之腹声，虽颇婉曲，而不感动人。腹声却反是，粗野则有之，但彻底于人的精神。Tolstoi 说："在文学亦然，有脑和腹的写法。用脑写时，那文辞是婉转滑脱的，但用腹来写，则脑中的思想，集如猬毛，思念的物象，现如山岳，过去的忆想，益加繁多，因而抒写之法，缺划一，欠畅达，成括倨了。或者我的见解也许是错误的罢，但当用脑写了的时候，我是常常抑制自己，努力于仅仅用腹来写的。"

由这尊贵的告白，不但 Tolstoi 的文质，连那魅人的句子之所以

产出的原因，也明白了。Tolstoi 之所有的，不是"脑的思想"，而是
"腹的思想"。他有惊人的腹的记忆力，他的创作，常包着温暖的感
情，响着牵惹我们的腹声。"一读你的作品，每行都洋溢着活活泼泼
的感情。令人恍忽的你的辞句的本质就在此"者，是评论家 Strakhov
给与 Tolstoi 的言语。

Tolstoi 是从小就现了锐利的敏感性的，曾得"薄皮孩子"的绰
号。他的《狂人日记》，带着自传底性质无疑，其中便载着他的敏感
性的显著的实例。这性质，似乎是从母亲得来的，他自己尊重着这
特质，在寄给姑母 Iergolskaia 的热烈的信里，常常讲起它。

他在《幼年时代》的序文上，便说着愿读者先须是敏感。他的创
作中，毫无遮掩，露出着这敏感性的，是《幼年时代》，*Albert*，*Lucerne*，
《计数人(撞球的)日记》等。到了中年，他将敏感性自行抑制，得了
大结果，但及暮年，则这特质，又使重之一如他的意志的我们，为之
感动了。

Tolstoi 喜欢那赞叹之泪，忏悔之泪，同情之泪，一九〇九所作的
《路人的故事》，是用这样的句子开端的——

"早晨，一早到外面去。心情是壮快的。是美丽的早晨。
太阳刚从茂林里出来。露水在草上，树上发亮。一切都和婉，
一切物象都依然。实在很舒服，不愿意死了。"

其次，是接着遇见老农，和关于吸烟之害及思索之益的叙述，又
这样地写道——

"我还想说话，但喉咙里有什么塞住了。我很容易哭了。
不能再说话，便别了那老人，也别了欢乐的和婉的感情，含泪走
掉了。住在这样的人们之间，怎会有不高兴的道理呢，也怎能
有不从这样的人们，期待那最出色的工作的道理呢？"

在逝世的三个月前，他将从一个农家青年得来的感情，写在日
记上，用了和上文一样的言语，证明着自己的敏感性。那日记是这
样写着的——

"为了欣喜,为了生病,还是为了两样相合的原因呢,我很容易下同情和喜悦之泪了。这可爱的,思想坚固的,强有力而愿做善事的孤独的青年的单纯的话,动了我的心,呜咽之声几乎出口,我便一句话也不能说,离开他的旁边了。"

然而这善感的禀性,是现于 Tolstoi 一生中的特色,读者是不看见这眼泪的罢,但他却常抱着甚深的感慨。

Tolstoi 的母亲,爱读卢梭,《爱弥儿》是她的案头的书籍,Tolstoi 最所爱好的人物,乃是使感情的诗美,来对抗拟古典主义的批判的约翰·藉克·卢梭其人者,实在并非无故的。

Tolstoi 在一九〇一年,向在巴黎的俄语教授 M. Boyer 这样说——

"我将《卢梭全集》二十卷熟看了,其中最喜欢的是《音乐字典》,我感谢卢梭。"

"我十五年间,帖身挂着雕出卢梭肖像的牌子,以代'十字架'。而卢梭的著作的大半,是恰如我自己所写一般,于我非常亲切的。"

一九〇五年 Tolstoi 应允推选为日内瓦的卢梭协会会员的通告,寄信到日内瓦云,"卢梭是十五岁时代以来的我的教师。于我一生中,给与一大裨益的,是卢梭和《旧约》。"

那协会的会员班尔裨,在协会年报上,载《托尔斯泰是卢梭的后继者》一文(一九〇七年),论云——

"Leov Tolstoi 是十九世纪的卢梭,或是具体化的爱弥儿。卢梭的精神,透彻于 Tolstoi 的全创作里。Tolstoi 是现代人的评释者。恰如卢梭是十八世纪的或者一般,Tolstoi 是现世纪的或者。"

从托尔斯泰协会,赠给卢梭协会的答文云——

"Jean Jacques Rousseau 所理想的思想的独立,人类的平等,诸国民之统一,以及对于自然美之爱,是和我们颇为近密的。我国民底智识的代表者的 Tolstoi，将全生涯，贡献于上述的理想之发扬和宣传了。"

赞叹，同情和忏悔之泪，是表象 Tolstoi 的社会观的，昂奋的敏感之泪，则湿透着他的世界观。那天禀的敏感性，洞察了发荣于榨取的条件上的现代文明社会的虚伪，且促他爱好自然的法则和自然人了。他是作为卢梭的后继者，而用卢梭以上的情热和真挚和确信，抉剔了一切虚伪和不诚实的现象的。

他将对于人生的爱情，对于正义和朴素的憧憬，对于虚伪的愤怒与其敏感性，织在和真挚自然相融合的真挚的自己的构想之中了。

然而，为十九世纪的卢梭的 Tolstoi，是观察了纷乱的世纪的后半期的社会底矛盾的现象的。诗圣 Pushkin，未曾知道这样的大矛盾，据 Bielinski 所说，则"阶级的原则，乃永久的真理"云。但 Tolstoi 却并不相信自己的阶级的一定不动性。他目睹 Sevastopol 之陷落，遇见尼古拉一世之死，观察革新时代的情形，知道那砍断了的大连锁的一端，打着地主阶级，而别一端，则吓了贱农（Muzhik）。他又目击了所谓民众启蒙运动，经验过和都市的发达一同激增的可惊的矛盾的现象，而他自己，则成为最后的贵族了。他于一八七〇及八〇年代，宣说那将其生活状态，加以诗化，美化而讴歌了的庄园的没落，恰如 Gogol 的杰作（译者按：*Taras Bulba*）中的人物 Bulba，向 Andrei（译者按：Bulba 的儿子）所说的"我做成了你，这我也来杀掉你"一样，也说给了庄园。于是他将自己的思想一变，成为一向遮着艺术的华服的丑秽现象的曝露者了。

《忏悔录》，《爱弥儿》，《新蔼罗若》的著作者卢梭，生于小资产阶级的手工业者的家庭里，历经辛苦而生长，感到十八世纪的虚伪底生活，遂如古代罗马的贱民似的，向贵族阶级宣战了。

《幼年时代》，《哥萨克兵》，*Lucerne*，《我的忏悔》的著者，则生于贵族人家，父系是德意志人，那母系，是远发于留烈克（俄国的始祖）的。

而这白马金鞍的贵公子，遂和自己抗争，经思索多年的结果，竟曝露了贵族阶级的腐败。所以那抗争是戏曲底的事，是谁都可以直觉到的。

Tolstoi 一离母胎，便即包围在旧贵族的氛围气里，为许多男女侍从所环绕，在 Iasnaia Poliana 的幸福的生活，是全靠着七百个农奴的劳动的。至于教育未来的文豪者，则是长留姓名于《幼年时代》里的德国人和法国人，他的父亲的图书室中，也如在 Pushkin 的父亲的图书室中一样，有许多十八世纪的法国人的著作。从十三岁到十九岁之间（一八四一———一八四七），他受着 Kazan 知事之女，退职胸甲骑兵大佐之妻，他的姑母的 Perageia Ilinishna Iushkova 的监督，住在那家里。这家庭，是常是佳节般的热闹，为 Kazan 的上流社会的聚会之所，法兰西语的社交的会话，是没有间断的时候的……。

青年大学生（Tolstoi）将全世界分为二大阶级，即上流社会和贱民；那姑母则要使 Tolstoi 成为外交官，或皇帝的侍从，且希望自己的外甥和交际场中的贵女，意气相投。她以和富家女结婚，为他的最大幸福，就是梦想着由这结婚，而 Tolstoi 能有很多的农奴的。

据 Zagoskin 的《回忆录》，则青年的 Tolstoi，是一个道地的放荡儿的代表者。

跳舞，假装会，演戏，活人画，大学毕业后的打骨牌，流人（Gipsy）歌等，是这青年贵族的生活。关于这生活，后来他在《我的忏悔》里，是不能没有悔恨和恐怖之念，记载出来的。

惯于蔑视本阶级以外的人们的青年，离墨斯科，赴高加索，在等候着做第四炮兵中队的曹长的任命了，其时他穿了时式的外套，戴着襞积的峨冠，套了雪白的鞣皮的手套，在 Tifris 的市街上散步。一看见不带手套的路人时，他便用了嘲笑的调子，对他的弟弟尼古拉这样说——

"他们是废物呵。"

“为什么是废物呢？”

“为什么？不是没有带手套么？”

在高加索，青年 Tolstoi 也竭力减交游，避朋友，守身如遁世者。那时他在寄给姑母的信里，说，“我并非自以为高，取着这样的态度的。这是自然而然之势，将我所遇见的本地的人们和我一比较，在教育上，在感情上，又在见解上，都有非常的差异，所以无论如何，和他们不能相投了。”

他于一八五四年，在 Silisria（勃加利亚的山地）为司令官属副官时，也是同样的纨袴子；又其处女作出版后，进了 Turgeniev, Druzhinin, Fet，及其他的文士之列的时候，也还是这样的人。

然而这青年有世袭的领地，有自己的农民。因此他觉得可以做善良的主人，知道学位证书和官阶，都非必要。而且他感到了恰如《地主的早晨》中的主人公 Nekhliudov 一般，有着安排七百个农民的幸福和对于神明，负有关于他们的运命的责任……。

在放荡生活中度了青年时代的 Tolstoi，到三十四岁，这才成了家庭的人。立农村经济的计画，是他的无上之乐，曾将其经营的办法，向好友 Fet 自夸。他又为利己底感念所驱，竭力要给家族以幸福，尝醉心于劳动者 Iufan 的敏捷的工作，而想自行 Iufan 化。未来之母 Sophis Andreivna 响着锁匙，巡视谷仓，大家族的未来之父的他，则到处追随其后……。经年积岁，殆十九年间浸渍于快活的蛰居生活的 Iasnaia Poliana 的地主，是经营农村，增加财产，牧畜场中，有豚三百头，Samara 的庄园里，则马群在腾跃……。这样地，富是日见其增大了，但在一八五六年顷寄给 Fet 的信中，却写道，“我们的农业，现在宛如藏着那交易所所不要的废票的股东。情形很不好。我决计加以经营，以不损自己的安静为度。最近自己的工作，是满足的，但有饥馑袭来的征候，所以日日在苦虑。”

一八八二年，参加了墨斯科市况调查时，仅用于调查一个 Riapinski 客栈的几小时，却将较之 Iasnaia Poliana 生活的几年更有意义的影响，给与 Tolstoi 了。以这调查为动机而作的《我们该做什么呢?》（一八八二）的冒头上，是用这样的句子开始的：“我向来没有度过都会生活。一八八一年转入墨斯科生活时，使我吃惊的，是都会的穷困。我早知农村的穷困，但都会状态，在我，是新的，而且不可解。”

都会的贫民，是赤贫，不信神，看那眼色，读出了这样的质问——

“为什么，你——别世界的人——站在我们的旁边的？你究竟是谁呀?”

从别世界来的 Tolstoi 一经观察这不可解的新的都会生活，一向以为愉乐的奢侈生活，在他便反而成了烦闷的根苗。既经目睹了忍寒苦饥，而且被虐的多数人，于是也明白了仅靠博爱，难以解决这问题；又在都会里，也难如村落一般，容易创造爱和协同的氛围气；并且镇静“以自己的生活为不正当的自觉心”的苦恼，有所不能的理由了。他曾这样地写——

“都会的缺乏，较之村落的缺乏为不自然，更急需，更深酷。而主要之点，是在穷困者群集于一处，那情形，实给我以恶感，在 Riapinski 客栈所得的印象，使我觉得自己的生活的肮脏”。

村落生活者的第一的思慕，是 Iasnaia Poliana 的安静和幽栖。苦于剧甚的都会生活的烦琐的他，便从墨斯科跑到村落去。到一八八二年的所谓“苦痛的经验”（市况调查）为止，他是为了子女的教育，住在墨斯科的;这之前，在一八七七年，他曾向好友 Fet 这样地诉说墨斯科生活，“我的墨斯科生活，非常凌乱。神经纷扰，每一小时中，每一分有不同之感。为了妨害我面会必须相见的人们，无须的人们是故意地出现……。”

墨斯科的市况调查后，他从 Riapinski 客栈，恐怖地跑到 Iasnaia Poliana 的羽翼之下，一八八二年四月，写信给 Sophia 夫人云——

“总算已从都会的繁杂之极的世界，归复自己，读古今书，听 Agafia Michalovna 的纯真的饶舌，非念孩子，而念上帝，在我是心情很舒服的。"

Tolstoi 之跑到 Iasnaia Poliana 去，也不但为厌了都会生活的烦劳。他是要避开社会问题的通俗底解决，并且远离深酷的急需底的都会的穷困。而他较之 Iasnaia Poliana 的生活，倒在跑向农民的生活去的。

社会问题在 Tolstoi 的面前，将那悲剧底实相展开了。他想个人底地，消极底地，将社会问题来解决，以为一切病根，全在佣雇别人，加以榨取，所以应该不去参加榨取别人的事，自己来多作工，而竭力少去利用别人的劳动。

一八八二年他遇见了加特力教派农民 Siutaev；Siutaev 者，是扶助别人，显示自己的实例，以说"同胞爱"而想缓和社会的矛盾的。Tolstoi 又读了 Bandarev 的《论面包的劳动》，大有所感，便将那为村民作殉道底劳动，借以得自己的良心的和平的主意打定了。社会问题固未能仗这样的个人底出力而解决，但于怠惰豪华的地主生活上，加了打击；是并无疑义的。

Iasnaia Poliana 的地主，成为 Iasnaia Poliana 的隐者；Iufan 化了的主人，变作文化底耕作者了。恰如十八世纪的卢梭，抛掉假发，脱白袜，去金扣，居环堵萧然的小屋中，做了 Montmorenci 的隐者一样，十九世纪的 Tolstoi 也脱去华美的衣裳，加上粗野的农服，委身于所谓"面包的劳动"了。于是从现代国家的社会底矛盾脱逃的隐者，便进了"枞树下的精舍"，个人底地奉着农民底基督教，依照 Siutaev 的方式，以度生活了。也就是他 Tolstoi，成为改悔的 Anarchist，以中产的劳动农民的精神为精神了。"市况调查和 Siutaev 之说，教了我许多事"，是他屡屡说起的话。

以寻求 Stenka Razhin，寻求社会主义为目的的向着农民团的革命底行进，在八十年代的 Tolstoi 的作品上，变为寻求那和农民一同不抗恶的 Karadaev 式人物的巡礼了。

"我们的周围的生活——富豪及学者的生活——不但反于我的意志而已,且也失了意义。我们的一切动作,考察,科学,艺术,在我是成了新的意义的东西了。我将这些一切,解释为游戏。所以不能在这些里面,去寻求生活的意义。惟劳动者,即创造生活的人类的生活,这才有真正的意义的。我以这为真的生活,认附带于这生活的意义为真理,所以我将这采用了。"这是他的《我的忏悔》里的话。

由母亲得来的遗传底敏感性,在少年时代的卢梭的研究,农村的印象,与自然和朴素的人们的接触,两个姑母的感化,Arsamas 的旅行,死之恐怖和有意义的生活之渴望,社会的矛盾和不平之感知,将赤贫之苦和犯罪来曝露给他的墨斯科的市况调查,一八八〇年和 Siutaev 的交际及 Bandarev 的著作的统读等,都会合起来,使 Tolstoi 回顾民众了。

然而与对于都会和农村的矛盾的深酷所抱的恐怖,以及旧文化崩溃的豫感,同来苦恼他的,是一切生物之无常和必灭。死的观念,成为恐吓这芳春和复活的乐天诗人的恶梦了,他相信要免除这恶梦,即在将自己的生活加以农民化,基督教化,舍生活的欢乐,离魅惑底艺术,用以赎罪,而净化已黩的精神。盖无常的生活,不但借"面包的劳动",成为神圣而已,并且使如神的爱的要素,和人类相交融。死之恐怖,使社会问题力懈;个人的利害,压迫了社会底利害;动摇的观念,便转向个人底完成和个人的变革去了。

一八六九年,为购置有利的新庄园,旅行 Pensenskaia 之际,Tolstoi 在 Arsamas 一宿,体验了死之恐怖。是年九月,在寄给 Sophia Andreievna 的信里,说道,"前夜我止宿于 Arsamas,过了非常的事。这是午前约五点钟,我为了疲劳,很想睡觉,各处是毫无痛楚的。然而蓦地起了不可言喻的悲哀。那恐怖和惊愕,是未曾尝过的程度。关于这感觉,待将来再详说罢。但如此苦痛的感觉,是一向没有觉到过的。"而这感觉的详细,Tolstoi 是用了可惊的真实和魅力,叙在一八八四年之作《狂人日记》中。

他独在旅馆的肮脏的一室里，开始体验了无端的剧烈的哀愁，即死之恐怖的侵袭，此后又屡次有了这样的事，他称之为"Arsamas的哀愁"。

但是，他的深味了死之恐怖，也不独这一事，他是作了《三个死》，《伊凡·伊立支之死》，《主人和工人》的。

他在摇篮时代，不已和死相接近了么？有着"发光的眼睛"的他的母亲的去世，是他生后一年半的时候。父亲之死，是九岁时。还有姑母兼保护者 Alexandra Ilinishna 的去世，他是十二岁。她便是常为飘泊者所围绕，为了要得其死所，而往"Optin Pustvini"道院的人……。此后，弟弟尼古拉夭亡了，那死，就在 Anna Karenina 中现实底地描写着。这一切不幸的现象，是都刻镂在活力方炽的贵族底青年的心上的。

一八六〇年，在 Sodene，抱在他臂膊上，爱弟尼古拉永久瞑目了。尼古拉是富于天才的出色的人。那时失望伤心，感了死之战栗的他，寄信给 Fet 道，"明天也将以可憎的死亡，虚伪，自欺之日始，而以自无所得的空零终。是滑稽的事。"……"倘从 Nikolai Nikolaevitch Tolstoi（弟）的曾经存在这事实，一无遗留，则将何所为而劳心，何所为而努力呢？"他的弟弟因为不能发见足以把握的何物，对于"汝归于空零"这观念，曾经怎样懊恼的事，Tolstoi 懂得了。那时 Tolstoi 还未曾结婚，不能把握家庭的幸福，而 Iufan 式的工作，也不能把握，只捉着了学术的研究……。暗云似乎消散了……。然而发生了一八六九年的 Pensenskaia 旅行和 Arsamas 的恐怖，一八七三年至一八七六年之间的近亲五人（三个孩子和两个姑母）的死殇。而且这又是替生母抚育 Tolstoi，使他知道了爱的精神底慰乐的姑母 Iergolskaia 之死；是保护人的八十岁老妇人 Perageia Ilinishna 之死……。在 Iasnaia Poliana 早没有光辉灿烂的生活，死在拍着黑色的翅子了。要逃出这翅子，该往那里呢？赴 Pensenskaia，去买为自无耕地的贫农所围绕的庄园呢？还是增加 Iasnaia Poliana 的富,以度奢华的生活呢？做这样的事,是良心,廉耻心,愤社会之不平等的精神,都所不许的。

一九一三年所刊行的《托尔斯泰年鉴》上,载着题为《我的生涯》的 Tolstoi 夫人的最有趣味的一断片,当叙述托尔斯泰伯的 Optin Pustvini 道院四次朝拜的巡礼底行为时,夫人这样地写着——

"Tolstoi 在那长久的一生之中,徒望着死的来近,且关于死,怀了几回阴郁的观念,都不知道。入于永是怕死的观念里,并非容易事,但精神上肉体上,皆稀见如 Tolstoi 的强健的人,要将难避的生的破坏,分明地想象,并且感得,是不可能的。"

在陶醉于生活的艺术家那里,酒醒的时候来到了。对于生活的疑念发生了。当计画农村经济时,这问题突然浮在脑里了——

"唔,是了,你在 Samara 有地六千亩,有马三百匹。但是,此外呢?"

他于是完全茫然,不明白此后该想什么了。(《我的忏悔》参照。)

地主的经济,与《家庭的幸福》,《战争与平和》和 Anna Karenina 的著者的精神是不相容的。然而他不做游历欧洲的所谓"消谷",又不做贵族的漂浪者,而成为农民的巡礼者,土地耕作者,以及"上帝的仆人"了。

新生活的计画,又和家族及主妇的计画不相合,且反于 Iasnaia Poliana 的精神。旧贵族家里的居人,只能用了《家庭的幸福》中的"我们的家,是村中第一的旧家,几代的子孙,相爱相敬,在这家里过活"的话头,向了隐者而有智识的农夫(Tolstoi)说。

但将有可怕的打击,加于这几代子孙的家风之上了。一九一〇年,在将作托尔斯泰纪念馆的这旧家中,又发生了决胜底争斗。而反对 Iasnaia Poliana 而起者,却正是在其地诞生,生活,且遗嘱葬于旧教会旁的人,并且仗沃土之力而发荣,确立,而放了烂熳之花的作品的作者自己。

Sophia Andreievna 夫人在她的自叙传里记载着："一八八四年夏，Tolstoi 热中于野外工作，终日和农人们割草，大概总是疲乏之极，傍晚才回家来，但因为不满于家族的生活，便很不高兴模样，坐在椅子上。Tolstoi 是为了家族的生活，和自己的主张不同而烦闷着的。有一回，Tolstoi 曾想同一个村女，跟移民们暗暗逃走，这事他向我告白了……。于是这事成为事实，七月十七日之夜，和我大约是为了关于马匹的事的口角之后，便背上内装什物的袋子，说是到美洲去，不再回来，走出门外了……。一八九七年也有一回想出家，但关于这事，没有一个人知道。"

终于，一九一〇年十月的有一夜，他毫无顾惜地抛弃了自己的庄园。这之先，还瞒着 Sophia 夫人写好遗嘱，将世袭领地让给 Iasna-ia Poliana 的农民们。

他的行踪不定的出奔和领地的自愿底的推让，是明明白白地表现了贵族时代的最后，旧贵族制度的崩溃，以及梦似的旧庄园的没落的……。这样的个人的生活样式，即"自己所必要的，是独自生活独自死掉"的思想，给贵族底家族制度以对照了。

身穿竭尽时式的奢华的外套的青年贵族，和肩负旅行用袋，与漂泊者之群同赴"Optina Pustovini"道院的老翁，或赤脚耕田的伧夫之间的距离，实在是很大的。然而这并非改换衣装的戏文，也不只是变美衣为农服而已，这是更生的剧曲，是排斥传统底习惯，趣味，观念的苦闷的表现，也是庄园和茅舍的两世界的冲突，且又是从地主底世界观，向着农民底基督教的见解方面的迁移。

这样的对于更生的准备，他的一切创作，便在说明着。这正如 Lermontov 仗着做诗，脱离了苦恼他一生的怀疑和否定的恶魔一般，Tolstoi 仗着《忏悔录》，从奢侈生活，Iufan 化以及贵族制度逃出了。

在我们的面前者，不是大文豪的文集，而是一部连接的日记，又是首尾一贯的忏悔录。

在这日记，忏悔录或是传道录中，描写着各样的人物，但这是为了赎罪而谴责自己，辗转反侧而烦闷着的一个贵族的丰姿。那各种创作中的人物，如 Irteniev, Nekhliudov, Teresov, Olienin, Sergei Michalovitch, Pierre Bezukhov, Andrei Bolkonski, 长老 Sergei 等，都是表现了一个烦闷的人物的异名，以及各样的境遇和各样的转换期的。而显露于一切转换期中的一特色，乃是善的理想的崇拜，精神的常存的洁白和完全美的渴望，家系以及阶级的传统底事物的排斥等。而各种作品的重心，则在描写精神底危机和精神底照明之所以发生的机缘，当达于精神底照明的高度时，便显现着死和觉醒，换一句话，即死和复活。

《幼年时代的回顾》（一九〇三——一九〇六）是探讨 Tolstoi 的创作底计画之迹的贵重的资材，那是《幼年时代》印行后五十年所写的，在这书中，Tolstoi 便从善恶的差别观，更来通览自己的一生，将这分为四期，即（1）幼年时代，（2）独身时代，（3）到生活一转期为止的家庭时代，（4）精神底更生时代。这分类法，在依了基本底题目，来分别 Tolstoi 的遗文之际，是颇便于参考的。

天真，愉快，而且诗底的幼年时代，长留在他的处女作《幼年时代》和《少年时代》中。那时候，Tolstoi 是将脱离墨斯科生活，住在岚气迫人的高加索山中，幸福的过去的回忆，写了下来，不独使自己的精神，且使读者的精神也都净化高超了。自作的小说印行之年，他在 Tiflis 涂次，从"Mozdock"车站寄信给姑母 Iergolskaia 道，"我精神上起了很大的变化；这不只一次，有好几回。一年以前，我以为在世俗的娱乐和交际场里，是可以发见自己的幸福的，但现在却相反，愿得体力上精神上的安静。"

这 Tolstoi 的处女作，充满着"使自己完成的不断的努力，乃是人类的使命"的信念。又在这里，交织着真实和架空。例如幼而失母的他，要从那记忆上，挽回朦胧的母亲的模样来，推敲意想时的叙述就是，但那设想，往往是苍白而无力的。

他的处女作，又时时极其感伤；那叙述法，则显示着英国文人Sterne 的《法意两国游记》和卢梭的《爱弥儿》的大感化。

在《幼年时代》的序文上，Tolstoi 向着有心的读者，望不仅以为有趣的文章，而发见会心的处所，且要求着不因嫉妒之情而蔑视了周围。

《青年时代》是未完之作，可作续编看者，是《地主的早晨》。在《地主的早晨》里，用了从大学的三年级回村来的十九岁的 Nekhliudov，将《少年时代》的十六岁的 Irteniev 替换。

Nekhliudov 是小农。他以为农村的弊病的根原，在于小农的赤贫生活，若用劳动和忍耐，便可匡救这弊病的。于是立起"农村经营的法则"来，要在那经营和提高劳动者的精神上，实现自己的计画。就是，在读者面前，展开一个《地主的早晨》的农奴的村落的光景来。

Nekhliudov 倾听了麇集的小农的诉说和要求，或者询问事实，或者答允改良，抱着疲劳，羞愧，无力，悔恨的纠纷的感情，走进自己的住房里去了。

故事骤然变为 Nekhliudov 的关于 Iliusha 的感想。Iliusha 是有丰饶的金发和发亮的细细的碧瞳的人，往 Kiev 搬运物件去了。Iliusha 的 Kiev 之行，为 Nekhliudov 所羡慕，为什么自己不是 Iliusha 似的自由人呢，是这时他脑中所发生的思想……。

"幼年时代和少年时代"的时期，连续计十四年（一八二八——一八四二），其次，就起了思想的大变化。

生活于高加索的兵村，拥在自然的怀抱里，更在 Sevastopol 出入于生死之境的 Tolstoi，便从向来的贵族底思想脱离，将追逐外面底光辉的卑俗的欲望抛掉了。作为这时的作品，可以举出来的，是《袭击》，*Sevastopol*，《青年时代》，《部队中和墨斯科旧识的邂逅》，《计数人日记》，《两个胸甲骑兵》，*Albert*，*Lucerne* 等。

描在《计数人日记》里的上流阶级出身的纯洁的青年 Nekhliudov，逐渐陷入堕落社会的深处，成为撞球场的熟客，作不正当的借财,又为恶友所诱,涉足娼家,终于将精神的纯洁和无垢全都丧失了,然而悔悟之念一起,莫知为计,便图自杀,写了下列的句子,留下遗书来——

"神给我以人类所能望的一切,即财产,名誉,智慧和高尚的观念。而我要行乐,将在自己心中的一切善事,捺入泥土,加以蹂躏了。我不作无耻事,也不犯什么罪,然而做了最厉害的事,杀却了自己的感情,智慧,和青年的意气……。打骨牌,香宾酒,赌博,吸烟,妓女,这是我的回忆……。"

Nekhliudov 的苦闷,是后悔了青年时代的放荡生活的罪恶的 Tolstoi 自己的苦闷。

恰如 Pushkin 的"Aleko",诅咒着气闷的都会的束缚,游历 Bessarabia,而凭吊了 Tsigan 人的古城遗迹一般,墨斯科人的 Olienin (《哥萨克兵》的主角)也和虚伪绝缘,为要融合于自然的真理中,便离开了喧嚣的都会。对着嵯峨的山岭的他,在想要寄给所谓交际社会人类这都会的上流文化人的信里,是这样地写着——

"你们是无聊的可怜人。你们不知道幸福的本质,生活的要素是什么。纵使只一次,也必须尝一尝不加人工的自然美的生活的。我每日仰眺着严饰群峦的千秋的皓雪,和成于太古之手照样的自然美相亲,你们也不可不眺望这大自然之美,而有所领悟,待到领悟了谁在埋葬自己,谁在营真的生活的时候……。

"真理和真善美是什么,必须观察而领悟的。一经领悟,则你们现今在谈说和考察的事,以及希望着自己和我的幸福的事,便将成为骨灰而四散罢。所谓幸福者,乃是和自然偕,看自然,而且和自然共语。"

读者的眼里,映出都会人和山中人来了罢。在 Olienin 即 Tolstoi 的回忆和空想中,蕴蓄着大自然的严肃之感;在那时他所想,所感的一切物象中,常有山岳出现。驰神思于山巅,涵泳了如水的岚气的 Olienin 即 Tolstoi,便从哥萨克的 Novomlinskaia 村,伸出手去,和日内瓦的哲学者而艺术家的卢梭握手了。

后来,在发抒公愤的 *Lucerne* 中,Tolstoi 则将温泉浴汤的所谓"富有的文明人"们,和他们所嘲笑的唱小曲者相对照,这短篇,乃是痛骂了不以像人的温暖的心,来对个人的工作的十九世纪文明人的檄文。

委身云水的乞儿,唱小曲者,Sevastopol 的兵丁,朴讷的哥萨克人 Ieroshka 和 Lukashka,《雪暴》中的车夫 Ignat 等,都是太古的人,接触自然的漂泊者,Tolstoi 所喜欢描写的人物。

第三期是从结婚起,到开手和周围的人们绝缘的十九年(一八六二——一八八○)。这之间,幸福的丈夫,父亲,主人的 Tolstoi,是度着正当的洁白的家庭生活,利己底地赏味着生活的快乐,增益资财,享着家庭的幸福的。这时 Tolstoi 是尽全力要成文人,向姑母 Alexandra Andreievna,屡次寄了自述意见的有特色的贵重的信札。

一八六三年九月,在寄给这姑母的信中,他这样写——

"我不穿凿自己的心境,即自己的感情了。而家族的事,则单是感,并不思。这精神状态,给我以很广阔的智识底地域。我一向未曾感到过,自己的精神力竟能如此自由,而且致力于作品。"

一八五九年所写的《家庭的幸福》,是跨进这一期去的序言。这小说,是用温雅的 Turgeniev 式语调写出的,但篇中的 Turgeniev 式处女,却究竟成着 Tolstoi 式笔法的妇人和母亲。而结婚,家族,生产,做父母的义务,爱情等问题,则是我们的文豪的注意的焦点,于是各二千页的两巨制,《战争与平和》和 *Anna Karenina*,便成为描写那在豪侈的贵族生活中,时运方亨者的家庭和生产的状态的力作而出现了。

倘若《幼年时代》,《少年时代》及《青年时代》的材料,利用着邻村的地主 Isrenev 一家,Sophia Andreievna 的母亲,家庭教师列绥勒和圣多玛，则《战争与平和》的材料，是利用着 Tolstoi 的三血族的家谱的。不独外祖父 Volkonski，生母，姑母 Iergolskaia，祖父 Tolstoi，祖母和父亲而已，连自己的新妇 Sophia Andreievna，也描写在这大著作里，各人的面目都跃如，连合起来，使我们感动。

这小说的内容的十分之九，是用一八一二年的祖国战事为背景的贵族及地主生活的描写，贵族的各层的状态，都被以非常之正确和深邃，表现出来。而每行每页中，都映出着贵族社会的出身，且彻骨是贵族的作者的姿态。

在这长篇小说中，没有描写农奴法的黑暗面，是令人觉得奇异的，Tolstoi 将主人对于佣人的族长关系，加以诗化了。

有人向 Tolstoi，非难他描写时代精神之不足，太偏于叙述光明方面了的时候，Tolstoi 这样地回答说——

"我知道时代精神是什么，也知道读者在我的创作上，看不出时代精神来。时代精神者，是农奴的黑暗面，是妻女的抵押和苦痛的呻吟，是笞刑，是兵役以及别的种种。

"留在我们想象上的这时代精神，我不以为真实，也不想描写它。我曾研究了历来的文件，日记类和传记，没有发见过比现在，或我在有一时期所目睹似的更残忍，暴戾的事实。

"那时的人们也寻求真理和道德，且也嫉妒，迷于情欲了。精神生活也复杂的，但那生活，比起现在的上流社会来，却优美而高尚……。

"那时有一种特质，是起于上流社会和别社会的非常的间隔，也起于教育，习惯，用法国话和别的关系的。我是竭尽所能，使这特质明示于人世。"

这样子，本来未尝着眼于社会的矛盾冲突的他，在《战争与平和》里，也念及上流下流两社会的悬隔了。

在小说 Anna Karenina 里，则对照着庄园和都市，地主的 Levin 和豪华的都人。起于离 Iasnaia Poliana 不远的 Tuliskaia 县的悲剧——地主某的爱人，不耐其地主的爱情的日薄。自投火车之下而轧死了的事件——给 Tolstoi 以关于结婚，家庭，爱和嫉妒的材料。小说中的人物 Oblonski, Vronski, Karenina, Konstantin Levin, Kitty Nikolai Levin 和 Levin 的爱人而因痘疤变丑了的女人，以及交际社会的绅士等，是都用以显示真正的宏大的自己牺牲之爱的模样，并且据自己的体验和回忆，来表现都会的贵族和乡村的地主的生活的。

Konstantin Levin 的不安，恋爱，企业，都会生活的嫌恶，计画自杀的精神上的危机，以及 Nikolai Levin 与其爱人的言动等，凡出现于这小说中的一切的现象，是都经了有家族底亲睦的 Iasnaia Poliana 的氛围气化的。

在这长篇中，也如在《战争与平和》里一样，将陷于恋爱的动机，生产的重要关头，以及对于子女的母性爱等，用了空前的巧妙，描写出来。终不委身于墨斯科交际社会的一青年的那为人母者的丰姿，分明地在读者眼前出现。而描写了这姿态的 Tolstoi，则一八八〇年顷，已经是九个孩子的父亲了。有读了 Anna Karenina 和她的儿子 Seriujia 相会的场面而不哭的么？……在 Konstantin Levin 的世界观上，是明明地显着地主阶级的利害的反映的。

Tolstoi 将"精神底更生"之年的那一八八〇年以后，作为创作的第四期。但恰如一八五九年所作的小说《家庭的幸福》是家庭生活的序言一样，一八七七年所作的 Anna Karenina，是从一八七九年到一八八二年之间所写的《我的忏悔》的豫告。

丧弟的结果，而深思生命的意义的 Levin，为死之恐怖所袭，凡手枪和绳索之类，是不放在手头的，但这是表现着晚年的 Tolstoi 所自曾经验之处，Tolstoi 当精神底更生之际，想自杀者许多回。这样，而十九岁的青年 Nekhliudov 便让位于 Levin，而 Levin 带着许多孩子，不但一个早晨，竟终生在农民之间过活了。

然而 Levin 对于农民，不过消极底地公平而已。他没有压迫农民，但永久的弊病这耕地问题，也未曾解决。

Stiva Oblonski 对于 Levin 所说的农民问题和社会的不平等，怂恿他将土地分给农民，算作解答的时候，Levin 便说自己没有推让土地之权，对于耕地和家族负着责任云云，驳斥了他的话。

而 Levin 遂回避了社会问题的解决，入宗教界，为要拯救自己和自己的精神，想从剧甚的生活的矛盾中脱出，并且归依宗教，以得安心立命之地。

Tolstoi 自己也进了宗教界，永久地抛掉华美的贵族生活了。关于《战争与平和》中的一个女人 Maria Bolkonskaia 他已经这样地写着——

"她屡次听到巡礼的故事。这在巡礼者，不过是单纯的照例的话罢了，但于她，却意味深长，感动的结果，便好几回想舍了一切家财出走。于是她自行设想，自己在和身缠粗衣，挂着杖子，颈悬进香袋，步行着沙路的 Fedoshka 一同走。她又自行设想，自己将嫉妒，爱恋，希望，全都舍弃，只是遍历圣地，终于到了悲苦俱无，辉煌着永久的欢喜和幸福的乐土。"

但在后来，看见年迈的父亲，尤其是见了年幼的孤儿这外甥时，她就难行她的计画，吞声饮泣，觉得是爱父与甥，过于上帝的罪人了。

作为足以记念这第四期的碑铭，将 Tolstoi 所爱诵的 Pushkin 的诗《追怀》钞在这里，是最为确当的罢。

这有名的《追怀》，曾成了 Tolstoi 的悔悟和嗟叹的根源，Tolstoi 是极爱读典丽而遒劲的诗歌的——

喧嚣的白昼销声，
夜的半明的影子
扩充于寂然的衢路，
昼日勤劳之所赐的
梦成时，

517

在我是

来了苦恼不眠的时候，

我的胸中，趁着夜闲，

啮心的蛇正在蜿蜒。

空想喷涌于满是哀愁的脑中，

沉重的思惟填塞了胸底，

回忆在我面前

将长卷展开，静悄悄地。

于是不得已而回顾我的平生，

我咒诅而且战栗，

我长叹以泪零，

但悲哀的印象不能荡涤。

发挥兽性的华筵，

不自然的自由的耽溺，

束缚和困穷和飘泊大野，

这是我所耗的往日。

而今的我又是酒池肉林，

听侪辈的谎语，

冷的理智之光，

使我心感到难除的愧耻。

我没有欢娱……。

Tolstoi 的回忆，便是将这诗的"悲哀的数行"，换以"污浊的数行"的，而他的《忏悔录》，也和 Pushkin 的《追怀》相匹敌。

在取材于民众生活的故事中，Tolstoi 所用的平易的文体，也酷似 Pushkin 当圆熟时代所表示的单纯的写实主义底文体的。

在这第四期，Tolstoi 写了许多宣传底文章。即《我的忏悔》（一八七九——八二），《论墨斯科的市况调查》（一八八二），《我的信仰》（一八八四），《我们该做什么呢?》（一八八六），《论生活》（一八八七),《论 Bandarev》(一八九〇),《懒惰》(一八九〇),《十二使徒所传的主的教义》(一八九五),《圣书的读法及其本质》(一八九六),《论现在的制度》(一八九六),《艺术是什么?》(一八九七),《论托尔斯泰主义》(一八九七),《自己完成论》(一九〇三),《互相爱呀!》(一九〇七),《论虚伪的科学》(一九〇九),《不能缄默》(一九〇七)等。

这时期,我们的 Tolstoi 将象征那生活的欢乐的艺术,加以排斥了。他以为艺术的使命,是在建设那为人类最高目的的"爱的王国"。

他反了自己的禀性,想做禁欲主义者。"这一年,我大和自己战斗了,但世界之美,将我战胜。"这是被魅惑于春天的自然美的他,写在有一封信里的话。

一八八四年以降,Tolstoi 为 Chertkov 所主宰的"Posrednik"出版部,做些创作,到一八九四年为止,印行了下列的书。就是《神鉴真理》,《人靠什么过活?》,《高加索的俘囚》,《舍伐斯多波里的防御》,《蜡烛》,《二老人》,《有爱之处有神》,《呆子伊凡》,《开首的酿酒者》,《必需许多田地么?》,《鸡蛋般大的谷子》,《受洗者》,《三长老》,《悔悟的罪人》,《黑暗之力》,《教化的效果》等。后来,又印行了 *Kreutzerova Sonata*,《*Ivan Ilitch* 之死》和《跋辞》。

凡这些作品,目的都不在有识及上流社会的读者,而以灰色的大众为主眼的;那内容,则在关涉农民,并且启发农民。那文章,已非以法文文格为本的 Pierre Bezukhov 的口调,而是最良的通俗的俄国话,纯粹透彻的确,而又端丽,这是 Agafia Michalovna, Plaskovia Isaievna,巡礼者,Iasnaia Poliana 的农民,兵卒等的通用语……。

在一九〇五年,作了一篇在体格,在简质,在深邃,并且在明白之点,无不卓出的短篇 *Aliusha Gorshok*。

在这一期,也有取上流社会的生活为题材的作品。例如《狂人日记》(一八八四),《恶魔》(一八八四),《复活》(一八九八),《长老 Sergius》(一八六八),《夜会之后》(一九〇三),*Hajji Murad*(一九〇四),《活尸》(一九〇〇)等是。

然而表现于这些作品里的 Tolstoi 的根本观念,并非尝味上流社会的生活的欢乐的心情;对于社会的奢华放恣的利己底生活,乃是锐利的否定底的摘发底的态度。

《复活》里的下文的几句,是表现着 Tolstoi 的这观念的——

"访了 Masrenikov 一家之后,尤其是旅行了乡村之后,Nekhliudov 并非已经定了心,但对于自己所居的社会,非常厌恶了。那社会中,秘藏着为了少数者的安定和便利,而无数的大众所蒙的苦恼,人们因为没有看,也看不见,所以到底不知道自己的生活的造孽和残酷。

"Nekhliudov 早已不能不自咎责而和那社会的人们相交际了。"

Nekhliudov 竟和自己所居的社会及自己的过去绝缘,同情于身缠囚服的人们,走入两样的社会里去了。这样锐利的果决的写法,是 Tolstoi 所未前有的。

然而不要忘记了卢梭之徒的我们的文豪,是从幼年时代以来,无意识底地留心于无产者。D. V. Grigorovitch 的作品,是和 Turgeniev 的《猎人日记》,同是感动了少年的 Tolstoi 的东西,后来在寄给 Grigorovitch 的信里,他自己这样说——

"我还记得十六岁时候,读了 *Anton Goremika*(Grigorovitch 之作)时所得的感叹和欢喜之情。使我对于养活我们的俄罗斯的 Muzhik(贱农),起了愿称为师之念者,是这一篇小说;又知道了不为惹起兴味,不为描写野趣,不独是爱情,且竟应该以尊敬和畏惧之念,明细地来描写 Muzhik 者,是这一篇之赐。"

在我们的 Tolstoi 的胸中,是常有对于教师 Muzhik 的无意识底敬畏之念的。属于他的创作的日记中,那从贵族的血统传来的固有的性质,和幼年时代以来由接触了农民及巡礼者而感得的第二天性,虽在贵族子弟不顾平民的时代也曾显现的倾向,以及 Nikolenka

Irteniev 冷笑为"他的脸像 Muzhik"时代的精神状态，都互相错综而表现着。

表现在《日记》里的 Muzhik 的脸，逐渐将法兰西人家庭教师的教子的他的脸掩蔽了。

Turgeniev 尝戏评 Tolstoi，说，"他宛如孕妇一般，对于农民，歇斯迭里地挚爱着。"

蔑视了贵族主义的 Tolstoi，是挚爱民众，想仗民众以救自己的。这正与《复活》里的被 Katiusha Masrova 说是"你是想要凭我来救自己的呀"的 Nekhliudov 的心情相同。

Tolstoi 是学于民众，学于哥萨克人 Epishka，受教于 Sevastopol 的要塞兵，Iufan Siutaev，Bandarev 等的。他在民众之前忏悔，谢自己的祖先之罪，使自己的生活状态，与民众同。民众的力，是伟大的。驱逐了拿破仑者，非亚历山大一世，也非诸将军，而是灰色的民众。Kutusov 之得了胜，就因为他是平民主义。

Sevastopol 之役之际 Tolstoi 屈膝于无智无欲的英雄这农民之前，写道，"俄国的民众演了主角的这大事件，是永久留伟绩于俄国的罢。"

和民众，尤其是和农民大众的关联逐渐扩大起来，Tolstoi 就逐渐舍掉了法兰西式观察和思想的发表法。这和 Pierre Bezukhov 会见了 Platon Karadaev 之后的思想，正复相同；更加适切地说，则和 Pushkin 在 Michalovskoe 村的傍晚，听乳母的往日谈，而说"修正了自己的讨厌的教育的缺点"的心情，是同一的。在文章圆熟的第四期所写的农村生活的简素的故事类，都洋溢着农村的质朴的情绪。

在 Tolstoi 的一切作品上，显著之点，是将那为精神上的烦恼所苦，永久不满于自己的人们，和单纯的，虽在暴风雨中，也含微笑，言行常是一致的素朴的人物，两相对照起来。

不答话的"Aliusha Gorshok"，是始终愉快的……。在欺凌他的商人那里，亲戚那里，他总是忠实地作工，总是含着微笑。Aliusha

Gorshok 的微笑,是使他的一生明朗的,而农民的俄国,则以这微笑,凝眺 Tolstoi,Tolstoi 是由这微笑,描写了农民。

Pierre Bezukhov 走近前去,看见在篝火边,忠厚的 Platon Karadaev 法衣似的从头上披着外套,用乡下口音的,悦人的,然而柔弱的声音,对兵卒们讲着照例的话。

Platon 在苍白的脸上,浮出微笑来,欣然地眼睛发着光,接着说——

"唔,兄弟,那么! 兄弟。"(参看《战争与平和》。)

从这临终的兵卒的身体上,流着辉煌的欢喜之情。他没有死,他是消融在光明的世界里了。

阴郁的满怀疑惑的 Levin 当删刈枯草时,到野外去,村女们唱着俚歌,到他旁边来,这在 Levin,觉得好像是载着欢乐之雷的湿云,向自己飘过来了……。伴着叫喊声和夹杂口笛的愉快而极粗野的歌调,万物都静静地跳跃起来。于是现在正因为枯草的事,和村农相争了的 Levin,便神往于共同动作之美和丰饶的诗趣,羡慕这样过活的人们,羡慕 Ivan Parmenov 和他年青的妻子了。

为什么 Nekhliudov 不能成 Iliushka,为什么 Olienin 不能成 Lukashka 的呢? 为什么 Maria Bolkonskaia 不能成巡礼者,为什么 Pierre Bezukhov 不能成 Karadaev 的呢? 为什么 Iasnaia Poliana 的地主的府邸,不能变狭窄的温暖的小屋的呢?"为什么"者,是 Tolstoi 说起过几十回的问题。

亚历山大三世的宫内女官,他的姑母 Alexandra Andreievna 到 Iasnaia Poliana 来作客,看见从世界各地寄来的信件,报章,杂志之多,她吃惊了,半是戏谑,以警 Tolstoi 的骄慢心道,"这样地被崇拜,烧香,不至于塞住呼吸么?"

"姑母以为我在因了这样的事自慢么? 在我的大的世界里,是还没有听到我的名声的。"这是 Tolstoi 的回答。所谓大世界者,并非亚历山大三世的宫廷,而是 Tolstoi 周围的人们,然而并非学者和文士,而是熏蒸的小屋的无数的居人。

他是用这大世界的见地和趣味和利害之念,以陶冶自己的精神的。"我比你更其 Muzhik 些,更其 Muzhik 式地感着事物。"这是伯爵的贵族 Tolstoi,对着半劳动者出身而喜欢书籍的 Maxim Gorki 所说的话。

抬了自己的教师,又是教子的故 Tolstoi 的灵柩的 Iasnaia Poliana 的农民,是怎地批评 Tolstoi 呢? 虽然是老爷,但是想得深的"Muzhik"者,是他们的话。

倘若画了 Tolstoi 肖像的画伯 Riepin,已能写出那想得深的 Muzhik 的有特色的容貌,则读者在"地主的话"里,容易看出劳动农民的俄国的模样的罢。俄国艺术家之中,以如 Tolstoi 在小说 Anna Karenina 里所表示那样的欢喜之情和诗底威力,来高唱耕作劳动之美者,此外更无一个。

Tolstoi 描写了几世纪间教养下来的顺从的抱着劳动精神的农民。而他的农民,还未能为神之国抗争,也不愿抗争,他正如农民隐士 Siutaev 一般,宣传了对于恶的无抵抗主义。Tolstoi 又将 Siutaev 主义高扬起来,提倡了忍耐和服从的美德。

反对这极端的无抵抗主义而起的,是 Korolienko 和 Gorki,以及革命底俄国。

然而无论俄国艺术家中的什么人,能如 Tolstoi,对于皇帝的政权,贵族和资产阶级的文化,加以致死底打击者,实未尝有。秘密警察部和著作检查委员等之憎恶他,是并非无故的。

Tolstoi 作了《我们该做什么呢?》,《黑暗之力》,Nikolai Borkin,《复活》,《往事》,《不能缄默》,这些作品,给了为人类斗争的革命运动者以绝好的武器。

Tolstoi 的"地主的话",是成为"想得深的 Muzhik"的话,将最后的打击,给了地主制度了,而那些话,是明证了旧生活组织和社会底旧基础之崩溃的。

原载 1928 年 12 月 30 日《奔流》月刊第 1 卷第 7 期"莱夫·N.托尔斯太诞生百年纪念增刊"。

初未收集。

LEOV TOLSTOI[*]

一九二八年九月十五日在东京托尔斯泰记念会驻日苏联

大使馆参赞 Maiski 讲，俄国 Andreiev 日译

从九月十日到十六日之间，全苏维埃联邦，是举国严肃地做着托尔斯泰的诞生百年记念会，就这一点看来，也便可以知道住在苏维埃联邦内的一切民族，对于为俄国文学，有所贡献了的伟大的文豪，是抱着亲爱和敬慕之念的。在帝政时代的俄国呢，那不消说得，托尔斯泰是受了很大的亲爱和尊敬，那时他被推为使俄国文学有世界底名誉的巨人之中的第一人。但是，对于托尔斯泰的批评，帝制时代和现苏联之间，在实质底地，却颇有些两样，关于这两样之处，我想，是有深深注意，加以讨论的必要的。无论怎样的作家，都不是漠然地生活着，或是创作着的人；各个作家，都受着他那时代，国情，阶级，社会，以及党派的影响，是一个事实。他们既然在一定的社会里受教育，在一定的势力之下，则于不知不觉中，那趋势，趣味，思想，就不得不看作被那周围的事情所影响。然而，最伟大的文豪，在那艺术底创作上，是能够创作超出他的时代或阶级的范围，人间底地，世纪底地，都有价值的作品的。但是，在一方面，则虽是怎样的文豪，精神底地呢，总分明地显示着他们所从出的土地的传统。托尔斯泰是也没有逸出这一个通例的。产生了最大的俄国文学的这天才，在本身的社会底地位上，在教育上，还有在全体的精神底生活上，都是十九世纪的俄罗斯的贵族的儿郎。那时的贵族阶级，久已

自己颓废得很厉害,到一九一七年,终于完全没落了。从十九世纪的初期起,俄国贵族中的一部分人,已经决然成了较急进底的,较开化底的倾向。这些人们,是知道当新时代,无论在经济方面,政治方面,文化方面,都有根本底地加以改造,从新建设的必要了。然而保守底势力,出现于专制和奴隶制度上,更不见有让步之色。贵族阶级里的保守党和急进底分子之间,遂开始了剧烈的斗争。这斗争继续了很长久,而那最出名的,便是所谓一八二五年的十二月党事件。这扰乱为保守党所压迫,暂时是归于镇静了的,但急进底贵族,却向精神底方面,即哲学文艺美术的分野出现。这是因为要用精神底势力,来和旧制度即专制以及奴隶制度之类反抗,斗争,所以至于在这方面发现了。

在十九世纪的七十年代,从急进底的贵族之中,产生了普式庚(Pushkin),来尔孟妥夫(Lermontov),果戈理(Gogol),刚卡罗夫(Goncharov),都介涅夫(Turgeniev),赫尔专(Herzen)及其他的伟大的文豪,都是俄国文学的建设者;生于一八二八年的托尔斯泰也是急进底贵族的代表者中之一,而且是那第一人。十九世纪的所有贵族阶级的作家们,对于支配着旧帝制俄国的制度,是都抱恶感情的。各作家将这恶感情,就用了各种的形式或举动来表现。赫尔专是移居外国,分明走进反对专制制度的革新底阵营里去了。普式庚,来尔孟妥夫,果戈理和都介涅夫等,虽都没有明示革命底的态度,但在那作品之中,则批判旧俄国的制度,嘲笑,讽刺其缺点,想借此使自己的读者,对于自由和文明的思想发生同情。但托尔斯泰却和他们有些不同,对于压迫农民的专制政治,或资本家的榨取,虽然也显着不平的态度,而不信这一切恶弊能够除灭。其所以不相信这些恶弊,有由大众的组织底的斗争而扫荡无余的可能性者,就因为十九世纪的中叶,人还看不见大众的政治底地的存在的缘故。托尔斯泰要救俄国,便去寻别的路。于是他到达了特殊的哲学。这哲学,以Tolstoism(托尔斯泰主义)之称,流布得很广;关于哲学的性质,在这里不能仔细评论了，但要之，托尔斯泰相信，以恶来对付暴力是罪恶的，他又相信，排击帝制时代的俄国的一切缺点和资本主义社会的缺点，那惟一的方法，是各个人的道德底自己改善。从这论据出发，托尔斯泰便否定了对于旧俄国保守底势力的大众的经济底政治底斗争，倒反来宣说他已复活于自己所改造的原始底的"基督教"。他所改造的"基督教"者，是个人的生活的基础，在于劳动，趣味，习惯的极端的节制，而对他人施行善事。将这客观底地看起来，所谓托尔斯泰主义者，不能不说，实质底地，是绝望的哲学。也就是，贵族阶级的急进思想这东西，乃是绝望底的哲学。为什么呢？因为他们是不相信帝制时代的实际生活的状态，有建筑于最合理底的基础之上的可能性的。

将这些意见，托尔斯泰是有些分明地，力说于他的艺术底作品中，尤其是 *Anna Karenina* 呀，《复活》呀，以及别种在他的创作生活后期所写的东西里面的。由此托尔斯泰在旧俄国时代，便不独成了伟大的作家，且被称为哲学家——一种新的宗教的建设者了。而在除了革命底分子的别的识者之间，到十月革命为止，即在这两面的意义上，就是将托尔斯泰作为艺术家，又作为哲学家，而和他相亲，且加以尊敬。但现在的苏维埃俄国的对于托尔斯泰的批判，却和那些不同了。因为他的哲学底著述，是和苏维埃俄国的主义主张相反对的，不，简直是有憎恶的。然而在现今的苏维埃联邦中，除了属于旧时代的少数的托尔斯泰派以外，以所谓"对于恶的无抵抗主义"来否定一切暴力者，一个也没有；又，在现今苏维埃俄国中，怀着托尔斯泰的观念，以为个人的自己改善，便是除去世间一切恶的最良方法者，也非常之少；支配着苏维埃俄国的现在的哲学，是相信人类关系上之所谓一切恶者，那根据，即在现世的经济底政治底缺陷，因此又相信要扫荡所谓恶这东西，必须制度的根本底改革。所以在苏维埃俄国，并非为了当作哲学家的托尔斯泰，乃是为了当作艺术家，当作旧俄国的永久的文豪，以及传旧俄国的各种时代的代表底的人物的典型,且绍介一八一二年顷的风俗的托尔斯泰,庄严地庆祝着他的诞生百年记念祝典的。

和这同时,苏维埃俄国当这百年祝典时,也为了对于托尔斯泰为常和自己的哲学相反的专制政治的暴压的激怒和反感所动,于是常用自己的言论和著述,将强有力的援助,给与大众的革新运动的事,有所感谢和追念。这大众运动,便是替代了当时无力而消极底的急进底贵族,终于使俄国的反动底制度归于全灭了的。苏维埃俄国从这见地上,亲爱,尊敬,追念文豪托尔斯泰。

说起当作作家的托尔斯泰的特为显著的东西来呢,那么,大约是五样的特征。这些特征,据我想,在文豪托尔斯泰,是最显著,并且确然的,这便是我们所最为尊重之处,且将托尔斯泰放在我们的文学殿堂上的最高的位置的。

他的特征的第一样,是他的笔极其强有力,而且广泛。普通的作家呢,即使有一点天才罢,但总是选一个主角,或是一家的家族,放在那小说里,他们描写那主角的喜,的悲,或是动作呀,行为呀那样的东西,也描写那周围的社会,但描在里面的社会,不过作为人物的背景,在背景上,那主角的个人底存在,可以显得较为分明罢了。不是小小的水彩画,而要画大幅的图画的作家,很不容易遇见;就是,想将那在一如其活动的状态上的国民,或将极其多面底的复杂的,某一时代的社会状态全体,历史底地,试来加以描写的作家,极少有地,是也或能够遇见。在这一点,托尔斯泰在全世界的文学底方面,则是那些巨人之中的最伟大的艺术家。看他的《战争与平和》罢,这是描写拿破仑的时代的最大的作品,表现在这小说里面者,不独那时代的俄国的状态而已,也描写着外国的状态;而且一读这无与比伦的小说,我们便仿佛觉得自己就是此中的人物似的;这并非单是书籍或小说,乃表现了那时代的一切特色的生活本身。要说《战争与平和》的重要的主角是什么人,那自然,也非 Pierre Bezuk-hov,也非 Andrei 公爵,也非 Natasha Rostova,也非拿破仑,而且又非

Kutuzov，因为那故事的范围广，他们便不知怎地总仿佛影子逐渐淡薄起来，终于消失下去了。

所谓《战争与平和》的主角者，就是"那个时代本身"的表现，惟这一端，是在世界的文学底创作之中，无论那里都不能发见的特质。

作为托尔斯泰的第二样的特征，为我们所非常尊敬之处，是对于生活和个性，有着甚深的理解，于心理描写有可惊的精密和深刻。在这一点上，他是和陀思妥夫斯基相匹敌的。陀思妥夫斯基被推为十九世纪中最伟大的心理学底小说家，但这两个作家的不同，是在陀思妥夫斯基是描写那病底的心理，最为杰出的作家，而托尔斯泰，则卓绝于描写那反对的心理。

第三样可以注意的特征，是形相的创造。他所描写的人物，总是活着的，在这一端，没有人能和托尔斯泰相比。在他的创作里，什么空想的呀，模仿的呀，这样的死的形相，是没有的；他的一切的主角，是当真生活着，说自己的说话，穿自己的衣裳。虽是描写不很重要的人物，也还是这样。描写外国人的心理，是大家都以为很困难的，然而托尔斯泰当描写外国人之际，也仍然实在在呼吸，或哭，或笑，表现着真实的生活。倘若托尔斯泰对于那主角，特有同情的时候，——例如描写 Natasha Rostova 和 Anna Karenina 的时候，他便有挥其天才的彩笔，雕出那虽是最无感觉的读者，也为之心醉那么的美，以及优越的完全的形相的才能。

他的第四样的特征，是实在无比的典型底的文章之简洁，而且是仅用简单的文字，来作最有力的表现的。托尔斯泰是故意做了简单的文章，为什么呢，因为他写来并非给贵族看，而是为了一般民众的。

最后的特征，是在现在的苏维埃俄国，尤其易被理解，且被尊重之处，这便是对于一切的压迫，伪善，榨取等的他那深的反抗的精神。然而，代表了俄国贵族的急进底分子的文豪托尔斯泰，却将精神底根据，在几百万正在受虐的当时的俄国的农民大众之中，发见了新的道路了。为了这个，而托尔斯泰的抗议，便完全成了无力的东西，因为当时的农民，在政治上是不消说，便是在社会上，也全然无力的。

我坚决地相信，文豪托尔斯泰是全世界文学者中的最伟大的人物，他宛如白山（Mont Blanc）的灵峰，耸立于全世界的文学者之上；对于这巨人托尔斯泰，全苏维埃俄国是从心爱着，敬着的。我又坚信不疑，全文化世界，是也爱着敬着的。

（译自《日露艺术》第二十二辑）

原载 1928 年 12 月 30 日《奔流》月刊第 1 卷第 7 期"莱夫·N.托尔斯太诞生百年纪念增刊"。

初未收集。

观念形态战线和文学*

第一回无产阶级作家全联邦大会的决议
（一九二五年一月）

一

1　文学是阶级斗争的强有力的武器。如果"在或一时代的支配底观念，常是支配阶级的观念"的马克思的指示是对的，则无产阶级支配和非无产阶级底观念形态，一部分，是和非无产阶级文学的共存之不可能，已无置疑的余地。倘若在那独裁期间，无产阶级没有逐渐获得一切观念形态底地位，那便将停止其为支配阶级罢。在阶级社会里的文学，不能是中立底的，这一定积极地效力于某一阶级。

2　如果以上的事,在阶级社会一般,是对的,则这在我们生活着的时代——战争和革命的时代,尖锐化的阶级斗争的时代,是两层的对。这就是以为在文学的领域上,各种文学底观念形态底倾向,可以平和底协同,平和底竞争那样的议论,不过是反动底空想的缘由。波雪维克主义一向曾和这样的反动底空想战争。在观念形态的领域,文学的领域,也如在社会生活的别的领域上一样,为阶级斗争的法则所支配。所以波雪维克主义常常站在观念形态底非妥协,严正的立场上,站在观念形态底方向的无条件底敏感的立场上,而现在也还站着。

3　有产阶级的观念者们,提示了文学和政治的同权,同价,换了话说,就是有产者文学和共产主义政治的同权同价的"理论"。这理论的阶级底政治底意义,即存于有产者底观念者们,要从革命保卫自己,筑自己的文学底的立场,而由这里来射击无产者独裁的堡垒的努力里。在现在的条件下,惟文艺,是无产阶级和有产阶级为了对于中间底要素,要获得主权而在这里开演的激烈的阶级斗争的最后的舞台的一折。

4　苏维埃联邦——是以从资本主义向共产主义的过渡为旗印,而立于其下的诸国家的联合。政权,经济,军队,学校——这些一切,都有过渡的性质,在这一切之上,便放着将现代社会从资本主义引向共产主义的无产阶级的印章。自从出现于历史上的那当初以至今日,无产阶级已经创造了新的物质底和精神底文化的巨大的价值了。关于无产阶级文化,新的阶级的文化,依据于过去的支配阶级的遗产上的过渡底文化的问题,在已经解决了非退往资本主义而是进向共产主义的无产阶级的运动的人们——首先,在劳动者阶级,是理论底地,实践底地,都已解决了的问题。关于无产阶级文化和无产阶级文学的否定底态度,是一九二二至二五年,在俄国共产党内的"反对派"这名目之下,形成于苏维埃社会里,在事实上,是历史底地,理论底地,都和那想将无产阶级的独裁徐徐清算,使我国复归于"民主主义"的轨道的小有产阶级的压力的反映的发现的那清算派的立场,相连结的。据清算派的见地,则凡关于无产阶级文化和文学的一切谈话,不过是空想,盖在清算派的人们,无产阶级的历史底胜利这事,看来不过只是空想而已。而在现代社会上,无产阶级文化和文学的存在着这个不可争的事实,却正是显示这胜利的确实性的一证据。

二

5　无产阶级文化和文学的最彻底底的反对者,是同志托罗兹基和瓦浪斯基。在那著作《文学和革命中》,L·D·托罗兹基写着——

"对于有产阶级文化和有产阶级艺术,使无产阶级文化和无产阶级艺术来对立,是根本底地错误的。后的二者,大概未必产生罢。因为无产阶级的统治,是一时底的事,过渡底的事。无产阶级独裁的历史底意义和道义底伟大,是在将人类底的文化的基础,安放在无产阶级的最初的真实上。"(L. Trotsky《文学和革命》九页。)

接着同志托罗兹基,A·K·瓦浪斯基写着——

"无产阶级艺术未尝存在,在无产阶级独裁的过渡底时代,也不会存在的。文化领域上的这时代的课题,归结之处,是在无产阶级首先获得过去几世纪的技术科学,艺术。所以当面的问题,并不在无产阶级艺术的创造,而在借了过去的一切获得,批判底地摄取其成果,以确立能作维持无产阶级对于有产阶级的胜利之助那样的革命底过渡底艺术。问题之所在,是在为无产阶级的利益起见而作的有产阶级文化和艺术的适应。但这和在我们的时代,较好地适应了的新的形式和样式的探求,毫不反对,是不消说的。"(*Projektl* 第二二号,一九二四年。)

6 托罗兹基在所谓我们正在向无产阶级的社会进行这一种理由之下,否定着阶级底无产者文学和艺术的可能。然而,在和这一样的理由之下,少数主义(Menshevism)否定着阶级底独裁,阶级国家,等等的必要。在和这同一的理由之下,无政府主义否定着党和国家的必要。但在实际上,如大家所知道,少数主义的立场和无政府主义的立场,前者是在民主主义的旗下,后者是在非妥协底急进主义的旗下,事实底地,是都将政权剩在有产阶级的手里的。少数主义者和无政府主义者,关于无产阶级获得胜利所必要的那道路,都没有明确的概念。无产阶级斗争的战略和战术,在少数主义者,归着于使无产阶级从属于有产阶级的主权——在无政府主义者,则归着于不过使资本主义底支配因而坚固的,无力的"左翼底"辞句。然而托罗兹基主义的战略和战术,仅是这无政府主义者的"左翼底"辞句和少数主义者底温暾主义的混淆。上面所揭的托罗兹基和瓦浪斯基的判断——乃是应用于观念形态和艺术上的托罗兹基主义。关于无产阶级的"左翼底"辞句,在这里,是将无产阶级的文化底课题,和由于"为无产阶级的利益起见而作的有产阶级文化和艺术的适应"的温暾主义底极限相联结的。据托罗兹基及瓦浪斯基的意见,则在艺术领域中的无产阶级,毫不拿出比有产者所曾经拿出的为更新的东西来。

7 托罗兹基和瓦浪斯基,关于要经过怎样的路,而全人类底,社会主义底艺术才被创造的事,并无什么理解。一件事——这并非在全政治及全经济的的领域上,无产阶级所正在进行的路,就是,并非在艺术领域上的无产阶级获得主权,政权的路这件事,在他们是明明白白的。以所托罗兹基宣言,"马克思主义方法——不是艺术的方法。"用了别的话,便是说,在艺术上,阶级斗争的法则是不通用的。到结局,则在艺术上的托罗兹基主义,便是诸阶级的平和底协同的意思,而主宰的职掌,于是全然剩在旧的有产阶级文化的代表者的手里。无产阶级的前卫底代表者的全课题,在这里,是只要将古典底和现代有产阶级文化的竭力加以广泛的普及就够。无产阶级文化和文学的独立底课题,由他们,是毫无什么发展。全部问题,在他们,是只在"使旧时代的成果,同化于新的阶级"(托罗兹基)这一事。未来的社会主义艺术,据托罗兹基——瓦浪斯基的意见,是从旧的阶级和现代有产阶级文化,会并无什么过渡底阶段地,发生起来的。

三

8 在从资本主义进向社会主义的过渡底时代的无产阶级文学的缺除,具体底地,是什么意思呢?这意思,就是和生活相连结,将这生活正确地反映出来的文学,并不存在。是和主宰的阶级及其革命,有机底地相结合的文学,并不存在;积极底地来帮助无产阶级将其社会引向共产主义那样的文学,并不存在。那时候,艺术是站生活之外,阶级斗争之外,而有产阶级则可以用完备的权利,提出艺术和政治的同权的理论——艺术从政治独立的理论来。在别一面,是正作主宰的无产阶级倘不做自己的文学,自己的电影,演剧,则及于非无产者层,首先,是及于农民的观念形态底影响,将必然底地,剩在有产阶级文化和艺术的代表者之手的罢。要指导农民,将他们引向共产主义去,惟有靠着无产阶级的从一切方面——就是,由苏维埃,协同组合,学校,电化,军队,文学,电影,演剧,等等,加他们以作用,这才可能。在这些全领域上,不能只以"旧时代的成果之向新阶级的同化"为限。他应该讲新的言语;他之所依据,应该在可以和时代以及站在当前的问题的雄大相匹敌的未曾有的新的成果之上。和这相反时,则对于无产阶级前卫的影响,既无理解,也不反映的观念者们,会作用于农民之上的罢。而这意义,便是并非使农民进向共产主义,却退到资本主义去。

没有自己的独立底文化,没有自己的文学,无产阶级即不能确保对于农民的主权。不独在政治底,经济底领域而已,虽在文化的领域,劳动阶级也不得不在自己之后,领了非无产者层去。然而要完成这课题,惟有将他在政治底,经济底领域上所做过了的革命,在文化底领域上也复做到,这才可能。

9 虽然宣言着无产阶级文学的原则,确言着在这路上由劳动阶级所做的显著的成功,但不该忘却关于"自大"这一种大害的Vladimir Ilitch 列宁的教训,关于"无产阶级文化者,应该是作为人类在资本主义社会,地主社会的重压之下,所造出来的那智识的蓄积的合理底发展而出现"的他的指示。无产阶级文学知道应该从古典底,以及现代有产阶级文化和艺术,采取有价值的一切的东西,进步底的一切的东西。但无产阶级文学更知道,在这领域上,应该比有产阶级文学所站住了的之点更前进,而且不独是旧文化的利用而已,用 Ilitch 的话说起来,便是必须将这些加以绝对底"改作"。

10 据托罗兹基——瓦浪斯基的意见,则文学上的中心底势力,应该在所谓同路人,即出于智识阶级,市人,农民的层内,而观念形态底地,是并不站在共产主义的见地的作家。然而同路人者,并非一样的全体。在他们之间,是也有和力量相应,正直地服务于革命的要素的。但"同路人"的支配底类型,却是在文学上曲解革命,屡屡加以中伤,而且陶养于国民主义,大国家主义,神秘主义的精神的作家。这"同路人"的支配底类型,倘还将调子赋与于新经济政策后期的文艺,则这"同路人"的文艺,在那根柢上,却正是和无产阶级革命背道而驰的文学。这些事，是可以用了完全的权利来说的。和这同路人的反革命底要素，以最决定底斗争为必要。

关于革命的真实的同路人，则在文学战线上的他们的一切的利用，是全然必要的。然而这利用，惟在无产阶级文学将影响及于同路人的优良的代表者之上，而使这些同路人结成于文学上的无产阶级底中核的周围的时候，这才可能。而成这中核者，必须是全联邦无产阶级作家联盟，而也已经在成着。

无产阶级文学和革命的真实的同路人之间的朋友底协同的广大的舞台，首先第一，是农民。然而，这协同，惟在这些同路人理解了全世界正在起来的历史底斗争的根本底意义，理解了无产阶级在革命的职分和无产阶级来指导农民的必要的时候，这才可能，且得成为显著的进步底要因。

四

11　苏维埃联邦内的无产阶级文学，在比较底短时日之间，成了显著的社会现象了。这文学，是个个的无产阶级团体，和先用劳动通信员的形式的那无产者的大众底文化底运动，两相溶合，而被创造的。无产阶级文学之存在的否定，已经渐渐困难起来。那反对者，已不得不退去最初的露骨的否定的立场，而采用仍以和无产阶级文学相斗争的旧目的为名的新战术了。这新战术的本质——即在虽"承认"无产阶级文学，而这仍应该作为"文学一般"即有产阶级文学的一翼（N·渥辛斯基）的宣言中。在这里，就重演着那全世界的温暾主义者的态度——这些温暾主义者，开初是反对创设独立的无产阶级党的，待到这党成为事实而出现，便"承认"这党，而一面却宣传和有产阶级政党的协同，否定无产党的独立的政策，那主权的观念，由这党以获得政权的观念。

恰恰和这一样，我们的温暾主义者们，先是从无产阶级文化和文学的否定开头,待到这成了事实的时候,便想试将这作为"文学一般"的左翼。这是在新的条件上,用着新的手段的那一样的清算派底立场的继续。我们已经进了无产者的文化底发达的新的阶段了,在这里,单是无产阶级文学的"承认",已经不够,所必要的,是承认在这文学上的主权的原则,为胜利,为克服一切种类的有产者及小有产者文学与其倾向的这文学的执拗的组织底斗争的原则了。

五.

12 不独在苏维埃联邦,全世界有产阶级的文化和文学,现在都正在经验着最大的危机,颓废,腐败。我们在这里有资本主义的危机,崩坏,和那历史底运命的最好的证据。资本主义病到无法可想了,——有产阶级文化的经济底基础,连根柢都被摇动着。

虽然当武装底市民战争的终局后三年,在大大的物质底丧失的条件下,苏维埃联邦的无产阶级文学,结成于单一的组织底团体之中了。无产阶级作家第一回全联邦大会,在单一的观念形态底基础上面,在强有力的单一底组织的周围,统一了新的阶级的一切文学底诸势力。这在文坛成为个人主义的理论和实践的极端的表现者的那有产阶级社会里,是不可得见的事,也不能设想的事。苏维埃联邦的无产阶级文学,是站在将来的发达的旗印之下的。这是依据着无产阶级和农民的前卫底要素,首先——是农村青年的大众底运动。无产阶级文学的这显著的成功,惟在苏维埃联邦的勤劳大众的急速的政治底经济底成长的基础上,这才可能。

苏维埃联邦的无产阶级文学,将惟一的目的——为世界无产阶级的胜利尽力,和无产阶级独裁的一切敌手血战,揭在自己之前。无产阶级文学是将要克服有产阶级文学的,因为无产阶级独裁,必然底地会将资本主义绝灭。

原载 1928 年 12 月 30 日《奔流》月刊第 1 卷第 7 期,题作《苏俄的文艺政策——观念形态战线和文学》。

初收 1930 年 6 月上海水沫书店版《科学的艺术论丛书》之十三《文艺政策》。

致 陈 濬

子英先生大鉴:敬启者,前日奉到惠函,季市则亦于是日下午来寓,尚未见寄宁之函。因与谈及编制字典事,其言谓:国学研究所中尚未拟办此种事业,教育部之编译员则已经截止云云。然则事殊难成也。谅季市当亦有函为答,今第先以奉闻耳。其实在今笔墨生涯,亦殊非生活之道,以此得活者,岂诚学术才力有以致之欤?种种事故,综错滋多,虽曰著作,实处荆棘。弟在广州之谈魏晋事,盖实有慨而言。"志大才疏",哀北海之终不免也。迩来南朔奔波,所阅颇众,聚感积虑,发为狂言。自料或与 兄之意见有睽异之处,幸在知己,尚希 恕之。要之一涉目前政局,便即不尴不尬。瞬届岁暮,凡百一新,弟之处境,亦同鸡肋矣。此布,即请

近安不尽。

弟树人 启上 十二月卅日

三十一日

日记 昙。上午收大学院十一月分薪水泉三百。徐蔚南寄赠《奔波》一本。下午寄子英信。寄马珏信。寄淑卿信。晚往内山书店买『支那革命の現階段』一本,又『美術全集』第八本及『業間録』一本,共泉五元一角也。夜得淑卿信,二十五日发。三弟为代买 CIMA 表一只,值十三元。

书　帐

Thaïs 一本　二・二〇　一月四日

英文学史一本　五・三〇　一月五日

美術をたづねて一本　二・二〇

The Mind and Face of Bol. 一本　一一・〇〇　一月十五日

World's Literature 一本　一一・〇〇

童謡及童話の研究一本　〇・三〇　一月十六日

レーニンのゴリキへの手紙一本　〇・八〇

The Outline of Art 二本　二〇・〇〇　一月十九日

神話学概論一本　二・五〇　　　　　　　　　　　四五・三〇〇

美術全集第 29 册一本　一・七〇　二月一日

階級意識トハ何ゾヤ一本　〇・五〇

下女の子一本　三・〇〇

結婚一本　二・七〇

大海のとほり一本　二・四〇

空想カラ科学へ一本　一・六〇　二月五日

通論考古学一本　三・九〇

史的唯物論一本　一・〇〇　二月七日

拷問と虐殺一本　〇・六〇

愛の物語一本　〇・四〇

ロシア労働党史一本　〇・九〇　二月十日

敦煌石室砕金一本　一・〇〇　二月十二日

敦煌零拾一本　一・〇〇

簠斎臧鏡二本　四・〇〇

Mitjas Liebe 一本　　达夫赠

支那革命の諸問題一本　　〇・四五〇　　二月十三日

唯物論と弁証法の根本概念一本　　〇・四五〇

弁証法と其方法一本　　〇・四五〇

新反対派ニ就イテ一本　　〇・六〇

辩证法杂书四本　　三・五〇　　二月十九日

進化学説一本　　一・〇〇

唯物史観解説一本　　二・二〇　　二月二十一日

写真年鑑一本　　三・三〇

文学と革命一本　　二・二〇　　二月二十三日

世界美術全集１一本　　一・六五〇

三国志平话一本　　盐谷节山赠

杂剧西游记五部五本　　同上

旧刻小说词曲杂景片七十四枚　　辛岛骁赠

露国の文芸政策一本　　一・〇〇　　二月二十七日

農民文芸十六講一本　　三・一〇

マキシズムの謬論一本　　〇・五〇　　二月二十九日

海外文学新選三本　　一・九〇　　　　　　　　　　　　　　　　四八・〇〇〇

ロシアの牢獄一本　　一・〇〇　　三月二日

鑑鏡の研究一本　　七・二〇　　三月六日

美術意匠写真類聚十一本　　一一・〇〇　　三月十日

希臘の春一本　　〇・二〇

九十三年一本　　〇・四〇

階級闘争理論一本　　〇・七〇　　三月十四日

唯物的歴史理論一本　　一・二〇

一週間一本　　二・二〇

広辞林一本　　四・五〇

表現主義の戯曲一本　　〇・六〇　　三月十六日

現代英文学講話一本　二・二〇

漫画大観一本　六・二〇　（豫约）

経済概念一本　〇・七〇　三月二十日

民族社会国家観一本　〇・七〇

社会思想史大要一本　二・八〇

史的唯物論略解一本　一・一〇

新ロシア文化の研究一本　一・一〇

革命及世界の明日一本　〇・三〇　三月二十五日

世界美術全集第 2 册一本　一・七〇

Pogány 绘本 Rubáiyát 一本　五・〇〇　三月二十八日

弥耳敦失楽園画集一本　三・八〇　三月三十日

但丁神曲画集一本　六・六〇

弁証的唯物論入門一本　二・二〇

Hist. Materialism 一本　七・五〇

階級争闘小史一本　〇・三五〇

マルクスの弁証法一本　〇・六五〇

西洋美術史要一本　五・〇〇

私の画集一本　一・四〇　　　七八・三〇〇

世界文芸名作画譜一本　二・二〇　四月二日

佐野学雑稿二本　二・二〇　四月四日

研幾小録一本　四・四〇

杂文学书七本　二・六〇

蘇俄美術大観一本　李秉中贈　四月七日

老蓮绘[会]真记图一本　〇・五〇　四月八日

社会文芸叢書二本　一・八〇　四月九日

独乙語自修の根柢一本　三・八〇　四月十二日

ァヮシズムに対する闘争一本　〇・五〇

満鮮考古行脚一本　一・八〇

意匠美術類聚一本　一・八〇

阮刻列女传四本　八・〇〇　四月十三日

唐人小说八种十三本　七・〇〇

目莲救母戏文三本　一・〇〇

マルクス主義と倫理一本　〇・七〇　四月十四日

社会意識学概論一本　二・四〇　四月十七日

芸術の始源一本　三・六〇

The Power of a Lie 一本　〇・五〇　四月二十二日

百梅集二本　七・二〇　四月二十三日

Thaïs 一本　一一・二〇

美術全集第 16 一本　一・六〇　四月二十五日

現代漫画大観 2 一本　先付

精神分析入門二本　三・四〇

苦悶的象徴一本　二・〇〇　　　　　　　　　　　七〇・五〇〇

マルクス主義的作家論一本　〇・六〇　五月一日

プロレタリヤ文学論一本　一・六〇

社会主義文学叢書三本　二・二〇

現代のヒーロー一本　〇・四〇　五月七日

チエーホフ傑作集一本　一・一〇

フイリツプ短篇一本　一・〇〇

陶元庆的出品一本　璇卿贈

元庆的画五份四十枚　同上

世界文化史大系上一本　八・〇〇　五月十一日

ケーベル随筆集一本　〇・四〇

露西亜文学研究一本　三・五〇

フリオ・フレニトと其弟子達一本　二・〇〇　五月十六日

メツザレム一本　一・〇〇

仏陀帰る一本　〇・八〇　五月十八日

世界美術全集 30 一本　一・七〇　五月二十四日

漫画大観(6)一本　先付

社会運動辞典一本　二・〇〇

支那は眼覚め行く一本　一・二〇

歴史過程の展望一本　〇・四〇

革命後のロシア文学一本　二・〇〇　五月卅一日　　　三〇・〇〇〇

元庆的画四部四本　作者贈　六月一日

李涪刊误一本　〇・六〇　七〔六〕月十日

直斋书录解题六本　二・〇〇

开有益斋读书志六本　六・〇〇

殷契拾遗一本　一・二〇

醉菩提四本　〇・八〇

英译 Faust 一本　五・〇〇　六月十二日

世界美術全集(6)一本　一・六五〇　六月十八日

輿論と群集一本　一・五〇

レーニンの弁証法一本　〇・七〇　六月二十六日

一革命家の人生社会観一本　一・六〇

蘇聯文芸叢書三本　二・六五〇

性と性格二本　二・四〇

世界文学物語二本　三・五〇

階級社会の諸問題一本　〇・九〇　六月三十日　　　三〇・五〇〇

漫画大観(4)一本　先約　七月二日

New Book Illustration in France 一本　四・三〇　七月九日

Art and Publicity 一本　四・三〇

ブランド一本　〇・八〇　七月十二日

汉画象拓本一枚　一・〇〇　七月十三日

侯悄墓志铭拓本一枚　二・〇〇

景印贯休画罗汉象拓本一本　一・四〇

雷峰塔砖中陀罗尼翻刻本一卷　〇・四〇

石印明刻本还魂记四本　二・七〇　七月十六日

王刻红楼梦二十四本　九・〇〇

百美新咏四本　一・八〇

八龙山人画谱一本　〇・七〇

近代劇全集二本　二・二〇　七月十八日

十月一本　一・〇〇

殷虚文字类编六本　七・〇〇　七月十九日

赤い恋一本　一・六〇　七月二十三日

恋愛の道一本　〇・八〇

乱婚裁判一本　〇・五〇

マルクス主義と芸術運動一本　一・六〇

世界美術全集 18 一本　一・七〇

啸堂集古录二本　三・五〇　七月三十日

曹子建文集三本　四・八〇

蔡中郎文集二本　〇・四七〇

昭明太子文集一本　〇・二七〇

国秀集一本　〇・二〇

元曲选四十八本　一〇・九六〇　　　　　　　　　六五・二〇〇

マルクス主義の根本問題一本　〇・六〇　八月一〔二〕日

雄鶏とアルルカン一本　五・二〇

アポリネール詩抄一本　二・〇〇

The Modern Woodcut 一本　三・四〇　八月四日

梅花喜神谱二本　一・五〇　八月八日

世界文化史大系(下)一本　八・三〇　八月十日

ツアラッストラ解説及批評一本　一・二〇

開かれぬ手紙一本　一・〇〇

支那文芸論藪一本　四・〇〇

漫画大観(3)一本　先付　八月十六日

奇觚室吉金文述十本　一四・二〇　八月十九日

世界美術全集(19)一本　一・七〇　八月二十一日　四四・一〇〇

Poems of W. Whitman　二・〇〇　九月二日

Studies from Ten Literatures 一本　六・五〇

掌故丛编三本　幼渔寄赠

マルヶス芸術論一本　一・三〇　九月三日

近世欧洲絵画十二講一本　四・〇〇　九月七日

草の葉(Ⅱ)一本　一・五〇　九月十七日

世界美術全集(31)一本　一・八〇　九月二十日

观堂遗集三四集十四本　一二・〇〇　九月二十七日

铸鼎遗闻四本　二・四〇

瀛壖杂志二本　一・二〇

历代名人画谱四本　〇・八〇

申报馆所印杂书五种十八本　三・六〇

笺经室丛书三本　一・〇〇　　　　　　　　　三八・一〇〇

漫画大観(7)一本　一・一〇　十月四日

观堂遗书二集十二本　一〇・〇〇　十月八日

芸術と唯物史観一本　三・三〇　十月十日

階級社会の芸術一本　一・一〇

女性のカット一本　三・一〇

思想家としてのマルクス一本　二・〇〇　[十月十二日]

社会主義及ビ社会運動一本　一・一〇　十月十六日

漫画大観(8)一本　一・一〇

漫画西游記一本　一・一〇

二葉亭全集三本　七・九〇

漫画大観(五)一本　先付　十月二十日

CARICATURE OF TODAY 一本　五・二〇　十月二十四日

日本童話選集(2)一本　四・一〇　十月二十五日

支那英雄物語一本　一・〇〇

世界美術全集(24)一本　一・六〇　十月二十九日

婚姻及家族の発展過程一本　一・〇〇

史的唯物論(上)一本　〇・八〇

ドン・キホーテ一本　侍桁寄来　十月三十一日　五一・五〇〇

Springtide of Life 一本　六・八〇　十一月一日

社会進化の鉄則一本　〇・六〇

仏蘭西詩選一本　一・四〇

恋愛と新道徳一本　一・四〇　十一月七日

芸術論一本　〇・六〇

手芸図案集一本　二・七〇

荷牗丛谈二本　蒋径三寄贈　十一月九日

星槎胜览一本　同上

最後の日記一本　二・二〇　十一月十五日

岩波文庫二本　〇・九〇

詩の形態学序説一本　三・二〇　十一月十七日

現今欧洲作家伝一本　七・五〇　十一月二十日

人生遺伝学一本　四・四〇　十一月二十二日

セメント一本　二・四〇

世界美術全集(┤三)一本　一・七〇　十一月二十四日

露西亜三人集一本　一・一〇

社会進化の鉄則(下)一本　〇・八〇　十一月三十日

芸術の唯物史観的解釈一本　一・〇〇

漫画大観(九)一本　一・一〇

近代仏蘭西詩集一本　二・二〇　　　　　　　　　四二・〇〇〇

芸術の社会底基礎一本　一・一〇　十二月七日

Goethe's Briefe u. Tagebücher 二本　公侠贈　十二月十日

マルキシストの見るトルストイ一本　〇・七〇　十二月十二日

最新生理学一本　八・二〇

HOLY BIBLE 一本　九・〇〇

Contemp. Movements in Eu. Lit. 一本　五・九〇　十二月十四日

Fairy Flowers 一本　六・三〇

世界文学と無産階級一本　一・〇〇　十二月二十日

巴黎の憂鬱一本　二・〇〇

伊索寓言画本一本　四・四〇　十二月二十四日

唯物史観入門一本　一・二〇　十二月二十七日

創作版画の作り方一本　二・〇〇

生理学粋一本　四・四〇

支那革命の現階段一本　〇・三五〇　十二月三十一日

世界美術全集（八）一本　一・七五〇

漫画大観（十）一本　先付

業間録一本　三・〇〇　　　　　　　　　　　　五一・三〇〇

　　　総計一年共用五九四・八〇〇，

　　　平匀毎月计用四七・九〇〇。